AFGESCHREVEN

D1356276

VERBODEN VRUCHTEN

JOJO MOYES

Verboden vruchten

Oorspronkelijke titel: *Foreign Fruit*
Oorspronkelijke uitgever: Hodder & Stoughton, a division of Hodder Headline

Uitgeverij De Kern, De Fontein bv, Postbus 1, 3740 AA Baarn
Vertaling: Fien Volders
Omslagontwerp: Hans Gordijn
Omslagillustratie: jacket artwork in arrangement with Hodder Stoughton Publishers
Zetwerk: Het vlakke land, Rotterdam
ISBN 90 325 0956 X
NUR 302

Voor Charles Arthur
en Cathy Runciman

EEN WOORD VAN DANK

GRAAG WIL IK EEN aantal mensen bedanken die op hun speciale manier hebben bijgedragen aan de totstandkoming van dit boek. In het bijzonder dank ik Nell Crosby van het Saffron Walden Women's Institute, en haar echtgenoot Frederick, die me hun herinneringen en aandenkens aan het leven in een kustplaatsje anno 1950 ter beschikking hebben gesteld.

Ook Neil Carter, de general manager van Moonfleet Manor in Dorset, voor zijn inzicht in de renovatie en het exploiteren van een tot hotel verbouwd landhuis. En Moonfleets schoonheidsspecialiste Tracie Storey voor ondermeer haar uitleg over *pickling* [huidirritatie die ontstaat na het ontharen, vert.].

Hartelijk dank wederom aan Jo Frank van AP Watt voor haar steun, bemoediging en de druk die ze nu en dan tijdens het schrijven moest uitoefenen. En aan Carolyn Mays van Hodder and Stoughton, en Carolyn Marino van HarperCollins US, niet alleen voor de tactvolle manier waarop ze me op de 'kreukels' hebben gewezen, maar ook omdat ze me de tijd en ruimte hebben gegund deze glad te strijken. Dank ook aan Hazel Orme voor haar kundige redactie van de retorische passages. Zij heeft mij meer over grammatica bijgebracht dan ik ooit op school heb geleerd... Ik hef in gedachten het glas op Sheila Crowley voor haar onvermoeibare inzet en tevens omdat ze me het interieur van een paar van de mooiste pubs en restaurants van Londen heeft laten zien. En op Louise Werner, die een klankbord was en een medeplichtige. Zij heeft me er op gezette tijden aan herinnerd dat cocktails natuurlijk een onmisbaar onderdeel van het hele uitgeefproces zijn.

Dank aan Emma Longhurst, omdat ze een oud werkpaard ervan heeft overtuigd dat publiciteit leuk kan zijn, en aan Vicky Cubitt, die altijd bereid was ons thuiswerkers een luisterend oor te bieden. Dichter bij huis ben ik dank verschuldigd aan Julia Carmichael en de staf van Harts voor hun steun, aan Lucy Vincent zonder wie ik nooit tot dit werk was gekomen, en aan Saskia en Harry, die nu en dan sliepen en mij daar zodoende de kans voor gaven. Aan mama en papa, zoals altijd. En vooral aan Charles, die met mijn werk opgescheept zit. En met mij. Niet per se in die volgorde. Er komt een dag dat we 's avonds over iets anders zullen praten... eerlijk waar.

Ieder mens draagt zijn verleden in zich als de bladzijden van een boek dat hij uit het hoofd kent, en zijn vrienden kunnen alleen de titel lezen.

Virginia Woolf

VOORWOORD

Mijn moeder heeft me eens verteld dat je de naam van de man met wie je zal trouwen te weten kan komen door een appel te schillen en de schil in zijn geheel over je schouder te gooien. Die schil vormt dan een letter, begrijp je. Tenminste, dat gebeurde soms. Mammie wilde zo graag dat het werkte, dat ze gewoon weigerde toe te geven dat de schil er als een zeven of een twee uitzag. Ze haalde er naar willekeur b's en d's uit. Zelfs al kende ik helemaal geen b of een d.

Maar bij Guy had ik geen appel nodig. Ik wist het vanaf het eerste moment dat ik hem zag. Ik herkende zijn gezicht zo duidelijk alsof het mijn eigen gezicht was. Om dat gezicht zou ik mijn familie verlaten. Hij zou van me houden, me aanbidden, en me mooie kinderen schenken. Naar zijn gezicht zou ik sprakeloos staren toen hij zijn trouwbelofte uitsprak. Zijn gezicht zou ik 's morgens als eerste en 's avonds als laatste zien in de zoete adem van de nacht.

Wist hij dat? Natuurlijk wist hij het. Hij heeft me namelijk gered. Als een ridder, met bemodderde kleren in plaats van een glanzend harnas. Een ridder die opdoemde uit het donker en me meevoerde naar het licht. Nou ja, het was eigenlijk de stationswachtkamer. Er waren een paar soldaten die me lastig vielen toen ik op de laatste trein stond te wachten. Ik was met mijn baas en zijn vrouw naar een dansavond geweest en ik had mijn trein gemist. Die soldaten hadden veel te veel gedronken en bleven maar tegen me aan praten. Ze namen geen genoegen met mijn afwijzing. Ik wist heel goed dat ik niet met soldaten moest praten. Ik hield me dus zo veel mogelijk op een afstand van hen en ging op een bank in de hoek zitten. Ze kwamen steeds dichterbij, tot een van hen naar me graaide alsof het een geintje was, en ik verschrikkelijk bang werd omdat het zo laat was en er nergens een kruier of wie dan ook te bekennen was. Ik bleef herhalen dat ze me met rust moesten laten, maar ze luisterden niet. En toen duwde de grootste, die er walgelijk uitzag, zich tegen me aan met zijn smerige ongeschoren gezicht en stinkende adem, en zei dat hij me wel zou krijgen, of ik wilde of niet. Natuurlijk wilde ik schreeuwen, maar ik kon het niet, omdat ik volkomen verstijfd was van angst.

En ineens was Guy daar. Hij stormde de wachtkamer binnen en vroeg op bevelende toon waar die vent mee bezig was en dat hij hem een flink pak rammel zou geven. Toen beende hij op de drie kerels af; ze braakten wat verwensingen uit, en een van hen balde zijn vuist naar hem, maar algauw dropen ze vloekend en tierend af, de lafaards.

Ik zat te trillen en begon verschrikkelijk te huilen, en hij kwam naast me zitten en bood aan een glas water voor me te halen zodat ik weer op verhaal kon komen. Hij was zo aardig. Zo lief voor me. En toen zei hij dat hij zou blijven wachten tot de trein kwam. En dat deed hij inderdaad.

En daar, onder de gelige stationsverlichting, keek ik voor het eerst naar zijn gezicht. Ik bedoel echt kijken. En ik wist dat hij het was. Helemaal.

Nadat ik het mammie had verteld, ging ze een appel schillen om te kijken of het klopte. Ze gooide de schil over mijn schouder. Ik vond dat hij eruitzag als een D, maar mammie zweert tot op de dag van vandaag dat het duidelijk een G was. Nu zijn we het appelstadium allang voorbij.

DEEL EEN

1

FREDDIE HAD WEER EENS overgegeven. Blijkbaar was het dit keer gras. Het lag in een schuimige, blauwgroene plas in de hoek bij de schoorsteenmantel, en sommige sprieten waren nog intact.

'Hoe vaak moet ik het je nog zeggen, sufferd?' gilde Celia, die er net met haar zomersandalen in had getrapt. 'Je bent toch geen paard.'

'Of een koe,' voegde Sylvia er behulpzaam vanaf de keukentafel aan toe, waar ze ijverig afbeeldingen van huishoudelijke apparaten in een plakboek zat te plakken.

'Of wat voor beest dan ook. Je moet brood eten, geen gras. Koekjes. Normale dingen.' Celia trok haar schoen van haar voet en hield hem tussen vinger en duim boven het aanrecht. 'Bah. Je bent walgelijk. Waarom doe je dat soort dingen toch steeds? Mammie, zeg jij het nou eens tegen hem. Laat hij het alsjeblieft opvegen.'

'Haal die troep eens weg, Frederick, schat.' Mevrouw Holden, die in een hoge stoel bij de haard zat, zocht in de krant naar het tijdstip van de volgende aflevering van *Dixon of Dock Green*. Dat programma vormde voor haar een van de weinige compensaties voor het aftreden van Churchill. En voor het recente gedoe met haar man. Hoewel ze natuurlijk alleen Churchill noemde. Mevrouw Antrobus en zij, vertelde ze Lottie, hadden tot dusver samen naar alle afleveringen gekeken, en ze vonden het een schitterend programma. Maar mevrouw Antrobus en zij waren natuurlijk de enigen in Woodbridge Avenue die televisie hadden, en ze schiepen er veel genoegen in hun buren te vertellen hoe fantastisch bijna alle programma's waren.

'Veeg het op, Freddie. Jasses. Waarom heb ik een broertje dat beestenvoer eet?'

Freddie zat op de grond bij de koude kachel en duwde een blauw autootje heen en weer langs het haardkleedje. 'Het is geen beestenvoer,' mompelde hij tevreden. 'God heeft gezegd dat we het moeten eten.'

'Mammie, nu gebruikt hij de naam van de Heer ijdel.'

'Je mag Gods naam niet uitspreken,' zei Sylvia op strenge toon, terwijl ze een mixer op een paarse pagina plakte. 'Hij zal je neerslaan.'

'Ik weet zeker dat God niet echt gras heeft gezegd, Freddie, schat,' zei mevrouw Holden op verstrooide toon. 'Celie, lieverd, wil je mij even mijn bril aangeven voor je weggaat? Ik weet zeker dat ze de kranten steeds kleiner afdrukken.'

Lottie stond geduldig te wachten bij de voordeur. Het was een vermoeiende middag geweest en ze wilde dolgraag weg. Mevrouw Holden had erop aangedrongen dat Celia en zij haar zouden helpen met het maken van schuimgebakjes voor de kerkbazaar, terwijl ze wist dat de meisjes een hekel hadden aan bakken, en het was Celia gelukt zich er na tien minuten aan te onttrekken met het smoesje dat ze hoofdpijn had. En dus moest Lottie naar mevrouw Holdens gezeur over eiwitten en suiker luisteren en net doen alsof ze niet zag dat haar handen trilden en haar ogen vol tranen stonden. Nu waren die vreselijke dingen eindelijk gebakken en zaten ze veilig in vetvrij papier opgeborgen in koekblikken, en je raadt het nooit: Celia's hoofdpijn was op wonderbaarlijke wijze verdwenen. Celia trok haar schoen weer aan en zei tegen Lottie dat ze weg moesten. Ze hing haar vest om haar schouders en bracht voor de spiegel met een paar streken haar haar in orde.

'Meisjes, waar gaan jullie heen?'

'Naar het koffiehuis natuurlijk.'

'Naar het park.'

Celia en Lottie zeiden het op hetzelfde moment, en keken elkaar in paniek zwijgend aan.

'We gaan naar allebei,' zei Celia op gedecideerde toon. 'Eerst het park, daarna koffiedrinken.'

'Ze gaan allebei met jongens zoenen,' zei Sylvia, over haar plakboek gebogen. Ze had de punt van haar ene vlecht in haar mond gestoken. Die kwam op gezette tijden glanzend nat tevoorschijn.

'Smaksmak. Smak. Smak . Bah. Zoenen.'

'Nu, drink in elk geval niet te veel. Je weet dat jullie er niet tegen kunnen. Lottie-lief, let op dat Celia niet te veel koffie drinkt. Hooguit twee kopjes. En zorg dat je om half zeven thuis bent.'

'Op bijbelles zegt God dat de aarde overal voor zal zorgen,' zei Freddie, opkijkend.

'En kijk eens hoe misselijk je werd toen je ervan at,' zei Celia. 'Ik begrijp niet dat je het hem niet laat opruimen, mammie. Hij komt altijd overal onderuit.'

Mevrouw Holden pakte haar bril aan en zette die langzaam op haar neus. Ze zag eruit als iemand die zich maar net bij ruwe zee staande weet te houden door tegen beter weten in vol te houden dat ze zich op de vaste wal bevindt. 'Freddie, zeg even tegen Virginia dat ze een natte lap brengt, ja? Goed zo. En Celia, schat, doe niet zo eng. Lottie, trek je blouse recht, liefje. Jullie gedragen je wel raar, zeg. En, meisjes, jullie gaan onze nieuwe gast toch niet staan aangapen? We willen niet dat ze denkt dat de inwoners van Merham een stel boerenpummels zijn die er met open mond bij komen staan.'

Er viel een korte stilte, waarin Lottie zag dat Celia's oren heel lichtroze kleurden. Haar eigen oren waren niet eens warm, zij had haar leugens door de jaren heen geperfectioneerd, en ten overstaan van strengere ondervragers. 'We komen na het koffiehuis direct naar huis, mevrouw Holden,' zei Lottie op besliste toon. Wat natuurlijk van alles kon betekenen.

Het was de dag van het wisselen van de vakantiegangers: de hordes mensen die met de zaterdagtrein vanaf het Londense Liverpool Street Station aankwamen, en de groep die, ietsje minder bleek, met tegenzin naar de stad terugkeerde. Op die dagen wemelde het op de trottoirs van de kleine jongens die haastig in elkaar geknutselde houten karretjes met stapels uitpuilende koffers voortzeulden. Achter hen staken uitgeputte mannen in hun beste zomerpak hun arm door die van hun vrouw, blij dat ze voor een paar penny's hun jaarlijkse vakantie als een vorst konden beginnen. In elk geval zonder dat ze hun bagage naar hun logeeradres hoefden te sjouwen.

Zodoende bleef de aankomst min of meer onopgemerkt, en onbesproken. Behalve dan door Celia Holden en Lottie Swift. Ze zaten op de bank in het park die uitkeek op de vier kilometer strandboulevard, en staarden in verrukking naar de verhuiswagen, waarvan de donkergroene motorkap, net zichtbaar onder de Schotse dennen, fonkelde in de middagzon.

Beneden hen strekten zich aan de linkerzijde de golfbrekers uit, als de donkere tanden van een kam, en het zeewater vloeide geleidelijk weg over het vochtige zand, dat bezaaid was met figuurtjes die de voor het seizoen abnormaal straffe wind trotseerden. De aankomst van Adeline Armand, zo concludeerden de meisje achteraf, was een gebeurtenis die kon wedijveren met het bezoek van de koningin van Sheba. Dat wil zeggen, als het de koningin van Sheba zou hebben behaagd op een zaterdag te komen, in de drukste week van het zomerseizoen in Merham. Dat was de oorzaak van de afwezigheid van mensen als de dames Colquhoun, het gezin van wethouder Elliott, de pensionhoudsters van de promenade en nog enkele anderen uit de buurt, van wie je normaal gesproken kon verwachten dat ze commentaar zouden leveren op de extravagante levensstijl van nieuwkomers die kwamen aanzetten met wagonladingen hutkoffers, grote schilderijen waarop geen familieportretten of landschappen met galopperende paarden te zien waren maar enorme vormeloze kleurvlekken. En niet te vergeten gigantische hoeveelheden boeken, en voorwerpen die overduidelijk buitenlands waren. Nee, die mensen stonden niet zwijgend bij hun tuinhek om de gestage optocht in het al geruime tijd leegstaande art-decohuis aan de boulevard te zien verdwijnen, ze stonden in de rij bij Price's Butcher's in Marchant Street of haastten zich naar de vergadering van de Bond van Pensionhoudsters.

'Mevrouw Hodges zegt dat ze van adel is. Hongaars of zoiets.'

'Flauwekul.'

Celia keek haar vriendin met grote ogen aan. 'Echt waar! Mevrouw Hodges heeft mevrouw Ansty gesproken, die de notaris kent of wie het ook was die het huis beheerde. Ze schijnt echt een soort Hongaarse prinses te zijn.'

Beneden hen hadden enkele gezinnen bezit genomen van de kleine stroken strand. Je kon ze zien zitten achter een klapperend gestreept windscherm in een strandhuisje waar ze beschutting zochten tegen de stormachtige zeewind.

'Armand is geen Hongaarse naam.' Lottie stak haar hand op en veegde de haren haar die steeds in haar mond waaiden, weg.

'O ja? En hoe weet jij dat?'

'Het is toch onzin. Wat moet een Hongaarse prinses nou in Merham? Die zou toch zeker liever in Londen willen wonen! Of op Windsor Castle. Niet in een saai gat als dit.'

'Maar dan niet in het deel van Londen waar jij woont.' Celia's toon had iets minachtends.

'Nee,' gaf Lottie toe. 'Niet in dat deel van Londen.' Exotische lieden kwam niet uit Lotties deel van Londen, een oostelijke voorstad die letterlijk volgebouwd was met inderhaast opgetrokken fabrieken, die aan de ene kant aan het gasbedrijf grensde en aan de andere kant aan een groot stuk onaantrekkelijk moerasland. Toen ze pas naar Merham was geëvacueerd, in de beginjaren van de oorlog, moest ze haar ongeloof verbergen als meelevende dorpsbewoners haar vroegen of ze de stad miste. Ze keek even ongelovig als ze dezelfde vraag stelden maar dan met betrekking tot haar familie. Uiteindelijk hielden ze op met vragen stellen.

De laatste twee jaar van de oorlog had Lottie weer thuis doorgebracht. Na een koortsachtige briefwisseling tussen Lottie en Celia en de herhaalde opmerking van mevrouw Holden dat het niet alleen leuk zou zijn voor Celia om een vriendinnetje van haar eigen leeftijd te hebben, maar dat je toch ook je steentje moest bijdragen aan de samenleving, werd ze uitgenodigd naar Merham terug te komen, aanvankelijk alleen voor de vakanties, maar toen die vakanties doorliepen tot het begin van het schooljaar, ten slotte voorgoed. Nu was Lottie geaccepteerd als lid van het gezin Holden; weliswaar niet als bloedverwante, niet echt als een sociaal gelijkwaardig lid – dat East End-accent raakte je immers nooit helemaal kwijt – maar als iemand op wier blijvende aanwezigheid in het dorp geen commentaar meer werd geleverd. Trouwens, Merham was gewend aan mensen die kwamen en niet meer naar huis terugkeerden. Dat was het effect dat de zee op mensen kon hebben.

'Zullen we iets kopen? Bloemen of zoiets? Om een smoesje te hebben om binnen te komen?'

Lottie wist dat Celia spijt had van haar eerdere opmerkingen: ze keek haar aan met haar Moira Shearer-glimlach (althans dat vond ze zelf), waarbij haar ondertanden zichtbaar werden. 'Ik heb geen geld.'

'Geen bloemen uit de winkel. Jij weet toch waar we mooie wilde bloemen kunnen vinden? Je plukt ze vaak genoeg voor mammie.' Lottie bespeurde een lichte rancune in die laatste zin.

De meisjes lieten zich van de bank afglijden en liepen naar de rand van het park, waar een gietijzeren balustrade het begin van het rotspad naar het strand aangaf. Lottie liep er vaak op zomeravonden, als het lawaai en de onderdrukte hysterie van de familie Holden haar te veel werden. Ze vond het prettig naar de meeuwen en kwartelkoningen die boven haar door de lucht scheerden, te luisteren en zich te realiseren wie ze was. Dat soort introspectie zou mevrouw Holden onnatuurlijk hebben gevonden of in elk geval overdreven, maar Lotties veldboeketjes boden een nuttig alibi. Bijna tien jaar in andermans huis wonen had echter ook een zekere behoedzaamheid opgeleverd, een gevoeligheid voor mogelijke huiselijke onrust, die in tegenspraak was met haar leeftijd. Ze was tenslotte nog een tiener. Het was belangrijk dat Celia haar niet als concurrente ging beschouwen.

'Heb je die hoedendozen gezien? Het waren er zeker zeven,' zei Celia terwijl ze zich vooroverboog. 'Wat dacht je van deze?'

'Nee. Die hangen binnen de kortste keren slap. Pluk maar wat van die paarse. Daar, bij die grote kei.'

'Ze moet bulken van het geld. Mammie zegt dat het opknappen handenvol geld kost. Ze heeft de schilders en behangers gesproken en die zeiden dat het een puinhoop is. Er heeft niemand meer gewoond sinds de MacPhersons naar Hampshire zijn verhuisd. Dat moet, eens kijken, negen jaar geleden zijn.'

'Weet ik niet. Ik heb de MacPhersons nooit ontmoet.'

'Een oersaai stel. Zij had schoenmaat tweeënveertig. Er is niet één fatsoenlijke haard in dat huis, volgens mevrouw Ansty. Allemaal gestolen.'

'De tuin is een grote wildernis.'

Celia stond stil. 'Hoe weet jij dat?'

'Ik ben er een paar keer geweest. Op mijn wandelingen.'

'Stiekemerd! Waarom heb je mij niet meegenomen?'

'Omdat je nooit wilt wandelen.' Lottie keek langs haar heen naar de verhuiswagen, en voelde iets van opwinding in zich opkomen. Ze waren eraan gewend dat er nieuwe mensen kwamen – Merham was per slot van rekening een toeristenplaatsje, en de seizoenen werden bepaald door badgasten, die kwamen en gingen als het getij. Maar het vooruitzicht dat het grote huis weer bewoond zou worden had de afgelopen twee weken iets heel spannends gegeven.

Celia richtte haar aandacht weer op de bloemen. En terwijl ze ze opnieuw schikte, werd haar haar als een gouden sluier door de wind opgetild. 'Ik geloof dat ik een hekel aan mijn vader heb,' zei ze, in de verte turend.

Lottie bleef staan. Ze voelde zich niet geroepen commentaar te geven op Henry Holdens etentjes met zijn secretaresse.

'Mammie is zo dom. Ze doet alsof er niets aan de hand is.' Er viel een stilte, die werd onderbroken door het schorre gekrijs van de meeuwen die boven hen rondcirkelden. 'God, wat zal ik blij zijn als ik hier weg kan gaan.'

'Ik vind het hier fijn.'

'Ja, maar jij hoeft niet aan te zien hoe je vader zich onsterfelijk belachelijk maakt.' Celia keek Lottie weer aan en stak haar hand uit. 'Hier. Denk je dat het zo genoeg is?'

Lottie keek naar de bloemen. 'Wil je daar echt heen? Alleen om je aan haar spullen te kunnen vergapen?'

'Nou, en jij niet soms, moeder overste?'

De meisjes grinnikten en renden naar het park terug, hun vesten en rokken wapperend in de wind.

De oprijlaan naar Arcadia House liep vroeger in een cirkel. De buren die er waren blijven wonen herinnerden zich de stoet lange, lage auto's die met een knerpend geluid op het grind bij de voordeur stopten en daarna door de sierlijke bocht reden om weer op de weg uit te komen. Het was een voornaam huis, in de buurt van de spoorbaan gelegen. Dat detail was zo belangrijk dat huizen in Merham werden aangeprezen met 'in de buurt van' of 'buiten' de spoorbaan. Het was gebouwd door Anthony Gresham, de oudste zoon van de familie Walton Gresham, toen hij terugkwam uit Amerika, waar hij fortuin had gemaakt met het ontwerpen van een oninteressant machineonderdeel dat was aangekocht door General Motors. Het moest op het huis van een filmster lijken, had hij trots gezegd. Hij had een huis in Santa Monica gezien, dat het eigendom was van een actrice van de stomme film. Het was groot, laag en wit, met enorme glazen wanden en kleine, patrijspoortachtige raampjes. Het had een indruk op hem gemaakt van glamour, nieuwe werelden en een grandioze toekomst. Een toekomst die hij, ironisch genoeg, niet zou beleven, want hij overleed op tweeënveertigjarige leeftijd na een aanrijding met een auto, een Rover. Toen het huis uiteindelijk klaar was, waren enkele inwoners van Merham behoorlijk geschokt door de moderne stijl. Ze hadden zich onderling erover beklaagd dat die totaal niet in het stadje paste. Sommige oudere dorpsbewoners waren dan ook heimelijk opgelucht toen de volgende eigenaars, de familie MacPherson, een paar jaar daarna verhuisden en het huis leeg bleef staan. Inmiddels was het noordelijke deel van de oprijlaan totaal overwoekerd met ondoordringbare braam- en vlierbosjes, waardoor je niet meer door kon rijden tot aan het hek dat eens toegang gaf tot het pad naar het strand. Dat leidde nu tot veel gegier van remmen en gevloek van chauffeurs van bestelwagens die hun vracht hadden afgeleverd en probeerden te keren om weer op de weg te komen, maar werden geblokkeerd door een andere auto die op de oprijlaan achter hen geparkeerd stond.

Lottie en Celia bleven even staan kijken naar de paars aangelopen, bezwete mannen die nog steeds met het meubilair liepen te sjouwen, tot een lange vrouw met kastanjebruin haar in een strakke chignon naar buiten rende, en met autosleutels zwaaiend riep: 'Een ogenblikje. Wacht nou even. Ik zet hem wel bij de moestuin.'

'Denk je dat zij het is?' fluisterde Celia, die om onduidelijke redenen achter een boom was weggedoken.

'Weet ik veel. Lottie hield haar adem in. Door Celia's onverwachte terughoudendheid voelde ze zich ook opgelaten. Ze gingen dicht tegen elkaar aan staan, gluurden om de boomstam heen en hielden hun rokken vast zodat die niet zouden opwaaien.

De vrouw stapte in de auto en keek naar het dashboard, alsof ze niet wist welke knop ze moest omdraaien. Toen beet ze met een gekwelde uitdrukking op haar onderlip, draaide het sleuteltje om, worstelde met de versnellingspook, haalde diep adem en knalde met een noodklap achterwaarts tegen de voorbumper van een geparkeerde bestelwagen op.

Even was het stil, maar algauw was een luid gevloek van een van de mannen te horen en klonk het aanhoudende geloei van een claxon. Toen de vrouw opkeek, realiseerden de meisjes zich dat ze waarschijnlijk haar neus had gebroken. Alles zat onder het bloed: haar lichtgroene blouse, haar handen en zelfs het stuur. Ze zat kaarsrecht op de chauffeursplaats, blijkbaar een beetje versuft, en begon toen naar iets te zoeken om het bloeden te stelpen.

Lottie holde het overwoekerde pad over, met haar zakdoek al in haar hand. 'Alstublieft,' zei ze, en terwijl ze haar hand uitstak, verzamelde een groepje gillende mensen zich om de auto. 'Neem deze maar. Houd uw hoofd achterover.'

Celia, die achter Lottie aan was gerend, staarde naar het met bloed gespatte gezicht van de vrouw. 'U hebt een lelijke klap gehad,' zei ze.

De vrouw pakte de zakdoek aan. 'Het spijt me heel erg,' zei ze tegen de bestuurder van de bestelwagen. 'Ik ben niet erg goed met de versnellingen.'

'U zou helemaal niet moeten rijden,' zei de man. Zijn donkergroene voorschoot spande om zijn omvangrijke lijf. Hij greep het restant van zijn koplamp beet. 'U hebt niet eens in de achteruitkijkspiegel gekeken.'

'Ik dacht dat ik hem in de eerste had. Die zit vlakbij de achteruit.'
'Uw bumper is eraf gevallen,' zei Celia opgewonden.
'Het is niet eens mijn eigen auto. O jee.'
'Moet je mijn koplamp zien! Die moet in zijn geheel vervangen worden. Dat gaat me tijd en geld kosten.'
'Ja, natuurlijk.' Ze knikte berouwvol.
'Heren, laat die dame met rust. Ze heeft een forse klap gehad.' Een donkerharige man in een licht linnen pak was bij het autoportier verschenen. 'Zeg maar wat de schade is, dan maak ik het in orde. Frances, ben je gewond? Heb je een dokter nodig?'
'Ze zou niet moeten rijden,' zei de man hoofdschuddend.
'U had niet zo dicht bij haar auto moeten gaan staan,' zei Lottie, geërgerd door zijn gebrek aan medeleven. De chauffeur negeerde haar.
'Het spijt me zo,' mompelde de vrouw. 'O, jee. Kijk mijn rok eens.'
'Kom, hoeveel is het? Vijftien shilling? Een pond?' De jongere man trok een paar bankbiljetten uit een bundeltje dat hij uit zijn binnenzak had gehaald.
'Hier, pak aan. En nog vijf voor de overlast.'
De chauffeur bedaarde; het was waarschijnlijk niet eens zijn eigen wagen, bedacht Lottie. 'Nou,' zei hij. 'Goed. Dat moet genoeg zijn.' Snel stak hij het geld in zijn zak. Zijn leed werd kennelijk verzacht door het slimme besluit geen verder risico te nemen. 'We gaan het werk afmaken. Kom op jongens.'
'Moet je haar rok zien,' fluisterde Celia terwijl ze Lottie aanstootte. Frances' rok reikte bijna tot haar enkels. Hij was met een opzichtig wilgendessin bedrukt en deed merkwaardig ouderwets aan.
Lottie verdiepte zich in de rest van de kleren die de vrouw droeg: haar schoenen, die bijna Edwardiaans aandeden, en het lange snoer van ronde barnstenen kralen. 'Bohémiens!' mompelde ze bijna vrolijk.
'Kom mee, Frances. Laten we naar binnen gaan voordat de hele bekleding onder het bloed komt.' De jongeman stak zijn sigaret in zijn mondhoek, pakte de vrouw zachtjes bij haar elleboog en hielp haar uit de auto.
Terwijl ze naar het huis liep, draaide ze zich ineens om. 'O, je mooie zakdoek. Die zit vol bloed.' Ze zweeg even en keek nog er eens naar. 'Wonen jullie hier? Kom binnen. Hebben jullie zin in een kopje thee? We vragen Marnie wel of ze hem even uitwast. Dat is het minste

dat ik kan doen. George, roep Marnie even voor me. Ik ben bang dat ik de vloer onder zal spetteren.'

Lottie en Celia keken elkaar aan.

'Graag,' zei Celia. Pas toen de deur achter hen dichtviel, realiseerde Lottie zich dat ze de bloemen op de oprit hadden laten liggen.

Celia zag er minder zelfverzekerd uit toen ze de grote vestibule betrad. Ze bleef zo onverwacht staan dat Lottie, die niet oplette, met haar neus tegen Celia's achterhoofd botste. Dat kwam niet doordat Celia van nature een neiging tot aarzelen had (ze werd door haar jongere broer en zusje niet voor niets 'juffrouw Elleboog' genoemd), maar door de aanblik van het grote schilderij dat tegen de trapleuning tegenover de voordeur stond. Het was een olieverfschildering van een naakte, achteroverleunende vrouw. En, bedacht Lottie, aan de stand van haar armen en benen te zien, niet van het eerbare soort.

'Marnie? Marnie, waar ben je?' George ging hen voor en beende met grote passen over de tegelvloer, langs de verhuisdozen. 'Marnie, kun je ons wat warm water brengen? Frances is ergens tegenaan gereden. En wil je dan ook thee zetten, als je toch bezig bent? We hebben bezoek.'

Uit het aangrenzende vertrek klonk een gedempt antwoord en het geluid van een deur die dichtgetrokken werd. Door het ontbreken van tapijten en meubelen werd het geluid versterkt en tegen de stenen vloeren teruggekaatst in de grote lege ruimte. Celia pakte Lottie bij de arm. 'Vind je dat we moeten blijven?' fluisterde ze. 'Ze lijken me nogal... losbandig.'

Lottie keek om zich heen, naar de rekken met enorme schilderijen, de dikke, opgerolde tapijten die als gebogen oude mannen tegen de wanden geleund stonden, en het Afrikaanse houten beeld van een vrouw met een opgezwollen buik. Het zag er allemaal totaal anders uit dan de huizen die ze kende. Het huis van haar moeder bijvoorbeeld, dat klein en donker was en volgepropt met eiken meubelen en goedkope porseleinen prullaria. Daar hing altijd een lucht van kolengruis en te gare groente en je hoorde voortdurend lawaai van het verkeer of van buiten spelende buurkinderen. Of dat van de familie Holden, een gerieflijk grillig gebouwd gezinshuis in imitatietudorstijl, dat scheen te worden gewaardeerd om zijn uitstraling en zijn interieur. De meubelen waren erfstukken en moesten voorzichtig worden behandeld, voorzichtiger dan de bewoners zelf, leek het wel. Er mochten geen kopjes op worden neergezet, en kinderen mochten er niet tegen stoten. Alles moest worden 'doorgegeven' aan de volgende generatie, had mevrouw Holden verkondigd, alsof zij slechts de hoeders van die houten meubels waren. Hun huis werd voortdurend heringericht voor andere mensen, gezellig gemaakt voor de dames, opgeruimd voor dokter Holden 'voor als hij thuiskomt'. En te midden van dit alles was daar mevrouw Holden, die als een kleine, tengere koningin wanhopige pogingen deed het onvermijdelijke vuil en afval de baas te blijven.

En dan dit huis: wit, stralend, buitenissig, met zijn vreemde, rechthoekige vorm, grote lage, matglazen ramen, en patrijspoorten waardoor je de zee kon zien, en zijn uitgebreide, rommelige collectie exotische voorwerpen. Een huis waarvan elk voorwerp een verhaal te vertellen had en een boeiende afkomst uit vreemde landen verried. Ze ademde de geur van het huis in, de zilte lucht die door de jaren heen de muren had doordrenkt, met daaroverheen de lucht van verse verf. Het effect was merkwaardig bedwelmend. 'Thee kan toch geen kwaad?'

Celia zweeg even en bestudeerde Lotties gezicht. 'Als je het niet aan mammie vertelt. Anders gaat ze zeuren.'

Ze liepen achter een verdrietige Frances aan naar de woonkamer, die baadde in het licht dat naar binnen stroomde door de vier ramen die op de baai uitkeken, en waarvan de middelste twee doordat de muur halfrond was, een gebogen vorm hadden. Bij het raam aan de rechterkant worstelden twee mannen met een gordijnroede en zware gordijnen, terwijl links van hen in de hoek een jonge vrouw op haar knieën bezig was rijen boeken in een boekenkast met een glazen deur te zetten.

'Het is Julians nieuwe auto. Hij zal razend zijn. Ik had jou moeten vragen hem te verplaatsen.' Frances liet zich in een stoel zakken en keek of er vers bloed op haar zakdoek zat.

George schonk haar een flinke bel cognac in. 'Ik licht Julian wel in. En, hoe gaat het nu met je neus? Je ziet eruit als een schilderij van Picasso, schat. Denk je dat we een dokter moeten laten komen? Adeline? Weet jij hier een dokter?'

'Mijn vader is dokter,' zei Celia. 'Als u wilt kan ik hem bellen.'

Het duurde even voordat Lottie de derde vrouw zag. Ze zat kaarsrecht midden op een kleine sofa, met over elkaar geslagen enkels en ineengevouwen handen, onaangedaan door de chaos om haar heen. Haar haar, dat de blauwzwarte tint van ravenveren had, lag in sluike golven om haar hoofd, en ze droeg een weinig modieuze lange, strakke rode japon van oosterse zijde, met daaroverheen een geborduurd jakje waarop pauwen hun kleurige verentooi lieten zien. Ze had grote zwarte, met oogpotlood aangezette ogen, en kleine handen als van een kind. Ze zat zo onbeweeglijk stil dat Lottie zowat een luchtsprong maakte toen ze haar hoofd bij wijze van begroeting licht boog.

'Je bent echt fantastisch, George. Je hebt al een paar padvindstertjes gevonden.' De vrouw glimlachte, met de trage, lieflijke glimlach van iemand die overal verrukt van is. Ze had een niet thuis te brengen accent; misschien Frans, maar in elk geval buitenlands. Haar kleding en make-up waren onmogelijk, buitenissig, zelfs voor iemand die buiten de tweelingplaatsjes Merham en Walton-on-the-Naze was opgegroeid. Lottie stond als aan de grond genageld. Ze keek Celia aan, en zag haar eigen onnozele blik in de hare weerspiegeld.

'Adeline. Dit zijn – o, mijn hemel, ik heb niet eens gevraagd hoe jullie heten.' Frances sloeg haar hand voor haar mond.

'Celia Holden. En Lottie Swift,' zei Celia, met haar voeten schuifelend. 'We wonen achter het park. Op de Woodbridge Avenue.'

'De meisjes zijn zo aardig geweest me een zakdoek te lenen,' zei Frances. 'Die ik heb geruïneerd.'

'Arme schat.' Adeline nam Frances' hand in de hare.

Lottie keek toe en verwachtte dat Adeline haar een bemoedigend kneepje zou geven, of een geruststellende aai. Maar in plaats daarvan hief ze Frances' hand naar haar robijnrode mond en gaf er, waar iedereen bij stond, zonder zelfs maar te blozen, een kus op. 'Wat vreselijk voor je.'

Even was het stil.

'O, Adeline,' zei Frances bedroefd, en ze trok haar hand terug.

Lottie, die het benauwd kreeg bij dit bizarre vertoon van intimiteit, durfde Celia niet aan te kijken.

Na een korte pauze richtte Adeline met een stralende glimlach haar aandacht weer op de kamer. 'George, ik heb het je nog niet verteld. Is het niet schattig? Sebastian heeft artisjokken en plevierеieren uit Suffolk gestuurd. Die kunnen we gebruiken voor het avondeten.'

'Gelukkig.' George was naar de mannen bij het raam gelopen en hielp ze bij het bevestigen van de gordijnroede. 'Ik ben niet in de stemming voor vis met frietjes.'

'Wees niet zo'n snob, lieverd. Ik weet zeker dat de vis met frietjes hier heerlijk smaken, dat is toch zo, meisjes?'

'We hebben echt geen idee,' zei Celia haastig. 'Wij eten alleen in nette restaurants.'

Lottie beet op haar tong toen ze eraan dacht dat ze de zaterdag daarvoor nog met de broertjes Westerhouse op de zeedijk rog uit vettig krantenpapier hadden zitten eten.

'Vanzelfsprekend.' Ze had een lage, zwoele stem met een licht accent. 'Jullie zijn keurige meisjes. Vertel me eens, wat is er nou het fijnst aan het wonen in Merham?'

Celia en Lottie staarden elkaar aan.

'Er is hier niet zo veel te doen,' begon Celia. 'Eigenlijk is het nogal saai. Je hebt de tennisclub, maar die gaat 's winters dicht. En de bioscoop, maar de filmoperateur is vaak ziek en er is niemand anders die het apparaat kan bedienen. Als je uit wilt gaan, moet je echt naar Londen. Dat doen de meesten van ons. Ik bedoel, als je echt een avond uit wilt, als je naar het toneel of naar een goed restaurant wilt...' Ze praatte te snel, probeerde er achteloos uit te zien, maar struikelde over haar eigen onwaarheden.

Lottie keek naar Adelines gezicht, waarop de belangstellende glimlach iets neutraler werd, en was doodsbenauwd dat deze vrouw hen zou afschrijven. 'De zee,' zei ze kort en bondig.

Adeline draaide haar gezicht naar Lottie toe en trok heel licht haar wenkbrauwen op.

'De zee,' herhaalde Lottie en ze probeerde Celia's woedende blik te negeren. 'Aan zee wonen bedoel ik. Dat is het fijnste. Dat je hem de hele tijd op de achtergrond hoort en hem ruikt, en dat je over het strand kunt lopen en de kromming van de aarde zien... Als je over het water uitkijkt, weet je dat er zoveel onder de oppervlakte gebeurt dat we nooit zullen zien of weten. Dat grote mysterie, pal voor onze deur. En de stormen. Als de golven over de muur slaan en de bomen ombuigen als grassprieten, en je vanuit je huis toekijkt, warm en veilig en droog...' Ze haperde en zag Celia's opstandige gezicht. 'Althans, dat vind ík in elk geval fijn.'

Haar ademhaling klonk onnatuurlijk luid door de stilte.

'Dat klinkt geweldig,' zei Adeline. Ze aarzelde bij het laatste woord en keek Lottie aan. Het meisje kreeg er een kleur van. 'Ik ben nu al blij dat we zijn gekomen.'

'Hoe erg is de bestelwagen beschadigd? Denk je dat ze hem naar mijn vader zullen brengen?' Met een ernstige uitdrukking op zijn gezicht schoof Joe zijn lege koffiekop over de formica bar. Niet dat Joe's gezicht ooit een andere uitdrukking had. Zijn sombere ogen, die altijd eerbiedig opwaarts keken, leken misplaatst in dat sproetige, verweerde gezicht.

'Ik weet het niet, Joe. Het was alleen een koplamp of iets dergelijks.'

'Ja, maar die zal toch vervangen moeten worden.'

Achter hem zong Alma Cogan over haar *Dreamboat*, nu en dan overstemd door het geluid van schrapende stoelpoten en goedkoop serviesgoed. Lottie wierp een blik op de weinig dromerige trekken van haar metgezel, en wilde dat ze nooit een woord had gezegd over hun bezoek aan het huis van Adeline Armand. Joe stelde altijd de verkeerde vragen en wist meestal het gesprek op de garage van zijn vader te brengen. Joe zou als enige zoon op een goede dag dat krakkemikkige zaakje erven, en het gewicht van die erfenis hing al als een molensteen om zijn nek, alsof hij de kroonprins was. Door hem in vertrouwen te nemen over hun bijzondere bezoek had ze gehoopt dat hij ook onder de bekoring zou komen van de vreemde, exotische personages en het grote, op een oceaanschip lijkende huis. Dat hij zich ook ver van het bekrompen wereldje van Merham zou wanen. Joe richtte zijn aandacht echter uitsluitend op het alledaagse, en beperkte zijn verbeeldingskracht tot de huishoudelijke details. Hoe was het mogelijk dat de dienstbode thee had gemaakt terwijl de verhuisdozen net waren afgeleverd? Welke koplamp had die vrouw dan beschadigd? Zou die verflucht niet iedereen hoofdpijn hebben bezorgd? Lottie kreeg niet alleen spijt dat ze hem het hele verhaal had verteld, maar kwam ook in de verleiding het schilderij van de naakte vrouw te beschrijven, alleen al om hem aan het blozen te krijgen. Het was heel makkelijk om Joe aan het blozen te krijgen.

Ze had alles met Celia willen bespreken. Maar Celia praatte niet meer met Lottie. Ze had niet meer tegen haar gesproken sinds ze naar huis waren gelopen, en Celia meer dan genoeg had gezegd. 'Heb je me expres voor schut gezet bij die mensen? Lottie! Ik kan het nog steeds niet geloven dat je al die onzin over de zee begon uit te kramen. Alsof het jou een zier kan schelen of er vissen onder de waterspiegel zwemmen, je kunt niet eens zwemmen!'

Lottie had met haar over de afkomst van Hongaarse prinsessen willen spreken en over Adeline die als een minnaar de hand van Frances had gekust , en over Georges relatie tot die twee. Hij gedroeg zich niet als een echtgenoot van een van de vrouwen; daarvoor had hij te veel aandacht aan allebei de vrouwen besteed. Ze wilde erover praten hoe het mogelijk was dat Adeline daar op de bank had gezeten alsof ze niets omhanden had, terwijl er zo veel te doen was en haar huis in een volslagen chaos verkeerde.

Maar Celia was nu druk in gesprek met Betty Croft; ze bespraken de mogelijkheid van een tochtje naar Londen vóór het einde van de zomer. En dus wachtte Lottie tot deze zomerstorm vanzelf zou overtrekken.

Maar Celia was kennelijk veel meer van de kaart door Lotties overdreven verhaal dan ze had gezegd. De onweerswolken werden steeds donkerder en het dreigde te gaan stortregenen. Het café stroomde vol met recalcitrante kinderen en hun uitgeputte ouders die natte, zanderige badlakens meedroegen. Celia negeerde Lotties pogingen aan het gesprek deel te nemen, en sloeg de plak leverworst die Lottie haar aanbood, af, zodat zelfs Betty, die normaal gesproken wel van een flinke ruzie hield, er onbehaaglijk bij zat. Mijn god, dacht Lottie gelaten. Hier zal ik voor moeten boeten. 'Ik stap maar eens op,' zei ze hardop, met haar blik op de zwarte drab van de oploskoffie onder in haar koffiekop. 'Er komt een bui aan.'

Joe stond op. 'Zal ik met je meelopen? Ik heb een paraplu.'

'Als je wilt.'

In wat de studeerkamer moest zijn geweest stond een portret van Adeline Armand tegen de muur. Het was geen normaal schilderij; het was slordig, uit de losse hand geschilderd, alsof de kunstenaar slechte ogen had en de streken lukraak had neergezet. Maar op de een of andere manier kon je zien dat zij het was. Door dat gitzwarte haar. En die halve glimlach.

'Er zijn zaterdag in Clacton enorme buien gevallen. Sneeuw in april, niet te geloven!'

Ze had het niet erg gevonden van de auto. Was niet eens gaan kijken om de schade vast te stellen. En die man – George – had biljetten uit een bundeltje bankbiljetten getrokken alsof het verlopen buskaartjes waren.

'Zo is het nog warm en zonnig, en zo hagelt het, binnen een paar uur. En er waren mensen op het strand. Ik wed dat er een stel aan het zwemmen waren. Je wordt nat, Lottie. Hier, geef me een arm.'

Lottie stak haar arm door die van Joe en draaide zich om; ze strekte haar hals om de voorkant van Arcadia House te kunnen zien. Het was het enige huis dat ze ooit had gezien waarvan de voor- en achterkant even schitterend waren. Het was alsof de architect het niet had kunnen verdragen dat de ene kant minder mooi zou zijn dan de andere. 'Zou jij niet in zo'n huis willen wonen, Joe?' Ze bleef staan zonder op de regen te letten. Ze voelde zich een beetje duizelig, alsof de gebeurtenissen van die middag haar uit haar evenwicht hadden gebracht.

Joe keek naar haar en daarna naar het huis. Hij boog zich voorover om de paraplu steeds boven haar hoofd te houden. 'Ziet er te veel uit als een schip.'

'Dat is het hem juist. Het staat toch ook vlakbij de zee.'

Joe keek zorgelijk, alsof hem iets ontging.

'Stel je voor. Je kunt doen alsof je op een lijnboot woont, die over de oceaan vaart.' Ze deed haar ogen dicht en vergat even de ruzie met Celia. Ze stelde zich voor dat ze op de bovenverdieping van het huis was. Wat bofte die vrouw dat ze al die ruimte voor zich alleen had, en er zo kon gaan zitten dromen. 'Als het van mij was, zou ik het gelukkigste meisje van de wereld zijn.'

'Ik zou een huis willen hebben dat over de baai uitkijkt.'

Lottie wierp hem een verraste blik toe. Joe gaf nooit enige wens te kennen. Daarom was hij zulk gemakkelijk, zij het saai gezelschap. 'Echt waar? Nou, ik zou wel een huis willen hebben met uitzicht op de baai, met patrijspoorten als ramen en een hele grote tuin.'

Hij glimlachte toen hij iets in haar toon bespeurde.

'En een grote vijver met zwanen erin,' voegde ze er enthousiast aan toe.

'En een apebroodboom,' zei hij.

'Ja!' zei ze. 'Een apebroodboom! En zes slaapkamers, met een kast waarin je rechtop kunt staan.' Ze liepen langzamer; hun gezichten waren rozig van de fijne regen vanuit zee.

Nadenkend fronste Joe zijn wenkbrauwen. 'En bijgebouwen waarin je drie auto's kunt stallen.'

'O, jij altijd met je auto's. Ik wil een groot balkon waar je vanuit de slaapkamer zo op kunt stappen, zodat je recht boven de zee staat.'

'Met een zwembad eronder. Zodat je van de rand af kunt springen als je zin hebt in een duik.'

Lottie begon te lachen. ' 's Morgens als ik wakker word! In mijn nachtpon, ja! En een keuken ernaast, zodat de dienstbode mijn ontbijt klaar kan zetten voor als ik uit het water kom.'

'En een tafel naast het zwembad, zodat ik naar je kan gaan zitten kijken.'

'En zo'n parasol... Wat zou je...' Lottie vertraagde haar stap. De lach verdween van haar gezicht en vanuit haar ooghoeken keek ze hem behoedzaam aan. Misschien verbeeldde ze het zich, maar de greep om haar arm werd losser, alsof hij zich al instelde op haar afwijzing. 'O, Joe.' Ze slaakte een zucht.

Zwijgend klommen ze het rotspad op. Een eenzame meeuw vloog voor hen uit en streek nu en dan op de balustrade neer, hopend op een beetje voedsel, ook al zat dat er niet in.

Lottie wuifde hem met een handgebaar weg en werd ineens ontzettend kwaad. 'Ik heb je al eerder gezegd dat ik niet op die manier in je geïnteresseerd ben, Joe.'

Joe keek recht voor zich uit en kreeg een kleur.

'Ik vind je aardig. Heel aardig zelfs. Maar niet op die manier. Ik wilde dat je niet zo bleef aandringen.'

'Ik dacht alleen – ik dacht toen je over het huis begon...'

'Dat was een spelletje, Joe. Een onschuldig spelletje. Wij zullen geen van tweeën ooit in een huis wonen dat zelfs maar half zo groot is als dat daar. Kom op. Loop nou niet te mokken. Anders loop ik alleen verder.'

Joe bleef staan, liet haar arm los en keek haar aan. Hij zag er heel jong uit, en erg vastberaden. 'Ik beloof je dat ik niet meer zal aandringen. Maar als je met me trouwt, Lottie, hoef je nooit meer terug naar Londen.'

Ze keek naar de paraplu en duwde die naar hem terug, zodat het stuivende zeewater en de regen haar hoofd in een fijne nevel hulden. 'Ik trouw niet. En ik heb je al gezegd dat ik niet terugga, Joe. Nooit van mijn leven.'

2

MEVROUW COLQUHOUN HAALDE DIEP adem, streek haar rok glad en gaf de pianist een knikje. Haar schrille sopraan steeg in de volle voorkamer op als een jonge spreeuw bij zijn eerste vliegpoging. En stortte vervolgens neer als een vette, aangeschoten fazant, hetgeen voor Sylvia en Freddie, die zich veilig achter de keukendeur bevonden, aanleiding was zich gillend van het lachen op de grond te laten vallen, met hun hand tegen hun mond gedrukt om het geluid te smoren.

Lottie probeerde ook een glimlach te onderdrukken. 'Lach maar niet te hard,' fluisterde ze, niet zonder leedvermaak. 'Jullie moeten het duet van de Weduwen en Wezen met haar doen.'

In het kleine halfjaar sinds ze ermee begonnen was, hadden de 'salons' van mevrouw Holden een zekere faam (of beruchtheid, dat wist niemand precies) verworven in de betere kringen van Merham. Bijna iedereen die iets voorstelde bezocht de tweewekelijkse zaterdagavonden, die mevrouw Holden had ingesteld in de hoop 'een vleugje cultuur' in het kustplaatsje te introduceren. De dames werden uitgenodigd een hoofdstuk uit een speciaal uitgekozen boek voor te lezen – *De verzamelde werken van George Herbert* was deze maand aan de beurt – piano te spelen of, als ze het aandurfden, een liedje te zingen. Er was immers geen reden hun kennissen in de stad te laten denken dat zij hier in het luchtledige leefden?

Als de stem van mevrouw Holden een klaaglijke ondertoon had bij het stellen van die vraag – en dat deed ze regelmatig – was dat te wijten aan haar nicht Angela, die in Kensington woonde, en die eens lachend had geopperd dat het culturele leven van Merham veel profijt zou hebben van de aanleg van een pier. Mevrouw Holdens permanente glimlach werd onzeker in de mondhoeken, en het had enkele maanden geduurd voordat ze zich ertoe kon brengen Angela weer uit te nodigen.

Opkomst was echter geen garantie voor kwaliteit, zoals de vocale poging van mevrouw Colquhoun aantoonde. Sommige vrouwen in het vertrek knipperden met hun ogen, slikten en namen iets vaker een slokje thee dan strikt noodzakelijk was. Toen mevrouw Colquhoun zich naar een moeizaam slot toewerkte, wierpen enkele dames elkaar heimelijke blikken toe. Het was zo lastig te weten in hoeverre je eerlijk moest zijn.

'Ik kan niet zeggen dat ik haar goed genoeg ken, maar ze beweert dat ze actrice is,' zei mevrouw Ansty, toen het aarzelende applaus was weggeëbd. 'Ze sprak gisteren met Arthur toen ze voor handcrème kwam. Ze was erg... mededeelzaam.' Ze wist iets afkeurends in het woord te leggen.

Hier waren de dames echt voor gekomen. Het gebabbel verstomde en sommigen leunden naar voren over hun kopje.

'Is ze Hongaarse?'

'Heeft ze niet gezegd,' zei mevrouw Ansty, die genoot van haar rol van orakel. 'Arthur vertelde dat ze voor een vrouw die zoveel praat eigenlijk nauwelijks iets over zichzelf zei.'

Met opgetrokken wenkbrauwen keken de dames elkaar aan, alsof dat alleen al een reden tot wantrouwen was.

'Er moet een echtgenoot zijn. Maar van hem heb ik geen spoor kunnen ontdekken,' zei mevrouw Chilton.

'Er komt daar regelmatig een man,' zei mevrouw Colquhoun, die nog rood zag van haar vocale prestaties. Nu zag ze wel vaker rood; ze was niet meer dezelfde sinds haar man terug was uit Korea. 'Mijn Judy heeft het dienstmeisje gevraagd wie die man is, en ze zei alleen: "O, dat is meneer George", alsof dat alles verklaarde.'

'Hij draagt linnen pakken. Altijd.' In de ogen van mevrouw Chilton was dat een enorme verkwisting. Mevrouw Chilton, een weduwe, was de pensionhoudster van Uplands, een van de grootste pensions aan de boulevard. Daardoor zou ze normaal gesproken van een dergelijke bijeenkomst zijn buitengesloten, maar, zoals mevrouw Holden Lottie uitlegde, iedereen wist dat Sarah Chilton beneden haar stand was getrouwd, en sinds de dood van haar man had ze erg haar best gedaan zich op te werken tot een vrouw van enig aanzien. En ze exploiteerde een zeer respectabel huis.

'Dames, zal ik nog een keer thee inschenken?' Mevrouw Holden stond bij de keukendeur en probeerde zich niet te ver voorover te buigen vanwege haar korset. Ze had het een maat te klein gekocht, vertelde Celia op misprijzende toon aan Lottie. Ze kreeg er enorme rode striemen rondom haar dijbenen van. 'Waar zit die meid? Ze liep vanochtend nog overal rond.'

'Ze heeft tegen Judy gezegd dat ze niet wilde komen. Ze woonden in Londen, weet je. Ik geloof dat ze er nogal overhaast zijn vertrokken.'

'Nu, het verbaast me niets dat ze bij het toneel is. Ze kleedt zich erg buitenissig.'

'Dat is het juiste woord,' snoof mevrouw Chilton. ''t Lijkt wel of ze een verkleedkist heeft geplunderd.'

Er werd zachtjes gelachen.

'Hebben jullie haar al gezien? Niets dan zijde en kwikjes en strikjes om elf uur in de ochtend. Vorige week toen ze naar de bakker ging, droeg ze een herenhoed. Een herenhoed! Mevrouw Hatton van de Promenade was zo verbijsterd dat ze de winkel uitliep met een dozijn roomhoorntjes die ze niet had besteld.'

'Kom, kom, dames,' zei mevrouw Holden, die niet van roddelpraat hield. Lottie verdacht haar ervan dat ze bang was dat ze er zelf het onderwerp van zou worden. 'Wie is de volgende? Sarah, lieverd, zou jij ons niet iets moois van Wordsworth voorlezen? Of was het weer iets van meneer Herbert? Dat stuk over de bezem?'

Mevrouw Ansty zette voorzichtig haar kopje weer op het schoteltje. 'Nu, al wat ik kan zeggen is dat ze naar mijn smaak nogal onconventioneel lijkt. Noem me maar ouderwets, maar ik houd van orde op zaken. Een echtgenoot. Kinderen. Niet ergens overhaast vertrekken.'

In diverse opnieuw overtrokken stoelen werd hevig geknikt.

'Laten we een stukje George Herbert doen. "Ik sloeg op de vloer en huilde. Meer niet." Is dat het?' Mevrouw Holden speurde koortsachtig de tafel af naar het boek. 'Ik kan me nooit de exacte tekst herinneren. Deirdre, heb jij een exemplaar?'

'Ze heeft niemand uitgenodigd om het huis te komen bekijken. Hoewel ik heb gehoord dat er allerlei lieden binnen zijn geweest.'

'Je zou toch een bescheiden receptie verwachten. Zelfs de MacPhersons hebben een feest gegeven. Dat is niet meer dan beleefd.'

'Misschien een stukje Byron?' stelde mevrouw Holden wanhopig voor. 'Shelley? Ik kan me niet herinneren wie je hebt genoemd. O, waar blijft die meid nu? Virginia? Virginia?'

Lottie glipte stilletjes terug achter de deur. Ze zorgde ervoor dat mevrouw Holden haar niet zag, want ze was herhaaldelijk op haar nummer gezet omdat ze te 'oplettend' was. Ze keek de mensen op een vreemde manier aan, had mevrouw Holden onlangs nog gezegd.

Daardoor voelden ze zich onbehaaglijk. Lottie antwoordde dat ze het niet kon helpen; ze konden haar net zo goed verwijten dat haar haar te steil was of dat haar handen de verkeerde vorm hadden. Ze bedacht dat haar blik waarschijnlijk alleen mevrouw Holden een onbehaaglijk gevoel bezorgde. De laatste tijd scheen alles haar te irriteren.

Lottie probeerde het gepraat over de actrice af te remmen, want ze wist dat Adeline Armand mevrouw Holden ook een onbehaaglijk gevoel bezorgde. Toen ze hoorde dat dokter Holden in het huis was geweest om naar de neus van Frances te kijken, kreeg ze dezelfde tic in haar kaakspieren als die ze kreeg wanneer hij aankondigde dat hij 's avonds 'laat zou zijn' voor het eten.

Toen Virginia kwam aanzetten met het theeblad, viel het gesprek even stil. Mevrouw Holden slaakte bijna hoorbaar een zucht van verlichting en loodste haar gejaagd langs de diverse bezoeksters.

Mevrouw Chilton veegde een paar onzichtbare kruimeltjes van haar mondhoeken. 'De Bond van Pensionhoudsters houdt morgen een vergadering,' kondigde ze aan toen de dienstbode was vertrokken. 'Het ziet ernaar uit dat we allemaal onze prijzen moeten verhogen.'

Adeline Armand was even vergeten. Terwijl de dames van de salon niet tot de families behoorden die financieel afhankelijk waren van de toeristenbranche – mevrouw Chilton was de enige die werkte – waren er maar weinig die niet mee profiteerden van de vaste zomergasten van Merham. Meneer Ansty met zijn drogisterij, meneer Burton als kleermaker pal achter de boulevard, zelfs meneer Colquhoun, die een stuk land aan de rivier aan kampeerders met caravans verhuurde; tijdens de zomermaanden deden ze allemaal betere zaken, en besteedden dientengevolge veel aandacht aan de geheel uit vrouwen bestaande, oppermachtige Bond van Pensionhoudsters.

'Er wordt gedacht aan tien pond per week. Dat vragen ze in Frinton ook.'

'Tien pond!' De gefluisterde uitroep weerklonk in het vertrek.

'Dan gaan ze vast en zeker naar Walton.' Mevrouw Colquhoun trok bleek weg. 'In Walton heb je tenminste attracties.'

'Nou, ik moet toegeven dat ik het met je eens ben, Deirdre,' zei Sarah Chilton. 'Ik voor mij geloof niet dat ze ermee zullen instemmen. En met dit winderige voorjaar moeten we het niet op de spits drijven. Maar wat de Bond betreft, lijkt het erop dat ik in de minderheid ben.'

'Tien pond!'

'De mensen die hier komen, komen hier niet voor de attracties. Ze komen voor een ... beter soort vakantie.'

'En ze kunnen het zich permitteren.'

'Niemand kan het zich op het ogenblik permitteren, Alice. Ken jij iemand die het geld kan laten rollen?'

'Laten we het niet aldoor over geld hebben,' zei mevrouw Holden toen Virginia met een verse pot thee verscheen. 'Dat is zo... vulgair. Laten we het aan die goede dames van de Bond overlaten om een oplossing te vinden. Ik weet zeker dat zij het het best weten. En, Deirdre, wat heb jij met je bonboekjes gedaan? Sarah, het moet een opluchting voor je zijn dat je gasten die niet meer mee hoeven te brengen. Ik wilde die van ons in de vuilnisbak gooien, maar mijn dochter zei dat we ze moeten inlijsten. Inlijsten! Stel je voor.'

Lottie Swift had donkere, bijna zwarte ogen en sluik, bruin haar dat je meestal aantreft bij mensen van Aziatische afkomst. 's Zomers werd haar huid net iets te snel bruin en 's winters was hij aan de gelige kant. De onwenselijkheid van zo'n donkere, zij het fijne huidskleur was een van de dingen waar Lotties moeder en Susan Holden het roerend over eens zouden zijn geweest als ze elkaar hadden gekend. Waar Celia loyaal een donkere uitgave van Vivien Leigh of Jean Simmonds zag, kwam Lotties moeder niet verder dan een 'veeg van de teerkwast', ofwel een blijvende herinnering aan de Portugese zeeman met wie ze een korte ontmoeting met langdurige gevolgen had toen ze haar achttiende verjaardag vierde in de oostelijke havenwijk van Tilbury. 'Je hebt je vaders bloed,' mompelde ze altijd beschuldigend tegen Lottie. 'Het was beter voor me geweest als je net als hij was verdwenen.' Dan trok ze Lottie naar zich toe in een verstikkende omhelzing, om haar even abrupt weer van zich af te duwen, alsof zo'n innig contact alleen in kleine porties aan te raden was.

Mevrouw Holden was iets minder bot, maar vroeg zich af of Lottie haar wenkbrauwen niet wat meer kon epileren. En of het wel raadzaam was zoveel tijd in de zon door te brengen, 'als je bedenkt hoe bruin je wordt. Je wilt toch niet worden aangezien voor... nou ja, een zigeunerin of zoiets.' Na deze woorden had ze gezwegen, alsof ze bang was dat ze te veel had gezegd, en ze had iets van medelijden in haar stem gehad. Lottie had echter geen aanstoot aan haar opmerkingen genomen. Waarom zou ze ook. Ze kwamen immers van iemand met wie ze zelf medelijden had.

Volgens Adeline Armand was Lotties donkere huidskleur geen teken van een inferieure status of lage afkomst. Het was het bewijs van een exotische aard waar ze zich nog niet voldoende van bewust was, een illustratie van een vreemde, unieke schoonheid. 'Frances zou je moeten schilderen. Frances, je moet haar schilderen. Niet in die vreselijke kleren, van die serge en katoen. Nee, in iets kleurigs, iets van zijde. Anders overheers je de dingen die je draagt, Lottie-lief. Je gloeit, *non*?' Haar accent was zo zwaar dat Lottie niet wist of Adeline haar belachelijk maakte of niet.

'Broeit komt meer in de buurt,' zei Celia, die helemaal niet blij was met Adelines commentaar. Zij was gewend de meeste aandacht te krijgen. Het enige dat Adeline over haar verschijning had gezegd was dat ze 'zo charmant, zo typisch Engels' was. Dat 'typisch' had haar vooral gekwetst.

'Ze lijkt op Frida Kahlo. Vind je niet, Frances? Die ogen? Heb je wel eens model gezeten?'

Lottie keek Adeline wezenloos aan. Waar gezeten? Wilde ze vragen. De oudere vrouw wachtte.

'Nee,' viel Celia in. 'Ik wel. Mijn familie heeft een portret laten maken toen we jonger waren. Het hangt in de salon.'

'Ah. Een familieportret. Heel... eerbiedwaardig, vermoed ik. En jij, Lottie? Heeft jouw familie ook voor een portret geposeerd?'

Lottie wierp een blik op Celia en ze stelde zich in gedachte haar moeder voor, geportretteerd met haar ruwe, vlekkerige handen van het leer stikken op de fabriek, net als Susan Holden boven de schoorsteenmantel hing. In plaats van in een elegante houding te poseren zou ze stuurs kijken, haar mond in een ontevreden streep, haar dunne, geverfde haar naar achteren getrokken en vastgezet met twee onflatteuze haarspelden, want de krullers die ze had ingezet hadden geen effect gehad. Lottie zou naast haar zitten, met een uitdrukkingsloos gezicht en de gebruikelijke waakzame blik in haar donkere ogen. Waar dokter Holden achter zijn gezin stond zou een groot gapend gat zijn.

'Lottie heeft haar familie al een poos niet gezien, hè Lots?'zei Celia op beschermende toon. 'Waarschijnlijk weet je niet meer of er wel een portret is.'

Celia wist heel goed dat de enige keer dat Lotties moeder was afgebeeld, dit op een foto in de plaatselijke krant was geweest, tussen een rij fabrieksmeisjes, toen de leerfabriek vlak na de oorlog werd geopend. Lotties moeder had de foto uitgeknipt en Lottie had hem bewaard tot hij helemaal vergeeld en vergaan was. Maar haar moeders gezicht was op die foto zo klein en vaag dat het niet uit te maken viel of ze het echt was. 'Ik kom nooit meer in Londen,' zei ze traag.

Adeline boog zich naar haar toe. 'Dan moeten we zorgen dat er hier een portret van je wordt gemaakt, dan kun je het aan je familie geven als je ze ziet.' Ze raakte Lotties hand aan, en Lottie die was gebiologeerd door haar overdadige make-up, maakte een luchtsprong, min of meer uit angst dat Adeline zou proberen haar hand te kussen.

Het was het vijfde bezoek dat de meisjes aan Arcadia House brachten, en inmiddels was hun aanvankelijke terughoudendheid ten aanzien van het vreemde en mogelijk losbandige stel mensen dat er scheen te huizen, verdwenen. Er was nieuwsgierigheid voor in de plaats gekomen en een groeiende erkenning dat het, ondanks eigenaardigheden, zoals het schilderen van naakten, en de onduidelijke samenstelling van het huishouden, een stuk interessanter was dan hun gebruikelijke wandelingen van en naar de stad, scheidsrechter spelen bij de kinderen of ijs eten en koffie drinken in het café.

Nee, er was in het huis altijd iets te beleven. Het was een soort doorlopende theatervoorstelling. Er verschenen vreemdsoortig beschilderde friezen om de deurstijlen of boven het keukenfornuis. Teksten – meestal over het werk van beeldend kunstenaars of acteurs – werden op papiertjes gekrabbeld en her en der op de muren geprikt. Er werden exotische gerechten bezorgd, die gestuurd waren door bewoners van diverse landhuizen door het hele land. Nieuwe bezoekers dienden zich aan en verdwenen weer, en bleven, op een harde kern na, zelden lang genoeg om zich te kunnen voorstellen.

De meisjes werden altijd met open armen ontvangen. Op een dag troffen ze Adeline aan, die bezig was Frances als Indiase prinses te verkleden. Ze behing haar met donkere, met gouddraad versierde zijden lappen en beschilderde haar handen en gezicht met bewerkelijke patronen. Zelf was ze als prins uitgedost, met een hoofddeksel dat zo overdadig met pauwenveren en ingewikkelde ingeweven structuren was versierd dat het wel echt moest zijn. Marnie, de dienstbode, had opstandig toe staan kijken hoe Adeline Frances' huid met koude thee verfde, en was er woedend vandoor gegaan toen ze de opdracht kreeg meel te gaan halen om Adelines haar er grijs te laten uitzien. Terwijl de meisjes zwijgend toekeken, namen de vrouwen verschillende poses aan, die door een magere jongeman, die zich nogal dikdoenerig had voorgesteld als behorend tot de 'School van Modotti', een foto van ze genomen.

'We moeten ergens naartoe gaan in deze kleren. Naar Londen misschien,' had Adeline naderhand uitgeroepen, toen ze haar alter ego in de spiegel in ogenschouw nam. 'Dat zou echt enig zijn.'

'Net zoals die practical joke met de *Dreadnought*.'

'De wat?' Celia vergat tijdelijk haar goede manieren. Dat gebeurde regelmatig als ze op Arcadia was.

'Een geweldig goede grap die Virginia Woolf heeft uitgehaald. Jaren geleden.' George had het hele gebeuren gadegeslagen. Hij scheen nooit iets anders te doen dan toekijken. 'Haar vrienden en zij hadden zich zwartgemaakt en waren naar Weymouth gereisd als de keizer van Abessinië en zijn "keizerlijke gevolg". De een of andere scheepsofficier bracht hun uiteindelijk het koninklijk saluut en escorteerde hen over de hele HMS *Dreadnought*. Dat is een vreselijk schandaal geweest.'

'Maar zo geestig!' zei Adeline en ze klapte in haar handen. 'Ja! We kunnen de radja van Radjastan spelen. En een bezoek brengen aan Walton-on-the-Naze.' Ze draaide lachend in het rond zodat haar wijde jas om haar heen zwierde. Ze kon zo uitgelaten zijn, alsof ze niet een volwassen vrouw was die gebukt ging onder de verantwoordelijkheden en zorgen die het vrouwzijn nu eenmaal met zich leek mee te brengen, maar eerder een kind zoals Freddie of Sylvia.

'O, Adeline. Laten we het niet te dramatisch maken.' Frances zag er bezorgd uit. 'Denk aan Calthorpe Street.'

Zo was ze nu eenmaal. Achteraf bekende Celia dat ze nauwelijks een woord had verstaan van wat er was gezegd. Dat kwam niet alleen door het accent. Ze spraken niet over gewone dingen, over wat er in het dorp gebeurde, en wat alles kostte en over het weer. Ze sprongen van de hak op de tak, en hadden het over schrijvers en mensen waar Lottie en zij nog nooit van hadden gehoord, en ze hingen tegen elkaar aan op een manier die mevrouw Holden aanstootgevend zou vinden. En ze maakten ruzie. Mijn god, wat konden die bekvechten. Over Bertrand Russell die zei dat de bom moest worden uitgebannen. Over poëzie. Over van alles en nog wat. De eerste keer dat Lottie Frances en George hoorde 'discussiëren' over een man die Giacometti heette, was het er zo heftig aan toe gegaan dat ze bang was dat Frances een pak slaag zou krijgen. Dat was bij haar thuis de steevast de afloop geweest wanneer haar moeder zo'n toon aansloeg tegen haar vriendjes. In het gezin Holden werd nooit ruzie gemaakt. Frances echter, de normaal zo ingetogen, melancholieke Frances, had alle kritiek die George op die Giacometti had geuit, weerlegd en ten slotte tegen hem gezegd dat zijn probleem was dat hij niet 'intuïtief maar intellectueel' op de dingen reageerde, waarna ze het vertrek had verlaten. En na een halfuur was ze teruggekomen, alsof er niets was gebeurd, om te vragen of hij haar met de auto naar de stad wilde brengen.

Ze schenen zich aan geen van de normale sociale regels te houden. Lottie was een keer alleen gekomen en Adeline had haar het huis rondgeleid om haar de afmetingen en unieke hoeken van elk vertrek te laten zien, zonder op de stapels boeken en stoffige tapijten die nog steeds ongebruikt in allerlei hoeken lagen, te letten. Mevrouw Holden zou nooit iemand haar huis hebben laten zien in die onaffe, dikwijls smerige staat. Adeline scheen het echter niet te merken. Toen Lottie aarzelend op een ontbrekende balustrade in een van de trappenhuizen wees, had Adeline lichtelijk verbaasd geleken, en toen met dat ondoorgrondelijke accent van haar opgemerkt dat ze het tegen Marnie zouden zeggen, die er wel voor zou zorgen. En uw man dan? wilde Lottie vragen, maar Adeline was al naar het volgende vertrek geschreden.

En dan de manier waarop Frances en zij met elkaar omgingen: niet als zusters, want ze maakten geen ruzie zoals zussen doen, maar meer als een oud, getrouwd stel. Ze maakten elkaars zinnen af, lachten om geheimzinnige grapjes en onderbraken elkaar halverwege als ze anekdotes vertelden over plaatsen waar ze waren geweest. Adeline vertelde van alles zonder iets te onthullen. Als Lottie zich na elk bezoek alles weer voor de geest riep, wat ze deed omdat het steeds zo vol kleur en sensatie was geweest dat het langzaam genietend moest worden herkauwd, besefte ze dat ze niets méér over de actrice te weten was gekomen dan bij haar eerste bezoek. Haar man, die ze tot dan toe nog niet bij zijn naam had genoemd, 'werkte in het buitenland'. 'Die lieve George' deed iets met economie, 'zo'n briljante geest'. 'Zo'n briljante aanbidder, wed ik,' zei Celia, die het een beetje te pakken had van de man in de linnen pakken. Frances' aanwezigheid in het huis werd nooit verklaard, hoewel de meisjes zagen dat ze geen trouwring droeg zoals Adeline. Adeline had ook niet veel over Lottie gevraagd. Nadat ze uitsluitend naar de details had geïnformeerd die haar met haar eigen interessesfeer te maken hadden – of ze was geschilderd, of ze belangstelling voor bepaalde dingen had – vroeg ze niet verder naar haar achtergrond, haar ouders of haar plaats in de wereld.

Dat bevreemdde Lottie, die in twee gezinnen was opgegroeid waar, ondanks de talrijke verschillen, iemands achtergrond alles zei over het verdere verloop van iemands leven. In Merham betekende haar plaats in het gezin dat ze dezelfde voorrechten genoot als Celia, wat schoolopleiding, opvoeding, kleding en voeding betreft, terwijl beide partijen er zich van bewust waren dat deze privileges niet onvoorwaardelijk werden verleend, vooral niet nu Lottie binnen afzienbare tijd meerderjarig zou worden. Buiten het huis zou iemand door de dames Ansty, Chilton en Colquhoun onmiddellijk op achtergrond en connecties worden beoordeeld, en allerlei karakteristieke trekken zouden gewoon met die hoedanigheden worden aangeduid: 'Hij is een Thompson. Dat zijn luiaards,' of: 'Ze moest wel weg. Die tante heeft twee dagen na haar bevalling de benen genomen.' Het interesseerde hun niet waar iemand van hield of waar hij in geloofde. Celia zou voor altijd aan hun collectieve boezem worden gedrukt, omdat ze het kind van de dokter was en uit een van de betere families van Merham stamde, ondanks dat ze bekend stond als een lastpak. Als Lottie echter de vraag die Adeline Armand eens had gesteld, aan mevrouw Chilton zou stellen: 'Als u voor één dag in het lichaam van iemand anders zou kunnen verblijven, wie zou dat dan zijn?' zou mevrouw Chilton hebben geadviseerd Lottie naar die prettige inrichting in Braintree te sturen, waar ze dokters hadden voor haar soort... net als die arme mevrouw McGrath, die daar zat sinds ze gestoord was geraakt door de maandelijkse bloedingen.

Het waren beslist bohémiens, concludeerde Lottie, die dat woord onlangs had ontdekt. Daar kon je dat soort dingen van verwachten.

'Kan me niet schelen,' zei Celia. 'Maar ze zijn heel wat interessanter dan die oude zeurpieten hier in het dorp.'

Het gebeurde niet vaak dat Joe Bernard aandacht kreeg van niet één maar van twee van de aantrekkelijkste jonge meisjes van Merham. Hoe langer Adeline Armand in het dorp woonde, hoe meer bezorgdheid er werd geuit omtrent haar onconventionele levensstijl, en dus moesten Lottie en Celia steeds slimmer worden in het verhullen van hun bezoeken aan het huis. Op de zaterdagmiddag van het tuinfeest bleef hun maar een mogelijkheid over: Joe bellen. De aanwezigheid van de moeders van de meeste van hun vriendinnen betekende dat ze niet konden doen alsof ze bij hen op bezoek gingen. Daar kwam nog bij dat Sylvia, die boos was omdat Celia was teruggekomen op een eerdere belofte dat ze haar nieuwe platenspeler mocht gebruiken, dreigde hen te zullen volgen en te verraden. Dus had Joe, die die middag vrij was van de garage, beloofd hen met zijn auto op te halen en te doen alsof hij ze meenam naar een picknick op Bardness Point. Hij had er weinig zin in (hij had een hekel aan liegen – hij ging er nog erger van blozen dan normaal), maar Lottie gooide wat Celia sarcastisch haar broeierige blik noemde, in de strijd en Joe was verloren.

Aan de buitenzijde van mevrouw Holdens halfduistere voorkamer, waar alleen gefilterd licht binnendrong, was het prachtig weer. Het was een van die zaterdagen in mei met de belofte van op handen zijnde zomermiddagen in zich, die de straten van Merham vol toverde met slenterende families en winkeliers verleidde tot het uitstallen van strandballen en prentbriefkaarten op straat. Er klonken opgewonden kinderstemmen en er hing een gemengd aroma van suikerspinnen en zonnebrandolie in de lucht. De harde wind die tot dan toe de oostkust had geteisterd was gaan liggen, waardoor de temperatuur omhoog ging en de stemming verbeterde, alsof het een echte zomerdag leek. Lottie leunde uit het raampje en koesterde zich in het zonlicht. Zelfs na al die jaren voelde ze nog iets van die aangename opwinding van vlakbij zee te zijn.

'Wat ga jij doen, Joe, als wij in het huis zijn?' Celia zat achterin en was bezig haar lippen te stiften.

Joe trok op over de kruising die de stad in tweeën deelde. Hoewel Arcadia House hemelsbreed slechts op een kilometer afstand van de Woodbridge Avenue lag, moest je met de auto eerst de stad door, langs het park, om weer op de bochtige kustweg uit te komen. 'Ik ga naar Bardness Point.'

'Hoezo, in je eentje?' Celia klikte haar poederdoos dicht. Ze droeg witte handschoentjes en een rode jurk met een cirkelrok, waarvan de tailleband pijnlijk strak om haar middel zat. Ze had geen step-in nodig, hoewel haar moeder maar bleef aandringen dat ze er een moest dragen. Die zou haar figuur 'fatsoenlijk' intomen, volgens haar dan.

'Gewoon voor het geval je moeder vraagt wat voor weer het was als ik jullie thuisbreng. Ik zal moeten weten hoe het daar is, anders breng ik er niks van terecht.'

Lottie voelde ineens iets van wroeging dat ze hem op deze manier gebruikten. 'Dat hoeft echt niet, Joe,' zei ze. 'Je kunt ons op de terugweg gewoon afzetten. Dan krijgt ze niet de kans je iets te vragen.'

Joe keek gedecideerd. Hij zette de rechterrichtingaanwijzer uit om de hoofdstraat in te draaien. 'Ja, maar als ik dat doe, wil mijn moeder weten waarom ik niet de groeten heb overgebracht en maakt ze een scène.'

'Slim bedacht, Joe,' zei Celia. 'En ik weet zeker dat mammie je moeder de groeten terug wil doen.'

Lottie wist wel zeker dat mevrouw Holden dat helemaal niet van plan was.

'Wat is er trouwens in dat huis aan de hand? Waarom moet ik jullie komen ophalen?'

'Als het een tuinfeest is zal er wel thee zijn, denk je niet, Lots?'

Lottie kon zich moeilijk voorstellen dat er op Arcadia House Moskovisch gebak en scones geserveerd zouden worden. Ze had echter ook geen idee hoe het er anders aan toe zou gaan bij een tuinfeest. 'Ik neem aan van wel,' zei ze.

'Dus om half zes? Zes uur?'

'Doe maar half zes,' zei Celia. Ze zwaaide door het raampje naar een voorbijganger, tot ze besefte dat het Joe's auto was en ze zich stilletjes weer op de achterbank terug liet zakken. 'Op die manier zijn we thuis voordat mammie zich ongerust maakt.'

'We zullen dit nooit vergeten, Joe.'

Er stonden maar twee auto's op de oprijlaan toen ze aankwamen, niet noemenswaard in elk geval. Toen Joe er iets van zei, antwoordde Celia, die al over haar toeren was van opwinding, vinnig: 'Zeker omdat jij niet bent uitgenodigd.' Hij zei niets venijnigs terug, dat deed hij nooit, maar hij glimlachte evenmin, zelfs niet toen Lottie hem een verontschuldigend kneepje in zijn arm gaf toen ze uitstapten. Hij reed weg zonder te zwaaien.

'Ik houd niet van kniezende mannen,' zei Celia opgewekt toen ze aanbelden. 'Ik hoop dat ze geen kokoskoeken hebben. Ik haat kokos.'

Lottie was een beetje misselijk. Ze was minder dol op feestjes dan Celia, vooral omdat ze het nog steeds moeilijk vond aan onbekenden te moeten uitleggen wie ze was. De mensen namen er nooit genoegen mee als ze zei dat ze bij de familie Holden woonde. Ze wilden weten waarom, voor hoelang en of ze haar moeder niet miste. Bij mevrouw Holdens laatste tuinfeest (ten behoeve van de arme kindertjes in Afrika) had ze de fout gemaakt te zeggen dat het meer dan een jaar geleden was dat ze haar moeder had gezien. Tot haar afschuw werd ze daarna medelijdend behandeld.

'Ze zijn buiten,' zei Marnie, die er zo mogelijk nog norser uitzag dan gewoonlijk toen ze opendeed. 'Je zult die handschoenen niet nodig hebben,' mompelde ze met een handgebaar naar achteren terwijl ze hen door de vestibule volgde.

'Aan of uit, wat doe je?' fluisterde Celia terwijl ze door het huis liepen.

Lottie, die haar aandacht al helemaal op de geluiden van buiten had gericht, gaf geen antwoord.

Het is niet bepaald een doorsneetuinfeest, zoveel was wel duidelijk. Er was geen partytent (mevrouw Holden drong altijd aan op een partytent, in geval van regen) en er waren geen lange tafels. Waar komt het eten dan te staan? dacht Lottie verstrooid, en verwenste zichzelf omdat Joe zoiets bedacht zou kunnen hebben.

Ze liepen over de patio, en Marnie wees naar het strookje privé-strand dat in het water eindigde. Daar zaten de gasten op alle mogelijke dekens. Sommigen lagen languit en hadden hun schoenen uitgetrokken. Allen waren druk in gesprek.

Adeline Armand zat op een muntgroene plaid van glanzende stof. Ze droeg een zachtroze zomerjurk van crêpe de Chine en een grote witte flaphoed met een brede rand, de meest conventionele kleding waarin Lottie haar tot dan toe had gezien. Er zaten drie mannen om haar heen, onder wie George, die bezig was blaadjes van een merkwaardige plant af te trekken – een artisjok, zo legde Adeline later uit – en die een voor een aan haar te geven. Frances droeg een badpak, dat een verrassend mager, tanig lichaam onthulde. Ze moest erg lachen om iets dat iemand naast haar had gezegd en gooide daarbij haar schouders iets naar achteren. Ze leek zonder haar kleren beter in haar vel te zitten. Er stonden zeker vier geopende flessen wijn. Lottie kende niemand van de gasten. Ze bleef staan en voelde zich belachelijk met haar feestelijke kleding en witte handschoenen. Celia was bezig ze achter haar rug uit te trekken.

George zag hen ineens toen hij opkeek. 'Welkom op ons kleine *déjeuner sur l'herbe*, meisjes,' riep hij. 'Kom erbij zitten.'

Celia had haar schoenen al uitgeschopt. Ze liep door het zand in Georges richting, met haar heupen wiegend op de manier die Lottie haar thuis had zien repeteren toen ze dacht dat niemand het zag.

'Hebben jullie trek?' vroeg Frances, die er bijzonder opgewekt uitzag. 'We hebben forel en een heerlijke salade met verse kruiden. Er is ook koude eend. Ik denk dat er nog wel wat over is.'

'Bedankt, we hebben al gegeten,' zei Celia en ze ging zitten. Lottie ging een stukje achter haar zitten, en ze hoopte dat er meer mensen op zouden staan, zodat ze niet zo in de gaten liep.

'Een stukje fruit dan? We hebben verrukkelijke aardbeien. Heeft Marnie ze al mee naar binnen genomen?'

'Ze willen niet eten, ze willen een drankje,' zei George, die al twee grote glazen rode wijn had ingeschonken. 'Hier,' zei hij, een glas tegen het licht houdend. 'Een voor Roodkapje.'

Celia keek naar haar rok en toen weer naar George, gevleid door de aandacht.

'Op de tere bloem van de jeugd.'

'O, George.' Een blonde vrouw met een grote zonnebril boog zich naar hem toe. De manier waarop zij hem op zijn arm tikte deed bij Celia alle stekels overeind staan.

'Ze kunnen er maar beter van genieten zolang het nog kan.' Hij had het aangeschoten uiterlijk en de lispelende spraak van iemand die al de hele dag heeft zitten drinken. 'God weet dat ze er niet lang meer zo uit zullen zien.'

Lottie staarde hem aan.

'Dat weet Frances maar al te goed. Binnen vijf jaar zijn het matrones met brede heupen, met een paar koters aan hun rokken. Fatsoenlijke handhavers van de moraal van de meerderheid in Merham.'

'Daar weet ik niets van.' Glimlachend vleide Frances haar lange benen op een picknickdeken.

Iets in Georges toon maakte dat Lottie zich niet op haar gemak voelde, maar Celia pakte een glas van hem aan en goot de helft naar binnen, alsof ze een uitdaging aannam. 'Ik niet,' grinnikte ze. 'Over vijf jaar ben ik hier weg.'

'*Non*? En waar ga je dan naartoe?' Adelines gezicht was onzichtbaar onder haar hoed. Alleen haar mooie mondje was te zien, opgekruld in de gewone beleefde, onderzoekende glimlach.

'O dat weet ik niet. Londen. Of Cambridge. Misschien wel Parijs.'

'Je moeder zal het daar anders niet mee eens zijn.' Iets in Celia's zelfverzekerde houding in dit gezelschap irriteerde Lottie. 'Ze wil beslist niet dat je hier weggaat.'

'O, uiteindelijk geeft ze wel toe.'

'Dat had je gedacht.'

'Wat is er aan de hand?' vroeg George en hij boog zijn mooie hoofd naar Celia. 'Is mater bezorgd om je morele welzijn?'

De manier waarop Celia en George elkaar aankeken bezorgde Lottie kramp in haar borst.

'Nou...' zei Celia plagerig. In haar blik flitste iets van een toezegging. 'Er lopen natuurlijk nogal wat grote boze wolven rond.'

Lottie ging ten slotte op de rand van Adelines plaid zitten en bedwong haar neiging het zand uit de plooien weg te vegen. Ze voelde zich opgedirkt en provinciaals en kon de gesprekken die om haar heen gevoerd werden, niet volgen en dat maakte dat ze zich dom voelde. Adeline, die meestal probeerde haar op haar gemak te stellen, was in een druk gesprek gewikkeld met een man die Lottie nog niet eerder had gezien. Ze nam af en toe een slokje wijn en moest moeite doen daarbij geen vies gezicht te trekken en ze snoepte van een schaal kersen.

'Fantastisch huis, lieve Adeline. Meer eigentijds dan art deco, denk je niet?'

'Natuurlijk is Russell een imbeciel. Als hij denkt dat Eden ook maar de minste aandacht aan hem en zijn verrekte wetenschapsmensen zal schenken, houdt hij zichzelf straal voor de gek.'

'Heb ik je verteld dat Archie eindelijk een schilderij op de zomertentoonstelling heeft? Het is zo opgehangen dat het net een postzegel lijkt, maar je kunt niet alles hebben...'

De middag duurde lang. Er waren geen kokoskoeken. Lottie had haar vest los om haar schouders geslagen, want ze wilde niet bruin worden. Ze zag dat het tij langzaam afliep, en het strand breder werd. Een ingewikkeld zandkasteel, dat vroeg in de ochtend moest zijn gebouwd, bleef als een uitstekende bult achter. Ze hoorde Celia achter zich opgewonden giechelen en wist dat ze aan het drinken was. De meisjes dronken alleen met Kerstmis wijn, en zelfs het vingerhoedje sherry dat ze het jaar daarvoor voor de lunch hadden gekregen, had Celia blosjes bezorgd en haar stem twee octaven doen stijgen. Lottie had de helft van haar glas leeggedronken en de rest daarna stiekem in het zand achter haar gegoten. En zelfs die hoeveelheid bezorgde haar hoofdpijn en een wazig, beneveld gevoel.

Toen Marnie de laatste borden had opgeruimd, draaide Lottie zich een beetje om zodat ze Celia kon zien. Ze vertelde George over 'de laatste keer dat ze in Parijs was geweest'. Het feit dat ze nog nooit in Parijs was geweest leek weinig effect op haar verhaal te hebben, maar Lottie merkte dat er tussen haar en de blonde vrouw een nogal strijdlustige stemming was ontstaan en bedacht dat het niet sportief was om Celia op dit moment af te vallen. De glimlach van de blonde vrouw was tot een grijns vertrokken en Celia, die de overwinning rook, was in een uitgelaten stemming.

'De volgende keer ga ik natuurlijk in La Coupole eten. Hebben jullie wel eens in la Coupole gegeten? Ik heb gehoord dat de kreeft er voortreffelijk is.'

Ze strekte haar benen en liet haar rok tot boven haar knieën opkruipen.

'Ik heb het vreselijk warm, George,' zei de blonde vrouw ineens. 'Zullen we naar binnen gaan?'

O, jee, Celia, dacht Lottie. Je hebt je gelijke gevonden.

Celia wierp een tersluikse blik op George, die een sigaar rookte en met zijn hoofd achterover van de zon genoot. Heel even betrok haar gezicht.

'Het is inderdaad nogal warm,' zei George. Hij ging rechtop zitten en veegde het zand van zijn hemdsmouwen.

Toen kwam Frances overeind. 'Ik heb het ook veel te warm. Het is tijd voor een duik,' zei ze. 'Ga je mee, Adeline? Wie gaat er mee?'

Adeline weigerde beleefd. 'Ik ben veel te lui, schat. Ik kijk wel toe.'

George schudde zijn haar los als een grote, ruige hond en begon zijn overhemd uit te trekken, alsof hij plotseling was gereanimeerd. 'Dat is net wat we nodig hebben,' zei hij en hij trapte zijn sigaar uit. 'Een verfrissende duik. Irene?'

De blondine trok haar neusje op. 'Ik heb mijn spullen niet bij me.'

'Je hebt je zwemspullen niet nodig, meisje. Ga gewoon in je onderjurk.'

'Nee, George, echt niet. Ik blijf wel kijken.'

De andere mannen waren zich ook aan het uitkleden, tot op hun korte broek of pantalon. Lottie, die bijna in slaap was gevallen, werd met een schok wakker en sloeg in stille paniek het uittrekken van de kleren gade.

'Kom mee, meisjes. Lottie? Ik wed dat je kunt zwemmen.'

'O, zij gaat echt zwemmen, hoor.'

Lottie wist nu zeker dat Celia te veel had gedronken. Als ze nuchter was geweest, had ze niet zo achteloos verraden dat Lottie niet kon zwemmen, een grote schande voor een kustbewoner. Ze wierp haar vriendin een woedende blik toe, maar Celia schonk er geen aandacht aan. Ze had het te druk met haar ritssluiting.

'Wat doe jij nou?'

'Ik ga zwemmen.' Celia grijnsde breed. 'Kijk niet zo, Lots. Ik heb mijn onderjurk aan. Dat is net zoiets als een badpak.'

En weg was ze, verrukte kreten en gilletjes slakend terwijl ze George en de anderen naar de zee volgde. Frances stapte erin, liep door tot ze tot haar middel in de golven stond, en dook toen in haar natte, glimmende zwempak, dat op de vacht van een zeehond leek, als een dolfijn onder.

Celia stond inmiddels tot haar knieën in het water en aarzelde, tot George haar bij haar arm pakte en haar lachend meetrok, zodat ze in het water viel. De andere gasten sprongen joelend op en neer in de golven, duwend en elkaar natspetterend, de mannen met ontbloot bovenlijf, de vrouwen in dunne lagen kanten ondergoed. Geen van hen, constateerde Lottie, droeg een step-in.

Toen Celia zich omdraaide om naar haar te wuiven, zag Lottie dat het heel jammer was dat mevrouw Holden haar dochter niet zo ver had gekregen dat ze er een ging dragen, want nu haar onderjurk en ondergoed nat waren bleef er maar weinig van Celia's lijf voor de buitenwereld verborgen. Ga onder water, probeerde ze te gebaren. Ze zwaaide vruchteloos met haar handen, maar Celia gooide lachend haar hoofd achterover en scheen het niet te merken.

'Maak je geen zorgen, schat.' Adelines stem klonk loom en intiem naast haar. 'Het kan niemand iets schelen. In Frankrijk lopen we meestal met ontbloot bovenlijf.'

Lottie probeerde de gedachte aan dergelijke vakanties in Frankrijk uit te bannen, glimlachte zwakjes als antwoord en pakte de fles wijn. Ze had behoefte aan iets versterkends. 'Ik dacht aan mevrouw Holden,' zei ze zacht. 'Die zal hier niet erg blij mee zijn.'

'Hier,' zei Adeline en ze gaf haar een grote, kleurige shawl, 'geef haar deze dan. Zeg maar dat het een sarong is en dat ik heb gezegd dat die door heel voorname mensen wordt gedragen.'

Lottie had haar wel willen omhelzen. Ze pakte de lap aan en draafde naar het strand, onderwijl haar vest om haar middel knopend. Het was laat in de middag, het gevaar van te bruin te worden was minimaal.

'Hier,' riep ze terwijl het aflopende water om haar blote voeten klotste. 'Celia, sla dit om.'

Celia hoorde haar niet. Of wilde haar misschien niet horen. Ze slaakte een gilletje toen George naar haar middel dook, haar omhoogtilde en weer in het ondiepe water liet vallen.

'Celia!' Het was hopeloos. Ze voelde zich een oude, vitterige tante.

Eindelijk kreeg George haar in het oog. Hij kwam naar haar toe , wadend door de golven, met zijn haren plat tegen zijn hoofd geplakt en zijn opgerolde broekspijpen tegen zijn dijbenen gekleefd.

Lottie probeerde haar blik boven zijn middel gericht te houden. 'Wil je deze aan Celia geven? Volgens Adeline is het een sarong of zoiets.'

'Een sarong?' George pakte hem van haar aan en keek achterom naar Celia, die zich op haar rug op de golven liet drijven. 'Vind je dan dat ze toegedekt moet worden?'

Lottie keek hem strak aan. 'Ik denk dat ze niet in de gaten heeft hoe ze erbij loopt.'

'O, Lottie, Lottie, bewaakstertje der goede zeden... Kijk jou nu eens, hartstochtelijk bezorgd om je vriendin.' Hij keek naar de lap en een brede grijns spreidde zich over zijn gezicht. 'Ik weet een betere oplossing,' zei hij. En: 'Ik geloof dat jij nodig moet afkoelen.' Zonder waarschuwing sloeg hij zijn armen om haar middel en gooide haar over zijn natte schouder.

Lottie werd door elkaar geschud toen hij begon te rennen. Ze probeerde haar arm achter haar rug te wurmen om te voorkomen dat haar rok niet te hoog opwaaide. Toen viel ze omlaag en sloeg er een grote golf zout water over haar gezicht en hoestend en proestend lag ze te spartelen om vaste grond onder haar voeten te krijgen. Ze hoorde gesmoord gelach en kwam, naar adem snakkend, weer boven.

Het lukte haar overeind te komen en even op haar benen te blijven staan. Haar ogen prikten en het zout brandde in haar keel. Ze moest een paar keer kokhalzen en ze rende in het wilde weg naar het strand terug. Hijgend viel ze voorover in het zand. Haar jurk zat aan haar benen vastgeplakt en de lagen van haar petticoat vormden één grote koek. Het lichte, katoenen lijfje van haar jurk was bijna doorschijnend en liet duidelijk de omtrek van haar beha zien. Toen ze met haar hand over haar haar streek, merkte ze dat het loshing, en dat de haarspeld van schildpad waarmee het van achteren vastgestoken zat, verdwenen was.

Ze keek op en zag George met zijn handen op zijn heupen staan grinniken. Celia stond met een verschrikte maar toch geamuseerde uitdrukking op haar gezicht achter hem.

'Jij vieze smeerlap.' De woorden ontsnapten Lottie voordat ze er erg in had. 'Vuile, gore klootzak. Dat was een rotstreek.'

George was met stomheid geslagen. Achter haar verstomde het rumoer van stemmen.

'O ja, voor jou is het verdomd leuk,' schreeuwde ze. Ze had een brok in haar keel en voelde de tranen in haar ogen branden. 'Jij met je zakken vol geld en je stomme linnen pakken! Het maakt jou niets uit of je kleren eraan gaan. Kijk mijn zomerjurk eens! Kijk dan! Het is mijn mooiste jurk! Mevrouw Holden zal me vermoorden! En je hebt verdomme ook nog mijn haarspeld weggemaakt.' Tot haar schaamte barstte ze in tranen uit, hete tranen van frustratie en vernedering.

'Rustig maar, Lots.' Celia's gezicht betrok. Lottie wist dat ze haar voor schut had gezet, maar het kon haar niet schelen.

'Kom, kom, Lottie. Het was maar een grapje.' George liep op haar toe, met een boos maar tevens berouwvol gezicht.

'Nou, dat was dan een heel domme grap.' Lottie keek om en zag dat Adeline naast haar stond. Ze hield haar plaid omhoog en sloeg die om Lotties schouders. Haar gezicht had een licht verwijtende uitdrukking. Lottie ving haar kruidige jasmijngeur op toen Adeline haar in de plaid wikkelde.

'George, bied je excuses aan. Lottie was onze gast, en je had dat niet mogen doen. Lottie, het spijt me heel, heel erg. Marnie zal je mooie jurk wassen en weer in orde maken.'

Maar hoe kom ik thuis? dacht Lottie wanhopig. Ze kreeg een visioen dat ze over straat moest in een van Adelines veren boa's met Chinese muiltjes aan haar voeten. Ze werd onderbroken door een stem die van boven van het rotspad kwam.

'Celia Jane Holden. Wat ben jij in vredesnaam aan het doen?'

Lottie draaide zich pijlsnel om en zag de ontstelde gezichten van de dames Chilton en Colquhoun, die de pittoreske route van Woodbridge Avenue naar huis hadden genomen. Die was duidelijk een stuk schilderachtiger dan ze hadden verwacht.

'Kom onmiddellijk uit het water en trek je kleren aan. Waar is je fatsoen en waar zijn je manieren gebleven?'

Celia trok spierwit weg. Ze hield haar handen voor haar borst, alsof ze zich plotseling van haar ontklede staat bewust werd. George stak met een bezwerend gebaar zijn handen op, maar mevrouw Chilton richtte zich in haar volle lengte van een meter negenenvijftig op zodat haar boezem ongeveer tot onder haar kin werd opgeduwd, en liet zich niet vermurwen. 'En ik weet niet wie jij bent, jongeman, maar je bent oud genoeg om beter te kunnen weten. Nette meisjes op klaarlichte dag overhalen hun kleren uit te trekken... Het is een schande.' Ze kreeg de flessen wijn in het zand in het oog. 'Celia Holden, je had beter niet kunnen drinken. Hemelse goedheid! Wil je soms een slechte reputatie krijgen? Ik weet zeker dat je moeder hier niet over te spreken zal zijn.'

Inmiddels stond mevrouw Colquhoun zwijgend met haar handen voor haar mond geslagen, diep geschokt, alsof ze zojuist getuige was geweest van een mensenoffer. 'Mevrouw Chilton, ik...'

'Lottie? Ben jij dat?' Mevrouw Chilton hield haar kin zo diep in haar hals getrokken dat ze een rode bonk afkeuring vormden. Dat Lottie aangekleed was, scheen haar stemming niet te verzachten. 'Kom ogenblikkelijk naar boven. Kom mee, meisjes, allebei, voordat andere mensen jullie zien.' Ze hees haar handtas tot onder haar borst op en klemde haar handen om het hengsel. 'Kijk me niet zo aan, Celia. Ik laat jullie niet bij die onfatsoenlijke bende achter. Ik breng jullie persoonlijk naar huis. Allemachtig, wat jullie arme moeder hiermee aan moet, is me een raadsel.'

Op de kop af drie weken daarna vertrok Celia naar Londen om daar de secretaresseopleiding te volgen. Dat was als straf bedoeld en mevrouw Holden was enigszins van haar stuk gebracht doordat haar dochter behalve weinig berouwvol zelfs ongehoord blij leek te zijn dat ze wegging. Ze zou in Kensington logeren, bij de nicht van mevrouw Holden, en als ze goede vorderingen maakte, zou ze misschien op het kantoor van haar man in Bayswater kunnen gaan werken. 'Londen, Lots! En geen liefdadigheidskoffie of vreselijk broertje of zusje te bekennen.' Celia was tijdens de voorbereiding voor haar vertrek in een bijzonder goede stemming.

Lottie had intussen gehoord hoe Celia een uitbrander van haar vader kreeg, en vroeg zich in de veilige beslotenheid van hun kamer af wat de gevolgen voor haarzelf zouden zijn. Er werd niet gerept over haar vertrek naar Londen. Zij wilde niet weg. Maar toen ze met gedempte stem iets hoorde mompelen over 'slechte invloed', wist ze dat ze het niet over Celia hadden.

3

HET MOEST WORDEN GEZEGD: het was geen meisje om van te houden, ook al deed ze nog zo haar best. Er was niet echt iets mis met haar, ze was altijd behulpzaam en netjes, en meestal beleefd; in tegenstelling tot Celia had ze geen aanleg voor wat haar man 'zenuwtoevallen' noemde, maar ze kon soms erg kortaangebonden zijn. Zo erg dat je het ongemanierd kon noemen.

Toen mevrouw Chilton de beide meisjes die rampzalige zaterdagmiddag had thuisgebracht (ze had er nog steeds nachtmerries van), had Celia in elk geval het fatsoen gehad zich berouwvol te tonen. Ze had haar armen om haar moeders middel geslagen en gepleit: 'O, mammie, ik weet dat ik iets heel slechts heb gedaan maar het spijt me heel, heel erg. Echt waar.' Zo boos als mevrouw Holden was, liet ze zich hierdoor toch vermurwen, en zelfs de granieten uitdrukking op het gezicht van mevrouw Chilton was iets zachter geworden. Op haar goede momenten was Celia moeilijk te weerstaan.

Lottie had zich echter helemaal niet verontschuldigd. Toen haar werd gezegd dat ze haar excuses moest aanbieden voor haar gedrag, had ze boos gekeken en geantwoord dat zij niet alleen haar kleren had aangehouden, maar ook nooit uit eigen vrije wil het water in zou zijn gegaan, zoals iedereen heel goed wist. Maar ze zei het in andere bewoordingen: 'verdomme heel goed wist', waardoor mevrouw Holden weer begon te steigeren. Dat meisje had iets van een viswijf, ondanks haar goede bedoelingen.

Nee, zei Lottie. Ze bood geen excuses aan voor haar gedrag. Ja, het speet haar dat ze niet eerlijk waren geweest over waar ze heengingen. Ja, ze was erbij toen Celia zich uitkleedde, en ze had er niets tegen gedaan. Maar zijzelf was eerder slecht behandeld dan dat ze zich had misdragen.

Mevrouw Holden was toen erg boos geworden en had Lottie naar haar kamer gestuurd. Ze verloor niet graag haar geduld, en daardoor voelde ze zich nog bozer op het meisje. Toen was Sylvia binnengekomen en had gezegd – waar mevrouw Chilton bij was, stel je voor – dat ze had gezien hoe Celia bezig was kussen op de rug van haar hand te geven, als oefening. En dat Celia haar had verteld dat ze heel veel aardige mannen had gekust en dat ze een manier wist om het te doen zonder in verwachting te raken. En hoewel het voor mevrouw Holden zonneklaar was dat Sylvia overdreef en het meeste had verzonnen, wist ze heel goed dat Sarah Chilton de opmerkingen van het kind niet voor zich zou kunnen houden, en daardoor was ze nog bozer op Lottie geworden. Lottie was de zondebok, er was niemand anders om woedend op te zijn.

'Van nu af aan wil ik je niet meer in de buurt van dat huis zien, begrepen, Lottie?' zei ze terwijl ze de trap opliep nadat Sarah Chilton was vertrokken. 'Ik ben heel erg boos op jullie allebei. Heel erg boos. En ik wil niet dat je de familie nog eens op deze manier te schande maakt. De hemel mag weten wat dokter Holden zal zeggen als hij thuiskomt.'

'Vertel het hem dan niet,' zei Lottie, die met een uitgestreken gezicht de kamer uitliep. 'Hij is trouwens toch niet geïnteresseerd in kletspraatjes van vrouwen.'

'Kletspraatjes van vrouwen? Noem je het kletspraat?' Susan Holden bleef staan op de trap en greep zich aan de leuning vast. 'Jullie zetten mij voor schut tegenover de gemeenschap en jullie vinden dat het kletspraat is?'

In de kamer hoorde ze Celia iets mompelen.

'Wat was dat? Wat zei je daar?'

Even later stak Celia haar hoofd om de deur. 'Ik zei dat het ons verschrikkelijk spijt, mammie, en natuurlijk blijven we voortaan weg bij die "schaamteloze bende", zoals mevrouw Chilton het zo treffend uitdrukte.'

Mevrouw Holden wierp hun haar allerstrengste blik toe. Maar ze was er bijna zeker van dat ze een zweem van een glimlach om Lotties lippen zag. Toen ze begreep dat ze verder geen woord uit hen zou krijgen, verzamelde ze het laatste restje waardigheid en liep langzaam de trap weer af, waar Freddie bezig was van oude kratten een konijnenhok in elkaar te timmeren. In de huiskamer. Waar ze woonden!

En nu was Celia weg. En Lottie, die er wel voor zorgde dat ze al haar taken goed uitvoerde, zich voortdurend heel beleefd gedroeg en Sylvia hielp met haar huiswerk, had wekenlang zo lusteloos als een ziek jong hondje rondgehangen als ze dacht dat niemand het zag. Het was allemaal nogal vermoeiend. En op de een of andere manier voelde Susan Holden zich door Lotties aanwezigheid in het huis een stuk minder op haar gemak dan voorheen. Niet dat ze dat ooit aan iemand zou toegeven. Niet na alle energie die ze in de opvoeding van het meisje had gestoken. Toen ze nog met hun tweeën waren en ze hen samen voedde en kleedde en een uitbrander gaf, leek het gemakkelijker Lottie als lid van het gezin te beschouwen. Nu Celia weg was viel het haar moeilijk de juiste toon te vinden. Heel eerlijk gezegd koesterde ze een onverklaarbaar gevoel van rancune tegenover Lottie. Lottie scheen dat aan te voelen en gedroeg zich nog onberispelijker, wat vreemd genoeg ook irritant was.

Erger nog, ze had het sterke vermoeden dat Lottie, ondanks alle beloften, nog steeds naar het huis van die actrice ging. Ze bood aan Virginia te helpen met de boodschappen, iets wat ze nooit eerder had gedaan, en deed er dan een paar uur over om een paar makrelen te kopen. Of zelfs een halve dag om de krant van dokter Holden op te halen. Twee keer kwam ze thuis met geurtjes op die je absoluut niet in de winkel van Ansty kon krijgen. Als je haar hierover vragen stelde, staarde ze je met die rechtstreekse blik aan en antwoordde ze op een toon die mevrouw Holden nogal agressief vond: nee, ze was niet naar het huis van die actrice gegaan omdat mevrouw Holden toch had gezegd dat het niet mocht? Soms ging ze echt te ver.

Maar ze had het kunnen weten. Veel mensen hadden haar gewaarschuwd dat ze geen evacué moest opnemen. Ze had de opmerking dat alle Londense kinderen neten en luizen hadden, genegeerd, hoewel ze de haren van de kleine Lottie wel goed had bekeken toen ze aankwam. Anderen zeiden dat het kind vast zou stelen en dat haar ouders haar zouden nareizen en in hun huis hun intrek nemen, zodat ze nooit meer van hen af zouden komen.

Nee, er was alleen een moeder, en die was nooit op bezoek geweest. Ze had Susan Holden twee brieven geschreven; een keer na het eerste lange verblijf, om haar – in dat vreselijke handschrift – te bedanken, en de tweede keer toen Susan het kind had gevraagd terug te komen. Ze leek echter nogal opgelucht dat ze van het kind af was.

En Lottie had nooit iets gestolen, was niet weggelopen en niet te vrij met jongens omgegaan. Nee, ze moest toegeven dat Celia op dat punt wat te vroegrijp was. Lottie had gedaan wat haar werd gevraagd. Ze had haar geholpen met de kleintjes en zag er aardig en fatsoenlijk uit.

Susan Holden voelde zich ineens schuldig toen ze de achtjarige Lottie weer voor zich zag zoals ze bij het station van Merham had gestaan, haar armen beschermend om de bruinpapieren zak met kleren heengeslagen. Te midden van de chaos had ze mevrouw Holden zwijgend aangekeken met die grote donkere ogen, en toen Susan opgewekt tegen haar begon te babbelen om haar welkom te heten – zelfs toen bleef het kind tamelijk onaangedaan – had ze langzaam haar rechterhand uitgestoken en die van Susan gepakt. Dat was een vreemd ontroerend gebaar. En ook nogal verwarrend, typerend voor haar hele verdere houding: beleefd, beheerst, waakzaam, en op een terughoudende manier hartelijk. Misschien was het onredelijk om het meisje zo streng te beoordelen. Ze zou gewoon aan Celia's afwezigheid moeten wennen. Het kind zou trouwens gauw genoeg vertrekken als ze eenmaal een goede baan had gevonden. En Susan Holden prees zich gelukkig met haar christelijke gevoel voor liefdadigheid. En ze dacht tevens aan de manier waarop Henry een paar weken daarvoor naar Lottie had gekeken, die keer dat ze haar rok had opgetrokken toen ze met Frederick in het opblaasbad stapte. En zo koesterde ze weer eens tegenstrijdige gevoelens jegens haar logé.

Celia had een vriendje. Daar had ze niet lang over gedaan, dacht Lottie wrokkig. De brieven waren met steeds grotere tussenpozen gekomen en toen had Celia ineens een ademloos verslag geschreven over een akelige situatie op een station. Ze beschreef daarin hoe de man met wie ze nu verkering had haar had gered. In het begin had Lottie er weinig aandacht aan geschonken, Celia overdreef altijd nogal. En het was niet de eerste keer dat Celia bezwoer dat dit de ware voor haar was. Zelfs niet in de korte tijd dat ze in Londen was. Er was de man die ze in de trein tussen Bishops Stortford en Broxbourne had ontmoet; de man die haar bediende in het café in Baker Street en haar altijd een extra kop koffie gaf als de baas er niet was. En meneer Grisham, haar stenoleraar, die haar lussen en afkortingen met meer dan gewone belangstelling had bekeken. Geleidelijk aan gingen de brieven minder over die mannen en de vermoedelijk eindeloze avonden met tante Angela en die vreselijke kinderen van haar en de meisjes op de secretaresseopleiding, maar steeds meer over etentjes in chique restaurants en wandelingen door Hampstead Heath. En niet te vergeten over Guys voortreffelijkheid in alle opzichten, op het gebied van converseren tot kussen. ('Verbrand deze brief in godsnaam voordat mammie hem in handen krijgt'.)

Lottie las ze, en probeerde in te schatten wat waar en niet waar was. Voor 'welgestelde familie' kon je lezen: 'eigen huis, met binnentoilet', voor 'waanzinnig knap' een gezicht dat niet op dat van een humeurige buldog leek, en met 'dol op me, echt stapelkrankzinnig op me' bedoelde Celia waarschijnlijk dat Guy steeds op tijd op hun afspraakjes was verschenen. Het was moeilijk niet een tikje cynisch te zijn, want Lottie had vele jaren met Celia doorgebracht en op een harde manier geleerd dat Celia en de waarheid niet altijd op even goede voet stonden. Lottie had zich door haar vriendin bijvoorbeeld horen beschrijven als 'een kind dat tijdens de Blitz uit een brandend huis was gered', als een 'geheimzinnige emigrante van Midden-Europese afkomst', en als 'weeskind wier ouders door een v1 waren gedood toen ze hun trouwdag vierden met een diner met gerookte zalm en wodka van de zwarte markt'. Ze had Celia er nooit op aangesproken, zelfs niet toen ze geleidelijk aan achter de herkomst van de verhalen kwam. Niemand riep Celia ooit ter verantwoording, zoveel had Lottie in huis bij de familie Holden wel geleerd. Ze hadden het gevoel dat er dan wel eens een doos van Pandora open zou kunnen gaan. Niemand zei ooit hardop dat Celia leugens vertelde. De enige keer dat ze een van die verzinsels aan mevrouw Holden had verteld, was die nogal nijdig geworden en had ze tegen haar gezegd dat ze zeker wist dat het niet klopte en dat het bepaald erg onaardig van Lottie was om er maar over door te blijven zeuren. Misschien had Celia niet eens een vriend, bedacht Lottie. Misschien waren al die mannen aan haar verbeelding ontsproten, en bracht ze in werkelijkheid haar avonden door met borduren en toonladders oefenen met de kinderen van tante Angela. Die gedachte deed haar glimlachen. Om Celia uit te lokken, repte ze in haar volgende brief met geen woord over Guy, maar stelde ze allerlei vragen over de kinderen van tante Angela.

Het waren merkwaardige maanden geweest, en Lottie raakte langzaamaan gewend aan een leven zonder Celia. Naarmate ze zich echter beter ging voelen, merkte ze dat de spanning in huis toenam, alsof door Celia's afwezigheid het brandpunt dat, als onzichtbare lijm, de boel bij elkaar had gehouden, was verlegd. Dokter Holden was steeds vaker afwezig, wat mevrouw Holdens wankele greep op het dagelijks leven nog meer verzwakte. En alsof ze gehoor gaven aan de lokstem van een onzichtbare sirene, kozen Freddie en Sylvia deze periode om zich extra druk en opgewonden te gedragen, waardoor mevrouw Holdens laatste restje zenuwen aan flarden ging. En dat verschafte dokter Holden het zoveelste excuus om weg te blijven. 'Kan het nooit eens een moment rustig zijn in dit huis?' vroeg hij dan met zachte, afgemeten stem, waarop mevrouw Holden opsprong als een hond die op een koude avond naar buiten gejaagd dreigt te worden.

Lottie sloeg hem zwijgend gade als hij zich terugtrok in zijn studeerkamer of zonder verdere toelichting 's avonds nog visites aflegde, en ze beantwoordde zijn 'welterusten, Lottie' op dezelfde beleefde manier. Hij was nooit onaardig tegen haar en gaf haar nooit het gevoel dat ze een indringster in het huis was. Trouwens, de helft van de tijd leek hij haar niet eens te zien.

Toen ze pas bij hen in huis was, gedroeg hij zich minder afstandelijk. Hij was vriendelijk en glimlachte vaker. Of misschien herinnerde ze het zich op die manier. Op haar eerste avond in het huis, toen ze stilletjes lag te huilen, zonder precies te weten waarom, maar tegelijkertijd bang was dat haar gastheer en gastvrouw het zouden horen en haar naar huis zouden terugsturen, was hij zachtjes haar kamer binnengekomen en op de rand van haar bed gaan zitten. 'Je hoeft niet bang te zijn, Lottie,' had hij gezegd en had een warme, droge hand op haar hoofd gelegd. 'Ik denk dat je in Londen een moeilijk leven hebt gehad. Maar hier ben je veilig.'

Lottie was zo verbaasd dat ze ophield met huilen. Nog nooit had een volwassene op die manier tegen haar gesproken. Zo plechtig. En bezorgd. Zonder dreiging of minachting. De meeste mensen wisten niet eens meer hoe ze heette.

'Zolang je hier bent zullen we alles doen om je gelukkig te maken. En als je weer vertrekt, hopen we dat je met liefde aan je verblijf hier terug zult denken. Want we weten zeker dat we veel van je zullen houden.'

Met die woorden streelde hij haar over haar haar. Hij liep de kamer uit en nam haar eeuwige dankbaarheid en wat in haar achtjarige hart voor toewijding doorging, met zich mee. Als hij had geweten dat ze nooit enige vaderfiguur in haar leven had gekend, laat staan een vriendelijk woord had gekregen, dan had hij zijn poging tot liefdevol contact misschien wat gematigd. Maar nee, dokter Holden had geglimlacht en haar gestreeld, en kleine Lottie was opgehouden met huilen en had zich in haar zachte bed verbaasd en verwonderd dat er ook mannen bestonden die niet vloekten of haar opdroegen dingen te kopen in de winkel op de hoek of naar drank stonken.

Naarmate ze ouder werd, kreeg ze een iets minder rooskleurig beeld van dokter Holden. Dat was logisch, als je er van dichtbij getuige van was hoe wreed een man voor zijn vrouw kan zijn door botweg te weigeren aandacht aan haar te besteden. 's Morgens trok hij zich terug achter zijn krant, en hij kwam alleen vanachter zijn inktgordijn vandaan om Freddie en Sylvia een standje te geven voor gerapporteerd wangedrag, of om zijn koffiekop op te pakken. 's Avonds kwam hij laat en verstrooid thuis, en beweerde dat hij pas tot een gesprek in staat was nadat hij een drankje en een paar minuten rust had gehad, wat meestal tot ver na het avondeten duurde. Intussen fladderde mevrouw Holden, blijkbaar niet in staat de signalen te interpreteren, zenuwachtig om hem heen in een poging zijn wensen vóór te zijn, hem in het gesprek te betrekken en zijn aandacht te vestigen op haar nieuwe kapsel, nagellak of vest, maar ze slim genoeg om er echt iets over te zeggen.

In die periode was Lottie op een vage manier boos op hem. Ze begreep wel dat getrouwd zijn met iemand als mevrouw Holden behoorlijk op je zenuwen kon werken. Het was echter toch wel onnodig wreed haar zo te negeren, vooral omdat ze zo haar best deed om het hem naar de zin te maken. Voor zover Lottie kon zien deed hij niets om het haar naar de zin te maken. Door de jaren heen werd mevrouw Holden alleen maar bezorgder en zenuwachtiger en zag Lottie dat hij steeds minder moeite deed zijn ergernis te verbergen en dat hij ook vaker afwezig was. Ze was tot de conclusie gekomen dat het huwelijk, gezien de ervaringen met haar moeder en met dokter en mevrouw Holden, beslist een slechte zaak was, die je moest zien te vermijden, zoiets als een rioolputjes of de waterpokken.

'Hier dacht ik, vind je niet? Het is nu te wit. Te leeg. Te... kaal.'

Lottie knipperde met haar ogen en deed haar best te zien wat Adeline kennelijk zag. Het zag er gewoon als een muur uit. Ze begreep niet hoe een muur te kaal kon zijn. Maar ze knikte, probeerde er intelligent uit te zien en trok haar ene wenkbrauw op toen Adeline aankondigde dat Frances iets 'figuratiefs' van plan was.

'Ik loop al een tijdje rond met een idee,' zei Adeline. 'Voor een wandschildering. Ik wil geen plaatjes van bossen of meren...'

'Of landschappen uit de Griekse Oudheid,' zei Frances, die achter hen was komen staan. 'Ik kan tempels en zuilen niet uitstaan. Of herten. Werkelijk, ik kan die vreselijke herten niet luchten of zien.'

'Nee. Ik heb een idee.' Adeline hield even op en streek met haar vinger over de muur. 'Het wordt een menselijk landschap. We komen er allemaal op te staan. Als bewoners van Arcadia.'

'Als een soort Laatste Avondmaal. Maar dan zonder de religie.'

'Of de symboliek.'

'O nee, er moet wel symboliek in. Geen goede schildering zonder een vleug symboliek.'

Ze waren Lottie totaal vergeten. Ze staarde naar de witte muur, waarop het licht bijna verblindend weerkaatste in de middagzon. Beneden hen strekte zich het strand uit, begrensd door de golfbreker, en ondanks de naderende herfst volgepakt met badgasten. Als zij het voor het zeggen had, zou ze er waarschijnlijk een paar planten voor zetten. Of een latwerk waar planten tegenaan konden groeien.

'... en jij, Lottie. We hebben gezegd dat we je portret zouden schilderen, toch? Jij komt er ook op. Evenals Celia, hoewel ze afwezig is.'

Ze probeerde zich voor te stellen hoe ze eruit zou zien op de muur. Het enige dat ze zich voor de geest kon halen waren die cartoons die tijdens de oorlog overal waren verschenen met de tekst: 'Wat, nee ...?'

'Moet ik ervoor poseren?' vroeg ze.

'Nee,' zei Frances glimlachend. Ze glimlachte de laatste tijd erg veel. Dat stond onwennig op haar gezicht: de lange zijkanten werden dan omhooggetrokken, zoals een oude pantalon die aan dunne bretels hangt. 'We kennen je inmiddels. Ik wil iets impressionistisch.'

'Haar haar. Je moet haar haar laten zien. Draag je het wel eens los, Lottie?' Adeline stak een tengere hand uit en streelde het.

Lottie verschoot van kleur. Ze kon het niet helpen. 'Het raakt nogal gauw in de war. Het is te fijn.' Ze stak haar hand omhoog om het glad te strijken en nam onwillekeurig wat afstand van Adeline.

'Haal jezelf niet zo omlaag, Lottie. Dat vinden mannen heel vervelend.'

Mannen? Lottie stelde haar zelfbeeld bij: als iemand in wie mannen geïnteresseerd konden zijn. Tot dan toe waren dat alleen jongens. Of om precies te zijn Joe, die nauwelijks meetelde.

'Je moet altijd alleen de aandacht op je goede kanten vestigen. Als mensen oog voor je goede kanten hebben, zien ze de slechte vaak niet.'

Zo openhartig was ze nog nooit geweest. Maar Lottie had er geen erg in.

'Misschien krijgen we Lottie aan het schilderen.'

'Ja! Wat een goed idee, Frances. Zou je dat willen, Lottie? Frances is een uitstekende lerares.'

Lottie schuifelde met haar voeten. 'Ik ben niet goed in kunst. Mijn fruitschalen zien er altijd uit alsof ze zo om kunnen vallen.'

'Fruitschalen...' Frances schudde haar hoofd. 'Kom op, Lottie. Je moet tekenen wat er in je hoofd en in je hart zit.'

Onwillig en weinig op haar gemak deed Lottie een stap naar achteren. Adeline legde haar vingers op haar rug en duwde haar zachtjes naar voren. 'Je moet leren dromen, Lottie. Je uitdrukken.'

'Maar nu ik van school af ben doe ik niets meer aan tekenen. Mevrouw Holden zegt dat ik boekhoudles moet nemen, zodat ik een goede baan in een winkel kan krijgen.'

'Vergeet die winkel maar, Lottie. Kijk, het hoeft niets voor te stellen. Probeer te genieten van het materiaal. Pastel is prachtig materiaal om mee te werken. Kijk maar...' Frances begon lijnen op de muur te tekenen en veegde met zelfverzekerde, vaste hand met haar vingers vol verfvlekken, door de kleuren heen. Lottie keek toe en vergat zichzelf een moment.

'Vergeet niet dat jij er ook bij hoort, Frances, schat.' Adeline legde een hand op haar schouder. 'Je schildert jezelf er nooit bij.'

Frances hield haar blik op de muur gevestigd. 'Ik ben niet zo goed in zelfportretten.'

Marnie verscheen bij de achterdeur. Haar schort was bedekt met bloed en veren en in haar linkerhand hield ze een halfgeplukte gans bij de nek vast. 'Neem me niet kwalijk, mevrouw, maar meneer Armand is er.'

Lottie had naar de pastellijnen staan kijken. Ze wierp een blik op Adeline, die Marnie met een vriendelijk knikje wegstuurde. Lottie verwachtte dat ze naar de deur zou snellen, haar kleding in orde brengen of zich nog snel even opmaken, zoals mevrouw Holden altijd deed, en ze kreeg een kleur van opwinding dat ze nu eindelijk Adelines afwezige echtgenoot te zien zou krijgen.

Maar Adeline richtte haar aandacht weer op de witte muur. 'Dan moeten we iemand zien te vinden die jou gaat schilderen, Frances,' zei ze, zo te zien onbezorgd. 'Jij bent immers een belangrijk onderdeel van onze schildering, *non*?'

Marnies gezicht verscheen weer in de deuropening. 'Hij is in de salon.'

Frances liep weg bij de muur en keek naar Adeline op een manier die Lottie verlegen maakte. 'Ik denk dat ik beter functioneer als onzichtbare aanwezige,' zei ze langzaam.

Adeline haalde haar schouders op, alsof ze afzag van een al vaak gevoerde discussie. Ze stak haar hand op, draaide zich om en liep naar het huis.

Lottie wist niet wat ze had verwacht, maar Julian Armand was zo totaal anders dan ze zich had voorgesteld, dat ze twee keer langs hem heen keek voordat ze besefte dat hij het moest zijn aan wie Adeline haar voorstelde.

'Leuk je te ontmoeten,' zei hij en hij gaf haar een handkus. 'Adeline heeft me zoveel over je verteld.'

Lottie zweeg en staarde (op een manier die mevrouw Holden als krankjorum zou bestempelen) naar de kleine, elegante man met zijn glad tegen het hoofd geplakte haar en gigantische omhoogkrullende snor, die een deel van zijn gezicht als een rasterwerk bedekte.

'Lottie,' fluisterde ze. En hij knikte, alsof dat voldoende was.

Het was duidelijk van wie Adeline haar exotische smaak had. Zijn manier van kleden paste bij de mode van zeker twintig jaar terug en zelfs dan nog alleen in bepaalde kringen: tweed knickerbockers met bijpassend vest en colbert. Hij droeg een smaragdgroene das en een schildpadbril met ronde glazen. Uit zijn vestzakje hing een enorm horloge aan een ketting en in zijn linkerhand hield hij een wandelstok met zilveren knop. Zijn glimmend gepoetste gaatjesschoenen waren het enige conventionele aan hem, en zelfs die vertoonden weinig overeenkomst met de gaatjesschoenen die Lottie kende, die van tien shilling in de hoofdstraat.

'Dit is dus Merham,' zei hij terwijl hij om zich heen keek naar het uitzicht uit het raam. 'Dit is waar jullie hebben besloten ons te stationeren.'

'Julian, je mag je pas een oordeel vormen als je hier een week hebt gewoond.' Adeline pakte glimlachend zijn hand.

'Waarom? Heb je plannetjes met me?'

'Ik heb altijd plannetjes met je, liefste. Maar je mag pas beslissen als je door het geluid van de zee bent gewekt, en met een goed glas wijn naar de zonsondergang hebt gekeken. Ons nieuwe huis is een paradijsje, en de verborgen charmes moeten geleidelijk aan worden ontdekt.'

'Aha. Ik ben een expert in het geleidelijk aan ontdekken, zoals je weet.'

'Mijn beste Julian, ik weet dat je ook te verleiden bent door het jeugdige en nieuwe. En ik en dit huis zijn dat geen van beide. We moeten er dus voor zorgen dat je ons met de juiste blik beziet. Niet-waar, Lottie?'

Lottie knikte zonder een woord te zeggen. Ze had moeite zich te concentreren; ze had nog nooit iemand zich zo tegenover haar man zien gedragen als Adeline, zo uiterst hoffelijk.

'Dan beloof ik je dat ik geen woord zal zeggen. Nu, wie leidt me rond? Frances? Hoe maak je het? De zeelucht schijnt je goed te doen.'

'Ik maak het heel goed, dank je, Julian.'

'Wie is er nog meer?'

'George. Irene. Minette is net weg. Ze is weer aan het schrijven. En Stephen komt aan het einde van de week. Ik heb hem verteld dat je terug was.'

'Prachtig.' Julian gaf zijn vrouw een klopje op haar hand. 'Al echt een thuis. Ik hoef alleen maar te gaan zitten en te doen alsof ik hier altijd heb gewoond.' Op zijn stok leunend draaide hij langzaam in het rond om de kamer te bekijken. 'En de geschiedenis van het huis?'

'We weten er iets van, dankzij Lottie en haar vriendin. Het is gebouwd door de zoon van een plaatselijke familie, en toen hij stierf werd het gekocht door een echtpaar… hoe heetten ze ook weer?'

'MacPherson,' zei Lottie. Hij droeg een enorm grote ring om zijn pink. Net een chique vrouwenring.

'Ja, MacPherson. Maar het is in *art moderne*-stijl, zoals je ziet. Nogal ongewoon, vind ik. En het heeft schitterend licht, *non*? Frances zegt dat het licht schitterend is.'

Julian wendde zich tot Frances. 'Dat is het zeker, lieve Frances. Je smaak en oordeel zijn zoals altijd onberispelijk.'

Frances schonk hem een flauwe, bijna gepijnigde glimlach. 'Ga je binnenkort weer naar Cadogan Gardens terug?' vroeg ze.

Julian slaakte een zucht. 'Nee, ik vrees dat wat dat betreft onze bruggen achter ons hebben verbrand. Een klein misverstand over geld. Maar we zullen het hier heerlijk hebben, tot alles weer in orde is. Ik blijf hier tot de Biënnale. Als ik jullie niet tot last ben.' Hij glimlachte bij de woorden, er kennelijk van overtuigd dat zijn aanwezigheid nooit iemand tot last was.

'Dan zullen we zorgen dat je je helemaal thuis voelt,' zei Adeline. 'Ik zal je rondleiden.'

Met een schok kwam Lottie weer in beweging. Ze werd zich weer bewust van haar manieren. 'Ik moet gaan,' zei ze, achterwaarts naar de deur schuifelend. 'Het wordt al laat en ik heb gezegd dat ik melk ging halen. Het... het was prettig kennis met u te maken.'

Ze wuifde en liep naar de deur. Adeline stak haar arm op ten afscheid en liep al met haar arm om Julians tweed middel het terras op. Toen Lottie zich omdraaide om de deur dicht te doen, zag ze Frances. Ze leek zich niet van Lotties aanwezigheid bewust en stond het tweetal roerloos, als een van haar composities, na te staren.

Het verbaasde haar niet dat Frances verdrietig was, ze leek zich nogal buitengesloten te voelen. Het moest moeilijk voor haar zijn dat Julian terug was. Lottie wist maar al te goed hoe het was om het vijfde wiel aan de wagen te zijn. George viel kennelijk niet op haar, anders zou hij niet zo met Celia en de Verschrikkelijke Irene flirten. Maar twee dagen daarna zag Lottie haar weer.

Het was bijna half tien 's avonds en Lottie had aangeboden Mr. Beans, de oude, humeurige terriër van de familie Holden, uit te laten. Dat was eigenlijk de taak van dokter Holden, maar hij was weer eens opgehouden op zijn werk en mevrouw Holden, die helemaal van streek was door dat nieuws, had moeite Freddie en Sylvia in bed te houden. Freddie zei dat hij haar begonia had opgegeten en misselijk was. Hij bleef naar de badkamer rennen, terwijl Sylvia op haar pantoffels met een oud gasmasker op boven aan de trap stond te zeuren om haar elfde glas water. Joe was op bezoek om scrabble te spelen, en toen Lottie aanbood om de hond uit te laten, had mevrouw Holden dat dankbaar aangenomen en gezegd dat het geen kwaad kon als Joe haar begeleidde. Maar niet te lang wegblijven. En op de weg blijven. Lottie en Joe liepen het park door, zagen de laatste zonnestralen achter het Rivièra Hotel verdwijnen en de straatlantaarns knipperen en het natriumlicht langzaam aanfloepen. Een meter verderop snuffelde Mr. Beans grommend naar onbekende luchtjes en trok daarbij een zigzaggend spoor door het gras. Ze had Joe geen arm gegeven en hij bleef, naast haar lopend, zachtjes tegen haar elleboog stoten alsof hij haar stilzwijgend aanmoedigde het wel te doen.

'Nog niets van je moeder gehoord?'

'Nee. Ze zal tegen Kerstmis wel schrijven.'

'Is het niet raar dat je haar nooit spreekt? Ik zou mijn moeder missen.'

'Jouw moeder en de mijne zijn ieder vogels van een heel ander pluimage, Joe.'

'Ik zou mijn moeder geen vogel willen noemen.' Hij deed zijn best te lachen, want hij wist niet zeker of ze een grapje maakte.

Ze liepen zwijgend verder en zagen een paar schimmige gestalten over de boulevard lopen, die zachtjes pratend op weg waren naar een onzichtbare slaapplaats.

'Wanneer komt Celia thuis? Zaterdag, zei je?'

Dat was een deel van het probleem. Mevrouw Holden had het haar man zelf willen vertellen. Ze bracht graag goed nieuws, want ze bleef onversaagd moeite doen voor zijn glimlach.

'Ze komt met de middagtrein. Ik moet Freddie 's ochtends mee naar de kapper nemen.'

'Het lijkt veel korter dan acht weken, vind je niet? Ik neem Freddie wel mee, als je wilt. Ik moet mijn haar ook laten knippen. Pa zegt dat ik wel een nozem lijk.'

'Luister eens,' zei Lottie en ze bleef staan.

Joe hief zijn hoofd alsof hij de lucht opsnoof. Beneden hen kondigde het gestage gebruis en gesis van de zee het opkomende tij aan. Het geblaf van een hond verstoorde de geurige dromen van Mr. Beans. Toen hoorde ze het weer. Jazzmuziek: vreemd, onregelmatig, bijna vals. Een trompet en iets lagers. En gelach.

'Hoor je wel?' Haar reserve vergetend pakte ze Joe bij de arm. De muziek kwam uit Arcadia House.

'Wat is het? Wordt er een kat gewurgd?'

'Luister, Joe.' Ze zweeg even en probeerde het melancholieke geluid op te vangen. Het zweefde voorbij en ebde weg. 'Laten we er naartoe gaan.'

'Will Buford heeft drie nieuwe rock-'n-rollplaten bij hem thuis. Over een week ga ik ernaar luisteren. Heb je zin om mee te gaan?'

Maar Lottie rende nu met haar vest om haar schouders de trap af naar de beste uitkijkpost. Mr. Beans waggelde vrolijk achter haar aan en zijn nagels tikten op het beton. 'Mevrouw Holden heeft gezegd dat we op de weg moesten blijven,' riep Joe haar verdwijnende gestalte na. Maar even later liep hij haar achterna.

Lottie leunde over de balustrade in de richting van Arcadia. In het schemerdonker glinsterden de ruiten en wierpen een zee van licht over het betegelde terras. Het licht scheen op een groepje mensen. Als Lottie haar ogen bijna dichtkneep, kon ze Julian Armand onderscheiden, die op de oude gietijzeren bank zat met zijn voeten op tafel. Aan de andere kant van het terras stond een langere gestalte te roken. Dat moest George zijn. Hij stond te praten met een man die Lottie niet herkende.

En dan waren daar Frances en Adeline in een zee van licht. Ze dansten samen met hun armen op elkaars schouders. Adeline gooide haar hoofd achterover. Zo te zien moest ze lachen om iets wat Frances zei. Ze draaiden samen in het rond en stonden alleen even stil om een glas wijn te pakken of iets naar de mannen te roepen.

Lottie voelde tot haar verbazing een rilling door zich heen gaan bij het zien van dat tafereel. Frances zag er niet meer verdrietig uit. Zelfs vanaf deze afstand leek ze vol zelfvertrouwen en straalde ze in de duisternis. Alsof ze ergens greep op had, al wist Lottie niet waarop. Waardoor kan iemand zo veranderen? vroeg ze zich af. Was dat Frances? De laatste keer dat Lottie haar had gezien was ze een schaduw, niet meer dan een futloze, kleurloze figuur naast het lichtbaken dat Adeline was. En nu overstraalde ze haar: ze leek groter en vitaler, een maat groter dan normaal.

Lottie stond aan de grond genageld en kon nauwelijks ademhalen. Arcadia bleef dat effect op haar hebben. Ze voelde zich meegezogen, gedragen op de mineurakkoorden die verleidelijk op de zeewind naar haar toe dreven. Ze fluisterden hun geheimen, vertelden van nieuwe plaatsen, een nieuwe manier van leven. Je moet leren dromen, had Adeline gezegd.

'Ik denk dat Mr. Beans zijn behoefte nu wel heeft gedaan,' zei Joe en zijn stem sneed door het donker. 'We kunnen maar beter naar huis gaan.'

Liefste Lots (zo luidde de laatste brief),
Het is echt heel gemeen van je om niet naar Guy te vragen. Maar ik weet dat je stinkend jaloers bent, en dus vergeef ik het je. De mannen van Merham zijn nu eenmaal niet van het niveau van die in Londen!!! Maar zonder gekheid, Lots, ik mis je vreselijk. De meisjes op mijn cursus zijn een stel krengen. Ze hadden al kliekjes gevormd voordat ik kwam en zitten tijdens de pauze voortdurend met hun hand voor hun mond te fluisteren. In het begin stoorde dat me nogal, maar nu ik Guy heb, vind ik het maar een

stel onnozele wichten. Ze moeten wel een ontzettend saai, leeg bestaan leiden dat ze zich zo nodig op een schoolmeisjesmanier moeten gedragen. (Dat zei Guy.) Hij neemt me mee uit eten naar restaurant Mirabel om het einde van mijn steno- en typexamen te vieren. Zeg niets tegen mammie, maar het zou een wonder zijn als ik mijn steno haalde. Mijn steno heeft meer weg van Chinese karakters. Dat zei Guy ook al. Hij heeft de hele wereld afgereisd en dat soort dingen in het echt gezien. Ik wilde je een foto van ons bij de races in Kempton Park, maar ik heb er maar een van en ik ben als de dood dat ik die kwijtraak, dus je moet maar proberen je hem voor te stellen. Montgomery Clift met lichter haar en gebruind, dan ben je heel eind op weg...

Het was de derde brief waarin het haar weer niet was gelukt een foto van Guy in te sluiten. Dat verbaasde Lottie niet echt.

Lottie bleef zwijgend staan toen mevrouw Holden haar met de kleerborstel te lijf ging, met stevige neerwaartse streken om niet-bestaande pluisjes van haar maatjasje te verwijderen.

'Je moet je haarband indoen. Waar is je haarband?'

'Boven. Wilt u dat ik hem ga halen?'

Mevrouw Holden keek fronsend naar Lotties haar. 'Dat zou een goed idee zijn. Anders wappert het om je hoofd. Frederick, wat heb je in vredesnaam met je schoenen uitgevoerd?'

'Hij heeft ze met zwart gepoetst in plaats van bruin,' zei Sylvia met enige voldoening. 'Hij zei dat dat er echter uitziet.'

'Echter dan wat?'

'Voeten. Dat zijn hoeven,' zei Freddie, zijn tenen trots naar binnen en buiten draaiend. 'Koeienhoeven.'

'Koeien hebben geen hoeven. Die hebben poten.'

'Nietes.'

'Welles. Koeien hebben gespleten hoeven.'

'Nou, dan heb jij gespleten hoeven. Dikke vette koeienhoeven. Au.'

'Sylvia, Frederick, houd op met schoppen. Dat is niet aardig. Lottie, ga Virginia even halen, dan kijken we of we ze op het laatste moment nog kunnen redden. Sylvia, waar is je jas? Het is koud vandaag. En wat heb je met je nagels gedaan? Je kunt er zowat aardappels op poten.'

'Dat komt omdat ze in haar neus peutert. Au! Jij hebt koeienpoten. Grote lelijke koeienpoten.'

'Sylvia, ik heb je al gezegd dat je je broertje niet mag schoppen. We halen een nagelborsteltje. Waar is het nagelborsteltje? Wat zal jullie zus wel niet zeggen als ze jullie zo ziet?'

'Mam, hou alsjeblieft om met zeuren. Het is Celia maar. Het kan haar geen biet schelen. Al haalden we haar in ons zwempak op.'

Mevrouw Holden verschoot van kleur en durfde niet naar haar man te kijken, die op de trap zijn schoenen zat aan te trekken. Alleen Lottie zag dat de tranen in haar ogen sprongen en dat ze die heimelijk met haar mouw probeerde af te vegen. Toen holde ze de gang door om Virginia te gaan halen.

Hoewel Lottie met haar meevoelde, had ze andere dingen aan haar hoofd. Joe en zij spraken niet meer met elkaar. Op de terugweg van de wandeling met Mr. Beans had hij gezegd dat hij vond dat ze niet zoveel tijd op Arcadia House moest doorbrengen. Dat stel mensen had intussen een slechte reputatie. En als Lottie daar te vaak werd gezien, zou zij er ook mee besmet raken, of niet soms? Omdat hij om haar gaf en haar vriend was vond hij dat hij haar moest waarschuwen. Lottie, die al woedend was dat hij haar had gestoord, had op een snijdende toon die haar zelf verbaasde gevraagd waar hij zich mee bemoeide, dat het zijn zaak niet was met wie zij haar tijd doorbracht. Al was het verdomme met Dicky Valentine.

Joe had een kleur gekregen. Dat zag ze zelfs in het donker, en ze had zich schuldig gevoeld, maar ook geïrriteerd. Na een korte stilte had hij nogal plechtig gezegd dat ze, als ze nu nog steeds niet wist dat niemand ooit zoveel van haar zou houden als hij, het nooit zou weten, en dat hij zich geroepen voelde op haar te passen, ook al hield zij niet evenveel van hem.

Woedend was Lottie tegen hem van leer getrokken. 'Ik heb je al eens gezegd, Joe, dat ik dat nooit meer wil horen. En nu heb je het verpest. We kunnen geen vrienden meer zijn. Als je je verrekte gevoelens niet voor je kunt houden, kunnen we geen vrienden meer zijn. Ik zou zeggen: ga naar huis naar je moeder en houd je bezorgdheid om mijn reputatie voor je.'

Met die woorden had ze de arme oude Mr. Beans met een ruk aan zijn riem meegetrokken en was spinnijdig naar huis gelopen, Joe zwijgend bij het hek van het park achterlatend.

Normaal gesproken zou Joe haar nu allang opgebeld hebben. Hij zou langsgekomen zijn om te vragen of ze zin had in een kop koffie of een spelletje en een grapje hebben gemaakt over hun aanvaring. En

Lottie zou heimelijk blij zijn hem te zien en de ruzie maar al te graag hebben bijgelegd en hem weer als vriend aanvaard. Nu Celia weg was, was hij belangrijker geworden. Hoe irritant hij ook was, toch was hij de enige echte vriend die ze had. Ze had altijd geweten dat ze te donker was, te uitheems voor de Betty Crofts en consorten van school en dat ze alleen in de gemeenschap werd getolereerd vanwege Celia.

Dit keer was Joe duidelijk gekwetst. Vier dagen gingen voorbij en hij was nog steeds niet langs geweest. Terugdenkend aan haar harde woorden vroeg Lottie zich af of ze haar excuus zou aanbieden. Of zou Joe zich dan weer aangemoedigd voelen haar zijn liefde te tonen?

De stem van mevrouw Holden galmde door de gang. 'Lottie, schiet op. De trein komt om kwart over vier aan. We moeten niet te laat komen, vind je ook niet?'

Dokter Holden liep vlak langs haar heen. 'Zorg dat ze een beetje kalmeert, Lottie, beste meid, anders maakt Celia rechtsomkeert als ze ons clubje op het perron ziet staan.' Hij glimlachte bij die woorden, een glimlach waaruit irritatie en een stilzwijgende verstandhouding sprak. Met een vaag gevoel van schaamte beantwoordde Lottie zijn blik.

Misschien uit angst voor nog een standje deed mevrouw Holden er tijdens de tien minuten durende rit naar het station het zwijgen toe. Dokter Holden ook, maar dat was niets ongewoons. Sylvia en Freddie, die over hun toeren waren geraakt door het vooruitzicht van het ritje in de auto, zaten te vechten. Ze drukten hun neus tegen het raampje en schreeuwden naar voorbijgangers. Lottie, die tussen hen in moest zitten, trok er af en toe een omlaag of gaf ze een uitbrander, maar ze werd nog steeds in beslag genomen door het probleem met Joe. Ze besloot dat ze die avond bij hem langs zou gaan. Ze zou haar excuses aanbieden. Ze zou niet onder stoelen of banken steken dat ze geen romantisch gedoe wilde. Joe trok wel weer bij. Dat was toch altijd nog gebeurd?

De trein kwam om zestien minuten en achtendertig seconden over vier aan. Freddie, die de stationsklok nauwlettend in de gaten hield, klaagde luidkeels over het gebrek aan stiptheid. Voor deze ene keer gaf mevrouw Holden hem geen standje. Ze was te druk bezig om over de hoofden van de andere aankomende passagiers heen een glimp van haar dochter op te vangen. Haar stem kwam nauwelijks boven het lawaai van slaande portieren uit.

'Daar is ze! De derde van achteren.' Sylvia rukte zich los uit haar moeders greep en holde het perron over. Lottie zag haar gaan en begon toen ook half en half te rennen, op de voet gevolgd door de rest van de familie Holden, die tijdelijk het decorum leek te vergeten.

'Celie! Celie!' Sylvia wierp zich op haar oudere zus en gooide haar zowat omver toen ze op het perron stapte. 'Ik heb nieuwe schoenen! Kijk!'

'Ik heb ook nieuwe schoenen!' jokte Freddie, Celia aan haar hand trekkend. 'Reed de trein echt hard? Waren er spionnen in Londen? Heb je in een dubbeldekker gezeten?'

Lottie hield zich op de achtergrond en voelde zich onverklaarbaar overbodig toen mevrouw Holden met een gezicht dat straalde van moederlijke trots spontaan haar armen om haar dochters schouders sloeg. 'O, ik heb je zó gemist! We hebben je allemaal gemist,' zei ze.

'Dat hebben we zeker,' zei dokter Holden. Hij wachtte tot zijn vrouw Celia losliet en nam haar toen in zijn eigen houdgreep. 'Het is heerlijk je weer thuis te hebben, lieverd.'

Dat Lottie zich verlegen voelde kwam niet alleen door het schrijnende besef dat ze een buitenstaander was. Het lag ook aan Celia. In een paar maanden tijd had ze een gedaanteverwisseling ondergaan. Ze had haar haar laten knippen en watergolven en haar lippen in een felrode kleur gestift. Ze droeg een groene wollen mantel met ceintuur die Lottie nog nooit had gezien en lakschoenen met een bijpassende handtas. De schoenen hadden spits toelopende hakken van zeker zes centimeter hoog. Ze leek wel iemand uit een modeblad. Ze zag er schitterend uit.

Lottie streek over haar eigen haar onder de haarband en keek tersluiks naar haar wandelschoenen met gesp en dikke zolen. Ze droeg katoenen sokken, in plaats nylons zoals Celia. Ze had het nu al te warm.

'God, wat fijn om jullie te zien,' riep Celia uit terwijl ze het kringetje rondkeek. Mevrouw Holden was zo blij dat ze haar niet eens bekritiseerde. 'Lots! Lottie. Blijf daar niet staan, ik kan je bijna niet zien.'

Lottie deed een stap naar voren en liet zich kussen. Toen Celia een stap terug deed bleef er een zoet parfum hangen. Lottie bedwong haar neiging de lippenstift van haar wang te vegen.

'Ik heb van alles voor jullie uit Londen meegebracht. Ik popel om het te laten zien. O, Lots, ik ben zo benieuwd hoe je het cadeau zult vinden dat ik voor jou heb gekocht. Ik vind het zo mooi dat ik het bijna zelf had gehouden.'

'Laten we hier niet de hele dag blijven staan,' zei dokter Holden met een blik op zijn horloge. 'Kom mee naar buiten, Celie-lief.'

'Ja, je zult wel doodmoe zijn. Ik moet zeggen dat het me niets aanstond dat je helemaal alleen hebt gereisd. Ik zei tegen je vader dat hij je had moeten ophalen.'

'Maar ik was niet alleen, mammie.'

Dokter Holden, die haar koffer had opgepakt en al halverwege het loket was, bleef staan en draaide zich om.

Achter Celia stapte een man uit de trein, die zich even bukte en toen achter Celia oprees. Onder zijn arm droeg hij twee grote ananassen.

Celia's glimlach was oogverblindend. 'Mammie, pappie, mag ik jullie Guy voorstellen. En jullie raden het nooit... we zijn verloofd.'

Mevrouw Holden zat voor haar kaptafel en haalde de spelden uit haar haar. Met niets ziende blik staarde ze naar haar spiegelbeeld. Ze had altijd geweten dat het voor Lottie moeilijk zou worden als Celia zich ging ontplooien. Het was onvermijdelijk dat Celia haar goede afkomst niet zou verloochenen. En ze moest toegeven dat haar dochter in Londen tot bloei was gekomen op een manier die ze niet voor mogelijk had gehouden. Haar kleine meisje was thuisgekomen als een modeplaatje.

Susan Holden legde de spelden voorzichtig in een porseleinen bakje en deed het deksel er weer op. Ze gaf niet graag toe hoe opgelucht ze was dat Celia verloofd was. Met een man van goede komaf. Of het nu uit blijdschap voor Celia was of uit dankbaarheid dat ze 'onder de pannen' was, de familie had het op hun manier willen vieren. Tegen zijn gewoonte had Henry haar een tikje op haar wang gegeven. Ze kreeg het weer warm als ze eraan dacht.

Lotties reactie op het nieuws van Celia was echter ronduit eigenaardig. Toen hij de trein uitstapte had ze de jongeman op een bijna onbeschaamde manier aangegaapt. O, ze hadden allemaal verbaasd staan staren – Celia had hen ermee overvallen. Mevrouw Holden moest toegeven dat ze zelf waarschijnlijk ook wat verbaasd had gekeken. Maar Lottie kon haar ogen niet van hem afhouden. Dat was mevrouw Holden opgevallen omdat het meisje net in haar gezichtsveld stond. Het was bijna ergerlijk. En toen Celia hun verloving had aangekondigd, was ze wit weggetrokken. Echt weggetrokken, je zag het gewoon gebeuren. Naderhand had ze er doodsbleek uitgezien. Alsof ze op het punt stond flauw te vallen.

Celia had niets gemerkt. Ze had het te druk met het laten zien van haar ring en met gepraat over de bruiloft. Zelfs te midden van alle drukte was Lotties vreemde reactie mevrouw Holden opgevallen en ze voelde een lichte golf van paniek door zich heen gaan. Zelfs nadat ze het nieuws van haar dochter met een mengeling van schrik en blijdschap had verwerkt, bleef haar bezorgde bik op haar surrogaatdochter rusten.

Misschien was het niet zo verwonderlijk. Het was immers niet waarschijnlijk dat er ooit iemand anders dan Joe in haar geïnteresseerd zou zijn, dacht mevrouw Holden met een eigenaardige mengeling van medelijden en van trots jegens haar eigen dochter. Niet met die huidskleur. En die achtergrond.

Ze pakte haar *cold cream* en begon methodisch de rouge van haar wangen te verwijderen. Misschien was het toch niet zo'n goed besluit geweest om haar in ons gezin op te nemen, bedacht ze. Misschien hadden we haar met rust moeten laten, bij haar Londense familie.

Het kan zijn dat we verwachtingen bij haar hebben gewekt.

4

'ZE WAREN HELEMAAL BLOOT. Ik zal u zeggen, dames, dat ik behoorlijk geschokt was.' Mevrouw Colquhoun bracht haar hand naar haar mond, alsof de herinnering haar pijn deed. 'Vlak naast het strandpad. Iedereen had het kunnen zien.'

Dat zou kunnen, moesten de dames van de salon toegeven, terwijl ze bij zichzelf betwijfelden of een andere persoon dan Deirdre Colquhoun bij toeval op George Bern en Julian Armand zou zijn gestuit bij hun verfrissende ochtendduik in zee. De meesten wisten heel goed dat mevrouw Colquhoun de afgelopen maanden wel erg vaak een wandeling over het strandpad had gemaakt, zelfs bij slecht weer. Maar natuurlijk wilde niemand suggereren dat het ergens anders om ging dan om het hooghouden van het zedelijk peil van Merham.

'Was dat niet een beetje onbezonnen, in dit koude water?'

'Ze moeten blauw hebben gezien van de kou,' merkte mevrouw Ansty glimlachend op. Ze hield verder haar mond toen ze besefte dat niemand het grappig vond.

'En geloof het of niet, maar hij zwaaide naar me! Die jongeman. Hij stond daar te zwaaien... alsof... ik zag zijn...' Mevrouw Colquhouns stem stierf weg. Ze hield haar hand nog steeds voor haar mond alsof ze zich iets afschuwelijks herinnerde.

'De vorige week was hij aan het zingen, die meneer Armand. Stond op het terras nota bene het een of andere operalied te blèren. Midden op de dag.'

De dames klakten met hun tong.

'Iets Duits,' geloof ik,' zei Margaret Carew, die dol was op Gilbert en Sullivan.

Even was het stil.

'Ik zal jullie eens wat zeggen, dames,' zei mevrouw Ansty, 'ik ben ervan overtuigd, dat de bewoners van dat huis het morele peil van onze stad omlaaghalen.'

Mevrouw Chilton zette haar kop en schotel neer. 'Ik maak me steeds meer zorgen om de badgasten van de komende zomer. Wat gebeurt er, als het nieuws van hun doen en laten de ronde doet? We hebben een reputatie op te houden. En we willen toch niet dat onze jonge mensen door hen beïnvloed zullen worden? De hemel weet wat er dan zou kunnen gebeuren.'

Het gesprek stokte even. Niemand wilde het incident met Lottie en Celia op het strand ter sprake brengen, maar Susan Holden was dermate in haar nopjes met Celia's verloving dat ze zich er niet meer druk om maakte. 'Iemand nog een stukje ananas? Of misschien een plakje meloen?' Ze liep bedrijvig door de kamer, zich bukkend om de schijfjes fruit aan te bieden, die ze zorgvuldig aan cocktailprikkers had geregen en vervolgens in mooie cirkels gerangschikt. (Het tijdschrift *Good Housekeeping* besteedde veel aandacht aan smaakvol gepresenteerd voedsel.)

'Weet je, het is verbazingwekkend hoe ver dit fruit heeft moeten reizen om hier te komen. Ik zei gisteravond nog tegen Henry: "Er zitten vandaag de dag waarschijnlijk meer ananassen in een vliegtuig dan mensen!"' Ze lachte van om haar eigen grapje. 'Kom, probeer het maar eens.'

'Het smaakt heel anders dan ananas uit blik,' zei mevrouw Ansty, die met een peinzend gezicht zat te kauwen. 'Het is naar mijn smaak bijna een tikje te scherp.'

'Neem dan wat meloen, lieve kind,' zei mevrouw Holden. 'Die heeft een heerlijk zachte smaak. Guys vader importeert fruit uit alle windstreken. Honduras, Guatemala, Jeruzalem. Gisteravond heeft hij ons over vruchten verteld waar we nog nooit van hadden gehoord. Wisten jullie dat er een vrucht in de vorm van een ster bestaat?' Ze bloosde van trots.

Mevrouw Ansty slikte en knipperde met haar ogen van genoegen. 'O, die meloen is verrukkelijk.'

'Je moet er wat van mee naar huis nemen voor Arthur. Guy heeft gezegd dat hij zijn vader zal vragen ons nog wat te sturen vanuit Londen. Hij heeft een enorm groot bedrijf. En Guy is enig kind, dus op een dag heeft hij zelf een prachtige zaak. Nog wat ananas, Sarah? Hier zijn servetjes, dames, als jullie ze nodig hebben.'

Mevrouw Chilton glimlachte nuffig maar sloeg een tweede stukje af. Ze waren allemaal blij voor Susan dat Celia veilig onder de pannen was, maar het gaf geen pas al te zelfgenoegzaam te zijn. 'Wat zul jij opgelucht zijn,' zei ze omzichtig.

Susan Holden spitste haar oren.

'Nou, ja... meisjes kunnen een hele zorg zijn, vinden jullie ook niet? We zijn allemaal erg blij voor je dat Celia iemand heeft gevonden. En we duimen voor de kleine Lottie. Hoewel zij je nooit zoveel zorgen heeft gebaard, nietwaar, lieverd?' Ze nam een victoriakaakje aan van Virginia, die met een theeblad binnenkwam.

De glimlach van mevrouw Holden werd wat minder zeker.

Mevrouw Chilton leunde achterover in haar stoel en lachte haar bemoedigend toe. 'En dames, wat doen we met Arcadia House? Ik dacht zo... misschien zou iemand eens rustig met ze moeten gaan praten. Iemand met overwicht, zoals wethouder Elliott. Maar ik vind dat hun de wacht moet worden aangezegd, die bohémiens, of wat ze ook maar van zichzelf vinden dat ze zijn. Ik vermoed dat ze er geen idee van hebben hoe wij de zaken in Merham aanpakken.'

Lottie lag op haar bed en deed alsof ze las. Ze probeerde zich doof te houden voor het gelach dat van het grasveld opklonk, waar Celia en Guy aan het tennissen waren. Ze hadden kennelijk geen last van de stormachtige wind noch van Freddies overijverige ballenjongengedrag.

Beschuldigend staarde ze naar de bladzijde voor zich en ze besefte dat ze al bijna veertig minuten lang dezelfde paragraaf had zitten lezen. Als iemand haar nu had gevraagd waar die over ging, zou ze het niet hebben kunnen zeggen. Maar ze had op geen enkele vraag een zinnig antwoord kunnen geven. Want niets deed ertoe. Het heelal was ontploft, het was in deeltjes uiteengevallen en alle stukjes waren op de verkeerde plek terechtgekomen. En alleen Lottie had dat gezien. Ze hoorde Celia beschuldigend gillen, en daaronder Guys stem, die haar op wat kalmere toon iets uitlegde. In zijn stem klonk ook onderdrukt gelach door, maar hij hield zich in.

Lottie deed haar ogen dicht en probeerde rustig adem te halen. Ze wist dat Celia elk moment iemand naar boven kon sturen om te vragen of ze mee kwam doen. Misschien om een komisch kwartet te vormen, als Freddie zou vragen of hij ook mee mocht spelen. Hoe kon ze haar plotselinge weerzin tegen tennis verklaren? Hoe kon ze uitleggen dat ze geen zin had om naar buiten te gaan? Hoe lang zou het duren voordat iemand besefte dat Lottie niet 'asociaal' was, zoals Celia lachend had gezegd, dat het niet een van haar grillen was, deze onverwachte weerzin om met haar beste vriendin de tijd door te brengen?

Ze keek naar de nieuwe blouse die aan de deurknop hing. Mevrouw

Holden had haar een van haar speciale blikken toegeworpen toen ze Celia ervoor bedankte. Ze wist dat ze haar lomp vond. Lottie had dankbaarder horen te zijn. Het was een heel mooie blouse.

Maar Lottie had maar weinig gezegd. Want Lottie had geen woord kunnen uitbrengen. Hoe zou ze ook? Hoe kon ze uitleggen dat, op het moment dat ze Guy zag, alles wat ze wist en waarin ze geloofde van haar werd weggerukt, alsof iemand een kleed onder haar voeten vandaan had getrokken? Hoe kon ze uitleggen dat de verzengende pijn van het zien van zijn gezicht, de bittere vreugde van herkenning, de diepgewortelde zekerheid dat ze al tot in haar botten met deze man vertrouwd was? Dat was ook zo, want ze was uit hetzelfde menselijke porselein gegoten als het zijne. Hoe kon ze Celia vertellen dat zij met geen mogelijkheid met de man kon trouwen die ze als haar verloofde mee naar huis had gebracht?

Omdat hij Lottie toebehoorde.

'Lottie! Lots!' De stem zweefde naar boven, gedragen op de lucht. Precies zoals ze had verwacht.

Ze wachtte tot de tweede oproep en deed toen het raam open. Ze keek naar beneden en probeerde haar blik op Celia's opgeheven gezicht gevestigd te houden.

'Doe niet zo saai, Lots! Je hoeft nu toch niet voor je examen te studeren.'

'Ik heb een beetje hoofdpijn. Ik kom straks wel,' zei ze.

Zelfs haar stem klonk anders.

'Ze zit al de hele dag binnen,' zei Freddie, die bezig was tennisballen tegen de zijmuur van het huis aan te gooien.

'Hè, kom nou. We gaan naar Bardness Point. Je kunt Joe toch ophalen, dan zijn we met ons vieren. Kom mee, Lots. Ik heb je nog bijna niet gezien.'

Ze was verbaasd dat Celia niet zag dat haar glimlach onecht was. Hij deed pijn aan haar mondhoeken. 'Gaan jullie maar. Ik wacht tot mijn hoofdpijn over is. We doen morgen wel iets samen.'

'Hè, wat saai. En ik heb Guy nog wel verteld wat een slechte invloed je op mij hebt... Je denkt vast dat ik heb gejokt, schat.'

'Morgen. Ik beloof het.'

Lottie trok haar hoofd weer naar binnen, zodat ze hun omhelzing niet hoefde zien. Ze ging op haar buik op het bed liggen. En probeerde zich te herinneren hoe ze moest ademhalen.

Guy Parnell Olivier Bancroft was geboren in Winchester en daardoor was hij, technisch gesproken, Engelsman. Maar dat was het enige Engelse aan hem. Alles – van zijn tanige huid, zo in tegenstelling tot de bleke Engelse huidskleuren om hem heen, tot zijn ontspannen, bedeesde manier van doen – onderscheidde hem van de jongemannen die Lottie en Celia kenden. De mannen uit Merham. Hij was een onafhankelijke, beleefde, gereserveerde jongeman, maar had toch de uitstraling van rijkdom en luxe van de toekomstige erfgenaam, die zich over weinig verbaast en altijd in is voor de goede dingen des levens. Hij leek geen last te hebben van het soort dodelijke zelfonderzoek waar Joe zichzelf wel mee kwelde, en ook niet van de moordende rivaliteit van andere jongens. Hij keek met grote ogen om zich heen, alsof hij voortdurend werd geamuseerd door onverwachte grappen en barstte nu en dan in een onbedaarlijk gelach uit. Hij was het soort man tegen wie je wel moest glimlachen, bekende mevrouw Holden haar man. Guy maakte haar vaak aan het lachen. Toen ze eenmaal over de schok van de snelle verloving van haar dochter heen was, had ze hem met toegeeflijkheid benaderd alsof hij een eerstgeboren zoon was. Guy leek altijd even onverstoorbaar, of hij nu in de rij bij een taxistandplaats moest wachten of het vooruitzicht had dokter Holden om de hand van zijn dochter te vragen. (Dit had hij nog niet gedaan, maar hij was er pas een paar dagen en dokter Holden had het erg druk.) Mocht hij wat passief zijn, iets minder toeschietelijk dan de familie Holden had verwacht, dan namen ze hem dat niet kwalijk – een gegeven paard en zo.

Dat alles hoefde echter geen verbazing te wekken. Guy Bancroft had het grootste deel van zijn leven ver van de strenge sociale regels van jongenskostscholen of van kleinsteedse, bekrompen milieus doorgebracht. Hij groeide op als enig kind en was de appel van zijn vaders oog (zijn grapje). Na een kort, mislukt verblijf op een Britse kostschool was hij in de familieschoot teruggekeerd en met hun bagage van tropisch naar subtropisch gebied vervoerd, want Guy Bertrand Bancroft senior was zo slim geweest de behoefte van de misdeelde Britten aan niet-inheems fruit te onderkennen. Hij had snel een importzaak opgebouwd en daarbij wegen ontdekt die hem de kans gaven deze toenemende Britse hartstocht te blijven bevredigen.

Guy had zijn jeugd doorgebracht op de uitgestrekte fruitplantages van het Caribisch gebied, waar zijn vader zich aanvankelijk had gevestigd. Hij kon daar vrij rondzwerven en de verlaten stranden verkennen. Hij was vriendjes geworden met de kinderen van de zwarte arbeiders en werd sporadisch onderwezen door privé-leraren – als zijn vader er tenminste aan dacht die in te huren. Guy had geen officiële opvoeding nodig, was een van zijn vaders uitspraken. (Hij was dol op uitspraken. Misschien was dat een verklaring voor Guys zwijgzaamheid.) Wat kon het hem schelen wat er in 1066 was gebeurd? Wat maakte het uit hoeveel vrouwen Hendrik de Achtste had gehad? De Koning had het zelf toch ook maar nauwelijks kunnen bijhouden. Alles wat hij zelf wist had hij geleerd op de 'Harde Leerschool'. Hij bezat het diploma van de Universiteit van het Leven. Nee, de jongen zou veel meer leren van het leven in de vrije natuur. Over aardrijkskunde, bijvoorbeeld door de terrasvormige graanvelden van Midden-China te vergelijken met de wijde, open landbouwgebieden van Honduras. Over politiek, over echte mensen en hun culturen en overtuigingen. Wiskunde leerde hij wel van de accountants. Biologie, nou, kijk maar naar het leven van insecten!

Maar iedereen kende de ware reden. Guy senior wilde hem graag bij zich hebben. De pas later in zijn leven geboren en zeer gewenste jongen was alles waarnaar hij had verlangd. Hij begreep de ouders niet die hun kroost naar belegen oude kostscholen stuurden, waar ze leerden hun gevoelens te ontkennen, snobistisch te denken en waarschijnlijk sodomie te bedrijven. 'Ja, liefste,' onderbrak Guys moeder hem dan gedecideerd. 'Zo is het wel genoeg.'

Guy had hun dat tijdens de maaltijden die hij inmiddels met de familie had genoten, verteld. Dat over sodomie had hij eruit gelaten, maar Celia had dat wel aan Lottie verteld toen ze in het donker in bed lagen te praten. Dat wil zeggen dat Celia praatte. Lottie had tevergeefs gedaan alsof ze sliep, in de overtuiging dat ze alleen haar gezonde verstand kon behouden als ze zich geen enkele realistische voorstelling van Guy zou kunnen maken.

Ze waren niet de enigen die over Guy praatten. Mevrouw Holden was behoorlijk ontstemd geweest toen hij het over zijn zwarte vriendjes had gehad en naderhand had ze dokter Holden herhaaldelijk gevraagd of hij vond dat zoiets kon.

'Mens, waar maak je je druk over?' zei dokter Holden geïrriteerd. 'Bang dat ze afgeven?' Maar toen mevrouw Holden langer dan normaal een gekwetste uitdrukking op haar gezicht bleef houden, had hij uiteindelijk gezegd dat die dingen daar anders liggen. 'De jongen heeft waarschijnlijk weinig gelegenheid gehad om met vriendjes uit zijn eigen kring om te gaan. En bovendien, Susan, de tijden veranderen. Kijk maar naar de immigratie.' Hij wilde eigenlijk alleen maar rustig zijn krant lezen.

'Ik vraag me alleen af of hieruit misschien niet een beetje... een zekere laksheid bij zijn ouders te traceren valt. Hoe kun je een kind opvoeden als het niet weet waar de grenzen liggen tussen hemzelf en... en het personeel?'

'Dus, help me eraan herinneren dat ik Virginia moet ontslaan.'

'Wat zeg je nou?'

'Nou, we kunnen toch niet toestaan dat Freddie en Sylvia met dat meisje praten?'

'Henry, nu overdrijf je echt vreselijk. Ik ben ervan overtuigd dat er niets mis is met Guys familie. Ik vind alleen dat die verhalen over zijn opvoeding... een tikje ongebruikelijk zijn, dat is alles.'

'Susan, het is heel aardige jongen. Hij heeft geen tics, geen afwijkingen, zijn vader is steenrijk, en hij is bereid ons lastige leeghoofdje te accepteren. Voor mijn part heeft hij in zijn jeugd op de tamtam geslagen en mensenhoofden gegeten.'

Mevrouw Holden had niet geweten of ze moest lachen of ontzet zijn. Henry's gevoel voor humor was soms zo moeilijk in te schatten.

Dit alles ontging Lottie volkomen. Bij de maaltijden staarde ze meestal strak in haar soep en hoopte ze vurig dat niemand haar in het gesprek zou betrekken. Niet dat ze zich zorgen hoefde maken. Mevrouw Holden was te druk bezig Guy uit te horen over zijn familie en wat zijn moeder van het leven in Engeland vond nu ze terug waren, terwijl dokter Holden nu en dan een vraag stelde over de landhervormingen in Guatemala en of de koude oorlog invloed had op de overzeese handel.

Want het was voor Lottie te moeilijk in zijn buurt te zijn. Het was onverdraaglijk naar zijn stem te luisteren Waar had ze die meer gehoord? Ze moest die vaker hebben gehoord. Het timbre stond in haar ziel geëtst. Zijn nabijheid stuurde haar gedachten in de war, zo erg dat ze als de dood was dat ze zich zou verraden. Zijn geur, dat nauw merkbare zoete alsof hij de tropen nog met zich meedroeg, maakte dat ze over tot dan toe vertrouwde woorden struikelde. Het was beter niet naar zijn knappe gezicht te kijken. Of te zien dat Celia haar hand bezitterig op zijn schouder legde of hem afwezig over zijn haar streek. Dan maar liever wegblijven.

'Lottie! Lottie! Ik heb je al drie keer gevraagd of je nog boontjes wilt. Je moet je oren eens laten uitspuiten.'

'Nee, dank u,' fluisterde Lottie en ze probeerde het bonzen van haar hart te tegen te gaan. Hij had haar een keer aangekeken. Een keer maar, toen ze verstard van schrik op het perron had gestaan, bijna verpletterd door haar reactie. Toen zijn ogen de hare ontmoetten, was het alsof ze door twee kogels tegelijk werd getroffen.

'Het is een D.'

'Nee, nee, je kijkt onder de verkeerde hoek. Het kan best voor een G doorgaan.'

'O mammie, doe me een lol. Je mag niet zo smokkelen.'

'Nee, echt waar, schat. Kijk maar. Het is echt een G. Is dat niet geweldig?'

Lottie was de keuken binnengelopen om een glas melk te halen. Ze had al een paar dagen niet behoorlijk gegeten en voelde zich misselijk. Ze hoopte dat de melk haar maag zou kalmeren. Ze had niet verwacht Celia en haar moeder aan te treffen, die over hun schouder naar de stenen keukenvloer tuurden. Mevrouw Holden zag er ongewoon vrolijk uit. Bij het geluid van Lotties voetstappen wierp ze haar een zeldzaam open glimlach toe.

'Ik... ik kwam even melk halen.'

'Kijk eens , Lottie. Kom eens hier. Het is van hier af echt een G, hè?'

'Mammie toch.' Celia lachte nu hardop. Haar haar viel in goudblonde sliertjes, waarvan er een over haar gezicht hing.

Lottie staarde naar de keukenvloer. Er lag een appelschil, die zorgvuldig tot een lange spiraal was gesneden en een asymmetrische krul vormde.

'Het is absoluut een G.'

'Ik snap het niet,' zei Lottie fronsend. Mevrouw Holden gaf Virginia altijd een standje als ze afval op de vloer liet liggen. Daar kwam maar ongedierte op af.

'De G van Guy. Ik heb nog nooit zo'n duidelijke G gezien,' zei mevrouw Holden beslist, en ze bukte zich om de schil op te rapen. Ze trok een pijnlijk gezicht – ze kocht haar korset nog steeds te klein.

'Ik ga Guy vertellen dat het een D was. Dan is hij stinkend jaloers. Wie kennen we met een D, Lots?'

Ze zag Celia en haar moeder nooit samen lachen. Celia zei altijd dat haar moeder de irritantste vrouw ter wereld was. Ze had het gevoel dat Celia lid was geworden van een nieuwe club, alsof zij verder waren gegaan en haar hadden achtergelaten.

'Ik pak even de melk waarvoor ik kwam.'

'Elvis the Pelvis,' zei Freddie, die was binnengekomen met het gedemonteerde binnenwerk van een oud polshorloge in zijn handen.

'Ik zei een D, kleine domoor.' Maar Celia zei het op een vertederde toon.

Geen wonder dat ze tegen iedereen aardig is, dacht Lottie. Ik zou ook tegen iedereen aardig zijn.

'Zal ik je eens iets vertellen, mammie? Guy zegt dat mijn lippen net bloemblaadjes zijn.'

'Tandwielen zal hij bedoelen,' zei Freddie, gillend van de lach. 'Au!'

'De D van droomschip. De D van dromerig. Hij is een beetje dromerig, vind je niet, mammie? Zullen we er ook een voor jou doen, Lottie? Misschien wordt het een J... je weet maar nooit.'

'Ik weet niet wat dat kind mankeert,' zei mevrouw Holden met een blik op Lotties verdwijnende gestalte.

'O, Lottie is nu eenmaal Lottie. Het komt wel weer goed. Ze heeft gewoon ergens de pee over in.' Celia streek haar haar naar achteren en bekeek haar gezicht in de spiegel boven de kachel. 'Weet je wat, schil er nog maar een voor me. Die groene appel daar. Dan gebruiken we een scherper mes.'

Ze kreeg een baantje aangeboden bij de schoenwinkel van Shelford, aan het eind van de boulevard. Ze nam het aan, niet omdat het moest – dokter Holden had gezegd dat ze gerust nog een poosje kon wachten tot ze wist wat ze wilde gaan doen – maar omdat drie dagen per week in de schoenwinkel doorbrengen een stuk gemakkelijker was dan bij de familie Holden in huis zijn. En het was praktisch onmogelijk naar Arcadia te gaan. Het wemelde overal in de stad van de spionnen die klaarstonden om iedereen tegen te houden die het waagde de richting van het Huis der Zonde op te gaan.

Guy was ongeveer een week daarvoor vertrokken en in die korte periode kreeg ze weer wat meer lucht en slaagde ze erin zich min of meer normaal te gedragen. Gelukkig zat Celia zo opgesloten in haar zeepbel van verliefdheid dat ze niet echt vroeg naar wat mevrouw Holden inmiddels Lotties 'buien' noemde. Maar toen kwam hij terug. Hij vertelde dat zijn vader had gezegd dat hij een beetje plezier moest maken, een korte vakantie houden voordat hij zijn carrière in het familiebedrijf begon. En Lottie, die inmiddels fysiek gebukt ging onder het gewicht van haar verlangen, zette zich opnieuw schrap.

Het kon niet erger, hij trok bij hen in. Hij stond op het punt een kamer te gaan zoeken en had de familie Holden gevraagd of ze iets konden aanbevelen, het pension van mevrouw Chilton bijvoorbeeld. Maar daar wilde mevrouw Holden niets van horen. Ze had een kamer voor hem in orde gemaakt op Woodbridge Avenue. Aan de andere kant van het huis uiteraard. Met een eigen wc. Dan hoefde hij niet midden in de nacht door het huis te lopen. 'Heel verstandig,' had mevrouw Chilton gezegd. 'Je weet het nooit met die hormonen.' Maar het sprak vanzelf dat hij bij hen zou logeren. De heer Bancroft senior zou merken dat ze een gastvrij gezin waren. Met een groot huis. Zo'n gezin waarin men graag introuwde. En de grote kist exotisch fruit die hij elke week in plaats van geld voor kost en inwoning stuurde, was natuurlijk welkom. Het was nergens voor nodig dat Sarah Chilton die zou krijgen.

Gelaten liep Lottie drie dagen per week de heuvel af en het park door, zich voorbereidend op een hele dag damesschoenmaat negen-endertig in schoenmaat achtendertig te moeten persen. Ze vroeg zich af hoe lang ze het nog zou volhouden met zo veel pijn en verlangen te leven. Joe kwam niet opdagen.

Het duurde bijna tien dagen voordat ze ontslag nam.

Ze besloten een brief te schrijven. Een uitnodiging. Er was een manier om mensen te laten doen wat jij wilde zonder dat er ruzie van kwam, had mevrouw Holden gezegd. En mevrouw Holden wilde onder geen beding ruzie. De dames van de salon schreven een beleefde brief aan mevrouw Julian Armand met de vraag of ze een kleine verfrissing wilde komen gebruiken om kennis te maken met enkele leden van de plaatselijke gemeenschap. Het zou hun een genoegen zijn, schreven ze, een medeliefhebster van de schone kunsten in hun midden te ontvangen, te meer daar de bewoners van Arcadia House altijd een rol hadden gespeeld in het sociale en culturele leven van het stadje. Dat laatste was niet helemaal waar, maar, zoals mevrouw Chilton zei, zou iedere zichzelf respecterende vrouw zich verplicht moet voelen te komen. 'Mooi gezegd,' zei mevrouw Colquhoun.

'Er zijn meer manieren om dat varkentje te wassen,' zei mevrouw Chilton.

Lottie was op weg naar buiten toen ze door mevrouw Holden werd onderschept. Ze had besloten naar Joe's huis te gaan. Het was al te lang geleden, en omdat ze in haar privé-vagevuur zat opgesloten, vond ze dat elke afleiding welkom was, zelfs Joe's uitingen van genegenheid. Misschien voelde ze inmiddels wat meer sympathie voor hem. Per slot van rekening had ze op een onverwachte manier kennisgemaakt met de pijn van onbeantwoorde liefde.

'Lottie, ben jij dat?'

Lottie bleef in de gang staan en slaakte een geluidloze zucht. Ze had er alles voor over om niet voor de salon te hoeven opdraven. Ze haatte die blik van medelijdend begrip op hun gezichten, dat stilzwijgende, sympathieke begrip voor haar steeds kwetsbaarder wordende plaatsje in het gezin Holden. Ze zou misschien over niet al te lange tijd een vastere baan willen hebben, had mevrouw Holden meer dan eens gezegd. Misschien in een leuk warenhuis. Er was een heel goed warenhuis in Colchester.

'Ja, mevrouw Holden.'

'Kun je even binnenkomen, lieverd? Ik wil je iets vragen.'

Langzaam liep Lottie de salon in, onzeker glimlachend naar de afwachtende gezichten voor haar. Er was een nieuwe gashaard geïnstalleerd en de temperatuur in het vertrek was abnormaal hoog en er hing een zware geur van verschaald poeder en Coty-parfum. 'Ik wilde net naar het dorp gaan,' zei ze.

'Ja, kind. Maar ik wilde je vragen onderweg een brief af te geven.'

Dus dat was alles. Opgelucht draaide ze zich om te vertrekken.

'Bij het huis van de actrice. Je weet wel.'

Lottie keerde zich weer om. 'Arcadia?'

'Ja. Het is een uitnodiging.'

'Maar u hebt gezegd dat we daar niet meer heen mochten. U zei dat het er vol...' Ze zweeg even en probeerde zich de letterlijke woorden van mevrouw Holden te herinneren.

'Ja, ja, ik weet heel goed wat ik heb gezegd. Maar we moeten verder. En we hebben besloten een beroep op mevrouw Armands gezonde verstand te doen.'

'Juist,' zei Lottie en ze pakte de uitgestoken envelop aan. 'Tot straks dan.'

'Je laat haar toch niet alleen gaan?' Dat was Deirdre Colquhoun.

Susan Holden keek om zich heen. De dames keken elkaar zwijgend aan.

'Ze kan daar niet alleen heen.'

'Ik denk dat ze gelijk heeft, Susan. Na alles wat... Ze kan beter iemand meenemen.'

'Er zal me heus niets gebeuren,' zei Lottie een beetje geïrriteerd.

'Dat weet ik. Maar je moet gewoon accepteren dat oudere mensen het soms beter weten. Waar is Celia, Susan?'

'Naar de kapper,' zei mevrouw Holden, die er geagiteerd uit begon te zien. 'En daarna gaat ze bruidsboeken bekijken. Je moet je goed op de dingen voorbereiden.'

'Maar ze kan niet alleen gaan,' zei mevrouw Colquhoun.

'Guy is er,' opperde mevrouw Holden.

'Stuur die jongen dan met haar mee. Bij hem is ze in veilige handen.' Mevrouw Chilton zag er tevreden uit.

'G-Guy?' stamelde Lottie blozend.

'Hij is in de studeerkamer. Ga hem maar halen. Hoe eerder je gaat, des te eerder je weer thuis bent. Het zal Guy bovendien goed doen zijn benen te strekken. Hij zit al de hele ochtend binnen met Freddie. De arme jongen is heel geduldig,' verklaarde ze.

'Maar ik kan heel goed alleen gaan.'

'Je gedraagt je op het ogenblik vreselijk asociaal,' zei mevrouw Holden. 'Werkelijk, ik krijg haar met geen mogelijkheid haar kamer uit. Ze ziet haar vriend Joe niet meer en die arme Celia kan haar ook niet zover krijgen dat ze eens mee uitgaat... Kom, Lottie. Probeer je een beetje normaal te gedragen.' Mevrouw Holden liep de kamer uit om Guy te halen.

'Hoe bevalt je werk, meisje? Gaat het goed?'

Mevrouw Chilton moest het twee keer vragen.

'Goed,' zei Lottie. Ze deed haar best haar hoofd erbij te houden, anders zou ze weer van kribbigheid beticht worden.

'Ik kom eens naar winterschoenen kijken. Die heb ik beslist nodig. Is er alweer iets leuks binnengekomen, Lottie? Iets met een wollen voering?'

O, god, hij kwam de kamer in. En ze moest met hem praten.

'Lottie?'

'Ik geloof dat we alleen nog sandalen hebben,' fluisterde ze.

Mevrouw Chilton wisselde een blik met mevrouw Ansty. 'Ik kom later in de week wel langs.'

Het lukte haar de kamer uit te komen zonder hem aan te kijken. Ze had zijn 'hallo' met een vluchtig knikje beantwoord en daarna haar blik resoluut naar de grond gericht, waardoor de geërgerde blikken die de oudere vrouwen uitwisselden haar ontgingen. Maar nu ze buitenshuis waren en met stevige pas over de weg liepen, stond Lottie voor een acuut dilemma. Ze werd verscheurd door het wanhopige verlangen van hem weg te rennen en de doodsangst dat hij haar onnozel en ongemanierd zou vinden.

Met haar handen diep in haar zakken en haar hoofd gebogen in de wind probeerde ze regelmatig adem te halen. Ze kon zich op niets anders concentreren. Zo meteen is hij weg, herhaalde ze bij zichzelf, als een mantra. Dan heb ik de situatie in de hand en wordt alles weer normaal.

Lottie was zo in haar taak verdiept dat het een paar minuten duurde voordat ze hem hoorde.

'Lottie? Lottie, hé, loop niet zo hard...'

Ze bleef staan en keek om, in de hoop dat de wind haar haren over haar gezicht zou blazen en de blos verbergen die zich in snel tempo over haar gezicht verspreidde.

Hij stak zijn arm uit, als om haar tegen te houden. 'Hebben we haast?'

Hij had een licht accent, alsof de losse manier van praten en de gemakkelijke leefwijze in de landen waar hij zijn jeugd had doorgebracht, er bij hem de ruwe kanten afgesleten hadden. Hij bewoog zich lenig, alsof hij er plezier in had en er voor hem geen lichamelijke remmingen bestonden.

Lottie zocht naar een antwoord. 'Nee,' zei ze. 'Het spijt me.'

In een kalmer tempo liepen ze zwijgend verder. Lottie knikte groetend naar een van de buren die zijn hoed voor hen afnam en opmerkte: 'Winderig.'

'Wie was dat?'

'O, meneer Hillguard.'

'Die met de hond?'

'Dat is meneer Atkinson.' Haar wangen gloeiden. 'Die heeft ook een snor.'

Een snor. Een snor, berispte ze zichzelf. Wie let er nu op iemands snor? Ze versnelde haar pas toen ze de heuvel naar Arcadia opliepen. Laat dit alsjeblieft gauw voorbij zijn, smeekte ze. Laat hij zich bedenken dat hij een boodschap in de stad te doen heeft. Laat me in godsnaam met rust.

'Lottie?'

Ze bleef staan en probeerde haar tranen te bedwingen. Ze voelde paniek opkomen.

'Lottie, wacht alsjeblieft.'

Ze draaide zich om. Keek hem voor de tweede keer vol aan. Hij stond voor haar, zijn bruine ogen in een te knap gezicht. Verbijsterd. Half lachend.

'Heb ik je beledigd?'

'Wat?'

'Ik weet niet wat ik heb misdaan, maar ik wil het graag weten.'

Hoe is het mogelijk dat je het niet weet? dacht ze. Dat je het niet ziet? Zie je niet in mij wat ik in jou zie? Ze wachtte even voordat ze antwoord gaf. Voor het geval hij het wel zag.

Ze kon wel huilen van ergernis toen het niet gebeurde.

'Je hebt niets gedaan,' zei ze en ze liep verder, zodat hij niet zag hoe hard ze op haar lippen beet.

'Hé. Hé, daar.' Hij pakte haar bij haar mouw.

Ze rukte haar arm los alsof ze hem had gebrand.

'Je ontloopt me al zo lang ik hier ben. Is dat vanwege Celia en mij? Ik weet dat jullie altijd heel dik met elkaar waren.'

'Natuurlijk niet,' zei ze boos. 'Laten we maar doorlopen. Ik heb het vandaag erg druk.'

'Hoezo?' klonk de stem achter haar. 'Je zit het grootste deel van de tijd in je kamer.'

Lottie kreeg een enorme brok in haar keel. Ze stikte zowat. De tranen brandden in haar ogen. God, laat hem alsjeblieft weggaan. Het is niet eerlijk dat hij me dit aandoet.

Maar Guy liep harder om haar in te halen. 'Weet je, je doet me aan iemand denken.' Dit keer keek hij haar niet aan, maar bleef hij gewoon naast haar lopen. 'Ik kan er niet opkomen wie het is. Maar dat komt wel. Is dit het huis?'

Nu ze uit de wind was, scheen de zon warm op haar rug. Lottie liep in een rustiger tempo de oprijlaan op. Het grind knerpte onder haar voeten. Ze was halverwege het huis toen ze zich realiseerde dat ze zijn voetstappen niet hoorde.

'Jemig.' Hij was blijven staan met zijn ene hand aan zijn voorhoofd en knipperde tegen het zonlicht. 'Wie wonen hier?'

'Adeline. En haar echtgenoot Julian. En nog een stel vrienden.'

'Het is helemaal geen echt Engels huis. In dit soort huizen ben ik opgegroeid. Hoe bestaat het.' Breed lachend liep hij op het huis af en keek naar de rechthoekige ramen en de gebleekte witte gevel. 'Weet je, ik ben niet zo dol op Engelse huizen. Dat traditionele Victoriaanse en die namaaktudorstijl. Ik vind ze donker en benauwd. Zelfs het huis van Celia's ouders. Dit is veel meer mijn smaak.'

'Ik vind het ook mooi,' zei Lottie.

'Ik had er geen idee van dat er hier zulke huizen zouden staan.'

'Hoe lang is het geleden dat je in Engeland woonde?'

Nadenkend fronste hij zijn voorhoofd. 'Ongeveer twintig jaar. Ik was een jaar of zes toen we voor het eerst uit Engeland weggingen. Zullen we naar binnen gaan?'

Lottie keek naar de envelop in haar hand. 'Ik weet het niet,' zei ze. 'Ik denk dat we hem ook in de brievenbus kunnen doen.'

Vol verlangen keek ze naar de voordeur. Het was bijna twee weken geleden dat ze hier was geweest. Celia wilde niet met haar mee. 'O, die mensen,' had ze afwerend gezegd. 'Een troep mislukkelingen. Je moet een keer naar Londen komen, Lots. Echt plezier maken. Dan kom je misschien iemand tegen.'

'Ik zou ze niet aardig moeten vinden,' legde ze uit. 'De mensen die hier wonen. Maar ik mag ze graag.'

Guy keek haar aan. 'Laten we naar binnen gaan.'

Frances deed open in plaats van Marnie. 'Ze is weg,' verklaarde ze terwijl ze de gang weer inliep en de visschubben op haar handen aan een slecht passend wit schort afveegde. 'Heeft ons laten zitten. Een groot probleem. Niemand van ons is goed in het huishouden. Ik moet vis klaarmaken voor het avondeten. Ik heb er een afschuwelijke troep van gemaakt in de keuken.'

'Dit is Guy,' zei Lottie. Maar Frances wuifde alleen. Er kwamen zo veel bezoekers op Arcadia dat officieel voorstellen niet de moeite was.

'Adeline is op het terras. Ze werkt aan ons plan voor de muurschildering.'

Terwijl Guy in het huis om zich heen keek, wierp Lottie een zijdelingse blik op zijn profiel. Zeg iets vreselijks, smeekte ze. Maak een afkeurende opmerking over Frances. Maak dat ik een afkeer van je krijg. Alsjeblieft. 'Wat voor soort vis?' vroeg hij.

'Forel. Afschuwelijk glibberige dingen. Ze zijn de hele keuken door gesparteld.'

'Zal ik het eens proberen? Ik ben behoorlijk goed in het schoonmaken van vis.'

Frances was bijna voelbaar opgelucht. 'O , zou je dat willen doen?' zei ze en ze loodste hem naar de keuken, waar twee bloederige, zijdeachtige regenboogforellen op de blankhouten tafel lagen. 'Ik heb geen idee waarom ze is weggegaan. Maar ze was altijd wel ergens boos om. Op het laatst was ik echt bang voor haar, de oude knorrepot.'

'Ze keurde onze manier van leven af.' Adeline was in de deuropening verschenen. Ze droeg een lange, zwarte plissérok met een witte blouse en een zwarte stropdas. Ze glimlachte in de richting van Guy. 'Ik denk dat zich beter op haar gemak voelt met iets... conventionelers. Heb je een nieuwe gast voor ons meegebracht, Lottie?'

'Dit is Guy,' zei Lottie. Toen dwong ze zich eraan toe te voegen: 'Celia's verloofde.'

Adelines blik flitste van Guy naar Lottie en terug. Ze zweeg even, alsof ze ergens over nadacht en stak toen groetend haar hand op. 'Prettig kennis te maken, Guy. En mijn gelukwensen.'

Even was het stil.

'We schijnen onze huishoudsters nooit lang te kunnen houden. Is dit mes geschikt? Het is niet al te scherp.' Frances hield het bebloede mes omhoog.

Guy testte het lemmet op zijn duim. 'Geen wonder dat het niet lukt. Dit is ongeveer even scherp als een botermesje. Hebt u een wetstaal? Dan slijp ik het even voor u.'

'Ik denk dat we iemand anders moeten aannemen,' zei Frances. 'Wij denken nooit aan dingen zoals messen slijpen.' Ze wreef afwezig over haar wang en liet ongewild een bloederige veeg achter.

'O, het is zo'n gedoe om personeel te vinden.' Adeline keek heel even geïrriteerd. Theatraal bracht ze haar hand naar haar voorhoofd. 'Ik weet nooit welke vragen ik moet stellen. En ik controleer nooit of ze hun werk goed doen. Ik weet niet eens wat ze horen te doen.'

'En het eindigt er altijd mee dat ze boos op ons worden,' zei Frances.

'Je hebt personeel nodig om leiding te geven aan je personeel,' zei Guy, die met behendige bewegingen het mes langs het opgeheven staal sleep.

'Je hebt volkomen gelijk,' zei Adeline. Ze vindt hem aardig, zag Lottie. Ze reserveert die glimlach uitsluitend voor mensen bij wie ze zich op haar gemak voelt. Ze kende Adeline nu lang genoeg om deze lach van die andere te onderscheiden, waarbij ze haar mondhoeken optrok, zonder dat haar ogen meededen. Lottie staarde intussen naar Guy, gehypnotiseerd door het regelmatige gezwiep van het ene metaal langs het andere en het herhaaldelijk geflits van zijn gebruinde arm uit zijn hemdsmouw. Hij was zo mooi! Zijn huid leek wel gepolijst en het licht dat door de ramen scheen weerkaatste op de vlakken van zijn jukbeenderen. Zijn haar, dat hij ongebruikelijk lang droeg, viel in donkerblonde lagen omlaag en werd onderaan bij de kraag donkerder, alsof het daar geheimen verborg. Hij had een paar witte haartjes in zijn linkerwenkbrauw, waarschijnlijk als gevolg van een ongeluk. Ik wed dat Celia dat niet eens heeft gezien, bedacht Lottie verstrooid. Ik wed dat ze nog niet de helft ziet van wat ik zie.

Adeline zag het.

Lottie gaf zich aan haar gemijmer over, maar voelde Adelines blik op zich branden en toen ze zich omdraaide en haar aankeek, bloosde ze alsof op heterdaad was betrapt.

'En waar is Celia vandaag?'

'Bij de kapper. Mevrouw Holden heeft gevraagd of Guy met me mee wilde gaan.' Ze had niet zo verdedigend willen overkomen. Adeline knikte slechts.

'Kijk eens!' Guy hield een van de forellen omhoog. Afgespoeld en schoongemaakt hing hij mismoedig aan zijn staart. 'Zal ik u laten zien hoe u de andere moet doen?'

'Ik heb liever dat jij het voor me doet,' zei Frances. 'Jij kunt het tien keer zo vlug als ik.'

'Met alle plezier,' zei Guy. Toen Lottie toekeek hoe hij voorzichtig de glinsterende buik van de keel tot de staart opensneed, merkte ze dat ze huilde.

Ze dronken door Lottie gezette thee, buiten op het terras. Frances was hopeloos wat huishoudelijke taken betrof. Ze had vergeten de eerste pot thee die ze had gezet door een zeefje te schenken, dus er dreven zwarte theeblaadjes in. Bij de tweede pot was ze de theeblaadjes vergeten, en ze stond op het punt in tranen uit te barsten toen haar dat vriendelijk werd uitgelegd. Adeline vond het wel grappig en had hun wijn aangeboden. Maar Lottie, die bang was dat Guy er iets van zou denken, had dat aanbod afgewezen en zich over de thee ontfermd. Ze was blij dat ze even wat tijd voor zichzelf had. Ze had het gevoel dat ze knetterde van de elektrische vonken en niet in staat was ze tegen te houden.

Toen ze weer tevoorschijn kwam met het theeblad en de bonte

verzameling serviesgoed, legde Adeline Guy het principe van hun muurschildering uit. Sinds Lotties laatste bezoek waren er vreemde lijnen op het witte oppervlak verschenen, silhouetten die tegen elkaar aan op de muur geplaatst waren. Guy ging met een vierkante vingertop over een van de lijnen. Zijn open boord was een stukje van zijn hals af gaan staan en onthulde een diepbruin halskuiltje.

'Dit ben jij, Lottie. Kijk, ik zet je een heel eind bij George vandaan, want ik wil niet dat je door hem wordt beledigd. Het is een onattente man,' zei Adeline. 'Hij heeft zijn hoofd vol Russische economie en dat soort zaken. Er blijkt weinig plaats over te blijven voor gevoeligheid.'

Hij had blonde haartjes op zijn onderarmen, zo fijn als het dons van een vlindervleugel. Lottie zag ze allemaal.

'Ik wil dat je iets draagt, Lottie. Misschien een mand. Want als je iets overhelt komt dat pezige van je goed tot zijn recht. En ik wil dat je haar loshangt, als een gordijn.' Frances staarde naar het geschetste beeld, alsof het niets met de echte Lottie van doen had.

'En we kleden je in exotische kleuren. Iets fels. Heel on-Engels.'

'Een sari bijvoorbeeld,' zei Frances.

'De meisjes hier kleden zich in veel somberder kleuren dan waar ik ben opgegroeid,' zei Guy, die zich omdraaide om haar in het gesprek te betrekken. 'Iedereen lijkt hier bruin of zwart te dragen. Toen we in het Caribisch gebied woonden, droeg iedereen rood of felblauw of geel. Zelfs ik.' Hij grinnikte. 'Mijn favoriete blouse had een felgele zon op de rug. Enorm groot, met stralen die doorliepen tot op mijn schouders.' Hij strekte zijn armen over zijn borst, als om de omvang aan te geven.

Lottie zette voorzichtig het theeblad op tafel zodat het aardewerk niet zo zou rammelen.

'Ik vind dat we Lottie in het rood moeten kleden. Of misschien smaragdgroen,' zei Adeline. 'Ze is zo exquise, onze kleine Lottie, en ze verbergt zich voortdurend. Maakt zich altijd onzichtbaar. Ik heb de taak op me genomen,' zei ze tegen Guy, op een bijna intieme manier in zijn oor ademend, 'dit plaatsje te laten zien dat Lottie een van de kostbaarste juwelen is.'

Lottie voelde een grote woede jegens Adeline opkomen, want ze had het sterke vermoeden dat ze in de maling werd genomen.

Maar niemand lachte.

Guy leek in het geheel niet van zijn stuk gebracht door Adelines manier van doen. Hij had teruggelachen en zich vervolgens tot Lottie gewend. Hij keek echt naar haar, alsof hij haar werkelijk zag.

Allebei hun gezichten, het zijne en dat van Adeline, die haar strak aanstaarden, brachten Lottie zo van haar stuk dat ze zich nauwelijks meer kon beheersen. 'Geen wonder dat jullie geen personeel kunnen houden. Het is hier een zwijnenstal. Je moet eens opruimen. Er komt niemand als je de boel niet opruimt.' Ze sprong overeind, begon lege wijnflessen en kranten te verzamelen en pakte lege wijnglazen op, zonder ook maar een moment op te kijken.

'Lottie!' Ze hoorde Adelines zachte uitroep.

'Dat hoef jij niet te doen, Lottie,' zei Frances. 'Ga zitten, lieve schat. Je hebt net thee gezet.'

Lottie schoot langs haar heen en duwde haar uitgestrekte hand opzij. 'Maar het is vies. En hier en daar is het echt smerig. Kijk, je hebt carbolzeep nodig. Of iets dergelijks.' Ze struikelde over haar woorden. Ze liep naar binnen en ging driftig te keer, veegde stapels papier van tafels en rukte aan gordijnen. 'Anders krijg je nooit een andere huishoudster. Er komt geen mens. Je kunt zo niet leven. Je kunt niet op deze manier leven!'

Bij die laatste woorden brak haar stem en plotseling rende ze de gang door, de deur uit, het heldere middaglicht in, zich niet bewust van de bezorgde uitroepen van de mensen achter haar.

Guy vond haar in de tuin. Daar zat ze – doodongelukkig – met haar rug naar de verweerde bakstenen muur van het huis bij het vijvertje, stukjes brood in het troebele water te gooien. Ze keek om toen ze hem hoorde aankomen. Ze kreunde en begroef haar gezicht in haar te gebruinde armen. Maar hij zei niets. Zonder een woord ging hij naast haar zitten, overhandigde haar een bord en haalde een grote, kleurige vrucht onder zijn arm vandaan, terwijl ze hem heimelijk vanonder haar haar bespiedde. Ze keek naar de vrucht met zijn ongewone vorm en toen won de nieuwsgierigheid het van haar verslagenheid. Hij haalde een mes uit zijn zak tevoorschijn en begon het vruchtvlees in de lengte door te snijden. Hij ging helemaal in zijn taak op en schilde de vier gelijke parten, waarna hij het mes voorzichtig door het binnenste van de vrucht haalde om het van de pit te scheiden. 'Mango,' zei hij en hij overhandigde haar een stuk. 'Vandaag aangekomen. Probeer maar eens.'

Ze keek naar het sappige, glimmende vruchtvlees. 'Waar is Celia?'

'Nog steeds bij de kapper.'

Boven huilde Freddie. Ze hoorden zijn boze, kinderlijke gesnik, afgewisseld met gedempte protesten.

Ze keek naar zijn gezicht. 'Waar smaakt het naar?' Ze rook de geur van het fruit aan zijn vingers.

'Naar goede dingen.' Hij pakte een stukje van het bord op. Hield het bij haar lippen. 'Proef maar.'

Ze zweeg. Besefte dat ze haar mond al open had. Het vruchtvlees was zacht en zoet en had een geurige smaak. Ze liet het smelten op haar tong, verloor zich in de sappigheid en deed haar ogen dicht om een betere voorstelling te krijgen van het warme, uitheemse klimaat waar de mensen rood, geel en helderblauw droegen en waar ze de zon op hun rug droegen.

Toen ze haar ogen weer opendeed zat hij nog steeds naar haar te kijken. Hij glimlachte niet meer. 'Ik vind ze aardig,' zei hij.

Lottie verbrak als eerste de stilte. Het kostte even wat tijd. Ze stond op en veegde niet-bestaand zand van haar rok. Toen draaide ze zich om en liep naar het huis, met het gevoel dat ze eindelijk een beetje van haar spanning was verlost.

Voordat ze bij de achterdeur was draaide ze zich om.

'Dat dacht ik wel,' zei ze.

5

HET LEEK EEN MANIER om de schijn van een normale situatie op te houden, maar Lottie wilde graag geloven dat er vanaf dat moment iets onvermijdelijks in het spel was. Zoals ze wist dat, toen ze de uitnodiging van de Merhamse 'salon' nog ongeopend in haar zak vond, het Guy zou zijn die zou voorstellen om nog een keer terug te gaan naar Arcadia House, onder het voorwendsel dat er een heer was die met hem over zijn vaders zaken wilde praten. Mevrouw Holden zou nooit bezwaar durven maken tegen iets zakelijks. Zoals ze ook had geweten dat Guy een tijdstip zou kiezen waarop Celia uit winkelen was, schoenen kijken in Colchester of nieuwe kousen kopen in Manningtree. Bij dit soort expedities werd van een man niet verwacht dat hij meeging, ook al was hij je verloofde. Zoals ze nu wist dat hij haar met andere ogen bekeek. Ze droeg weliswaar geen smaragdgroen, maar ze had een paar van de eigenschappen van Adelines kostbare juweel overgenomen. Ze voelde een gloed vanbinnenuit en trok zijn aandacht, zoals een briljant het licht vangt.

Natuurlijk bleef dit alles onuitgesproken. Eerst had Lottie Guy weten te ontwijken, en nu liep hij gewoon naast haar op weg naar het park. En hield hij de wasmand op als zij de lakens ophing. Of bood hij aan Mr. Beans uit te laten als zij een boodschap ging doen op de boulevard.

Sneller dan ze had gedacht raakte Lottie haar verlegenheid jegens Guy kwijt. De zoete pijn werd vervangen door hoopvolle verwachting, een ongewoon verlangen om te praten en het groeiende besef dat ze was waar ze altijd had willen zijn. ('Ze is haar humeurigheid een beetje kwijt. Is minder obstinaat,' stelde mevrouw Holden vast. 'Susan, het zit vast in de familie,' zei mevrouw Chilton. 'Ik durf te wedden dat die moeder een eersteklas zuurpruim is.') Ze durfde niet aan Celia te denken. Het was gemakkelijk als ze bij hem was, dan voelde ze zich omsloten door onzichtbare muren, en beschermd door haar overtuiging dat ze het recht had daar te zijn. Maar als ze alleen was met Celia voelde ze zich weerloos en bezag ze haar gedrag met heel andere ogen.

Want ze kon Celia niet meer op dezelfde manier benaderen. Waar ze ooit een bondgenote had gezien, zag ze nu een rivale. Celia was Celia niet meer, ze was een verzameling onderdelen, waarmee Lottie zich moest vergelijken: een helm van blond, modieus geknipt haar naast haar sluike, donkere schoolmeisjesvlecht; een stralende perzikhuid naast haar honingkleurige vel, en lange, welgevormde benen naast de hare. Waren die korter? Dikker? Minder welgevormd?

En dan was er het schuldgevoel. 's Nachts probeerde ze niet te luisteren naar Celia's ademhaling, huilde ze stilletjes om haar wanhopige verlangen een meisje te verraden dat ze als haar zus beschouwde. Niemand stond haar zo na als Celia, niemand was zo vriendelijk voor haar geweest als zij. En dat ellendige gevoel van dubbelhartigheid maakte dat ze Celia nog meer verfoeide.

Nu en dan was er weer een glimp van hun vroegere relatie te zien, alsof de wolken uit elkaar weken en een strook eindeloos blauw lieten zien, maar dan trokken ze weer dicht en kon Lottie haar niet meer los van Guy zien. Als Celia hem een kusje toe blies, had ze de onredelijke neiging zich tussen hen in te gooien, als een menselijke blokkade, zodat het hem niet zou bereiken; als Celia terloops haar arm om zijn schouders legde, kwamen er moordlustige gedachten in haar op. Ze werd heen en weer geslingerd tussen schuldgevoel en een razende jaloezie, waarbij de slinger meestal op het dieptepunt ertussenin bleef steken.

Celia scheen niets te merken. Mevrouw Holden, die in een staat van grote opwinding verkeerde vanwege de ophanden zijnde bruiloft, was van mening dat de kleren van haar dochter niet in overeenstemming waren met haar toekomstige status en had besloten dat ze een geheel nieuwe garderobe nodig had. Celia vertrouwde Lottie toe dat ze er voor haar ook wel iets nieuws uit zou weten te slepen en wierp zich, met slechts een snelle blik op haar minder goed geklede vriendin, vol vuur op haar taak. 'Vanmiddag ga ik folders ophalen voor de huwelijksreis,' zei ze. 'Ik denk zelf aan een cruise, dat zou wel heerlijk zijn. Denk je ook niet, Lottie? Zie je het al voor je: ik in zo'n mooie bikini op het dek? Guy wil me dolgraag in een bikini zien, hij denkt dat die me prachtig zal staan. Alle Hollywood-sterren maken tegenwoordig een cruise. In Londen hoorde ik... Lots? O, sorry, Lots.

Onnadenkend van me. Hé, ik weet zeker dat jij ook op een cruise gaat als je trouwt. Ik bewaar de brochures wel voor je.'

Lottie was echter niet jaloers, ze was juist blij met de extra tijd met Guy. En probeerde te geloven dat Guy, als ze schijnbaar toevallig weer op weg naar Arcadia waren, ook een beetje dankbaarheid voelde opwellen.

De kinderen zagen Joe voordat hij hen zag. Dat was geen wonder: hij stond ver voorovergebogen onder de motorkap van een Austin Healy aan een verdeelkap te sleutelen. Freddie, die met Sylvia en Virginia naar de kruidenier waren geweest, kwam op de terugweg langs de garage. Hij ging achter Joe staan en schoof zijn hand met een plakkerige snoepje erin onder zijn hemd. 'Celia krijgt een baby!'

Joe kwam overeind en wreef over zijn hoofd, dat hij tegen de binnenkant van de motorkap had gestoten.

'Freddie!' Virginia wierp een bezorgde blik over de straat, dook de open voorkant van de garage in en begon het kind mee te trekken.

'Echt waar! Ik hoorde mammie en haar zeggen dat Guy op zijn zaakjes moest letten, en dat ze dan niet elk jaar een kind zou krijgen.'

'Freddie, ik vertel aan je moeder dat je weer onzin loopt uit te kramen! Sorry,' mompelde ze tegen Joe, terwijl Freddie zich uit haar ijzeren greep bevrijdde.

'Waarom kom je nooit meer?' Sylvia ging voor hem staan met haar gezicht scheef naar een kant. 'Je hebt beloofd dat je me monopoly zou leren en vanaf die tijd ben je niet meer geweest.'

Joe veegde zijn handen af aan een oude lap.

'Sorry,' zei hij. 'Ik heb het nogal druk gehad.'

'Lottie zegt dat het is omdat je boos op haar bent.'

Joe hield op met wrijven. 'Zegt ze dat?'

'Ze zegt dat je niet meer komt omdat ze uitgaat met Dickie Valentine.'

Ondanks zichzelf moest Joe grinniken.

'Krijgt Lottie ook een baby?' Freddie tuurde in de motor en stak een onderzoekende dikke roze arm uit.

'Sylvia. Freddie. Kom mee.'

'Als Lottie een baby krijgt, leer jij hem dan monopoly spelen?'

'Als je een gummetje hebt hoef je maar één baby te krijgen.'

Joe pakte Freddie bij de hand en schudde zijn hoofd. Virginia, naast hem, begon te lachen.

Freddie, die hun vrolijkheid bespeurde, gooide er nog een schepje bovenop.' Lottie krijgt een baby met Dickie Valentine. Hij gaat erover zingen op de televisie.'

'Je moet wel een beetje op je woorden letten, Freddie. Straks gelooft iemand nog dat het waar is.' Giechelend wendde ze zich tot Joe. Ze mocht Joe wel. Hij verknoeide zijn tijd maar met treuren om Lottie. Dat dwaze kind dacht kennelijk dat ze te goed voor hem was, te belangrijk, omdat ze bij de familie Holden inwoonde. Maar ze was niet beter dan Virginia. Ze had alleen meer geluk gehad.

'Als het aan hen ligt, is Elvis Presley de volgende met wie ze uitgaat.' Ze streek haar haar glad. Ze vond het jammer dat ze die ochtend geen lippenstift had opgedaan, zoals ze van plan was geweest.

Maar Joe leek het niet te merken. Hij vond dat van Elvis Presley ook niet grappig. Hij was weer doodserieus.

'Ben jij de laatste tijd nog uit geweest, Joe? Naar Clacton of zo?' Virginia ging wat dichter bij hem staan, zó dat haar slanke benen precies in het zicht waren.

Joe keek omlaag en stond met zijn voeten te schuifelen. 'Nee. Nogal druk gehad.'

'Freddie heeft gelijk. We hebben je niet vaak gezien.'

'Nee. Nou, en.'

'Ik heb een duimnagel. Kijk.' Freddie stak zijn hand naar Joe uit.

'Een nijnagel, Freddie. Dat heb ik je toch verteld. Die gaat zo weer over. Je moet er niet zo mee naar de mensen zwaaien.'

'Ik kan een waterstofbom maken. Je kunt waterstof kopen bij de drogist. Dat heeft meneer Ansty gezegd.'

Joe keek op de klok, alsof hij ze wilde zeggen dat ze door moesten lopen. Maar Virginia hield aan. 'Hij bedoelt waterstofperoxide. Luister eens, Joe, zaterdag gaan we met een stel naar die nieuwe dancing op de Colchester Road. Als je zin hebt om mee te gaan, kunnen wij wel voor een kaartje zorgen.' Ze zweeg even. 'Er komt een band uit Londen. Ze moeten echt heel goed zijn. Ze spelen allemaal rock-'n-rollnummers. Het kan reuzegezellig worden.'

Joe keek haar aan en frommelde wat aan de lap in zijn handen.

'Denk er maar over na.'

'Bedankt, Virginia. Bedankt. Ik eh… eh… zal het je laten weten.'

In het jaar 1870 legde een Amerikaanse zeekapitein, Lorenzo Dow Baker geheten, aan bij Port Antonio en toen hij op zijn gemak over een van de plaatselijke markten liep, ontdekte hij dat de inheemse bevolking erg dol was op een merkwaardig gevormde gele vrucht. Kapitein Baker, een ondernemend mens, vond dat de vrucht lekker rook en er uitnodigend uitzag. Hij kocht er honderdzestig trossen van voor een shilling per stuk en borg ze in het ruim van zijn schip. Toen hij elf dagen daarna in de haven van New Jersey terugkeerde, wierpen de fruithandelaren daar zich op de vruchten en betaalden hem het gigantische bedrag van twee dollar per tros.

'Geen slechte winst,' zei Julian Armand.

'Voor een paar bananen. De bevolking raakte dol op het nieuwe fruit. Wie verder keek dan de vreemde vorm en de zoete smaak wist te waarderen, die werd beloond. Zo is de fruitimport echt begonnen. Old Baker werd de Boston Fruit Company. En het bedrijf dat uit dat bedrijf voortkwam is vandaag de dag een van de grootste exportfirma's. Papa vertelde me dat altijd als verhaaltje voor het slapengaan.' Hij grinnikte naar Lottie. 'Hij vertelt het nu niet graag meer omdat het bedrijf stukken groter is dan het zijne.'

'Een ambitieuze man,' zei Julian, achterovergeleund op de bank, zijn blote voeten op een stapel boeken voor zich. Hij had een aantal litho's op schoot, die hij naast zich op de bank in twee stapels verdeelde, aan elke kant een. Naast hem pakte Stephen, een bleke, sproetige jongeman die nooit een woord leek te zeggen, de afgedankte exemplaren op en bestudeerde ze nauwlettend, alsof de beleefdheid hem dat gebood. Hij was blijkbaar toneelschrijver. Lottie had het 'blijkbaar' eraan toegevoegd op de manier van mevrouw Holden, omdat het haar onlangs duidelijk was geworden dat ze, met uitzondering van Frances, geen van allen iets leken uit te voeren.

'En is zijn onderneming succesvol?'

'Nu wel. Ik bedoel, ik weet niet precies hoeveel hij verdient en zo, maar ik weet wel dat onze huizen sinds mijn kindertijd almaar groter werden. En onze auto's ook.'

'Ambitie loont. En je vader lijkt me een vastberaden man.'

'Hij is niet van plan ook maar iets weg te geven. Zelfs niet aan mij.'

'Speel je schaak, Guy?'

'Ik heb het al een poos niet gedaan. Hebt u zin in een spelletje, meneer Armand?'

'Nee, ik niet. Ik ben niets waard als tactisch denker. Nee, als je er iets van kunt, moet je met George spelen.'

'George heeft een mathematische geest. Pure logica. Ik denk heel vaak dat hij half mens, half machine is,' zei Adeline.

'U bedoelt dat hij koele persoonlijkheid is?'

'Niet echt koel. George kan vreselijk aardig zijn. Maar het is geen man om van te houden.' De aangename conversatie was in tegenspraak met de kilte die er die middag in de lucht hing en die niets te maken had met de naderende herfst. In het begin had Lottie het niet gemerkt, de nauw merkbare vibraties tussen de mensen in het vertrek, de elektrische geladenheid. Adeline nam een lok van Lotties haar tussen haar handen. 'Nee, geen man om verliefd op te worden.'

Lottie zat zwijgend aan Adelines voeten en deed, wakker geschud uit haar gemijmer over schepen en exotische vruchten, haar best niet te blozen toen Adeline dat woord gebruikte. Adeline was bezig haar haar met geborduurde roosjes te versieren die ze in een met satijn gevoerde doos had teruggevonden. 'Die zaten op mijn trouwjapon genaaid,' zei ze. Lottie was ontzet. 'Het was maar een jurk, Lottie. Ik bewaar alleen het beste van het verleden.'

Ze stond erop ze in Lotties haar te steken, 'gewoon om te zien'. Lottie had eerst geweigerd. Wat viel er voor Adeline te zien als zij een heleboel stoffen rozenknopjes in haar haar had? Maar Guy had gezegd dat ze het moest doen. Dat ze Adeline haar lange vlecht moest laten losmaken en stil moest blijven zitten terwijl haar haren werden geborsteld en verzorgd. Het idee dat Guy naar haar zou kijken, wie weet hoe lang, was zo verleidelijk dat Lottie na wat formele protesten uiteindelijk toestemde. 'Ik moet ze er wel weer uithalen voordat ik wegga. Mevrouw Holden zou een beroerte krijgen.'

Adeline hield even op toen Frances vanaf het terras binnenliep. Lottie voelde Adelines handen nog steeds op haar haar en hoorde haar iets sneller ademhalen toen Frances langsliep. Frances had in de anderhalf uur van hun aanwezigheid geen woord gezegd. In het begin had Lottie niets gemerkt; ze was met haar hele aandacht bij Guy, en het was tegenwoordig heel normaal dat Frances buiten was om aan haar muurschildering te werken. Maar toen had ook zij gemerkt dat er een zekere kilte in de kamer hing. De manier waarop Frances Adelines herhaalde vraag of ze nog iets wilde drinken, een nieuw penseel nodig had of iets van Guys heerlijke fruit wilde proeven negeerde.

Lottie keek op toen ze langskwam en zag dat Frances' lange kaak gespannen was, alsof ze met moeite een vinnig antwoord binnenhield. Ze hield haar vierkante, benige schouders recht en boog zich over haar palet alsof ze de mensen uitdaagde haar een voet dwars te zetten. Het zou bijna agressief hebben geleken als ze geen rode ogen had gehad, met wimpers die in vochtige puntjes waren samengeplakt en glinsterden als sterretjes

Julian heeft haar vast van streek gemaakt, dacht Lottie. Ze had zich nooit zo gedragen voordat hij er was. Op de een of andere manier was haar gedrag door Julians aanwezigheid veranderd, zoveel was haar wel duidelijk. 'Kan ik je helpen met schilderen, Frances?' vroeg ze.

Maar Frances gaf geen antwoord en verdween naar de keuken.

Over vier dagen zouden Guys ouders komen om kennis te maken met de familie Holden, en Lottie, die besefte dat dat waarschijnlijk het einde van hun tijd samen betekende, probeerde zich elk ogenblik van hun samenzijn voor de geest te halen en in haar geheugen op te slaan, als een kind dat snoepjes hamstert. Dat was een moeilijke taak, en vaak was ze er zo intens mee bezig dat ze afwezig en onbereikbaar leek voor de mensen in haar omgeving. 'Lottie heeft ons weer verlaten,' zei Adeline dan. Maar na een paar minuten sprong Lottie op, zich er plotseling van bewust dat ze het middelpunt van de belangstelling was.

Guy zei niets. Hij leek die kanten van haar karakter te accepteren waar anderen aanmerkingen op meenden te moeten maken. Hij stelde er in elk geval geen vragen over, en Lottie, die er schoon genoeg van had te worden bekritiseerd, was hem dankbaar.

Meneer en mevrouw Bancroft zouden op zaterdag arriveren, en in het Rivièra Hotel logeren, waar ze de mooiste kamer hadden gereserveerd. Hij had een groot privé-terras met uitzicht over de baai. 'Een tikkeltje poenig,' zei mevrouw Chilton, die nogal uit haar humeur was omdat de familie Holden haar pension Uplands niet hadden gekozen om de gasten onder te brengen. 'Maar ja, het zijn eigenlijk ook buitenlanders.' Sinds Guy hun komst had aangekondigd was mevrouw Holden losgebarsten in een schoonmaakwoede die de overwerkte Virginia furieus had gemaakt.

'Ik zou je ouders graag ontmoeten, Guy. Je vader lijkt me een heel interessante man.'

'Hij... hij heeft volgens mij nogal een eigenaardige smaak,' zei Guy. 'Hij is wat directer dan de meeste Britten gewend zijn. Ik denk dat sommige mensen hem een beetje Amerikaans vinden.
Nogal vrijpostig. Plus dat hij uitsluitend in zaken is geïnteresseerd. Al het andere vindt hij nogal vervelend.'

'En je moeder? Hoe kan zij samenleven met zo'n natuurkracht?'

'Ze moet heel vaak om hem lachen. Volgens mij is zij de enige die om hem moet lachen. Hij is nogal explosief, zie je. Mensen raken gemakkelijk door hem... geïntimideerd.'

'Maar jij niet.'

'Nee.' Hij wierp een zijdelingse blik op Lottie. 'Maar ik heb nooit iets gedaan dat hem niet beviel.'

Het onuitgesproken 'nog niet' hing in de lucht. Lottie voelde het aan en rilde even. Ze keek van Guy naar haar schoenen, die bestoft waren van het rennen over het strand met Mr. Beans. Dokter Holden had opgemerkt dat de hond nog nooit zo vaak mee uit was genomen.

Adeline stond op en verliet het vertrek, blijkbaar op zoek naar Frances. Er viel een stilte, waarin Julian doorging met het sorteren van zijn litho's. Hij hield er nu en dan een op naar het licht en humde op een instemmende ofwel op een afkeurende manier. Stephen, naast hem, richtte zich op en strekte zich uit. Toen hij zijn armen naar het plafond uitstrekte, was zijn bleke buik te zien vanonder het dunne katoenen hemd.

Lottie wierp een tersluikse blik op Guy en bloosde toen ze de zijne ontmoette. Waar hij zich ook bevond, in of soms buiten een vertrek, ze was zich altijd van zijn aanwezigheid bewust, alsof ze de kleinste vibraties uit de lucht kon oppikken. Ze voelde een huivering door zich heen gaan. Toen ze weer naar beneden keek en haar haren door het gewicht van de roosjes een gordijn voor haar gezicht vormden, wist ze dat hij nog steeds naar haar keek.

Ze sprongen allebei overeind toen ze geschreeuw hoorden. Het was Frances' stem, gedempt, zodat ze niet konden horen wat ze zei. De toon was echter onmiskenbaar. Daarna was ook Adelines stem te horen, zachter, redelijk, maar Frances viel nogmaals uit. Ze riep uit dat iets '*impossible!*' was. Toen was het gekletter van keukengerei op de stenen vloer, te horen.

Lottie wierp een verstolen blik op Julian, maar die hield zich opvallend afzijdig. Hij hief zijn hoofd even, als om iets te bevestigen dat hij al had vermoed, en ging door met het omdraaien van litho's en zacht mompelend commentaar leveren op de kwaliteit van de drukken. Stephen keek mee, wees iets aan op een pagina en ze knikten gezamenlijk.

'Nee, dat doe je niet, want je hebt ervoor gekozen het niet te doen.

Je hebt een keuze, Adeline, een keuze. Ook al is het gemakkelijker voor je om te doen alsof het niet zo is.'

Het was alsof zij hen niet konden horen. Lottie was verbijsterd. Ze had er een hekel aan als mensen ruzie maakten, het prikkelde haar zenuwen en maakte dat ze zich weer vijf voelde, kwetsbaar en weerloos.

'Ik wil het niet hebben, Adeline. Ik wil het niet. Ik heb het je al zo vaak gezegd. Nee, ik heb het je gesmeekt...'

Laat ze ophouden, was Lotties vurige wens. Doe iets. Maar Julian keek zelfs niet op.

'Zullen we gaan?' mimede Guy toen ze hem durfde aankijken.

Julian stak groetend zijn hand op toen ze vertrokken. Hij glimlachte om iets dat Stephen zei. In de keuken was het weer stil.

Hij pakte haar hand toen ze over het grind van de oprit liepen. Lottie voelde zijn aanraking helemaal tot aan Woodbridge Avenue branden en ze vergat de harde stemmen. De rozenknopjes zaten nog steeds in haar haar.

'Wat heb je in vredesnaam uitgespookt, Lottie? zei mevrouw Holden. 'Het lijkt wel of je door de meeuwen bent gebombardeerd!'

Maar het kon Lottie niet schelen. Hij had haar hand losgelaten en een rozenknopje in haar haar aangeraakt. 'Een natuurkracht,' had hij gemompeld.

Er waren bepaalde manieren om dingen te doen, bepaalde vormen die in acht genomen dienden te worden. En Adelines antwoord aan de dames van de Merhamse salon was blijkbaar in verkeerde aarde gevallen.

'Het spijt haar dat ze op het ogenblik niet in staat is te komen? Waarom niet? Heeft ze het te druk? Moet ze voor kinderen zorgen? Misschien solliciteren naar de baan van minister-president?' Vooral mevrouw Chilton had het slecht opgenomen.

'Maar ze hoopt in de toekomst tijd te vinden om een keer langs te komen,' las mevrouw Colquhoun van het velletje ivoorkleurige briefpapier voor. 'Dat "een keer" is nogal vaag, vinden jullie niet?'

'Dat mag je wel zeggen,' zei mevrouw Chilton, een stukje meloen afslaand. 'Nee, dank je , beste Susan. Door dat fruit zijn mijn ingewanden vorige week van streek geraakt. Nee, ik vind haar hele reactie teleurstellend. Heel erg teleurstellend.'

'Maar zij heeft jullie wel uitgenodigd bij haar langs te komen,' zei Celia, die met opgetrokken benen op de bank in een tijdschrift zat te bladeren.

'Daar gaat het niet om, lieverd. Wij zouden niet bij haar komen. Wij hebben haar uitgenodigd, en dat had ze moeten accepteren. Ze kan het niet gewoon omkeren en ons uitnodigen.'

'Waarom niet?'zei Celia.

Mevrouw Chilton keek mevrouw Holden aan. 'Nou, dat is toch niet zoals het hoort?'

'Maar je kunt haar toch moeilijk onbeleefd noemen, nu ze u heeft uitgenodigd?'

De vrouwen zagen er geïrriteerd uit. Lottie, die met Sylvia op de grond een puzzel zat te leggen, vond in gedachten dat Adeline het slim had aangepakt. Ze had geen zin om de 'salon' op hun voorwaarden te bezoeken, maar ze begreep wel dat de dames ieder apart niet de moed zouden hebben een bezoek aan Arcadia af te leggen. Zij had zich eruit weten te redden en had tevens de verantwoordelijkheid bij hen gelegd.

'Ik vind niet dat ze zo ongemanierd is als u denkt,' zei Celia luchtig. 'Begrijp niet waarom u er zo op staat dat ze op bezoek komt. U bent de halve tijd bezig te zorgen dat iedereen bij haar uit de buurt blijft.'

'Daar gaat het nu juist om,' zei mevrouw Holden boos.

'Ja,' zei mevrouw Colquhoun. Ze sloeg haar ogen neer. 'Geloof ik.'

Mevrouw Chilton bestudeerde de rest van de brief, turend door haar montuurloze bril. 'Ze wenst ons het allerbeste met onze artistieke inspanningen. En hoopt dat een citaat van de grote dichter Rainer Maria Rilke inspirerend zal werken: "Kunst is ook gewoon een manier van leven, en hoe men ook leeft, men kan er zich onbewust op voorbereiden. In al het waarachtige is men er dichtbij."' Ze liet de brief zakken en keek de kamer rond. 'Wat heeft dat in vredesnaam te betekenen?'

Hij was de laatste dagen nogal down, bedacht ze. Afwezig en serieus. Dus wist mevrouw Holden niet of ze opgelucht of ontstemd moest zijn toen ze zag dat Guy, die op dokter Holden gemakkelijke stoel bij de gashaard zat, stilletjes zat te lachen achter zijn krant.

Walton was door de eerste najaarsstorm getroffen. Alle niet vastgezette bloempotten aan de boulevard waren van hun vensterbanken gerukt en met wat er nog aan bloemen in zat, als terracotta hoopjes over de straat gesmeten. Binnen een uur zou Merham aan de beurt zijn, zei mevrouw Holden toen ze van de telefoon kwam. 'We moeten de luiken vastzetten. Virginia!'

'Ik zal Mr. Beans even uitlaten voordat het begint te regenen,' zei Lottie, en mevrouw Holden wierp haar een scherpe blik toe, zoals gewoonlijk van haar stuk gebracht door Lotties reuzenzwaai tussen humeurigheid en bereidwilligheid. Celia zat boven in bad en Guy bood aan met haar mee te gaan. Hij had blijkbaar frisse lucht nodig. Inmiddels waren ze tien minuten onderweg en Lottie realiseerde zich dat hij geen woord tegen haar had gezegd. Hij had al de hele dag nauwelijks met iemand gesproken en Lottie, die wist dat het hun laatste wandeling samen zou zijn voordat zijn ouders kwamen, wilde tot elke prijs dat er een lijntje tussen hen gespannen zou blijven, om zo verzekerd te zijn van een soort verfijnd communicatiekanaal.

Toen ze aan de andere kant van het park waren aangekomen, begon het ineens hard te regenen. Terwijl de wind langs hen heen joeg, begon Lottie naar de strandhuisjes te hollen, die met hun levendige kleuren nog onder een vlekkerige, inktzwarte hemel stonden en wenkte Guy om hetzelfde te doen. Ze rende naar de nummers tachtig tot negentig, want ze herinnerde zich dat daar een paar lege huisjes bij waren waarvan het slot was weggeroest. Ze rukte een deur open en dook net voordat de wolkbreuk losbarstte naar binnen. Guy vloog achter haar aan het huisje in. Zijn overhemd was al nat en hij maakte een half hijgend, half lachend geluid en trok aan zijn natte hemd. Lottie, zich bewust van zijn aanwezigheid in de krappe ruimte, begon met veel drukte een onverschillige Mr. Beans droog te wrijven met een lap.

Het huisje was al lange tijd niet gebruikt. Door kieren in het dak waren de voortjagende wolken te zien en behalve een gebarsten kopje en een krakkemikkige houten bank was er weinig dat aan een verblijf van blije vakantiegangers deed denken. De meeste huisjes hadden een naam – Kennora (of een andere fantasieloze afleiding van de naam van de eigenaar), Zeebries of Wind Ahoy! En er waren vochtige kussens en strandstoelen die kennelijk de hele zomer buiten hadden gestaan, terwijl weer en wind trotserende gezinnen er dapper thee hadden zitten drinken. Tijdens de oorlog waren ze allemaal gevorderd en ingegraven, als onderdeel van de kustverdediging. En toen ze in hun volle kleurigheid waren herrezen, was Lottie, die nog nooit een strandhuisje had gezien, er verliefd op geworden en had ze er heel vaak langsgelopen om de namen te lezen en zich in te beelden dat zij deel van zo'n gezin uitmaakte.

Mr. Beans was in elk geval droog. Ze ging op de bank zitten en streek natte, donkere slierten haar uit haar gezicht.

'Wat een weer,' zei Guy, door de open deur naar de donkere wolken turend, die langs de horizon joegen en de lucht boven de zee verduisterden. Boven hen lieten meeuwen zich drijven op de wind, krijsend en naar elkaar roepend boven het geluid van de regen uit. Lottie keek naar hem op en moest ineens aan Joe denken, wiens eerste opmerking zou zijn geweest dat ze een paraplu mee hadden moeten nemen.

'Weet je, in de tropen heb je echt een waanzinnig soort onweer. Het ene ogenblik zit je nog in de zon en het volgende moment zie je dit soort wolken met een noodgang langs de hemel trekken.' Hij zwaaide met zijn handen door de lucht en volgde de wolken met zijn blik. 'En dan ineens: boem! Ongelooflijk harde regen, die over je voeten spoelt en als een rivier door de straat stroomt. En dan de bliksem! Vertakte bliksemschichten die de hele hemel verlichten.'

Lottie, die het heerlijk vond hem te horen praten, knikte zwijgend.

'Ik heb een keer gezien dat een ezel door de bliksem werd getroffen. Toen het begon te onweren, hadden ze hem gewoon in het veld laten staan. Niemand dacht eraan hem binnen te halen. Ik was op weg naar ons huis en ik draaide me om omdat er een keiharde bliksemslag klonk. De ezel werd getroffen en hij bewoog zich niet eens! Hij sprong alleen maar wat op, alsof hij door iets van zijn hoeven werd geblazen en kwam met stijve poten op zijn zij terecht. Het wagentje zat nog aan hem vast. Ik denk dat hij niet heeft geweten waardoor hij werd geraakt.'

Lottie wist niet of het iets met de ezel te maken had, maar ze was bijna weer in tranen. Ze wreef met haar hand over Mr. Beans' vacht en knipperde verwoed met haar ogen. Toen ze rechtop ging zitten, stond Guy nog steeds naar de zee te staren. Een heel eind naar links zag ze een stukje blauw.

Het bleef een tijdje stil en ze zag dat Guy geen enkele keer op zijn horloge keek.

'Wat gebeurt er als je in dienst moet?'

Guy stampte op de vloer. 'Ik hoef niet.'

Lottie fronste haar voorhoofd. 'Ik dacht niet dat je daar onderuit kon. Vooral jij niet, als enig kind.'

'Gezondheidsredenen.'

'Je bent toch niet ziek?' In haar stem klonk bezorgdheid door.

Hij bloosde nauw merkbaar. 'Nee... ik... ik heb platvoeten. Mijn moeder zegt dat het komt doordat ik mijn leven lang zonder schoenen heb rondgelopen.'

Lottie staarde naar zijn voeten en was tot haar schande blij dat hij een lichamelijk ongemak had. Het maakte hem menselijker, toegankelijker.

'Niet zo roemvol als een oude granaatwond, hè?' Hij grinnikte quasi-zielig en schopte tegen de zanderige vloer. Dat rusteloze geschop was een teken dat hij zich niet op zijn gemak voelde.

Lottie wist niet wat ze moest zeggen. De enige man die ze kende die in dienst was geweest was Joe, en die had twee jaar bij de oersaaie Personeelsdienst gezeten, wat zijn familie zo in verlegenheid had gebracht dat niemand in de stad er ooit over sprak. In elk geval niet in hun aanwezigheid. Ze keek toe hoe de regen gestaag bleef neerstromen en zag dat de kolkende zee zo hoog was gekomen dat het water over de boulevard dreigde te slaan.

'Je lacht niet,' zei hij grinnikend.

'Het spijt me,' zei ze ernstig. 'Ik geloof niet dat ik veel gevoel voor humor heb.'

Hij trok een wenkbrauw op en ondanks zichzelf moest ze glimlachen.

'Wat heb je nog meer niet?'

'Hoe zo?'

'Wat heb je nog meer niet? Wat ontbreekt er aan jou, Lottie?'

Ze keek hem aan. 'Platvoeten?'

Ze lachten allebei zenuwachtig. Lottie had het gevoel dat ze de slappe lach zou krijgen. Maar die zou heel dicht bij iets anders liggen.

'Familie? Heb je familie?'

'Niet de moeite waard. Ik heb een moeder. Hoewel ze die benaming zou willen betwisten.'

Hij bleef haar rustig aankijken. 'Arme jij.'

'Niks arme jij. Ik heb geweldig geboft dat ik bij de familie Holden kon komen wonen.' Dat had ze al zo vaak gezegd.

'Het ideale gezin.'

'De ideale moeder.'

'Mijn god. Ik snap niet hoe je dat tien jaar hebt uitgehouden.'

'Je kent mijn moeder niet.'

Om de een of andere reden vonden ze dat allebei verschrikkelijk grappig.

We moeten een beetje begrip tonen. Zij heeft ook haar kruis te dragen.'

Hij keek naar een olietanker. Die doorsneed de horizon precies op de lijn waar de zee en de lucht elkaar ontmoetten. Hij slaakte een diepe zucht en ging op de bank zitten. Toen hij zijn benen strekte, zag ze een streepje van zijn enkel. Die was bruin, dezelfde tint als de binnenkant van zijn polsen.

'Hoe heb je haar ontmoet?' vroeg ze ten slotte.

Celia?'

'Ja.'

Hij schuifelde met zijn voeten, bukte zich en wreef over een paar spetters op zijn lichte pantalon.

'Bij toeval, denk ik. We hebben een appartement in Londen en ik zat daar met mijn moeder toen mijn vader naar het Caribische gebied ging om enkele fruitplantages te inspecteren. Ze vindt het prettig af en toe in Londen te zijn, om bij te praten met mijn tante en om te winkelen. Je kent het wel.'

Lottie knikte alsof dat zo was. Onder haar voeten trok Mr. Beans aan zijn riem. Hij wilde zijn wandeling voortzetten.

'Ik ben niet zo'n stadsmens, en dus ging ik een paar dagen naar mijn neef in Sussex. Mijn oom heeft een boerderij en ik heb daar sinds mijn jeugd regelmatig gelogeerd omdat mijn neef en ik – nou ja, we zijn bijna even oud en hij is waarschijnlijk de beste vriend die ik heb. Hoe dan ook, ik moest wel terug naar Londen, maar Rob en ik gaan naar de kroeg en van het een komt het ander en het wordt ietsje later dan ik van plan was. Dus ik zit op het station op de laatste trein te wachten en ik zie dat meisje langskomen.'

Lottie voelde haar borst samentrekken. Ze wist niet of ze dit nog verder wilde horen. Maar er was geen redelijke manier om hem tegen te houden. 'En je vond haar mooi.'

Guy keek naar zijn voeten en lachte zo'n beetje. 'Mooi. Ja. Ik vond dat ze er mooi uitzag. Maar ik vond vooral dat ze er dronken uitzag.'

Met een ruk keek Lottie op. Guy keek haar aan en legde een vinger op zijn lippen. 'Ik heb beloofd dat ik het niet verder zou vertellen... Je moet me beloven, Lottie... Ze was straalbezopen. Ik zag haar langs het loket wankelen waar ik stond en ze liep in zichzelf te giechelen. Ik zag dat ze naar een feest was geweest, want ze was helemaal opgedoft. Maar ze was haar ene schoen kwijt en ze had de andere in haar hand, en nog een tasje of wat het ook was.'

Boven hen sloeg de regen met donderend geraas op het dak. Waar het water de grond raakte spatte het op en kwam het huisje binnen. De hond schrok op.

'En dus vond ik dat ik haar een beetje in de gaten moest houden. Maar toen liep ze naar de wachtkamer en daar waren die knullen in uniform en ze gaat bij hen zitten en begint een eind weg te kletsen, wat ze kennelijk wel leuk vonden, dus dacht ik dat ze hen kende. Ze leken elkaar allemaal te kennen. Ik dacht dat ze misschien samen naar het feest waren geweest.'

Lotties hoofd tolde toen ze bedacht wat mevrouw Holden zou zeggen bij het beeld van haar dochter die dronken en wel met een stel soldaten zat te converseren. Het verklaarde ook waarom ze haar satijnen pumps niet mee naar huis had gebracht. Ze had mevrouw Holden verteld dat een meisje van de secretaresseopleiding ze had ingepikt.

'Op een gegeven moment zit ze bij iemand op schoot en ze lacht zich een ongeluk, dus ik denk dat ze hem kent en ik loop weg, terug naar het loket. En ineens – het zal vijf minuten daarna zijn geweest – hoor ik geschreeuw, en ik hoor een vrouw roepen en ik denk: laat ik maar eens gaan kijken, en... '

'Ze vielen haar lastig,' zei Lottie, die zich het verhaal weer herinnerde.

Vielen haar lastig?' Guy keek verbluft. 'Nee, ze vielen haar niet lastig. Ze hadden haar schoen te pakken.'

'Wat?

'Haar schoen. Ze hadden die roze schoen van haar te pakken en dansten ermee in het rond zodat ze er niet bij kon.'

'Haar schoen?'

'Ja. En ze was zo lazarus dat ze overal tegenaan botste en omviel. En ik keek het even aan, maar vond toen dat het te ver ging, omdat ze kennelijk niet wist wat ze deed. Dus kwam ik tussenbeide en zei tegen hen dat ze haar haar schoen moesten teruggeven.'

Lottie staarde hem aan. 'En wat deden ze?'

'O, eerst waren ze nogal sarcastisch. Een van hen vroeg of ik dacht een kans te maken. Ironisch wel, gezien het resultaat. En tussen ons gezegd en gezwegen, Lottie, ik was heel beleefd tegen ze, want ik wist dat ik geen schijn van kans maakte tegen hen drieën. Maar het waren geen kwaaie knullen. Uiteindelijk gooiden ze de schoen naar haar toe en liepen ze naar het perron.'

'Dus ze waren niet handtastelijk?'

'Handtastelijk? Nee. Misschien een beetje toen ze bij die vent op schoot zat. Maar niets van betekenis.'

'En toen?'

'Nu, ik bedacht dat ze naar huis gebracht moest worden. Ik vond dat ze er genadig af was gekomen. Maar ze was zo ver heen dat ze in de trein in slaap zou kunnen vallen en ik vond het geen goed idee dat ze in haar eentje zou reizen... in die toestand.'

'Nee...'

Hij haalde zijn schouders op. 'Dus bracht ik haar naar het huis van haar tante, en haar tante was eerst behoorlijk wantrouwend tegenover mij, maar ik heb mijn naam en telefoonnummer achtergelaten, zodat ze mijn moeder kon bellen en controleren of ik... je weet wel. En toen belde Celia me de dag daarop om haar excuus aan te bieden en me te bedanken, en we gingen ergens koffiedrinken... en zodoende...'

Lottie was nog te verbijsterd door deze versie van de gebeurtenissen om de betekenis van zijn laatste woorden te bevatten. Ze schudde haar hoofd. 'Ze was dronken? Jij hebt voor haar gezorgd omdat ze dronken was?'

'Tja. Maar ze heeft me verteld hoe dat kwam. Ze dacht dat ze alleen maar ginger ale dronk, maar iemand op het feest had kennelijk stiekem wodka of iets dergelijks in haar glas gedaan, want voordat ze het goed en wel besefte was ze tipsy. Nogal grof om zoiets te doen.'

'Dat heeft ze je verteld.'

Guy fronste zijn wenkbrauwen. 'Ja. Eerlijk gezegd had ik het erg met haar te doen.'

Het bleef geruime tijd stil. De lucht buiten was keurig in blauw en zwart verdeeld en de zon werd al weer weerspiegeld in de natte weg.

Lottie verbrak de stilte. Ze stond op en Mr. Beans huppelde vrolijk het pad op, zijn oren gespitst. 'Ik denk dat ik maar beter terug kan gaan,' zei ze kortaf en ging op weg.

'Het is een aardig meisje.' Zijn stem werd gedragen op de wind achter haar.

Met een van woede vertrokken gezicht draaide Lottie zich om. 'Dat hoef je mij niet te vertellen.'

De overige dames wisselden veelbetekenende blikken als ze het over haar ochtendwandelingen had, dus was Deirdre Colquhoun weinig geneigd hun over haar nieuwste ontdekking te vertellen, die uiterst opwindend was.

Nee, Sarah Chilton was nogal kortaf toen ze het donderdag over meneer Armand had gehad, dus was er geen reden waarom ze hun zou vertellen dat ze twee ochtenden achtereen iets had gezien dat ze even dramatisch achtte. De mannen schenen niet meer te komen, dus was het nogal een schok haar te zien, en Deirdre Colquhoun moest haar toneelkijkertje uit haar tas halen om vast te stellen dat het inderdaad die vrouw was. Ze waadde in dat strakke zwarte badpak van haar door de golven en leek geen acht te slaan op de kou of wat ook. Haar haar was in een onflatteuze knot samengebonden. En toen ze het water inliep, op een manier die Deirdre Colquhoun nogal mannelijk aandeed, kon je zien dat ze snikte. Ja, snikte, hardop, in het volle daglicht, alsof haar hart zou breken.

6

HET WERD NIET HET welkom dat mevrouw Holden in gedachten had gehad. Bij dat welkom zou ze, piekfijn in haar beste wollen japon met bijpassende ceintuur, met haar twee jongste kinderen voor zich bij de deur staan, klaar om de portieren open te doen voor haar gasten, de rijke, kosmopolitische familie aan wie ze nu door middel van het huwelijk verwant zouden raken. In die versie kwam het echtpaar Bancroft voorrijden in hun glanzende Rover 90 vierdeurs sedan – ze wist dat het dat model was, want mevrouw Ansty had het van Jim Farrelly gehoord die aan de receptiebalie van het Rivièra Hotel werkte – en trippelde zij over het smetteloze grasveld aan de voorkant van het huis om ze als verloren gewaande vrienden te begroeten. En misschien kwam Sarah Chilton of een van de andere dames toevallig net langs.

In die versie, de voorkeursversie, liep haar echtgenoot achter haar, legde hij wellicht een bezitterige hand op haar schouder, zo'n klein gebaar dat boekdelen sprak over een huwelijk. De kinderen glimlachten intussen allerliefst, hielden hun zondagse kleren schoon en staken hun hand uit om op charmante wijze die van de heer en mevrouw Bancroft te schudden alvorens aan te bieden ze voor te gaan naar binnen.

Twee minuten voordat de gasten werden verwacht bleek niet alleen dat de kinderen een dode vos hadden gevonden op de weg bij de methodistenkerk, maar ook dat ze hem in een strandemmertje hadden gedaan en op de vloer van de woonkamer gedumpt. Met behulp van de beste schaar van mevrouw Holden hadden ze besloten er een vossenbontje van te maken.

In de voorkeursversie kondigde dokter Holden ook niet aan dat hij bij een patiënt was geroepen en niet voor theetijd terug zou zijn, ondanks dat het zaterdag was. Terwijl heel Merham wist dat zijn secretaresse, die roodharige meid die altijd een superieur toontje in haar stem wist te leggen als mevrouw Holden aan de telefoon was, de dag daarop zou vertrekken om een baan in Colchester aan te nemen. Even sloot ze haar ogen en riep het beeld van haar rozentuin op. Het was belangrijk aan prettige dingen te denken.

En wat misschien het belangrijkste was: in de voorkeursversie werd mevrouw Holden ook niet geconfronteerd met de drie ongelukkigste jonge mensen die ze ooit had ontmoet. Celia en Guy waren in plaats van stralend verloofd uitgesproken kribbig en hadden de hele ochtend nauwelijks en woord met elkaar gewisseld. Lottie hield zich stilletjes op de achtergrond, met die typische broeierige uitdrukking op haar gezicht, waardoor ze er erg onaantrekkelijk uitzag. En het scheen niemand te interesseren dat zij zo haar best had gedaan om de middag gesmeerd te laten verlopen. Telkens als ze hen een beetje probeerde op te vrolijken en hen aanspoorde wat flinker te zijn, of haar in elk geval een handje te helpen met de kinderen, haalden ze onveranderlijk hun schouders op en keken naar de grond en Celia wierp Guy met betraande ogen een veelbetekenende blik toe. Ze zeiden dat er niet van hen kon worden verwacht dat ze verdorie elke dag vrolijk waren. 'Nu heb ik er echt genoeg, kinderen. Heus waar. Er hangt hier een grafstemming. Lottie, ga jij eens tegen de kinderen zeggen dat ze dat ellendige beest moeten opruimen. Laat Virginia ze maar helpen. Guy, ga jij buiten op de auto wachten. En Celia, ga je boven een beetje opfrissen. Doe wat make-up op. In godsnaam, het zijn je schoonouders die op bezoek komen. Het is jouw bruiloft.'

'Dat wil zeggen; als er een bruiloft komt,' zei Celia, zo ongelukkig dat Lottie met een ruk haar hoofd omdraaide.

'Doe niet zo belachelijk. Natuurlijk komt er een bruiloft. Ga nu en maak je op. Je mag mijn parfum lenen als je wilt. Toe, wees eens wat vrolijker.'

'Wat, de Chanel?'

'Als je wilt.'

Celia, die even opfleurde, verdween met een vaart naar boven. Lottie sjokte met een rebels gezicht naar de huiskamer, waar Virginia nog stond na te trillen van de schok toen ze het dode dier had ontdekt en Freddie met zijn armen om zich heengeslagen op de bank lag en op dramatische toon klaagde dat hij dankzij zijn moeder nooit van zijn hele leven meer zou kunnen zitten.

Ze wist waarom Celia zo ongelukkig was, en dat veroorzaakte evenveel verrukking als zelfverwijt. Celia had Lottie de dag daarvoor laat op de avond, toen de storm was gaan liggen, gevraagd naar hun kamer te komen, en haar op de rand van haar bed gezeten bekend dat ze met haar wilde praten. Lottie wist dat ze bloosde. Ze ging doodstil zitten. En werd nog stiller toen Celia zei: 'Het gaat over Guy. Hij gedraagt zich de laatste dagen zo vreemd, Lots. Helemaal zichzelf niet meer.'

Lottie kon geen woord uitbrengen. Haar tong leek zo gezwollen dat hij haar hele mond vulde.

Celia bestudeerde haar nagels, bracht toen onverwacht haar hand naar haar mond en beet een stuk van haar nagel af. 'Toen hij hier de eerste keer kwam was hij zichzelf, net als in Londen weet je. Hij was zo lief en vroeg de hele tijd of het wel goed met me was, of ik iets nodig had. Hij was zo teder. Hij nam me altijd mee naar de veranda aan de achterkant van het huis als jullie de theeboel aan het opruimen waren en dan kuste hij me tot ik dacht mijn hoofd eraf zou rollen...'

Lottie kuchte. Ze was vergeten adem te halen.

Celia had er geen erg in, staarde naar haar hand en keek weer op, haar blauwe ogen vol tranen. 'Hij heeft me al vier dagen niet echt meer gekust. Ik probeerde hem gisteravond over te halen, maar hij stuurde me weg en mompelde dat er straks nog tijd genoeg zou zijn. Hoe is dat nou mogelijk, Lots? Hoe bestaat het dat het hem koud laat of hij me wel of niet kust? Dat gedrag verwacht je van getrouwde mannen!'

Lottie voelde zich onbehaaglijk en deed haar best het opwellen van een soort opwinding te onderdrukken. Ze verschoot van kleur toen Celia zich naar haar toe keerde, met een snelle beweging haar armen om Lotties hals sloeg en in snikken uitbarstte. 'Ik weet niet wat ik heb misdaan, Lots. Ik weet niet of ik iets verkeerds heb gezegd, en hij wil het me niet vertellen. Dat is best mogelijk, je weet hoe ik over van alles en nog wat kan ratelen en ik weet niet altijd meer wat ik heb gezegd. Of misschien zag ik er de laatste tijd niet mooi genoeg uit. Ik doe mijn best. Ik heb al die leuke kleren gedragen die mammie voor me heeft gekocht, maar het lijkt wel of ... of hij niet meer zoveel van me houdt als eerst.'

Haar borst ging op en neer tegen die van Lottie. Lottie streelde automatisch haar rug en voelde zich – als een verrader – opgelucht dat Celia haar gezicht niet kon zien.

'Ik snap er niets van. Wat kan het zijn, Lots? Jij hebt intussen genoeg tijd met hem doorgebracht. Je hebt hem leren kennen.'

Lottie probeerde haar stem in bedwang te houden. 'Ik weet zeker dat je het je verbeeldt.'

'O, wees niet zo'n kouwe kikker, Lottie. Je weet dat ik jou ook zou helpen als je erom vroeg. Kom op, wat denk jij dat hij denkt?'

'Ik vind niet dat ik dat kan beoordelen.'

'Maar je moet toch enig idee hebben. Wat kan ik doen? Wat moet ik doen?'

Lottie deed haar ogen dicht. 'Misschien is het een kwestie van zenuwen,' zei ze ten slotte. 'Misschien hebben mannen ook last van zenuwen, net als wij. Ik bedoel: vanwege de komst van zijn ouders. Het lijkt me nogal wat, je ouders voorstellen.'

Celia trok zich terug en keek haar strak aan.

'Misschien is hij meer gespannen dan je denkt.'

'Misschien heb je gelijk. Daar heb ik helemaal niet aan gedacht. Misschien is hij echt zenuwachtig.' Ze streek haar haar naar achteren en wierp een blik op het raam. 'Een man zal nooit toegeven dat hij nerveus is, hè? Dat doen mannen niet.'

Lottie hoopte met een soort grimmige hartstocht dat Celia weg zou gaan. Ze had er alles ter wereld willen voor over om Celia zover te krijgen dat ze haar met rust liet.

Maar Celia wendde zich nogmaals tot haar en omhelsde haar innig. 'O, wat ben jij toch slim, Lots. Ik weet zeker dat je gelijk hebt. En het spijt me dat ik de laatste tijd een beetje... een beetje afstandelijk was. Ik ging zo in Guy op, en de bruiloft en alles. Dat was vast niet erg leuk voor jou.'

Lottie knipperde met haar ogen. 'Met mij gaat het best,' bracht ze er met hese stem uit.

'Mooi zo. Nou dan. Ik ga naar beneden om te zien of ik dat monster zover kan krijgen dat hij met wat meer aandacht geeft.' Ze lachte. Het klonk nog steeds als gesnik.

Lottie keek haar na en zakte toen langzaam achterover op het bed.

Toen werd alles werkelijkheid. Dat Guy en Celia gingen trouwen. Dat Lottie verliefd was op een man die ze absoluut niet kon krijgen. Een man die vooral niets had gedaan om te bevestigen dat haar gevoelens werden beantwoord, behalve dat hij haar op een paar wandelingen had vergezeld naar een huis dat hem beviel en wat dwaze, kinderachtige bloempjes in haar haar had bewonderd. En dat was het dan, nietwaar? Als puntje bij paaltje kwam wees niets erop dat Guy meer op haar gesteld was dan, laten we zeggen, op Freddie. Want hij bracht ook een heleboel tijd met Freddie door. En ook al mocht hij haar graag, dan was er toch geen enkele mogelijkheid daar iets mee te doen. Gezien de staat waarin Celia verkeerde alleen omdat hij haar de afgelopen dagen wat minder aandacht had gegeven.

Grote god, waarom moest je hiernaartoe komen, kreunde Lottie en ze liet haar voorhoofd op haar knieën rusten. Ik was volmaakt tevreden tot jij kwam. Toen riep mevrouw Holden haar om Virginia te helpen met zilverpoetsen.

Celia was er ondanks haar goede voornemens niet in geslaagd haar gevoel van afgewezen te zijn van zich af te schudden. En waarschijnlijk om een goede reden. Lottie zag hoe ze in haar nieuwste jurk voor Guy paradeerde, hem een speels kneepje in zijn arm gaf en haar hoofd op een kokette manier op zijn schouder legde. Lottie zag dat Guy haar liefkoosde met het afwezige gebaar waarmee een man zijn hond aait en ze zag dat Celia's glimlach bevroor. En Lottie deed haar uiterste de hevige emoties die in haar woedden, onder controle te houden. Ze ging Sylvia helpen haar zondagse schoenen te zoeken.

Voor iemand die zijn ouders al bijna een maand niet meer had gezien, voor een zoon die beweerde dat hij zijn moeder adoreerde en zijn vader een van de fijnste mensen vond die hij kende, leek Guy niet bepaald enthousiast over hun komst. Aanvankelijk had Lottie zijn eindeloze geijsbeer buitenshuis als ongeduld opgevat, maar toen ze beter keek zag ze dat hij zachtjes in zichzelf liep te praten, net zoals het gekke vrouwtje in het park dat met een draadtang zwaaide naar iedereen die het waagde op het stuk gras te lopen dat ze als haar bowlveld beschouwde. Guys gezicht stond niet vrolijk. Hij zag er zorgelijk en slecht gehumeurd uit, en toen hij Freddies aanhoudende vraag om met hem te tennissen met een voor hem ongewone krachtterm afwees, keek Lottie zwijgend toe vanuit het huiskamerraam en bad ze vurig tot wat voor godheid ook dat zij de oorzaak van en ook de remedie voor zijn ellende was.

Susan Holden keek naar de drie ongelukkige jonge mensen en zuchtte. Geen greintje flinkheid of ruggengraat te bekennen. Als zij met de problemen die zij had – Henry's gewraakte afwezigheden of Freddies geobsedeerdheid, én Sarah Chiltons die maar steeds bleef herhalen dat ze toch maar boften dat Celia veilig onder de pannen was – de wereld nog met een glimlach tegemoet kon treden, zou je toch denken dat die verdomde kinderen zich toch een beetje zouden bijzetten en zich wat opgewekter gedragen.

Ze tuitte haar lippen voor de spiegel en pakte een lippenstift uit haar tas. Het was een gewaagde tint, die ze niet gauw in aanwezigheid van haar salondames zou gebruiken, maar terwijl ze hem zorgvuldig opbracht, zei mevrouw Holden bij zichzelf dat een vrouw op sommige dagen alles in de strijd moest gooien.

Die roodharige meid had lippenstift in de kleur van een kerstkaars. De eerste keer dat ze naar Henry's kantoor was gegaan en haar daar had aangetroffen kon ze haar ogen er niet van afhouden.

Misschien dat het daarom ging.

Virginia riep onderaan de trap: 'Mevrouw Holden, uw bezoek is er.'

Mevrouw Holden controleerde haar kapsel in de spiegel en haalde diep adem. Laat Henry alsjeblieft met een goed humeur thuiskomen, bad ze. 'Laat ze maar binnen, ik kom eraan.'

'En Freddie wil niet dat ik dat... dat dooie ding weggooi. Hij zegt dat hij het in zijn slaapkamer wil hebben. Het kleed stinkt verschrikkelijk.'

Met enige wanhoop dacht mevrouw Holden aan rozen.

'Eenvoudig schitterend, die tuin. Wat doet u dat voortreffelijk.' Aardige woorden, aan het adres van een nerveuze, ondergewaardeerde potentiële schoonmoeder. En Susan Holden, die nog steeds niet was bijgekomen van Dee Dee Bancrofts zware Amerikaanse accent waarover Guy niets had gezegd, was wat wankel in haar dankbaarheid.

'Zijn dat geen Albertines? Wist u dat dat mijn favoriete rozen zijn? Krijg ze niet gekweekt in dat waardeloze stuk tuin dat we in Port Antonio hebben. Kennelijk de verkeerde grond. Of ik had ze te dicht bij iets anders staan. Maar rozen kunnen heel lastig zijn, vindt u ook niet? Op meer dan een manier stekelig.'

'O ja,' zei Susan Holden, terwijl ze haar best deed niet naar Dee Dee's bruine benen te kijken. Ze zou zweren dat die vrouw geen kousen droeg.

'O, u hebt geen idee hoe jaloers ik op deze tuin ben. Guy, schat, kijk eens ze, hebben hosta's. Geen spoor van slakken te zien. Ik weet niet hoe u het voor elkaar krijgt.'

'Guyschat', zoals meneer Bancroft kennelijk voor zijn vrouw heette, liep terug van het achterhek naar waar de dames onder een flapperende parasol warme thee zaten te drinken.

'Aan welke kant ligt de zee?'

Guy, die op het gras zat, stond op en liep naar zijn vader toe. Hij wees naar het oosten en zijn woorden werden op de harde wind meegenomen.

'Ik hoop dat u het niet erg vindt om buiten te zitten. Ik weet dat het nogal winderig is, maar het is misschien de laatste mooie middag van het jaar, en ik geniet zo van de rozen.' Mevrouw Holden maakte fanatieke bewegingen achter haar rug om Virginia duidelijk te maken dat ze meer stoelen naar buiten moest brengen.

'O nee, we zijn heel graag buiten.' Mevrouw Bancroft schoof haar haar dat in het theekopje dreigde te waaien, met een hand wat opzij.

'Ja. Ja, 's winters missen we het buiten zijn.'

'En Freddie heeft een dode vos op het kleed van de woonkamer gelegd,' zei Sylvia.

'Sylvia!'

'Echt waar. Ik heb het niet gedaan. En nu zegt mammie dat ze ons daar nooit meer binnen wil hebben. Daarom moeten we in een ijskoude tuin zitten.'

'Sylvia, dat is niet waar. Het spijt me, mevrouw Bancroft. We hebben een eh... ongelukje in de kamer gehad juist voordat u kwam, maar we drinken daar altijd thee.'

'Dee Dee, alsjeblieft. Maak je geen zorgen. Het is heerlijk buiten. En Freddie is vast niet zo erg als onze zoon. Guy junior was een afschuwelijk kind.' Dee Dee straalde toen ze Susan Holdens verschrikte gezicht zag. 'O, echt vreselijk. Hij bracht altijd insecten mee naar huis en stopte ze in doosjes en potten en vergat ze dan. Ik heb spinnen van wel een vuist groot in mijn afvalbak gevonden. Doodeng!'

Ik begrijp niet hoe u het daarginds uithoudt met al die insecten. Ik zou voortdurend in doodsangst leven.'

'Ik zou het leuk vinden,' zei Freddie, die tien minuten onafgebroken naar het lederen en walnoten interieur van meneer Bancrofts fonkelnieuwe Rover had zitten kijken. 'Ik zou wel een spin zo groot als mijn vuist willen hebben. Dan zou ik hem Harold noemen.'

Mevrouw Holden rilde. Op de een of andere manier viel het haar moeilijker om aan haar rozentuin te denken als ze erin zat.

'Echt waar. Hij zou mijn vriendje zijn.'

'Je enige vriendje,' zei Celia, die zoals haar moeder zag, een beetje bijgekomen was van haar neerslachtigheid. Ze zat op de rand van het picknickkleed met haar benen naar die van Lottie mismoedig uit een schaaltje koekjes te eten.

Lottie zat met haar armen om haar knieën geslagen en keek langs iedereen heen naar het hek van de voortuin, alsof ze wachtte op het sein tot vertrekken. Ze had niet aangeboden met de scones rond te gaan, zoals mevrouw Holden haar had verzocht voordat het echtpaar Bancroft arriveerde. Ze had zich niet eens omgekleed.

'En waar is dat huis waarover je ons hebt verteld, Junior? Ik wed dat het niet half zo mooi is als Susans huis.'

Meneer Bancroft liep met grote stappen naar de tafel, met zijn sigaret gebarend om zijn woorden te benadrukken. Zijn stem, die onmiskenbaar Engels klonk, was van onbestemde herkomst en had beslist een transatlantisch, zangerig accent, dat Susan erg onconventioneel vond. Er viel trouwens weinig conventioneels aan Guy Bancroft senior te ontdekken. Het was een grote man en hij droeg een felrood overhemd, een tint die je bij een cabaretier zou verwachten. Hij sprak zeer luid, alsof de anderen zich op vijftig meter afstand bevonden. Bij de begroeting had hij vochtige kussen op haar wangen geplant – op de Franse manier, hoewel hij duidelijk niet Frans was.

'Dat huis ligt die kant op. Voorbij het park.' Guy draaide zijn vader in de richting van de kust en wees hem waar hij moest kijken.

In normale omstandigheden zou je hem bijna nogal gewoontjes vinden. Hij had totaal geen verfijnde manieren. Zijn kleding, zijn luide stem: alles wees op een gebrek aan opvoeding. Hij had twee keer in haar aanwezigheid gevloekt en Dee Dee had er gewoon om gelachen. Maar hij bezat een zekere allure: die van het geld. Dat was te zien aan zijn polshorloge, zijn glimmende, handgemaakte schoenen en aan de prachtige krokodillenleren tas die hij voor Susan Holden uit Londen had meegebracht. Toen ze die uit het vloeipapier haalde, moest ze een voor haar ongewone neiging bedwingen om haar hoofd te buigen en die verrukkelijke dure geur op te snuiven.

Ze maakte haar gedachten van de tas los en keek weer op haar horloge. Het was bijna kwart voor vier. Henry had nu echt moeten bellen om te zeggen of hij thuis zou zijn met het avondeten. Ze wist niet voor hoeveel mensen ze moest koken. Waren de Bancrofts van plan te blijven?

Het idee dat ze met haar braadkuikens een maaltijd voor zeven personen moest zien klaar te maken, bezorgde haar hartkloppingen van angst.

'Wat... de kant van ons hotel?'

'Ja. Maar het staat op een eigen landtong. Het is vanaf de kustweg niet te zien.'

Ze zou Virginia om een stuk varkensvlees kunnen sturen. Voor alle zekerheid. Dat bleef wel goed als ze niet bleven eten, ze kon er vleespasteitjes van maken voor de kinderen.

Dee Dee leunde naar voren met een hand haar blonde haar tegen haar hoofd drukkend. 'Mijn zoon heeft ons over jullie fascinerende buren verteld. Het moet enig zijn zo veel kunstenaars vlak in de buurt te hebben.'

Susan Holden ging iets rechter zitten en wenkte Virginia door het raam. 'Ja, dat is bijzonder. De mensen denken vaak dat een kustplaats niets cultureels te bieden heeft. Maar we doen ons best.'

'Weet u, daar ben ik nu ook jaloers op. Op de fruitplantages is totaal geen cultuur. Alleen de radio. Een paar boeken. En nu en dan een krant.'

'Nu, wij proberen zelf kunst te cultiveren.'

'En het huis klinkt fantastisch.'

'Het huis?'

Susan Holden keek haar niet-begrijpend aan.

'Ja, mevrouw Holden?' Virginia stond voor haar met een blad in haar handen.

'Pardon, zei u het huis?'

'Het art-decohuis. Guy zegt dat het een van de mooiste huizen is die hij ooit heeft gezien. Ik moet zeggen dat hij ons in zijn brieven heel nieuwsgierig heeft gemaakt.'

Virginia staarde haar aan.

Mevrouw Holden schudde haar hoofd. 'Eh... laat maar, Virginia. Ik kom zo naar binnen. Het spijt me, mevrouw Bancroft, kunt nog even herhalen wat u daarnet zei?'

Virginia blies de aftocht met een hoorbaar 'nou, nou'.

'Dee Dee, alsjeblieft. Ja, wij zijn grote bewonderaars van de moderne architectuur. Weet je, waar ik ben opgegroeid, in de *Midwest*, is alles modern. Wij noemen een huis oud als het van voor de oorlog is!' Ze schaterde het uit.

Meneer Bancroft tipte de as van zijn sigaret in een bloembed. 'We moesten er later op de middag maar eens heen wandelen om er een kijkje te nemen.'

'Naar Arcadia?' Lotties hoofd tolde.

'Is dat de naam? Wat een prachtige naam.' Dee Dee nam nog een kopje thee.

'Wilt u naar Arcadia?' De stem mevrouw Holden ging enkele octaven omhoog.

Lottie en Celia wisselden een blik.

'Ik heb begrepen dat het een schitterend oord is, vol exotische types.'

'Dat is ook zo,' zei Celia, die voor het eerst die dag glimlachte.

Dee Dee wierp een blik op Celia en keek daarna weer naar haar moeder. 'O jee. Misschien ligt het wat moeilijk. Ik denk dat ze niet willen dat wij ze staan aan te gapen. Guyschat, laten we het een andere keer maar doen.'

'Maar het ligt maar vijf minuten verderop.'

'Schat...'

Mevrouw Holden ving de blik op die Dee Dee haar man toezond. Ze richtte zich op in haar stoel. En keek met opzet niet naar haar kinderen. 'Dat is waar ook, ik heb een uitnodiging liggen om een bezoek aan mevrouw Armand te brengen... Ik heb vorige week nog een brief gekregen...'

Meneer Bancroft maakte zijn sigaret uit en dronk zijn theekop in één dorstige teug leeg. 'Laten we dan gaan. Kom op, Guy, laat ons maar eens zien waar je het over hebt gehad.'

Mevrouw Holden zou spijt krijgen van die schoenen. Lottie zag voor de vijftiende keer op de korte wandeling dat de vrouw voor haar haar enkel verzwikte op de oneffenheden van het strandpad en angstig achterom keek om te zien of haar gasten het zagen. Ze had zich niet bezorgd hoeven maken. Meneer en mevrouw Bancroft liepen gearmd en gezellig met elkaar kletsend naar de schepen in de verte te wijzen of naar nog laatbloeiende planten. Guy en Celia liepen voorop. Celia had haar arm door de zijne gestoken, maar niet op dezelfde ontspannen manier als die van zijn ouders. Celia praatte en Guy liep, met gebogen hoofd en gespannen kaak. Het was niet duidelijk of hij wel luisterde. Lottie voerde de achterhoede aan. Ze had gehoopt dat de luidkeels protesterende Freddie en Sylvia mee hadden mogen gaan, al was het maar als afleiding voor haar, zodat ze niet steeds naar die twee goudblonde hoofden hoefde te kijken, of als houvast voor mevrouw Holden, die zich steeds onzekerder begon te voelen.

Lottie wist niet waarom ze had voorgesteld erheen te gaan. Ze wist dat mevrouw Holden er allang spijt van had, meer nog dan van de schoenen met hoge hakken. Naarmate ze dichter bij Arcadia kwamen wierp ze meer nerveuze blikken ze om zich heen, alsof ze bang was dat ze een kennis zou tegenkomen. Ze had de weifelende, wankele gang van een onhandige crimineel en ze weigerde Lottie aan te kijken, alsof ze bang was dat ze verantwoording moest afleggen over haar algehele ommezwaai. Het kon Lottie niet schelen. Ze voelde zich ellendig. Ellendig omdat ze nog een uur de ouderlijke trots ten aanzien van de toekomstige bruid en bruidegom moest aanzien en de man weer moest aankijken die voor haar onbereikbaar was. De gedachte dat ze zich aan Adeline gingen opdringen, die er geen flauw idee van had hoe je een middagthee moest serveren, al werd ze met haar neus in de darjeeling gedrukt.

Guys moeder riep weer iets naar Celia. Celia was geweldig opgefleurd, deels door alle aandacht die ze van Dee Dee kreeg en deels, zo vermoedde Lottie, omdat de gedachte aan haar moeder in het huis van de actrice haar een satanisch genoegen bezorgde. Lottie was blij dat ze zich wat vrolijker voelde, maar ze voelde ook een woeste, primitieve, brandende drang die vreugde teniet te doen.

Guys ouders schenen haar niet op te merken.

Het zal niet lang meer duren, dan zijn ze allemaal weg, zei ze tegen zichzelf en ze deed haar ogen dicht. Ik ga extra werken in de schoenwinkel. En ik maak het weer goed met Joe. Ik zorg dat ik genoeg afleiding heb. Dat ik het zo druk krijg dat ik geen tijd zal hebben om aan hem te denken. Net op dat moment keek Guy haar aan, alsof zijn bestaan alleen al de draak zou kunnen steken met haar wanhopige pogingen haar gevoelens in bedwang te houden.

'Dit is het huis?' Meneer Bancroft stond paf, op bijna dezelfde manier als zijn zoon een paar weken daarvoor.

Guy bleef staan en keek naar het lage witte huis dat voor hen lag. 'Dat is het.'

'Ziet er leuk uit.'

'Het is een mengeling van art-deco en art moderne. De stijl is afkomstig van de *Exhibition des Arts Décoratifs*, die in 1925 in Parijs werd gehouden. Daar is art-deco uit voortgekomen. De geometrische patronen op de gebouwen waren bedoeld als een echo van het machinetijdperk.'

Even was het stil. Het kleine gezelschap wendde zich tot Guy.

'Nou, dat is verdomme de langste zin die ik van je heb gehoord sinds we hier zijn.'

Guy sloeg zijn ogen neer. 'Het interesseerde me. Ik heb het opgezocht in de bibliotheek.'

'Opgezocht in de bibliotheek, hè. Goed zo, jongen.' Meneer Bancroft stak nog een sigaret op en beschutte zijn aansteker met een grote, vlezige hand. 'Zie je wel, Dee Dee?' zei hij met een waarderend gepuf. 'Ik heb je wel gezegd dat die jongen geen leraren en zo nodig had. Als hij iets wil weten zoekt hij het wel op. In de bibliotheek, nota bene.'

'Ik vind het waanzinnig goed van je, schat. Vertel eens iets meer over dat huis.'

'O, maar dat is niet mijn taak. Adeline zal je er alles over kunnen vertellen.'

Lottie zag mevrouw Holden verstrakken toen ze Guy Adeline bij haar voornaam hoorde noemen. Er zou die avond heel wat te verantwoorden zijn, dat kon ze al wel voorspellen.

Ze wist ook dat het mevrouw Holden onaangenaam trof dat het zo lang duurde voordat er werd opengedaan. Nerveus als ze al was, stond ze met haar tasje in haar handen geklemd voor de grote witte deur, kennelijk besluiteloos of ze nog een keer zou aankloppen voor het geval niemand het had gehoord. Er waren in elk geval mensen in het huis, want er stonden drie auto's op de oprijlaan. Maar er werd niet opengedaan.

'Ze zijn waarschijnlijk op het terras,' zei Guy. 'Ik kan over het hek klimmen en gaan kijken.'

'Nee,' zeiden Dee Dee en Susan gelijktijdig.

'We willen hen niet storen,' zei Susan Holden. 'Misschien dat ze aan het... tuinieren zijn.'

Lottie zei maar niet dat het enige groen op Adelines terras een stuk groen uitgeslagen brood was dat lag te beschimmelen bij de grote potplanten.

'Misschien hadden we eerst even moeten bellen,' zei Dee Dee.

Toen de stilte schier ondraaglijk werd, zwaaide de voordeur open. Het was George, die het gezelschap een paar tellen aanstaarde en vervolgens, met een lachje van verstandhouding naar Celia, een weids handgebaar maakte en zei: 'Hé, daar hebben we Lottie en Celia en hun gezelschap. Kom binnen. Kom binnen, hoe meer zielen hoe meer vreugd.'

'Guy Bancroft senior,' zei meneer Bancroft en hij stak zijn grote hand uit.

George keek ernaar en stak zijn sigaret tussen zijn tanden. 'George Bern. Aangenaam. Geen idee wie u bent, maar toch.'

Lottie zag dat hij behoorlijk bezopen was.

In tegenstelling tot mevrouw Holden, die zenuwachtig op de stoep bleef staan alsof ze niet naar binnen wilde, leek meneer Bancroft niet in het minst uit het veld geslagen door Georges merkwaardige begroeting. 'Dit is mijn vrouw Dee Dee en dit is mijn zoon Guy junior.'

George deed een paar stappen naar achteren om Guy beter te bekijken. 'Aha. De befaamde ananasprins. Ik heb gehoord dat u veel indruk hebt gemaakt.'

Lottie voelde dat ze een kleur kreeg en liep snel de gang in.

'Is mevrouw Armand thuis?'

'Zeker, mevrouw. En u moet de zus van Celia zijn. Haar moeder? Nee, dat geloof ik niet. Celia, dat heb je me nooit verteld.'

Er was een zweem van spot in Georges stem en Lottie durfde niet naar het gezicht van mevrouw Holden te kijken. Ze liep stilletjes naar de grote zitkamer waaruit onwelluidende klanken van een pianoconcert door de lucht zweefden. Het was harder gaan waaien en in een afgelegen deel van het huis was het gepiep en geklapper van een deur te horen.

Achter zich hoorde ze Dee Dee enthousiast reageren op een of ander kunstwerk en mevrouw Holden op bezorgde toon vragen of mevrouw Armand het niet erg zou vinden dat ze onaangekondigd op bezoek kwamen, maar ze had immers gezegd...

'Nee, nee. Komt u binnen. Voeg u bij het circus.'

Vol verbazing staarde Lottie naar Adeline. Ze zat midden op de bank, net als toen ze haar voor het eerst had ontmoet. Dit keer was haar exotische uitstraling verdwenen. Ze had kennelijk gehuild en zat er zwijgend bij, met bleke, pafferige wangen, neergeslagen ogen en ineengeklemde handen.

Julian zat naast haar, en Stephen zat in de leunstoel, verdiept in een krant. Toen ze binnenkwamen, stond Julian op en liep naar de deur. 'Lottie, wat heerlijk je weer te zien. Wat een onverwacht genoegen. En wie heb je meegebracht?'

'Dit zijn de heer en mevrouw Bancroft, de ouders van Guy,' mompelde Lottie. 'En mevrouw Holden, de moeder van Celia.'

Julian leek Susan Holden niet te zien. Hij stortte zich bijna op meneer Bancroft, in zijn ijver hem de hand te kunnen schudden. 'Meneer Bancroft! Guy heeft zo veel over u verteld!' Lottie zag dat

Celia haar wenkbrauwen fronste toen ze naar Guy keek. Mevrouw Holden zou niet de enige zijn die vanavond het een en ander te vragen had. 'Gaat u zitten, gaat u zitten. Ik zal gauw wat thee voor u regelen.'

'We willen u niet tot last zijn,' zei mevrouw Holden, die verbleekte toen ze een serie naaktstudies aan de wand zag hangen.

'Geen probleem, absoluut geen probleem. Ga toch zitten! Er komt thee.' Hij wierp een tersluikse blik op Adeline, die zich sinds hun komst nauwelijks had verroerd, behalve om haar gasten een zwakke glimlach toe te werpen. 'Heel prettig u allen te ontmoeten. Ik ben geheel in gebreke gebleven wat het kennismaken met mijn buren betreft. U moet ons excuseren dat we momenteel wat onthand zijn in huishoudelijk opzicht – we zijn net onze dienstbode kwijtgeraakt.'

'O, ik voel met u mee,' zei Dee Dee en streek op een Loyd Loomstoel neer. 'Er bestaat niets ergers dan zonder hulp zitten. Ik zeg altijd tegen Guy dat personeel hebben soms meer last dan plezier geeft.'

'En zeker in West-Indië,' zei meneer Bancroft. 'Je hebt twintig man nodig om het werk van tien te doen.'

'Twintig man!' zei Julian. 'Ik geloof dat Adeline al blij zou zijn als ze er één had. We schijnen een probleem te hebben met het behouden van ons personeel.'

'Je zou eens moeten proberen ze af en toe te betalen, Julian,' zei George, die nog een glas rode wijn inschonk.

Adeline glimlachte weer flauwtjes. Lottie begreep dat, nu Frances kennelijk niet thuis was, er niemand thee zou gaan zetten. 'Ik ga wel even thee zetten,' zei ze. 'Ik vind dat helemaal niet erg.'

'Wil je dat doen? Fantastisch. Wat ben je toch een verrukkelijk meisje, Lottie.'

'Verrukkelijk,' zei George meesmuilend.

Lottie ging naar de keuken, blij dat ze aan de gespannen sfeer in de salon kon ontsnappen. Terwijl ze op zoek was naar schone kopjes en schoteltjes, hoorde ze Julian meneer Bancroft naar zijn zaken vragen en met iets meer enthousiasme over de zijne praten. Hij verkocht kunst, vertelde hij meneer Bancroft. Hij had galeries in het centrum van Londen en was gespecialiseerd in eigentijdse schilderkunst.

'Is dat spul in trek?' Ze hoorde meneer Bancroft door de kamer lopen.

'Steeds meer. De prijzen die sommige kunstenaars op een veiling bij Sotheby's of Christie's doen worden elk jaar hoger.'

'Hoor je dat , Dee Dee? Geen slechte investering, hè?'
'Als je weet wat je moet kopen.'
'Ja, daar hebt u gelijk in, mevrouw Bancroft. Als je slecht wordt geadviseerd, zou je iets kunnen kopen dat ondanks de esthetische waarde weinig geldwaarde heeft.'
'Wij hebben nog nooit schilderijen gekocht, hè, Guyschat? De schilderijen die we hebben heb ik gekocht omdat ze er mooi uitzagen.'
'Een uitstekende reden om iets te kopen. Als je niet van iets houdt doet de waarde er niet toe.'
Er lagen rekeningen op de keukentafel, een paar hoge rekeningen voor stookolie, elektriciteit en wat reparaties die aan het dak waren gedaan. Lottie, die het niet kon laten er een blik op te werpen, was geschokt door de hoge bedragen en door het feit dat het kennelijk allemaal aanmaningen waren.
'Wat is dit?'
'Het is een Kline. Ja. Bij zijn werk is het linnen even belangrijk als de penseelstreken.'
'Dat is in elk geval een manier om verf uit te sparen. Het lijkt wel kinderwerk.'
'Het is een paar duizend pond waard.'
'Een paar duizend pond? Dee Dee? Denk je niet dat we dat soort werk thuis ook kunnen maken? Geen hobby voor jou?'
Dee Dee barstte in luid geschater uit.
'Nee, serieus, meneer Armand. Is dit spul zo veel geld waard?'
'Kunst is, net als alle andere zaken, waard wat men bereid is ervoor te betalen.'
'Daar zeg ik amen op.'
Lottie kwam binnen met het blad. Adeline was opgestaan en stond door een van de brede ramen naar buiten te kijken. Buiten was het veel harder gaan waaien. De rukwinden joegen het gras en de struiken omlaag in een sidderende smeekbede. Beneden het huis, op het strand, zag Lottie een paar kleine figuurtjes die uiteindelijk de strijd met het steeds slechter wordende weer hadden opgegeven, met veel moeite het strandpad opklimmen.
'Wie wil er thee?' vroeg ze.
'Ik schenk wel in, Lottielief,' zei Adeline en met een blik ontsloeg ze haar van haar huishoudelijke taak. Lottie, die nu niet meer wist wat ze moest doen, ging naast de tafel staan. Celia en Guy stonden

weinig op hun gemak bij de deur, tot meneer Bancroft zijn zoon een standje gaf en zei dat hij moest gaan zitten en niet doen alsof hij een bezem had ingeslikt. Celia probeerde haar lachen in te houden, maar Lottie merkte dat ze weer niet naar het gezicht van mevrouw Holden durfde te kijken.

'Woont u hier al lang, mevrouw Armand?' vroeg Dee Dee. Haar man en zij leken onaangedaan door het merkwaardige gedrag van hun gastvrouw en gastheer.

'Sinds het begin van de zomer.'

'Waar hebt u daarvoor gewoond?'

'In Londen. In het centrum. Net achter Sloane Square.'

'Echt waar? Ik heb een vriendin op Cliveden Place.'

'Cadogan Gardens,' zei Adeline. 'Het was een mooi huis.'

'Waarom bent u dan helemaal hierheen gekomen?'

'Kom, kom,' onderbrak Julian haar. 'Meneer en mevrouw Bancroft willen vast ons oersaaie huizenverhaal niet horen. Meneer Bancroft, of Guy, als het mag, vertel eens wat meer over je zaak. Hoe ben je op het idee gekomen fruit te gaan importeren?'

Lottie keek naar Adeline, die haar lippen op elkaar klemde en elke emotie uit haar gezicht weerde. Dat deed ze als ze uit haar humeur was. Dan zette ze een oosters maskertje op, heel mooi, schijnbaar welwillend, maar niets verradend.

Waarom liet hij haar niet uitspreken? dacht Lottie en ze kreeg een gevoel van naderend onheil dat niets met het verslechterende weer te maken had. Door de grote ramen konden ze het tijdig zien aankomen. Ze onthulden de volle pracht van de donker wordende hemel, waarin loodkleurige wolken langs de horizon trokken. Nu en dan vloog er een lege papieren zak of een verdwaald blad langs. Boven klapperde de deur nog steeds onregelmatig, wat Lottie op haar zenuwen werkte. De muziek was al geruime tijd opgehouden.

Julian en meneer Bancroft waren nog steeds in gesprek.

'Hoe lang zijn jullie van plan te blijven, Guy? Zo lang dat ik een paar schilderijen bij elkaar kan zoeken die jullie echt zullen bevallen?'

'Nu, ik was van plan over een paar dagen weer naar huis te gaan. Maar Dee Dee dringt er altijd op aan dat ik een beetje meer vakantie met haar neem, dus denk ik dat we ons verblijf bij de familie Holden wel wat kunnen rekken en eventueel nog wat verder langs de kust afzakken. Misschien even oversteken naar Frankrijk.'

'Ik ben nog nooit in Parijs geweest,' zei Dee Dee.

'Jij bent dol op Parijs, toch, Celia?' George grinnikte naar haar vanuit zijn schommelstoel.

'Hoezo?'

'Jij bent toch dol op Parijs. Parijs in Frankrijk, bedoel ik.'

Hij weet het, dacht Lottie. Hij heeft het al die tijd geweten.

'Ja. Ja, Parijs...' zei Celia blozend.

'Heerlijk, als je tijden kunt reizen als je jong bent.' George stak nog een sigaret op en blies langzaam de rook uit. 'Maar weinig jonge mensen krijgen die kans.'

Hij doet het expres. Lottie zag dat Celia hakkelend aan een antwoord begon en omdat ze het niet meer kon aanzien, kwam ze tussenbeide. 'Guy heeft meer gereisd dan wie ook, hè, Guy? Hij heeft ons verteld dat hij echt overal heeft gewoond. In West-Indië, Guatemala, Honduras. Plaatsen waarvan ik nog nooit had gehoord. Het is heel interessant om naar hem te luisteren. Hij kan zulke schitterende beelden oproepen... van de mensen en van alles. De plaatsen...' Lottie kreeg in de gaten dat ze doorsloeg en zweeg.

'Ja. Ja, dat is waar,' zei Celia dankbaar. 'Lots en ik hingen aan zijn lippen. En mammie en pappie ook. Ik denk dat hij onze familie de reiskriebels heeft bezorgd.'

'En u, mevrouw Armand,' zei Dee Dee, 'u heeft een beetje een accent. Waar komt dat vandaan?'

De klapperende deur boven sloeg plotseling erg hard dicht. Lottie sprong op en het gezelschap keek op. Frances stond in de deuropening. Ze droeg een lange fluwelen mantel en een gestreepte sjaal, en haar gezicht was zo wit als een doek. Ze stond doodstil, alsof ze niet had verwacht dat er mensen in het vertrek zouden zijn. Toen keek ze naar Adeline en richtte zich tot haar. 'Neem me niet kwalijk,' zei ze. 'Ik ga weg.'

'Frances...' Adeline stond op en stak haar hand uit. 'Alsjeblieft.'

'Laat maar. Laat maar zitten. George, zou je zo goed willen zijn me naar het station te brengen?'

George drukte zijn sigaret uit en hees zich uit de stoel. 'Wat je maar wilt, liefste.'

'Ga zitten, George.' Dat was Adeline. Ze had weer wat kleur op haar wangen en de manier waarop ze hem beval weer te gaan zitten was bijna tiranniek.

'Adeline...'

'Frances, je kunt niet op deze manier weggaan.'

Frances klemde haar reistas zo stevig vast dat het bloed uit haar vingers wegtrok. 'George, alsjeblieft…'

Het was stil geworden in de kamer.

George keek van de ene vrouw naar de andere en vervolgens naar Julian – nu eens niet met de gebruikelijke grijns op zijn gezicht. Hij haalde zijn schouders op en kwam langzaam overeind.

Lottie voelde duidelijk de aanwezigheid van de andere mensen in de kamer. Mevrouw Holden en Dee Dee, die naast elkaar zaten met hun theekopje in de hand, waren perplex, zo erg dat mevrouw Holden zelfs geen moeite meer deed om de schijn op te houden niet te luisteren. Meneer Bancroft fronste zijn wenkbrauwen en werd onmiddellijk meegetroond door Julian, die hem wegvoerde van de plek des onheils, onder de uitroep dat hij hem beslist iets in de studeerkamer moest laten zien. Celia en Guy gingen bij de deur zitten. Zonder dat zij zich ervan bewust waren, maakten ze dezelfde gebaren en keken ze allebei even uitdrukkingloos. Alleen Stephen zat nog steeds onverstoorbaar zijn krant te lezen. Die was, zag Lottie, bijna een week oud.

'Kom alsjeblieft mee, George. Ik wil de trein van kwart over halen als het even kan.'

Adelines stem rees tot een ondraaglijke hoogte. 'Nee! Frances, je kunt niet zo weggaan! Dit is belachelijk! Belachelijk!'

'O, is het belachelijk? In jouw ogen is alles belachelijk, Adeline. Alles wat eerlijk en echt en waar is. Dat vind jij belachelijk omdat het je nerveus maakt.'

'Dat is niet waar!'

'Je bent echt zielig, weet je dat? Je denkt dat je heel dapper en origineel bent. Maar je bent een marionet. Een vleesgeworden marionet.' Frances vocht tegen haar tranen, haar smalle gezicht verwrongen van kinderlijke frustratie.

'Ik denk...' Mevrouw Holden stond op om te vertrekken. 'We moesten maar eens…' Ze keek om zich heen en zag dat de enige uitgang werd geblokkeerd door George en de beide vrouwen. 'Het lijkt me dat we…'

'Ik heb je al honderd keer gezegd, Frances… je vraagt te veel… ik kan niet…' Adelines stem brak.

George, die een beetje verloren tussen de vrouwen in stond, boog zijn hoofd.

'Nee. Ik weet dat je het niet kunt. En daarom ga ik weg.' Frances draaide zich om en Adeline probeerde met een van smart vertrokken gezicht haar vast te grijpen. George ving haar op toen ze misgreep en legde zijn arm om haar heen. Het was moeilijk te zien of hij haar troostte of dat hij haar wilde tegenhouden.

'Het spijt me, Frances!' schreeuwde Adeline haar achterna. 'Het spijt me echt verschrikkelijk! Alsjeblieft...'

Lotties maag kromp ineen. De wereld stortte in, alsof alle natuurlijke grenzen waren weggevallen. Het geluid van de deur, die nog steeds stond te klapperen, leek harder te worden, tot het enige dat ze nog hoorde Adelines onregelmatige ademhaling was en het gebonk van het hout tegen de deurpost.

Ineens stond Guy midden in de kamer. 'Kom, we gaan naar buiten. Hebben jullie de muurschildering al gezien? Die is geloof ik af. Ik wil hem graag zien. Moeder? Gaat je mee kijken? Mevrouw Holden?'

Dee Dee sprong overeind en legde haar hand op de schouder van mevrouw Holden. 'Dat is een heel goed idee, schat. Wat een geweldig idee. Natuurlijk willen we de muurschildering zien, jij toch ook, Susan?'

'Ja, ja,' zei mevrouw Holden dankbaar. 'De muurschildering.'

Lottie en Celia vormden de achterhoede. De schok van de nare scène had hen tijdelijk herenigd. Ze konden geen woord uitbrengen, keken elkaar alleen maar met opgetrokken wenkbrauwen hoofdschuddend aan. Hun haar woei alle kanten op toen ze naar buiten liepen.

'Waar ging dat nu allemaal over?' fluisterde Celia in Lotties oor.

'Geen idee,' zei Lottie.

'De hemel mag weten wat Guys ouders ervan zullen denken. Ik kan het niet geloven, Lots. Twee volwassen vrouwen die in het openbaar staan te jammeren.'

Lottie had het koud. Beneden hen ging de zee kolkend en schuimend tekeer en de zachte zomerbries leek binnen een paar uur vergeten. Vanavond zou het vast en zeker gaan stormen. 'We moeten naar huis,' zei ze, toen ze het eerst regenspatje op haar gezicht voelde. Maar Celia scheen haar niet te horen. Ze liep naar Guy toe die met de twee vrouwen Frances' kunstwerk stond te bekijken. Onder het slaken van ingehouden kreten staarden ze strak naar een figuur in het midden. O god, dacht Lottie, dat is Julian. Ze zal wel iets vreselijks van hem hebben gemaakt.

Maar het was Julian niet naar wie ze keken.

'Wat fascinerend,' schreeuwde Dee Dee om boven de wind uit te komen. 'Het is haar echt. Je ziet het aan het haar.'

'Wat? Wie?' zei Celia, haar opwaaiende rok om haar benen trekkend.

'Het is Laodamia. Laodamia. O, je kent mij toch met mijn Griekse mythen, Guy. Er is maar weinig goede literatuur te krijgen waar wij wonen,' legde ze mevrouw Holden uit, 'en dus ben ik me in de oude Grieken gaan verdiepen. Die hebben fantastische verhalen voortgebracht.'

'Ja. Ja, we hebben wat Homerus gelezen in onze salon,' zei mevrouw Holden.

'Die schilder. Die heeft haar als...'

'Schilderes, moeder. De schildering is door een vrouw gemaakt... de vrouw die nu weggaat.'

'Aha. Nou ja. Beetje vreemd. Maar ze heeft mevrouw Armand als een van de vrouwen van Troje geschilderd. Laodamia was geobsedeerd door een wassen beeld van haar vermiste echtgenoot, hoe heette hij ook weer? O ja, het was... Protesilaus. Kijk, ze heeft het daar afgebeeld.'

Lottie keek. Adeline, zich kennelijk niet bewust van de mensen om zich heen, staarde met een extatische uitdrukking op haar gezicht naar het primitieve wassen beeldje.

'Niet slecht, mevrouw Bancroft. Lang niet slecht. Niet de meest voor de hand liggende verklaring, dacht ik zo.' George was achter hen verschenen met een vol glas wijn in zijn hand. Zijn haren stonden, als van schrik, overeind in de wind. 'Inderdaad Adeline als Laodamia. "*Crede mihi, plus est, quam quod videatur, imago*."' Hij zweeg even, vermoedelijk om het effect te verhogen. '"Geloof me, het beeld is meer dan het misschien lijkt."'

'Maar de echtgenoot van mevrouw Armand staat hier...' Mevrouw Holden keek met half dichtgeknepen naar de schildering en klemde haar handtas steviger tegen zich aan. 'Julian Armand staat hier.' Ze wendde haar gezicht naar Dee Dee.

George keek naar de afbeelding en draaide zich om. 'Ze zijn getrouwd, ja,' zei hij en hij slenterde licht zwaaiend naar binnen.

Dee Dee trok een wenkbrauw op naar mevrouw Holden. 'Guy junior heeft ons gewaarschuwd voor die artistieke types.' Ze tuurde door de tuindeuren en hield haar hand tegen haar haar alsof het anders weg zou vliegen. 'Denk je dat we weer veilig naar binnen kunnen?'

Ze maakten aanstalten om naar het huis terug te gaan. Celia, die in een dun vestje naar buiten was gegaan, stond met haar armen om zich heen geslagen ongeduldig bij de deur te trappelen om het een beetje warm te krijgen. 'Die regen is ijskoud. En ik heb geen jas bij me.'

'Dat hebben we geen van allen, schat. Kom mee, Dee Dee. Laten we eens gaan kijken wat ze met je man hebben gedaan.'

Alleen Lottie bleef naar de muurschildering staan staren. Ze stak haar handen diep in haar zakken om het plotselinge trillen te verbergen.

Guy stond op een paar passen afstand. Toen ze haar blik van de voorstelling afwendde, besefte ze dat hij, vanaf de plek waar hij stond, het ook moest hebben gezien. Helemaal links, een beetje apart van de ongeveer veertien figuren, misschien wat schetsmatig van schildering en kleur: een meisje in een lang, smaragdgroen gewaad, met rozenknopjes in haar haar. Ze stond licht gebogen, met een geheimzinnige uitdrukking op haar gezicht en nam een appel aan van een man, die met zijn rug naar de zon stond.

Lottie keek naar het plaatje en toen naar Guy.

Naar het plotselinge wegtrekken van de kleur uit zijn gezicht.

Lottie was voor de anderen uit naar huis gerend, zogenaamd om Virginia te gaan helpen met koken, maar in werkelijkheid omdat ze een onbedwingbare neiging tot vluchten had. Ze kon niet langer een beleefde conversatie forceren, niet langer naar Celia kijken en de pure afgunst in haar blik verborgen houden. Ze kon het niet langer verdragen in zijn buurt te zijn. Zijn stem te horen. Hem te zien. Ze had de hele weg hard gelopen. Ze had pijn in haar borst, haar longen piepten en ze hijgde als een stoomwals. Ze had geen erg in de koude wind op haar natte gezicht en merkte niet dat haar vlecht was losgeraakt en dat haar haar helemaal in de war geraakt.

Ik kan er niet meer tegen, zei ze bij zichzelf. Ik kan er gewoon niet meer tegen.

Ze was boven en liet het bad voor Freddie en Sylvia vollopen. Ze hoorde Virginia, die blij was dat ze van die speciale taak was verlost, de jassen aannemen en mevrouw Holden uitroepen dat ze zich nog nooit van haar leven zo had gegeneerd. Dee Dee lachte. Ze waren het kennelijk eens over de eigenaardigheid van de bewoners van Arcadia. Toen de stoom uit het bad opsteeg en het vertrek vulde, liet Lottie haar hoofd in haar handen zakken. Ze voelde zich koortsig en had een droge keel. Misschien ga ik wel dood, dacht ze melodramatisch. Misschien is doodgaan gemakkelijker dan dit te moeten verdragen.

'Mag mijn koe mee in bad?'

Freddie verscheen in de badkamerdeur, al uitgekleed en met een boerderijdier in zijn armen gekneld. Hij had vuile strepen en bloed van de dode vos op zijn armen.

Lottie knikte. Ze was te uitgeput om ertegen in te gaan.

'Ik moet plassen. Sylvia zegt dat ze vanavond niet in bad hoeft.'

'Ja, dat moet ze wel,' zei Lottie vermoeid. 'Sylvia, kom hier, alsjeblieft.'

'Ik kan niet bij mijn washandje. Wil je mijn washandje even pakken?'

Ze zou weg moeten gaan. Ze had altijd geweten dat ze hier niet eeuwig kon blijven, maar Guys aanwezigheid dwong haar om eerder te vertrekken. Ze kon immers met geen mogelijkheid blijven als Guy en Celia eenmaal waren getrouwd. Ze zouden eindeloos op bezoek komen en het zou voor haar onverdraaglijk zijn hen steeds samen te moeten zien. Zoals de zaken nu stonden, zou ze een heel goede reden moeten verzinnen om de bruiloft niet te hoeven bijwonen.

O god, de bruiloft.

'Ik heb een schoon washandje nodig. Dit stinkt.'

'O, Freddie...'

'Echt waar. Stinkt. Au. Wat is dat water heet. Lottie, nu is mijn koe dood. Je hebt het water te heet gemaakt en nu is mijn koe dood.'

'Sylvia!' Lottie liet koud water in het bad lopen.

'Mag ik zelf mijn haren wassen? Virginia laat me altijd zelf mijn haren wassen.'

'Nee, dat is niet waar. Sylvia!'

'Zie ik er niet mooi uit?' Sylvia had aan de make-uptas van mevrouw Holden gezeten. Haar wangen zaten onder de rouge, alsof ze aan een middeleeuwse ziekte leed, terwijl er twee dikke vegen blauwe schaduw van haar ogen naar beneden liepen.

'O, mijn hemel! Je moeder zal je een pak voor je broek geven. Haal het er onmiddellijk af.'

Sylvia sloeg haar armen over elkaar. 'Maar ik vind het mooi.'

'Wil je dat je moeder je morgen in je kamer opsluit? Want ik verzeker je, Sylvia, dat gaat ze doen als ze je zo ziet.' Lottie had moeite haar kalmte te bewaren.

Sylvia's gezicht vertrok van woede en ze bracht een met lippenstift besmeurde hand naar haar gezicht. 'Maar ik wil...'

'Mag ik binnenkomen?'

Lottie, die bezig was Sylvia's schoenen uit te trekken, keek op en voelde haar gezicht tintelen. Hij bleef in de deuropening staan, aarzelend, alsof hij er niet zeker van was of hij verder kon komen. Boven de stoom en het zeepsop rook ze de schone, zilte lucht die hij meebracht.

'Ik heb vandaag een beer doodgemaakt, Guy. Kijk eens! Al dat bloed!'

'Lottie, ik... ik moest je zien.'

'Ik heb met mijn blote handen met hem gevochten. Ik moest mijn koe beschermen, zie je. Heb je mijn koe gezien?'

'Guy, vind je niet dat ik er mooi uitzie?'

Lottie durfde zich niet te bewegen. Ze was bang dat ze in stukjes uit elkaar zou vallen en in het niets verdwijnen.

Ze had het zo warm.

'Het gaat over Frances,' zei hij en de opgetogenheid die ze even had toegelaten, zakte weer weg. Hij kwam haar alleen op de hoogte brengen van een huiselijke twist beneden. Of misschien ging hij Frances van het station halen. Misschien was meneer Bancroft van plan een schilderij van Frances te kopen.

Ze keek naar haar handen, die bijna onmerkbaar trilden. 'O,' zei ze.

'Ik heb lippenstift op. Kijk! Guy, kijk!'

'Ja,' zei hij verstrooid. 'Mooie koe, Freddie. Echt waar.'

Hij leek niet van plan de badkamer in te komen. Keek naar het plafond en naar de vloer, alsof hij ergens mee zat. Even was het stil. Sylvia veegde ongemerkt de make-up van haar gezicht met het schone washandje van mevrouw Holden.

'O, dit is hopeloos. Kijk, ik wilde je zeggen...' hij streek over zijn haar 'dat ze gelijk heeft. Op die schildering. De muur bedoel ik.'

Lottie keek hem aan.

'Frances heeft het gezien. Ze zag het al voordat ik het zag.'

'Heeft wat gezien?' Freddie had zijn koe naast het bad laten vallen en leunde gevaarlijk over de rand.'

'Ik ben waarschijnlijk de laatste die het in de gaten heeft.' Hij zag er geagiteerd uit en wierp geërgerde blikken op de twee kinderen. 'Maar ze heeft gelijk, toch?'

Lottie had het niet warm meer en voelde haar handen niet meer trillen. Ze ademde langzaam uit. Toen lachte ze, met een trage, zachte lach. Voor het eerst stond ze zichzelf de luxe toe hem aan te kijken zonder bang te zijn voor wat hij zou zien.

'Zeg me dat ze gelijk heeft, Lottie.' Zijn stem was niet meer dan een gefluister en klonk vreemd verontschuldigend.

Lottie gaf Freddie een schoon washandje aan. Trachtte een wereld van gevoelens te leggen in een vluchtige blik. 'Ik had het lang voor de muurschildering al gezien,' zei ze.

7

ZE HAD DIE OCHTEND bepaald een blos op haar wangen, zei mevrouw Holden bij zichzelf. En terwijl ze zich wat vooroverboog om een beetje mascara aan te brengen (niet te veel, want het was zondag en ze moest naar de kerk), vond ze eigenlijk dat ze er jonger uitzag dan anders. Haar voorhoofd leek wat minder gerimpeld dan gewoonlijk en ze had wat minder zorgrimpeltjes rond haar ogen. Het moest worden gezegd: deze verjonging was deels te danken aan het geslaagde bezoek van het echtpaar Bancroft. Ondanks het dodelijke twistgesprek tussen de actrice en haar vriendin had Dee Dee (rare namen hielden die Amerikanen er op na) het allemaal hoogst vermakelijk gevonden, alsof het een toeristische attractie was die ze speciaal voor hun bezoek hadden gearrangeerd. Guy senior was meer dan tevreden met de schilderijen die hij van meneer Armand had gekocht. Die vormden een aardige investering, had hij na het avondeten verklaard toen hij ze zorgvuldig in de auto laadde. Hij was tot de conclusie gekomen dat hij dat moderne spul toch wel mooi vond. Mevrouw Holden zou ze voor geen prijs in haar salon willen hebben. Ze leken op iets dat door Mr. Beans was geproduceerd. Dee Dee had op die meisjes-onder-elkaar-manier van haar alleen maar wat gelachen en gezegd: 'Als jij maar gelukkig bent, Guyschat,' en daarna waren ze vertrokken, met de belofte nog meer bezoekjes te zullen brengen voor de bruiloft en nog meer fruit mee te nemen.

En dan Celia. Ze leek wat minder onevenwichtig dan ze de laatste tijd was geweest. Ze maakte wat meer werk van zichzelf. Mevrouw Holden had zich hardop afgevraagd of Celia Guy niet een beetje had verwaarloosd. Misschien was ze erg in beslag genomen door de bruiloft, en had ze de bruidegom een beetje verwaarloosd. Mevrouw Holden voelde een licht schuldgevoel dat zij daar misschien toe had bijgedragen, maar je raakte nu eenmaal geweldig betrokken bij de voorbereiding van een bruiloft. Guy was inmiddels wat attenter, en

Celia op haar beurt deed duidelijk haar best er mooi uit te zien en flirterig en interessant te doen. Mevrouw Holden had Celia voor alle zekerheid een paar damesbladen gegeven, waarin werd benadrukt hoe belangrijk het voor een vrouw was aantrekkelijk voor haar man te blijven. En nog een paar dingen waarover mevrouw Holden nog steeds niet goed met haar dochter durfde praten.

Ze voelde zich beter dan gewoonlijk in staat huwelijksadvies te geven. De afgelopen dagen was Henry Holden ongewoon aardig voor zijn vrouw geweest. Hij was al twee dagen achter elkaar op tijd thuisgekomen van zijn werk en had op de een of andere manier weten te regelen dat hij 's avonds en 's nachts niet werd weggeroepen. Hij had aangeboden het hele gezin mee uit eten te nemen in het Rivièra Hotel, om goed te maken dat hij het grootste gedeelte van het bezoek van de Bancrofts had gemist. En het belangrijkste was dat hij de afgelopen nacht, en nu bloosde ze licht, een bezoek aan haar bed had gebracht, voor het eerst sinds Celia uit Londen terug was, een week of zes geleden. Hij was niet zo'n romantisch type, Henry. Maar het was heerlijk dat soort aandacht te krijgen.

Mevrouw Holden keek achterom naar de twee eenpersoonsdivanbedden waarvan de gladde chenille spreien de geheimen van de nacht met een discrete sluier bedekten. Die schat van een Henry. En die afschuwelijke roodharige meid was gelukkig vertrokken.

Bijna onbewust liet ze haar lippenstift zakken en tikte ermee op de walnoten fineer van haar toilettafel. Ja, de zaken liepen op het moment erg goed.

Boven lag Lottie op haar eenpersoonsbed te luisteren naar Celia en de kinderen die bezig waren hun jassen aan te trekken voor de wandeling naar de kerk. In Freddies geval hield dat diverse uitroepen en gemompelde bedreigingen in, gevolgd door luide betuigingen van onschuld en ten slotte door dichtgeknalde deuren. Eindelijk gaf het sluiten van de voordeur, begeleid door geërgerde kreten van zijn moeder, aan dat het huis, op Lottie na, leeg was. Ze bleef doodstil liggen en luisterde hoe het bewoog. De onderliggende geluiden werden meestal overstemd door het gegil van de kinderen: het getik van de klok in de hal, het zachte inwendige geborrel en gesis van het heetwatersysteem en het verre gedreun van autoportieren die werden dichtgegooid. Ze voelde die geluiden haar verhitte hoofd binnensijpelen en wilde dat ze van dit zeldzame ogenlik van eenzaamheid kon genieten.

Lottie was al bijna een week ziek. Ze wist precies wanneer het was begonnen en hoelang het al duurde, vanaf de dag na de Grote Bekentenis, of de Laatste Dag Dat Ze Hem Had Gezien, en die waren allebei zo belangrijk dat ze met hoofdletters geschreven dienden te worden. De avond nadat Guy haar zijn gevoelens voor haar had bekend, had ze verhit en koortsig tot in de kleine uurtjes wakker gelegen en rusteloos liggen woelen. Eerst dacht ze dat haar ijlende, chaotische gedachten aan haar verschrikkelijke schuldgevoel te wijten waren. Maar toen dokter Holden 's morgens naar haar keel keek had hij het, minder moralistisch, op een kou gehouden en haar een week bedrust voorgeschreven en zoveel vocht als ze naar binnen kon krijgen.

Celia was, hoewel ze met Lottie meeleefde, direct naar Sylvia's kamer verhuisd. 'Sorry Lots, maar ik kan niet het risico nemen dat ik ook ziek word, met de bruiloft in het vooruitzicht.' En zo bleef Lottie alleen achter. Virginia kwam geregeld aanzetten, zij het tamelijk slecht gehumeurd, met bladen soep en vruchtensap en Freddie kwam nu en dan kijken of ze nog niet dood was.

Soms wenste Lottie dat ze echt dood was. Ze hoorde zichzelf 's nachts in zichzelf mompelen en was doodsbang dat ze zich tijdens een koortsaanval zou verraden. Ze kon het niet verdragen dat Guy, nu ze eindelijk haar gevoelens had geuit, in feite uit haar buurt verbannen was, alsof ze Goudhaartje in de toren was, maar dan met een ander kapsel. Want waar ze, normaal gesproken, tientallen redenen konden bedenken om elkaar buitenshuis toevallig te ontmoeten – bijvoorbeeld bij het uitlaten van de hond – was er nu geen enkele reden te bedenken waarom een jonge man die met de jonge vrouw des huizes verloofd was, de slaapkamer van een andere jonge vrouw met een bezoek zou vereren.

Na twee dagen, toen ze zijn afwezigheid niet langer kon verdragen, had ze zich gedwongen naar beneden te gaan om water te halen, alleen om een glimp van hem te kunnen opvangen. Maar in de gang was ze bijna in elkaar gezakt en mevrouw Holden en Virginia hadden haar onder veel gemopper en standjes weer naar boven gesleept, met haar bleke, slappe armen om hun schouders geslagen. Ze had maar een seconde zijn blik opgevangen, maar ze wist uit die korte blik dat ze elkaar begrepen, en dat had haar geloof weer een lange dag en nacht aangewakkerd.

Ze voelde zijn aanwezigheid nog steeds. Hij had Zuid-Afrikaanse druiven met zoete, strakke, geurige velletjes voor haar meegebracht.

Hij had Spaanse citroenen voor haar zere keel naar boven laten brengen, die met heet water en honing moesten worden vermengd, en zachte vijgen om haar eetlust op te wekken. Mevrouw Holden prees de vrijgevigheid van Guys familie in luide bewoordingen, en had er ongetwijfeld een paar zelf gehouden.

Maar het was niet genoeg. En zoals iemand die omkomt van de dorst maar slechts een vingerhoedje water krijgt aangeboden, bedacht Lottie algauw dat die kleine gebaren van hem het alleen maar erger maakten.Want nu kwelde ze zichzelf door zich voor te stellen hoe hij, in haar afwezigheid, Celia's vele verleidelijke charmes weer zou ontdekken. Hoe kon het ook anders, als Celia de hele tijd bezig was manieren te bedenken om hem helemaal in te palmen? 'Wat vind je hiervan, Lots?' zei ze terwijl ze in een nieuwe jurk door de slaapkamer paradeerde. 'Denk je dat mijn borsten er groter in lijken?' Dan glimlachte Lottie zwakjes en verontschuldigde ze zich met het excuus dat ze slaap nodig had.

De deur ging weer open. Lottie lag wakker en luisterde naar de voetstappen die de trap opkwamen.

Mevrouw Holden stond bij de deur. 'Lottie-lief, ik was het vergeten te zeggen, maar ik heb broodjes voor je in de koelkast gezet, want we gaan waarschijnlijk meteen uit de kerk door naar het hotel voor de lunch. Een met ei en waterkers en een paar met ham, en er staat een kan citroensap voor je. Henry zegt dat je de hele dag door moet drinken, je drinkt nog steeds niet genoeg.'

Lottie forceerde een dankbare glimlach.

Mevrouw Holden trok haar handschoenen aan en keek langs Lottie heen naar het bed, alsof ze ergens aan dacht. Toen liep ze ongevraagd naar het bed en trok de dekens glad, om ze stevig onder de matras in te stoppen. Daarna richtte ze zich op en legde haar hand op Lotties voorhoofd. 'Je bent nog steeds iets te warm,' zei ze. 'Arm kind. Je hebt een moeilijke week achter de rug, hè?'

Lottie had nog nooit zo veel tederheid in haar stem gehoord. Mevrouw Holden streelde even Lotties ongewassen haar en toen ze haar een kneepje in haar hand gaf, merkte ze dat ze terugkneep.

'Red je het in je eentje?'

'Ja, dankuwel,' piepte Lottie. 'Ik denk dat ik maar ga slapen.'

'Goed idee.' Mevrouw Holden draaide zich om om de kamer uit te gaan en streek over haar eigen haar. 'Ik denk dat we tegen twee uur terug zijn. We eten vroeg vanwege de kinderen. God weet hoe

Freddie zich in een restaurant gedraagt. Ik denk dat ik het voor het dessert al besterf van schaamte.' Ze zocht in haar handtas. 'Hier zijn twee aspirientjes. Vergeet niet wat Henry heeft gezegd, liefje. Blijf drinken.'

Lottie was al bijna in slaap.

De deur viel dicht met een zachte klik.

Lottie kon minuten of uren hebben geslapen, maar ze merkte dat het geklop uit haar droom zich had verplaatst naar een wakende toestand, en terwijl ze naar de deur staarde werd het geklop dringender. Aanhoudender.

'Lottie?'

Ze moest weer koorts hebben. Net als toen ze dacht dat er bruine forellen op de vensterbanken lagen.

Lottie sloot haar ogen. Haar hoofd voelde zo warm aan.

'Mag ik binnenkomen?'

Ze deed haar ogen weer open. En daar was hij, achterom kijkend terwijl hij binnenliep, met zijn blauwe overhemd bespat met regendruppeltjes. Buiten hoorde ze het in de verte onweren. Het was schemerdonker in de kamer, het daglicht was zo verduisterd door de regenwolken dat het wel avond leek. Ze kwam overeind met een gezicht dat wazig was van slaap en ze wist niet of ze nog droomde. 'Ik dacht dat je naar het station was.' Hij had gezegd dat hij een kist fruit ging ophalen.

'Dat was een leugen, de enige die ik kon bedenken.'

De kamer werd steeds donkerder, zodat ze zijn gezicht nauwelijks kon zien. Alleen zijn ogen glinsterden en staarden haar met zo'n brandende intensiteit aan dat ze dacht hij ziek was, net als zij. Ze sloot de hare even om te controleren of hij er nog zou zijn als ze ze weer opendeed.

'Het is te moeilijk, Lottie. Ik heb het gevoel... het gevoel dat ik gek word.'

Die vreugde. De vreugde dat hij dat gevoel had. Ze legde haar hoofd weer op het kussen en strekte een arm naar hem uit. Die glansde bleek in het halfduister.

'Lottie...'

'Kom hier.'

Met een sprong kwam hij de kamer in, knielde op de vloer naast haar en legde zijn hoofd op haar borst. Ze voelde het gewicht op haar vochtige nachtjapon, tilde haar hand op en waagde het zijn haar aan te raken. Het was zachter dan ze had verwacht, zachter dan dat van Freddie. 'Je verbergt je gezicht. Ik zie niets.'

Hij tilde zijn hoofd op, zodat ze zijn ogen kon zien, die zelfs in het schemerlicht amberkleurig waren. Ze kon niet samenhangend meer denken, haar geest was beneveld. Zijn gewicht hield haar tegen, anders zou ze opstijgen en door het raam in de donkere, natte oneindigheid verdwijnen.

'O god, je bent doorweekt... je bent ziek. Je bent echt ziek. Lottie, het spijt me. Ik had niet...'

Ze strekte haar hand uit toen hij zich terugtrok, en trok hem weer naar zich toe. Het kwam niet in haar op zich te verontschuldigen voor haar uiterlijk en haar vochtige, ongewassen haar en de muffe ziekenkamerlucht. Haar zintuigen en haar gevoelens waren overgeleverd aan haar begeerte. Ze hield zijn gezicht tussen haar handen en zijn lippen waren zo dichtbij dat ze zijn adem voelde. En ze zweeg even, omdat ze zelfs in haar onervaren staat aanvoelde dat het belangrijk was te wachten en te doen verlangen. En toen, met een gepijnigde kreet, lag hij op haar, zoet als een verboden vrucht.

Richard Newsome zat weer te snoepen. Ze zag hem zitten, zo brutaal al de beul, en hij deed niet eens een poging het geritsel van het papier te verbergen terwijl hij het ene snoepje na het andere in zijn mond propte, alsof hij op de achterste rij in de bioscoop zat. Het getuigde niet van respect, en het was in elk geval nonchalant van zijn moeder die naast hem zat alsof ze niets met hem te maken had. Maar ja, zoals Sarah Chilton al dikwijls had opgemerkt: alle Newsomes waren zo. Ze maakten zich nooit erg druk over manieren of decorum, zolang ze het maar naar hun zin hadden.

Mevrouw Holden wierp hem tijdens psalm 109 een dreigende blik toe, maar hij trok er zich niets van aan. Haalde omzichtig een paars snoepje uit het papiertje, keek ernaar met de onverschillige blik van een herkauwende koe en stak het in zijn mond.

Het irriteerde haar dat ze zo in beslag werd genomen door die knul van Newsome en zijn snoeppapiertjes. Eigenlijk had ze aan Lottie willen denken en aan wat ze na Celia's huwelijk met haar moest aanvangen. Het was echt een probleem. Het meisje moest begrijpen dat ze niet eindeloos bij de familie Holden kon blijven, dat ze moest besluiten wat ze met haar leven ging doen. Ze had willen voorstellen dat ze een secretaresseopleiding zou gaan volgen, maar Lottie had duidelijk te kennen gegeven dat ze niet naar Londen terug wilde. Ze had het een keer over lesgeven gehad, ze was ten slotte goed met kinderen, maar Lottie had dat plan met een blik vol afkeer begroet, alsof ze had voorgesteld dat ze op straat haar kostje bij elkaar moest gaan scharrelen. Het zou het mooist zijn als ze haar ook aan de man kregen. Joe was, volgens Celia, erg aardig tegen haar, maar zij was zo'n dwars, eigenzinnig geval, dat het mevrouw Holden niet verbaasde dat ze elkaar de laatste tijd niet meer hadden gezien.

En aan Henry had ze ook al niets. De paar keer dat ze met hem over haar zorgen had gesproken, had hij geïrriteerd gereageerd. Het arme kind had genoeg aan haar hoofd, ze bezorgde niemand last en zou te zijner tijd heus wel een fatsoenlijke baan vinden. Mevrouw Holden zag niet in wat Lottie aan haar hoofd had. De afgelopen tien jaar had ze zich niet druk hoeven maken over eten of kleren. Maar ze wilde geen ruzie met Henry, vooral nu niet, en dus liet ze het zitten.

Natuurlijk kan ze bij ons blijven zolang ze wil, had ze tegen Deirdre Colquhoun gezegd. We houden van Lottie alsof ze ons eigen kind is. Soms, als ze haar kwetsbaar en ziek op dat kinderbed zag liggen, dacht ze oprecht dat ze het meende. Het was gemakkelijker om van Lottie te houden als ze kwetsbaar was, als die egelstekels versmolten tot zweet en tranen. Maar een stemmetje diep vanbinnen zei tegen Susan Holden dat het niet waar was.

Ze stootte Henry aan toen het collectezakje hun kant op kwam. Met een zucht tastte hij in zijn binnenzak, haalde er een bankbiljet uit en gooide het in het zakje. Susan Holden, met haar nieuwe handtas goed zichtbaar voor zich, nam het van hem over en gaf het door, tevreden dat iedereen had gezien dat ze deden wat er van hen werd verwacht.

'Joe? Hé, Joe.' Celia pakte Joe bij zijn arm toen hij vanuit de kerkdeur in de stralende buitenlucht kwam, waar een harde wind de laatste onweerswolken naar de horizon verjoeg. De stoepen waren glibberig van de regen, en ze vloekte zachtjes toen ze in een plas trapte en ze modderspatten op haar benen kreeg.

Joe draaide zich om, verschrikt door de lijfelijke manier waarop Celia hem begroette. Hij droeg een lichtblauw overhemd en een mouwloze pull-over en zijn haar, dat meestal vol motorolie zat, was keurig netjes gladgekamd. 'O, hallo, Celia.'

'Lottie nog gezien?'

'Je weet best dat ik haar niet meer heb gezien.'

'Ze is ziek geweest.' Ze liep met hem in de pas, zich bewust van haar moeders blik bij het hek van het kerkhof. Het zou zo fijn zijn als ze weer bij elkaar kwamen, had ze gezegd. Lottie zou vreselijk eenzaam worden als Celia weg was.

'Echt ziek. Met koorts en al. Ze zag dingen uit de muren komen en zo.'

Hij bleef staan. 'Wat is er aan de hand?' vroeg hij.

'Een zware kou, zegt pappie. Echt een heel zware kou. Ze had wel dood kunnen gaan.'

Joe verbleekte. Hij ging voor haar staan en keek haar aan. 'Dood kunnen gaan?'

'Nou ja, ik bedoel, ze is aan de beterende hand, maar het was nogal dramatisch. Pappie was vreselijk bezorgd om haar. Het is zo jammer...' Celia's stem daalde een octaaf.

Joe wachtte af. 'Wat dan?' vroeg hij ten slotte.

Dat het uit is. Tussen jullie. En ze riep de hele tijd...' Ze zweeg abrupt, alsof ze te veel had gezegd.

Joe fronste zijn wenkbrauwen. 'Wat riep ze dan?'

'O, niets, Joe. Vergeet maar wat ik heb gezegd.'

'Kom op, Celia. Wat wilde je zeggen?'

'Dat kan ik niet doen, Joe. Dat zou oneerlijk zijn.'

'Hoe kan dat nu oneerlijk zijn als we allebei haar vrienden zijn?'

Celia hield haar hoofd schuin naar een kant en dacht na. 'Oké. Maar je mag niet tegen haar zeggen dat ik het je heb verteld. Ze riep jouw naam. Toen ze ijlde. Ik bette haar voorhoofd en ze mompelde: "Joe... O, Joe..." En ik kon haar niet troosten of wat ook. Omdat zij en jij elkaar niet meer zagen.'

Joe keek haar wantrouwend aan. 'Riep ze mijn naam?'

'Voortdurend. Nou ja, regelmatig. Als ze echt heel erg ziek was.'

Het was geruime tijd stil.

'Je vertelt toch geen leugens, hè?'

Celia keek verontwaardigd en sloeg haar armen over elkaar. 'Over mijn eigen zus? Zo goed als? Joe Bernard, dat is het gemeenste wat ik je ooit heb horen zeggen. Ik vertel je dat die arme Lottie om je heeft geroepen, en jij zegt dat ik geen leugens moet vertellen. Nou, het spijt me dat ik hierover begonnen ben.' Ze draaide zich om op haar stilettohakken en liep abrupt bij hem vandaan.

Nu was het Joe's beurt om haar bij de arm te grijpen. 'Celia. Celia, het spijt me. Wacht alsjeblieft even.' Hij was buiten adem. 'Ik denk dat het moeilijk voor me is te geloven dat Lottie mijn naam heeft geroepen... maar als ze echt ziek is, vind ik dat heel erg. Het spijt me dat ik haar niet heb opgezocht.' Hij zag er verslagen uit.

'Ik heb het haar niet verteld, weet je.' Celia keek hem kalm aan.

'Haar wat niet verteld?'

'Dat je uit geweest bent met Virginia.'

Joe kreeg een kleur. Die kroop uit zijn hals omhoog alsof hij een roze spons was die water opzoog.

'Je had toch niet verwacht dat dat lang geheim zou blijven? Ze werkt per slot van rekening in ons huis.'

Joe sloeg zijn blik neer en schopte tegen de stoepstenen. 'We zijn niet echt uitgeweest. We zijn gewoon een paar keer wezen dansen. Er is... ik bedoel, er is niets serieus tussen ons.'

Celia zei niets.

'Het is niet als met Lottie. Ik bedoel, als ik ook maar dacht dat ik een kans bij Lottie maakte...' Zijn stem stierf weg en hij beet op zijn lip terwijl hij zijn hoofd afwendde.

Celia legde vriendelijke een hand op zijn arm. 'Nou, Joe, ik ken haar langer dan wie ook, en ik moet zeggen dat het een raar portret is, onze Lots. Soms weet ze niet wat ze wil. Maar ik weet dat ze toen ze vanuit haar hart sprak, toen ze op de rand van de dood lag en jouw naam noemde. Dus. Dat is het. Jij moet maar beslissen wat je verder doet.'

Joe dacht duidelijk heel diep na. Zijn ademhaling versnelde door de inspanning. 'Zal ik haar gaan opzoeken? Wat denk je?' Hij zag er pijnlijk hoopvol uit.

'Ik? Ik denk dat ze het heerlijk zal vinden.'

'Wanneer?'

Celia wierp een blik op haar moeder, die op haar horloge tikte. 'Moet je horen. Het best kun je nu meteen gaan. Ik ga even tegen mammie zeggen dat ik wat later in het hotel ben, en dan loop ik met je mee. Ik kan je wel alleen laten gaan,' verklaarde ze lachend, terwijl ze zich half rennend en half glijdend naar haar moeder begaf, 'maar ik denk dat Lottie het niet prettig vindt als je haar in haar nachtjapon aantreft.'

Lottie had bijna een slapende arm. Het kon haar niet schelen. Die had er voor haar part af mogen vallen, maar ze wilde hem voor geen geld van zich afduwen en zijn vredige, perzikkleurige gezicht en het onzichtbare spoor van zijn ademhaling van het hare verwijderen. Ze staarde naar zijn gesloten ogen, rustig in een korte slaap, en naar het dunne laagje zweet op zijn huid, en ze bedacht dat ze nog nooit zo ontspannen was geweest. Het leek wel of er helemaal geen spanningen meer bestonden. Ze was als was, gesmolten, verzacht.

Hij bewoog zich in zijn slaap en ze tilde haar hoofd op, zodat ze hem een kus op zijn voorhoofd kon geven. Hij antwoordde met een gemompel, en Lottie voelde haar hart samentrekken van dankbaarheid. Dank u, zei ze tegen haar god. Dank u dat u me deze man hebt gegeven. Als ik nu zou sterven, zou ik alleen maar dankbaar zijn.

Ze was heel helder, haar koorts was even snel verdwenen als haar onvervulde verlangen. Misschien heeft hij me wel genezen, dacht ze verwonderd. Misschien ging ik wel dood van verlangen naar hem. Ze moest stilletjes lachen. De liefde maakt me dwaas en dom, dacht ze. Maar ze had er geen spijt van. Geen centje spijt.

Ze keek langs hem heen naar buiten. De regen spetterde op het raam en hier en daar klapperden de ruiten waar mevrouw Holden vergeten was stukjes vilt aan te brengen. Ze werden door het weer geregeerd, hier aan de kust. Het was van grote invloed op de sfeer en de mogelijkheden van een dag. Voor de vakantiegangers betekende het het begin of het einde van een droom. Lottie keek er nu met een onverschillige blik naar. Wat maakte het nog uit? De aarde kon openbreken en er kon vulkanisch vuur uit tevoorschijn komen. Het kon haar niet schelen, zolang ze zijn warme ledematen maar om zich heen kon voelen en zijn mond op haar mond, in die merkwaardige versmelting van hun lichamen. Gevoelens die niets te maken hadden met het weinige dat mevrouw Holden hun had verteld over de liefde en het huwelijksleven.

Ik houd van je, zei ze stilzwijgend. Ik zal alleen van jou houden. Haar ogen vulden zich met tranen en buiten bleef het regenen.

Hij bewoog zich en opende zijn ogen. Even was zijn blik nietszeggend en niet-begrijpend, maar daarna kwamen er rimpeltjes om zijn ogen en werden ze warm door de herinnering.

'Hallo.'

'Hallo, schat.' Hij richtte zijn blik duidelijker op haar. 'Huil je?'

Glimlachend schudde Lottie haar hoofd.

'Kom eens hier.' Hij trok haar naar zich toe en bedekte haar hals met kussen. Ze gaf zich over aan haar gevoelens en voelde haar hart met zijn borst versmelten. 'O, Lottie...'

Ze legde hem het zwijgen op met haar vinger. Ze keek hem aan, alsof ze hem met haar blik kon verslinden. Ze had geen woorden nodig, ze wilde hem helemaal in zich opnemen, hem onder haar huid voelen. Een poosje later legde hij zijn hoofd in de kromming van haar hals. Ze lagen daar in stilte naar het verre gebeuk van de wind en de zich verwijderende donder te luisteren.

'Het regent.'

'Het regent al dagen.'

'Ben ik in slaap gevallen?'

'Dat maakt niet uit, het is nog vroeg.'

Hij zweeg even. 'Sorry.'

'Waarvoor?' Ze streek met haar hand langs de zijkant van zijn gezicht en hij klemde zijn kaken op elkaar, wat zij voelde.

'Je was ziek en nu heb ik je aangerand.'

Ze moest giechelen. 'Noem dat maar aanranden.'

'Je hebt gelijk, maar toch... heb ik je geen pijn gedaan?

Ze deed haar ogen dicht. 'O, nee.'

'Ben je nog ziek? Je voelt koel aan.'

'Ik voel me uitstekend.' Ze keerde haar gezicht naar hem toe. 'Eigenlijk voel ik me beter.'

Hij moest grinniken. 'Dus dat was wat je nodig had. Niks te maken met een kou.'

'Het is een uitstekend medicijn.'

'Mijn bloed zingt. Vind je dat we het aan dokter Holden moeten vertellen?'

Lottie lachte. De lach kwam er als een luide hik uit, alsof hij te dicht aan de oppervlakte had liggen wachten. 'O, ik denk dat dokter Holden zo zijn persoonlijke versie van deze medicijn gebruikt.'

Guy trok zijn ene wenkbrauw op. 'Werkelijk? Dokter Volmaakte Echtgenoot Holden?'

Lottie knikte.

'Echt waar?' Guy keek naar het raam. 'Goh. Arme mevrouw H.'

Het noemen van die naam deed hen zwijgen. Lottie verlegde eindelijk haar arm toen ze het vervelende prikkeldraadgevoel begon te voelen. Guy verlegde zijn hoofd en zo lagen ze naar het plafond te staren.

'Wat moeten we doen, Lottie?'

Dat was de vraag die haar totaal beheerste. En alleen hij wist het antwoord.

'We kunnen niet meer terug, hè?' Hij wilde gerustgesteld worden.

'Ik in elk geval niet. Ik zou niet weten hoe.'

Hij richtte zich op zijn elleboog op en wreef in zijn ogen. Zijn haar stond aan de ene kant recht overeind. 'Nee... Maar het is een puinhoop.'

Lottie beet op haar lip.

'Ik zal het haar zo gauw mogelijk moeten vertellen.'

Lottie ademde opgelucht uit. Dat was wat ze wilde horen, wat ze hem ongevraagd wilde horen zeggen. Toen dacht ze aan de consequenties van wat hij had gezegd en ze voelde haar maag samentrekken. 'Dat zal afschuwelijk zijn,' zei ze huiverend. 'Echt afschuwelijk.' Ze ging rechtop zitten. 'Ik zal moeten vertrekken.'

'Wat zeg je?'

'Nou, ik kan hier toch onmogelijk blijven wonen? Ik denk niet dat Celia me nog om zich heen zal willen hebben.'

'Nee, dat denk ik ook niet, maar waar zou je naartoe willen?'

Ze keek hem aan. 'Dat weet ik niet. Daar heb ik nog niet over nagedacht.'

'Dan zul je met mij mee moeten. Dan gaan we naar mijn ouders.'

'Maar die haten mij vast.'

'O nee, hoor. Ze zullen er even aan moeten wennen, maar daarna zullen ze dol op je zijn.'

'Ik weet niet eens waar ze wonen. Ik weet niet waar jij woont. Ik weet ongeveer niets.'

'Wij weten genoeg.' Hij legde zijn handen om haar gezicht. 'Liefste, liefste Lottie. Ik hoef verder niets meer over jou te weten. Alleen dat wij voor elkaar bestemd zijn. Wij passen bij elkaar, toch? Als een paar handschoenen.'

Ze voelde de tranen weer opkomen. En keek naar hem, bijna bang voor de kracht van haar gevoelens.

'Gaat het een beetje?'

Weer knikte ze.

'Wil je een zakdoek?'

'Ik wil iets drinken. Mevrouw Holden heeft beneden een kan citroensap klaargezet. Die ga ik even halen.' Ze liet haar voeten op de vloer glijden en pakte haar nachtpon.

'Blijf jij maar hier. Ik haal het wel.' Hij draafde de kamer door, op zoek naar zijn kleren. Lottie keek naar zijn onbevangen bewegingen en bewonderde schoonheid van zijn lichaam, de manier waarop zijn spieren onder zijn huid bewogen. 'Verroer je niet,' beval hij. Hij trok zijn hemd over zijn hoofd en verdween.

Lottie ging weer liggen. Ze rook zijn zilte geur op haar vochtige nachthemd en luisterde naar het open- en dichtgaan van de koelkastdeur en het gerinkel van ijsblokjes in glazen. Hoe vaak kon je luisteren naar de geluiden van je geliefde voordat je er door de vertrouwdheid aan gewend raakte? Voordat je er geen brok meer van in je keel kreeg, die even je hart raakte.

Ze hoorde zijn voetstappen op de trap, toen even niets terwijl hij probeerde de deur met zijn heup open te duwen. 'Ik ben er weer,' zei hij glimlachend. 'Ik stelde me voor dat ik dit voor je zou doen in West-Indië. We persen daar altijd vers sap uit. Direct van de...'

En verstijfde toen ze het geluid van een sleutel in de voordeur hoorden.

Met een blik vol afgrijzen keken ze elkaar aan en Guy sprong als de bliksem op zijn schoenen af en propte zijn sokken in zijn zakken. Lottie, dodelijk geschrokken, kon alleen maar de dekens om zich heen trekken.

'Hallo? Lots?'

Het geluid van de voordeur die dicht ging, van voeten die de trap op liepen, meer dan een paar.

Met een vuurrode kleur pakte Guy het blad op.

'Ben je gekleed?' Celia's stem klonk luchtig spottend, zangerig.

'Celia?' Het kwam eruit als een kreun.

'Ik heb een bezoeker...' Celia's glimlach verdween toen ze de deur opendeed. Verbijsterd staarde ze hen aan. 'Wat doe jij hier?'

O, god, Joe stond achter haar. Ze zag dat hij, met de situatie verlegen, zijn hoofd boog.

Guy gaf Celia het blad aan. 'Ik bracht Lottie iets te drinken. Neem jij het maar over nu je toch hier bent. Ik ben nooit een goede verpleegster geweest.'

Celia keek naar het blad. Naar de twee glazen. 'Ik heb Joe meegebracht,' zei Celia, nog steeds uit haar doen. 'Om Lottie op te zoeken.' Achter haar kuchte Joe achter zijn hand.

'Wat... wat aardig,' zei Lottie. 'Maar ik ben niet... ik moet me eerst opfrissen.'

'Ik ga wel...' zei Joe.

'Nee, je hoeft niet weg te gaan, Joe,' riep Lottie. 'Ik moet me alleen even opfrissen.'

'Nee, echt. Ik wil niet storen. Ik kom wel terug als je weer op bent.'

'Eh... dat zou ik fijn vinden, Joe.'

Celia zette het blad voorzichtig op Lotties nachtkastje. Toen keek ze naar Guy. Ze streek haar haar glad, met een onbewust gebaar. 'Wat heb jij een rood hoofd.'

Guy bracht zijn hand naar zijn gezicht, alsof hij verbaasd was. Hij wilde iets zeggen, maar bedacht zich en schudde zwijgend zijn hoofd.

Er viel een lange, ongemakkelijke stilte waarin Lottie de dekens steeds hoger optrok, tot aan haar kin.

'Ik denk dat het beter is als we je met rust laten,' zei Celia en ze deed de deur open zodat Guy naar buiten kon. Haar stem klonk laag en aarzelend. Ze keek Lottie niet aan. 'Weet je zeker dat je niet wilt blijven, Joe?'

Lottie hoorde zijn gedempte bevestiging. Hij praatte vast met zijn hoofd omlaag.

Guy liep langs haar heen de kamer uit. Bezorgd zag Lottie dat zijn overhemd aan de achterkant uit zijn broek hing.

'Dag Lottie. Ik hoop dat je gauw beter bent.' Zijn opgewektheid klonk vals.

'Dank je. Bedankt voor het sap.'

Celia, die de deur voor hem openhield, bleef staan en draaide zich om. 'Waar is het fruit?'

'Wat?'

'Het fruit. Je ging nog wat fruit ophalen bij het station. Er staat niets in de vestibule. Waar is het?'

Even had Guy een nietszeggende uitdrukking op zijn gezicht, maar toen knikte hij bevestigend. 'Het is niet aangekomen. Ik heb een half-uur gewacht, maar het was niet met de trein meegekomen. Het zal wel om half drie komen.'

'Ik hoorde dat je ook een verse kokosnoot had,' zei Joe, die boven aan de trap met zijn voeten stond te schuifelen. 'Rare dingen, die kokosnoten. Net mensenhoofden. Maar dan zonder ogen en zo.'

Celia stond even doodstil. Toen liep ze met gebogen hoofd langs Guy de trap af.

Bijna achtenveertig uur daarna stond Lottie rillend in strandhuisje nummer zevenentachtig dat volgens het verweerde naamplaatje ooit de naam 'Saranda' had gedragen. Ze trok haar jas om zich heen en sleurde de tegenstribbelende Mr. Beans aan zijn riem naar binnen. Het was bijna donker, en zonder het weerlichten leek het huisje nog donkerder en ongastvrijer.

Ze wachtte al een kwartier. Nog even en ze zou terug moeten gaan. Mevrouw Holden vond het niet goed dat ze in haar toestand naar buiten ging. Ze had wel twee keer haar voorhoofd gevoeld voordat ze haar met tegenzin liet gaan. Als ze niet een kwartiertje met dokter Holden alleen had willen zijn, zou ze haar helemaal niet hebben laten gaan, dacht Lottie.

Ze hoorde fietsbanden over het pad knerpen. De deur ging aarzelend open en daar was hij. Met een zwaai sprong hij van zijn fiets en gooide die met een klap tegen de deur aan. Haastig omhelsden ze elkaar en hun monden botsten onhandig op elkaar.

'Ik heb maar even. Celia kleeft als een plakvlieg aan me vast. Ik kon alleen weg omdat ze in bad zit.'

'Vermoedt ze iets?'

'Ik dacht het niet. Ze heeft niets gezegd over... je weet wel.' Hij bukte zich om Mr. Beans te aaien, die aan zijn voeten snuffelde. 'God, wat is dit vreselijk. Ik haat het om te moeten liegen.' Hij trok haar naar zich toe en kuste haar op haar hoofd. Ze sloeg haar armen om hem heen en ademde zijn geur in en prentte het gevoel in van zijn handen om haar middel. 'We hoeven het ze niet eens te vertellen. We kunnen gewoon weggaan. Een briefje achterlaten.'

'Nee. Dat kan ik niet doen. Ze zijn goed voor me geweest. Het minste wat ik kan doen is het uitleggen.'

'Ik weet niet of het uit te leggen valt.'

Lottie trok zich een stukje terug en keek hem aan. 'Ze zullen het toch wel begrijpen, Guy? Ze moeten wel. Dat we geen kwaad in de zin hebben. Dat het niet onze schuld is? We kunnen er toch niets aan doen?' Ze begon te huilen.

'Het is niemands schuld. Sommige dingen zijn voorbestemd. Daar kun je je niet tegen verzetten.'

'Ik vind het vreselijk dat ons geluk op zoveel ellende is gebouwd. Die arme Celia. Arme, arme Celia.' Ze kon zich veroorloven edelmoedig te zijn nu hij van haar was. Ze schrok zelfs van het intense gevoel van medeleven dat ze voor Celia voelde. Ze veegde haar neus af aan haar mouw.

'Celia overleeft het wel. Die vindt wel een ander.' Lottie voelde even een steek bij de zakelijke toon in zijn stem. 'Soms dacht ik zelfs dat ze niet verliefd op mij was, maar meer op het idee van verliefd-zijn.'

Lottie staarde hem aan.

'Ik had soms het gevoel dat ík het niet per se hoefde zijn, begrijp je?'

Lottie dacht aan George Bern. En voelde zich merkwaardig weinig loyaal. 'Ik ben ervan overtuigd dat ze van je houdt,' zei ze met een klein, onwillig stemmetje.

'Laten we er niet over praten. Luister, Lots, we moeten een plan bedenken. We moeten overleggen wanneer we het hun gaan vertellen. Ik kan niet tegen iedereen blijven liegen, ik word er echt akelig van.'

'Geef me tot het weekend. Ik kijk wel of ik bij Adeline kan logeren. Misschien hebben ze een hulp in de huishouding nodig nu Frances weg is. Dat zou ik niet erg vinden.'

'Echt niet? Het hoeft niet lang te duren. Ik moet het eerst met mijn ouders bespreken.'

Lottie drukte haar gezicht tegen zijn borst. 'Ik wilde dat dit voorbij was. Dat we drie maanden verder waren.' Ze deed haar ogen dicht. 'Het is net alsof ik op iemands dood wacht.'

Guy stak zijn hoofd om de deur. 'We moeten terug. Ik ga wel eerst.'

Hij boog zijn hoofd en kuste haar op haar lippen. Ze hield haar ogen open, ze wilde er geen ogenblik van missen. Achter hem twinkelden de lichtjes van een schip dat naar de haven voer.

'Wees flink, Lottie, liefste. Het blijft niet eeuwig zo.'

Hij gaf een aai over haar haren en fietste snel over het donkere pad terug naar huis.

Celia had zich weer in haar kamer geïnstalleerd. Lottie kreunde inwendig toen ze Celia's nachtjapon op haar sprei zag liggen. Ooit was ze een goede jokkebrok geweest, maar nu, met al haar gevoelens zo open en bloot alsof ze binnenstebuiten was gekeerd, merkte ze dat ze er niets meer van terechtbracht, dat ze een blozende, onhandige leugenaar was geworden.

Ze was zo ver mogelijk uit haar buurt gebleven. Dat was gemakkelijk doordat Celia zich met een fanatieke ijver op allerlei activiteiten had gestort. Als ze niet haar vaders geld met een bijna religieus vuur aan het uitgeven was ('Moet je deze schoenen zien! Ik moest ze gewoon hebben!'), was ze wel bezig haar spullen uit te zoeken en alles opzij te leggen wat 'te jong' of 'niet Londens genoeg' was. Aan tafel, waar ze veilig in was met het gezelschap om zich heen, kon Lottie zich weer in zichzelf terug te trekken en zich op haar eten concentreren. Soms liet ze zich zonder veel overtuiging door dokter Holden bij het gesprek liet betrekken. Hij maakte trouwens ook een merkwaardig afwezige indruk. Mevrouw Holden had besloten Guy bezig te houden en ze bombardeerde hem met vragen over zijn ouders en over het leven in het buitenland. Ze glimlachte en knipperde koket met haar wimpers alsof ze Celia was. Lottie en Celia waren elkaar tot Lotties opluchting maar een keer tegengekomen, de avond daarvoor, toen Lottie Celia's nieuwe kapsel met plukjes had bewonderd en daarna gezegd dat zij ook een lang, heet bad ging nemen.

En dus was het een schok dat Lottie, toen ze buiten adem van haar wandeling met Mr. Beans thuiskwam, Celia in een handdoek gewikkeld op haar bed aantrof, kennelijk verdiept in een bruidstijdschrift.

De slaapkamer leek ineens een stuk kleiner.

'Hallo,' zei Lottie en ze trok haar schoenen uit. 'Ik wilde net in bad gaan.'

'Mammie zit in bad,' zei Celia, een bladzijde omslaand. 'Je zult even moeten wachten. Er is geen heet water meer.' Haar benen waren lang en bleek. Ze had roze nagellak op de nagels van haar tenen.

'O.' Lottie ging met haar rug naar Celia op de stoel bij haar schoenen zitten terwijl ze razendsnel bedacht waar ze heen kon gaan. Vroeger konden ze uren languit op hun bed over de simpelste dingen liggen praten. Nu moest Lottie er niet aan denken zelfs maar een paar minuten met Celia alleen te moeten zijn. Freddie en Sylvia lagen al in bed. Met dokter Holden gaan praten was te ongewoon. Ik kan Joe bellen, bedacht ze. Ik vraag dokter Holden of ik de telefoon mag gebruiken.

Ze hoorde het glibberige geluid van het tijdschrift dat achter haar rug werd dichtgeslagen en Celia die zich naar haar omdraaide. 'Lots, ik moet met je praten.'

Lottie sloot haar ogen. O, god, nee, alsjeblieft niet, bad ze.

'Lots?'

Ze keerde zich om en forceerde een glimlach. Ze zette haar schoenen netjes naast haar bed. 'Ja?'

Celia keek haar aandachtig aan en strak aan. Haar ogen, zag Lottie, waren bijna onnatuurlijk blauw. 'Het is een beetje... lastig.'

Er viel een stilte, waarin Lottie haar handen stiekem onder haar stoel liet glijden. Ze begonnen te trillen. Vraag me alsjeblieft niets, smeekte ze stilzwijgend. Ik kan tegen jou niet liegen. Alstublieft, God, laat haar niets vragen.

'Hoezo?'

'Ik weet niet hoe ik het moet zeggen... Luister. Wat ik je ga vertellen... moet absoluut tussen ons tweeën blijven.'

Lotties adem stokte in haar keel. Even dacht ze dat ze zou flauwvallen.

'Wat dan?' fluisterde ze.

Celia bleef haar met vaste blik aankijken. Lottie merkte dat ze haar blik niet kon afwenden.

'Ik ben in verwachting.'

8

STRIKT GENOMEN WAS HIJ bestemd voor noodgevallen, zoals op die middag dat ze het vermiste vijfjarige meisje uit de haven bij Mer Point hadden opgedregd. Of als hij nieuws moest meedelen waarvoor de mensen eerst moesten gaan zitten. Dan hielp een straffe whisky, zodat ze er beter tegen opgewassen waren. Dokter Holden, met een blik op de vijftien jaar oude malt in de bovenste la van zijn bureau, meende echter dat er dagen waren waarop een paar drupjes absoluut medisch verantwoord waren, en niet alleen medisch verantwoord maar noodzakelijk. Want als hij er goed over nadacht voelde hij niet alleen het voorbehoud van een vader die zijn geliefde dochter naar het altaar zal leiden. Zijn gevoel van onrust en de ophanden zijnde troosteloosheid gingen over de situatie waarmee hij bleef zitten: een steriel, liefdeloos huwelijk met een ongelukkige, paniekerige vrouw. Een leven zelfs zonder de afleiding van Gillian, nu ze naar Colchester was verhuisd. Ze was altijd tamelijk recht voor zijn raap en ze had hem nooit de illusie gegeven dat hij meer was dan een tijdelijke halte op haar doorgaande route, maar ze was geestig en heerlijk tegendraads, en ze had een huid als van albast, glad en volmaakt, maar dan warm. O, god, ja. Warm. En nu was ze weg. En Celia, het enige andere mooie in zijn leven, zou ook weggaan. Wat had hij nog om naar uit te kijken? Alleen een moeizame gang door de middelbare leeftijd, met zijn eindeloze reeks kleine klachten en af en toe een middag in de bar van de golfclub, met wethouder Elliott en consorten, die hem op zijn schouders sloegen en hem opgewekt lieten weten dat zijn beste jaren voorbij waren.

Henry Holden pakte het maatbekertje, dat op de plank achter hem stond, ging zitten en schonk een paar vingers whisky in. Het was pas tien uur in de ochtend en de whisky gleed rauw en bijna verdovend naar binnen. Maar zelfs die kleine verdoving voelde geruststellend aan.

Ze zou het merken, natuurlijk merkte ze het. Ze zou zijn das opnieuw strikken of op een bezitterige manier aan iets anders frunniken en dan zijn adem ruiken. Dan zou ze een stap naar achteren doen en hem met enige walging in haar blik aankijken. Maar ze zou niets zeggen. Ze zou die licht gekwelde uitdrukking aannemen waar hij niet tegen kon, het gezicht dat sprak van het kruis dat moest worden gedragen en de eindeloze dagen van martelaarschap. En zonder het ooit rechtstreeks te zeggen zou ze hem laten voelen dat hij haar had teleurgesteld, dat hij haar weer in de kou liet staan.

Hij vulde het maatbekertje bij en sloeg nog een paar vingers achterover. Dit keer ging het gemakkelijk en genoot hij van de branderige nasmaak in zijn mond.

Meesters van hun grondgebied, werden ze genoemd. Koningen in hun eigen kasteel. Wat een flauwekul. De eisen en behoeften en ellende van Susan Holden domineerden hun huwelijk alsof ze ze met inkt had opgeschreven en met een brandmerk op hem aangebracht. Er was niets wat aan haar blik ontsnapte, niets wat spontaan een gevoel van geluk in haar opriep. Er was niets overgebleven van de knappe, zorgeloze jonge notarisdochter die ze was toen ze elkaar voor het eerst hadden ontmoet, met een taille die hij met zijn handen kon omvatten, en met een glinstering in haar ogen die hem vlinders in zijn buik bezorgde. Nee, die Susan was verzwolgen door deze ongelukkige matrone, dit angstige, tobberige mens, wier enige obsessie de uiterlijke schijn van de dingen was, niet wat ze wezenlijk waren.

Kijk nu eens naar ons! Soms wilde hij het haar toeschreeuwen. Kijk wat er van ons is geworden! Ik wil mijn pantoffels niet aan! Het kan me niet schelen of Virginia het verkeerde stuk vis heeft gekocht. Ik wil mijn vroegere leven terug – een leven waarin we dagenlang konden verdwijnen, de liefde bedrijven tot het ochtend werd, en konden praten, echt praten, niet dat eindeloze gekwebbel dat in jouw wereld voor conversatie doorgaat. Hij was een paar keer in de verleiding gekomen. Maar hij wist dat ze er niets van zou begrijpen, dat ze hem met grote ogen van schrik aan zou staren, met een nauwelijks onderdrukte rilling haar kalmte herwinnen en vragen of hij thee wilde. Of misschien een biscuittje. Iets 'om je een beetje op te fleuren'.

Op andere dagen dacht hij dat het leven misschien nooit zo was geweest, dat een mens, zoals de warme, eindeloze zomers uit zijn jeugd, zich een liefde herinnert die nooit was bedreven, een zorgeloze passie die nooit was ervaren. En dus trok Henry Holden zich nog wat meer in zichzelf terug, sloot hij zich af voor wat hij had verloren. Als een muis op een rad ging hij maar door, zonder om zich heen te kijken. Meestal werkte het.

Meestal.

Maar aan het eind van die dag zou Celia met haar dwaasheid en grillige stemmingen en haar gelach vertrekken. Alsjeblieft, God, dacht hij, laat haar niet eindigen zoals haar moeder. Laat die twee aan ons lot ontsnappen. Aanvankelijk begreep hij niet waarom Celia zo'n haast maakte met dit huwelijk en zo vastbesloten was het door te zetten. Hij geloofde haar maar half toen ze zei dat trouwen in oktober de grote mode was. Maar toen hij haar paniek en irritatie zag toen Susan begon te zeuren dat ze het moest uitstellen tot de komende zomer begreep hij het – ze wilde gewoon dolgraag het huis uit. Ontsnappen aan dat verstikkende gezin. Wie kon het haar kwalijk nemen? Diep in zijn hart zou hij graag hetzelfde doen.

En dan was er Lottie, die zo droefgeestig was vanwege Celia's voorgenomen huwelijk en met wie hij te doen had. Vreemde, gesloten, argwanende Lottie, die hem nu en dan verwarmde met haar spontane glimlach. Ze reserveerde altijd een speciale lach voor hem, zelfs als ze er geen erg in had. Ze had hem vertrouwd en als klein meisje van hem gehouden, meer dan van wie ook. Ze liep hem overal achterna en legde haar handje in zijn hand. En hij wist dat er nog steeds een band tussen hen bestond. Ze doorzag Susan. Hij zag het aan de manier waarop ze iedereen observeerde. Zij zag het ook.

Lottie zou echter ook niet lang meer blijven. Susan had het voortdurend over plannen maken voor de toekomst en wat het beste zou zijn. En dan na Lottie over de kinderen, en daarna zouden ze met hun tweeën achterblijven en om elkaar heen draaien. Elk opgesloten in zijn eigen misère.

Ik moet me beheersen, zei dokter Holden tegen zichzelf, en het is het best maar niet al te veel over die dingen na te denken. Hij duwde de lade dicht.

Hij bleef nog even uit het raam van zijn spreekkamer zitten staren, langs de kaart van de bloedsomloop en de medische brochures die de dag daarvoor door een vertegenwoordiger van farmaceutische artikelen waren achtergelaten. Langs de ingelijste foto van de alom gerespecteerde huisarts van Merham en zijn mooie vrouw en kinderen. Toen trok hij, bijna zonder te beseffen wat hij deed, de la weer open.

Met een zwierig gebaar gaf Joe de motorkap van de donkerblauwe Daimler nog een laatste haal met een zeemleren lap en deed een stap naar achteren met een van voldoening stralend gezicht. 'Je kunt je gezicht erin zien,' zei hij.

Lottie, die zwijgend op de achterbank zat te wachten tot hij klaar was, probeerde een glimlach te forceren, maar slaagde er niet in. Ze hield haar blik op de lichte, met leer beklede stoelen gericht, zich bewust van de status van de toekomstige passagiers. Niet aan denken, beval ze zichzelf, niet nadenken.

'Mevrouw Holden was zeker bang dat ik te laat zou zijn, hè?'

Lottie had aangeboden te gaan kijken, een manier om aan de toenemende hysterie in het gezin Holden te ontsnappen. 'Je weet toch hoe ze is.'

Joe veegde zijn handen af aan een schone lap. 'Maar Celia gaat maar al te graag weg.'

Lottie knikte en probeerde haar gezicht in de plooi te houden.

'Ze gaan direct door, toch? Waarnaartoe, naar Londen?'

'Om te beginnen.'

'En dan naar een mooie plek in het buitenland, durf ik te wedden. Waar het warm is. Dat zal Celia fijn vinden. Kan niet zeggen dat ik haar benijd, jij?'

Ze kon inmiddels alle soorten gesprekken aan. Een maand lang oefenen had haar een professioneel pokerface opgeleverd dat niets prijsgaf, niets suggereerde. Ze dacht aan Adelines masker: een beminnelijk uiterlijk dat niets onthulde. Nog maar een paar uur, nog maar een paar uur.

'Wat zeg je?' Ze moest het hardop hebben gezegd. Dat gebeurde soms.

'O, niets.'

'Hoe ziet Freddie eruit in zijn pagepakje? Heeft mevrouw H. hem er al in gewurmd? Ik kwam hem zaterdag op straat tegen en hij zei dat hij zijn benen zou afhakken zodat ze hem niet in die broek kregen.'

'Hij heeft het aan.'

'Sodeju. Sorry, Lottie.'

'Dokter Holden heeft hem twee shilling beloofd als hij het aanhoudt tot na de receptie.'

'En Sylvia?'

'Denkt dat ze een prinses is. Wacht tot koningin Elizabeth komt om haar op te eisen als haar vermiste zusje.'

'Die zal ook nooit veranderen.'

O jawel, dacht Lottie. Ze wordt gelukkig en vrolijk en zorgeloos, en dan komt er een man langs die haar leven met een sloophamer aan gruzelementen slaat. Net zoals Lotties vader waarschijnlijk met haar moeder had gedaan. En dokter Holden met mevrouw Holden. Er bestond geen duurzaam geluk.

Ze dacht aan Adeline, die ze de dag daarvoor voor het eerst na het bezoek van de familie Bancroft weer had gezien. Adeline was ook somber. Ze was haar vroegere levendigheid kwijt en ze liep door de lichte, holklinkende vertrekken alsof niets haar interesseerde, alsof ze de felgekleurde doeken, de bizarre sculpturen en de stapels boeken niet meer zag. Julian was met Stephen naar Venetië vertrokken. George had een beurs voor Oxford gekregen om onderzoek te doen op het gebied van de economie. Lottie wilde niet naar Frances vragen. En Adeline zou zelf binnenkort ook vertrekken. Ze kon niet tegen Engeland in de winter, zei ze herhaaldelijk, alsof ze zichzelf moest overtuigen. Ze ging naar het zuiden van Frankrijk, naar de villa van vrienden in de Provence. Daar zou ze dan goedkope wijn zitten drinken en de wereld langs zien komen. Dat zou een heerlijke vakantie zijn, zei ze. Maar door de manier waarop ze het zei klonk het niet heerlijk en ook niet als vakantie.

'Jij moet ook komen,' zei ze tegen Lottie, die probeerde te kijken alsof het haar niets deed. 'Ik zal eenzaam zijn, Lottie. Je moet me komen bezoeken.'

Ze waren langzaam naar buiten gelopen, in de richting van de muurschildering, waar ze Lottie heel vriendelijk bij de hand had gepakt. Dit keer deinsde Lottie niet terug.

Lottie was zo doof door het geruis in haar oren dat ze Adelines volgende woorden nauwelijks hoorde. 'Er komt een betere tijd, lieve kind,' zei ze. 'Je moet vertrouwen hebben.'

'Ik geloof niet in God.' Ze had het niet zo bitter willen laten klinken.

'Ik heb het niet over God. Ik geloof dat de schikgodinnen soms een toekomst voor ons in petto hebben die we ons niet kunnen voorstellen. En om ze een kans te geven moeten we blijven geloven dat er goede dingen zullen gebeuren.'

Lotties ontdooide toen een beetje. Ze moest slikken en keerde zich opzettelijk van Adelines blik af. Het gevolg was dat haar blik op de muurschildering viel, met die twee beschuldigende figuren. Haar gezicht vertrok van frustratie en woede. 'Ik geloof niet in de schikgodinnen. Ik geloof nergens in. Hoe kunnen de schikgodinnen over ons beschikken als ze dingen expres zo afschuwelijk laten verlopen? Het is onzin, Adeline. Fantastische onzin. Dingen zijn niet voorbestemd. Mensen en gebeurtenissen, het is allemaal toeval, en dan gaat de geschiedenis verder en laat ons met de gebakken peren zitten.'

Adeline bleef doodstil staan. Ze hief haar hoofd op en streek Lottie over haar haar. Ze zweeg, alsof ze aarzelde om iets te zeggen. 'Als hij voor jou is bedoeld, komt hij terug.'

Lottie trok zich terug en haalde haar schouders op. 'Je lijkt mevrouw Holden en haar appelschil wel.'

'Je moet eerlijk voor je gevoelens uitkomen.'

'En als mijn gevoelens er in dit geval niets toe doen?'

Adeline fronste beduusd haar wenkbrauwen. 'Jouw gevoelens doen er altijd toe, Lottie.'

'O, ik moet weg. Ik moet gaan.' Lottie bedwong haar tranen, pakte haar jas en liep, de vrouw achter zich negerend met snelle passen het huis door, terug naar de oprijlaan.

De dag daarop, toen ze spijt had van haar uitbarsting, kreeg ze een brief. Adeline maakte geen melding van haar slechte bui, maar sloot een adres in waar ze haar in Frankrijk kon bereiken. Ze vroeg Lottie contact te blijven houden en zei dat de enige echte zonde bestond in willen zijn wat je niet bent. 'Het is een hele troost te weten dat je jezelf trouw bent geweest, Lottie. Geloof me.' Ze tekende merkwaardigerwijs met 'een vriendin.'

Lottie raakte de brief in haar zak aan terwijl ze toekeek hoe Joe de voorkant van de Daimler met witte linten versierde. Ze wist niet waarom ze hem nog steeds bij zich droeg. Misschien dat het besef dat ze een bondgenote had haar een gevoel van troost verschafte. Zonder Adeline was er niemand meer met wie ze kon praten. Ze luisterde naar Joe zoals naar een vlieg die gonzend in een kamer rondvliegt: onverschillig, met af en toe lichte ergernis. Met Celia was het altijd leuk geweest, maar de meisjes hadden geen contact meer met elkaar gezocht.

En dan was er Guy, wiens verbijsterde, ongelukkige gezicht haar achtervolgde en wiens handen, huid en geurige adem haar dromen binnendrongen. Ze verdroeg het niet bij hem in de buurt te zijn en had sinds hun ontmoeting in het strandhuisje een paar weken terug niet meer met hem gesproken. Niet omdat ze boos op hem was, hoewel ze inderdaad boos was, maar omdat ze wist dat, als hij met haar zou praten en zou aandringen, haar vastberadenheid zou verslappen. En als hij nog steeds met haar samen wilde zijn, zelfs na alles wat er was gebeurd, wist ze dat ze niet op dezelfde manier van hem zou kunnen houden. Hoe zou ze van een man kunnen houden die bereid was Celia in haar toestand te verlaten?

Hij wist nog van niets toen Celia het haar vertelde, maar hij zou het inmiddels wel weten. Hij liep haar niet meer achterna, liet geen briefjes meer achter op plekken waarvan hij wist dat ze ze zou vinden, kleine potloodkrabbeltjes met wanhoopskreten zoals: PRAAT TEGEN ME! Het was gemakkelijk voor haar om bij mevrouw Holden in de buurt te blijven en ervoor te zorgen dat ze nooit alleen waren. In het begin begreep hij er niets van. Inmiddels moest hij het wel begrijpen. Celia had gezegd dat ze het hem zou vertellen en hij keek niet eens meer naar Lottie, maar ontweek haar bij elke samenkomst met een gesloten en vreugdeloos gezicht, zodat ze geen van beiden rechtstreeks elkaars ellende konden zien.

Ze probeerde niet te denken aan wat had kunnen zijn. Want hoe pijnlijk ook, ze was in staat geweest het Celia aan te doen, toen Celia nog de kans had om een ander te vinden. Hoe kon ze haar nu met haar schande in de steek laten? Hoe kon ze ellende uitroepen over het gezin dat haar daarvan had gered? Op andere dagen was ze woedend op hem, kon ze niet geloven dat Guy die intimiteit, die gevoelens met Celia had gedeeld. Zij waren de twee enige mensen ter wereld die dat hadden ervaren, de enigen die dat geheim kenden. Ze pasten bij elkaar als een paar handschoenen, dat had hij zelf gezegd. Nu voelde ze zich verraden.

'Waarom?' had hij haar toegefluisterd toen ze even alleen in de keuken waren. 'Wat heb ik misdaan?'

'Het is niet aan mij je dat te vertellen,' zei ze, en ze trok zich van hem terug, inwendig bevend van emotie bij het zien van de woede en ergernis op zijn gezicht. Maar ze moest hard zijn. Dat was de enige manier waarop ze de situatie aankon.

'Ik geef je even een lift. Oké, Lottie?'

Hij stond door het raampje naar haar te kijken, met zijn hand op het dak. Hij zag er levendig en opgewekt uit, eindelijk op zijn gemak nu hij in zijn eigen omgeving was. 'Maar je kunt het best boven aan de weg uitstappen. Mevrouw Holden wil natuurlijk dat de auto leeg komt voorrijden.'

Lottie forceerde een glimlach, sloot haar ogen en luisterde naar de stevige knal van het dichtslaande portier en het goed gesmeerde gezoem van de motor toen Joe het contactsleuteltje omdraaide.

Nog maar een paar uur, zei ze bij zichzelf, en ze klemde de brief nog wat steviger in haar hand.

Nog maar een paar uur.

Alle bruiden zijn mooi, volgens het gezegde, maar Susan Holden wist zeker dat Celia de mooiste bruid was die er in jaren in Merham te zien was geweest. Met haar drie lagen sluiers en gevoerde satijnen japon die strak om dat figuurtje maat vierendertig spande versloeg ze Miriam Ansty en Lucinda Perry van het jaar daarvoor glansrijk. Zelfs mevrouw Chilton, destijds een groot bewonderaarster van Lucinda Perry's tamelijk gewaagde lila-witte reisensemble, moest het toegeven. 'Ze is mooi om te zien, jullie Celia,' had ze na de plechtigheid gezegd, haar handtas onder haar boezem geklemd en haar met veren versierde hoed in een hachelijk scheve positie op haar hoofd balancerend, 'dat moet ik haar nageven. Ze is mooi om te zien.'

Bovendien was het een mooi paar: Celia, met passende tranen in haar ogen, aan de arm van haar jonge echtgenoot, en hij streng en een tikje nerveus, zoals alle bruidegoms. Het verbaasde mevrouw Holden niet dat hij niet zo vaak glimlachte als ze had gewenst. Bij haar eigen huwelijk glimlachte Henry pas toen ze samen boven waren en dat ook alleen maar na een paar glazen champagne.

Freddie en Sylvia hadden de hele plechtigheid niet geruzied. Nu ja, er was die stiekeme trap tijdens het *Onsterfelijk, Onzichtbaar*, maar Sylvia's jurk had het ergste gecamoufleerd.

Mevrouw Holden, voorzichtig op de vergulde stoel aan de hoofdtafel gezeten, gunde zich haar eerste slokje sherry en keek langs de andere tafels beneden hen. Het puikje van hun stad, bedacht ze vergenoegd. In aanmerking genomen hoe weinig tijd ze hadden gehad om de bruiloft te organiseren, verliep alles tamelijk goed.

'Gaat-ie goed, Susan?' Het was Guy Bancroft senior, die zich in zijn stoel samenzweerderig naar haar toe boog met een brede grijns die zijn gezicht verhelderde. 'Ik wilde maar even zeggen dat de moeder van de bruid er vanmiddag bijzonder aantrekkelijk uitziet.'

Mevrouw Holden protesteerde bevallig. Het kwam door die *Autumn Berry*-lippenstift. Die bracht haar bepaald geluk. 'Nu, ik vind dat mevrouw Bancroft en u er ook heel elegant uitzien.'

Dat was zeker het geval wat Dee Dee betrof: ze droeg een turkooizen shantung deux-pièces met bijpassende pumps met een open hiel. Mevrouw Holden had de hele middag moed verzameld om haar te vragen of ze die speciaal had laten maken.

'Ach, ja... Dee Dee ziet er altijd goed uit in haar goeie goed.'

'Pardon?'

'Maar in shorts en op blote voeten ziet ze er even goed uit. Een echt buitenmeisje, die vrouw van mij. Mijn zoon lijkt op haar. Of moet ik zeggen: jullie schoonzoon...' Hij lachte. 'De hele toestand is wel even wennen, hè?'

'O, we beschouwen jullie al als een deel van de familie.'

Zag Henry er maar wat gelukkiger uit. Hij staarde met sombere blik over de zee van vrienden en bekenden, die zich te goed deden aan zijn eten en nu en dan iets tegen zijn dochter mompelden. En vulde meer dan eens zijn glas bij. Laat Henry alsjeblieft niet dronken worden, bad ze. Niet in het bijzijn van al die mensen. Niet vandaag.

'Ik moest meneer Bancroft gewoon even gelukwensen met zijn heerlijke dessert.' Dat was Deirdre Colquhoun, ademloos en luisterrijk in een roze damasten doorknoopjurk in empirestijl. Freddie had luidkeels verkondigd dat hij wist van welke oude sofa de stof afkomstig was en Susan Holden had een snelle blik om zich heen geworpen om te zien of ze niet in de buurt was. Ze maakte een gebaar naar het opgetaste exotische fruit en de glazen kommen met fruitsalade. Die bevatten geen keiharde appels, morellen of ananas uit blik, maar schijfjes kumquat, papaja en mango, partjes stervrucht en melkwitte lychees, vruchten met een kleur en structuur die de Engelse gasten onbekend waren. Dientengevolge werden ze door velen gemeden; men hield zich aan wat men kende. Zoals pruimen. En sinaasappels. 'Echt fruit,' zoals Sarah Chilton mevrouw Ansty heimelijk toefluisterde.

'Wat hebt u een schitterende schalen opgemaakt,' mompelde mevrouw Colquhoun bewonderend.

'Allemaal vers, gisterenochtend ingevlogen.' Meneer Bancroft leunde achterover in zijn stoel en stak genietend een sigaret op. 'Ik moet eraan toevoegen dat ze zijn gesneden en geschild door Hondurese maagden.'

Mevrouw Colquhoun liep roze aan. 'Hemeltje...'

'Wat zeg je daar, Guyschat? Ik hoop dat je geen stoute jongen bent...' Dee Dee leunde naar achteren om hem te kunnen zien en onthulde daarbij een flink stuk gebruind dijbeen.

'Ze laat me nooit eens mijn gang gaan.' Maar meneer Bancroft glimlachte.

'Ik laat je al meer je gang gaan dan goed voor je is.'

'Kan ik het helpen als jij er zo uitziet, schat?' Hij blies haar luidruchtig een kusje toe.

'Nu, hoe dan ook. Het fruit is prachtig uitgestald.' Mevrouw Colquhoun, met haar hand aan haar kapsel, draaide zich wat wankel om en liep naar haar tafel terug.

Mevrouw Holden wendde zich tot haar echtgenoot. Dit was al zijn derde cognac. Ze zag hoe hij de vloeistof door het ballonglas liet draaien en met een soort grimmige vastbeslotenheid naar binnen goot. O, waarom moest hij juist vandaag een van zijn buien hebben?

Lottie, die als scheidsrechter tussen Freddie en Sylvia zat, voelde dat ze weer onwel werd. Ze was al dagenlang niet zichzelf, hetgeen niet verwonderlijk was aangezien ze het liefst ergens was weggekropen om rustig dood te gaan. De afgelopen maand had ze zich geïsoleerd gevoeld, alsof ze door een mist liep en de mensen vanaf een afstand hoorde en zag. Dat was een soort opluchting. Als ze nu en dan gedwongen werd iets te voelen, zoals wanneer Celia haar armen om Guys hals sloeg of ze haar samenzweerderig met haar moeder hoorde giechelen om iets dat hij had gezegd of gedaan, was de pijn die door haar heen schoot bijna ondraaglijk. Die was echt: scherp, doelgericht en bestraffend.

Maar dit was anders. Ze voelde zich lichamelijk uit balans, alsof haar bloed net als de golfslag uit haar wegtrok als ze zich bewoog. Voedsel bekeek ze met wantrouwen. Het smaakte niet goed, was niet lekker. Ze kon eenvoudig niet naar de bonte uitstalling van vruchten kijken, ze waren te fel van kleur, alsof hun vrolijkheid een regelrechte aantijging vormde.

'Kijk, Freddie. Kijk eens.'

Sylvia deed haar mond wagenwijd open en toonde de gekauwde inhoud van haar bord.

'Sylvia.' Lottie wendde haar blik af. Ze hoorde Freddie verrukt grinniken, en op zijn beurt 'kaaaak' roepen toen de inhoud van zijn mond tentoongesteld werd.

'Hou je gedeisd, jullie twee.'

Joe zat aan de andere kant van Freddie. Hij was geen familie, maar mevrouw Holden had besloten hem toch aan hun tafel te laten plaatsnemen. Lottie had niet de energie zich eraan te ergeren. Naarmate de middag voortduurde begon ze zich zelfs dankbaar te voelen.

'Gaat het een beetje, Lottie? Je ziet er nogal bleek uit.'

'Best, Joe.'

Ze wilde naar huis, op haar bed gaan liggen en zich lange tijd niet verroeren. Behalve dat thuis niet meer als thuis voelde. Misschien was het wel nooit thuis geweest. Lottie keek om zich heen naar de receptie. Haar gewone, lichte gevoel van desoriëntatie dreigde erger te worden, haar te overweldigen.

'Hier, ik heb water voor je ingeschonken. Drink eens wat.'

'Sylvia! Sylvia? Hoeveel druiven kun jij in je mond proppen?'

'Je ziet er echt niet goed uit. Hoop dat je niet weer een virus hebt opgelopen.'

'Kijk eens, ik krijg er een heleboel meer in dan jij. Moet je kijken, Sylvia. Kijk nou.'

'Je hebt bijna niks gegeten. Kom, drink wat. Daar knap je van op. Of ik kan wat melk voor je laten opwarmen, dan komt je maag tot rust.'

'Hou alsjeblieft op, Joe. Ik voel me best. Echt waar.'

Zijn toespraak was kort. Hij bedankte de familie Holden voor hun gastvrijheid en voor het heerlijke feestmaal, zijn ouders voor het prachtige dessert en voor het feit dat ze het de afgelopen zesentwintig jaar met hem hadden uitgehouden, en Celia dat ze zijn vrouw was geworden. Dat hij het zonder veel enthousiasme of romantische bewoordingen zei, bood weinig troost. Ze was intussen wel zijn vrouw.

En Celia. Celia zat daar met die betoverende glimlach op haar gezicht en de sluier die flatteus haar sierlijke hals omlijstte. Lottie kon niet naar haar kijken, geschokt als ze was door de diepe haat die ze nu jegens haar koesterde. Weten dat ze het juiste had gedaan vormde in het geheel geen troost. Trouw zijn aan jezelf, zoals Adeline het stelde, nog minder. Als ze zichzelf kon wijsmaken dat ze niet meende wat ze had gevoeld, kon ze verder.

Maar ze had het gevoeld.

O, god, ze wilde alleen maar gaan liggen. Ergens in het donker.

'Zal ik wat van het dessert voor je opscheppen?' vroeg Joe.

De gasten begonnen ongedurig te worden. Het werd tijd, besloot mevrouw Holden, dat de jonggehuwden vertrokken, zodat een paar van de oudere dames naar huis konden voordat het te laat werd.

Mevrouw Charteris en mevrouw Godwin zagen er wat vermoeid uit en de gasten van de achterste tafel hadden hun jassen al aan.

Ze besloot dat dat Henry's taak was. Hij had maar heel weinig gedaan tijdens de receptie, zelfs van zijn speech had hij zich gemakkelijk afgemaakt en ze wilde niet dat iemand iets aan te merken zou hebben. Ze verontschuldigde zich en stond op om de lange weg naar de tafel van haar echtgenoot af te leggen. Hij staarde voor zich uit over de tafel, zich kennelijk onbewust van de vrolijke conversatie om hem heen. Mevrouw Holden rook de alcohol al op een meter afstand.

'Henry, schat, kan ik je even spreken?'

Ze deinsde terug bij de ijskoude blik in zijn ogen toen hij zijn hoofd ophief. Hij keek haar strak aan, wat een eeuwigheid leek te duren, met de starende blik die de ander totaal van zijn zelfvertrouwen berooft.

'Wat heb ik nu weer gedaan, liefste?' zei hij. Het 'liefste' werd uitgespuwd alsof het iets was dat smerig smaakte.

Susan Holden keek snel om zich heen om te zien of iemand het had gemerkt. 'Je hebt niets gedaan, schat. Ik wil je alleen een minuutje lenen.' Ze legde haar hand op zijn arm en wierp een blik op het echtpaar Bancroft, dat druk in gesprek was.

'Ik heb niets gedaan.' Hij boog zijn hoofd en plaatste zijn handpalmen op tafel, alsof hij zich wilde opduwen. 'Nu, dat is weer eens iets anders, nietwaar Susan-lief?'

O jee, ze had hem nog nooit zo erg meegemaakt. Bliksemsnel ging ze de mogelijkheden na om hem zo snel mogelijk, zonder openlijke ruzie, af te voeren.

'Weer eens iets anders dan dat alles naar je zin lijkt te zijn.'

'Henry!' smeekte ze met gedempte stem.

'Nu, het gebeurt niet dikwijls dat we allemaal een voldoende halen. Dat we aan de hoge maatstaven van een gastvrouw van Merham voldoen.' Hij stond inmiddels rechtop en begon te lachen, een scherpe, bittere lach.

'Lieverd. Lieverd, kunnen we alsjeblieft...'

Zogenaamd verrast wendde hij zich tot haar. 'O, is het nu al "lieverd"? Is dat niet fijn? Nu ben ik je lieverd. Goeie hemel, Susan. Nog even en ik ben "liefste".'

'Henry!'

'Mammie?' Celia verscheen aan haar zijde. Ze keek naar haar vader en weer naar mevrouw Holden. 'Is er iets?'

'Niets aan de hand, schat,' zei mevrouw Holden geruststellend en ze probeerde haar met een klopje op de arm weg te krijgen. 'Maken Guy en jij je maar vast klaar. Het wordt tijd dat jullie vertrekken.'

'Niets aan de hand, Celia, schatje. Niets aan de hand.' Dokter Holden legde zijn handen zwaar op de schouders van zijn dochter. 'Ga jij nu maar weg om een mooi leven met je knappe jongeman te leiden.'

'Pappie...' Celia zag er onzeker uit.

'Ga jij maar weg en blijf even mooi en grappig en lief als altijd. Doe je best om niet op hem te vitten om onbenullige dingen. Probeer niet naar hem te kijken alsof hij een schurftige hond is als hij iets doet wat hij toevallig graag doet... dus niet keurig rechtop zitten en netjes thee drinken en zich druk maken om wat andere mensen denken.'

'Henry!' Susan Holdens ogen stonden vol tranen. Ze bracht haar hand naar haar mond.

Inmiddels was Guy achter Celia komen staan, om te zien wat er gaande was.

'O, spaar me je tranen, Susan. Spaar me nog zo'n portie tranen. Als iemand hier zou moeten huilen, ben ik het.'

Celia barstte in luid gesnik uit. Aan de tafels om hen heen verstomden de gesprekken. De mensen keken elkaar met onzekere blik aan, met hun glas nog in de hand.

'Pappie, waarom doe je zo afschuwelijk? Alsjeblieft, dit is mijn grote dag.' Celia probeerde hem naar achteren te trekken, weg van de tafel.

'Maar het gaat niet alleen om deze dag, liefste Celia. Het gaat niet alleen om dat verrekte huwelijk. Het gaat om elke verrekte dag daarna. Elke verdomde eindeloze rotdag tot de dood je scheidt.' Hij schreeuwde die laatste woorden uit. Susan zag tot haar afgrijzen dat ze nu in het middelpunt van de aandacht stonden.

'Gaat het een beetje?' riep meneer Bancroft.

Guy sloeg zijn arm om Susan Holden heen. 'Best, pa. Eh, waarom komt u niet bij ons zitten, mevrouw Holden?'

'O, doe geen moeite,' zei dokter Holden. 'Ik ga naar buiten. Jullie mogen deze volmaakte receptie zonder mij voortzetten. Excuseert u mij, dames en heren, de voorstelling is voorbij. Uw goede dokter vertrekt.'

'Je bent een bruut, pappie,' snikte Celia toen hij met onvaste tred tussen de tafels in de eetzaal van het Rivièra Hotel door liep. 'Dit vergeef ik je nooit.'

'Cognac,' zei meneer Bancroft, 'heeft soms dat effect.'

'Beheers je, Celia-lief,' zei mevrouw Holden. Ze nam een slokje sherry om bij te komen. Alleen het trillen van haar handen verried haar eigen gebrek aan zelfbeheersing. 'Iedereen kijkt naar ons.'

Bij het havenhoofd twinkelden drie lichtjes. Vissersboten, besloot Lottie. De lichten waren te klein voor andere schepen. Ze haalden hun schatten op van de zeebodem, uit die koude, inktzwarte diepte en trokken ze onhoorbaar hijgend op naar het ondoordringbare nachtelijke duister. Ze trok haar vest strakker om zich heen tegen de kille najaarslucht en luisterde naar het klotsen en bruisen van de zee, die de kiezelstenen losjes in zijn greep meevoerde. Verdrinken scheen de aangenaamste manier van doodgaan te zijn. Dat had een van de vissers haar verteld. Als je eenmaal je verzet had opgegeven en je mond opendeed, nam de paniek af en nam het water bezit van je en hulde je in zijn zachte, verwelkomende duisternis. Een vredige manier om te gaan, had hij het genoemd. Merkwaardig genoeg kon hij ook niet zwemmen. Ze had gelachen toen hij het vertelde. Maar dat was in een tijd geweest dat ze nog kon lachen.

Lottie ging verzitten op de stoel en ademde de zilte lucht in. Ze vroeg zich af wat het verschil met water zou zijn. Ze nam een paar hoorbare teugen alsof ze het uitprobeerde, maar het leek geen overtuigend vervangmiddel. De enige keren dat ze zeewater had ingeslikt had het in haar keel gebrand, waardoor ze bijna stikte in het zout en moest kokhalzen en slijm ophoesten. Alleen de gedachte al maakte haar weer misselijk.

Nee, het enige antwoord zou zijn het zelf uit te proberen. Het helemaal doorslikken, zich aan die donkere omhelzing overgeven. Lottie knipperde met haar ogen en sloot ze. Ze luisterde naar het onverwachte patroon van haar gedachten. Het is niet de pijn van vandaag die ik niet kan verdragen, dacht ze en ze begroef haar gezicht in haar handen. Het is de gedachte aan alle dagen die nog moeten komen, de eindeloze herhaling van pijn, de schokken van onwelkom nieuws. Want ik zal alles over hen moeten aanhoren: over hun huis, hun kind en hun geluk. Zelfs al zou ik hier ver vandaan gaan wonen, dan zou ik het nog te weten komen. Ik zal moeten aanzien dat hij vergeet dat we intiem zijn geweest, helemaal van elkaar. En ik zal verschrompelen en elke dag doodgaan.

Wat maakte één dode uit op vele duizenden?

Lottie stond op. De wind had vrij spel met haar rok en haar haren. Het was maar een klein stukje lopen vanaf het Rivièra-terras naar het strand. Niemand zou weten dat ze weg was.

Met merkwaardig droge ogen keek ze naar haar voeten. Ze bewogen zich aarzelend, de een voor de ander, alsof ze ze niet onder controle had.

Ze bestond toch al nauwelijks meer, het leek maar een heel klein stapje verder.

Bij de haveningang twinkelden de drie lichtjes nog in het donker.

'Wie is daar?'

Lottie sprong op en draaide zich om.

Een lange, wankelende schaduw doemde op en poogde onhandig een lucifer aan te steken.

'O, ben jij het. Goddank. Ik dacht dat het een van Susans vriendinnen was.'

Dokter Holden liet zich zwaar op het uiteinde van een bank zakken en slaagde er eindelijk in zijn lucifer aan te steken. Hij hield die bij de sigaret in zijn mond, blies de rook uit en liet het vlammetje in de wind uitwaaien. 'Ook ontsnapt, hè?'

Lottie staarde naar de lichtjes en wendde zich toen tot hem. 'Nee. Niet echt.'

Nu zag ze zijn gezicht in het licht van de bovenramen. Zelfs tegen de wind in rook ze de alcohol in zijn adem.

'Een bezoeking, zo'n bruiloft.'

'Ja.'

'Brengt het slechtste in me naar boven. Sorry, Lottie. Beetje te veel op.'

Lottie sloeg haar armen over elkaar en vroeg zich af of hij wilde dat ze bij hem kwam zitten. Ze ging een eindje van hem af zitten, aan de andere kant van de bank.

'Wil je er ook een?' Glimlachend bood hij haar een sigaret aan.

Misschien was het als grapje bedoeld. Ze schudde haar hoofd en glimlachte zwakjes terug.

'Ik zou niet weten waarom niet. Je bent geen kind meer. Hoewel mijn vrouw je wel zo blijft behandelen.'

Lottie keek naar haar schoenen.

Ze bleven een poos zwijgend zitten luisteren naar het gedempte geluid van de muziek en het gelach dat door de nachtlucht klonk.

'Wat moeten we doen, Lottie? Jij op het punt de wijde wereld in te worden gestuurd, en ik snakkend ernaar te kunnen ontsnappen.'

Ze bewoog zich niet, zich bewust van een ander timbre in zijn stem.

'Het is een verrekte puinhoop, dat is zeker.'

'Ja. Ja, daar hebt u gelijk in.'

Hij keerde zich naar haar toe en schoof een stukje op over de bank. In het hotel hoorde ze hoerageroep, met op de achtergrond Ruby Murray, die over gelukkige dagen en eenzame nachten zong.

'Arme Lottie, dat je naar het geraaskal van een dronken oude dwaas moet luisteren.'

Ze wist niet wat ze moest zeggen.

'Ja, dat ben ik. Ik koester geen illusies. Ik heb de bruiloft van mijn dochter verpest, mijn vrouw voor schut gezet, en nu zit ik jou hier te vervelen.'

'U bent niet vervelend.'

Hij nam weer een trek van zijn sigaret. Keek haar van terzijde aan. 'Meen je dat?'

'Ik heb u nooit vervelend gevonden. U bent... u bent altijd heel aardig voor me geweest.'

'Aardig. Aardigheid. Hoe kon ik anders? Jij hebt een moeilijk leven gehad, Lottie, en je kwam hier en bloeide ondanks alles toch op. Ik ben altijd even trots op jou geweest als op Celia.'

Lottie voelde de tranen in haar ogen prikken. Vriendelijkheid was nog veel moeilijker te verdragen.

'Mm. In bepaalde opzichten ben je een betere dochter voor me geweest dan Celia. Je bent intelligenter, dat is zeker. Jij hebt je hoofd niet volgepropt met romantisch geleuter en belachelijke tijdschriften.'

Lottie haalde diep adem. Keek uit over de zee. 'O, ik weet zeker dat ik net zo goed tot romantisch gedroom in staat ben als ieder ander.'

'Heus waar?' Er klonk oprechte tederheid in zijn stem.

'Ja,' zei ze. 'Behalve dat het me weinig heeft opgeleverd.'

'O, Lottie...'

Onverhoeds barstte ze in tranen uit.

In één beweging was hij bij haar, nam haar in zijn armen en trok haar naar zich toe. Ze rook de pijptabak op zijn jasje, de warme, vertrouwde geuren van haar kindertijd. Ze gaf zich aan hem over, begroef haar gezicht in zijn schouder en liet het verdriet gaan dat ze zo lang had moeten verbergen. Ze voelde dat hij haar over haar rug streelde, zoals je dat bij een baby deed. En hoorde hem kreunen: 'O, Lottie, mijn arme meisje, ik begrijp het. Ik begrijp het zo goed.'

Toen schoof hij van haar weg, en ze keek naar hem op en zag in het schemerlicht een immense droefheid op zijn gezicht, het gewicht van lang meegedragen leed, en huiverde, want ze zag zichzelf. 'Arme, lieve Lottie,' fluisterde hij.

Toen hij zijn hoofd naar het hare bracht, deinsde ze terug. Want toen hij haar gezicht tussen zijn handen nam, drukte hij zijn mond op de hare en begon haar hongerig en wanhopig te kussen. Hun tranen vermengden zich op hun wangen en hij had de vieze smaak van alcohol op zijn lippen. Verbijsterd probeerde Lottie zich los te rukken, maar hij kreunde en hield haar nog steviger vast.

'Dokter Holden, alstublieft...'

Het had nog geen minuut geduurd. Maar toen ze zich had bevrijd, keek ze opzij en zag ze het geschokte gezicht van mevrouw Holden die in de deuropening van het hotel stond. Ze wist dat dit de langste minuut van haar leven was.

'Henry...' De stem van mevrouw Holden klonk, zacht, gebroken. Toen ze met haar hand steun zocht bij de muur, vluchtte Lottie het donker in.

Al met al was het keurig geregeld. Dokter Holden, die thuiskwam voordat ze klaar was met het inpakken van haar koffer, zei dat ze niet op die manier hoefde te vertrekken, wat Susan ook had gezegd. Maar ze hadden wel besloten dat het het beste zou zijn dat ze zou vertrekken zodra er iets voor haar was geregeld. Hij had een vrienden in Cambridge die een meisje nodig hadden voor hun kinderen. Hij wist zeker dat Lottie zich daar gelukkig zou voelen. Hij leek bijna opgelucht toen ze zei dat ze haar eigen plannen had.

Hij had niet gevraagd wat voor plannen dat waren.

Ze was de ochtend daarop even na elven vertrokken met het adres van Adeline in Frankrijk en een brief aan Joe in haar hand geklemd. Celia en Guy waren al weg. Virginia leek onverschillig. Freddie en Sylvia huilden geen van beiden, niemand had hun verteld dat ze voorgoed wegging. Dokter Holden, onhandig en katterig, had haar stiekem dertig pond toegestopt en gezegd dat het voor de toekomst was. Mevrouw Holden, bleek en star, had haar nauwelijks aangekeken toen ze afscheid nam.

Dokter Holden had geen excuses aangeboden. Niemand leek verdrietig haar te zien vertrekken, iemand die élf jaar als lid van hun gezin bij hen had gewoond.

De omhelzing van dokter Holden was echter niet het onrechtvaardigste dat haar was aangedaan. Nee, besefte ze met een blik op de kalender in haar zakagenda, terwijl ze in de trein naar Londen voor zoveelste keer het rekensommetje maakte. Nee, Adelines schikgodinnen hadden een veel wreder gevoel voor humor dan zelfs zij had kunnen vermoeden.

DEEL TWEE

9

'ALLE DRIE DE RIJBANEN van de M11 zijn weer open, maar past u op voor tegemoetkomend verkeer bij de kruising met de M25. En we krijgen juist bericht binnen dat het verkeer bij Hammersmith Broadway volkomen vast is gelopen, met gevolgen voor het verkeer in de richting van de M4 en de Fulham Palace Road. Waarschijnlijk als gevolg van een gestrand voertuig. Daarover later meer. Het is bijna half tien en ik geef u nu aan Chris...'

Zwanen vormen een paar voor het leven. Ze wist bijna zeker dat het zwanen waren. Of waren het misschien eenden? Of zelfs koolmezen. Heetten ze echt zo, koolmezen? Dat was net zoiets als wanneer mensen aardappeleters werden genoemd. Of, in haar geval, volkorenbiscuit- en sigarettenconsumenten. Daisy Parsons zat doodstil uit het raampje van haar auto te kijken terwijl de vogels onder de brug doorzeilden over het water, dat om hen heen schitterde in de voorjaarszon. Het moesten wel zwanen zijn. Natuurlijk waren het zwanen. Het kon niemand iets schelen of koolmezen paren vormden voor het leven.

Ze keek op de klok. Ze zat daar al bijna zeventien minuten. Niet dat de tijd er op dat moment erg veel toe deed. Hij snelde soms voorbij alsof je de uren in één hap wegslikte, maar meestal sleepte hij zich voort, en rekte hij – als goedkoop elastiek – de minuten naar de uren, de uren naar de dagen. En Daisy zat daar middenin, onzeker welke kant ze op moest reizen.

In het kinderzitje naast haar op de bank geeuwde Ellie in haar slaap en zwaaide met garnalenvingertjes naar een onzichtbaar doel. Daisy voelde de bekende steek van ongerustheid dat ze elk moment wakker kon worden en boog zich naar voren om de radio zachter te zetten. Het was heel belangrijk dat Ellie niet wakker gemaakt werd. Het was altijd belangrijk dat Ellie niet wakker gemaakt werd.

Ze taxeerde het kabaal van het verkeer om haar heen, het geluid van de ronkende motoren, en volgde verstrooid het volume. Iets te veel en de baby werd weer wakker. Iets te weinig en ze zou wakker worden als er een speld viel. Daarom was dat geschreeuw buiten zo irritant.

Daisy liet haar hoofd op het stuur zakken. Toen er hard op het raampje werd getikt keek ze op, zuchtte en maakte het portier open.

Hij droeg een motorhelm en zette hem af om te kunnen praten. Achter hem ontwaarde ze verscheidene boos kijkende mensen. Sommigen hadden hun autodeur opengelaten. Je moet je portier nooit openlaten. In Londen. Dat was een van de regels.

'Hebt u autopech, mevrouw?'

Ze wilde dat hij niet zo schreeuwde. De baby zou wakker worden.

De agent keek naar zijn collega, die aan de andere kant van haar auto verscheen. Iedereen staarde haar aan. 'Hebt u pech? We moeten u van de weg halen. U blokkeert de brug.'

De zwanen kwamen weer tevoorschijn. Daar gingen ze, ze dreven sereen in de richting van Richmond.

'Mevrouw? Hoort u mij?'

'Luister eens, agent, kunt u haar niet een zetje geven? Ik kan hier niet de hele dag blijven wachten.' Hij zou er zelfs in gunstige omstandigheden boos uitzien. Grote rode wangen, een overhangende buik, een duur pak en bijpassende auto. 'Moet u haar zien. Die is duidelijk gestoord.'

'Gaat u alstublieft weer in uw auto zitten, meneer. Over een minuutje rijden we allemaal door. Mevrouw?'

Het waren er honderden. Duizenden. Daisy keek met haar ogen knipperend naar de stilstaande auto's achter haar, die zich als een veelkleurige waaier verspreidden. Ze wilden allemaal de brug over. En konden dat niet omdat zij met haar kleine rode Ford Fiesta in de weg stond.

'Wat is het probleem?' Hij had het nu al twee keer tegen haar gezegd. Ze wilde dat hij niet zo schreeuwde. Hij zou zo de baby wakker maken.

'Ik kan niet...'

'Zal ik even onder de motorkap kijken, mevrouw? We moeten hem eerst hier weg duwen. Hier, Jason. Wilt u hem even van de handrem af zetten? We moeten die opstopping wegwerken.'

'U maakt de baby wakker.' Ze werd zenuwachtig bij het zien van die man in haar auto, bij Ellies gezichtje dat er zo kwetsbaar uitzag in haar slaap. Ineens voelde ze dat ze begon te trillen en dat de inmiddels vertrouwde paniek zich in haar borst begon te verspreiden.

'We duwen hem alleen naar de kant. Dat krijgen we u wel weer aan de praat.'

'Nee. Alstublieft. Laat me maar.'

'Mevrouw, u moet hem nu van de handrem af zetten. Ik doe het wel even voor u als u me...'

'Ik was op weg naar mijn zus. Maar ik durf niet...'

'Pardon, mevrouw?'

'Ik durf niet over de brug.'

De politieagent bleef staan. Ze zag dat hij weer een blik met zijn collega wisselde.

'Schiet een beetje op!'

'Stomme trut!'

Iemand hield zijn hand op de claxon.

Ze probeerde adem te halen. Het lawaai uit haar hoofd te krijgen.

'Wat is nu eigenlijk het probleem, mevrouw?'

Ze zag de zwanen niet meer. Toen ze even niet keek waren ze om de bocht verdwenen.

'Laat me alstublieft... ik kan het niet. Ik durf de brug niet over.' Met wijd opengesperde ogen keek ze de mannen aan. Ze probeerde het hun duidelijk te maken, maar ze besefte, terwijl ze de woorden uitsprak, dat zij het nooit zouden begrijpen. 'Daar heeft hij voor het eerst tegen me gezegd dat hij van me hield.'

Haar zus droeg haar Londense jas. Het was een vlotte jas en zo te zien was de draagster niet geheel onbemiddeld. Hij was gemaakt van donkerblauwe wol en had marineknopen, een harnas tegen een hectische, onbetrouwbare stad. Ze zag de jas al voordat ze haar zag, ving er een glimp van op door de halfopen deur waardoor de ongeïnteresseerde politievrouw in- en uit- was gelopen met de smerige automaatkoffie. Ze had hem zonder er iets van te proeven opgedronken, voordat ze eraan dacht dat ze geen cafeïne mocht hebben. Niet tijdens de borstvoeding. Dat was een van de regels.

'Ze zit hier,' zei een gedempte stem.

'Is alles goed met haar?'

'Niets aan de hand. Met geen van beiden.'

Ellie lag braaf te slapen in het kinderzitje aan haar voeten. Ze sliep bijna nooit zo lang, maar ze vond het stoeltje prettig. Ze voelde zich graag veilig omsloten, had de wijkverpleegster gezegd. Met een peinzende, afgunstige blik keek Daisy naar het stoeltje.

'Daisy?'

Ze keek op.

Haar zus zag er onzeker uit. Alsof ze op iets afliep dat kon bijten. 'Mag ik binnenkomen?' Ze keek naar Ellie en wendde toen haar blik af alsof ze zichzelf wilde geruststellen. Toen ging ze op de stoel naast Daisy zitten en legde een hand op haar schouder. 'Wat is er gebeurd, schat?'

Het leek alsof ze uit een droom ontwaakte. Het gezicht van haar zus. De zwierige kastanjebruine haardos die nooit leek te hoeven worden bijgeknipt. Haar ogen, aandachtig en ongerust. Haar hand. Ze was al in geen vier weken door een volwassene aangeraakt. Ze deed haar mond open om iets te zeggen, maar er kwam geen geluid uit.

'Daisy? Lieverd?'

'Hij is weg, Julia.' Het kwam er fluisterend uit.

'Wie is er weg?'

'Daniel. Hij... hij is weg.'

Julia fronste haar wenkbrauwen en keek Ellie aan. 'Waar is hij heen?'

'Hij is bij me weg. En bij haar. En ik weet niet wat ik moet doen...'

Julia hield haar een hele poos vast terwijl Daisy haar snikken in de donkere wollen jas begroef en probeerde het ogenblik uit te stellen dat ze weer volwassen zou moeten worden. Ze was zich vaag bewust van voetstappen op het linoleum en de scherpe lucht van desinfecteermiddelen. Ellie knipperde in haar slaap met haar oogleden.

'Waarom heb je me het niet verteld?' fluisterde Julia terwijl ze haar over haar hoofd streek.

Daisy sloot haar ogen. 'Ik dacht... ik dacht dat hij misschien terug zou komen als ik het tegen niemand vertelde.'

'O, Daisy...'

De politieagente stak haar hoofd om de deur. 'Uw autosleutels liggen bij de receptie. We hebben de wagen niet in beslag genomen. Als u belooft uw dochter naar huis te rijden, mevrouw, laten we het hier verder bij.' Geen van beide vrouwen verblikte of verbloosde, ze waren eraan gewend. Het leeftijdsverschil tussen hen bedroeg twintig jaar en sinds de dood van hun moeder werd die vergissing regelmatig gemaakt, maar ze gedroegen zich ook meer als moeder en dochter dan als zusters.

'Dat is heel vriendelijk van u.' Julia deed alsof ze opstond. 'Het spijt me dat we u last hebben bezorgd.'

'Nee, nee, neemt u rustig de tijd. We hebben de kamer momenteel niet nodig. Als u zover bent, vraag dan iemand aan de balie om u het parkeerterrein te wijzen. Het is niet ver.'

Met een vriendelijke, begrijpende glimlach was ze verdwenen.

Julia wendde zich weer tot haar zus. 'O, schat, waarom?'

'Dat weet ik niet. Hij zei dat hij het allemaal niet aan kon. Dat het niet was wat hij had verwacht, en nu zegt hij zelfs dat hij niet weet of hij dit wel had gewild.' Ze snikte weer.

'Zegt Daniel dat ?'

'Ja. Die rot Daniel. En ik zei dat het ook niet was wat ik verdomme had verwacht, maar op de een of andere manier schijnen mijn gevoelens er niet toe te doen. En hij zei dat hij in een crisis zat en ruimte nodig had, en dat was dat. Ik heb al in geen drie weken meer iets van hem gehoord. Hij heeft zijn mobiel niet eens meegenomen.' Ze had haar stem terug.

Haar zus schudde haar hoofd en staarde in de ruimte. 'Wat zei hij precies?'

'Dat hij het niet aan kon. Dat hij niet van die troep hield. Van die chaos.'

'Maar het is altijd moeilijk met een eerste kind. En ze is pas, eens kijken, vier maanden?'

'Dat hoef je mij niet te vertellen.'

'Het wordt gemakkelijker. Voor alle partijen.'

'Maar niet voor Daniel.'

Julia fronste haar wenkbrauwen en keek naar haar smetteloze pumps. 'Heb je… Ik bedoel, sommige vrouwen geven hun partner geen aandacht meer nadat ze een baby hebben gekregen. Hebben jullie nog…'

Daisy staarde haar ongelovig aan.

Even was het stil. Julia verschikte de tas op haar schoot en keek uit het kleine, hoge venster. 'Ik weet zeker dat jullie hadden moeten trouwen.'

'Hoezo?'

'Jullie hadden moeten trouwen.'

'Dat had hem er niet van weerhouden weg te lopen. Er bestaat nog zoiets als echtscheiding.'

'Jawel, Daise, maar dan had hij in elk geval financiële verplichtingen tegenover je gehad. Nu kan hij gewoon met de noorderzon vertrekken.'

'O, alsjeblieft, Julia. Hij heeft me de flat gelaten. Hij heeft praktisch niets van onze gemeenschappelijke rekening opgenomen. Hij heeft me niet als een onteerde Victoriaanse maagd achtergelaten.'

'Nou, sorry, hoor, maar als hij je echt heeft verlaten moet je praktisch zijn. Hoe dacht je aan de kost te komen? Waar ga je de huur van betalen?'

Woedend schudde Daisy haar hoofd. 'Ik kan niet geloven dat je zo tegen me tekeergaat. Mijn grote liefde heeft me in de steek gelaten, ik zit midden in een zenuwinzinking, en het enige waar jij aan kunt denken is die verrekte huur.'

Door haar geschreeuw werd de baby wakker. Ze begon te huilen, haar oogjes stevig dichtgeknepen tegen wat haar droom had verstoord.

'Kijk nou eens wat je hebt gedaan.' Ze gespte de baby los uit het zitje en trok haar tegen zich aan.

'Je hoeft niet hysterisch te worden, schat. Iemand moet hier praktisch zijn. Heeft hij beloofd dat hij de huur zal betalen?'

'Daar zijn we niet aan toegekomen.' Daisy's stem klonk ijzig.

'En de zaak? Dat grote project dat jullie gingen doen?'

Daisy legde Ellie aan de borst en draaide zich van de deur af. Ze was het hele hotel vergeten. 'Dat weet ik niet. Daar kan ik nu niet over nadenken, Juul. Het enige dat ik kan is elke dag heelhuids zien door te komen.'

'Nu dan. Het wordt tijd dat ik met je mee naar huis ga om orde op zaken te stellen. Dan kunnen we er eens goed voor gaan zitten en een plan maken over wat we voor jouw en mijn kleine nichtjes toekomst kunnen doen. En intussen zal ik Marjorie Wiener bellen om haar precies te zeggen hoe ik over haar lieve zoontje denk.'

Daisy ging door met het voeden van haar dochtertje, terwijl er een golf van diepe droefheid door haar heen ging. Toen Ellie klaar was en Daisy's tepel ruw uit haar mondje duwde, stond Daisy op en trok haar trui omlaag.

Haar zuster staarde haar aan. 'Gossie, je hebt problemen dat babyvet kwijt te raken, hè, schat? Weet je wat, als we alles op orde hebben geef ik je op voor zo'n afslankcursus. Cadeautje. Als je er beter uitziet zul je je een stuk beter voelen, je zult het zien.'

Daniel Wiener en Daisy Parsons woonden bijna vijf jaar samen in hun tweekamerflat in Primrose Hill, en in die periode was de buurt bijna ondraaglijk trendy geworden en was hun huur even ondraaglijk gestegen. Daisy wilde graag verhuizen. Naarmate hun recente binnenhuisarchitectenbedrijf groeide, hunkerde ze naar hoge plafonds en openslaande deuren, bijkeukens en provisiekasten. En een achtertuin. Maar Daniel drong erop aan dat ze in Primrose zouden blijven, omdat dat adres beter voor de klandizie was dan een ruimere behuizing in Hackney of Islington. Kijk eens naar de kwaliteit van ons leven, pleitte hij dan. De elegante Georgian huizen, de verfijnde eetcafés en restaurants, én Primrose Hill zelf, ideaal voor picknicks in de zomer. En hun appartement was mooi, het lag boven een designschoenwinkel, had een ruime woonkamer in *regency*-stijl en een slaapkamer met een balkonnetje dat uitkeek op de ommuurde, van de slakken vergeven tuinen van de buren. Ze hadden geraffineerde aanpassingen bedacht, zoals een wasmachine, verstopt in een kast en een douche die in een alkoofje in de hoek paste. Een minimalistisch keukentje met een chic minifornuis en een grote afzuigkap. In de zomer persten ze regelmatig twee stoeltjes op het balkon om er hun glaasje wijn te drinken en dan wensten ze zich geluk met hun woonomgeving en met wat ze hadden bereikt. Ze koesterden zich in de avondzon en in de gedachte dat hun huis en de omgeving een weerspiegeling van henzelf waren.

Toen was Ellie gekomen, en op de een of andere manier ebde de charme weg, kromp de flat geleidelijk aan en kwamen de muren op hen af. De vrije ruimte lag steeds meer bezaaid met stapels vochtige kruippakjes, halfvolle pakken morsdoekjes en babyspeelgoed in kakelbonte kleuren. Het was begonnen met de bloemen. Het ene boeket na het andere arriveerde, en ze namen alle plankruimte in, tot ze geen vazen meer over hadden en ze ze in het bad zetten. De geur werd opdringerig en de stank van het niet-ververste water was door de hele flat te ruiken, want Daisy was te uitgeput en te zeer door de nieuwe situatie overweldigd om de bloemen te verzorgen. Langzaam maar zeker bleef er steeds minder loopruimte over. Ze waadden door de flat, baanden zich een weg over stapels strijkgoed en grote pakken luiers. De kinderstoel die haar neven en nichten hadden gestuurd, stond ongebruikt in de doos, en nam de ruimte die ze voor de bibliotheekhoek hadden bestemd, in beslag. Een plastic babybad stond in de hal tegen de muur gepropt, tegen de buggy, die nooit helemaal werd ingeklapt en Ellies wieg stond pal tegen hun bed, tegen de muur geklemd. Als Daisy 's nachts naar de wc wilde, moest ze of over Daniel heen klimmen of naar het voeteneinde van het bed kruipen. Dan werd Ellie geheid wakker van het doortrekken, en stopte Daniel zijn hoofd onder het kussen en ging tekeer tegen de onrechtvaardigheid in zijn leven.

Sinds zijn vertrek had ze niet meer schoongemaakt. Ze wilde wel, maar op de een of andere manier liepen de dagen en nachten in elkaar over en bracht ze het grootste deel van de tijd op hun eens smetteloze beige linnen sofa door met het voeden van Ellie. Daisy staarde dan zonder iets te zien naar de onbenullige dagprogramma's op de televisie of ze moest huilen als ze naar de foto van hen drietjes op de schoorsteenmantel keek. En gaandeweg, nu Daniel er niet meer was om 's avonds de afwas te doen of het vuilnis buiten te zetten (hoe kon zij met een vuilniszak en een baby twee steile trappen af ?), had alles zich om haar heen opgestapeld, en de stapels volgepoepte witte luiers en bevuilde tuinbroekjes waren dermate onbenaderbaar geworden dat er geen beginnen meer aan was. De troep had het overgenomen, was deel van het meubilair geworden, zodat ze het niet eens meer zag. In die chaos was ze al zo ver gekomen dat ze elke dag hetzelfde joggingpak droeg, omdat dat over de stoel hing en daardoor zichtbaar was, en chips of chocoladekoekjes uit de avondwinkel at, omdat iets koken betekende dat ze eerst zou moeten afwassen.

'Oké. Nu maak ik me echt zorgen.' Haar zus schudde ongelovig haar hoofd en de frisse geur van haar Anaïs Anaïs werd bijna overtroffen door de scherpe, onhygiënische lucht van vuile luiers, waarvan er diverse met de inhoud open en bloot op de grond waren blijven liggen na het verschonen. 'Mijn hemel, Daisy, wat heb je uitgevoerd? Hoe heb je het zo ver kunnen laten komen?'

Daisy wist het niet. Het leek het huis van iemand anders.

'Hemelse goedheid.' Ze stonden gedrieën binnen bij de deur. Ellie keek monter rond terwijl haar moeder haar in haar armen wiegde.

'Ik moet Don bellen om te zeggen dat ik blijf logeren. Ik kan jullie zo niet achterlaten.' Ze liep snel door de kamer, verzamelde vuile borden en gooide babykleertjes op een hoop bij de salontafel. 'Ik heb gezegd dat ik alleen een stel nieuwe donsdekbedden ging kopen voor in de schuur.'

'Vertel het hem maar niet, Juul.'

Haar zus stond stil en keek haar recht aan. 'Of Don het wel of niet weet zal hier weinig uitrichten, schat. Het lijkt me dat hier veel te veel problemen zijn waar eindelijk iets aan zal moeten worden gedaan.'

Uiteindelijk had Julia haar zus naar buiten gestuurd om met Ellie in het park te gaan wandelen. Toen ze had gezegd dat Daisy haar voor de voeten liep, was dat niet alleen maar bij wijze van spreken geweest. Het gaf Daisy een kleine adempauze: voor het eerst in weken leek het tot haar door te dringen waar ze mee bezig was. Niet dat het veel hielp. De pijn werd er alleen maar erger door. 'Laat hem alsjeblieft terugkomen,' smeekte ze hardop, zodat voorbijgangers haar met een wantrouwende blik bekeken. Laat hem naar huis komen. Toen ze terug was had haar zus de flat op wonderbaarlijke wijze op orde gekregen. Ze had zelfs een vaas verse bloemen op de schoorsteen gezet.

'Als hij weer tot bezinning is gekomen,' zei ze ter verklaring, 'wil je toch dat hij denkt dat je het in je eentje prima redt. Dat het lijkt alsof je jezelf weer in de hand hebt.' Ze zweeg even. 'Die kleine etter.'

Maar ik heb mezelf niet in de hand, wilde Daisy uitschreeuwen. Ik kan niet eten, ik kan niet slapen. Ik kan niet eens televisiekijken omdat ik het te druk heb met uit het raam kijken of hij er soms aan komt. Zonder hem weet ik niet meer wie ik ben. Maar je hoefde Julia Warren niets uit te leggen over zelfbeheersing. Nadat haar eerste man was overleden, had ze een gepaste rouwperiode in acht genomen en zich vervolgens in een aantal dating clubs gestort, die waren gespecialiseerd in intieme dineetjes. Na een paar valse starts had ze werk gemaakt van Don Warren en hem in de wacht gesleept, een zakenman uit Weybridge met een eigen vrijstaand huis, een succesvolle drukkerij, een volle kop donker haar en een slank figuur, wat hem in Julia's ogen tot een begerenswaardige partij maakte. 'Op die leeftijd zijn ze allemaal kaal, schat. Of ze hebben kilo's vet over hun broekriem hangen. En dat is niets voor mij.' De toenmalige Julia Bartlett was zelf ook een begerenswaardige partij: financieel onafhankelijk en goed geconserveerd. Ze had zich nooit zonder make-up vertoond, placht ze te zeggen, bij beide echtgenoten was ze altijd twintig minuten eerder opgestaan om te zorgen dat ze er opgemaakt uitzag. Ze runde een *Bed & Breakfast*-bedrijf in haar schuur dat ze weigerde op te geven, ondanks dat ze het geld niet nodig had. Want je wist het maar nooit.

Zoals door haar zus werd bewezen.

'Ik heb even door je bankafschriften gebladerd, Daise, en je moet daar echt iets aan doen.'

'Wat heb je gedaan? Daar had je het recht niet toe. Die zijn privé.'

'Als ze privé zijn, schat, had je ze moeten opbergen en niet op je salontafel moeten laten liggen waar iedereen ze kan zien. Maar goed. Met jouw uitgaven schat ik dat je nog drie weken hebt voordat je aan je spaargeld moet beginnen. Ik ben zo vrij geweest een paar brieven open te maken en ik vrees dat je huisbaas, die me nogal inhalig lijkt, voornemens is jullie per 1 mei de huur op te zeggen. Dus je zult goed moeten nadenken of je deze flat kunt blijven huren. Ik moet zeggen dat hij vreselijk duur is voor wat je ervoor krijgt.'

Daisy gaf Ellie aan haar zus over. Haar strijdlust ebde weg. 'Dit is nu eenmaal Primrose Hill.'

'Dan zul je fors moeten bezuinigen, meisje. Of anders contact opnemen met die instelling voor alimentatie. Waar ze ervoor zorgen dat er geld op tafel komt.'

'Ik denk niet dat het zo ver zal komen, Juul.'

'O, en hoe ga je dan voor jezelf zorgen? De familie Wiener is schatrijk. Ze zullen die paar centen heus niet missen, hoor.' Ze ging zitten, veegde onzichtbare kruimels van de bank en keek met een liefdevolle blik naar haar nichtje.

'Luister eens, schat, ik heb een poosje nagedacht terwijl jij buiten was. Als Daniel niet binnen een week terugkomt, zal ik jullie echt mee naar huis moeten nemen. Je kunt voor niets gebruik maken van het appartementje in de schuur, tot je weer op eigen benen staat, dan heb je tenminste privacy. En Don en ik zijn vlakbij, aan het andere eind van de tuin. En er zijn zat binnenhuisarchitecten in Weybridge. Ik weet zeker dat Don bij zijn zakenrelaties kan informeren of er ergens werk voor je is.'

Weybridge. Daisy probeerde zich voor te stellen dat ze voor eeuwig was gedoemd tot geplooide valletjes en huizen in namaaktudorstijl voor televisieacteurs op golfschoenen. 'Dat is niet mijn stijl, Juul. Mijn inspiratiebron is wat... grootsteedser.'

'Jouw inspiratie ligt op het ogenblik meer bij woningwetwoningen, Daisy. Nou ja, het aanbod ligt er. Ik neem vanavond de trein terug, nadat we iets hebben gegeten. Maar morgenochtend kom ik terug, en dan neem ik de kleine Ellie een paar uurtjes van je over. Er is een aardige man in die kapsalon aan de overkant, en die heeft beloofd dat hij je morgen zal knippen en föhnen. We zorgen ervoor dat je snel weer bent opgeknapt.'

Ze knoopte haar shawl om en wendde zich tot Daisy, klaar om op te stappen.

'Je moet de situatie onder ogen zien, schat. Ik weet dat het moeilijk is, maar het gaat nu niet alleen meer om jou.'

Een vriendin had het eens beschreven als wakker worden met het lichaam van je moeder. Daisy staarde in de hoge spiegel naar haar lijf van verse moeder, en dacht met verlangen aan wat ze zich van haar moeders goed geconserveerde figuur herinnerde. Bij mij is het echt alle kanten op gegaan, dacht ze verdrietig, terwijl ze de vetmassa op haar dijen en de rimpelige huid op haar buik in ogenschouw nam. Ik ging naar bed en werd wakker met het lichaam van mijn grootmoeder.

Ooit had hij gezegd dat hij op het moment dat hij haar had gezien wist dat hij niet zou rusten tot hij haar had. Ze hield van dat 'had', met die suggestie van seks en hartstocht. Maar dat was toen ze haar maatje vierendertig in een strakke leren broek hulde, met een strak topje dat haar slanke taille en hoge borsten accentueerde. Dat was toen ze nog goudblond en zorgeloos was, toen ze nog iedereen boven maat achtendertig van een gebrek aan zelfbeheersing beschuldigde. Nu zagen die pronte borsten er gezwollen en slap uit, met blauwe aderen en verontschuldigende, vleeskleurige womblesnuiten waar nu en dan, altijd op een ongelegen ogenblik, melk uit lekte. Haar ogen waren kleine roze puntjes boven blauwe schaduwen. Ze kon niet slapen, ze had niet meer dan twee uur aan een stuk geslapen sinds de geboorte van Ellie, en ze lag nu zelfs rusteloos te woelen terwijl haar dochtertje sliep. Haar haar was vet en zat weggestopt onder een oude badstof haarband zodat zo'n vijf centimeter donkere haarwortels zichtbaar waren. Haar poriën stonden zo ver open dat het haar verbaasde dat de wind er niet doorheen floot.

Ze bekeek zich koeltjes, onder haar zusters afkeurende blik. Geen wonder dat hij haar niet meer wilde. Een dikke, hete traan drupte uit haar ogen en trok een zoutig spoor over haar wang. Je moest na de geboorte van een baby weer snel in vorm komen. Je bekkenbodem intrekken als je bij het stoplicht stond, en de trappen op en af rennen om je dijspieren weer strak te krijgen. Zo hoorde het. Ze dacht, zoals ze al honderden keren had gedaan, terug aan de enkele keren dat hij avances had gemaakt sinds Ellies geboorte en aan haar uitgeputte, jammerende weigeringen. Hij gaf haar het gevoel dat ze niet meer dan een stuk vlees was, had ze hem een keer boos verteld. Ellie eiste al de hele dag haar aandacht op, en hij wilde hetzelfde. Ze dacht terug aan de schok en gekwetstheid op zijn gezicht, en wilde dat ze de klok kon terugdraaien. 'Ik wil alleen mijn Daisy terug,' had hij op verdrietige toon gezegd. Maar dat wilde zij ook. Dat was nog steeds zo, verscheurd tussen de hevige, alles overweldigende liefde voor haar kind en het wanhopige verlangen naar het meisje dat ze was geweest, naar het leven dat ze had geleid.

Naar Daniel.

Ze verschoot toen de telefoon in de woonkamer ging, met haar hele wezen gespitst op alles wat de baby wakker kon maken. Ze pakte een vest en gooide het om zich heen, en haalde het net voordat het antwoordapparaat zou aanslaan.

'Meneer Wiener?'

Het was niet Daniel. Ze slaakte een lichte zucht van teleurstelling en zette zich schrap voor een ander gesprek.

'Nee. Hij is niet aanwezig.'

'Spreek ik met Daisy Parsons? Jones hier. Van de Red Rooms. We hebben elkaar een paar weken geleden gesproken over mijn hotel. Dat wil zeggen, ik heb uw partner gesproken.'

'O. Ja.'

'Het gaat om de aanvangsdatum die u schriftelijk zou bevestigen. Maar ik heb nog niets ontvangen.'

'O.'

Even was het stil.

'Bel ik op een verkeerd moment?' Hij had een hese stem, door drank of tabak.

'Nee. Sorry.' Ze ademde diep in. 'Ik eh... het was een moeilijke dag.'

'Juist ja. Kunt u me de aanvangsdatum schriftelijk bevestigen?'

'Voor het hotel?'

Hij klonk ongeduldig. 'Jaaa! Het hotel waarvoor u een prijsopgave hebt ingediend.'

'Ik eh... de situatie is nogal veranderd sinds we elkaar voor het laatst hebben gesproken.'

'Ik heb u gezegd dat die prijs mijn absolute limiet is.'

'Nee, nee, het gaat niet over de kosten. Eh...' Ze vroeg zich af of ze het kon zeggen zonder in tranen uit te barsten. Ze haalde langzaam en diep adem. 'Mijn partner... eh... is vertrokken.'

Even was het stil.

'Juist ja. En wat wilt u daar precies mee zeggen? Maakt u nog steeds deel uit van het bedrijf? Kunt u de contracten nakomen?'

'Ja.' Ze zei het op de automatische piloot. Hij wist niet dat hij hun enige cliënt was.

Hij dacht even na. 'Als u me hetzelfde werk kunt garanderen, zie ik geen probleem. U hebt de plannen vrij uitvoerig doorgenomen.' Hij zweeg even. 'Ik heb ook eens een partner gehad die me in de steek liet, toen ik pas begon. Besefte het pas toen hij weg was, maar dat is wel het begin geweest van mijn carrière.'

Hij zweeg, alsof hij zich onbehaaglijk voelde na deze onthulling. 'Hoe dan ook, u hebt die opdracht nog steeds, als u wilt. Uw ontwerp beviel me goed.'

Daisy wilde hem onderbreken, maar bedacht zich. Ze keek de flat rond die niet meer als haar thuis voelde. En in elk geval niet erg lang meer haar huis zou zijn.

'Miss Parsons?'

'Ja,' zei ze langzaam. 'Ja, ik neem de opdracht aan.'

'Mooi zo.'

'Er is alleen een ding.'

'En dat is?'

'We... ik bedoel ik zou graag op mijn werkplek willen wonen. Zou dat een bezwaar vormen?'

'Het is nogal primitief... Maar ik dacht niet dat er bezwaar tegen kon zijn. U heeft onlangs een kind gekregen, is het niet?'

'Ja.'

'Dan moet u er eerst voor zorgen dat de verwarming werkt. Het kan hier behoorlijk fris zijn. De komende maanden.'

'Ik zal ook een voorschot nodig hebben. Zou vijf procent acceptabel zijn?'

'Geen probleem.'

'Meneer Jones, ik doe het contract vanavond nog op de post.'

'Jones. Gewoon Jones. Ik zie u ter plaatse.'

Daisy verbaasde zich over het krankzinnige plan. Ze dacht aan Hammersmith Bridge en Weybridge, en aan de vrienden van Don, die haar vriendelijk zouden begroeten met een bevoogdende blik in hun ogen. Die arme Daisy. Nu ja, geen wonder ook, als je ziet hoe ze zich heeft verwaarloosd. Ze dacht aan haar zuster, die even in de schuur binnen kwam wippen om te controleren of ze niet weer haar troost had gezocht bij een pak koekjes. Ze dacht aan het naamloze kustplaatsje met zilte lucht en een heldere hemel, en dat ze niet meer elke ochtend wakker hoefde worden in wat hun gedeelde sponde was geweest. Een kans om weer vrij te kunnen ademen, weg uit de puinzooi en uit het verleden. Ze wist niet hoe ze die klus in haar eentje moest klaren, maar dat was nog het minste.

In de kamer ernaast begon Ellie weer te huilen en haar zachte gejammer zwol al spoedig aan tot crescendo. Toen Daisy naar haar toe liep vertrok ze niet zenuwachtig haar gezicht. Voor het eerst in weken voelde ze zich bijna opgelucht.

10

'WEET JE, IK HAD nog nooit van mijn leven zulk ondergoed gezien. In de verste verte niet, het waren net wolkjes kant. Nu, als ik dat aantrok, bedacht ik, zou ik niet een te jeugdig geklede vrouw lijken, maar een bejaarde in een boodschappennetje.' Evie Newcombe lachte en Camille was even stil omdat ze geen crème in haar ogen wilde smeren. 'Je moet eens zien wat ze in die catalogus hebben. Camille, schat, dat zou je echt niet op een koude dag willen dragen. Het zit 'm niet eens in de stof, hoewel je weet dat ik in de textielbranche heb gewerkt en ik moet zeggen dat de kwaliteit van de stof veel te wensen overliet. Het zijn die verdomde gaten die ze overal aanbrengen! Op plekken waar je het niet zou verwachten. Er was een onderbroekje bij, nou, ik wist waarachtig niet in welke opening ik mijn benen moest steken.'

Camille streek Evies haar weg onder de witte katoenen haarband en liet haar handen zachtjes over haar voorhoofd gaan.

'Wat de accessoires betreft, of hoe je ze ook noemt, nu, die heb ik uitgebreid bestudeerd, maar ik kon van de helft niet eens zien waarvoor ze dienden. En je wilt er toch niet de verkeerde dingen mee doen? Ik bedoel maar, je wilt toch niet eindigen in een ziekenhuis waar je niet aan een dokter kunt uitleggen waarom je zo weinig aan hebt? Nee, ik heb die maar laten zitten.'

'Het was dus geen succes?' zei Camille toen het masker volledig was aangebracht.

'Juist wel. Ik heb je raad opgevolgd, schat, en er uiteindelijk twee stel van aangeschaft.' Ze dempte haar stem. 'Ik heb Leonard in al die tweeëndertig jaar van ons huwelijk nog nooit zo naar me zien kijken. Hij dacht dat zijn schip was binnengevaren.' Ze grinnikte. 'Ik dacht achteraf dat ik hem had vermoord.'

'Maar hij zeurt niet meer over die kabeltelevisie. Die met die Nederlandse zenders.'

'Nee hoor, en ook niet meer over kegelen. Dus je hebt me echt een enorme dienst bewezen, Camille. Echt waar. Wil je ook weer van die oogkompressen aanbrengen? Die van laatst waren echt fantastisch.'

Camille Hatton liep naar de kast en reikte naar de vierde plank waarop ze haar oogkompressen bewaarde. Ze had het die ochtend druk gehad. Normaal gesproken had ze niet zoveel afspraken, tenzij er een bruiloft of een dansavond in het Rivièra Hotel was. Maar het zomerseizoen naderde en overal in de stad bereidden de vrouwelijke bewoners zich voor op de jaarlijkse instroom van toeristen. 'Wil je die met thee of met komkommer?' vroeg ze terwijl ze naar de dozen tastte.

'O, die met thee alsjeblieft. Nu we het er toch over hebben, kan Tess misschien een kopje thee voor me maken? Ik snak naar een kopje thee.'

'Geen probleem,' zei ze en ze riep haar jonge assistente.

'Ik moest trouwens ook ergens om lachen. Onder ons. Kom eens hier. Ik wil het niet door de salon schreeuwen. Heb ik je over de veren verteld?'

In het begin van het voorjaar leken de mensen altijd veel spraakzamer te zijn. Het was alsof de maartse wind die vanuit zee kwam opzetten, de traagheid van de winter zachtjes wegblies en de mensen aan de mogelijkheid van verandering herinnerde. En behalve dat, in het geval van de dames de nieuwe toevloed van damesbladen.

Toen haar chef, Kay, nu bijna negen jaar geleden de salon opende, durfden de vrouwen niet meteen binnen te komen. Ze aarzelden om de schoonheidsbehandelingen te proberen. Misschien vonden ze het overdreven luxe. Ze bleven stijfjes en zwijgend zitten terwijl zij hen masseerde en maskers opbracht, alsof ze bang waren dat ze zouden worden uitgelachen of dat zij hun gezicht zou verpesten. Geleidelijk aan kwamen ze vaker. En toen de zevendedagadventisten de oude methodistenkerk hadden overgenomen, begonnen ze te praten.

Vanaf dat moment vertelden ze Camille alles: over ontrouwe echtgenoten en recalcitrante kinderen. Over het hartverscheurende verdriet van doodgeboren of te vroeg gestorven baby's en over de vreugde van pasgeborenen. Ze vertelden haar dingen die ze niet aan een pastoor zouden vertellen, grapten ze, over begeerte en liefde en libido's die, net als dat van Leonard nieuw leven was ingeblazen. En zij zei nooit iets. Ze oordeelde niet, lachte niet, veroordeelde niet. Ze luisterde alleen onder het werk en gaf nu en dan een suggestie waardoor ze een beter gevoel over zichzelf kregen. Je congregatie, had Hal gegrapt. Maar dat was in de tijd geweest dat Hal nog grapjes maakte.

Ze boog zich over Evies gezicht en voelde dat het vochtinbrengende masker stijver werd onder haar vingertoppen. Een kustplaats was een harde omgeving voor een huid. Het zout en de wind bliezen voortijdig fijne lijntjes in een vrouwengezicht en tastten het meedogenloos aan. Gezichten verouderden snel, wat voor vochtinbrengende crèmes er ook werden gebruikt. Camille had altijd crèmes in haar handtas en bracht ze de hele dag op. Ze hield niet van een uitgedroogde huid, daar rilde ze van.

'Ik haal het er zo weer af,' zei ze, op Evies wang kloppend. 'Drink eerst maar even thee. Tess komt er net aan.'

'Ik voel me een stuk beter, schat.' Evie leunde achteruit in de stoel, zodat het leer piepte onder haar aanzienlijke gewicht. 'Ik kom als een ander mens van deze plek vandaan.'

'Het klinkt alsof jouw Leonard dat ook vindt.'

'Hier is uw thee. U gebruikt geen suiker, hè, mevrouw Newcombe?' Tess had een fotografisch geheugen voor thee- en koffiewensen. Dat was van onschatbare waarde in een schoonheidssalon.

'Nee, dank je wel.'

'Telefoon, Camille. Ik geloof dat het de school van je dochter is.'

Het was de secretaresse van de school. Ze sprak op de ferme, doch zalvende toon van mensen die gewend zijn door middel van ijzige charme hun zin te krijgen. 'Met mevrouw Hatton? O hallo, met Margaret Way. We hebben een probleempje met Katie en we vroegen ons af of u haar misschien kunt komen ophalen.'

'Is er iets gebeurd?'

'Nee, dat niet. Ze voelt zich alleen niet lekker.'

Niets joeg je meer de stuipen op het lijf dan een noodoproep van school, dacht Camille. Voor werkende moeders was het een mengeling van opluchting als het kind niets bleek te mankeren en ergernis als het hun werkdag verziekte.

'Ze zegt dat ze zich al een paar dagen niet goed voelt.' De zogenaamd terloops geplaatste opmerking hield een licht verwijt in. Stuur je kind niet ziek naar school, betekende het.

Camille dacht aan haar afsprakenboek. 'U heeft zeker haar vader niet gebeld?'

'Nee, we bellen liever eerst de moeder. Een kind vraagt meestal het eerst naar de moeder.'

Ziezo, die zit, dacht ze. 'Oké,' zei ze. 'Ik kom zo gauw mogelijk. Tess,' zei ze terwijl ze de hoorn weer op het wandtoestel legde, 'ik moet Katie gaan ophalen. Voelt zich blijkbaar niet lekker. Ik zal iets proberen te regelen, maar misschien moet je voor vanmiddag een paar afspraken afzeggen. Het spijt me heel erg.'

Er waren maar een paar dames die door Tess geholpen wilden worden. Ze hadden het gevoel dat ze met Tess niet alles konden bespreken wat ze met Camille bespraken. Vonden haar te jong, te... Maar Camille begreep precies wat ze bedoelden.

'Er heerst iets,' zei Evie vanonder haar masker. 'Sheila van het café is al tien dagen onder doktersbehandeling. Ik denk dat we een te warme winter hebben gehad. Alle insecten hebben goed kunnen gedijen.'

'Je bent bijna klaar, Evie. Vind je het goed als ik ga? Tess zal de verstevigende crème aanbrengen.'

'Ga maar, schat. Ik moet er ook snel vandoor. Ik heb Leonard een vismaaltijd beloofd en ik heb geen ovenfrietjes meer.'

Katie was onder haar plaid in slaap gevallen. Ze had zich, met haar eigenaardige mengeling van de vroegrijpe achtjarige die door kon gaan voor achtentwintig, verontschuldigd dat ze haar moeders werkdag had onderbroken, en toen gezegd dat ze wilde slapen. En dus bleef Camille een poosje bij haar zitten, met haar hand op haar dochters bedekte ledematen. Ze voelde zich machteloos en ongerust, en tegelijkertijd lichtelijk geïrriteerd. De schoolverpleegkundige had gezegd dat ze erg bleek zag en had gevraagd of die zwarte kringen onder haar ogen betekenden dat ze te laat naar bed ging. Camille voelde zich aangevallen door haar toon en door de onuitgesproken suggestie dat het door, wat ze als Camilles 'situatie' aanduidden, kwam dat ze misschien niet altijd wist hoe laat haar dochter naar bed ging.

'Ze heeft geen televisie op haar kamer, als u dat soms bedoelt,' zei ze kortaf. 'Ze gaat om half negen naar bed en ik lees haar een verhaaltje voor.'

Maar de zuster zei dat Katie die week twee keer onder de les in slaap was gevallen en dat ze sloom en futloos was. 'Misschien heeft ze wat bloedarmoede,' opperde ze, en haar vriendelijkheid maakte dat Camille zich nog ellendiger voelde.

Op de langzame wandeling naar huis vroeg Camille haar of het iets met haar en pappa te maken had, maar Katie had geïrriteerd gezegd dat ze 'alleen maar ziek' was, op een toon die het gesprek verder onmogelijk maakte. Camille drong niet aan. Ze had het goed aangepakt, zei iedereen. Misschien wel te goed.

Ze boog zich voorover en kuste de slapende vorm van haar dochter, en streelde toen de zijdeachtige snoet van Rollo, hun labrador. Hij had zich met een zucht aan hun voeten laten zakken en streek met zijn natte neus langs haar blote been. Ze bleef even zitten luisteren naar het gestage tikken van de klok op de schoorsteenmantel en het geronk van het verkeer in de verte. Ze moest bellen. Ze haalde diep adem.

'Hal?'

'Camille?' Ze belde hem nooit meer op zijn werk.

'Sorry dat ik je stoor. Ik moet het even over vanavond hebben. Ik vroeg me af of je iets eerder kon komen.'

'Waarom?'

'Katie is van school naar huis gestuurd en ik moet een paar afspraken inhalen die ik vanmiddag heb moeten afzeggen. Ik moet kijken of ik ze kan verzetten.'

'Wat mankeert haar?'

Op de achtergrond hoorde ze alleen het verre geluid van een radio, en geen gehamer of geklop of stemmen, ooit een teken van een goedlopende zaak. 'Het een of andere virus. Ze is een beetje futloos, maar ik geloof niet dat het iets ernstigs is.'

'O. Goed.'

'De schoolverpleegkundige denkt dat ze misschien bloedarmoede heeft. Ik heb nog staalpillen.'

'Juist. Ja, ik vond ook dat ze nogal bleek zag.' Zijn stem klonk luchtig. 'Met wie ga je op stap?'

Ze wist dat het zou komen. 'Ik heb nog niets afgesproken. Ik wilde alleen weten of het kon.'

Ze hoorde dat hij in tweestrijd verkeerde.

'Nou, er is niets dat ik niet mee naar huis kan nemen.'

'Heb je het druk?'

'Nee. Er is de hele week al niets te doen. Ik heb berekend hoeveel ik op toiletpapier en lampen heb bespaard.'

'Zoals ik al zei, ik heb nog niets vastgelegd. Als er zich niemand meldt, hoef je niet vroeg thuis te komen.'

Ze waren zo beleefd. Zo correct.

'Geen probleem,' zei hij. 'Je wilt je klanten niet wegjagen. We moeten die ene goedlopende zaak niet in gevaar brengen. Geef me een seintje als ik je ergens moet ophalen. Ik kan je moeder altijd vragen om even op Katie te passen.'

'Bedankt, lieverd, dat is erg aardig.'

'Geen probleem. Ik kom eraan.'

Camille en Hal Hatton waren precies elf jaar en een dag getrouwd toen ze hem bekende dat zijn wantrouwen ten aanzien van Michael, de makelaar uit Londen, terecht was. Je kon wel zeggen dat ze geen slechter tijdstip had kunnen kiezen. Het was de ochtend na de avond dat ze hun trouwdag hadden gevierd. Ze waren net wakker. Camille was echter een type dat nergens doekjes om wond – tenminste, dat dacht ze tot de episode Michael – en haar talent dat ze goed andermans geheimen kon bewaren, gold niet voor die van haarzelf.

Ze waren gelukkig getrouwd, dat zei iedereen. Zij ook, als ze er iets over zei. Ze leek niet erg romantisch ingesteld. Maar ze hield van Hal met een heftige passie die niet, zoals bij de huwelijken van haar vriendinnen, geleidelijk aan overging in iets meer ontspannends – hun eufemisme, volgens haar moeder, voor seksloos. Ze vormden een knap paar. Hal was slank en sterk, daar was iedereen het over eens, en zij was lang en stevig, met dik blond haar en een gemoed als een barmeid uit een cartoon. En hij was, met zijn universitaire graad, vooruitzichten en vaardigheid om antieke meubelen te restaureren, bereid met haar in zee te gaan. Wat niet iedereen gedaan zou hebben, ondanks haar evidente charmes. En misschien dat daardoor hun overduidelijke passie voor elkaar zo allesoverheersend en langdurig bleef en aanleiding tot grappen vormde. Als hun vrienden er grapjes over maakten, hoorde Camille echter altijd iets anders in hun stem doorklinken, iets afgunstigs. Het was hun beste manier van communiceren. Als hij zwijgzaam en teruggetrokken was en zij niet in staat was de kloof tussen hen te overbruggen, als ze ruzie hadden gehad en ze niet wist hoe ze het weer goed moest maken, was er altijd de seks geweest. Diep, vreugdevol en verkwikkend. Onverminderd na Katies komst. Integendeel, ze verlangde in de loop van de jaren alleen maar meer naar hem.

En dat was nu juist een deel van het probleem. Toen Hal voor zichzelf was begonnen en naar een nieuwe ruimte in Harwich was verhuisd, eiste zijn bedrijf steeds meer tijd op. Hij moest langer werken, verklaarde hij dan in het zoveelste telefoongesprek laat op de avond. Het eerste jaar van een bedrijf was altijd cruciaal. Ze deed haar best er begrip voor te tonen. Maar haar fysieke verlangen naar hem en ook de praktische problemen die voortkwamen uit zijn afwezigheid, namen toe.

Toen sloeg de recessie toe en verdween meubelrestauratie ongemerkt van het prioriteitenlijstje van de mensen. Hal werd gespannener en afstandelijker en kwam soms 's avonds helemaal niet thuis. De zweetlucht aan zijn kleren en de stoppels op zijn kin getuigden van weer een nacht op de bank in zijn kantoor, en zijn grimmige gedrag van ontslagen personeel en onbetaalde rekeningen. En hij wilde niet met haar slapen. Te moe. Te verslagen door de situatie. Niet gewend aan tegenslag. En Camille, die in de vijfendertig jaar van haar leven nog nooit was afgewezen, raakte in paniek.

Toen verscheen Michael op het toneel. Michael Bryant, een nieuweling in de stad, uit Londen gekomen om munt te slaan uit de groeiende vraag naar strandhuisjes en bungalows aan de kust. Hij viel vanaf het begin op haar en had haar dat zonder veel omhaal laten weten. Uiteindelijk had ze toegegeven, radeloos van verdriet door het vermeende verlies van haar echtgenoot en beroofd van de lichamelijke liefde die haar op de been hield.

En er ogenblikkelijk spijt van gekregen.

En de vergissing begaan het Hal te vertellen.

Eerst was hij woedend geweest, daarna had hij gehuild. En zij dacht hoopvol dat die uitbarsting van hartstocht een goed teken was en bewees dat hij nog steeds van haar hield. Maar hij werd koel en afstandelijk, verhuisde naar de logeerkamer en ten slotte ergens op de weg naar Kirby-le-Soken.

Drie maanden daarna kwam hij terug. Hij mompelde op heftige toon dat hij nog steeds van haar hield, dat hij altijd van haar zou blijven houden, maar dat het tijd zou kosten voordat hij haar weer kon vertrouwen.

Ze had zwijgend geknikt, dankbaar voor haar tweede kans. Dankbaar dat Katie niet het zoveelste geval op de lange lijst van deprimerende statistieken zou zijn. Hoopvol dat ze hun vroegere liefde weer terug zouden kunnen vinden.

Een jaar daarna liepen ze nog steeds op hun tenen door een mijnenveld.

'Gaat het al wat beter?'

In de voorkamer, net buiten gehoorsafstand, zat Katie met glazige blik voor de tv die een eindeloze reeks tekenfilmpjes vertoonde.

'Ze zegt van wel. We hebben haar vol ijzerpillen gestopt. Ik houd mijn hart vast als ik aan haar spijsvertering denk.'

Camilles moeder snoof en zette nog een stapel borden in de keukenkast. 'Ze lijkt wat meer kleur op haar gezicht te hebben. Ik vond haar nogal bleek zien.'

Camille glimlachte bedroefd.

'Wat heb je voor morgen geregeld? Ik dacht dat Hal dat weekend in Derby had.'

'Het is een antiekmarkt en het is alleen overdag. Hij komt met de late trein naar huis. Maar inderdaad, als ze niet naar school gaat, moet ik weer al mijn afspraken afzeggen. Wil je even kijken of Katies ei goed is, mam? Mijn handen zijn nat.'

'Nog een minuut, denk ik. Het is nogal een eind weg voor hem om op een dag op en neer te reizen.'

'Dat weet ik.'

Het was even stil. Camille wist dat haar moeder heel goed besefte waarom Hal daar niet wilde overnachten. Ze stak haar handen dieper in het afwaswater, op zoek naar verdwaald bestek.

'Ik denk dat je haar nog een dag thuis moet houden. Dan heeft ze het hele weekend om bij te komen. Als je wilt dat ik haar meeneem, ik ben halverwege de ochtend vrij. Ze kan zaterdagavond ook blijven, als je uit wilt.'

Camille maakte de afwas af en zette het laatste bord voorzichtig op het afdruiprek. Ze fronste haar wenkbrauwen en draaide zich een half om. 'Zou je niet naar Doreen gaan?'

'Nee. Ik heb een afspraak met die ontwerper. Om de sleutels te overhandigen. En de rest van mijn spullen weg te halen.'

Camille wachtte even. 'Is het echt verkocht?'

'Natuurlijk is het verkocht.' Haar moeders stem klonk beslist. 'Het is al eeuwen verkocht.'

'Het... het lijkt zo onverwacht.'

'Het is allerminst onverwacht. Ik heb je toch verteld dat ik het zou doen. Deze man heeft geen hypotheek of wat ook nodig, dus is het niet nodig nog langer te wachten.'

'Maar het was jouw huis.'

'En nu is het zijn huis. Wil ze ketchup?'

Camille liet het wel uit haar hoofd haar moeder tegen te spreken als ze die toon aansloeg. Ze trok haar rubberhandschoenen uit en wreef crème in haar handen terwijl ze aan het huis dacht dat op zijn eigen manier haar jeugd had gedomineerd. 'Wat gaat hij er mee doen?'

'Er een luxe hotel van maken, blijkbaar. Een beter soort plek voor creatieve types. Hij heeft een soort kunstenaarssociëteit in Londen, allemaal schrijvers en theatermensen, en hij wil iets dergelijks aan zee. Waar dat soort mensen hun toevlucht kunnen zoeken. Het wordt heel modern, zegt hij. Een grote uitdaging.'

'Het dorp zal het fantastisch vinden.'

'Het dorp zal me een zorg zijn. Hij is niet van plan iets aan de buitenkant van het huis te veranderen, dus wat kan het ze schelen?'

'Sinds wanneer is er hier iets dat hun niet kan schelen? Het Rivièra Hotel zal toestanden maken. Het zal hun klanten weglokken.'

Mevrouw Bernard liep achter haar dochter langs en zette de theeketel op. 'Het Rivièra trekt nauwelijks genoeg klanten om er vingerdoekjes van te kunnen kopen. Ik denk niet dat een hotel voor Londense kopstukken enig verschil voor hen zal uitmaken. Nee, het zal het dorp goeddoen. Het is een sterfhuis. Misschien dat er weer wat leven in de brouwerij komt.'

'Katie zal het huis missen.'

'Katie kan er altijd op bezoek gaan. Hij zei dat hij de banden met het verleden intact wilde houden. Dat vond hij vanaf het begin zo aardig, de hele geschiedenis.' Met een tikje voldoening in haar stem voegde ze eraan toe: 'Hij heeft me gevraagd hem te adviseren bij de restauratie.'

'Hoezo?'

'Omdat ik weet hoe het er oorspronkelijk uitzag. Ik heb er nog foto's van en brieven en zo. Het is niet zo'n lompe projectontwikkelaar. Hij zegt dat hij het karakter van het gebouw wil bewaren.'

'Je mag hem wel, zo te horen.'

'Ja. Hij zegt waar het op staat. Maar hij is weetgierig. Je komt niet vaak mannen tegen die weetgierig zijn.'

'Zoals paps.' Camille kon het niet helpen.

'Hij is jonger dan je vader. Maar nee. Je weet dat je vader nooit belangstelling voor het huis heeft gehad.'

Camille schudde haar hoofd. 'Ik begrijp het niet, mam. Ik begrijp na al die jaren nog steeds niet waarom paps er genoeg van had...'

Haar moeder onderbrak haar: 'O, jullie kinderen. Jullie denken dat de wereld je uitleg verschuldigd is. Het is mijn zaak. Mijn huis, mijn zaak. Het zal geen enkele invloed op jou hebben, dus laten we erover ophouden.'

Camille nam een slokje thee en dacht na. 'En wat ga je met het geld doen? Je moet er aardig wat voor hebben gevangen.'

'Gaat je niets aan.'

'Heb je het paps verteld?'

'Ja. Hij ging net zo dwaas tekeer als jij.'

'En zei dat hij een geweldig idee voor het geld had.'

Haar moeder snoof. 'Jou ontgaat nog steeds niets, hè?'

Camille boog haar hoofd en liet zich schijnbaar achteloos ontvallen: 'Je zou paps mee kunnen nemen op een cruise. Jullie saampjes.'

'En ik kan het aan NASA doneren om te zien of er groene mannetjes op Mars leven. Ik drink mijn thee op en daarna ga ik even langs de winkels. Heb je nog iets nodig? Ik neem die sullige hond van jullie meteen even mee uit. Hij wordt te dik.'

'Je ziet er mooi uit. Je haar zit leuk.'

'Dank je.'

'Het zit net als toen je bij de bank werkte.'

Camille bracht haar hand naar haar hoofd en bevoelde de sluike chignon die Tess in haar haar had aangebracht voordat ze vertrok. Tess had talent voor kapsels. Camille vermoedde dat ze binnen een jaar weg zou zijn, te veel talent in haar vingers voor een schoonheidssalon in een slaperig kustplaatsje. 'Ja. Je hebt gelijk. Dat is waar.'

Het was iets dat ze beiden kenden, uitgaan op de zaterdagavond, of ze er wel of niet het geld voor hadden of er wel of niet te moe voor waren. Camilles moeder paste op Katie, wat ze heerlijk vond, en zij deden hun best voor elkaar. Ze maakten zich mooi, alsof ze elkaar het hof maakten, zoals de therapeut het noemde. En ze praatten met elkaar, zonder het verdovingsmiddel van de televisie of de afleiding van huiselijke beslommeringen. Soms vermoedde Camille dat ze het geen van beiden aan konden, dat Hal vreselijk veel moeite moest doen om haar het vereiste compliment te maken om te laten zien dat hij haar aanwezigheid had opgemerkt. Het was moeilijk twee uur met nieuwe conversatie te vullen met iemand met wie je al de hele week had gepraat. Vooral als je niet de hele tijd over je kind mocht praten, of over de hond. Soms, zoals vanavond, hoorde ze echter oprechtheid in zijn opmerkingen en voelde ze zich gerustgesteld door hun routine, van haar langdurige weken in het bad tot de manier waarop Hal nog steeds haar stoel voor haar achteruitschoof voordat ze ging zitten. De manier waarop ze nog steeds achteloos de liefde bedreven aan het eind van de avond. Je moest tijd voor elkaar maken, had de therapeut gezegd. Je moest routine opbouwen. En ze moesten nog heel wat opnieuw opbouwen.

Hal bestelde de wijn. Ze wist al welke het was voordat hij het zei: een shiraz. Waarschijnlijk Australisch. Onder de tafel liet ze haar been tegen het zijne leunen en ze voelde een bevestigend drukje.

'De verkoop van mijn moeders huis is eindelijk doorgegaan.'

'Het witte huis?'

'Ja. Niet paps' huis.'

'Ze heeft het dus doorgezet. Ik vraag me af waarom.'

'Dat weet ik niet. Dat wil ze niet zeggen.'

'Dat verbaast me niets.'

Haar antennes waren gespitst op afkeurende opmerkingen, maar Camille herkende alleen een erkenning van haar moeders gesloten aard.

'Aan wie heeft ze het verkocht?'

'Aan een hotelhouder. Hij gaat er een luxeclub van maken.'

Hal floot tussen zijn tanden. 'Hij zal er een hoop aan te doen krijgen. Zij heeft er de afgelopen jaren niets aan gedaan.'

'Een paar jaar geleden heeft ze het dak laten repareren. Maar ik denk niet dat geld een rol speelt.'

'Hoezo? Is hij stinkend rijk?'

'Ik kreeg wel die indruk.'

'Ik vraag me af wat ze ervoor heeft gekregen. Het is een prachtige locatie. Schitterend uitzicht.'

'Ik denk dat het feit dat ze er niets aan heeft gedaan in haar voordeel heeft gewerkt. Iedereen adverteert tegenwoordig toch met "in de oorspronkelijke staat"? En ik geloof dat ze ook een deel van het meubilair heeft verkocht.'

Hal mompelde bevestigend. 'Ik had wel in dat huis willen wonen,' zei hij.

'Ik niet. Te dicht bij de rand van de klif.'

'Ja. Ja. Misschien wel.'

Soms waren er tijden dat ze een lang gesprek voerden zonder dat een van beiden het huis noemde of er zelfs maar aan dacht. Ze bedwong de aandrang nog iets over het huis te zeggen om het gesprek te laten voortduren. Dat was wat ze je nooit vertelden over scheiding: je raakt de persoon kwijt aan wie je meestal gewoon de dingen van de dag kwijt kon. Dingen die niet de moeite waard waren om er een kennis voor op te bellen, gewoon dingen die je even wilde zeggen. Daar was Hal altijd goed in geweest. Ze hadden altijd genoeg stof gehad om over te praten. En zij was dankbaar.

Ze rook de eend al voordat hij werd opgediend: heet, vet en mals, met iets van citrusvruchten in de saus. Ze had sinds het ontbijt niets meer gegeten, dat overkwam haar meestal op zaterdag.

'Ga je morgen naar het huis van je moeder?'

'Nee.'

'Waar ga je dan naartoe?' zei Camille. Meteen nadat ze de woorden had uitgesproken, besefte ze dat ze fout zat. Een bepaalde stembuiging verraadde een scherpe toon die ze niet had bedoeld. Ze krabbelde terug: 'Ik vroeg me gewoon af of je speciale plannen had.'

Hal zuchtte, alsof hij op een weegschaaltje afwoog wat hij zou antwoorden. 'Nou, ik weet niet of het speciaal is, maar een van mijn buren in Kirby geeft morgen een lunch waarvoor Katie en ik zijn uitgenodigd. Hij heeft ook een dochtertje,' voegde hij eraan toe.'Als jij het goed vindt gaan we erheen. Katie en zij kunnen het heel goed met elkaar vinden.'

Camille glimlachte en probeerde het plotselinge onbehagen dat over haar kwam te verbergen. Het idee dat zij met hun beidjes ergens waren uitgenodigd was pijnlijk. Het idee dat Katie ergens vrienden maakte, op de plek waar hij vandaan kwam…

'Natuurlijk. Ik was gewoon benieuwd.'

'Jij bent ook welkom als je wilt. Ik weet zeker dat je hen zult mogen. Ik zou je natuurlijk hebben uitgenodigd, maar je hebt meestal op zondag geen zin.'

'Nee… nee… ga jij maar. Het is gewoon… dat ik zo weinig over je leven daar weet. Ik vind het gewoon moeilijk me jou… haar…'

Hal legde zijn mes en vork neer om dat te overdenken. 'Ja,' zei hij ten slotte. 'Wil je dat ik je er eens heen rijd? Zodat je er een idee van krijgt?'

Dat wilde ze niet. 'Nee, nee. Ik weet niet of ik…'

'Luister eens, we gaan gewoon niet. Jij voelt je niet op je gemak. Ik wil niet dat je je ongemakkelijk voelt.'

'Ik voel me best. Echt waar. Ga nou maar. Het heeft met jouw verleden te maken, en het is goed dat er goede dingen uit zijn voortgekomen. Ga nu maar.'

Je moest openstaan over wat er in de relatie had plaatsgevonden, openstaan voor het verleden, teneinde verder te kunnen gaan. Dat had de therapeut gezegd.

Ze aten enige tijd in stilte. Aan haar rechterkant begon een stel op dringende fluistertoon te ruziën. Camille hief haar gezicht op en hoorde de spanning in de stem van de vrouw. De kelner kwam aanlopen en vulde haar glas bij.

'Die eend ziet er goed uit,' zei Hal. Hij ging een stukje verzitten zodat de druk op haar been werd vergroot. Nauw merkbaar, maar toch.

'Ja,' zei ze. 'Dat is waar.'

Katie was wakker toen haar vader naar haar kwam kijken. Ze was verdiept in een boekje met ezelsoren waarvan hij wist dat ze het al twee keer had gelezen. Ze weigerde momenteel iets nieuws te lezen en herlas gewoon om beurten vier of vijf lievelingsboeken, ondanks dat ze het eind en zelfs sommige hele passages uit haar hoofd kende.

'Dag schat,' zei hij zacht.

Ze keek op, haar halfverlichte gezicht stond helder en argeloos. De schoonheid van haar acht jaar deed zijn hart pijn als hij aan de toekomst dacht.

'Je had eigenlijk al moeten slapen.'

'Hebben jullie het leuk gehad?'

'We hebben het heerlijk gehad.'

Ze leek gerustgesteld, deed haar boek dicht en liet zich instoppen. 'Gaan we morgen naar Kirby?'

'Ja. Als je nog steeds wilt.'

'Gaat mammie ook mee?'

'Nee, nee. Ze wil dat wij samen een uitje hebben.'

'Maar vindt ze het niet erg?'

'Natuurlijk niet. Ze vindt het fijn als jij nieuwe vriendinnetjes krijgt.'

Katie bleef zwijgend liggen terwijl haar vader haar over haar haar streek. Dat deed hij tegenwoordig vaak, dankbaar dat hij nu de kans kreeg, elke avond dat hij dat wilde.

Ze verschoof en wendde zich met gefronst voorhoofd naar haar vader. 'Pappie...'

'Ja.'

'Weet je nog dat je wegging...'

Zijn borst kromp ineen. 'Ja.'

'... had je genoeg van mammie omdat ze niet kon zien?'

Hal staarde naar haar dekbed met het roze dessin van grappige poesjes en plantenpotten. Toen legde hij zijn hand op die van zijn dochtertje. Ze draaide de hare om, zodat ze zijn greep kon beantwoorden. 'Misschien, schat.' Hij zweeg even en slaakte een diepe zucht. 'Maar het lag niet aan mammies ogen. Het lag absoluut niet aan haar ogen.'

11

DE TRADITIONELE BADPLAATS WAS weer 'in'. Dat had ze in een van de kleurenbijlagen en diverse binnenhuistijdschriften gelezen, en in een artikel in de *Independent*. Na een aantal decennia waarin de genoegens van windschermen, zanderige boterhammen en vlekkerige blauwe benen waren verdrongen door zonnebankbruin en goedkope geheel verzorgde vakanties, begon het tij langzaam te keren en keerden vooral jonge gezinnen terug naar de traditionele badplaatsen, om de legendarische onschuld van hun jeugd terug te vinden. De meer welgestelden maakten zich meester van vervallen vakantiehuisjes of bungalows, terwijl de overigen strandhuisjes opkochten, waardoor de prijzen tot ongekende hoogte werden opgejaagd. Sidmouth in plaats van St. Tropez, Alicante verdrongen door Aldeburgh. Wie ook maar iets voorstelde paradeerde door een zogenoemde onbedorven badplaats, dineerde er in een visrestaurant en stak de loftrompet over het goeie ouwe emmertje en schepje.

Alleen Merham leek daar als enige badplaats niet van op de hoogte te zijn. Daisy reed langzaam door het stadje, waarbij het zicht haar werd belemmerd door de reiswieg, de kinderstoel en de vuilniszak met kleren die ze in de achterbak van haar auto had weten te proppen. Ze staarde naar de belegen handwerkwinkel, de discountsupermarkt en de zevendedagsadventistenkerk en kreeg een onheilspellend voorgevoel. Dit was absoluut geen Primrose Hill. Zelfs al baadde het stadje in het melkachtige, heldere licht van een lentemiddag, het maakte een verbleekte, vermoeide indruk, ingeklemd tussen een ongelukkige combinatie van tijdperken waarin iets gewaagds of echt moois was gedoemd als 'opzichtig' en dus onwelkom te worden bestempeld.

Ze stopte bij een kruising waar twee oude vrouwen overstaken, de ene zwaar leunend op een winkelwagentje, en de andere driftig in een met een dessin bedrukte zakdoek snuitend, haar haar platgedrukt onder een doorschijnende plastic helm.

Ze had al bijna een kwartier rondgereden om het huis te vinden en in die tijd had ze maar twee personen onder de pensioengerechtigde leeftijd gezien. Boven het autoverhuurbedrijf hing een aanplakbiljet dat voordelen voor fysiek gehandicapten aanbood, terwijl het enig zichtbare restaurant tussen een zaak in hoortoestellen en niet minder dan drie liefdadigheidswinkels op een rij was gelegen, die elk een trieste collectie toonden van ouderwets serviesgoed, veel te grote mannenbroeken en knuffels die niemand meer zou willen knuffelen. De enige compensatie werd, voor zover ze kon zien, gevormd door het eindeloze strand, dat werd gemarkeerd door vergane golfbrekers en het schitterend verzorgde oude stadspark.

Toen ze een man met een klein meisje zag, draaide ze het raampje van haar auto omlaag en vroeg: 'Mag ik u iets vragen?'

Hij keek op. Zijn kleding verried zijn betrekkelijk jonge leeftijd, maar zijn gezicht zag er achter zijn bril met het hoornen montuur uitgeput en vroegoud uit.

'Woont u hier?'

Hij wierp een blik op het kleine meisje dat een doos batterijen in haar handen hield en verwoedde pogingen deed er een uit te trekken. 'Ja.'

'Kunt u me de weg wijzen naar Arcadia House?'

Met een schokje van herkenning keek hij haar wat aandachtiger aan. 'U bent dus de binnenhuisarchitect?'

Mijn god, het was dus waar wat ze over die kleine plaatsen zeiden. Ze wist een glimlach op te brengen. 'Ja. Dat wil zeggen, als ik het kan vinden.'

'Het is niet ver. U gaat rechtsaf, tot de rotonde, en volgt de weg langs het park. Het staat op de klif. Het is het laatste huis dat u tegenkomt.'

'Bedankt.'

Het meisje trok aan haar vaders hand. 'Pap...' zei ze ongeduldig.

'Ik vermoed dat de voormalige eigenaar u daar zal opwachten. Veel succes,' voegde hij er met een onverwachte grijns aan toe en keerde zich om voordat ze hem kon vragen hoe hij dat wist.

Het huis maakte alles weer goed. Ze wist het zodra ze er een blik op wierp. Toen ze het op het hoogste punt van de bochtige oprijlaan breed, wit en hoekig voor zich zag liggen, trilde ze van opwinding, zoals bij het opspannen van een nieuw doek. Het was groter dan ze had verwacht, langwerpiger en lager, met rijen matglazen ramen en patrijspoorten die als grote ogen op de glinsterende zee uitzagen. Ellie lag nog te slapen, moe van de reis. Ze maakte het portier open, hees zich uit de plastic zitting en stapte op het grind, en haar stijfheid en zweterigheid verdwenen toen ze de moderne lijnen en de gewaagde, brutale hoeken zag en de frisse zilte lucht inademde. Ze hoefde het niet eens vanbinnen te zien. Het stond als een enorme rotsmassa afgetekend tegen de brede welving van de oceaan, onder een weidse, open hemel en ze wist dat de kamers royaal en licht zouden zijn. Daniel had foto's gemaakt en ze meegebracht toen ze thuiszat met de pasgeboren Ellie. Zij had er 's avonds naar eigen idee aan gewerkt en haar eerste schetsen naar de foto's gemaakt. De foto's deden het huis echter geen recht, lieten de minimalistische schoonheid en strenge charme niet uitkomen, en de ontwerpen die ze al hadden gemaakt leken te tam, te afgezaagd.

Ze keek achterom om te controleren of Ellie nog sliep en holde toen door het open hek dat toegang tot de terrasvormige tuin gaf. Er was een betegeld terras met een afgebladderde gewitkalkte, met mos begroeide muur. Een paar treden lager voerde een pad, dat was overwoekerd door seringen, door dichtbegroeide, omheinde gedeelten naar het strand. Boven haar murmelde de wind peinzend door de takken van twee Schotse dennen, en een kolonie opgewonden mussen dook in en uit een onverzorgde meidoornhaag.

Daisy keek om zich heen terwijl haar hoofd al tolde van de ideeën die werden opgeroepen en weer verworpen telkens als ze een nieuw onderdeel in zich opnam, een ongewoon huwelijk tussen ruimte en lijnvoering. Even dacht ze aan Daniel, dat dit hun gezamenlijk project had zullen zijn, maar ze schoof zijn beeld terzijde. De enige manier waarop ze dit aan zou kunnen, was het als een nieuwe start te beschouwen, alsof ze zich, zoals Julia zou zeggen, weer in de hand had. Het huis kwam haar te hulp. Ze liep de trap af, tuurde door de ramen en draaide zich om het vanuit verschillende gezichtshoeken te bekijken en de mogelijkheden en de verborgen schoonheid in zich op te nemen. God, ze kon dit plekje sprookjesachtig mooi maken. Het bood meer mogelijkheden dan al haar voorafgaande opdrachten bij elkaar. Ze kon het omtoveren in iets dat de pagina's van de hipste tijdschriften zou opluisteren, een toevluchtsoord voor iedereen die enige notie van echte stijl had. Het zal zichzelf ontwerpen, dacht ze. Het spreekt me nu al aan.

'Laat je haar haar longen oefenen?'

Daisy draaide zich met een vaart om en zag Ellie, betraand en hikkend, in de armen van een kleine, oudere vrouw met ijzerkleurig haar dat in een strenge bobstijl achter haar oren zat weggestopt. 'Sorry?' Ze liep naar voren, de trap op.

De vrouw overhandigde haar Ellie. Ze droeg een aantal zware, rinkelende armbanden. 'Je hoopt zeker op een operazangeres, zoals je haar liet brullen.'

Daisy streek zachtjes over Ellies opdrogende tranen. Ellie boog zich voorover en legde haar hoofd tegen haar moeders borst. 'Ik heb haar niet gehoord,' zei ze, in verlegenheid gebracht. 'Ik heb helemaal niets gehoord.'

De vrouw deed een stap naar voren en keek langs hen heen naar de zee. 'Ik dacht dat jullie jonge vrouwen tegenwoordig als de dood waren voor kidnappers. Ze geen seconde alleen durfden laten.' Ze keek met een neutrale blik naar Ellie, die naar haar lachte. 'Hoe oud is ze? Vier, vijf maanden? Jullie klooien maar wat aan voor zover ik het kan zien. Als je je niet druk maakt om wat je ze in hun mond zult proppen, stop je ze voor een ritje van tien meter in een auto en laat ze mijlen van de bewoonde wereld huilend achter. Het is geen manier van doen.'

'Je kunt dit nauwelijks mijlen van de bewoonde wereld noemen.'

'Laat ze aan kindermeisjes over en beklaag je dan dat ze zich aan hen hechten.'

'Ik heb geen kindermeisje. En ik heb haar niet zomaar achtergelaten. Ze sliep.' Daisy hoorde de tranen in haar stem trillen. Die leken daar tegenwoordig voortdurend aanwezig te zijn en onder de oppervlakte te liggen, wachtend tot ze konden doorbreken.

'Hoe dan ook. Je zult de sleutels wel willen hebben. Jones, of hoe hij zich noemt, kan hier pas halverwege de week zijn, en dus heeft hij mij gevraagd je te installeren. Ik heb de wieg van mijn kleindochter neergezet, die is aan de bovenkant een beetje afgekloven, maar hij is nog stevig genoeg. Er staan hier en daar nog wat meubelen en wat kookspullen in de keuken, maar ik heb ook beddengoed en handdoeken achtergelaten, omdat hij niet heeft gezegd wat je mee zou brengen. En er staat een doos kruidenierswaren in de keuken. Dacht dat je misschien niet te veel wilde meesjouwen.' Ze wierp een blik achter haar. 'Mijn man komt later nog een magnetron brengen, want we hebben het fornuis niet aan de gang gekregen, dan kun je flesjes warm maken. Hij zal er om een uur of half zes zijn.'

Daisy wist niet hoe ze op die snelle ommezwaai van kritiek naar gulheid moest reageren. 'Dank u wel.'

'Ik loop hier in en uit. Ik zal je niet in de weg lopen. Maar er zijn wat dingen die ik nog moet weghalen. Jones heeft gezegd dat ik de tijd kan nemen.'

'Ja. Het… het spijt me. Ik heb uw naam niet verstaan.'

'Omdat ik die niet heb genoemd. Ik ben mevrouw Bernard.'

'Ik heet Daisy. Daisy Parsons.'

'Dat weet ik.'

Toen Daisy haar hand uitstak en Ellie op haar heup verschoof, zag ze de blik van de oudere vrouw naar haar ringvinger gaan.

'Kom je hier alleen?'

Onbewust wierp Daisy een blik op haar hand. 'Ja.'

Mevrouw Bernard knikte, alsof ze dat had verwacht. 'Ik zal even gaan kijken of de centrale verwarming werkt, en dan laat ik je alleen. Je hebt hem nog niet nodig, maar er wordt nachtvorst verwacht.' Toen ze naar het hek aan de zijkant van het huis liep, draaide ze zich om en riep: 'Iedereen is al vreselijk opgewonden over dit huis. Voordat je het weet komen ze je vertellen wat je verkeerd doet.'

'Dan heb ik iets om naar uit te kijken,' zei Daisy zwakjes.

'Trek je er niets van aan. Dit huis heeft altijd geweldig veel commotie weten te veroorzaken. En jij zult daar geen uitzondering op vormen.'

Pas nadat ze Ellie veilig en wel tussen een stel kussens op het tweepersoonsbed had geïnstalleerd, kwamen de tranen. Daisy was in het half onttakelde huis gaan zitten, moe, eenzaam en zonder de afleiding van haar dochter, niet in staat aan de mammoettaak te ontsnappen die ze op zich had genomen – en wel in haar eentje.

Ze had kleine hapjes van een maaltijd uit de magnetron genomen, een sigaret opgestoken (een hernieuwde gewoonte) en was door de vervallen vertrekken gelopen, met hun geur van beschimmelde stoffen en bijenwas. Langzaamaan veranderden haar visioenen van glossy pagina's en strakke, modernistische wanden in andere beelden: die van haarzelf, met een huilende baby in haar armen in onderhandeling met recalcitrante werklieden en een woedende eigenaar, terwijl buiten een menigte boze dorpsbewoners haar vertrek eiste.

Waar ben ik aan begonnen? dacht ze bedroefd. Dit is te groot voor me, dit kan ik niet aan. Ik zou alleen al een maand aan een kamer kunnen besteden. Maar er was geen weg terug. De flat in Primrose

Hill was leeg, de rest van haar meubilair stond in de schuur van haar zuster en er waren een stuk of zes verklarende berichten naar Daniel op zijn moeders antwoordapparaat gegaan, waar hij kennelijk niets mee aan kon. Zenuwachtig en verontschuldigend had ze gezegd dat zij ook niet wist waar hij was. Als hij de berichten niet afluisterde, zou hij niet weten waar hij hen moest zoeken. Dat wil zeggen: als hij dat van plan was.

Ze dacht aan Ellie, die vredig sliep, zonder te weten dat haar vader haar in de steek had gelaten. Hoe zou ze de wetenschap verwerken dat hij niet genoeg van haar had gehouden om te blijven? Hoe was het mogelijk dat hij niet genoeg van haar hield?

Twintig minuten lang had ze stilletjes zitten huilen, omzichtig, omdat ze zelfs in deze enorme ruimte nog steeds bang was de baby te storen. Tot ze van uitputting en ook door de golfslag en het geruis van de zee in de verte in slaap viel.

Toen ze wakker werd, stond er weer een doos op de stoep. Er zaten twee flesjes volle melk, een plattegrond van Merham en omgeving en een aantal oude maar brandschone babyspeeltjes in.

Voor een baby die al in een langdurige huilbui uitbarstte als ze aan het andere eind van de bank werd neergezet, paste Ellie zich opmerkelijk snel aan haar nieuwe behuizing aan. Ze lag midden op haar gehaakte deken uit het gigantische raam te kijken en kraaide tegen de meeuwen die onstuimig krijsend door de lucht boven haar rondcirkelden. Met een steuntje in haar rug volgde ze de bewegingen van haar moeder door de kamer en deed pogingen met haar friemelende handjes elk voorwerp binnen haar bereik in haar mond te steken. 's Nachts sliep ze vaak vier of vijf uur achter elkaar, voor het eerst in haar korte leventje.

Haar kennelijke tevredenheid met haar nieuwe omgeving betekende dat Daisy die eerste dagen de kans kreeg een stel nieuwe schetsen neer te krabbelen. Ze liet zich inspireren door de nog zichtbare schetsen op sommige muren en de teksten in een bijna onleesbaar handschrift die daar al tientallen jaren ongestoord aanwezig waren. Ze had er mevrouw Bernard naar gevraagd, omdat ze benieuwd was wie ze had aangebracht, maar de oudere vrouw had slechts geantwoord dat ze het niet wist, dat ze er altijd waren geweest, en dat het vriendje van haar dochter, toen hij ze zag, ook op de muur ging schrijven en dat ze hem toen een klap met de bezemsteel had gegeven.

Mevrouw Bernard kwam elke dag langs. Daisy begreep nog steeds niet waarom. Ze leek geen plezier aan Daisy's gezelschap te ontlenen en snoof afwijzend bij de meeste suggesties. 'Geen idee waarom je me dat vertelt,' zei ze een keer toen Daisy teleurgesteld leek bij haar reactie.

'Omdat het uw huis was?' zei Daisy behoedzaam.

'En nu niet meer. Het heeft geen zin naar het verleden te kijken. Als je weet wat je ermee gaat doen, ga je gang. Je hebt mijn goedkeuring niet nodig.'

Daisy nam aan dat het onvriendelijker klonk dan het was bedoeld.

Het lokmiddel, dacht ze, was Ellie. Mevrouw Bernard benaderde het kind verlegen, bijna wantrouwend, alsof ze verwachtte dat zij zou zeggen dat ze zich niet met Ellie moest bemoeien. Maar daarna, met een scheef oog naar Daisy, nam haar zelfvertrouwen toe en tilde ze haar op en droeg haar door de kamers, waar ze haar dingen aanwees en met haar praatte alsof het een kind van tien was. Ze genoot duidelijk van de reacties van de baby. Daarna kondigde ze bijvoorbeeld aan: 'Ze kijkt naar de dennenbomen,' of: 'Blauw is haar lievelingskleur,' met een tikkeltje uitdaging in haar stem. Daisy vond het prima, ze was allang blij dat iemand zich met het kind bezig wilde houden, waardoor zij zich beter op haar ontwerpen kon concentreren. Want ze had inmiddels wel door dat dit hotel renoveren met een vijf maanden oude baby in haar kielzog een schier onmogelijke taak was.

Mevrouw Bernard vertelde maar weinig over haar aandeel in de geschiedenis van het huis, en hoewel Daisy er steeds nieuwsgieriger naar werd, was er iets in het gedrag van de oudere vrouw dat nadere ondervraging ontmoedigde. Ze vertelde haar kort en bondig dat het al 'een eeuwigheid' in haar bezit was, dat haar man er nooit kwam en dat de op een na grootste slaapkamer nog steeds een bed en een ladekast bevatte, omdat ze die het grootste deel van haar huwelijk als toevluchtsoord had gebruikt. Verder vertelde ze niets over haar gezin. Daisy zei ook niets over het hare. Ze leefden op een soort gelaten manier langs elkaar heen, en Daisy was blij met mevrouw Bernards belangstelling voor Ellie, maar voelde tevens haar onderhuidse afkeuring, zowel van Daisy's situatie als van haar plannen voor het hotel. Ze voelde zich een beetje als een aanstaande schoondochter die, om redenen die haar niet werden verteld, niet helemaal aan de verwachtingen voldeed.

Op woensdag kwam er echter onverwacht een eind aan Ellies periode van ongewoon aanminnig gedrag. Ze werd om kwart voor vijf wakker en wilde niet meer gaan slapen, zodat Daisy tegen negenen al scheel zag van uitputting en echt niet meer wist hoe ze haar ontroostbare kind stil moest krijgen. Het regende en donkere dreigende wolken joegen door de lucht, waardoor ze aan huis waren gekluisterd. De struiken bogen door onder het gewicht van de wind. De zee kolkte, donkergrijs en rusteloos, een dreigend uitzicht dat speciaal leek ontworpen om elke romantische illusie omtrent de Britse kustlijn in de kiem te smoren. En mevrouw Bernard koos die dag uit om niet te verschijnen. Daisy liep eindeloos te ijsberen, haar kind heen en weer wiegend tegen haar borst, terwijl ze in haar stroperige geest een plekje probeerde te maken voor vloeren van hergebruikt hout en glimmende, roestvrijstalen deurknoppen. 'Kom op, Ellie, alsjeblieft schatje,' mompelde ze zonder enig effect en het kind huilde alleen maar harder, alsof het verzoek alleen al een aantijging was.

Jones arriveerde om kwart voor elf, precies tweeënhalve minuut nadat Daisy Ellie ten slotte in bed had gelegd om te gaan slapen en dertig seconden nadat ze haar eerste sigaret had opgestoken. Ze keek om zich heen door de met troep bezaaide kamer, vol halflege koffiekoppen en de resten van de magnetronmaaltijd van de avond ervoor en vroeg zich af waar ze zich het eerst op zou storten. Hij knalde de deur achter zich dicht, wat natuurlijk tot gevolg had dat Ellie boven onmiddellijk een woedende schreeuw gaf en Daisy haar nieuwe baas een venijnige blik toewierp, terwijl hij op zijn beurt ongelovig naar zijn allerminst minimalistische salon keek.

'Jones,' zei hij met een blik naar het plafond, waar Ellies gedempte kreten doorheen klonken. 'Ik neem aan dat u bent vergeten dat ik zou komen.'

Hij was jonger dan ze had gedacht, misschien tegen de middelbare leeftijd, in plaats van eroverheen, en hij zag er onheilspellend uit, met donkere, doorgroeiende wenkbrauwen boven een neus die ooit gebroken was. Hij was ook lang en iets te zwaar, wat hem het lompe uiterlijk van een rugbyspeler gaf, maar dit werd ongedaan gemaakt door een grijsgroene wollen pantalon en een duur lichtgrijs overhemd, de stemmige garderobe van de ware rijken.

Daisy probeerde het lawaai van haar kind te negeren. Ze stak haar hand uit en bedwong haar neiging hem de huid vol te schelden vanwege zijn onbehouwen gedrag. 'Daisy. Maar dat wist u al. Ze... ze is vanochtend nogal lastig. Zo is ze normaal niet. Wilt u misschien koffie?'

Hij keek naar de koppen op de vloer. 'Nee, dank u. Het stinkt hier naar rook.'

'Ik wilde net het raam openzetten.'

'Ik heb liever niet dat u binnenshuis rookt. Als het even kan. Weet u nog waarvoor ik hier ben?'

Daisy zocht koortsachtig haar brein af naar een stukje opgeslagen kennis. Het was zoiets als door watten heen kijken.

'Bouw- en woningtoezicht. Ze komt vanochtend de badkamerplannen bekijken. En de herinrichting van de garage. Tot personeelsappartementen.'

Daisy had een vage herinnering aan een brief waarin iets dergelijks stond vermeld. Die had ze in een plastic tasje gestopt, bij haar andere papieren. 'Ja,' zei ze, 'dat is waar ook.'

Hij liet zich niet voor de gek houden. 'Misschien wilt u dat ik mijn kopie van de plannen uit de auto haal, zodat het tenminste lijkt alsof we goed zijn voorbereid.'

Boven bereikte Ellie een ongekend crescendo. 'Ik ben er klaar voor. Ik weet dat het er een beetje rommelig uitziet, maar ik heb vanochtend niet de kans gehad om op te ruimen.'

Daisy was bijna drie weken daarvoor gestopt met de borstvoeding, maar ze merkte tot haar ontzetting dat ze door Ellies aanhoudende gehuil begon te lekken. 'Ik haal mijn map even,' zei ze haastig. 'Die ligt boven.'

'Ik denk dat ik deze bende maar beter even kan opruimen. We willen toch dat ze denkt dat we professioneel zijn, nietwaar?'

Ze dwong zich tot een glimlach en rende, onder gemompel van verwensingen, langs hem heen de trap op naar Ellie. Eenmaal in de slaapkamer suste ze haar paars aangelopen kind en rommelde door haar reistas, op zoek naar kleren waarin ze er professioneler uitzag. Of in elk geval iets wat niet van badstof was en onder de babykots zat. Ze vond een zwarte coltrui en een lange rok waar ze zich in wurmde, en propte wat toiletpapier in haar beha om verdere lekkage op te vangen. Daarna kamde ze haar haar naar achteren, bond het in een paardenstaart – haar zus had er gelukkig op gestaan dat ze de uitgroei liet bijwerken – en liep de trap weer af, met een gekalmeerde Ellie op haar heup en de map met de badkamerplannen onder haar andere arm.

'Wat zijn dat?' Hij stak een bundel nieuwe ontwerpen in de lucht.

'Gewoon een paar ideeën. Ik wilde het er met u over hebben...'

'Ik dacht dat we het eens waren. Over alle vertrekken. Over de kosten.'

'Dat weet ik. Maar toen ik hier kwam was de ruimte zo ongelooflijk... ik raakte geïnspireerd. Ik kreeg nieuwe ideeën...'

'Houdt u zich alstublieft aan de plannen, oké? We zitten nu al bijna in tijdnood. Ik kan het me niet permitteren ineens van koers te veranderen.' Hij gooide de vellen papier op de oude bank neer.

Toen Daisy zag dat haar tekeningen op de vloer neerdwarrelden, zette ze haar stekels op. 'Ik was niet van plan u iets extra's te berekenen,' zei ze vinnig. 'Ik dacht alleen dat u het beste ontwerp voor de ruimte zou willen hebben.'

'Ik had de indruk dat ik het beste ontwerp voor de ruimte had besteld.'

Daisy deed haar uiterste best zijn doordringende blik vast te houden, vastbesloten dat ze zich, na alles wat ze over zich heen had gekregen, niet ook nog eens door deze man zou laten koeioneren. Hij dacht dat ze niet tegen hem was opgewassen, dat bleek duidelijk uit zijn manier van doen. Uit de manier waarop hij, almaar zuchtend, door de kamer liep, haar in de rede viel en haar van boven tot onder bekeek alsof zij iets onaangenaams was dat net het vertrek was binnengekomen.

Heel even dacht ze aan Weybridge. En toen niesde Ellie, en deponeerde ze duidelijk hoorbaar haar giftig ruikende darminhoud met een knallende wind in haar schone kruippakje.

Hij vertrok na de lunch, deels verzoend nadat de plannen waren goedgekeurd door de plaatselijke ambtenaar die, volgens Daisy, zo was afgeleid en uit het veld geslagen door de inmiddels schone, aanbiddelijke Ellie dat ze desnoods zou hebben toegestemd in een driebaans autoweg van de bijkeuken naar de tuin. 'Weet u, het is zo heerlijk om te zien dat dit huis na al die jaren weer bewoond wordt,' zei ze aan het eind van de rondleiding. 'En een aangename verandering dat ik eens iets te zien krijg dat een beetje ambitieus is. Meestal zijn het dubbele garages en serres. Nee, ik denk dat het schitterend wordt, en mits u zich aan uw plannen houdt, voorzie ik geen problemen met de gemeenteraad.'

'Ik heb gehoord dat sommige inwoners het er niet erg op hebben dat het huis wordt gerenoveerd.' Daisy onderschepte een scherpe blik van Jones toen ze dat zei.

Maar de ambtenaar haalde haar schouders op. 'Onder ons gezegd en gezwegen: men is erg behoudend in dit plaatsje. Tot hun schade en schande. De andere badplaatsen hebben de cafés en restaurants op de boulevard laten uitbreiden en die draaien nu het hele jaar goed. Het goede oude Merham is zo hard bezig geweest alles te laten zoals het was dat ik denk dat ze hun blik op de werkelijkheid zijn kwijtgeraakt.' Ze wees uit het raam, langs de kust. 'Ik wil maar zeggen dat het er nogal vervallen uitziet. Er iets niets voor de jongelui. Persoonlijk denk ik dat het een schot in de roos is als we wat nieuwe badgasten kunnen aantrekken. Maar pin me daar niet op vast.'

Ze tikte Ellie nog een keer liefkozend op haar wang en vertrok, met de belofte dat ze contact zou houden.

'Volgens mij ging het heel goed.' Daisy liep de gang door en vond dat ze wel wat lof verdiende.

'Zoals ik al zei heeft het plaatsje de klandizie nodig.'

'Ik ben in elk geval blij dat ze de plannen heeft goedgekeurd.'

'Als u uw werk goed hebt gedaan is er geen enkele reden om het tegendeel te vrezen. Nu moet ik als een speer terug naar Londen. Ik heb om vijf uur een vergadering. Wanneer beginnen de werklui?'

Zelfs zijn lengte had iets intimiderends. Daisy voelde zich krimpen toen hij langs haar heen naar de deur liep. 'De loodgieters beginnen dinsdag, en de bouwvakkers komen die keukenmuur twee dagen daarna verplaatsen.'

'Mooi zo. Houd me op de hoogte. Ik kom volgende week terug. Intussen moet u voor kinderopvang zorgen. U kunt hier niet in werktijd met een baby rondhangen. Mijn god,' zei hij met een blik naar beneden, 'er hangt een closetrol onder aan uw trui.'

Hij zei niets ten afscheid. Maar hij deed wel de deur zacht achter zich dicht toen hij vertrok.

Er zou altijd een bed voor haar klaarstaan in Weybridge. Dat moest ze nooit vergeten, had haar zus door de telefoon gezegd. Nu al drie keer. Ze dacht duidelijk dat Daisy stapelgek was dat ze haar dochtertje in een tochtige ruïne aan zee had ondergebracht terwijl ze in de luxe van de mooiste centraal verwarmde kamer van Julia's schuur kon wonen, inclusief de bonus van oppas door de familie. Maar zij wilde haar zaakjes op haar eigen manier regelen. Julia had daar begrip voor. 'Toch moet je weten dat ik altijd voor je klaar zal staan als je in de put zit.'

'Ik zit niet meer in de put. Ik voel me prima.' Daisy klonk overtuigender dan ze zich voelde.

'Let je op je calorieën?'

'Nee. En ik doe niet aan sport. En ik föhn mijn haar ook niet. Ik heb het veel te druk.'

'Dat klinkt goed. Het is goed om geestelijk actief te zijn. En de Rode Pimpernel? Nog iets van hem gehoord?'

'Nee.' Ze had het opgegeven zijn moeder te bellen. Het was te vernederend.

'O, ja, ik weet dat je het niet wilt, maar ik heb het nummer van het bureau voor kinderalimentatie gevonden, voor als je daar aan toe bent.'

'Julia...'

'Als hij zo nodig grotejongensspelletjes moest spelen had hij zich op de gevolgen moeten instellen. Luister eens, ik dwing je nergens toe. Ik zeg alleen dat ik het nummer heb. Voor als je het nodig hebt. Net als de schuur. Het ligt allemaal voor je klaar.'

Daisy duwde Ellie over het pad in haar terreinbuggy en rookte haar vierde sigaret van die ochtend. Julia dacht dat ze het niet zou redden. Haar zus dacht dat ze wel een geweldige start zou maken bij het Arcadia-project, maar zou inzien dat het te veel was, het dan zou opgeven en uiteindelijk naar huis komen. Dat kon ze haar niet kwalijk nemen, gezien de staat waarin Julia haar had aangetroffen. En ze moest toegeven dat Weybridge de afgelopen dagen merkwaardig aantrekkelijk had geleken. De loodgieters waren dinsdag niet komen opdagen omdat ze naar een paar spoedgevallen moesten. De bouwvakkers waren begonnen met het doorbreken van de keukenmuur, maar de stalen steunbalk was niet afgeleverd, zodat ze 'voor alle zekerheid' waren gestopt bij een gat dat groot genoeg was om een auto door te laten. Ze zaten momenteel op het terras te genieten van de voorjaarszon en sloten weddenschappen af op de Cheltenham Gold Cup. Toen ze vroeg of er niet iets anders was waarmee ze konden doorgaan, gingen ze tekeer over veiligheidsregels en stalen steunbalken. Ze bedwong haar tranen en probeerde er niet aan te denken hoe anders alles zou zijn gegaan als Daniel erbij was geweest om ze aan te pakken. Ten slotte, na het grootste deel van de ochtend aan de telefoon te hebben doorgebracht met bekvechten met de diverse leveranciers, waagde ze zich naar buiten voor wat frisse lucht. En om nog wat thee in te slaan. In aanmerking genomen dat zij de leiding van het project had, hoorde ze het zinnetje 'melk en twee klontjes' vaker dan haar lief was.

Het was echt jammer, want zonder de spanningen van Arcadia voelde ze zich die ochtend bijna opgewekt. De omgeving leek erop uit het haar naar de zin te maken, met de zee en de blauwe lucht volgens het boekje, de voorjaarsnarcissen vrolijk wiegend langs de bermen en een zachte bries die een voorproefje gaf van de komende zomermaanden. Ellie slaakte gilletjes en kraaide naar de meeuwen die voor hen heen en weer scheerden, in de hoop dat er koekkruimels uit de kinderwagen gegooid zouden worden. Haar wangen hadden in de frisse lucht de kleur van glanzende appels gekregen. 'Verschraald door de wind,' noemde mevrouw Bernard het afkeurend. Het stadje zag er ook fleuriger uit, vooral door de aanwezigheid van marktkramen op het pleintje, die met hun gestreepte luifels en uitpuilende koopwaar een accent van leven en kleur aanbrachten.

'Hé Ellie,' zei ze, 'mammie gaat zich vanavond te buiten aan een ovenaardappel.' Ze was gestopt met magnetronmaaltijden en at alleen nog boterhammen of maakte Ellies potjes leeg. Dikwijls was ze daar zelfs te moe voor en viel ze in slaap op de enige bank, om 's morgens om vijf uur rammelend van de honger wakker te worden.

Ze bleef even bij de groente- en fruitkraam staan om worteltjes voor Ellie en fruit voor zichzelf in te slaan. Fruit hoefde je niet te koken. Toen ze haar wisselgeld aannam voelde ze een tikje op haar schouder. 'Ben jij die meid in het huis van de actrice?'

'Sorry?' Daisy rukte zich los uit haar plantaardige gemijmer en zag een vrouw van middelbare leeftijd staan, gekleed in het soort gewatteerde groene jack dat geliefd is bij paardenbezitters, en met een wijnrode vilthoed diep over haar ogen getrokken. Ze droeg – minder traditioneel – donkerrode beenwarmers en een paar stevige wandelschoenen. Daisy had het onaangename gevoel dat de vrouw, evenals haar gevlekte Duitse herder, iets te dichtbij stonden.

'Ben jij die meid in Arcadia House? Degene die het compleet aan het slopen is?

Haar stem klonk agressief genoeg om de aandacht van verschillende voorbijgangers te trekken. Ze draaiden zich nieuwsgierig om, de uitgekozen koopwaar nog in de hand.

'Ik ben het niet aan het slopen, maar inderdaad, ik ben de binnenhuisarchitect die in Arcadia House aan het werk is.'

'En is het waar dat het een openbare uitgaansgelegenheid met een bar wordt, waar allerlei Londense types op af zullen komen?'

'Er komt ook een bar, ja. Ik kan onmogelijk voorspellen wat voor clientèle er zal komen, want ik ga alleen over de inrichting.'

Het gezicht van de vrouw liep steeds roder aan. Haar stem droeg ver, zoals bij mensen die graag gehoord willen worden. Haar hond bracht ongemerkt zijn neus hinderlijk dicht bij Daisy's kruis. Ze maakte een beweging om hem weg te jagen, maar hij keek haar strak aan met zijn lege, gele ogen en duwde zijn neus nog dichterbij.

'Ik ben Sylvia Rowan. Eigenaar van het Rivièra Hotel. En ik voel me geroepen u te zeggen dat we hier geen ander hotel willen. Vooral niet een dat allerlei ongewenst gespuis zal aantrekken.'

'Ik denk niet dat...'

'Want zo'n plaatsje is het hier niet. U weet niet hoe hard we ons best hebben gedaan om te zorgen dat dit plaatsje heel apart blijft.'

'Het is misschien heel apart, maar ik geloof niet dat het hier gaat om de verdediging van het Vaticaan.'

Nog ten minste vier gezichten kwamen dichterbij om de volgende aflevering af te wachten. Daisy voelde zich kwetsbaar met haar dochtertje voor zich, en de hele situatie maakte haar ook ongewoon agressief. 'Alles wat we aan het hotel doen is officieel goedgekeurd. En een bar zal ongetwijfeld een vergunning van de overheid nodig hebben. Als u me nu wilt excuseren...'

'Je begrijpt het niet, hè?' Sylvia Rowan posteerde zich vierkant voor Ellies wandelwagentje, zodat Daisy of om haar heen moest sturen in de richting van de groeiende menigte toeschouwers, of over haar heen rijden. De hond staarde naar haar kruis met iets dat zowel enthousiasme als kwaadaardigheid kon zijn. Het was moeilijk te zeggen.

'Ik heb mijn hele leven in deze plaats gewoond en we hebben hard gevochten om het morele peil hoog te houden,' schetterde Sylvia Rowan, met haar portefeuille naar Daisy's borst wijzend. 'Dat houdt in dat wij ons, in tegenstelling tot veel andere badplaatsen, hebben verzet tegen eindeloze rijen cafetaria's en kroegen aan de boulevard. Op deze manier is het een aangename plek voor de bewoners gebleven, en een aantrekkelijke plaats voor de badgasten.'

'En heeft dat iets te maken met het feit dat uw hotel een van de bars runt?'

'Dat doet er niet toe. Ik heb hier mijn hele leven gewoond.'

'Dat is waarschijnlijk de reden dat u niet ziet hoe vervallen de boel hier is.'

'Luister eens, juffrouw, wie u ook bent. We willen hier geen platvloersheid. En we willen niet overspoeld worden met dronkelappen uit Soho. Zo'n soort stadje is dit niet.'

'En Arcadia House wordt niet zo'n soort hotel. Ter geruststelling kan ik u wel zeggen dat de cliëntèle uit de beter gesitueerden zal bestaan, mensen die met plezier twee- of driehonderd pond per nacht voor een kamer betalen. En die mensen verwachten smaak, goede manieren en verdomd veel rust en stilte. Dus ik zou zeggen: gebruik uw verstand en laat mij rustig mijn werk doen.'

Daisy draaide het wagentje om, negeerde de aardappelen die uit de plastic tas vielen en begon driftig, verwoed met haar ogen knipperend, het marktplein over te steken. Ze keerde zich om en schreeuwde tegen de wind in: 'En u mag uw hond wel eens beter opvoeden. Die is vreselijk onbeschoft.'

'Jongedame, je kunt tegen je baas zeggen dat we het er niet bij laten zitten.' Sylvia Rowans stem kwam bij haar terug. 'Wij zijn het volk van Engeland... en wij hebben nog niet gesproken.'

'O, lazer op, afschuwelijke ouwe taart,' foeterde Daisy en eenmaal uit het zicht bleef ze staan om haar vijfde sigaret van die dag op te steken. Ze inhaleerde diep en barstte in tranen uit.

12

DAISY PARSONS WAS OPGEGROEID tot het soort jonge vrouw van wie oudere mensen goedkeurend mompelen: 'Lief meisje.' En ze was lief. Ze was een makkelijk kind geweest, met snoezige blonde krulletjes en een gulle lach, een kind dat het anderen naar de zin wilde maken. Ze was naar een particuliere school gegaan, waar iedereen dol op haar was, en had hard gewerkt om examens in architectuur, kunst en ontwerpen te halen, waarvoor ze, zoals haar leraar zei, 'echt oog' had. In haar pubertijd had ze, op een weinig geslaagd experiment met vegetarische haarverf na, niets gedaan dat haar ouders ongerust maakte of hun slapeloze nachten bezorgde. Haar weinige vriendjes waren met zorg geselecteerd en doorgaans aardig. Ze had ze met spijt laten gaan, meestal met een paar verontschuldigende traantjes, zodat ze bijna allemaal zonder wrok aan haar terugdachten, en meestal als: 'iemands gemiste kans.'

Toen was Daniel in haar leven gekomen: de lange, donkere, knappe Daniel met zijn achtenswaardige ouders, beiden accountant met een protestants werkethos en een veeleisende levensstijl. Het soort man dat andere meisjes onmiddellijk ontevreden met de hunne maakte. Daniel was gekomen om haar te beschermen op een moment dat ze er genoeg van had voor zichzelf te zorgen en ze hadden allebei hun rol in de relatie op zich genomen met de tevreden gebaren van een nestelend vogelpaar. Daniel was de drijvende kracht in de zaak, de sterke, vastbesloten figuur. De beschermer. Dat ontlastte Daisy, zodat ze de volmaakte versie van zichzelf kon worden: mooi, lief, sexy en vol zelfvertrouwen onder zijn bewondering. Een mooi, lief meisje. Allebei zagen ze de volmaakte versie van zichzelf weerspiegeld in de ogen van de ander, en dat beviel hun. Ze maakten zelden ruzie, dat was ook niet nodig. Bovendien hielden ze geen van beiden van de emotionele ellende die ruzie gaf, tenzij ze wisten dat het de prikkelende opwinding van het voorspel betrof.

Dat was de reden dat Daisy totaal niet was voorbereid op dit nieuwe leven, waarin ze voortdurend bloot stond aan afkeuring en bijna onophoudelijk in ruzies was verwikkeld – met de werklui, de mensen in het dorp en met Daniels ouders – in een periode dat ze zich uiterst kwetsbaar voelde en zonder dat ze kon terugvallen op haar gebruikelijke wapenrusting van lieftalligheid. De loodgieters bleken ongevoelig voor haar smeekbeden en waren naar een ander karwei vertrokken omdat ze de badkamers pas konden installeren als de bouwvakkers de vloer over de septic tank hadden gelegd. De bouwvakkers konden de vloer pas leggen als ze de onderdelen hadden. De leveranciers waren kennelijk geëmigreerd. Sylvia Rowan was, volgens zeggen, van plan een openbare vergadering te beleggen om bezwaar te maken tegen het schenden van Arcadia House en om het gevaar van verlies van de hoge standaard, het morele peil en het algemene welzijn van de burgers van Merham tegen te houden, als de werkzaamheden doorgang mochten vinden.

Jones had intussen de dag na haar aanvaring op het marktplein ijzig opgebeld en een verbale woede-uitbarsting op haar losgelaten over de verschillende manieren waarop ze haar verplichtingen niet nakwam. Hij kon niet geloven dat ze al achterliepen op het schema. Hij begreep niet waarom de stalen steunbalk, toen die eindelijk arriveerde, de verkeerde dikte had. Hij had er weinig fiducie in dat ze, zoals gepland, in augustus open konden gaan. En eerlijk gezegd begon hij ernstig te betwijfelen of Daisy de inzet en de capaciteiten bezat om de klus naar tevredenheid te kunnen klaren.

'U geeft me de kans niet,' zei Daisy, haar tranen bedwingend.

'Je hebt geen idee hoeveel kansen ik je geef,' zei hij en hij hing op.

Mevrouw Bernard verscheen in de deuropening met Ellie. 'Je gaat toch niet huilen?' zei ze met een knikje naar het terras. 'Dan nemen ze je niet meer serieus. Als je om de haverklap loopt te snotteren, denken ze dat je alleen maar haar en hormonen bent.'

'Dank u, mevrouw Bernard. Dat helpt me enorm.'

'Ik zeg alleen maar dat je toch niet wilt dat ze over je heen lopen?'

'Als ik om uw verrekte mening verlegen zit, zal ik er verdomd wel om vragen.'

Daisy veegde een map met paperassen van de tafel en beende naar buiten om haar humeur op de bouwvakkers af te reageren, en dat deed ze pas voor de tweede keer van haar leven. De eerste keer was toen

Daniel toegaf dat hij Mr. Rabbit naar de vuilnisbak had verbannen omdat hij de akoestiek van hun slaapkamer verminderde. Dit keer schreeuwde ze zo hard dat ze haar stem helemaal bij de kerk konden horen, en er zweefde een selectie dreigementen en verwensingen door de lucht, die meer gewend was aan het gekrijs van meeuwen en kluten. De radio vloog intussen met een sneltreinvaart door de lucht boven het rotspad, waarna hij met een klap op de rotsen smakte. Dat alles werd gevolgd door een langdurige stilte, daarna door gemompel en langzaam geschuifel van voeten toen zes recalcitrante bouwlieden andere manieren vonden om zich bezig te houden.

Daisy beende het huis in, haar handen op haar heupen alsof ze op een holster rustten, op scherp, zoals de werklui later mompelden en klaar om nogmaals te vuren.

Dit keer werd ze in stilte ontvangen. Mevrouw Bernard en Ellie waren met een glimlach op hun gezicht naar de keuken verdwenen.

'Zo, en hoe gaat het daarboven?'

Camille vouwde het plastic over de geparfumeerde crème en schoof haar moeders handen in de verwarmde wanten. Dat was de enige behandeling die ze toestand, een wekelijkse manicure. Gezichts- of lichaamsmaskers, dat was allemaal tijdverspilling, maar ze had altijd zorg aan haar handen besteed. Lang geleden had ze dat besloten: als aanraking een van de voornaamste communicatiemiddelen met haar dochter betekende, dan zou die altijd aangenaam moeten aanvoelen.

'Het gaat.'

'Vind je het moeilijk?'

'Ik?' Haar moeder snoof. 'Nee. Het maakt mij niet uit wat ze ermee doen. Maar ik denk dat dat arme kind het er moeilijk mee heeft.'

'Hoezo?' Camille liep naar de deur en riep om een kop thee. 'Tess zei dat ze had gehoord dat ze alleen is met een baby.'

'Ze is alleenstaand. En ze loopt de helft van de tijd rond met een gezicht als een regenweekend. De werklui vinden haar een aanfluiting.'

'Denk je dat ze het redt?'

'Op deze manier? Waarschijnlijk niet. Ze kan nog geen vlieg wegjagen. Ik zie niet hoe zij een hotel moet renoveren. Ze heeft maar tot augustus.'

'Arm kind.' Camille kwam bij haar moeder zitten. 'We moeten er eens heen. Ze voelt zich waarschijnlijk eenzaam.' Ze tastte achter zich en vond zonder enige moeite de crème, die ze in haar handen begon te wrijven.

'Ik ga er voortdurend heen.'

'Jij gaat voor de baby. Dat weet ik zelfs.'

'Ze wil niet dat je daar komt binnenvallen. Dan lijkt het alsof ik over haar heb gepraat.'

'Je hebt over haar gepraat. Kom op, we maken er een dagje uit van. Katie zal het enig vinden. Ze is daar in geen eeuwen geweest.'

'Moet Hal niet werken?'

'Hal heeft recht op een vrij weekend, mam, net als wij allemaal.'

Haar moeder snoof.

'Luister eens, je wilt toch niet dat ze instort, mam? Als zij vertrekt, krijgen we zo'n mafkees die gouden pilaren en jacuzzi's en weet ik wat nog meer gaat installeren. O, hallo Tess. Thee met melk zonder suiker als je zover bent. Dan krijg je daar satellietschotels op de zijgevels en elk weekend zakenconferenties.'

'Alles goed, mevrouw Bernard?'

'Ja, hoor, dank je, Tess. Die dochter van mij probeert haar neus in Arcadia te steken.'

Tess grinnikte. 'Laat ik je zeggen, Camille, ik zou me daar niet mee bemoeien. Er woedt een veldslag om dat hotel. Sylvia Rowan heeft hier de hele ochtend luidkeels haar gram gespuid. "Zoiets zou nooit zijn gebeurd in de dagen van de Bond van Pensionhoudsters,"' deed ze haar na.

Camille zette de crème achter zich op de plank terug en deed een kastdeur dicht. 'Des te meer reden dat meisje aardig te behandelen. God weet waarin ze denkt te zijn terechtgekomen.'

Mevrouw Bernard schudde geïrriteerd haar hoofd. 'O, mij best. We gaan er zondag heen. Ik zal het goeie kind zeggen dat ze zich op een invasie moet voorbereiden.'

'Mooi zo. Maar je moet paps ook meenemen. Hij is enorm geïnteresseerd in wat ze aan het doen is.'

'Ja, vast wel.'

'Hoezo?'

'Hij denkt dat ik al mijn tijd thuis bij hem zal doorbrengen nu het huis is verkocht.'

Uiteindelijk kwamen ze met hun allen. Een uitje van de familie Bernard, zoals Camilles vader het joviaal stelde, terwijl hij iedereen uit zijn geliefde Jaguar op de oprijlaan afzette. 'Ik zal jullie zeggen, mensen, dat ik me niet kan herinneren wanneer we voor het laatst met ons allen op stap zijn geweest.'

Daisy stond in haar enige goede rok met Ellie op haar heup bij de deur. Ze bekeek meneer Bernard met belangstelling. Mevrouw Bernard had een solitaire figuur geleken, en het was moeilijk haar nu met deze joviale, aardige man met zijn verontschuldigende blik en handen als kolenschoppen in overeenstemming te brengen. Hij droeg een overhemd en een stropdas, was het soort man dat dat in het weekend deed, en glimmend gepoetste schoenen. Je kon veel afleiden uit het glimmen van iemands schoenen, zei hij later. De eerste keer dat hij Hal met zijn bruine suède exemplaren had ontmoet, dacht hij dat hij wel een communist zou zijn. Of een vriend van Dorothy.

'Toen Katie werd gedoopt,' riep Camille, die het portier openhield toen Katie en Rollo van de achterbank buitelden. Ze wuifde in de richting van het huis. 'Hallo. Camille Hatton.'

'Dat telt niet,' zei Hal. 'Dat was nauwelijks een uitstapje.'

'En ik kan het me niet herinneren,' zei Katie.

'Moederdag drie jaar geleden dan, toen ik Camille en jou meenam naar dat restaurant in Halstead... Wat was het ook weer?'

'Veel te duur.'

'Dank u, schoonmoeder. Het was toch Frans?'

'Het enige Franse aan de zaak was de stank van de riolering. Ik heb koekjes meegebracht. Wilde je geen overlast bezorgen.' Mevrouw Bernard overhandigde Daisy de doos die ze op haar schoot had gehad, en stak vervolgens haar handen uit om een gewillige Ellie van haar moeder over te nemen.

'Heerlijk,' zei Daisy, die zich onzichtbaar begon te voelen. 'Bedankt.'

'We hebben het daar enig gehad,' zei mevrouw Bernard terwijl ze Daisy hartelijk de hand schudde. 'Ik had *steak au poivre*. Ik weet het nog goed. En Katie had *fruits de mer*, toch, schat?'

'Dat weet ik niet meer,' zei Katie. 'Hebt u echt geen televisie?'

'Nee. Niet meer. U bent de man die me de weg heeft gewezen,' zei Daisy toen Hal dichterbij kwam.

'Hal Hatton. En u heeft al kennis gemaakt met Katie.' Zijn gezicht leek jonger, ontspannener dan de laatste keer dat ze hem had gezien. 'Aardig dat u ons wilt ontvangen. Ik hoorde dat u nogal met een deadline zit.' Hij deed een stap naar achteren. 'Hemel, ik heb dit huis in geen jaren gezien.'

'Er zijn een paar muren doorgebroken en een paar kleine slaapkamers zijn badkamers geworden,' zei mevrouw Bernard, die zijn blik volgde. 'Ze willen tegenwoordig kennelijk alles *en suite*.'

'Wilt u misschien verder komen?' vroeg Daisy. 'Ik heb een paar stoelen gevonden en ze op het terras gezet omdat het zo'n mooie dag is. Maar als u wilt kunnen we ook naar binnen gaan. Pas op voor het puin.'

Pas toen ze de deur openhield besefte ze dat de blonde vrouw blind was. Haar hond leek niet op een geleidehond, hij droeg geen halster of tuig dat ze vast moest houden, maar keek achterom alsof hij het gewend was het juiste tempo aan te houden, en toen Camille naar de deur liep verscheen haar mans hand bij haar elleboog en verdween weer discreet toen ze bij de traptreden van het portiek was.

'Gewoon rechtdoor, maar ik neem aan dat u dat wel weet,' zei ze wat onhandig.

'Hemel, nee,' zei Camille, haar gezicht naar haar toe wendend. Ze had helderblauwe ogen, misschien wat dieper gelegen dan normaal. 'Dit was altijd mams' huis. Wij hebben er nooit veel mee te maken gehad.'

Ze zag er niet als een blinde uit. Niet dat Daisy er een duidelijk beeld van had hoe een blinde eruit hoorde te zien, want ze had er nog nooit een ontmoet. In haar ogen moest een blinde er slonziger uitzien. Misschien ook wat te zwaar. Ze zou in elk geval geen dure spijkerbroek en make-up moeten dragen, en een taille hebben die de helft van haar bovenwijdte bedroeg. 'Kwamen jullie hier niet vaak als kind?'

Camille riep: 'Hal, is Katie bij jou?' Ze zweeg even. 'We kwamen hier af en toe. Ik geloof dat mam zenuwachtig werd als ik zo dicht bij de rand van de klif was.'

'O.' Daisy wist niets meer te zeggen.

Camille bleef staan. 'Ze heeft niet verteld dat ik blind ben, hè?'

'Nee.'

'Mijn moeder laat zich niet in de kaart kijken. Maar dat heb je vast al gemerkt.'

Daisy bleef even stil staan om naar de gladde karamelkleurige huid te kijken en naar het weelderige blonde haar. Onwillekeurig bracht ze haar hand naar het hare. 'Wil je... ik bedoel, wil je mijn gezicht voelen of zo?'

Camille barstte in lachen uit. 'O, god, nee. Dat kan ik niet uitstaan. Tenzij ik aan het werk ben, natuurlijk.' Ze stak haar hand uit en raakte aarzelend Daisy's arm aan. 'Je bent veilig, Daisy. Ik voel geen behoefte met mijn handen over iemands gezicht te gaan. Vooral niet met een baard. Ik haat baarden, krijg ik de rillingen van. Ik ben altijd bang dat ik er etensresten in zal aantreffen. Even wat anders, heeft mijn vader het al voor elkaar gekregen zijn auto even alleen te laten? Hij wordt sinds zijn pensioen door dat ding geobsedeerd,' bekende ze. 'Door die auto en door bridgen. En golfen. Mijn pa is gek op zijn hobby's.'

Ze kwamen op het terras aan. Hal hielp zijn vrouw in een stoel en Daisy bekeek dat terloopse intieme gebaar met een vonkje jaloezie. Zij miste haar beschermer.

'Altijd een prachtig huis geweest, hè?' Meneer Bernard stak zijn autosleutels in zijn zak en wendde zich, met een merkwaardige mengeling van emoties op zijn gezicht, tot zijn vrouw.

'Niet dat de mensen hier er zo over dachten.' Mevrouw Bernard haalde haar schouders op. 'Tot het veranderde.'

'Ik heb altijd gevonden dat een apenboom hier heel goed zou staan.'

Daisy merkte de snelle blik op die het echtpaar Bernard wisselde, en de onbehaaglijke stilte die erop volgde.

'En, wat is je indruk van Merham?' zei Hal.

Omdat Daisy uit een gezin kwam dat niet zozeer was gebroken als wel onherroepelijk verscheurd door verlies, nam ze automatisch aan dat alle andere gezinnen een soort Waltons waren. Daniel had haar dat meer dan eens gezegd, als ze van een bijeenkomst van zijn familie terugkwamen en ze geschokt was door de rumoerige ruzies en de smeulende rancune die even regelmatig oplaaiden als het vuur van de barbecue. Maar ze vond het nog steeds moeilijk ze zonder emotie te bezien; onbewust probeerde ze zich aan te passen, om deel uit te kunnen maken van een familiegeschiedenis. Ze was er vast van overtuigd dat deel uitmaken van een grote, uitgebreide familie alleen maar aangenaam kon zijn.

De familie Bernard en de familie Hatton hadden echter iets geforceerd opgewekts over zich, alsof ze zich voortdurend gerust moesten stellen omtrent hun status als een gezin, en vastbesloten waren het uitsluitend over de positieve kanten te hebben. Ze riepen steeds uit hoe mooi alles was: het weer, de omgeving en elkaars kleren en richtten zich tot elkaar met goedmoedige spot en maakten toespelingen op gemeenschappelijke familiegrappen. Behalve mevrouw Bernard, die elk Walton-achtig sentiment om zeep hielp met het fanatisme van een propere huisvrouw die een vlieg doodmept. Zoals een moederdag die alleen werd onthouden doordat de afvoer stonk, moest elke toespeling op geluk in een bijtende opmerking worden gesmoord, slechts nu en dan verzacht door een grapje. De eindeloze schoonheid van het strand werd getemperd door het feit dat de badgasten wegbleven, en zij kon het ze niet kwalijk nemen. De glanzende nieuwe gezinsauto reed zo soepel dat ze er misselijk van werd. Camilles baas in de salon was klaarblijkelijk een te ouwelijk geklede oudere vrouw. De enige uitzonderingen vormden Katie, op wie haar grootmoeder duidelijk trots was, en het huis, waarover meneer Bernard in het geheel niet wenste te spreken.

Daisy, die meer naar het bezoek van de familie had uitgekeken dan ze wilde toegeven, vond het allemaal erg vermoeiend. En omdat ze nog nooit een blinde had ontmoet, deed ze onhandig tegenover Camille. Ze wist niet of ze haar moest aankijken als ze tegen haar sprak en twijfelde of ze versnaperingen rechtstreeks op Camilles bord moest leggen of dat ze Hal, die naast haar was gaan zitten, het voor haar moest laten doen. Ze was twee keer over de hond gestruikeld, waarbij ze de tweede keer een beleefd protesterend gejank uitlokte.

'Je hoeft haar haar sandwiches niet te voeren,' zei mevrouw Bernard plotseling. 'Ze is alleen maar blind, ze is verdomme niet invalide.'

'Schat...' zei meneer Bernard.

Daisy had zich blozend verontschuldigd en was achterwaarts in de goudenregenstruik gestapt.

'Doe niet zo akelig, mam. Ze probeert alleen te helpen.'

'Doe niet zo akelig, oma,' echode Katie, halverwege een chocoladebol. Ze wiegde Ellies wagentje met haar voet.

'Ik excuseer me voor mijn moeder,' zei Camille. 'Ze is oud genoeg om beter te weten.'

'Ik houd er niet van als mensen zich voor je uitsloven.'

'En ik houd er niet van als jij je ermee bemoeit. Dan ga ik me juist een invalide voelen.'

Even was het stil. Onverstoorbaar stak Camille haar hand uit naar haar drankje.

'Het spijt me,' zei Daisy. 'Ik wist niet hoe je het verschil tussen krab en marmite zou kunnen weten.'

'O, ik neem gewoon van alles wat. Dan krijg ik meestal wel wat ik wil.' Camille lachte. 'Of ik zorg dat Hal ze voor me pakt.'

'Je kunt uitstekend voor jezelf zorgen.'

'Dat weet ik, moeder.' Dit keer klonk Camilles stem scherp.

'Ik snap niet hoe je haar de hele dag om je heen kunt verdragen, Daisy,' zei Hal. 'De scherpste tong van de hele oostkust.'

'Mammie zegt dat oma papier kan snijden met haar tong,' zei Katie, wat een golf van gelach aan de tafel veroorzaakte.

Mevrouw Bernard was echter ineens stil. Ze zat een poosje naar de inhoud van haar bord te staren en wendde zich toen met een neutraal gezicht tot Hal. 'Hoe gaan de zaken?'

'Niet zo geweldig. Maar er is een antiekhandelaar in Wisk en die heeft beloofd wat werk mijn kant op te sturen.'

'Ik denk dat het een beetje gaat zoals met die van mij,' zei Daisy. 'Als de tijden moeilijk zijn, geven de mensen geen geld uit aan de binnenkant van hun huis.'

'Je hebt het nu al weken over die handelaar. Je kunt niet eeuwig blijven wachten. Zou je de zaak nu maar niet afbouwen? Proberen ergens een baan te vinden?'

'Kom, schat… niet hier.' Meneer Bernard stak zijn arm naar zijn vrouw uit.

'Nou, er moeten toch plekken zijn waar ze iemand nodig hebben die kan timmeren. Een meubelgroothandel of zo.'

'Ik maak geen fabrieksproducten, ma.' Hal deed zijn best te blijven glimlachen. 'Ik restaureer unieke exemplaren. Dat is een vak. Dat maakt een groot verschil.'

'Wij hebben de eerste jaren ook vreselijk veel moeite gehad werk te krijgen,' zei Daisy vlug.

'Hal heeft een paar dingen op stapel staan,' zei Camille en haar hand gleed onder de tafel naar die van haar man. 'Het is voor iedereen een stille tijd.'

'Niet zó stil,' zei haar moeder.

'Ik leef bij de dag, ma, maar ik ben goed in wat ik doe. Het is een goede zaak. Ik ben nog niet van plan hem op te geven.'

'Ja, nou, zorg maar dat je niet failliet gaat. Want dan sleep je iedereen mee in je val. Inclusief Camille en Katie.'

'Ik was niet van plan failliet te gaan.' Hals gezicht verstrakte.

'Niemand is ooit van plan failliet te gaan, Hal.'

'Zo is het wel genoeg, schat.'

Mevrouw Bernard wendde zich met een kinderlijk opstandig gezicht tot haar echtgenoot.

Het bleef geruime tijd stil.

'Wil iemand nog iets eten?' zei Daisy, in een poging de kloof te overbruggen. Ze had in een van de kasten beneden een ouderwetse handgevormde schaal ontdekt en die tot de rand met een glinsterende fruitsalade gevuld.

'Heb je geen ijs?' vroeg Katie.

'Ik eet nooit fruit,' zei mevrouw Bernard en ze stond op om de borden van de tafel af te ruimen. 'Ik ga een grote pot thee zetten.'

'Trek je niet te veel van mams' opmerkingen aan,' zei Camille, die naast haar in de keuken verscheen toen ze de borden afwaste. 'Ze is niet echt onaardig. Dat is maar een houding.'

'Van een ijskoningin,' grapte Hal, die achter haar opdook. Hij volgde haar overal, zag Daisy. Ze wist absoluut niet of hij behulpzaam of alleen maar afhankelijk was.

'Diep in haar hart is ze oké. Ze is gewoon alleen altijd nogal... nou, scherp zou ik zeggen. Zou jij ook zeggen scherp, Hal?'

'Vergeleken bij je moeder is een stalen lemmet een watje.'

Camille draaide zich om naar Daisy. Daisy concentreerde zich op haar mond.

'Weet je, jij bent oké. Ze mag je.'

'Hoezo? Heeft ze dat gezegd?'

'Natuurlijk niet. Maar wij kunnen het zien.'

'Omdat ze niet met kwijlende hoektanden rond middernacht om je bloed heeft gejammerd.'

Daisy fronste haar wenkbrauwen. 'Dat lijkt me niet... Ik begrijp niet wat jullie bedoelen.'

Camille glimlachte stralend naar haar echtgenoot. 'Het was haar idee om hier vandaag naartoe te komen. Ze dacht dat je je misschien eenzaam voelde.'

Daisy glimlachte en haar bescheiden plezier dat mevrouw Bernard haar toch wel mocht vervloog bij het idee dat ze nu met medelijden werd bejegend. Ze was achtentwintig jaar lang een meisje geweest dat door iedereen werd benijd, en de mantel van medelijden zat haar niet echt lekker. 'Het was aardig van jullie om te komen.'

'Graag gedaan,' zei Hal. 'Eerlijk gezegd waren we reuzebenieuwd naar het huis.'

Daisy knipperde met haar ogen bij zijn woordkeuze, maar Camille leek niets te merken. 'Ze heeft hier nooit echt mensen uitgenodigd, zie je,' zei ze, naar Rollo's kop tastend. 'Het was altijd haar eigen kleine toevluchtsoord.'

'Niet zo klein.'

'Wij kwamen er maar af en toe. En paps heeft er nooit van gehouden, dus is het nooit een echte familieplek geweest.'

'Jullie zullen het dus ook niet erg missen?'

'Nee. De meeste huizen die ik niet ken zijn vooral een verzameling obstakels voor mij.'

'Maar vonden jullie het dan niet vervelend? Dat ze jullie alleen liet en zich hierheen terugtrok?'

Camille keerde haar gezicht naar Hal. Ze haalde haar schouders op. 'Daar waren we gewoon aan gewend. Mams moet altijd haar eigen plekje hebben.'

'Waarschijnlijk heeft elk gezin zijn eigenaardigheden,' zei Daisy, wier familie ze niet had.

'Het ene meer dan het andere.'

Een paar uur later wandelden Hal en Camille gearmd door Merham, op de voet gevolgd door Rollo. Katie sprong op en neer, geconcentreerd bezig met een ingewikkeld patroon op de rand van het trottoir. Nu en dan holde ze terug en wierp ze zich genoeglijk tussen hen in en vroeg of ze haar heen en weer wilden zwaaien, ook al was ze daar inmiddels te groot en te zwaar voor. Het bleef 's avonds wat langer licht en de wandelaars die hun honden uitlieten en de avondreizigers liepen met opgeheven hoofd in plaats van gebogen tegen de wind in. Hal knikte goedendag naar de eigenaar van de kiosk, die juist bezig was af te sluiten, en zij sloegen af naar hun eigen straat. Katie holde vooruit en gilde iets naar een vriendinnetje dat ze aan het eind van de straat zag.

'Sorry van mams.'

Hal sloeg zijn arm om zijn vrouw heen. 'Geeft niet.'

'Jawel, het geeft wel. Ze weet dat je je uiterste best doet.'

'Vergeet het maar. Ze maakt zich alleen zorgen om jou. Dat zou iedere moeder doen.'

'Nou, nee. In elk geval niet op zo'n grove manier.'

'Dat is waar.' Hal stond stil om Camilles sjaal recht te trekken. Het ene eind hing zowat bij haar voeten. 'Weet je, misschien heeft ze gelijk,' zei hij terwijl ze de kraag van haar jas dichtknoopte.

'Die antiekhandelaar houdt me misschien wel aan het lijntje.' Hij slaakte een zucht, zo luid dat Camille hem hoorde.

'Is het zo erg?'

'We moeten volkomen eerlijk tegen elkaar zijn, toch?' Hij glimlachte vreugdeloos terwijl hij de woorden van de therapeut nabootste. 'Goed dan... het gaat niet goed. Ik denk er zelfs over ergens anders te gaan werken. Het is dwaasheid voor de werkplaatsen te betalen als er... als er niets uitkomt.'

'Maar Daisy zei dat ze misschien...'

'Dat zal dan mijn laatste poging zijn, en anders wordt het de zaak opdoeken.'

'Ik wil niet dat je het werk opgeeft. Het is belangrijk voor je.'

'Jij bent belangrijk voor me. Jij en Katie.'

Maar ik geef je niet het gevoel dat je een man bent, dacht Camille. Je voelt je nog steeds aangetast in je eigenwaarde. De zaak is het enige dat je op de been lijkt te houden.

'Ik vind dat je het nog wat meer tijd moet gunnen,' zei ze.

Daisy, die zich voor de avond had geïnstalleerd met een bundel stofstalen, voelde zich wat beter. Camille had haar uitgenodigd om voor een behandeling naar de salon te komen. Op haar kosten, zei ze. Als ze maar iets mocht uitproberen. Mevrouw Bernard had beloofd regelmatig op Ellie te zullen passen en verborg haar duidelijke genoegen achter een bitse litanie van voorwaarden. Meneer Bernard had gezegd dat ze zich niet op haar kop moest laten zitten, met een knipoog in de richting van zijn echtgenote. En Ellie was zonder protest gaan slapen, uitgeput door de ongewone hoeveelheid aandacht. Daisy was, dik ingepakt tegen de avondkilte, met haar werk op het terras gaan zitten waar ze op haar gemak een sigaret rookte en uitkeek over de zee. Heel even voelde ze zich niet eenzaam. Of in elk geval minder eenzaam. Zo had het best een paar dagen mogen blijven. En dus leek het dubbel gemeen dat de schikgodinnen, door middel van haar al lang zwijgende mobiel samenspanden om haar wankele evenwicht te verstoren.

Eerst belde Jones om mee te delen, niet te vragen, constateerde ze, dat hij haar de dag daarop wenste te spreken. Woorden die haar als een klamme hand om het hart grepen. Zeven weken en drie dagen geleden had Daniel tegen haar gezegd dat hij haar wilde spreken. 'We gaan ergens heen. Waar we niet worden afgeleid,' zei Jones. Hij bedoelde Ellie, begreep ze.

‘Ik pas wel op,’ had mevrouw Bernard de dag daarop instemmend gezegd. ‘Goed voor je om er even uit te zijn.’

‘Zoals de beul tegen de veroordeelde zei,’ mompelde Daisy.

En toen ging op maandag, vlak voordat hij zou komen, de telefoon nogmaals. Dit keer was het Marjorie Wiener die haar ademloos vertelde dat ze eindelijk bericht van haar zoon had. ‘Hij logeert bij een oude studievriend. Hij zegt dat hij een inzinking heeft.’ Ze klonk geagiteerd. Maar Marjorie Wiener klonk altijd geagiteerd.

Daisy’s aanvankelijke hartstilstand werd vervangen door een trage, zinderende woede, die snel het kookpunt bereikte. Een inzinking? Als je een zenuwinzinking had was je toch niet in staat die te herkennen? Daar ging *Catch 22* toch over? Wel makkelijk om een zenuwinzinking te krijgen als je niet voor een kind hoeft te zorgen. Want in haar geval was een zenuwinzinking pure luxe, daar had zij geen tijd en ook geen energie voor.

‘Hij komt dus terug?’ Met moeite hield ze haar stem in bedwang.

‘Hij heeft wat tijd nodig om het een en ander op een rij te zetten, Daisy. Hij is echt in alle staten. Ik maak me grote zorgen om hem.’

‘Ja, goed, zeg dan maar dat hij nog meer in alle staten zal raken als hij bij ons in de buurt komt. Hoe denkt hij dat we het zonder hem hebben kunnen redden? Zonder zelfs maar een briefje van vijftig van hem?’

‘O, Daisy, je had het moeten zeggen als je krap zat. Dan had ik je geld gestuurd...’

‘Daar gaat het verdomme niet om, Marjorie. Dat is niet jouw verantwoordelijkheid. Het was Daniels verantwoordelijkheid. Wij waren verdomme Daniels verantwoordelijkheid!’

‘Heus, Daisy, het is niet nodig dergelijke taal...’

‘Belt hij me?’

‘Dat weet ik niet.’

‘Wat? Heeft hij jou gevraagd mij te bellen? Zes jaar samen en een baby, en ineens kan hij me niet meer persoonlijk te woord staan?’

‘Luister eens, ik ben op het ogenblik niet erg trots op hem, maar hij is zichzelf niet, Daisy. Hij is...’

‘Zichzelf niet. Meneer is zichzelf niet. Hij is vader, Marjorie. Tenminste, dat hoort hij te zijn. Is er een ander? Heeft hij een ander?’

‘Ik dacht van niet.’

‘Je dacht van niet?’

‘Ik weet het zeker. Dat zou hij je niet aandoen.’

‘Nou, hij heeft er anders geen moeite mee me de hele rest aan te doen.’

‘Wind je niet zo op, Daisy. Ik weet dat het moeilijk is maar...’

‘Nee, Marjorie. Het is verdomme niet moeilijk. Het is verdomme onmogelijk. Ik ben zonder enige uitleg in de steek gelaten door iemand die niet eens met me wil praten. Ik heb ons huis moeten verlaten omdat hij er niet aan heeft gedacht dat ons kind en ik geen geld hadden om van te leven. Ik zit aan het eind van de wereld op een werkplek vast omdat Daniel aan een klotenopdracht was begonnen die hij niet van plan was af te maken...’

‘Dat is niet eerlijk.’

‘Niet eerlijk? Ga jij me vertellen wat er niet eerlijk is? Neem me niet kwalijk, Marjorie, maar ik leg de telefoon neer. Ik... Nee, ik luister niet. Ik leg nu neer bla bla bla.’

‘Daisy, lieverd, we zouden de baby zo graag willen zien...’

Ze was gaan zitten, trillend van woede, met de dode telefoon in haar hand. Marjories zwakke smeekbede werd overstemd door haar losbarstende woede. Hij had er niet eens aan gedacht om te vragen hoe het met zijn dochter ging. Hij had haar meer dan zeven weken niet gezien, en hij vroeg niet eens hoe het met haar ging. Waar was de man van wie ze hield? Wat was er met Daniel aan de hand? Haar gezicht vertrok en ze liet haar hoofd op haar borst zakken terwijl ze zich afvroeg hoe het mogelijk was dat de pijn zich zo fysiek bleef manifesteren.

En hoewel ze haar best deed haar gevoelens van boosheid en onrechtvaardigheid te bedwingen, vroeg een inwendig stemmetje waarom ze eigenlijk kwaad was geworden. Ze wilde toch niet dat hij zo werd afgeschrikt dat hij niet meer zou terugkomen? Wat zou Marjorie nu tegen hem zeggen?

Ineens werd ze zich ervan bewust dat er nog iemand in de kamer was. Ze draaide zich om en zag mevrouw Bernard roerloos in de deuropening staan met Ellies vuile kleertjes onder haar arm. ‘Ik stop ze vanavond thuis in de wasmachine. Dan hoef je niet helemaal naar de wasserette te lopen.’

‘Dank u wel,’ zei Daisy en ze probeerde niet te snuffen.

Mevrouw Bernard bleef naar haar staan kijken. Daisy bedwong de neiging haar weg te sturen. ‘Weet je, soms moet je gewoon verder,’ zei de oudere vrouw.

Met een ruk keek Daisy op.

'Om te overleven. Soms moet je gewoon verder. Dat is de enige manier.'

Daisy deed haar mond open alsof ze iets wilde zeggen.

'En nog steeds. Zoals ik al zei, neem ik deze mee als ik naar huis ga. Het kleintje is heel zoet gaan slapen. Ik heb haar een extra dekentje gegeven, omdat het nogal guur is met die oostenwind.'

Of het door de wind of door de familie Wiener kwam, wist Daisy niet, maar ze werd door roekeloosheid bevangen. Ze rende naar boven en trok een zwarte broek aan, die haar voor het eerst sinds Ellies geboorte weer paste, en een rode chiffon blouse, die Daniel haar voor haar verjaardag had gegeven, voordat ze zwanger was en veroordeeld tot het dragen van tentjurken. De combinatie van stress en een gebroken hart mag dan desastreuze gevolgen voor je gemoedsrust hebben, bedacht ze met opeengeklemde kaken, maar tjonge, het was een zegen voor je lijn. Ze completeerde het geheel met laarzen met stilettohakken en een ongebruikelijke hoeveelheid make-up. Lippenstift deed wonderen voor je zelfvertrouwen, had haar zus gezegd. Maar Julia was nog nooit zonder gezien, zelf niet als ze met griep in bed lag.

'Je ziet je beha erdoorheen,' merkte mevrouw Bernard op toen ze de trap afdaalde .

'Fijn,' zei Daisy op pinnige toon. Ze liet zich ook niet door mevrouw Bernards zure opmerkingen uit het veld slaan.

'Maar misschien wil je wel het etiket onder je kraag stoppen.' Mevrouw Bernard glimlachte voor zich uit. 'Anders gaan de mensen nog praten.'

Jones masseerde zijn voorhoofd toen hij met de Saab de hoofdstraat van Merham insloeg en in de richting van het park reed. Zijn hoofd was begonnen te bonzen toen hij Canary Wharf passeerde en toen hij halverwege de A12 was, groeide de zeurende pijn boven zijn ogen tot een barstende hoofdpijn uit. In een opwelling had hij in zijn handschoenenvakje gerommeld en de tabletten gevonden die Sandra, zijn secretaresse, daarin had gelegd. Die vrouw was een juweel. Hij zou haar opslag geven. Als hij dat drie maanden geleden al niet had gedaan.

De ontdekking van de paracetamol was het enige hoogtepunt in een maand van dieptepunten. Wat wel iets over deze maand zei.

Alex, zijn ex-echtgenote, had aangekondigd dat ze ging trouwen. Zijn beste barkeeper had bijna twee invloedrijke journalisten in elkaar getimmerd omdat ze naakt 'Twister' wilden spelen op het biljart. Hij protesteerde naderhand tegen Jones dat hij niet tegen het naakt-zijn was, maar tegen het feit dat ze hun drankjes niet van het biljartlaken wilde halen. Maar de Red Rooms werd bijna dagelijks in de columns of roddelpers afgeschilderd als ouderwets of afgedaan, terwijl zijn poging de journalisten met een krat whisky te lijmen mislukte toen ze verslag uitbrachten van zijn gebaar en het als een daad van wanhoop brandmerkten.

En binnen een maand werd er twee straten verderop een concurrerende club, de Opium Rooms, geopend, waarvan het lidmaatschap op voordracht, de sfeer en de gedragsnormen verdacht veel op die van de Red Rooms leken. De komst van de nieuwe club veroorzaakte inmiddels al de nodige opwinding in de kringen die Jones als de zijne beschouwde. Daarom was het zo belangrijk dat hij zijn toevlucht tot Merham had genomen – je moest de dingen altijd een slag voor blijven. En nieuwe manieren vinden om je klanten aan je te binden.

En nu dreigde die verrekte griet de boel te verpesten. Hij vermoedde direct al dat ze het niet aankon toen ze bleef zeuren dat hij op een ongelegen moment belde. Hij had op zijn instinct moeten vertrouwen. In zaken had je geen ongelegen momenten. Als je professioneel was ging je gewoon door en deed je wat je moest doen. Geen excuses, geen uitvluchten. Dat was de reden dat hij niet graag met vrouwen werkte. Er was altijd menstruatiepijn of een vriendje waardoor ze zich niet konden concentreren. En als je hen erop aansprak, barstten ze meestal in tranen uit. Er waren behalve zijn secretaresse maar twee vrouwen bij wie hij zich volkomen op zijn gemak voelde: Carol, zijn trouwe pr-medewerker, die maar een geëpileerde wenkbrauw hoefde op te trekken om haar afkeuring uit te drukken en die hem nog steeds onder tafel zoop, en Alex, de enige andere vrouw die niet van hem onder de indruk of bang voor hem was. Maar Alex ging hertrouwen.

Toen ze het hem vertelde was zijn eerste kinderlijke impuls haar opnieuw ten huwelijk te vragen. Ze was in lachen uitgebarsten. 'Jij bent onverbeterlijk, Jones. Het was de ellendigste anderhalf jaar van ons leven. En je wilt me alleen omdat een ander me wil.' Hetgeen, dat moest hij toegeven, deels waar was. Sinds die tijd had hij haar af en toe het hof gemaakt, wat ze elegant afwimpelde en daar was hij stiekem blij om. Ze waren echter goede vrienden gebleven, tot ergernis wist hij, van Alex' nieuwe partner. Maar nu verdween ze uit zijn leven en veranderde de situatie. Nu zou hun verleden definitief worden verzegeld.

Niet dat hij zich niet vermaakte. Het was heel gemakkelijk iemand te versieren als je een club runde. Toen hij pas begon had hij regelmatig met de serveersters geslapen, meestal lange, slanke would-be actrices of zangeressen, die allemaal hoopten een producer of regisseur tegen het lijf te lopen als ze drankjes serveerden. Hij had echter al spoedig in de gaten dat het tot rivaliteit leidde, tot een huilerige eis om opslag en uiteindelijk tot verlies van goed personeel. En dus had hij de afgelopen anderhalf jaar als een monnik geleefd. Nou ja, een monnik die af en toe uit de band sprong. Nu en dan nam hij een meisje mee, maar het gaf hem steeds minder voldoening en hij maakte ze altijd boos omdat hij zich achteraf hun namen niet herinnerde. Het was meestal het geruzie niet eens waard.

'Jones. Met Sandra. Sorry dat ik je in de auto bel, maar de datum dat je moet voorkomen voor je vergunning is vastgesteld.'

'En?' Hij worstelde om de handsfree set goed te stellen.

'Het valt samen met je reis naar Parijs.'

Hij gooide er een verwensing uit. 'Nou, dan moet je ze bellen. Zeg maar dat ze het moeten veranderen.'

'Wat? Parijs?'

'Nee. De rechtbank. Zeg maar dat ik dan onmogelijk kan.'

Sandra zweeg even. 'Ik bel je nog wel,' zei ze.

Jones reed de heuvel op, over de oprijlaan die naar Arcadia leidde. Problemen en nog eens problemen. Soms had hij het gevoel dat hij al zijn tijd spendeerde aan het oplossen van andermans problemen, in plaats van door te gaan met waar hij het best in was.

Hij zette de motor af en bleef even zitten. Zijn hoofd deed nog steeds pijn en hij was te gespannen om van de stilte te kunnen genieten. En dan nog iets. Die meid moest vertrekken. Dat zou het beste zijn. Hij geloofde in kappen voordat een situatie uit de hand liep. Hij zou verdergaan met die andere firma, die in Battersea. Laat haar alleen niet in tranen uitbarsten.

Jones tastte in het handschoenenvakje en gooide nog een handvol tabletten in zijn mond. Zijn gezicht vertrok toen hij ze zonder water doorslikte. Met een zucht stapte hij uit de auto en liep naar de voordeur. Die werd nog voor hij kon bellen opengemaakt door mevrouw

Bernard. Ze stond hem aan te staren met die kalme blik die suggereerde dat ze precies wist wat je van plan was, dank u zeer.

'Meneer Jones.'

Hij kwam er nooit toe haar te verbeteren.

'Ik verwachtte jou hier niet.' Hij stond stil om haar op haar wang te kussen.

'Dat komt omdat u geen kinderen hebt.'

'Hoezo?'

'Er moet toch iemand oppassen.'

'O.'

Hij stapte naar binnen en wierp een blik op de gedeeltelijk onttakelde muren en de hopen puin. 'Juist, ja.'

'Er komt schot in.'

'Dat zie ik.'

Ze draaide zich om en liep, de bladen met lege verfblikken zorgvuldig vermijdend, de gang door. 'Ik zal tegen haar zeggen dat u er bent. Ze zit aan de telefoon met de loodgieters.'

Jones ging op de rand van een stoel zitten en nam de halflege salon in zich op, met de muffe lucht van drogende specie en een pas gerepareerde vloer. In de hoek van de kamer stond een aluminium piramide van verfblikken, terwijl lappen stof als beken over de rug van de aftandse oude sofa stroomden. Het vertrek werd doorsneden door rioolachtige geulen die onthulden waar elektriciteitsleidingen waren gesloopt en verplaatst. Op de vloer bood een stapel brochures lichtarmaturen in 'Miami', 'Austen' en 'Blink' aan.

'Dat was McCarthy met zijn mannen. Ze beginnen morgen met de twee badkamers aan de voorkant.'

Jones keek op van de catalogus en zag een vrouw die hij niet herkende door de kamer benen, haar mobiel nog in de hand.

'Ik heb gezegd dat we bij nog meer vertraging de prijs gaan verlagen. Ik heb gezegd dat er in de kleine lettertjes van het contract staat dat we voor elke verloren dag een procent rekenen.'

'En doen we dat?' vroeg Jones.

'Nee. Maar ik denk dat hij te lui is om het te controleren en ik heb hem duidelijk de stuipen op het lijf gejaagd. Hij zei dat hij zal stoppen met die andere klus waar hij mee bezig is en dat hij morgenochtend om negen uur hier aanwezig zal zijn. Zullen we gaan?' Ze pakte haar portefeuille en sleutels en een grote folder uit een tas op de vloer.

Jones bedwong de neiging om het huis af te zoeken naar het meisje dat hij zich herinnerde, het sullig uitziende figuurtje in vormeloze oude kleren met een baby op haar heup. Deze meid zag er in het geheel niet onstabiel en huilerig uit. Die was echt niet op een baantje in zijn club uit. Door haar blouse scheen een zwarte bh met daaronder zo te zien een stel stevige borsten.

'Is er iets?' zei ze terwijl ze stond te wachten. Haar ogen glinsterden en hadden een uitdrukking die je zowel uitdagend als agressief kon noemen. Hoe dan ook, hij voelde zijn ballen onverwacht stijf worden.

'Nee,' zei hij en liep met haar mee naar de oprit.

Ze kozen voor het Rivièra, deels, zei Jones, om de tegenpartij te verkennen, maar voornamelijk omdat er in Merham geen cafés of bars waren. Wie iets wilde gaan drinken, deed dat in het hotel of in een van de twee restaurants met een drankvergunning, of ging verderop. Onder normale omstandigheden – voor zover haar omstandigheden momenteel normaal genoemd konden worden – zou Daisy daar niet graag heen zijn gegaan. Maar iets in de sfeer, en haar rode chiffon blouse, plus het feit dat ze wist dat ze Jones, ondanks al zijn drukte en opgeblazenheid al aardig uit balans had gebracht, maakten dat Daisy optimistisch gestemd was, zodat ze opgewekt samen met hem de bar in slenterde.

'Mag ik de wijnkaart zien?' Jones liet zijn aanzienlijke pens op de bar rusten. Die werd bemand door een bleke, puisterige jongeman met een magere nek, die zijn op fluistertoon gevoerde gesprek met een giechelende serveerster met nauwelijks verholen ergernis afbrak. Er waren nog twee paren in de bar aanwezig, een ouder stel dat tevreden zwijgend naar de zee zat te kijken en een ander koppel, waarschijnlijk zakenpartners, dat boven een notitieblok met cijfers hevig zat te redeneren.

Terwijl Jones zich mompelend over de wijnkaart boog, keek Daisy het vertrek rond. Het had openslaande deuren en keek uit op de zee. De zon ging onder, maar er was geen enkel plekje in de bar waar je lekker onderuitgezakt naar de zee kon luisteren als de duisternis viel en de zee langzamerhand in een inktzwarte massa veranderde. Het had een fraai vertrek kunnen zijn als het niet tot in alle uithoeken was opgetut. Het abrikooskleurige bloemmotief was overal doorgevoerd: in de gordijnen, de lambrisering, de stoelbekleding, en zelfs het omhulsel van de plantenpotten. De tafels waren van wit, overdadig versierd gietijzer. Het had meer van een tearoom dan van een bar. En dus werd er vermoedelijk meer thee dan alcohol geserveerd, bedacht Daisy met een blik op de aanwezigen.

'Zeventien pond voor een equivalent van de Blue Nun,' mompelde Jones toen ze zich weer naar hem toe wendde. 'Geen wonder dat het hier niet echt druk is. Sorry, had je wijn gewild?'

'Niet speciaal,' loog Daisy. 'Maar het is oké.' Ze bedwong haar neiging een sigaret op te steken. Dat zou hem een morele voorsprong geven.

Ze gingen aan een hoektafeltje zitten. Jones zat haaks ten opzichte van haar, schonk hen beiden een glas wijn in en bestudeerde haar terloops vanuit zijn ooghoeken, alsof hij op iets zat te broeden.

'Vreselijke inrichting,' zei ze.

'De eerste plek waar ik kwam toen ik het huis ging bezichtigen. Ik wilde zien wat er werd aangeboden. Ze zouden de lui die dit hebben ingericht moeten doodschieten.'

'Met stenen bekogelen.'

Hij trok zijn ene wenkbrauw op.

Daisy richtte haar blik weer op haar glas. Hij was dus niet in de stemming voor grapjes. De klootzak. Heel even dacht ze aan Ellie, en vroeg ze zich af of ze vanwege mevrouw Bernard doorsliep. Toen zette ze die gedachte van zich af en nam een flinke slok wijn.

'Ik neem aan dat je weet waarom ik hier ben,' zei hij uiteindelijk.

'Nee,' loog ze weer.

Hij slaakte een zucht. Keek naar zijn hand. 'Ik ben absoluut niet gelukkig met de manier waarop de zaken hier verlopen.'

'Nee, ik ook niet,' onderbrak ze hem. 'In feite zijn we pas de afgelopen paar dagen weer op het goede spoor. Tegen het einde van de week zijn we weer bij.'

'Maar dat is niet voldoende om...'

'Nee. U hebt gelijk. En ik heb tegen de bouwvakkers gezegd dat ik absoluut niet tevreden ben.'

'Het gaat niet alleen om de bouwvakkers...'

'Nee, dat weet ik wel. Het gaat ook om de loodgieters. Maar dat is inmiddels in orde, zoals ik al zei. En ik denk dat ze een stuk onder hun prijs kunnen werken, zodat we uiteindelijk voordeliger uit zijn.'

Hij zweeg even en keek haar vanonder donkere, wantrouwige wenkbrauwen aan. 'Je maakt het me niet gemakkelijk, hè?'

'Nee.'

Ze keken elkaar een minuut lang strak aan. Daisy zat doodstil. Ze had het nog nooit tegen een dergelijke figuur opgenomen, zelfs niet tegen Daniel. Zij was altijd de eerste die capituleerde en de dingen met de mantel der liefde bedekte. Zo zat ze nu eenmaal in elkaar.

'Ik kan het me niet permitteren dat we achter komen op het schema, Daisy. Er hangt veel van af.'

'Voor mij ook.'

Hij wreef over zijn voorhoofd en dacht na. 'Ik weet het niet...' mompelde hij. En nog een keer: 'Ik weet het niet.'

Toen hief hij onverwacht zijn glas. 'O, verdomme. Nu ik zie dat jij je kennelijk kloten hebt verworven sinds de laatste keer dat we elkaar zagen, vind ik dat ik me maar bij de mijne moet houden. Voorlopig.' Hij wachtte tot zij haar glas oppakte en tikte ze toen tegen elkaar. 'Goed. God sta ons bij. Laat me niet zakken.'

Voor een fles muggenpies, zoals Jones het fijntjes uitdrukte, ging het er opvallend gemakkelijk in. Wat Daisy betrof, die sinds de bevalling niets sterkers dan bronwater had gedronken, leek de rauwe kick van alcohol een welkome terugkeer naar haar vroegere zelf in te luiden, een teken dat er een andere Daisy op het punt stond om tevoorschijn te komen.

Ze raakte er ook snel dronken van, zodat ze vergat zich terughoudend op te stellen jegens de man tegenover haar. Ze ging met hem om zoals ze dat voor Ellies geboorte met iedere man deed. Ze probeerde met hem te flirten. 'En wat is je echte naam?' vroeg ze toen hij een tweede fles bestelde.

'Jones.'

'Je voornaam.'

'Die gebruik ik niet.'

'Wat modern.'

'Je bedoelt wat pretentieus.' Hij gromde.

'Nee. Nou, ja. Het is nogal pittig, jezelf maar één naam geven. Net zoals Madonna?'

'Als je opgroeit in Zuid-Wales met een voornaam als Inigo begrijp je wel wat ervan komt.'

Daisy spuugde haar drank bijna uit. 'Dat meen je niet,' zei ze. 'Inigo Jones?'

'Mijn moeder was gek op architectuur. Ze zei dat ik ben verwekt in Wilton House in de West Country... De moeilijkheid is dat er sindsdien is vastgesteld dat Inigo Jones het verrekte geval niet eens heeft ontworpen. Dat was zijn neef.'

'Hoe heette die?'
'Webb. James Webb.'
'Webb,' probeerde ze. 'Webby. Nee, dat klinkt heel anders.'
'Ja.'
'Nou, het verklaart in elk geval waarom je zo'n goede smaak in gebouwen hebt.' Ze was onbeschaamd. Maar ze wilde verdomme dat hij haar aardig zou vinden. Tot elke prijs.
Hij keek haar vanonder gefronste wenkbrauwen aan. Het was niet duidelijk of hij de ene optrok.
'Het wordt fantastisch,' zei ze op besliste toon.
'Dat is te hopen.' Jones dronk zijn glas leeg. 'Maar vast niet als je blijft aandringen op die nieuwe, handgemaakte ramen. Ik heb gisteren eens naar de cijfers gekeken. Het is te duur voor badkamerramen.'
Daisy keek met een ruk op. 'Maar ze moeten met de hand worden gemaakt.'
'Waarom? Wie let er nu op een badkamerraam?'
'Daar gaat het niet om. Het is in de stijl van het huis. Die is bijzonder. Je kunt ze niet bij de bouwmarkt oppikken.'
'Ik betaal niet voor handgemaakte.'
'Je hebt ingestemd met de begroting. Je bent er een paar weken terug mee akkoord gegaan.'
'Ja, nou, ik had geen tijd om de kleine lettertjes te lezen.'
'Je doet alsof ik je probeer te bedriegen.'
'Doe niet zo melodramatisch. Ik heb nog eens goed gekeken en ik zie niet in waarom ik handgemaakte ramen moet betalen in een gebouw waar niemand ernaar zal kijken.'
Het spoortje warmte was snel verdwenen. Daisy wist dat ze zich gewonnen moest geven om de situatie te redden. Maar ze kon er niets aan doen. Die ramen waren belangrijk. 'Je bent akkoord gegaan!'
'Kom nou, Daisy. Hou er eens over op. We moeten als partners samenwerken. Dat lukt niet als jij op alle slakken zout blijft leggen.'
'Nee, het lukt niet als jij terugkomt op dingen waar je al mee hebt ingestemd.'
Jones haalde een doosje tabletten uit zijn zak en propte er twee in zijn mond. 'Ik neem aan dat jij niet de gezelligste, hartelijkste helft van het stel was.'
Daisy was stomverbaasd. Haar stem klonk ijzig en strak toen ze zei: 'Nou, je hebt me niet ingehuurd voor mijn sociale vaardigheden.'

Het bleef geruime tijd stil.

'Kom op. Ik kan niet tegen dat gekrakeel. Laten we een hapje gaan eten. Ik ben nog nooit een vrouw tegengekomen met wie ik met een volle maag ruzie kon maken.'

Daisy beet op haar tong.

'Goed, Daisy. Jij weet de weg. Neem me mee naar iets leuks. Iets wat ik volgens jou leuk zal vinden.'

Het bordes van Arcadia eindigde in trappen, en de kale, aan de wind blootgestelde hoeken werden beschut door overwoekerend struikgewas. De betegelde vloer werd verlicht door het zachte licht dat uit de vensters scheen. Beneden wandelden mensen over het strandpad voorbij op weg naar het strand of op weg naar huis en ze schonken nauwelijks enige aandacht aan het opvallende gebouw boven hen.

'Het huis ziet er hiervandaan goed uit,' zei Jones en hij propte een handvol frietjes in zijn mond. 'Altijd goed om het vanuit een andere invalshoek te bekijken.'

'Ja.'

'Niet direct de hoek die ik verwachtte, dat moet ik toegeven.'

Hij was niet bepaald een vrolijk type, constateerde ze terwijl ze op de kademuur gingen zitten. Maar eenmaal gelaafd, gevoed en vrij van hoofdpijn was hij aangenamer gezelschap. Ze merkte dat ze haar best deed hem aan het lachen te maken en hem dwong haar te bewonderen. Mannen die geen krimp gaven hadden dat effect op haar.

Daniel was zijn tegenpool, die gaf al zijn emoties bloot: zijn afhankelijkheid, zijn hartstocht en zijn explosieve temperament, en zij was degene die zich moest inhouden. Tot de komst van Ellie. Alles was van voor of na Ellie. Daisy keek naar het licht aan de overkant van de baai, naar het huis waar haar kind (hopelijk) lag te slapen, en ze vroeg zich niet voor de eerste keer af wat er gebeurd zou zijn als ze haar nooit hadden gekregen. Zou hij dan gebleven zijn? Of zou hij dan door iets anders zijn verjaagd?

Ze ging verzitten toen ze merkte dat de kou van de kademuur door haar broek heen drong. Ze besefte dat ze dronken was en overdreven sentimenteel werd. Ze rechtte haar rug en probeerde zich onder controle te krijgen. 'Heb jij kinderen?'

Hij at zijn friet op, verfrommelde het papier tot een prop en legde die naast zich neer. 'Ik? Nee.'

'Nooit getrouwd geweest?'

'Ja, maar goddank geen kinderen. Het was al rampzalig genoeg zonder kinderen. Die vis en frietjes waren prima. In geen jaren rog gegeten.'

Daisy zweeg. Ze keek uit over de zee en droomde even weg bij het zachte gekabbel van de golven.

'Wat is er met jullie gebeurd?' vroeg hij even later.

'Hoezo?'

'Ik neem aan dat het niet ideaal was.'

'Hoezo? Eh... nee. Het oude verhaal. Jongen ontmoet meisje, meisje krijgt kind, jongen besluit dat hij vroege midlife crisis heeft en verdwijnt met de noorderzon.'

Hij lachte. Daisy wist niet of ze dat leuk vond of dat ze hem de huid vol moest schelden omdat hij de tragedie van haar leven terugbracht tot een kostelijke grap.

'Maar dat is niet eerlijk,' hoorde ze zich zeggen. 'Hij heeft het gewoon moeilijk. Ik wil niet... Ik bedoel: het is een goeie vent. Ik denk dat hij gewoon een beetje in de war is. Een hoop mannen hebben er moeite mee, toch? Met aanpassen en zo?'

Een hond kwam opdagen uit het donker en snuffelde aan Jones' lege zakjes. Zijn baasje, dat over het pad onder hen liep, riep hem terug.

'Hij was de man met wie je de zaak had? Daniel, toch?'

'Ja, hij is het.'

Jones haalde zijn schouders op en keek naar de zee.' Dat is een hard gelag.'

'Het is erger.' De bitterheid die in haar stem kroop verraste zelfs haar.

Het bleef geruime tijd stil.

Daisy rilde in de avondlucht en sloeg haar armen om zich heen. De chiffon blouse was niet echt warm.

'Maar toch...' zei Jones en er brak een tedere glimlach op zijn gezicht door, die maar ten dele zichtbaar was in het maanlicht.

Daisy's hart bonsde in haar keel toen hij zijn hand uitstak en een van haar onaangeraakte frietjes kaapte.

'...doe je het prima. Je lijkt het prima te doen.'

Hij stond op en trok haar overeind. 'Kom op, Daisy Parsons, laten we er nog eentje nemen.'

Mevrouw Bernard had haar jas al aan toen ze bij het huis terugkwamen. Jones struikelde over twee stapels troep in de gang. 'Ik hoorde jullie aankomen op de oprit,' zei ze met een opgetrokken wenkbrauw. 'Leuk gehad?'

'Heel... productief,' zei Jones. 'Heel productief, hè, Daisy?'

'Ik wed dat je op je zakelijke bijeenkomsten in Londen geen vis en patat eet en niet op muren gaat zitten,' zei Daisy. De tweede fles wijn was van een heel slecht idee overgegaan in een absolute noodzaak.

'En alcohol,' zei mevrouw Bernard met een blik op hen beiden.

'O, nee,' ze Jones. 'Er is altijd wijn. Maar niet...' Daisy en hij keken elkaar aan en begonnen te giechelen 'van zo'n goed jaar'.

'Voor iemand die vond dat het slechte wijn was heb je er aardig wat van gedronken,' zei ze.

Jones schudde zijn hoofd alsof hij het helder wilde krijgen. 'Weet je, voor een waardeloze wijn zat er behoorlijk veel alcohol in. Ik voel me een beetje aangeschoten.'

'U ziet er dronken uit,' zei mevrouw Bernard. Misschien klonk het afkeurend. Maar het interesseerde Daisy geen klap.

'Ik ben niet dronken. Ik word nooit dronken.'

'Aha,' zei Daisy met uitgestoken vinger, 'je wordt niet dronken, tenzij je er een zooitje hoofdpijntabletten bij inneemt. Dan word je misschien wel erg dronken.'

'O, mijn god...' Jones rommelde in zijn broekzak en haalde er een doosje uit. '*Oppassen met alcohol.*'

Mevrouw Bernard was verdwenen. Daisy plofte op de stoel neer en vroeg zich af of ze naar Ellie zou gaan. Ze hoopte maar dat Ellie niet lag te huilen: ze wist niet zeker of ze de trap wel op zou komen. 'Ik ga koffie zetten,' zei ze. En probeerde overeind te komen.

'Dan ga ik maar,' zei mevrouw Bernard, die weer in de deuropening verscheen. 'Tot ziens, meneer Jones. Daisy.'

'Het is... eh... ja, ja, mevrouw Bernard. Nogmaals bedankt. Ik laat u even uit.'

De deur ging zachtjes dicht. Even later kwam Jones de kamer weer binnen. Daisy was zich ineens hevig van zijn aanwezigheid bewust. Ze was niet meer alleen geweest met een man sinds... sinds de politieagent haar auto over de Hammersmith Bridge had gereden. En dat had haar aan het huilen gemaakt.

De kamer rook nog steeds naar drogende specie, de bank midden in het vertrek was bedekt met stoflakens en de kamer werd slechts verlicht door een enkel peertje. Voor een ruimte die meer een bouwplaats was, was hij ineens griezelig intiem.

'Gaat het een beetje?' zei hij. Zijn stem klonk zacht.

'Prima. Ik ga koffie zetten,' zei ze en bij de derde poging slaagde ze erin overeind te komen.

Bijna eenderde van de inhoud was tussen de keuken en de salon over de koffiekopjes heen geplensd, maar Jones scheen niet te merken dat hij maar een schaarse portie kreeg. 'Ik kan mijn autosleutels niet vinden,' zei hij terwijl hij, zwaaiend op zijn benen, herhaaldelijk zijn zakken beklopte, alsof ze plotseling tevoorschijn zouden komen. 'Ik durf te zweren dat ik ze op die tafel heb gelegd toen we binnenkwamen.'

Daisy keek de kamer rond en probeerde haar evenwicht te bewaren. Ze voelde zich sinds haar gang naar de keuken steeds onstabieler, en haar bezorgdheid om Jones toenemende aantrekkingskracht was intussen vervangen door bezorgdheid over haar vermogen rechtop te blijven staan. 'Ik heb ze niet gezien.' Ze zette het kopje op een met verf bespatte verpakkingsdoos.

'We zijn toch niet met de auto gegaan?'

'Dat weet je best. Hij stond op de oprit toen we thuiskwamen. Je hebt hem nog geaaid!'

'Dat is echt de middelbare leeftijd,' mompelde hij. 'Je gaat schoonheid in je auto zien. De volgende stap is een leren jack.'

'En je haar kleuren. En prepuberale vriendinnetjes.'

Dat snoerde hem de mond.

Daisy liet hem de kamer doorzoeken terwijl ze haar mobiel probeerde te lokaliseren, dat ergens in haar jasje afging. Niemand belde zo laat nog. Alleen Daniel. Ze zwaaide haar jasje in het rond en deed pogingen bij de juiste zak te komen, intussen als de dood dat Daniel zou merken dat er een man in huis was.

'Hallo?'

'Met mij.'

Daisy's gezicht betrok.

'Je kunt tegen de heer Jones zeggen dat ik morgen zijn autosleutels terug zal brengen. Het leek me niet verstandig dat hij nog ging rijden, en ik dacht niet dat jij in staat was dat hem aan zijn verstand te brengen. Omdat je voor hem werkt en zo.'

Ze gleed langs muur omlaag met de telefoon half tegen haar oor.

'Ik kom om een uur of acht. Ellies flesjes staan klaar in de koelkast.'

'Maar waar moet hij dan slapen?'

'Hij kan naar het Rivièra Hotel wandelen. Of op de bank pitten. Het is een grote jongen.'

Daisy zette haar telefoon af, duwde zich op en liep naar de salon terug. Jones had zijn zoektocht opgegeven en zat onderuitgezakt, met zijn benen voor zich uitgestrekt op de met een stoflaken afgedekte bank.

'Mevrouw Bernard heeft je sleutels meegenomen,' zei ze.

Het duurde even voordat het tot hem doordrong.

'Niet per vergissing,' voegde ze eraan toe.

'Klerewijf. Jezus,' zei hij en hij wreef over zijn gezicht. 'Ik heb verdomme een afspraak om kwart voor acht. Hoe moet ik nou terug naar Londen?'

Ineens was Daisy vreselijk moe. De joviale, ontspannen sfeer was door het telefoontje verdwenen. Ze was al weken niet na tien uur naar bed gegaan en het liep inmiddels tegen middernacht.

'Ze stelde voor dat je een kamer in het Rivièra Hotel zou nemen.' Daisy ging op de rand van de stoel zitten en staarde naar de bank tegenover haar. 'Of dat je hier zou blijven slapen. Ik wil met alle plezier op de bank slapen.'

Hij taxeerde de bank.

'Ik denk niet dat jij erop past,' voegde ze eraan toe. 'Ellie wordt vroeg wakker, dus kunnen wij je wekken.' Ze gaapte.

Hij keek haar aan met een wat nuchterder, strakkere blik. 'Ik ga op dit tijdstip niet bij het Rivièra Hotel aankloppen. Maar ik wil jou niet uit je bed verjagen.'

'Ik kan jou niet op de bank laten slapen. Je bent twee keer zo lang.'

'Hou je nu nooit eens op met tegenspreken? Als jij op de bank slaapt, en ik op jouw kamer slaap, wat gebeurt er dan als de baby midden in de nacht wakker wordt?'

Daar had ze niet aan gedacht.

Hij boog zich voorover en liet zijn hoofd in zijn handen zakken. Daarna hief hij het op en grijnsde, een brede, schurkachtige grijns. 'Jezus, Daisy. We zijn een stel dronken idioten, hè?' Door de lach veranderde zijn hele gezicht, hij zag er ondeugend uit, als iemands losbandige oom. Ze voelde zich weer ontspannen. 'Ik ben verdomme hierheen gekomen om je te ontslaan. En moet je nou zien. Wat een stel dronken lorren…'

'Jij bent de baas. Ik heb alleen bevelen opgevolgd.'

'Alleen bevelen opgevolgd. Jawel.' Hij kwam overeind en strompelde naar de trap. 'Luister eens,' zei hij, zich omdraaiend, 'als ik het goed heb staat er een tweepersoonsbed, toch?'

'Ja.'

'Dan ga jij aan de ene kant liggen en ik aan de andere. Geen flauwekul, we houden onze kleren aan en morgenochtend hebben we het er niet meer over. Op die manier krijgen we tenminste allebei genoeg slaap.'

'Mij best,' zei Daisy en ze moest zo erg gapen dat ze er tranen van in haar ogen kreeg. Ze was zo moe dat ze desnoods in Ellies wieg zou kunnen slapen.

'Een ding nog,' mompelde Jones toen hij zijn schoenen uitschopte, zijn das lostrok en op het bed neerviel.

Daisy ging op de andere helft liggen. Ze wist dat ze zich door zijn aanwezigheid slecht op haar gemak en verlegen hoorde te voelen, maar daar was ze te dronken en te moe voor. 'Wat dan?' mompelde ze in het donker. Ze herinnerde zich dat ze vergeten was haar make-up te verwijderen, maar ook dat kon haar weinig schelen.

'Als mijn werkneemster moet jij morgenochtend koffie zetten.'

'Alleen als jij toestemt in handgemaakte ramen.'

Ze hoorde een gesmoorde verwensing.

Daisy grinnikte, schoof haar handen onder het kussen en viel in een diepe slaap.

Ooit, lang geleden, had ze verwacht dat ze door Daniels terugkeer zou popelen om hem te zien, dat ze zou barsten van opluchting en blijdschap, zou sissen als een vuurwerkrad en als een raket glinsterende vonken de lucht in sturen. Maar nu wist Daisy dat het heel anders was. Daniels weer aanwezig-zijn in haar leven voelde alsof haar gemoedsrust was teruggekeerd en de pijn, die zich tot in haar merg had genesteld, was weggetrokken. Het was als thuiskomen. Dat was hoe iemand eens het vinden van de ware liefde had beschreven en Daisy, die nu in zijn armen lag, wist dat het ook voor een herstelde relatie gold. Het was thuiskomen. Ze ging verliggen, en de arm die stevig om haar heen was geslagen met de vingers met de hare verstrengeld, bewoog mee. Ze had naar dat gewicht op haar lichaam verlangd. Toen ze zwanger was voelde het te zwaar aan, bijna opdringerig en was ze aan haar kant van het bed gebleven, gesteund door de kussens om haar heen. Na Ellie was het een geruststellend gevoel dat hij er nog steeds was. Dat hij er nog steeds was.

Maar Daniel was er niet.

Daisy deed haar ogen open en liet de vage vormen langzaam op scherpte komen terwijl ze zich probeerde in te stellen op het kille ochtendlicht. Haar ogen waren droog en zanderig en haar tong was opgezwollen. Ze was in haar eigen kamer, wist ze, pijnlijk slikkend. Een stukje verderop bewoog Ellie zich om de korte reis van de diepe slaap naar het ontwaken te versnellen. Het daglicht knipoogde door een kier tussen de gordijnen tot op haar dekens. Buiten sloeg het portier van een auto dicht en beneden op het pad riep iemand iets. Een van de bouwvakkers waarschijnlijk. Daisy tilde haar hoofd op en zag dat het kwart over zeven was. De hand gleed langs haar zij en viel uiteindelijk neer.

Daniel was er niet.

Daisy hees zich overeind, en haar hoofd volgde een onderdeel van een seconde daarna. Naast haar lag een donkerharig hoofd op het kussen, vast in slaap. Ze zat er onbeweeglijk naar te staren, naar het verkreukelde overhemd dat eraan vast zat en deed haar uiterste best terug te denken en de chaos van woorden en beelden in een samenhangend verband te brengen. Langzaam, met de onontkoombare kracht van een vuistslag in slow motion, drong het tot haar door. Het was Daniel niet. De arm was niet van Daniel. Hij was niet teruggekomen.

Haar rust was van korte duur.

Daisy barstte in tranen uit, abrupt en luidkeels.

Het was duidelijk wat er was gebeurd, dacht mevrouw Bernard, toen de achterkant van de Saab onder een woest opspattende regen van grind over de oprijlaan verdween, richting Londen. Daar hoefde je geen hersenchirurg voor te zijn. Het stel was nauwelijks in staat geweest elkaar aan te kijken toen ze binnenkwam. Daisy, die het kind als een schild voor zich hield zag bleek en haar betraande gezicht zat vol doorgelopen make-up. Hij zag er narrig uit, alsof hij er het liefst meteen vandoor wilde gaan. Een man met een enorme kater, wat natuurlijk klopte met al die idiote hoofdpijntabletten die hij had ingenomen.

De avond ervoor was het een en al elektrische vonken en samenzweerderige grapjes tussen hen geweest, alsof ze elkaar al jaren kenden in plaats van een paar dagen. En de bank, zag ze zodra ze binnenkwam, was onbeslapen.

'Als je zaken met plezier vermengt, moet je nu eenmaal het gelag betalen,' had ze tegen hem gezegd toen ze hem de sleutels overhandigde. Ze bedoelde het drinken, maar hij wierp haar een harde blik toe, dezelfde blik waarmee hij waarschijnlijk zijn personeel intimideerde. Mevrouw Bernard glimlachte slechts. Zij had voor hetere vuren gestaan. 'Tot spoedig ziens, meneer Jones,' zei ze.

'Ik betwijfel of het spoedig zal zijn,' antwoordde hij en zonder naar Daisy om te kijken was hij in zijn auto gestapt en weggescheurd. Toen hij de motor startte had hij mogelijk bij zichzelf 'Vrouwen!' gezegd.

'Wat heb jij een oerstomme moeder,' zei ze zachtjes tegen Ellie toen ze door de tuin naar het huis terugliepen. 'Ik denk dat ze mijn advies wat te letterlijk heeft opgevat, hè? Geen wonder dat ze er zo belabberd aan toe is.'

Jammer. Want Jones had de oudere vrouw, toen hij haar de avond daarvoor uitliet, met zijn dronken kop toevertrouwd dat Daisy een openbaring was, niet de sukkelige oen die hij de eerste keer had ontmoet en ook niet de keiharde tante die ze daarna probeerde te spelen, maar zoals hij verrast zijn hoofd schuddend zei 'gewoon een schat van een meid'.

13

CAMILLE SMEERDE HET ALGENMASKER op de kolossale omvang van mevrouw Martigny en ging met haar handen over haar maag en buik om te controleren of de pasta overal gelijk was verdeeld. Op sommige plekken droogde het mengsel al en ze drukte er nog wat meer van het modderige spul op, zoals je tomatensaus over een ongebakken pizza smeert. Snel trok ze een stuk plastic folie van de rol en streek het glad over mevrouw Martigny's buik en om haar dijen heen, bedekte haar vervolgens met twee warme handdoeken die nog naar wasverzachter roken. Camille voerde haar bewegingen met een traag, nauwgezet ritme uit en haar handen waren snel en secuur. Ze kon het werk in haar slaap doen. Wat maar goed was ook, want ze was er met haar gedachten niet bij. Die waren nog bij een gesprek dat ze een paar uur daarvoor had gevoerd.

'Hebt u hulp nodig?' zei Tess, haar hoofd om de deur stekend, zodat de walvisgeluiden en elektronische ontspanningsmuziek van het doorlopende bandje door de kier naar binnen sijpelden. 'Ik heb nog tien minuten voordat de coupe soleil van mevrouw Forster eruit moet.'

'Nee, het gaat prima. Tenzij u thee of koffie wenst. Iets drinken, mevrouw Martigny?'

'Nee, schat. Ik lig hier heerlijk te doezelen.'

Camille had geen hulp nodig. Wat ze nodig had was een baan. Ze trok de deur achter mevrouw Martigny en haar twintig minuten durende anticellulitismasker dicht om de verontschuldigende woorden van Kay eerder op de ochtend nog eens te overdenken. Ze voelde de bui hangen die ze zich al zo lang van het lijf had weten te houden. 'Het spijt me heel erg, Camille. Ik weet hoe graag je hier werkt, en je bent een van de beste schoonheidsspecialisten met wie ik ooit heb gewerkt. Maar John wilde altijd al naar Chester terug en nu hij met pensioen is, kan ik niet meer weigeren. Eerlijk gezegd denk ik dat de verandering ons goed zal doen.'

'Wanneer verkoop je de zaak?' Camille probeerde haar gezicht in de plooi te houden en vrolijk over te komen.

'Ik heb het nog niet aan Tess of iemand anders verteld, maar ik wilde hem deze week te koop aanbieden. En hopelijk kunnen we hem als lopend bedrijf verkopen. Maar onder ons gezegd, Camille, ik denk niet dat Tess hier nog lang zal blijven. Ze staat te popelen om weg te gaan. Je zult het zien.'

'Ja.' Camille deed haar best te glimlachen. Geen van beiden zeiden ze iets over haar eigen vooruitzichten op een baan.

'Het spijt me, schat. Ik heb er zo tegen opgezien het je te vertellen.' Kay stak haar hand uit en raakte Camilles arm aan. Een verontschuldigend gebaar.

'Ben je gek. Je moet doen wat je het beste lijkt. Het heeft geen zin hier rond te blijven hangen terwijl je eigenlijk ergens anders wilt zijn.'

'Mijn zoon woont daar zoals je weet.'

'Het is fijn in de buurt van je familie te zijn.'

'Ik heb hem gemist. En Deborah is in verwachting. Heb ik dat verteld?'

Camille slaakte de juiste enthousiaste kreten. Ze hoorde haar eigen stem vanuit de verte, alsof hij aan een ander toebehoorde, beamend, uitroepen slakend en sussend, en maakte intussen razendsnelle berekeningen over wat de gevolgen voor haarzelf zouden zijn.

Het had niet op een ongelukkiger tijdstip kunnen komen. Hal had haar de avond daarvoor verteld dat hij zijn nederlaag moest accepteren en de zaak zou moeten opdoeken als hij de komende tien dagen geen opdracht kreeg. Hij had het op een merkwaardig vlakke, gevoelloze toon gezegd, maar toen ze die avond haar handen naar hem uitstrekte in een poging hem te troosten, had hij haar zachtjes van zich afgeduwd, en zijn stijve rug straalde een zwijgend verwijt uit. Ze drong niet aan. Ze wist het nooit precies. Laat hem in zijn eigen tempo bij je terugkomen, had de therapeute gezegd. Ze zei niet wat Camille moest doen als hij niet terugkwam.

Camille bleef onbeweeglijk buiten de behandelkamer zitten en ze hoorde de geluiden die gewoonlijk zo prettig vond, maar half: het gedempte geplof van de föhn, het geschuifel van zachte zolen over de houten vloer en het onderbroken ritme van menselijke stemmen.

Het was niet zijn schuld dat zij haar baan kwijtraakte, maar hij zou het aangrijpen als nog een stok om zichzelf mee te slaan, nog een wig om de kloof tussen hen te vergroten. Ik kan het hem nu niet vertellen, dacht ze. Dat kan ik hem niet aandoen.

'Alles goed, Camille?'

'Ja, prima, Tess.'

'Ik heb mevrouw Green net voor dinsdag geboekt voor een aromatherapie-gezichtsmasker. Jij zit nogal vol, dus heb ik aangeboden het zelf te doen, maar niks hoor, ik ben niet goed genoeg... Ze zei dat ze je ergens over wilde spreken.' Ze lachte vrolijk. 'Ik zou graag willen weten wat die vrouwen jou vertellen, Camille. Ik denk dat je op een dag een geweldige nieuwsbron voor het *News of the World* zult zijn.'

'Hoezo?'

'Al hun affaires en zo. Ik weet dat je heel discreet bent, maar ik wed dat dit plaatsje een echt broeinest van wangedrag is.'

Een halve kilometer verderop ging Daisy op een met mos begroeide keisteen zitten, een stukje boven een kiezelstrand, terwijl Ellie naast haar in haar wandelwagentje lag te slapen. De lucht was helder en stil, de golven kabbelden bescheiden terwijl ze op hun tenen heen en weer over het strand rolden. In haar hand hield ze een brief.

Je zult wel woedend op me zijn. En dat kan ik je niet kwalijk nemen. Maar, Daise, ik heb intussen de tijd gehad om na te denken, en een van de dingen die ik me realiseer is dat ik nooit de kans heb gekregen naar een kind te verlangen. Ik kreeg er gewoon een op mijn dak. En hoewel ik van haar houd, vind ik de manier waarop ze ons en ons leven beïnvloedt niet prettig...

Ze huilde niet. Ze voelde zich te verkild om te huilen.

Ik mis je. Ik mis je echt. Maar ik ben nog zo in de war. Ik ben echt de kluts kwijt. Ik kan niet slapen, ik heb van de dokter antidepressiva gekregen en hij heeft me aangeraden met iemand te gaan praten, maar dat lijkt me te moeilijk. Ik zou je dolgraag weer zien... maar op het moment betwijfel ik of dat de situatie tussen ons zou ophelderen.

Hij had een cheque van vijfhonderd pond ingesloten. Die was door zijn moeder getekend.

Gun me nog wat tijd. Ik houd contact, dat beloof ik. Maar ik heb meer tijd nodig. Het spijt me echt, Daise. Ik voel me een enorme klootzak, want ik weet dat ik je pijn heb gedaan. Soms haat ik mezelf...

Het ging alleen maar over hem. Over zijn trauma, zijn strijd. Geen enkele vraag hoe het met zijn dochter ging. Of ze al vast voedsel at. Of ze 's nachts doorsliep. Of ze al dingen vastpakte met haar roze vingertjes. En hoe zijzelf met de situatie omging. Zijn enige opmerking met betrekking tot Ellie was zijn verwarring. Zijn zelfzucht, bedacht Daisy, was alleen vergelijkbaar met zijn gebrek aan zelfbewustzijn. Ik had een vader voor je willen hebben, zei ze stilzwijgend tegen haar dochtertje. Ik had de vaderlijke adoratie voor je gewenst waar je recht op hebt. En in plaats daarvan heb je een door en door egocentrische minkukel gekregen.

En toch weerklonk in zijn geschreven woorden een echo van de manier waarop hij praatte, een spookachtige echo van de emotionele behoefte waar ze al die tijd zo dol op was geweest. En ook van een waarheid die ze misschien nog niet wilde weten. Hij wist niet of hij aan een kind toe was. Hij was er een tijdlang heel eerlijk over geweest. 'Als de zaak goed loopt, schat,' zei hij altijd. Of: 'Als we wat meer geld hebben.' Hij was volgens haar woedend geweest toen ze hem had verteld dat ze zwanger was, hoewel hij het goed had weten te verbergen. Hij had uiterlijk meegewerkt, was meegegaan naar alle cursussen en echoscopieën en had de juiste dingen gezegd. Het was haar schuld niet, had hij meer dan eens gezegd. Ze stonden er samen voor. 'Er zijn er twee voor nodig,' had Julia eraan toegevoegd.

Maar soms liep het dus anders.

Daisy ging in het gras zitten en durfde voor het eerst met een gevoel van schuld terug te denken. Niet aan Ellie. Maar aan een strip pillen, waarop ze een blik had geworpen en vervolgens had weggegooid. Aan veertien maanden geleden.

'Ze zijn klaar met de twee voorkamers. Wil je ze zien?'

Mevrouw Bernard tilde de net wakker geworden Ellie uit haar wagentje toen Daisy terugkwam en de grote witte deur achter zich dichtdeed. 'Morgen komen de bedden, dan zijn de kamers bijna klaar. En die man heeft gebeld over de luxaflex, hij belt vanmiddag terug.'

Daisy was koud en moe. Ze trok haar jas uit en hing hem over wat receptiebalie zou worden. Het was een meubel uit 1930 dat ze in Camden had opgeduikeld. Het was de week daarvoor afgeleverd en ze had het beschermende noppenfolie eromheen laten zitten. Ze had het Jones willen laten zien, maar ze hadden in de tien dagen sinds hun laatste ontmoeting niet meer rechtstreeks met elkaar gesproken. Mevrouw Bernard, die er voor haar doen erg opgewekt uitzag, wenkte haar dat ze met haar mee moest komen. 'En kijk eens, ze zijn aan de tuin begonnen. Ik wilde je bellen, maar ik dacht dat je wel op tijd terug zou zijn.'

Daisy keek naar de trapvormige terrassen, waar een reeks bomen en struiken in vers gecomposteerde grond werden gezet. Een aantal verwilderde struiken, zoals de seringen en de blauweregen, waren voorzichtig teruggesnoeid, zodat het magische effect was gebleven. Maar de terrassen, die waren geschrobd en gerepareerd, staken kaal en schoon af tegen de organische vormen eromheen, en de geur van salie en tijm uit de nieuwe kruidentuin vermengde zich met de buddleia, waarvan de stakerige takken waren bedekt met zware bloesems.

'Wat een verschil, hè?' Mevrouw Bernard straalde en wees Ellie allerlei dingen aan.

Dat deed ze graag, had Daisy gemerkt. Met een schok bedacht ze dat ze dat niet met Camille had kunnen doen. 'Het begint te komen,' zei ze met een blik om zich heen en een zeldzaam gevoel van voldoening en plezier vanbinnen, dat de plaats innam van het zwarte gat dat al het goede had opgezogen. Ze liepen nog achter op het schema, maar het begon erop te lijken.

De kamers, die moesten worden doorgebroken, waren ruim en licht en een pas geïnstalleerde elektronische zonwering liet, indien gewenst, licht door via een enorm dakraam, en bood tevens bescherming tegen de verblindende middaghitte. In ten minste drie slaapkamers ontbrak alleen nog het meubilair. Hun net gestuukte muren gaven een bedwelmende verflucht af, terwijl de pas in de was gezette, in visgraatmotief gelegde vloeren onder een laag bouwstof schuilgingen, die pas zou verdwijnen als de bouwlieden vertrokken waren. De roestvrijstalen keukenblokken waren geïnstalleerd samen met de bedrijfskoelkasten en -vriezers, en op een na alle badkamers waren van sanitair voorzien. Nu de hoofdzaken klaar waren, begon Daisy na te denken over de details. Daar was ze altijd het beste in geweest. Ze kon uren bezig zijn met het onderzoeken van een stukje antieke stof of het doorbladeren van boeken om te zien hoe je het best schilderijen kon ophangen of boeken opbergen. Ze besloot dat ze de dag daarop de albums van mevrouw Bernard met foto's van het huis zou doornemen. Dat was een kostbare schat waarvoor ze zich pas tijd gunde wanneer 'Daniels' deel van het karwei, zoals zij het zag, was geklaard.

'O, dat had ik je nog willen zeggen. Ze gaan die bank in de hoek wegslopen. Het hout is blijkbaar te ver weggerot. Maar de timmerman denkt dat hij er precies zo een voor je kan maken. Ik dacht dat het niet de moeite was monumentenzorg daarvoor lastig te vallen. En die jasmijn aan de zijkant moet worden uitgedund, want hij verstikt het gootwerk. Maar ik heb gezegd dat het goed was. Ik heb hem zelf geplant toen Camille nog klein was.' Ze legde uit: 'De geur, begrijp je. Ze hield van dingen die lekker roken.'

Daisy fronste haar wenkbrauwen naar de oudere vrouw. 'Vindt u het niet erg?'

'Wat?'

'Dat alles wordt gesloopt. Dit is jarenlang uw huis geweest, en nu breek ik het af en herbouw ik het op mijn manier. Het wordt helemaal anders.'

Het gezicht van mevrouw Bernard stond gesloten. 'Waarom zou ik dat erg vinden?' zei ze, en haar geïrriteerde toon was in tegenspraak met haar luchtige schouderophalen. 'Het is zinloos om terug te kijken. Zinloos om aan dingen vast te houden die er niet meer zijn.'

'Maar het is uw geschiedenis.'

'Had je liever gezien dat ik overstuur zou raken en snotterend tegen jou zou klagen: "O, het is heel anders dan toen"?'

'Nee, natuurlijk niet, maar...'

'Ze denken altijd dat oude mensen alleen maar over het verleden kunnen zaniken. Nu, ik heb geen blauwe spoeling of een goedkope buskaart, en het kan me geen snars schelen, al schilder je de muren geel met blauwe stippen... Dus ik herhaal: doe nou maar gewoon wat jij wilt. En houd op met naar ieders goedkeuring te hengelen.'

Daisy wist wanneer een gesprek afgelopen was. Ze beet op haar lip en liep naar het huis terug om thee te zetten. Aidan, de voorman, was al in de keuken en achter hem klonk het blikken geluid van een radio.

'Ze heeft je toch over de meeting verteld?' Hij kneep het theezakje met zijn vingers uit en zijn magere gezicht was met lichte turkooizen verfspatten bedekt.

'Wat voor meeting?'

'Die vrouw in het hotel daarginds. Ze organiseert een vergadering over het hotel. Wil dat de gemeente de verbouwing tegenhoudt.'

'Dat meen je niet!'

'Dat meen ik wel degelijk.' Hij gooide het zakje in de plastic boodschappentas die dienst deed als vuilnisbak en leunde tegen het nieuwe roestvrijstalen aanrecht. 'Als ik jou was zou ik er vanavond heengaan. Ik zou de baas er ook maar bijhalen. Je weet hoe ze in deze plaatsjes zijn. Die vrouwen kunnen verschrikkelijk zijn.'

'Ze heeft me de stuipen op het lijf gejaagd.' Trevor, de loodgieter, stak zijn hoofd naar binnen, op zoek naar koekjes. 'Achterin de vijftig met een hond aan de lijn, ja? Greep me in de kraag bij de kiosk toen ik sigaretten kocht en begon een geweldige tirade te houden. Zei dat ik niet wist wat ik deed en dat ik de doos van Pandora opendeed of iets dergelijks.'

'Het zit 'm in de bar,' zei Aidan. 'Ze willen geen bar.'

'Hoe kun je nou een hotel zonder bar hebben?'

'Dat moet je mij niet vragen, schat. Ik vertel je alleen waar ze over zeuren.'

'O, jezus. Wat moeten we nu doen?' Daisy's breekbare zelfvertrouwen, dat net een beetje hersteld was, viel weer aan diggelen.

'Wat bedoel je met "doen"?' Mevrouw Bernard stond in de deuropening met Ellie op haar heup. 'Er valt niets te doen. Je gaat erheen, luistert naar wat ze te zeggen heeft en staat dan op om te zeggen dat ze een stelletje aftandse idioten zijn.'

'Dat zal er wel inhakken,' zei Trevor.

'Vertel ze hoe het wordt. Zorg dat je ze op je hand krijgt.'

'Spreken in het openbaar?' Daisy sperde haar ogen wijd open van schrik. 'Ik denk er niet aan.'

'Nou, stuur meneer Jones er dan heen. Laat hem het dan doen.'

Daisy dacht terug aan de twee laatste gesprekken die ze hadden gevoerd sinds zijn vertrek. Hij had zijn eerdere mening over haar weer uit de mottenballen gehaald, had ze begrepen: overgevoelig en niet in staat iets fatsoenlijk af te leveren. Hij gedroeg zich behoedzaam en afwijzend als hij met haar sprak. Hij brak telefoongesprekken voortijdig en abrupt af. Toen Daisy, die zich nog geneerde over haar huilbui, hem op een volgens haar vergevinggezinde toon had gevraagd wanneer hij weer kwam, had hij geantwoord: waarvoor? Kon ze het zelf niet afhandelen?

'Nee,' zei ze kwaad. 'Ik wil hem er niet bij hebben.'
'Het lijkt me dat hij het beter aan kan dan jij.'
'We gaan niet. We laten het hotel voor zichzelf spreken.'
'O, dat is flink. Dan krijgt Sylvia Rowan de kans jou tegenover iedereen zwart te maken.'
De smalende toon van mevrouw Bernard had iets buitengewoon irritants. Daisy had dat al te vaak gehoord. 'Luister eens, ik spreek niet in het openbaar.'
'Dat is stom.'
'Hoezo?'
'Je wilt niet opkomen voor je werk. Je wilt Jones niet bellen omdat je je belachelijk hebt gemaakt. En dus blijf je hier zitten en laat iedereen over je heen lopen. Dat is stom.'
Daisy had er genoeg van. 'O, en ik neem aan dat u nooit van uw leven iets stoms hebt gedaan? U bent met een keurig nette man getrouwd, hebt een gezin gesticht en bent een gerespecteerd lid van de gemeenschap geworden. Nou, gefeliciteerd, mevrouw Bernard.'
'Je weet niet waar je het over hebt. Ik zeg alleen dat je in jouw omstandigheden wat meer voor jezelf moet opkomen.'
'Mijn omstandigheden? Ik heb geen rood merkteken op mijn voorhoofd, mevrouw Bernard. Buiten Stepfordwivesville zijn er mensen die hun kinderen alleen grootbrengen en die niet "in mijn omstandigheden" verkeren zoals u het noemt.'
'Ik weet heel goed...'
'Ik heb hier nooit voor gekozen, weet u. Ik dacht dat ik een gezin had gesticht. Ik verwachtte niet dat ik een alleenstaande ouder zou worden. Dacht u dat ik had gepland mijn leven op een bouwplaats door te brengen met een baby van wie de vader niet eens meer weet hoe ze eruitziet? Met een stelletje afkeurende dragonders? Dacht u dat ik dat wilde?'
Trevor en Aidan wisselden een steelse blik.
'Je hoeft niet zo hysterisch te doen.'
'Nou, houd dan op met op me te vitten.'
'Doe niet zo overgevoelig.'
Even was het stil.
'En wat bedoelt u, dat ik me belachelijk heb gemaakt met Jones?'
Mevrouw Bernard wierp een blik op de mannen. 'Ik weet niet of ik het kan zeggen.'
'Wat zeggen?'

'Let maar niet op ons.' Aidan leunde weer tegen het keukenblok met een mok thee in zijn hand.

Voor het eerst leek mevrouw Bernard onzeker. 'Nou. Jij dacht waarschijnlijk dat je er goed aan deed... doorgaan...'

'Waar hebt u het in vredesnaam over?'

'Jij en hij. Die ochtend.'

Daisy wachtte met gefronste wenkbrauwen.

De mannen stonden doodstil te luisteren.

'Ik neem aan dat jonge mensen tegenwoordig anders zijn... de tijden zijn veranderd...'

'Grote god, u denkt dat ik met hem heb geslapen! Geloof dat maar niet.' Daisy lachte vreugdeloos.

Mevrouw Bernard liep langs haar heen en begon Ellie iets interessants door het raam aan te wijzen.

'Als u het per se wilt weten, mevrouw Bernard – niet dat het u ook maar ene moer aangaat – de heer Jones en ik hebben geen vinger naar elkaar uitgestoken. Hij is blijven slapen omdat u zijn autosleutels had meegenomen, en nergens anders om.'

'Het is anders een schat van een man,' wierp Trevor tussenbeide.

'Een schat. Ik zou zo met hem uitgaan. Als ik een meisje was.' Aidan grinnikte.

Mevrouw Bernard draaide zich om en liep langs hen heen. 'Ik heb nooit iets in die richting gezegd,' zei ze. 'Ik heb alleen gezegd dat je niet in zijn gezelschap dronken had moeten worden, dat is alles. Hij is per slot van rekening je baas. Maar ik zal mijn mening voortaan voor me houden.'

'Prima. Ik wil met rust gelaten worden.'

'Nu, dat kan. Hier is de baby. Ik moet boodschappen gaan doen.' Ze drong zich langs Daisy heen, duwde haar haar dochtertje in de armen en verliet het huis.

'Daisy? Alles in orde?'

'Nee. Ja. Ik weet het niet. Ik wilde even een aardige stem horen.'

'Wat is er aan de hand, schat?'

'O, je weet wel. Gedoe met het huis.' Ze ging met haar vinger over de hoorn. 'En Daniel heeft me geschreven.'

'Walgelijk. Ik hoopte dat hij dood was. Wat schreef hij?'

'Dat hij in de war is. Ongelukkig.'

'Arme Daniel. Nou, dat is echt geweldig. En wat is hij van plan te doen?'

Daisy besefte dat Julia niet de aangewezen persoon was om te bellen.

'Niets. Hij... hij heeft tijd nodig.'

'En waar blijf jij in dat verhaal?'

'Vergeet het maar, Juul. Laten we erover ophouden. Met Ellie gaat het in elk geval goed. Ze reageert goed op haar vaste voedsel en kan bijna alleen zitten. Ze krijgt een echt strandblos op haar wangen. Als het niet meer zo druk is en het wat warmer wordt, ga ik met haar pootjebaden.'

'Mooi zo. Zal ik jullie komen opzoeken? Ik mis mijn kleine scheetje.'

Dat was echt een vreselijk irritant woord. 'Ik moet eerst deze week even door zien te komen. Ik bel je wel.'

'Je hoeft dit niet te doen, dat weet je toch, hè, Daise? Je kunt bij ons komen wonen. Wanneer je maar wilt. Don zei nog dat ik je daar niet in je eentje naartoe had moeten laten gaan.'

'Het gaat prima.'

'Denk er in elk geval over na. Als het je te veel wordt. Ik wil niet dat je je alleen voelt.'

'Dat zal ik doen, Juul.'

'Bovendien, Daise, is het Essex.'

Het wethouder Kenneth Elliott-wijkcentrum had de vaste bingoavond afgelast en de weinige bejaarde dames die voor hun spelletje kwamen, voelden zich niet echt getroost door het vooruitzicht van een vergadering. Sommigen bleven buiten staan en riepen elkaar sombere teksten toe over hun handtas, alsof ze niet wisten of ze zouden blijven of weer naar huis gaan, terwijl anderen binnen plaatsnamen op hun beschimmelde plastic stoelen met hun kaarten in de aanslag, voor het geval dat. De afroeper van de nummers, een voormalig DJ die hoopte door te stromen naar het cruiseschipcircuit, stond buiten heftig te roken met de gedachte aan de vijftien pond die hij misliep. Alles bij elkaar verklaarde het de humeurige stemming onder de bewoners van Merham die de onverwachte buien hadden getrotseerd en toch waren gekomen.

Het was een laag, leverkleurig gebouw dat aan het einde van de jaren zeventig was opgetrokken, zonder dat er enige esthetische overwegingen aan te pas waren gekomen voor de buiten- of de binnenkant. Het was een slecht verwarmd toevluchtsoord waarin Merhams

One o' Clock Club, dinsdagavondclub, bingo en een paar moeders met kleine kinderen beleefd streden om tijd en ruimte om stoelen klaar te zetten en sinaasappelsap, goedkope koekjes en thee uit een onberekenbare, bovenmaatse ketel te serveren.

Aan de muren van de entreehal hingen A4-fotokopieën met reclames voor de belbus, een vertrouwelijke drugsadvieslijn en een nieuwe serie spelmiddagen voor kinderen met een geestelijke of lichamelijke handicap. Plus een kleinere annonce, die door de voormalige DJ over het hoofd was gezien, dat deze dinsdag de bingoavond werd afgelast. De wand werd overheerst door een nieuwe poster die twee keer zo groot was als alle andere, waar ' S.O.S. – red onze normen en waarden' in paarse inkt op was gesjabloneerd. De inwoners van Merham, riep de tekst op, dienden de dreigende ontwikkeling van wat zonder verdere uitleg 'het huis van de actrice' werd genoemd een halt toe te roepen, om de jeugd van Merham en de traditionele levenswijze te beschermen.

Daisy nam het geval in ogenschouw terwijl het publiek, dat voor het merendeel van middelbare leeftijd was, met hun rug naar haar toe, schuifelend hun plaatsen opzocht en vol verwachting naar het podium keek. Ze bedwong de neiging rechtsomkeert te maken naar het betrekkelijke veilige Arcadia House. Ze werd alleen weerhouden door het even angstaanjagende vooruitzicht dat Jones en mevrouw Bernard gelijk hadden: dat ze zwak en labiel was en geen ruggengraat had. Niet voor haar taak berekend. Ze hees Ellie uit haar wandelwagentje, pelde haar uit mevrouw Bernards vorstbestendige lagen, schoof het wagentje in een hoek en ging zo onopvallend mogelijk achter in de hal zitten. De burgemeester, een korte, gedrongen man die met kennelijk genoegen zijn ambtsketen betastte, kondigde zonder veel omhaal Sylvia Rowan aan.

'Dames en heren, ik zal kort zijn, want ik weet dat u graag weer naar huis wilt.' Mevrouw Rowan, flitsend uitgedost in een roodleren jasje met plooirok, stond aan het einde van de hal met haar handen in elkaar geklemd onder haar boezem. 'Ik wil u graag bedanken voor zo'n prachtige opkomst. Het is goed te zien dat de gemeenschapszin in sommige delen van ons geliefde vaderland nog springlevend is!' Ze glimlachte alsof ze op applaus wachtte, maar ploegde voort toen er niets meer dan een nauwelijks hoorbaar instemmend gemompel volgde. 'Ik heb deze bijeenkomst belegd omdat we, zoals u allen weet, vele jaren hebben gezorgd dat het met Merham niet dezelfde kant zou opgaan als met Clacton en Southend. We zijn, ondanks aanzienlijke tegenwerking, altijd in staat geweest de openbare gelegenheden waar alcohol wordt verkocht, te beperken. Velen vinden ons ouderwets, maar ik voor mij denk dat wij in Merham een zekere familieband, een zeker niveau hebben weten te handhaven, door niet toe te staan dat het een grote verzameling kroegen en nachtclubs werd.'

Ze glimlachte bij een gedempt 'bravo!' achter uit de zaal. Daisy liet Ellie zachtjes heen en weer schommelen.

'Merham is, wat mij betreft, een van de prettigste badplaatsen van heel Engeland. Voor de gasten die iets willen drinken zijn er het restaurant van de heer en mevrouw Delfino, het Indiase restaurant en ons eigen Rivièra Hotel. Dat is altijd ruim voldoende geweest voor de bewoners van onze stad en het heeft de, zullen we zeggen, ruwere elementen weggehouden die doorgaans door badplaatsen worden aangetrokken. Maar nu...' en ze keek de zaal rond, '...worden we bedreigd.'

Het was stil in de zaal, op wat schoenengeschraap of het schrille geluid van een mobiel na.

'Ik weet zeker dat we allemaal blij zijn dat een van onze mooiste gebouwen wordt gerenoveerd. En ik heb van bouw- en woningtoezicht gehoord dat alles wat er wordt gedaan in harmonie is met de geschiedenis van het huis. Degenen onder ons die de geschiedenis kennen, vragen zich natuurlijk af wat dat inhoudt!' Ze stootte een nerveus lachje uit, dat door een paar oudere mensen in de zaal werd overgenomen. 'Maar zoals u weet, is het niet voor privé-gebruik bedoeld. Het huis van de actrice, zoals wij, oudere inwoners van Merham het kennen, wordt een hotel voor Londenaren. De projectontwikkelaar is, let wel, een nachtclubeigenaar uit Soho, die een logeerplek buiten de stad voor zijn soort wil hebben. Sommigen van ons zullen zich afvragen of we zitten te wachten op types uit Soho die Merham als speeltuin willen gebruiken, maar alsof dat nog niet erg genoeg is, vraagt de nieuwe eigenaar vergunning aan voor...' en ze raadpleegde een vel papier dat ze in haar hand hield, '...voor een heliplat. U kunt zich het lawaai voorstellen van de helikopters die op alle uren van het etmaal zullen opstijgen en landen. En hij wil niet één, maar twee bars, met verlengde openingstijden. Zodat hier allerlei dronken tuig kan rondstruinen. En waarschijnlijk brengen ze drugs en god weet wat nog meer mee naar ons plaatsje. Nu, dames en heren, ik sta daar beslist niet achter. Ik vind dat we ons parlementslid

moeten inschakelen en bouw- en woningtoezicht, om te zorgen dat ze de vergunning voor dit hotel intrekken. Merham heeft het niet nodig, en Merham wil het niet!'
Ze eindigde met een zwierig gebaar door met het gekreukelde vel papier boven haar hoofd te zwaaien.

Daisy keek naar het instemmende geknik om haar heen, en de moed zonk haar in de schoenen.

De burgemeester stond voorop om een blozende mevrouw Rowan te bedanken voor haar 'bevlogen woorden' en vroeg of iemand van de aanwezigen er iets aan toe te voegen had. Daisy stak haar hand op en zag tweehonderd stel afwachtende blikken op zich gericht. 'Eh, ik ben Daisy Parsons en ik ben de binnenhuisarchitect die...'

'Harder!' klonk het voor uit de zaal. We kunnen u niet verstaan.'

Daisy liep naar het gangpad tussen de twee stoelenblokken en haalde diep adem. De atmosfeer was rokerig, met een mengeling van diverse goedkope parfums. 'Ik ben de binnenhuisarchitect die Arcadia House renoveert. En ik heb aandachtig geluisterd naar wat mevrouw Rowan te zeggen had.' Ze hield haar blik net boven hun hoofden gevestigd, zodat ze niemand hoefde aan te kijken. Als ze de uitdrukking op hun gezichten zou zien, was ze er zeker van dat ze geen schijn van kans maakte.

'Ik begrijp dat u erg aan het huis bent gehecht, en dat is alleen maar een pre. Het is een mooi huis, en als iemand wil komen...'

'Harder! We kunnen u nog steeds niet verstaan!'

Daisy ging door. 'Als er iemand wil komen kijken om te zien wat we aan het doen zijn, is hij of zij van harte welkom. Ik zou dolgraag van iemand die de geschiedenis van het huis kent, of van voormalige bewoners, hun verhalen willen horen, want we willen delen van het verleden in het nieuwe interieur opnemen. Hoewel het gebouw niet op de monumentenlijst staat, hebben we werkelijk heel veel belangstelling voor de achtergrond van het ontwerp.'

Ellie verschoof op haar heup, met ogen die zo helder en rond waren als glazen knopen.

'Mevrouw Rowan heeft gelijk, er loopt een aanvraag voor een heliplat. Maar dat zal dan uit het zicht van de stad zijn en uitsluitend in gebruik zijn binnen een beperkte tijdslimiet. En eerlijk gezegd geloof ik niet eens dat het er echt zal komen. Ik denk dat de meeste bezoekers met de trein of met de auto zullen komen.' Ze keek om zich heen naar de onbeweeglijke gezichten. 'En inderdaad hebben we een vergunning voor twee bars aangevraagd, een binnen en een buiten. Maar de mensen die Arcadia bezoeken zullen geen dronken relschoppers zijn, ze zullen niet aangeschoten raken van goedkope cider en knokpartijen houden op de boulevard. Het zijn welgestelde, beschaafde mensen die gin-tonic drinken en een fles wijn bij het eten. U zult waarschijnlijk niet eens merken dat ze er zijn.'

'Het lawaai vanuit dat huis zal doorklinken,' onderbrak Sylvia Rowan haar. 'Als er buiten een bar is, is er natuurlijk ook muziek en dat soort dingen, en als de wind onze kant op staat heeft het hele dorp er last van.'

'Ik weet zeker dat we het eens kunnen worden, als u met de eigenaar over uw problemen praat.'

'Wat u niet schijnt te begrijpen, miss Parsons, is dat we het allemaal al een keer hebben meegemaakt. Er hebben allerlei feesten in dat huis plaatsgevonden, en dat beviel ons helemaal niet.' Een instemmend gemompel gonsde door het vertrek. 'En dan heb ik het nog niet eens over het effect dat het op onze bestaande restaurants zal hebben.'

'Het zal meer klandizie voor ze betekenen. Voor de stad.'

Ellie begon onverwacht te protesteren. Daisy verschoof haar op haar heup en probeerde zich boven het snerpende huilgeluid uit op de woordenstrijd te concentreren.

'En de bestaande handel verdringen.'

'Ik denk niet dat het hetzelfde soort markt is.' Daisy stond midden in de zaal en had zich nog nooit van haar leven zo alleen gevoeld.

'O, denkt u dat? Wat voor soort markt is die van ons dan?'

'Jezus, Sylvia, je weet heel goed dat het soort mensen dat voor de zondagse thee naar jouw fantastische hotel komt heus geen drums en basgitaar zullen gaan spelen in een moderne bar.'

Daisy wierp een blik naar links en zag mevrouw Bernard een paar rijen achter haar, met haar man aan haar ene kant en Camille en Hal aan de andere. De oudere vrouw draaide zich om en nam de gezichten van de aanwezigen in zich op. 'Dit plaatsje is ten dode opgeschreven,' zei ze langzaam, op besliste toon. 'Deze plaats loopt op zijn laatste benen, en dat weten we heel goed. De school loopt gevaar, de helft van de winkels is gesloten of afhankelijk van liefdadigheid, en de markt gaat met de week achteruit omdat er niet genoeg klanten zijn en het voor de kraamhouders steeds moeilijker wordt het hoofd boven water te houden. Zelfs onze *Bed-and-Breakfast*-pensionhouders verdwijnen. We moeten ophouden met terugkijken en ons tegen elke vorm van vooruitgang verzetten. Het is tijd voor een beetje frisse lucht.'

Ze keek naar Daisy, die haar pink in Ellies mond had gestoken en heen en weer wiebelde op haar voeten.

'Het is mogelijk dat we niet erg happig zijn op de komst van vreemdelingen in ons midden, maar we zullen toch mensen moeten aantrekken als onze middenstand het wil overleven, als onze jongeren hier een toekomst willen kunnen opbouwen. En beter welgestelde mensen uit Londen dan helemaal geen mensen.'

'Het zou niet zijn gebeurd als de Bond van Pensionhoudsters er nog was geweest,' zei een oudere vrouw op de eerste rij.

'En wat is er met de Bond van Pensionhoudsters gebeurd? Die is failliet gegaan omdat er niet voldoende pensions meer waren.' Mevrouw Bernard draaide zich om en wendde zich met een minachtende blik naar Sylvia Rowan. 'Hoeveel van jullie hebben de afgelopen jaren je onderneming of je verdiensten omhoog zien gaan? Nou, kom op!'

Er klonk instemmend gemompel.

'Precies. En dat komt doordat we ons ouderwets en afwijzend hebben opgesteld. Vraag het maar aan de pensionhoudsters. We zijn zelfs niet meer aantrekkelijk voor gezinnen, die eens onze grootste bron van inkomsten vormden. We moeten mee met de tijd en verandering, en verandering niet afwijzen. Ga nou maar naar huis om daar over na te denken, in plaats de poten onder onze nieuwe zaak uit te zagen.'

Er klonk een zwak applaus.

'Ja, natuurlijk zeg jij dat.'

Mevrouw Bernard draaide zich om en vond Sylvia Rowan tegenover zich, die haar recht in de ogen keek. 'Die projectontwikkelaar heeft je waarschijnlijk een hoop geld betaald voor dat huis. En hij zal je er nog wel steeds voor betalen. En dus ben je helemaal niet onpartijdig.'

'Als jij mij nog steeds niet goed genoeg kent, Sylvia Holden, om te weten dat ik een eigen mening heb, dan ben je nog een dwazere vrouw dan het dwaze meisje dat je was. En dat zegt wel wat.'

Er klonk onderdrukt gelach achter uit de zaal.

'Ja, we weten allemaal wat voor soort meisje...'

'Dames, dames, zo is het wel genoeg.' De burgemeester, die misschien bang was voor kloppartijen tussen vrouwen in de menopauze, stelde zich gedecideerd op tussen de twee vrouwen. Daisy was geschokt door de naakte vijandigheid op hun gezichten. 'Dank u, dank u. U heeft ons echt voldoende gegeven om over na te denken. Ik vind dat we nu moeten stemmen...'

'U denkt toch niet dat we het zijn vergeten? Omdat niemand er meer over praat wil dat niet zeggen dat we het vergeten zijn.'

'Mevrouw Rowan, alstublieft. We gaan stemmen en zien dan wel hoe de zaken ervoor staan. Wie tegen is, of het Arcadia-plan niet van harte steunt, steekt zijn hand op.'

'Je moet eens ophouden met in het verleden te blijven leven, jij dwaze vrouw.' Mevrouw Bernards stem was niet meer dan een gefluister en ze nam plaats naast haar man. Hij fluisterde iets en pakte haar hand.

Daisy hield haar adem in en keek het vertrek rond. Bijna drie kwart, schatte ze.

'Wie is voor?'

Ze liep naar de wandelwagen en zette haar protesterende dochter erin. Ze had gedaan wat ze had beloofd. Het was bijna Ellies bedtijd, en ze wilde op de plek zijn die ze bij gebrek aan iets anders als thuis was gaan beschouwen.

'Je gaat je verdomme niet nog ellendiger liggen voelen, hè?' Mevrouw Bernard stond in de deur van de salon met een stapel mappen onder haar arm.

Daisy lag op de bank met Daniels brief in haar hand naar de radio te luisteren en voelde zich inderdaad verdomd ellendig. Ze kwam overeind en maakte plaats voor de oudere vrouw. 'Een beetje wel,' zei ze met een flauwe glimlach. 'Ik had geen idee dat er zo veel tegenstand was.'

'Sylvia Rowan is tegen.'

'Maar er zijn veel negatieve gevoelens. Het is nogal verontrustend...' Ze haalde diep adem.

'Je vraagt je af of het al het gedoe waard is.'

'Ja.'

'Maak je niet druk om dat stelletje,' zei mevrouw Bernard spottend. 'Vergeet niet dat alleen de plaatselijke bemoeiallen zijn komen opdagen. En de mensen die dachten dat er bingo was. Degenen die weggebleven zijn kan het waarschijnlijk geen bal schelen. En het zal een hele klus zijn de eenmaal gegeven toestemming ongedaan te maken, wat die dwaze vrouw ook denkt.' Ze keek Daisy even onderzoekend aan. Een toevallige waarnemer zou zelfs hebben gezegd dat ze bezorgd keek.

Ze bestudeerde haar handen. 'Dit was voor het eerst in veertig jaar dat ik met die familie heb gesproken. Je zou verbaasd staan als je wist hoe gemakkelijk dat is, zelfs in een kleine plaats. O, ze praten natuurlijk wel met Camille, maar ze weet dat het mij niet interesseert, dus vertelt ze me niets. Hoe dan ook...' en ze slaakte en zucht, '... ik wilde maar zeggen dat je er niet de brui aan moet geven. Niet op dit moment.'

Het bleef even stil. Boven kreunde Ellie in haar slaap en het geluid zond een reeks gekleurde lichtjes over de babyfoon.

'Misschien niet. Bedankt... Ook dat u bent gekomen en uw mond hebt opengedaan. Dat... dat was echt flink.'

'Nee, dat was het niet. Ik wilde alleen niet dat dat stuk ellende dacht zij het voor het zeggen heeft.'

'Toch heeft ze veel aanhang. Ze vinden het idee dat er buitenstaanders zullen komen maar niks, hè?'

De oudere vrouw grinnikte. Haar gezicht stond ironisch, wat haar trekken verzachtte. 'Het is altijd hetzelfde liedje,' zei ze opgewekt. 'Er verandert nooit iets.' Ze pakte een van haar mappen. 'Weet je wat, haal jij een glas wijn voor me, dan laat ik je zien hoe dit huis er vroeger uitzag. Dan begrijp je wat ik bedoel.'

'De foto's.'

'Goede wijn. Franse. Als het die Blue Nun is of waar meneer Jones en jij het laatst over hadden kun je het schudden. Dan ben ik meteen vertrokken.'

Daisy stond op om een glas te halen. Ze bleef bij de keukendeur staan en draaide zich om. 'Weet u, ik hoop dat het niet te nieuwsgierig klinkt, maar ik wil het toch vragen... Hoe bent u aan dit huis gekomen? Als het niets met uw man te maken had, bedoel ik. Er zijn niet veel vrouwen die eindigen met een architectonisch meesterstuk dat ze als toevluchtsoord kunnen gebruiken.'

'O, dat wil je allemaal niet weten.'

'Jawel. Anders had ik het niet gevraagd.'

Mevrouw Bernard streek met haar vingertop over de map. 'Ik heb het geërfd.'

'U hebt het geërfd.'

Het was geruime tijd stil.

'Is dat alles wat u me wilt vertellen?'

'Wat moet je nog meer weten?'

'Ik moet niets weten… maar is het echt nodig dat u alles voor u houdt? Kom op, mevrouw Bernard. Ontdooi eens een beetje. U weet een verrekte hoop meer over mij dan ik over u. Het hoeft geen staatsgeheim te blijven. Ik zal het niet verder vertellen. Ik heb niet eens iemand om het aan te vertellen.'

'Ik laat je de foto's toch zien?'

'Maar die gaan niet over u persoonlijk. Die gaan over het huis.'

'Dat zou wel eens hetzelfde kunnen zijn.'

'Ik geef het op.' Daisy verdween naar de keuken en kwam goedgemutst haar schouders ophalend terug. 'Ik weet wanneer ik verslagen ben. Laten we het dan maar over stoffen hebben.'

De oudere vrouw leunde achterover en keek haar lang en rustig aan. Er was die avond iets in haar veranderd, dacht Daisy. Ze had iets over zich van 'nu we toch eenmaal zo ver zijn gekomen…'

Ze wachtte zwijgend af toen mevrouw Bernard zich weer tot haar mappen wendde en eindelijk de bovenste openmaakte van de stapel die op haar schoot lag. 'Goed dan. Als je het dan per se wilt,' zei ze. 'Ik zal je vertellen hoe ik eraan gekomen ben, als je me belooft dat je het niet overal gaat rondbazuinen. Maar eerst wil ik iets te drinken. En het moet afgelopen zijn met dat stomme mevrouw Bernard. Als ik je alles over mijn "staatsgeheimen" vertel, mag je me ook wel bij mijn voornaam noemen. Lottie.'

14

Beste Joe,
Bedankt voor je brief en de foto van je nieuwe auto. Die ziet er schitterend uit, een mooie kleur rood, en jij bent echt de trotse eigenaar. Ik heb hem op mijn tafeltje gezet, naast die van mijn moeder. Ik heb niet veel foto's, dus dit was echt een traktatie.

Er valt weinig te vertellen. Ik heb even vrij van het huishouden en ben een boek aan het lezen dat Adeline me heeft geleend. Ik houd het meest van kunstgeschiedenisboeken. Ze zegt dat ze een echte lezer van me gaat maken. En ze zet me aan het schilderen, zodat ik Frances kan verrassen als ze terugkomt. Ik ben er niet erg goed in, mijn waterverfkleuren lopen steeds door en ik krijg meer houtskool aan mijn vingers dan er op het papier terechtkomt. Maar ik vind het erg leuk. Het is heel anders dan op school. Adeline blijft erop hameren dat ik 'mezelf moet uitdrukken'. Als Julian komt, zegt hij dat ik mijn horizon aan het verruimen ben en dat hij er eerdaags een zal inlijsten en voor me verkopen. Dat zal wel een van zijn grapjes zijn.

Niet dat er hier veel te lachen valt. In het dorp word je als losbandig beschouwd als je een broche op je jurk durft te dragen als het geen zondag is. Er is een vrouw, van de bakkerij – het brood heeft de vorm van een stok en is zo lang als je been! – die erg opgewekt is en met ons praat. Madame Migot, die een soort dokter is, kijkt altijd heel streng naar haar. Maar dat doet ze naar iedereen. Vooral naar Adeline en mij.

Ik weet niet of ik je heb verteld waar ons dorp ligt. Het ligt halverwege een berg, de Mont Faron, maar die is niet zoals de bergen in de boeken, met sneeuw op de top. Deze is heel warm en droog en er staat een militaire vesting op, en toen George Adeline en mij de eerste keer over het smalle pad naar de top reed, werd ik bijna misselijk van angst. Zelfs op de top moest ik me aan een boom vasthouden. Wist je dat ze hier dennenbomen hebben? Niet dezelfde als thuis, maar daardoor voelde ik me beter. Adeline laat je groeten. Ze is kruiden aan het plukken in de tuin. Die ruiken heel sterk in de hitte, helemaal niet zoals in de tuin van mevrouw H.

Ik hoop dat alles goed met je is, Joe. En bedankt dat je me blijft schrijven. Soms voel ik me eerlijk gezegd een beetje eenzaam en je brieven zijn dan een troost.

Je enz.

Lottie lag op haar zij op de koele tegels met een kussen onder haar heup en een onder haar nek en wachtte tot haar botten gingen protesteren tegen de totaal niet meegevende vloer onder haar. Haar gewrichten begonnen het eerst, zelfs boven op het zachte veren matras van haar bed begonnen ze meestal binnen een paar minuten nadat ze in bed was gestapt, te steken. Dan moest ze nieuwe drukpunten vinden om op te liggen. Ook nu voelde ze de eerste irritatie al langs haar linkerdijbeen omhoogkruipen. Geërgerd sloot ze haar ogen. Ze wilde niet verkassen; de vloer was de koelste plek, in feite de enige koele plek in het van hitte zinderende huis met zijn kriebelende stoffen meubels en enorme, zoemende insecten die tegen banken en stoelen te pletter sloegen of gonzend tegen de ruiten aan vlogen.

Buiten zag ze Adeline onder een buitenmodel strohoed langzaam door de verdorrende, verwilderde tuin lopen om kruiden te plukken. Ze rook eraan voordat ze ze in een mandje legde. Ze zag hoe Adeline naar het huis terugslenterde en voelde de baby hard schoppen. Humeurig mopperend trok Lottie de zijden kimono om zich heen zodat ze haar gezwollen buik niet hoefde te zien.

'Wil je iets drinken, Lottielief?' Adeline stapte over haar heen en liep naar het aanrecht. Ze was eraan gewend dat Lottie op de grond lag.

Ze was ook gewend aan haar lusteloosheid.

'Nee, dank je.'

'Hè, wat vervelend, de grenadine is op. Ik hoop dat die vreselijke vrouw snel uit het dorp terug is, bijna alles is op. Het linnengoed moet ook worden gestreken. Julian komt van de week thuis.'

Lottie kwam overeind en bedwong de neiging zich te verontschuldigen. Hoe vaak Adeline haar ook een standje gaf, ze bleef zich schuldig voelen dat ze de laatste weken van haar zwangerschap dik en traag en nutteloos was. De eerste maanden na haar komst had Lottie het huishoudelijke werk gedaan en gekookt. ('We hadden een vrouw uit het dorp, maar dat was een ramp,' had Adeline gezegd.) En geleidelijk aan had zij, getraind en gevormd door mevrouw Holden en Virginia, het verwaarloosde Franse huis op orde gekregen. Haar rol van huishoudster vormde de betaling voor Adelines gastvrijheid. Niet dat Adeline wilde worden betaald, maar Lottie voelde zich er beter bij. Als je je kost en inwoning verdiende, kon je niet zo snel worden weggestuurd.

Adeline beschouwde het intussen als haar taak Lottie er tegen beter weten in van te doordringen dat weggaan uit Merham zo zijn voordelen had. Ze was een soort lerares geworden en moedigde haar aan dapper door te gaan met wat ze op papier poogde te zetten. Adelines lof bezorgde haar een zeldzaam gevoel van trots op haar prestaties, en het idee dat er nog een ander doel in haar leven was. Dokter Holden was de enige die haar ooit had geprezen. En gaandeweg moest ze toegeven dat haar belangstelling voor die nieuwe wereld groeide. Die bood volop gelegenheid aan haar huidige wereld te ontsnappen. Maar nu was ze te zwaar en deugde ze nergens voor. Als ze te lang stond werd ze duizelig en hoopte het vocht zich op in haar enkels. Als ze te veel bewoog, brak het zweet haar uit en werden de delen van haar lichaam die langs elkaar streken roze, pijnlijk en schraal. De baby bewoog aan een stuk door, waardoor haar buik de raarste vormen aannam. Ze kon er 's nachts niet van slapen en was overdag uitgeput. En dus ging ze, diep verzonken in haar ellende, op de grond zitten of liggen, tot de hitte of het getrap van de baby afnam.

Adeline zei gelukkig niets over haar depressie en haar slechte humeur. Mevrouw Holden zou boos geworden zijn, en gezegd hebben dat ze iedereen aanstak met haar somberheid. Maar Adeline vond het niet erg als Lottie geen zin had om te praten of mee te doen. Ze bleef schijnbaar onaangedaan en neuriënd om haar heen lopen en vroeg zonder enige rancune of ze nog iets te drinken wilde of nog een kussentje onder haar rug. Soms vroeg Adeline of ze haar wilde helpen met het opstellen van weer een brief aan Frances. Adeline schreef Frances een heleboel brieven.

Ze scheen nooit antwoord te krijgen.

Het was bijna zes maanden geleden dat Lottie uit Engeland was vertrokken, en zeven sinds ze uit Merham was weggegaan. Wat de afstand tussen hen betrof, kon het net zo goed tien jaar zijn. In haar eerste paniek was Lottie, misschien wat naïef, naar haar moeder gegaan, die inmiddels rondliep met een helmachtig kapsel dat stijf stond van de haarlak en met knalrode lippen, en haar meedeelde dat ze er niet op hoefde rekenen dat ze er thuis mee aan kon komen. Ze kon niet geloven, zei ze, zwaaiend met haar sigaret, dat Lottie niets van haar eigen voorbeeld had geleerd. Lottie had alle kansen verknoeid die God haar had gegeven, en dat waren er verdomme heel wat meer dan zijzelf had gekregen en door bij de familie Holden weg te gaan bewees ze dat ze geen haar beter was dan zij.

Trouwens, en hier werd haar moeder ineens merkwaardig zedig, bijna verzoeningsgezind, ze had nu haar eigen leven, ze ging uit met een aardige weduwnaar. Het was een fatsoenlijke vent, hij zou het niet begrijpen. Hij was niet net als die anderen, zei ze met een blik naar Lottie die een schuldige bekentenis leek in te houden. Hij was netjes. Voordat ze haar theekop halfleeg had, had Lottie al begrepen dat ze niet alleen niet werd uitgenodigd om te blijven logeren, maar dat ze, net als in Merham, niet langer leek te bestaan.

Haar moeder had niet tegen die man verteld dat ze een dochter had. Er hadden een paar foto's gestaan toen ze er nog woonde, en nu was er geen een meer te bekennen. Op de schoorsteenmantel, waar er een had gestaan van haar en tante Jean, haar moeders overleden zus, stond nu een ingelijste foto van een paar van middelbare leeftijd, arm in arm bij een plattelandskroeg, knipogend tegen het licht, hij met zijn kale hoofd glimmend in de zon.

'Ik heb niks van je nodig, ik wilde je gewoon zien.' Lottie pakte haar spullen bij elkaar en had niet eens genoeg energie om zich gekwetst te voelen. Vergeleken met wat ze al had meegemaakt, voelde ze, vreemd genoeg, maar heel weinig bij de afwijzing van deze vrouw.

Haar moeders gezicht vertrok, alsof ze haar tranen moest bedwingen. Ze bette haar gezicht met een make-upsponsje, stak haar hand uit en pakte Lottie bij de arm. 'Laat me weten waar je bent. Beloof me dat je me zult schrijven.'

'Zal ik ondertekenen met Lottie?' Lottie draaide zich gemelijk naar de deur. 'Of heb je liever dat ik eronder zet: "een goede kennis"?' Haar moeder kneep haar lippen op elkaar en drukte haar tien shilling in de hand toen ze wegging. Lottie keek ernaar en moest bijna lachen.

Lottie hield niet van Frankrijk, ondanks Adelines goedbedoelde inspanningen. Ze hield niet van het eten, behalve dan van het brood. De voedzame stoofpotten met knoflook en het vlees met de zware sauzen deden haar verlangen naar de vertroostende simpelheid van vis met frieten en komkommersandwiches, en toen ze op de markt de eerste keer de geur van sterke Franse kaas opsnoof, moest ze aan de kant van de weg overgeven. Ze hield niet van de warmte, die veel erger was dan in Merham, maar zonder de verkoelende invloed van de zee en de zeewind, en ook niet van de muggen die haar 's nachts als bommenwerpers meedogenloos aanvielen. Ze hield niet van het dorre, onherbergzaam landschap met zijn uitgedroogde bodem en de in de hitte kwijnende begroeiing, en ook niet van het onophoudelijke getsjirp van de krekels op de achtergrond. En ze had een hekel aan de Fransen, aan de mannen die haar met een taxerende blik opnamen en toen ze dikker werd aan de vrouwen, die hetzelfde deden maar dan afkeurend en in sommige gevallen met openlijke afkeer.

Madame Migot, die in het dorp als vroedvrouw fungeerde, was haar twee keer komen bezoeken, op verzoek van Adeline. Lottie verafschuwde haar. Ze kneedde haar buik hardhandig, alsof het brooddeeg was. Daarna nam ze haar bloeddruk op en blafte instructies naar Adeline, die op haar beurt onbegrijpelijk kalm en verontschuldigend was. Madame Migot sprak nooit een woord met Lottie en keek haar nauwelijks aan. 'Ze is katholiek,' mompelde Adeline als de oudere vrouw vertrok. 'Het was te verwachten. Dat zou jij moeten begrijpen, want jij komt uit een klein plaatsje.' Maar dat was het hem nu juist. Ondanks alles miste Lottie haar kleine plaatsje. Ze miste de geur van Merham, die mengeling van zout en asfalt, het geluid van de Schotse dennen in de zeewind, de weidse, keurig onderhouden grasvelden in het park en de vergane golfbrekers die zich oneindig ver uitstrekten. Ze hield van de kleinschaligheid, je kende de grenzen, die zich vermoedelijk niet zouden uitbreiden. Ze had nooit Celia's zwerflust gekend, haar verlangen naar een nieuwe horizon. Zij was dankbaar voor haar plek in het aangename, ordelijke plaatsje, misschien omdat ze al zag aankomen dat het niet eeuwig zou duren.

En het meest van al miste ze Guy. Overdag wapende ze zich tegen elke gedachte aan hem, wierp ze een barrière in haar geest op, waarbij ze vastbesloten zijn beeld kon laten verdwijnen alsof ze een gordijn over zijn gezicht trok. Maar 's nachts negeerde hij haar smeekbede om gemoedsrust en liep hij haar dromen in en uit met zijn scheve glimlach en zijn slanke gebruinde handen, en zijn tederheid die verlokkend was maar ook pijn deed door zijn afwezigheid. Soms werd ze wakker terwijl zijn naam riep.

Soms vroeg ze zich af hoe het mogelijk was dat ze zo ver van de zee af was en toch het gevoel had dat ze verdronk.

Het voorjaar werd zomer en bezoekers kwamen en gingen. Ze zaten op het terras met strohoeden op rode wijn te drinken en hielden siësta tijdens de middaghitte. Vaak met elkaar. Julian kwam en was veel te beleefd om iets over haar groeiende middel te zeggen of te vragen hoe het zo was gekomen. Hij was altijd opgewekt en smeet met geld. Hij verdiende kennelijk weer goed. Hij schonk Adeline het huis in Merham en een verschrikkelijk duur borstbeeld van een vrouw, dat – zo leek het Lottie – door de mieren was aangevreten. Stephen kwam twee keer. Er kwam een dichter die Si heette en die hun met een duur kostschoolaccent herhaaldelijk verzekerde dat hij excentriek was en dat hij alleen bleef rondhangen tot hij een schnabbel kreeg, en dat je nergens beter dan bij Adeline een kamer kon hebben. Hij was volgens George een beatnik op de manier van Basingstoke.

George kwam logeren. Pas toen leek Adeline tot leven te komen, als ze fluisterend met hem in gesprek was, terwijl Lottie haar uiterste best deed om te doen alsof ze er niet was. Ze wist dat ze het over Frances hadden.

Op een keer keek hij naar Lotties buik en maakte een opmerking over vruchten en zaden, waarop Adeline hem een klap gaf.

'Weet je, ik bewonder je echt, kleine Lottie,' zei hij tegen haar toen Adeline buiten gehoorsafstand was. 'Jij was echt het opwindendste figuurtje van heel Merham.'

Lottie, die zich onder een enorme hoed verschool, wierp hem een duistere blik toe.

'Ik heb altijd gedacht dat je zus eerder in moeilijkheden zou komen.'

'Ze is... was mijn zus niet.'

George scheen haar niet te horen. Hij ging achterover op het gras liggen en knabbelde aan het stuk uitgedroogde, scherpe salami dat hij graag op de markt kocht. Om hem heen bleven de krekels onvermoeibaar tsjirpen, maar nu en dan hielden ze pauze in de middaghitte, alsof ze een motor waren die de dag op gang hield.

'En jij het serieuze meisje. Lijkt op de een of andere manier niet te kloppen. Was je alleen maar nieuwsgierig? Of heeft hij je beloofd dat hij voor altijd de jouwe zou zijn? Je oogappel misschien? Jouw speciale lekkere stuk? Jeetje, Lottie, ik denk dat mevrouw Holden je nooit dergelijke taal heeft horen bezigen... erg vroegrijp, zou ik zeggen... Goed dan. Wil je ook wat van die vijgen, of mag ik ze allemaal?'

Of het nu door haar ellende kwam of doordat ze van haar vroegere leven was afgesneden, Lottie vond het moeilijk enige vreugde of tederheid te voelen voor de baby die op komst was. Meestal kon ze er niet eens aan denken als aan een baby. Nu eens, vooral 's nachts, voelde ze zich vreselijk schuldig dat ze een kind zonder vader ter wereld zou brengen, op een plek waar het met afkeuring zou worden bekeken door de madame Migots en met wantrouwen door alle anderen. Dan weer voelde ze een brandende wrok tegen het kind, door wiens bestaan ze nooit van Guy los zou komen, van de pijn die met hem was verbonden. Ze wist niet wat haar meer angst aanjoeg: dat ze vanwege hem nooit van het kind zou kunnen houden, of dat ze vanwege hem juist van het kind zou houden.

Ze dacht er nauwelijks over na hoe ze het zou gaan doen. Adeline zei dat ze zich geen zorgen moest maken. 'Dat soort dingen lost zich vanzelf op, lieverd,' zei ze met een klopje op haar hand. 'Maar blijf bij de nonnen uit de buurt.'

Lottie hoopte dat ze gelijk had, maar ze was te zwaar, lusteloos en moe van alles om zich er al te druk over te maken. Ze huilde niet en werd ook niet boos. Ze had zich, sinds ze had ontdekt dat ze zwanger was, geen zorgen gemaakt. Dat zou er toch niets aan veranderen. En het kwam haar beter uit haar gevoelens te onderdrukken dan ze te moeten ervaren, zoals eerst. Naarmate de zwangerschap vorderde, werd ze duf en afstandelijk en zat ze urenlang in de verwilderde tuin naar de libellen en wespen die om haar heen vlogen, te staren en als het te warm werd, ging ze op de koude vloer liggen, als een walrus in kimono die op de rotsen ligt te zonnebaden. Misschien zou ze wel in het kraambed sterven, dacht ze. Dat was een perverse troost.

Omdat Adeline misschien wist dat Lotties depressie omgekeerd evenredig aan het aantal dagen dat de bevalling nog duurde, groeide, dwong ze haar met haar mee te gaan op wat ze haar 'avontuurtjes' noemde, ook al waren ze zelden avontuurlijker dan het bestellen van rode wijn of pastis, of appeltaart of de zoete custardachtige *tropézienne*. Adeline meed de plakkerige, van uitlaatgassen vergeven stadshitte van het nabijgelegen Toulon, en liet George verder langs de kust naar Sanary rijden. Lottie miste de zee, redeneerde ze hardop. Het door palmen omzoomde kustplaatsje met de schaduwrijke klinkerstraatjes en vrolijke huizen met pastelkleurige luiken moest een welkome troost bieden. Het was befaamd om zijn kunstenaars en ambachtslieden, zei ze en ze installeerde Lottie op een terras, vlakbij het kalmerende gespetter van een fontein. Aldous Huxley had hier gewoond toen hij zijn *Brave New World* schreef. De hele zuidkust had door de jaren heen inspirerend gewerkt op kunstenaars. Frances en zij waren een keer van St. Tropez naar Marseille gereisd en tegen het einde van de reis hadden ze zo veel doeken in de achterbak van de auto liggen dat ze met hun bagage op schoot moesten reizen.

George deed alsof hij een afspraak in de bar binnen had, fluisterde Adeline iets in het oor en liet hen alleen achter.

Lottie negeerde de vrouw met de zwarte rok die een mandje brood voor haar neerzette en zweeg. Dat was deels omdat ze op de heenweg in de auto in slaap was gevallen en ze door het slapen in combinatie met de hitte nog een poos futloos en versuft bleef nadat ze wakker was geworden. De baby maakte ook dat ze egocentrisch werd. Ze had haar persoonlijkheid geleidelijk aan teruggebracht tot een paar eenvoudige symptomen: opgezwollen voeten, een pijnlijke, uitgerekte buik, jeukende benen en een algeheel gevoel van malaise. Het kostte haar moeite zich van die zaken los te maken en zich op anderen te richten. Op Adeline bijvoorbeeld, die tegenover haar zat en haar eindelijk aan zichzelf had overgelaten om een brief te lezen, en al een poos in dezelfde houding zat.

Lottie nam een slokje water en bestudeerde Adelines gezicht. 'Is er iets?'

Adeline gaf geen antwoord.

Lottie hees zich overeind en keek naar de mensen aan tafeltjes om hen heen, die zich zo te zien heel goed vermaakten met urenlang nietsdoen. Zij zorgde ervoor dat ze niet in de zon zat, want daar werd ze misselijk en oververhit van. 'Adeline?'

Ze had de halfopen brief in haar hand.

'Adeline?'

Adeline keek haar aan alsof ze zich nu pas van haar aanwezigheid bewust was. Haar gezicht stond, zoals altijd, onbewogen, wat nog werd versterkt door een fraaie donkere zonnebril. Haar ravenzwarte haren waren over haar natte wangen gevallen. 'Ze vraagt of ik niet meer wil schrijven.'

'Wie?'

'Frances.'

'Waarom?'

Adeline keek naar de bestrate binnenplaats. Twee honden hapten naar elkaar om iets dat in de goot lag. 'Ze zegt… ze zegt dat ik niets nieuws te vertellen heb.'

'Dat is nogal grof,' zei Lottie gemelijk terwijl ze haar zonnehoed verschoof. 'Het is moeilijk om steeds nieuwe dingen te vinden om te schrijven. Er gebeurt hier niets.'

'Frances is niet grof. Ik geloof niet dat ze het … O, Lottie…'

Ze hadden het nooit over persoonlijke dingen. Toen Lottie aankwam, was ze huilerig en zich verontschuldigend over de baby begonnen, maar Adeline had slechts met een bleke hand gewuifd en gezegd dat ze altijd welkom was. Ze had nooit naar haar omstandigheden gevraagd en waarschijnlijk aangenomen dat Lottie zelf wel met informatie zou komen als ze daar behoefte aan had, en op dezelfde manier had ze weinig over zichzelf prijsgegeven. Adeline babbelde gezellig en zorgde dat haar vriendin niets tekortkwam. Nu en dan hadden ze het over Frances, maar verder leken ze verre verwanten, gasten die vastbesloten waren van hun verblijf te genieten.

'Wat moet ik doen?' Ze zag er zo verdrietig, zo terneergeslagen uit. 'Ze moet niet alleen zijn. Frances heeft nooit goed alleen kunnen zijn. Dan wordt ze te… te melancholiek. Ze heeft me nodig. Ondanks alles heeft ze mij nodig.'

Lottie liet zich weer in een van de rieten stoelen zakken in de wetenschap dat die binnen een paar minuten in haar dijbenen zou drukken. Ze hield haar hand omhoog tegen de zon om Adelines gezicht te bestuderen en vroeg zich af of Adeline het bij het rechte eind had. 'Waarom is ze boos op je?'

Adeline keek haar aan en daarna naar haar handen, waarin ze nog steeds de gewraakte brief geklemd hield. Ze keek weer op. 'Omdat… omdat ik niet van haar kan houden op de manier die zij wil.'

Lottie fronste haar wenkbrauwen.

'Ze vindt dat ik niet met Julian moet leven.'

'Maar hij is je man. Je houdt van hem.'

'Ja, ik houd van hem… maar alleen als van een goede vriend.'

Even was het stil.

'Een goede vriend?' zei Lottie en ze dacht terug aan de middag die ze met Guy had doorgebracht. 'Alleen maar een goede vriend?' Ze staarde Adeline aan. 'Maar… hoe houdt hij dat uit?'

Adeline pakte een sigaret en stak die op. Dat zag Lottie haar alleen in Frankrijk doen. Ze inhaleerde en wendde haar blik af.

'Omdat Julian ook alleen van mij houdt als van een goede vriendin.

Hij voelt geen hartstocht voor me, Lottie, geen lichamelijke hartstocht. Maar we kunnen goed met elkaar opschieten, Julian en ik. Hij heeft een thuisbasis nodig, een bepaalde... creatieve omgeving, een zeker aanzien, en ik heb stabiliteit nodig, mensen om me heen die... ik weet niet... me bezig kunnen houden. Op die manier begrijpen we elkaar.'

'Maar... ik snap het niet... Waarom ben je met Julian getrouwd als je niet van hem houdt?'

Adeline legde de brief behoedzaam neer en vulde haar glas bij. 'We hebben elkaar ontweken, jij en ik. Nu zal ik je een verhaal vertellen, Lottie. Over een meisje dat hopeloos verliefd werd op een man die ze niet kon krijgen, een man die ze tijdens de oorlog had ontmoet toen ze... een ander soort leven leidde. Hij was het mooiste schepsel dat ze ooit had gezien, met groene kattenogen en een intens bedroefd gezicht vanwege de dingen die hij had meegemaakt. Ze aanbaden elkaar en zwoeren dat ze niet zonder elkaar verder konden leven, zodat als een van beiden doodging ze elders met elkaar verbonden zouden worden. Het was een vurige passie, Lottie, een verschrikkelijk iets.'

Lottie bleef doodstil zitten en was haar pijnlijke ledematen en warmte-uitslag tijdelijk vergeten.

'Maar, Lottie, hij was geen Engelsman. En vanwege de oorlog kon hij niet blijven. Hij werd naar Rusland gestuurd en na twee brieven hoorde het meisje nooit meer iets van hem. En, liefste Lottie, daar werd ze gek van. Ze werd stapelkrankzinnig, rukte zich de haren uit het hoofd en liep urenlang schreeuwend over de straat, zelfs toen de bommen om haar heen neervielen.

En uiteindelijk, na een hele tijd, besloot ze dat ze moest blijven leven en dat ze om te kunnen overleven minder moest voelen, minder moest lijden. Ze mocht niet sterven, hoezeer ze dat ook wenste, want het kon zijn dat hij nog ergens in leven was. En ze wist dat, als het lot het zo beschikte, zij en haar man elkaar terug zouden vinden.'

'En hebben ze elkaar weer gevonden?'

Adeline keek weg en inhaleerde. De rook kwam er in de roerloze lucht als een lange, gelijkmatige fluistering uit. 'Nog niet, Lottie. Nog niet... Maar ik verwacht niet dat het tijdens dit leven zal gebeuren.'

Ze bleven een poosje zwijgend zitten luisteren naar het trage gezoem van de bijen, de gesprekken om hen heen en het verre geklep van een kerkklok. Adeline had Lottie een glas wijn met water ingeschonken en Lottie nam er een slokje van en deed haar best er niet zo perplex uit te zien als ze zich voelde. 'Ik begrijp het nog steeds niet... Waarom heeft Frances je als die Griekse vrouw geschilderd?'

'Laodamia? Ze beschuldigde me ervan dat ik me aan iets onechts vastklampte, aan een beeld van de liefde. Ze wist dat ik liever binnen de veiligheid van het huwelijk met Julian wilde leven dan nog eens het risico te lopen van iemand te houden. Ze raakte altijd overstuur als ze Julian zag. Ze zei dat het haar herinnerde aan mijn vermogen mezelf leugens voor te houden.'

Ze wendde zich met grote, vochtige ogen tot Lottie. Ze glimlachte, een trage, lieve glimlach. 'Frances is zo... Ze denkt dat ik mijn vermogen tot liefhebben kapot heb gemaakt, dat ik het veiliger vind met Julian en een onmogelijke liefde koester. Ze denkt dat ze, omdat ze zoveel van me houdt, me weer tot leven kan brengen en louter door haar wilskracht kan zorgen dat ik ook van haar zal houden. En weet je, Lottie, ik houd ook van Frances. Ik houd meer van haar dan van welke vrouw ook, dan wie ook behalve hem... Een keer toen ik me erg down voelde heb ik... ze was zo lief... maar... dat zou niet genoeg voor haar zijn. Ze is niet net als Julian. Zij kan niet met halve liefde leven. In de kunst en in het leven eist ze volkomen eerlijkheid. En ik kan van niemand, man of vrouw, zoveel houden als van Konstantin...'

Weet je zeker dat je niet van haar houdt? wilde Lottie vragen, denkend aan Adelines talloze brieven en haar ongewone wanhoop door Frances' voortdurende afwezigheid. Adeline viel haar echter in de rede. 'Daarom wist ik het, Lottie.'

Adeline stak haar hand uit en pakte haar bij haar pols, een indringende greep. Lottie rilde ondanks de hitte.

'Toen ik Guy en jou samen zag, wist ik het.' Haar blik brandde in die van Lottie. 'Ik zag Konstantin en mezelf.'

Beste Joe,
Neem me niet kwalijk dat dit een korte brief wordt, maar ik ben erg moe en heb niet veel tijd om te schrijven. Gisteren heb ik de baby gekregen, het is een meisje, heel mooi. Het is het mooiste kindje dat je je maar kunt voorstellen. Ik zal foto's laten maken en je er een sturen, als je wilt. Misschien als je niet meer zo boos op me bent.

Ik wil zeggen dat het me spijt dat je van Virginia over mijn toestand moest horen. Ik wilde het je zelf vertellen, maar het was nogal ingewikkeld. En nee, het is niet van dokter Holden, wat die jaloerse krengen ook beweren. Geloof dat alsjeblieft, Joe. En zorg ervoor dat iedereen dat te weten komt. Het kan me niet schelen hoe je het vertelt.

Schrijf je gauw weer,

Lottie

Het was geen goede nacht om een kind te krijgen. Niet dat Lottie achteraf dacht dat er een goede nacht bestond om een kind te krijgen. Ze wist niet dat een mens zoveel pijn kon verdragen en ze voelde zich erdoor aangetast, alsof er een argeloze Lottie bestond en een Lottie die zoiets vreselijks had meegemaakt dat ze diep gekweld en na afloop voorgoed veranderd was.

Ze was die avond niet diep gekweld begonnen, alleen prikkelbaar, zoals Adeline het vergoelijkend had genoemd. Ze was het zat met haar zware lichaam, log en uitgeput, in de hitte rond te zeulen, niet meer in staat iets anders dan Adelines bizarre, fladderende kimono's en Georges oude overhemden te dragen. Adeline was daarentegen de drie voorafgaande dagen in een betere stemming. Ze had George erop uitgestuurd om Frances te zoeken. En niet alleen om haar een brief te brengen, maar om haar mee naar Frankrijk te nemen. Adeline geloofde dat ze een manier had gevonden om Frances bij hen terug te krijgen, zodat ze zich bemind voelde zonder Adelines onveranderlijke liefde voor Konstantin geweld aan te doen. 'Maar je moet met me praten,' schreef Adeline. 'Je mag voorgoed vertrekken als je vindt dat ik niets te zeggen heb, maar je moet met me praten.'

'George accepteert geen nee,' riep ze voldaan uit. 'Hij kan heel overtuigend zijn.'

Lottie dacht aan Celia en mompelde zuur: 'Dat weet ik.'

George wilde eigenlijk niet naar Engeland terug. Hij wilde blijven voor de feestelijkheden op de veertiende juli. Maar omdat hij Adeline niets kon weigeren, besloot hij in elk geval een plaatsvervanger naar het feest te sturen. Hij keek een paar minuten naar Lottie, die haar tong uitstak en vroeg toen Si, de dichter, foto's voor hem te nemen met zijn nieuwe Zeiss Ikontoestel. Mieters, zei Si. 'Het zal de moeite waard zijn,' zei Adeline toen ze George kuste bij het afscheid. Lottie zag tot haar verbijstering dat het een kus vol op de lippen was.

Tweeënzeventig uur daarna meende Lottie dat ze nooit van haar leven meer ergens verbijsterd over zou zijn.

Nu lag ze in haar bed, zich vaag bewust van de warmte. De muggen, aangelokt door de menselijke lucht van bloed en pijn, zoemden nog in de kamer rond. Ze hield haar blik op het kleine, volmaakt gevormde gezichtje voor haar gevestigd. Haar dochtertje leek te slapen, ze had haar oogjes dicht, maar haar mondje maakte geheimzinnige bewegingen in de nachtlucht.

Ze had nog nooit zoiets beleefd. De smartelijke vreugde na de onbeschrijflijke pijn, en het ongeloof dat zij, Lottie Swift, een meisje dat niet meer bestond, zoiets volmaakts, zoiets moois had voortgebracht. Een bestaansreden die groter was dan ze zich ooit had kunnen voorstellen.

Ze leek op Guy.

Ze leek echt op Guy.

Lottie boog haar hoofd naar dat van haar dochtertje en zei heel zacht, zodat zij alleen het kon horen: 'Ik zal alles voor je doen, ik zal je alles geven. Je zult niets tekortkomen. Ik beloof je dat ik mijn uiterste best voor je zal doen.'

'Haar huid heeft de kleur van camelia's,' zei Adeline, haar ogen vol tranen. En Lottie, die nooit van de namen Jane of Mary had gehouden of van de andere namen die in Adelines tijdschriften werden genoemd, had haar dochter een naam gegeven.

Adeline was niet naar bed gegaan. Madame Migot was net na middernacht vertrokken en George zou die ochtend komen, misschien wel met Frances, en ze kon toch niet slapen. Ze hadden samen die eerste lange nacht wakend doorgebracht, Lottie met grote, verbaasde ogen en Adeline dommelend in de stoel naast haar. Af en toe werd ze wakker en aaide het ongelooflijk zachte babyhoofdje, of streelde Lottie over haar arm als om haar geluk te wensen.

Bij zonsopgang hees Adeline zich stijf uit de leunstoel omhoog en kondigde aan dat ze thee ging zetten. Lottie, nog steeds met de baby in haar armen en snakkend naar iets warms en zoets om te drinken, was haar dankbaar. Telkens als ze zich bewoog deed haar lijf pijn en bloedde het, en schoten er nieuwe, onbekende pijnscheuten doorheen, krampen die een echo waren van de verschrikkelijke uren daarvoor. Met opgezette ogen en ondanks alles gelukkig, bedacht ze dat ze de rest van haar leven wel in bed wilde blijven.

Adeline maakte de luiken open en liet de stralende blauwe gloed van de zonsopgang binnen. Ze rekte zich uit en hief groetend haar armen op. De kamer vulde zich met het zachte licht en de geluiden uit de omgeving: het vee dat langzaam een heuvel opliep, een jonge haan die kraaide en onder alles door de krekels die als opwindspeelgoed tsjirpten.

'Het is koeler, Lottie, voel je de wind?'

Lottie deed haar ogen dicht en voelde de bries over haar gezicht strijken. Even voelde het als Merham.

'Nu wordt alles beter, dat zul je zien.'

Adeline keerde zich naar haar toe en een moment dacht Lottie, misschien omdat ze was verzwakt door de bevalling en de uitputting, dat het de mooiste vrouw was die ze ooit had gezien. Adelines gezicht baadde in fosforescerend licht en haar felle groene ogen stonden zachter en leken ongewoon kwetsbaar door wat ze had meegemaakt. Lottie kreeg tranen in haar ogen. Ze was niet in staat uiting te geven aan de liefde die ze plotseling voelde, ze kon alleen een trillende hand uitsteken.

Adeline pakt haar hand, drukte er een kus op en hield hem tegen haar koele, zachte wang. 'Jij hebt geluk, liefste Lottie. Jij hoeft niet je hele leven te wachten.'

Lottie keek naar haar slapende dochtertje en liet haar tranen van verdriet en dankbaarheid op de lichte zijden shawl vallen.

Ze werden onderbroken door het geluid van een naderende auto, en hieven hun hoofd op als geschrokken wilde dieren. Toen de deur met een klap dichtsloeg, stond Adeline al overeind. 'Frances!' zei ze, en Lottie tijdelijk vergetend deed ze pogingen haar verkreukelde zijden jurk glad te strijken en haar verwarde haardos in orde te brengen. 'Mijn hemel, we hebben niets te eten in huis, Lottie! Wat moeten we hun voor het ontbijt voorzetten?'

'Ze zal heus wel even kunnen wachten... als ze weet dat...' Het ontbijt interesseerde Lottie geen snars. Haar baby spartelde en graaide met een klein handje door de lucht.

'Nee, nee, natuurlijk heb je gelijk. We hebben koffie en nog wat fruit van gisteren. En de *boulangerie* gaat al gauw open, daar loop ik even heen zodra ze geïnstalleerd zijn. Misschien willen ze slapen, als ze de hele nacht hebben gereisd...'

Lottie zag Adeline door de kamer dwarrelen. Ze had haar gebruikelijke kalmte verruild voor een kinderlijk soort nervositeit, waardoor ze onmogelijk stil kon zitten of zich ergens op concentreren.

'Denk je dat ik dit van haar kan vragen?' zei Adeline ineens. 'Vind je het egoïstisch van me dat ik haar bij me terug wil hebben?'

Lottie was stomverbaasd en kon alleen haar hoofd schudden.

'Adeline?' Georges luide stem verbrak als een geweerschot de stilte van het huis. Lottie verschoot, ze was nu al bang dat haar kind wakker zou worden. 'Waar ben je?' Hij verscheen donker en ongeschoren in de deuropening en zijn eeuwige linnen broek was zo gekreukt als verlepte koolbladeren. Toen Lottie hem zag, schoot er een onheilspellend voorgevoel door haar heen. De lieflijkheid en rust van de nieuwe dag was door zijn aanwezigheid alweer weggevaagd.

Zich van geen kwaad bewust holde Adeline op hem af. 'George, wat heerlijk. Wat fantastisch! Heb je haar meegebracht? Is ze bij je?' Ze ging op haar tenen staan om over zijn schouder te kijken en luisterde naar het geluid van voetstappen. Ze deed een stap naar achteren en keek hem onderzoekend aan. 'George?'

Lottie zag Georges duistere blik en huiverde.

'Ze komt niet, Adeline.'

'Maar ik heb geschreven… jij zei…'

George, zich kennelijk niet bewust van Lottie en de nieuwe baby, sloeg zijn arm om Adelines middel en nam haar hand in de zijne. 'Ga eens zitten, liefste.'

'Waarom niet? Je hebt gezegd dat je haar zou zoeken… ik wist dat ze na deze brief niet…'

'Ze komt niet, Adeline.'

George zette haar op de stoel naast Lottie neer. Knielde op de grond. Hield haar handen vast.

Adeline zocht Georges blik en zag wat Lottie, niet meer bezwaard door haar eigen zorgen, al had gezien. 'Waarom niet?'

George slikte. 'Er is een ongeluk gebeurd, lieverd.'

'Met de auto? Ze rijdt zo slecht, George. Je weet dat je haar niet moet laten rijden.'

Lottie hoorde de groeiende angst achter Adelines gekakel en begon te trillen, onopgemerkt door de mensen naast haar.

'Wiens auto is het dit keer? Jij regelt het wel, nietwaar George? Jij vindt altijd een oplossing. Ik zorg dat Julian je terugbetaalt. Is ze gewond? Heeft ze iets nodig?'

George legde zijn hoofd op Adelines knie.

'Je had niet moeten komen,George! Je had haar niet alleen mogen laten! Je weet dat ze niet goed alleen kan zijn. Daarom heb ik je gestuurd om haar op te halen.'

Toen hij zijn stem terugvond, klonk die hees en gebroken. 'Ze… ze is dood.'

Het bleef lange tijd stil.

'Nee,' zei Adeline beslist.

Georges gezicht lag verborgen in haar schoot. Maar zijn handen grepen de hare steviger beet, als om te voorkomen dat ze weg zou lopen.

'Nee,' zei ze weer.

Lottie probeerde haar tranen te bedwingen en sloeg haar handen voor haar mond.

'Ik vind het zo vreselijk,' zei George met schorre stem in haar rok.

'Nee,' zei Adeline en toen luider: 'Nee. Nee. Nee.' Ze rukte haar handen uit die van George los en sloeg hem op zijn hoofd, mepte er met een nietsziende blik op haar van ellende vertrokken gezicht furieus op los en bleef maar schreeuwen: 'NEE, NEE, NEE, NEE'. George riep huilend dat het hem speet en klampte zich aan haar benen vast. Lottie, nu ook in tranen, zodat haar ogen brandden en ze bijna niets zag, vond ten slotte de kracht om zichzelf en de baby uit bed te hijsen, zonder acht te slaan op haar fysieke pijn. Ze liet een geluidloos spoor van bloed en tranen achter toen ze langzaam door de kamer liep en de deur achter zich dichttrok.

Het was geen ongeluk. De kustwacht wist dat omdat hij haar had gezien en naar haar had geroepen. Een poos later hadden hij en twee andere mannen haar uit het water gehaald. Maar ze wisten het vooral doordat mevrouw Colquhoun getuige was geweest van het hele gebeuren en bijna een week daarna nog aan zenuwtoevallen leed.

George vertelde het Adeline een paar uur na zijn komst, toen ze beiden versterkt waren door cognac en Adeline bedroefd zei dat ze alles wilde horen, alle details die hij wist. Ze vroeg Lottie bij haar te komen zitten, en hoewel Lottie liever met de baby naar boven was gevlucht, ging ze met een strak gezicht en met een angstig voorgevoel zitten. Adeline pakte haar hand vast en Lottie voelde zo nu en dan een heftige schok door Adelines lichaam gaan.

In tegenstelling tot haar leven was Frances' dood tamelijk ordelijk verlopen. Ze had Arcadia zo ongewoon netjes achtergelaten dat het voor Marnie, die haar had geïdentificeerd, eenvoudig was om vast te stellen dat ze daar had gelogeerd. Ze had er haar onpraktische lange rok aangetrokken, die met het wilgenpatroon en haar lange donkere haren in een nette wrong gekapt. Met een vastbesloten, berustend gezicht was ze over het strandpad naar de vloedlijn gelopen. 'Het spijt me,' schreef ze in een brief, 'maar de leegte is ondraaglijk. Het spijt me.' Toen was ze met opgeheven hoofd, alsof ze naar iets aan de horizon keek, volledig gekleed de zee ingelopen.

Mevrouw Colquhoun, die zich realiseerde dat dit geen normaal ochtendbad was, had geschreeuwd, en ze wist dat Frances haar hoorde, want ze had langs het strandpad omhoog gekeken, maar Frances had haar pas versneld, alsof ze bang was dat ze zou worden tegengehouden. Mevrouw Colquhoun was naar het huis van de havenmeester gehold, maar had haar niet uit het oog verloren. Ze zag hoe Frances tot haar middel, tot haar borst in het water liep. Toen ze dieper was, werden de golven hoger en werd ze bijna omvergegooid. Haar haar was losgeraakt en hing in lange natte slierten om haar hoofd. Maar ze bleef doorlopen. Zelfs toen mevrouw Colquhoun met een gebroken hak en een hese stem van het schreeuwen op de voordeur bonsde, bleef ze doorlopen, een ver figuurtje dat met onzichtbare bestemming door het water liep.

Het kabaal trok de aandacht van twee krabbenvissers en ze waren haar met hun boot achterna gegaan. Tegen die tijd had zich, door het lawaai aangetrokken, een kleine menigte verzameld die naar Frances riep dat ze terug moest komen. Achteraf was men bezorgd dat ze misschien had gedacht dat ze boos waren en daarom haar tempo had versneld, maar de kustwacht zei dat ze vastbesloten was geweest haar plan uit te voeren. Hij had er meer zoals zij meegemaakt. Je kon ze uit het water trekken, maar dan vond je ze twee dagen later aan een balk hangen.

Bij dit punt aangekomen moest George huilen, en zag Lottie dat Adeline zijn gezicht tussen haar handen hield, alsof ze hem vergeving aanbood.

Frances' gezicht verdween met een onverstoorbare uitdrukking onder water. Ze liep gewoon door, en toen kwam er een golf en nog een en ineens was ze niet meer te zien. Tegen de tijd dat de boot ver genoeg buiten de haven was, werd ze door de stroom meegevoerd. Twee dagen daarna werd haar lichaam in de riviermond bij Wrabness gevonden, de wilgenrok vol slierten zeewier strak om haar lichaam heen gedraaid.

'Ik zou met haar gaan eten, zie je, maar ik moest nog even in Oxford blijven. Ik belde haar om te zeggen dat ik was uitgenodigd door die professor en ze zei dat ik moest gaan, Adeline. Ze zei dat ik moest gaan.' Zijn borst ging moeizaam op en neer en zijn ineen geklemde handen werden nat van de tranen. 'Maar ik had naar haar toe moeten gaan, Adeline, ik had bij haar moeten zijn.'

'Nee,' zei Adeline met afwezige stem. 'Ik had bij haar moeten zijn. O, George, wat heb ik gedaan?'

Pas toen ze er later aan terugdacht, realiseerde Lottie zich dat Adelines accent tijdens Georges verhaal veranderde. Het klonk niet Frans meer. Eigenlijk had ze geen accent meer. Misschien kwam het door de schok. Mevrouw Holden zei dat zoiets kon gebeuren. Ze had een vrouw gekend wier broer in de oorlog was gesneuveld, en die op een ochtend wakker was geworden met spierwit haar. En niet alleen op haar hoofd, had ze eraan toegevoegd, blozend om haar gewaagde opmerking.

Lottie kreeg nauwelijks tijd om van de geboorte te herstellen voordat ze in feite moeder van twee kinderen werd. Tijdens de eerste levensweken van haar kind leek Adeline een beetje dood te gaan. In het begin weigerde ze te eten of te slapen en liep ze op alle mogelijke uren van het etmaal huilend door de tuinen van het huis. Op een keer was ze het hele stoffige heuvelpad opgelopen en werd verdwaasd en verbrand door de zon thuisgebracht door de oude man van het limonadetentje op de top. Ze huilde in haar slaap – de zeldzame keren dat ze sliep – en leek angstaanjagend vervreemd van zichzelf. Haar sluike haar hing er onverzorgd bij en haar blanke teint zag vaal en flets van verdriet. 'Waarom heb ik haar niet vertrouwd?' huilde ze steeds weer. 'Waarom heb ik niet geluisterd? Zij heeft mij altijd beter begrepen dan wie ook.'

'Het was niet jouw schuld. Jij kon het niet weten,' mompelde Lottie dan, wetend dat haar woorden ontoereikend waren, niet meer dan banaliteiten die niet doordrongen tot wat Adeline werkelijk voelde. Ze voelde zich slecht op haar gemak bij Adelines verdriet, het kwam te dicht in de buurt van haar eigen, nog verse verdriet dat ze nog niet helemaal te boven was.

'Maar waarom moest ze het me op deze manier bewijzen?' jammerde Adeline. 'Ik wilde niet van haar houden. Ik wilde van niemand houden. Ze had kunnen weten dat het niet eerlijk was dat van me te vragen.'

Of misschien was Lottie gewoon te uitgeput door de eisen die de baby aan haar stelde. Het was een zoet kindje. En dat was maar goed ook. Met een wanhopige Adeline in haar armen, kon Lottie niet altijd bijtijds haar nieuwgeborene troosten. Als ze haar best deed om te koken en schoon te maken voor haar rouwende vriendin moest Camille zich in de geïmproviseerde draagband geknoopt aan Lotties bezigheden aanpassen of door het geluid van mattenkloppen en fluitketels heen slapen.

Naarmate de weken voorbijgingen, raakte Lottie steeds vermoeider en wanhopiger. Julian kwam thuis, maar kon de emotionele verwarring niet aan. Hij schreef wat cheques voor zijn vrouw uit, gaf Lottie zijn autosleutels en vertrok met de bleke, zwijgzame Stephen naar een kunstbeurs in Toulouse. De overige bezoekers bleven geleidelijk aan weg. George, die de eerste twee dagen was gebleven en zich half bewusteloos had gedronken, vertrok met de belofte terug te zullen komen. Maar hij hield zich er niet aan. 'Zorg voor haar, Lottie,' zei hij. Hij zag er beroerd uit met zijn bloeddoorlopen ogen en baard van drie dagen. 'Zorg dat ze geen gekke dingen doet.' Ze wist niet of zijn duidelijke bezorgdheid haar of hemzelf betrof.

Op een gegeven ogenblik, toen Adeline een hele dag en nacht had liggen huilen, had Lottie fanatiek haar kamer doorzocht in de hoop iets met betrekking tot Adelines familie te zullen ontdekken, iemand die zou kunnen komen om haar uit haar depressie te halen. Ze ging haastig door de rijen kleurige kostuums heen. Ze voelde de veren en de zijden en satijnen stoffen langs haar huid strijken en rook de vage geur van kruidnagelolie. Het leek alsof Adeline, net als Lottie, amper bestond. Op een theaterprogramma na, waaruit bleek dat ze jaren geleden een rolletje in een theater in Harrogate had gehad, was er niets – geen foto's of brieven. Behalve die van Frances. Lottie gooide ze terug in de doos, rillend bij de gedachte deelgenoot te moeten zijn van Frances' laatste emoties. Uiteindelijk vond ze in de koffer in de klerenkast Adelines paspoort. Ze bladerde het door met het idee dat het misschien een adres van familie bevatte of een aanwijzing waar ze hulp zou kunnen vinden om haar verdriet te verzachten. In plaats daarvan vond ze Adelines foto.

Ze had een ander kapsel, maar ze was het ontegenzeglijk, alleen stond ze in het paspoort vermeld als Ada Clayton.

De rouwperiode duurde op een dag na vier weken. Op een ochtend werd Lottie wakker en trof Adeline in de keuken aan waar ze eieren in een kom stond te breken. Ze had niets over het paspoort gezegd.

Je kon iemands leven maar beter met rust laten, net als slapende honden.

'Ik ga naar Rusland,' zei Adeline, zonder op te kijken.

'O,' zei Lottie. Ze wilde zeggen: en ik dan? Maar wat ze zei was: 'En de atoombom dan?'

Beste Joe,
Nee, het spijt me maar ik kom niet naar huis. Niet naar Merham, in elk geval. Het is een beetje ingewikkeld, maar ik denk erover naar Londen terug te gaan om een baan te zoeken. Zoals je weet heb ik het huishouden gedaan voor Adeline en zij heeft daar een stel artistieke vrienden die naar iemand als ik op zoek zijn en geen bezwaar hebben tegen de baby. De kleine Camille zal samen met hun kinderen opgroeien, en dat zal heel leuk voor haar zijn. Ook al denk jij er anders over, er is geen reden waarom ik mezelf niet zou onderhouden. Ik zal van me laten horen als ik verhuisd ben en misschien kom je me dan eens opzoeken.

Dank je wel voor de babyspulletjes. Het was aardig van mevrouw Ansty ze voor je uit te zoeken. Ik ben een portretje van Camille aan het schilderen. Ze ziet er schattig uit, vooral met het hoedje op.
Je enz.

Drie dagen voordat Lottie en Adeline het Franse huis zouden verlaten, kwam madame Migot voor de laatste keer Lotties baarmoeder masseren. Of oneerbiedig Lotties onderstel begluren. Het was moeilijk te zeggen welk genoegen ze voor dat bezoek op het oog had. Lottie voelde zich weliswaar minder bezitterig ten aanzien van haar lichaam nu het inwoning had verleend aan een ander menselijk wezen, maar ze ervoer het vrijpostige getrek en geduw van de oudere vrouw, alsof ze een gevild konijn was dat op de markt te koop werd aangeboden, toch als een schending van haar lichaam. De laatste keer dat ze was gekomen, zogenaamd om te controleren of Camille behoorlijk werd gevoed, had ze zonder verdere uitleg haar hand in Lotties blouse gestoken, haar borst beetgepakt en met een snelle rolbeweging van wijsvinger en duim een straal melk door de kamer gesproeid voordat Lottie de kans kreeg te protesteren. Kennelijk voldaan, had ze iets tegen Adeline gemompeld en vervolgens het gewicht van de baby gecontroleerd.

Dit keer friemelde ze slechts oppervlakkig aan Lotties buik en pakte met een vaardige greep Camille op. Ze had haar een poosje vastgehouden en in het Frans tegen haar gebrabbeld, terwijl ze haar navel, vingers en tenen nakeek. Ze sprak op een veel zachtere toon dan ze ooit tegen Adeline of Lottie deed.

'We gaan weg,' zei Lottie en ze hield een prentbriefkaart van Engeland omhoog. 'Ik neem haar mee naar huis.'

Madame Migot negeerde haar. Ze werd stiller en zweeg uiteindelijk helemaal.

Toen liep ze naar het raam en bestudeerde Camilles gezicht een poosje. Ze blafte iets tegen Adeline, die juist de kamer met een map onder haar arm in kwam. Adeline was in gedachten en het duurde even voordat ze het begreep. Toen schudde ze haar hoofd.

'Wat is er aan de hand?' zei Lottie geïrriteerd, bang dat ze weer iets verkeerd had gedaan. De kleur van haar luiers was kennelijk het schandaal van het dorp en de manier waarop ze ze vastspeldde een bron van Gallische hilariteit.

'Ze wil weten of je ziek bent,' zei Adeline fronsend terwijl ze naar madame Migot trachtte te luisteren. 'Julians vriend op de ambassade zegt dat ik een visum nodig heb voor Rusland en dat het zonder diplomatieke hulp bijna onmogelijk te krijgen is. Hij vindt dat ik naar Engeland terug moet komen om het te regelen. Het is afschuwelijk vervelend.'

'Natuurlijk ben ik niet ziek. Zeg maar dat zij er ook zo uit zou zien als ze de halve nacht door een baby uit haar slaap werd gehouden.'

Adeline antwoordde iets in het Frans en schudde even later nogmaals haar hoofd. 'Ze wil weten of je uitslag hebt.'

Lottie wilde iets grofs zeggen, maar werd tot zwijgen gebracht door de uitdrukking op het gezicht van de Française.

'*Non, non*,' zei de vrouw met een zwaaiende beweging naar haar buik.

'Voordat je een dikke buik had, bedoelt ze. Ze wil weten of je uitslag had voordat je... dik werd? Vroeg in je zwangerschap?' Adelines aandacht was gevangen en ze keek vragend naar de vroedvrouw.

'Uitslag door de warmte?' Lottie dacht na. 'Ik heb heel vaak uitslag door de warmte gehad. Ik kan slecht tegen deze hitte.'

De vroedvrouw was niet tevreden. Ze vuurde nog meer vragen af in rap Frans en bleef toen afwachtend naar Lottie staan kijken.

Adeline draaide zich om.

'Ze wil weten of je je ziek voelde. Of je uitslag had toen je pas zwanger was. Ze denkt...' Ze zei iets in het Frans tegen de oudere vrouw, die als antwoord knikte. 'Ze wil weten of er een kans is dat je rodehond hebt gehad.'

'Ik begrijp het niet.' Lottie bedwong de neiging haar dochter beet te pakken en dicht tegen zich aan te drukken. 'Ik heb uitslag gehad van de warmte. Toen ik hier pas was. Ik dacht dat het door de warmte kwam.'

Voor het eerst verzachtte het gezicht van de vroedvrouw zich. '*Votre bébé*,' zei ze gebarend. '*Ses yeux...*' Ze zwaaide haar hand voor Camilles gezichtje op en neer, keek naar Lottie en deed het nog een keer. En nog eens.

'O, Lottie,' zei Adeline met haar hand voor haar mond. 'Wat moeten we nu beginnen?'

Lottie bleef doodstil staan. Ze voelde een akelige kilte in haar botten. Haar baby lag vredig in de armen van de vrouw, met haar blonde haar als een stralenkrans om haar hoofdje en haar engelachtige gezichtje beschenen door de zon.

Ze knipperde niet met haar oogjes.

'Ik kwam in Merham terug toen Camille tien weken was. De Londense familie wilde me niet hebben toen ze het te weten kwamen. Ik heb Joe geschreven om het hem te vertellen, en hij vroeg me ten huwelijk toen ik uit de trein stapte.'

Lottie slaakte een zucht en legde haar handen op haar knieën. 'Hij heeft tegen iedereen verteld dat de baby van hem was. Dat heeft een schandaal veroorzaakt. Zijn ouders waren razend. Maar hij kon heel sterk zijn als het erop aankwam. En hij zei dat ze spijt zouden krijgen als ze hem dwongen tussen ons te kiezen.' De wijn was allang op. Daisy bleef zitten, zonder acht te slaan op het late uur en haar slapende voeten.

'Ik geloof dat zijn moeder het me nooit heeft vergeven dat ik met hem ben getrouwd,' zei Lottie, in verre herinneringen verzonken. 'Ze is er in elk geval nooit overheen gekomen dat ik haar lieve zoontje met een blinde dochter heb opgescheept. Ik haatte haar. Ik haatte haar omdat ze niet evenveel van Camille hield als ik. Maar nu ik oud ben, begrijp ik het wat beter.'

'Ze wilde hem beschermen.'

'Ja, ja.'

'Weet Camille het?'

Lotties gezicht betrok. 'Camille denkt dat Joe haar vader is.' Haar stem kreeg iets uitdagends. 'Ze hebben altijd goed met elkaar overweg gekund. Het is een vaderskind.'

Het bleef even stil.

'Wat is er met Adeline gebeurd?' fluisterde Daisy met een gevoel van dreiging, bang voor wat ze te horen zou krijgen. Ze had gehuild bij het verhaal van Frances' zelfmoord, dat haar deed denken aan haar eigen donkerste dagen vlak nadat Daniel was weggegaan.

'Adeline is ongeveer twintig jaar geleden gestorven. Ze is nooit meer naar het huis teruggekomen. Ik hield het voor haar schoon, voor het geval dat, maar ze is nooit gekomen. Na een poos schreef ze zelfs niet meer. Ik denk dat ze het niet kon verdragen aan Frances te worden herinnerd. Ze hield van haar, zie je. Ik geloof dat wij het allemaal wisten maar zij zelf niet. Ze is in Rusland overleden. In de buurt van St.-Petersburg. Ze was heel rijk, zelfs zonder de zaken die Julian haar had gegeven. Ik denk dat ze daar woonde omdat ze Konstantin had gevonden.' Lottie glimlachte verlegen, als in verlegenheid gebracht door haar romantische idee. 'En toen ze stierf heeft ze me Arcadia nagelaten. Ik heb altijd geloofd dat ze zich schuldig voelde dat ik met Joe ben getrouwd.' Lottie kwam in beweging en begon haar spullen bij elkaar te zoeken. Ze zette haar glas op de grond naast haar stoel. 'Ze voelde waarschijnlijk dat ze me in de steek liet door haar eigen verdwijning.'

'Hoezo?'

Lottie keek haar aan alsof ze dat een domme vraag vond. 'Als ik het huis en het geld toen had gekregen, had ik niet hoeven trouwen.'

Ik huilde zes dagen aan een stuk op de huwelijksreis. Eigenaardig, zei mammie, voor iemand die zo graag het huis uit wilde, vooral als getrouwde vrouw. En nog vreemder als je aan dat prachtige cruiseschip denkt, met onze luxe eersteklas hut, die de Bancrofts hadden betaald.

Maar ik was vreselijk ziek, zo erg dat Guy vele uren in zijn eentje moest doorbrengen terwijl ik ellendig en wel in onze hut lag. Ik voelde me beroerd vanwege pappie. En vreemd genoeg voelde ik me ontzettend rot dat ik mammie en de kinderen in de steek had gelaten. Het zou nooit meer zijn zoals vroeger, zie je. En ook al wil je dat het zo is, als het eenmaal zover is voelt het zo vreselijk definitief.

We gedroegen ons helemaal niet als een echtpaar op huwelijksreis. Niet dat ik dat aan onze ouders of wie ook zou hebben verteld. Nee, mijn kaarten gingen over het schitterende uitzicht en de diners dansants en over dolfijnen en eten aan de tafel van de kapitein, en ik vertelde hun over onze hut, die helemaal met walnoothout was betimmerd en een grote toilettafel had met lampjes om de spiegel heen en gratis shampoo en lotion, die elke dag werden aangevuld.

Guy was meestentijds niet zichzelf. Hij zei dat het kwam doordat hij meer van een weids landschap dan van water hield. Eerst was ik daar ontdaan over en zei ik dat we onze tijd niet hadden hoeven verspillen als hij me dat eerder had verteld. Maar ik wilde hem niet te hard vallen. Dat heb ik ook niet gedaan. En op het laatst trok hij bij. En zoals die aardige mevrouw Erkhardt zei, die met al die parels, praktisch alle paartje maken ruzie tijdens de huwelijksreis. Dat is een van die dingen die niemand je ooit vertelt. Ze vertellen je trouwens ook niets over die andere dingen. Maar daar weidde ze niet over uit.

Maar het was trouwens af en toe ook erg leuk. Toen ze in de gaten kregen dat we op huwelijksreis waren, speelde de band elke keer als we de eetzaal inkwamen 'Look At That Girl', je weet wel, dat nummer van Guy Mitchell. Ik geloof dat het Guy al na de derde keer de keel uithing. Maar ik vond het enig. Ik vond het heerlijk dat iedereen wist dat hij mijn man was.

Een poosje daarna heb ik het van Sylvia gehoord, over Joe. Mammie was verrassend kalm onder het gebeuren. Ze wilde niet eens weten of de baby echt van hem was, wat mij verbaasde. Ik had gedacht dat ze het zou besterven van nieuwsgierigheid. Ze werd echt nijdig toen ik erover begon. Maar ik denk dat ze destijds haar handen vol had aan het drankprobleem van pappie.

Ik heb het niet aan Guy verteld. Vrouwenkletspraat, zei hij een keer, toen ik over Merham begon. Ik heb het er nooit meer over gehad.

DEEL 3

15

DAISY HAD ER BIJNA tien dagen over gepiekerd hoe ze Jones haar excuses moest aanbieden, hoe ze een manier moest vinden om hem duidelijk te maken dat haar blik vol afgrijzen en haar erbarmelijke huilbui geen reactie op hem waren, maar op degene die hij niet was. Ze dacht aan bloemen, maar Jones leek niet bepaald een man voor bloemen, en ze wist niet wat bepaalde bloemen betekenden. Ze overwoog gewoon te bellen en hem recht voor zijn raap, op zijn eigen manier te zeggen: Jones, het spijt me. Ik heb me vreselijk aangesteld. Maar ze wist dat ze het daar niet bij zou laten en dat ze mekkerend en hakkelend aan een chaotische verklaring zou beginnen, waar hij helemaal niets mee kon. Ze dacht erover hem een kaart te sturen, een bericht, en zelfs Lottie, zoals ze haar nu durfde aan te spreken, te vragen het voor haar te doen. Hij was bang voor Lottie.

Ze deed niets.

Het was misschien maar een geluk dat de muurschildering het voor haar deed. Op een middag toen ze, op haar pen sabbelend, een lijst met specificaties doornam, kwam Aidan naar haar toe om te vertellen dat een van de schilders het mos van de terrasmuur had afgeschraapt en kleuren onder de witkalk had aangetroffen. Nieuwsgierig hadden ze nog een stukje afgekrabd en iets ontdekt dat op twee menselijke gezichten leek. 'We wilden niet verdergaan,' zei hij en nam haar mee naar buiten in de stralende zon, 'voor het geval we de verf eronder zouden meetrekken.'

Daisy staarde naar de muur, naar de pas blootgelegde gezichten, waarvan er een glimlachte. De schilder, een West-Indische jongeman die Dave heette, zat op het terras een sigaret te roken. Met een knikje gaf hij blijk van zijn belangstelling voor de muur.

'U moet een restaurateur laten komen,' zei Aidan en hij deed een stap naar achteren. 'Iemand die er verstand van heeft. Het kan een hoop geld waard zijn.' Hij noemde het een 'muurschilderij'.

'Het ligt eraan wie het heeft gemaakt,' zei Daisy. 'Het is heel mooi. Een beetje Braque. Weet je hoe ver hij doorloopt?'

'Nou, er zit hier een stuk geel in de linkerhoek en blauw daar rechts, dus het zou me niet verbazen als hij een goede twee meter breed is. U moet uw mevrouw eens vragen wat zij ervan denkt. Zij was er misschien wel bij toen het werd geschilderd. Misschien kan zij er meer over vertellen.'

'Ze heeft het er nooit over gehad,' zei Daisy.

'Dat verbaasd me niks,' zei Aidan en hij wreef over een stukje opgedroogd gips op zijn broek. 'Weet u, ze heeft ook niets gezegd over luiers en niet boren als er slaapjes worden gedaan.' Hij grinnikte plagerig en leunde naar achteren toen Daisy zich omdraaide om naar binnen te gaan. 'U gaat niet toevallig thee zetten?'

Lottie was uit met Ellie, en dus belde Daisy Jones op, in de eerste plaats om het hem te vertellen, maar ook omdat ze graag wilde dat hij haar met iets goeds in verband bracht.

'Wat is het probleem?' vroeg hij kortaangebonden.

'Er is geen probleem,' zei Daisy. 'Ik eh...ik vroeg me alleen af of je donderdag komt.'

'Hoezo donderdag?' Op de achtergrond hoorde ze twee telefoons rinkelen en een vrouwenstem die druk in gesprek was. 'Zeg tegen hem dat ik zo beneden ben,' riep hij. 'Geef hem maar een glas wijn of zoiets.'

'Inspectie Volksgezondheid. Het gaat over de keukens. Je hebt gezegd dat je er bij wilde zijn.'

'Nou, geef hem dan koffie! Hallo? Jezus, dat is waar ook.' Hij kreunde en ze hoorde dat hij zijn hand over de hoorn legde en iets schreeuwde naar iemand die, naar ze aannam, zijn secretaresse was. 'Hoe laat komen ze?' zei hij even later.

'Half twaalf.' Ze haalde diep adem. 'Luister eens, Jones, blijf dan een hapje eten. Ik moet je een paar dingen laten zien.'

'Ik eet niet tussen de middag,' zei hij en legde neer.

Ze had Camille gebeld omdat ze zich herinnerde dat Hal iets kunstzinnigs deed, maar ze wilde hem niet rechtstreeks benaderen. Dat was een van die dingen waar je als alleenstaande vrouw rekening mee moest houden. Camille was echter enthousiast en zei dat Daisy er met hem over moest praten. Ze had geen restaurateur nodig, Hal kon het doen. Hij had op de kunstacademie allerlei restauratiecursussen gevolgd, en niet alleen voor meubelen, dat wist Camille zeker.

Hal zelf klonk minder overtuigd en wist niet of zijn kennis toereikend zou zijn.

'Maar je kunt je in een nieuwe techniek verdiepen. Het is geen doek, het is maar een muur.' Daisy hoorde aan Camilles stem hoeveel deze klus voor hen betekende. 'Het kan niet zo belangrijk zijn als ze er een laag witkalk overheen gesmeerd hebben.'

Hal leek eerst nog te aarzelen, maar werd toen voorzichtig enthousiast, alsof hij niet kon geloven dat iemand hem een reddingsboei toewierp, al was het maar een kleine, die waarschijnlijk ook nog lek was. 'Ik heb een vriend in Ware die er verstand van heeft. Ik kan hem raadplegen. Ik bedoel, als je het niet erg vindt dat ik geen beroeps ben.'

'Als je het goed doet, kan het me niet schelen wat je bent, al was je beroepsworstelaar. Maar je moet wel direct beginnen. Ik wil dat er donderdag een flink stuk van te zien is.'

'Mij best,' zei Hal en zijn stem klonk alsof hij niet wilde laten merken hoe blij ze waren. 'Prima. Geweldig. Nou, ik moet even een paar telefoontjes plegen en wat spullen opduikelen, en dan kom ik eraan.'

Dit was haar kans, dacht Daisy toen ze naar de tuin liep. Dit zou Jones duidelijk maken dat ze niet alleen in staat was de renovatie van het huis in haar eentje te klaren, maar ook het beeld te ontstijgen dat deze lieden van haar hadden gevormd: de Daisy die ze zielig en verachtelijk vond. Het was een belachelijke karaktertrek, had Daniel haar een keer gezegd, die wanhopige behoefte aan goedkeuring van iedereen, maar desondanks voelde ze die. De avond dat Jones was gekomen was ze voldaan dat hij een nieuwe, betere kant van haar had gezien. Omdat ze voorzichtig begon toe te geven dat zij zelf die persoon ook wel zag zitten, in plaats van alleen maar te rouwen om het verlies van de oude Daisy. Ze was nu sterker, niet meer zo terneergeslagen door de gebeurtenissen van de afgelopen maanden. Daar zorgt een baby voor, had Lottie gezegd toen Daisy vroeg hoe ze het in haar eentje had klaargespeeld. Je moet wel sterk zijn.

Daisy dacht terug aan Primrose Hill en was het er niet mee eens, maar ze begreep dat ze geleidelijk aan, misschien door middel van osmose, een beetje van Lotties dikke huid had overgenomen. Ze moest er steeds aan denken hoe de jonge Lottie bijna zonder hulp was bevallen, in een vreemd land, ver van huis, en hoe ze had geweigerd zich te laten koeioneren toen ze met schande overladen en zonder geld was teruggekeerd. Ze zag hoe de oudere Lottie nu als een broodmes door het leven sneed en simpelweg door haar zelfvertrouwen en wrange humor respect afdwong bij de mensen om haar heen. Ze verwachtte dat ze haar zin kreeg, dat alles zo zou gaan zoals zij het wilde. En wat was ze nu helemaal, als puntje bij paaltje kwam? Een pensioengerechtigde huisvrouw, de vrouw van een garagehouder in een klein plaatsje, moeder van een gehandicapte dochter. Ze had nooit een baan gehad, geen carrière, niets. Niet dat ze Lottie recht in haar gezicht zo had durven beschrijven. Daisy was intussen nog steeds de oude Daisy van eerst – zij het een wat steviger gebouwde versie ervan – ze was nog steeds aantrekkelijk, intelligent, net in staat rond te komen, en inmiddels was ze, zoals haar accountant het stelde, zelfstandig ondernemer. 'Ik ben zelfstandig ondernemer,' had ze hardop tegen zichzelf gezegd toen ze de telefoon neerlegde. Dat klonk een stuk beter dan alleenstaande ouder.

Ze miste hem, huilde nog om hem, en beschouwde het als een prestatie als ze af en toe een paar uur niet aan hem dacht. Soms keek ze zijn horoscoop erop na of er een kans was dat hij terugkwam. Bijna drie maanden na zijn vertrek kon Daisy in elk geval de tijd overzien, misschien een jaar, het kon een maand meer of minder zijn, die ze nodig zou hebben om eroverheen te komen.

Ze probeerde er niet aan te denken of Ellie zich ook ooit zo zou voelen.

Als je zag hoeveel uren Hal aan het 'muurschilderij' besteedde, zei Aidan, was het geen wonder dat zijn bedrijf op de fles was gegaan. Als je tegen een afgesproken tarief werkt, kan je gewoon niet zo veel uren maken, zei hij tegen Daisy toen ze in de keuken thee zaten te drinken en door het raam zagen hoe Hal, voorovergebogen bij de muur, behoedzaam een klein stukje geschilferde verf afborstelde. Daisy zou het toch moeten weten. Kleine ondernemers konden zich geen perfectionisme veroorloven.

Kleine ondernemers kunnen zich helemaal niets veroorloven als ze er niet voor zorgen dat de bovengangen dinsdag klaar zijn, zoals ze hebben beloofd, zei Daisy pinnig, maar Aidan deed alsof hij het niet had gehoord.

'Als uw baas hem per uur zou betalen…'

'Ik denk dat hij er plezier in heeft,' zei Daisy. Ze negeerde feit dat Hal er bijna de hele tijd nogal gekweld uitzag.

'Is het zo goed?' vroeg hij wel drie of vier keer op een dag, als zij naar buiten liep om de steeds duidelijker wordende voorstelling te bewonderen. 'Wil je niet liever een beroepskracht inhuren?' Hij zag er nooit erg overtuigd uit als Daisy zei dat ze dat niet wilde.

Maar Camille, die twee keer per dag, tussen haar afspraken door, met thee en sandwiches kwam aanzetten, zei dat hij steeds opgewekt thuiskwam. 'Ik denk dat het een heel spannend karwei is,' zei ze en ze leek het niet erg te vinden dat haar man zo lang afwezig was. 'Ik vind het heel bijzonder dat de schildering al die tijd verborgen is geweest en dat Hal hem weer tot leven brengt.' Als ze dachten dat niemand het zag hielden ze elkaars hand vast. Een afgunstige Daisy had gezien hoe Hal zijn vrouw uitlegde wat de schildering voorstelde, en dat hij haar daarna naar zich toe trok en haar een kus gaf.

De enige die blijkbaar niet blij was met de muurschildering was Lottie. Ze was naar de stad voor een van haar geheimzinnige boodschappen. Ze vertelde nooit iemand waar ze heenging of wat ze uitvoerde. Als je ernaar vroeg, tikte ze tegen haar neus en zei dat je je met je eigen zaken moest bemoeien. Toen ze terugkwam en Hal bezig zag met een van de blootgelegde afbeeldingen, was ze ontploft en had ze geëist dat hij er onmiddellijk mee zou ophouden. 'Ik heb eroverheen geschilderd! Het was niet de bedoeling dat de schildering zou worden gezien,' zei ze, wild naar Hal gebarend. 'Schilder er weer overheen.'

Daisy en de werklieden, die het gootwerk stonden te bekijken, staakten hun bezigheden om te horen wat dat geschreeuw te betekenen had.

'Het is niet de bedoeling dat hij wordt gezien!'

'Maar het is een muurschildering,' zei Hal.

'Ik heb het je toch gezegd! Je mag die verf er niet afhalen. Houd ermee op, hoor je me? Ik zou het je wel gezegd hebben als hij gezien mocht worden.'

'Wat zit eronder?' mompelde Aidan tegen Dave. 'Een plattegrond met de plek waar ze lijken heeft verstopt?'

'Ik kan nu niet meer met de restauratie ophouden,' zei Daisy verbijsterd. 'Jones komt speciaal om ernaar te kijken.'

'Jij hebt het recht niet hem te laten zien.' Lottie was voor haar doen vreemd opgewonden.

Camille bracht Hal net thee toen Lottie arriveerde. Ze bleef met een niet-begrijpende uitdrukking op haar gezicht met de theemok in haar hand staan. 'Mam?'

'Hé, wat is er aan de hand, ma? Waarom ben je zo van streek?' Hal stak zijn hand uit naar Lotties schouder.

Woedend duwde ze hem met haar schouder weg. 'Ik ben niet van streek. Jawel, dat jij je tijd verknoeit met het blootleggen van die troep, dat maakt me van streek. Je moest je op je bedrijf concentreren, en niet aan een waardeloos stuk graffiti staan prutsen. Waarom doe je niet iets nuttigs en zorg je niet dat je je zaak drijvende houdt?'

'Maar het is een mooie schildering, Lottie,' zei Daisy. 'Dat moet jij ook hebben gezien.'

'Het is troep,' zei Lottie. 'En ik zal die stomme baas van je ook vertellen dat het troep is. En ik ben historisch adviseur van dit huis, of hoe jullie het ook noemen, dus zal hij het met me eens zijn.' Ze was weggelopen met een houding die haar ongenoegen uitdrukte. Ze stonden haar met open mond na te kijken.

Maar Jones was het er niet mee eens.

Daisy had hem stiekem de muur laten zien toen Lottie niet thuis was. 'Doe je ogen dicht,' zei ze toen hij het terras op stapte. Hij hief zijn ogen ten hemel alsof ze een idioot was met wie hij zat opgescheept. Ze pakte hem bij de arm en leidde hem tussen de verfpotten door naar de plek waar Hal onlangs aan het werk was geweest.

'Doe ze nu maar open.'

Jones deed zijn ogen open. Daisy hield haar blik strak op zijn gezicht gevestigd. Vanonder zijn donkere, zongebruinde voorhoofd knipperde hij verbaasd met zijn ogen.

'Het is een muurschildering,' zei Daisy. 'Hal is bezig met de restauratie. De schilders hebben hem onder een laag witkalk gevonden.'

Jones keek haar aan en vergat blijkbaar om geïrriteerd te doen. Hij boog zich dichter naar de muur toe. Hij droeg een afschuwelijke corduroy broek, zag ze. 'Wat stelt het voor?' vroeg hij na een paar minuten. 'Een soort Laatste Avondmaal?'

'Ik weet het niet,' zei Daisy, schuldbewust achterom blikkend toen ze het geluid van de wandelwagen hoorde. 'Lottie – mevrouw Bernard – wil het me niet vertellen.'

Jones hield op met turen en kwam overeind. 'Wat zei je daar?'

'Ze is nogal ongelukkig met onze ontdekking,' zei ze. 'Ze wil niet zeggen waarom, maar ze was behoorlijk van streek.'

'Maar hij is prachtig,' zei Jones. 'Hij staat hier perfect, als achtergrond voor het terras.' Hij draaide zich om en liep naar het andere eind van het terras om hem vanaf een afstand te bekijken. 'Er komen hier stoelen, hè?'

Daisy knikte.

'Is het een oude schildering?'

'In elk geval uit deze eeuw,' zei Daisy. 'Hal denkt dat hij jaren dertig of veertig is, in elk geval niet van voor de jaren dertig. Misschien dat ze hem in de oorlog heeft bedekt.'

'Ik had geen flauw idee...' Jones sprak nu voor zich uit, met een hand aan zijn achterhoofd. 'Mag ik vragen hoeveel ik hiervoor moet betalen? Voor de restauratie, bedoel ik.'

'Een verdomd schijntje vergeleken bij wat hij waard is.'

Hij glimlachte langzaam en zij grinnikte als antwoord. 'Ik neem aan dat je hier geen onbetaalbare stukken antiek hebt aangetroffen?'

'Ze is melk voor de baby gaan kopen,' zei Dave, die achter hen opdook en nog een sigaret opstak.

Het was gebeurd. Hal zat in zijn auto bij Arcadia en keek naar de nieuwste stapel rekeningen die bij lange na niet betaald konden worden met het geld van de muurschildering. Hij voelde zich merkwaardig opgelucht dat hij de zaak nu uit handen moest geven, dat het onvermijdelijke, wat hij al weken of misschien al maanden wist, werkelijkheid was geworden. De laatste rekening, waarmee hij tot de lunch had gewacht, was zo enorm hoog dat hij geen keus had. Hij zou de zaak opdoeken en dan, als de muurschildering klaar was, een baan gaan zoeken.

Heel even deed hij zijn ogen dicht om de hoop en de spanningen van de afgelopen weken te laten wegebben. Het was maar een zaak. Hij had die woorden als een mantra bij zichzelf gerepeteerd. En als de beslaglegging op zijn activa betekende dat hij een faillissement kon voorkomen, dan hadden ze tenminste een toekomst. Maar natuurlijk hadden ze een toekomst, Camille en hij, daar was hij de afgelopen weken van overtuigd geraakt.

Richt je aandacht op de positieve kanten, had de therapeute bij de laatste sessie toch gezegd? Wees dankbaar voor wat jullie hebben. Hij had een vrouw en een dochter. Gezondheid. En een toekomst. Zijn mobiel verbrak de stilte. Hij rommelde in het handschoenenvakje terwijl hij met zijn ogen knipperde en er iets langs zijn wangen liep dat verdacht veel op tranen leek.

'Met mij.'

'Hallo, jij.' Hij ging achteruit op zijn stoel zitten, blij met het geluid van haar stem.

Niets dringends. Ze wilde alleen weten hoe laat hij thuis zou komen, of hij kip bij het eten wilde en ze vertelde dat Katie ging zwemmen; de vertroostende details van het huiselijke bestaan. 'Alles goed met jou? Je lijkt wat stilletjes.'

'Met mij gaat het goed,' zei hij. 'Ik zal wijn meebrengen, als je wilt.'

Ze leek niet erg overtuigd en dus deed hij zijn best wat opgeruimder te klinken. Hij vertelde haar niet wat ze moest weten, dat kon wachten, maar wat ze graag wilde horen: wat er die dag 'op het werk' was gebeurd. Wat hij had blootgelegd. De laatste *bon mots* van de werklui. Hij zei dat haar moeder nauwelijks tegen hem sprak als hij aan de muur bezig was, maar dat ze er weer op los babbelde zodra ze van Arcadia wegreden, alsof er niets was gebeurd. 'Misschien moet je het haar eens vragen. Moet je eens uitzoeken wat haar dwarszit.'

'Dat haalt niets uit, Hal. Het heeft geen zin haar wat dan ook te vragen. Ze vertelt het toch niet,' zei Camille verdrietig en boos. 'Ik weet niet wat mijn moeder soms mankeert. Weet je dat het volgende week hun trouwdag is en ze heeft gezegd dat ze op Arcadia moet zijn? Papa is zo teleurgesteld. Hij heeft een restaurant besproken en alles.'

'Misschien kunnen ze een andere keer gaan,' zei hij.

'Maar dat is toch niet hetzelfde?'

'Nee,' zei hij. 'Nee, dat is zo.'

'Ik moet ophangen,' zei ze wat opgewekter. 'Mevrouw Halligan klaagt over haar kriebelbultjes.'

'Over haar wat?'

Ze hield de hoorn dichterbij haar mond. 'Die krijg je als je huid is onthaard met was. Ze heeft last van kriebelbultjes op een ongelukkige plek en kan haar panty's niet meer aan krijgen.'

Hal lachte, naar het leek voor het eerst in maanden. 'Ik hou van je,' zei hij.

'Dat weet ik,' zei ze. 'Ik ook van jou.'

Daisy liep met Jones de kamers in die in de toekomst als de Morrell-suite te boek zouden staan, maar voorlopig bij de bouwvakkers bekend stonden als de blauwe plee, vanwege de kleur van de badkamer. Het was de meest conventionele slaapkamer van het huis, en hij was klaar. Het bed was, net als alle andere bedden, afkomstig van een zakenrelatie in India, die was gespecialiseerd in oude koloniale meubelen. Naast het bed stond een legerkast, waarvan de strakke, scherpe hoeken waren afgezet met koper en het oude mahoniefineer glanzend afstak tegen de lichtgrijze muren. Achter in de kamer, die eigenlijk uit twee doorgebroken kamers bestond, stonden twee gemakkelijke stoelen en een lage, met houtsnijwerk versierde tafel. Daisy deze gedekt met een kleed en er borden met krabsandwiches, een schaal fruit en een fles water op gezet. 'Ik weet dat je tussen de middag niet eet,' zei ze toen hij naar de uitstalling keek, 'maar ik dacht: als je echt geen eetlust hebt, neem ik de rest wel als avondmaal.'

Hij had twee verschillende sokken aan. Dat vond ze wonderlijk geruststellend.

Hij liep een keer langzaam door de kamer om de inrichting en de inhoud in zich op te nemen. Toen bleef hij recht voor haar staan.

'Ik... ik wil eigenlijk mijn excuus aanbieden,' zei ze, met haar handen tegen elkaar gedrukt voor zich. 'Voor toen, die ochtend. Dat was achterlijk. Nou ja, erger. Ik kan het niet uitleggen, behalve dat het niets met jou te maken had.'

Jones keek naar zijn voeten en schuifelde ongemakkelijk.

'O, kom op, ga zitten,' zei ze hulpeloos, 'anders voel ik me helemaal idioot. Erger nog, dan begin ik te wauwelen. Dat wil je niet meemaken. Het is bijna net zo erg als huilen.'

Jones' blik ging naar de sandwiches. 'Weet je dat ik er nauwelijks meer aan gedacht heb,' zei hij met een zijdelingse blik op haar, en hij ging zitten.

'Normaal gesproken bied ik geen lunch aan in de slaapkamer, maar het is de enige rustige plek,' zei ze nadat ze waren begonnen met eten. 'Ik had graag de tafel gedekt op het terras, bij de muurschildering, maar dan zouden we misschien verfspatten of terpentijn op onze boterhammetjes krijgen.' Ze zat inderdaad te wauwelen. Ze leek geen controle te hebben over wat er uit haar mond kwam. 'En Ellie slaapt hiernaast.'

Hij knikte maar liet verder niets merken. Maar hij zag er ontspannen uit, vond ze. 'Het verbaast me dat je er zonder mij mee aan de slag bent gegaan,' zei hij uiteindelijk. 'Met de muurschildering, bedoel ik.'

'Ik wist dat je hem mooi zou vinden als je hem zag. Als ik je om toestemming had gevraagd, had je vast en zeker redenen gevonden om ertegenin te gaan.'

Hij zweeg even, hield zijn sandwich halverwege zijn lippen, liet toen zijn hand zakken en keek haar eens goed aan. Keek echt, zodat ze het begin van een blos voelde opkomen. 'Jij bent me er een, Daisy Parsons,' zei hij. Maar het klonk niet onvriendelijk.

Toen ontspande ze en vertelde hem de geschiedenis van elk stuk meubilair en de beslissing achter elke keuze van verf en stof. Hij knikte met volle mond en luisterde, terwijl hij weinig aan het gesprek bijdroeg in de vorm van antwoorden. Daisy nam niet de moeite hem te vragen wat hij ervan vond en of het hem beviel. Als het hem niet aanstond, zei ze gedecideerd bij zichzelf, zou hij het wel zeggen.

Geleidelijk aan merkte ze dat ze de verhalen mooier maakte en grapjes vertelde om hem een beetje te ontdooien. Het was fijn om iemand uit de grote stad op bezoek te hebben. Iemand die het verschil wist tussen Gavroche en Green Street. Die over iets meer dan verfstalen of de toestand van de naburige *Bed & Breakfasts* praatte. Ze had zelfs make-up opgedaan voor zijn bezoek. Het had haar veertig minuten gekost om haar toilettas te vinden.

'... en dat ze die grote tegen een lagere prijs stuurden, kwam doordat hij zo groot was dat ze hem al drie jaar hadden staan en er nooit ruimte genoeg was om hem uit de opslag te halen.' Ze lachte en schonk nog een glas water in.

'Heeft Daniel nog iets laten horen?' vroeg hij.

Daisy zweeg en kreeg een kleur.

'Sorry,' zei hij. 'Dat had ik niet moeten zeggen. Gaat me niets aan.'

Daisy keek hem aan en zette de fles neer. 'Ja,' zei ze. 'Ja, dat heeft hij inderdaad. Niet dat het veel uitmaakt.'

Ze waren een poosje stil. Jones bestudeerde aandachtig een hoek van de tafel.

'Waarom vraag je dat eigenlijk?' zei ze en heel even ontstond er een vacuüm in de kamer, en was ze zich ervan bewust dat zijn antwoord cruciaal was om het te kunnen vullen.

'Ik kwam een oude kennis van hem tegen die hem over iets wilde spreken...' Jones keek haar aan. 'Ik dacht dat jij misschien zijn nummer had.'

'Nee,' zei Daisy, ineens onverklaarbaar kwaad. 'Dat heb ik niet.'

'Oké. Geen probleem,' zei hij in zijn kraag. 'Dan zoeken ze het zelf maar uit.'

'Ja.'

Daisy bleef even stil zitten, niet wetend waarom ze zo uit haar evenwicht was. Door het open raam hoorde ze haar naam roepen. Aidans stem. Waarschijnlijk iets met de verf. 'Ik kan beter even gaan kijken wat hij wil,' zei ze, bijna dankbaar voor de onderbreking. 'Ik ben zo terug. Neem wat fruit. Alsjeblieft.'

Toen ze een paar minuten daarna terugkwam, bleef ze in de deuropening staan. Daar zat Jones met Ellie in zijn armen. Met een kleur van slaap zat de baby, met haar oogjes knipperend, rechtop tegen hem aan. Toen Jones Daisy zag, werd hij onhandig en maakte een beweging alsof hij haar het kind in de armen wilde duwen. 'Ze werd wakker toen je weg was,' zei hij een beetje verdedigend. 'Ik wilde haar niet laten huilen.'

'Nee,' zei Daisy, hem aanstarend. Ze had nog nooit een man gezien die een klein kind vasthield en het bezorgde haar een schok. Het raakte een tot dusver nog onontdekte snaar van haar hart. 'Bedankt.'

'Vriendelijk klein ding.' Jones liep naar haar toe en gaf haar het kind, waarbij hij erin slaagde met zijn handen in Ellies ledematen verstrikt te raken. 'Als je bedenkt dat ik niet aan ze gewend ben. Aan baby's, bedoel ik.'

'Ik weet het niet,' zei Daisy naar waarheid. 'Ze is alleen aan mij en mevrouw Bernard gewend.'

'Ik had er nog nooit een vastgehouden.'

'Ik ook niet. Tot ik haar kreeg, bedoel ik.'

Hij keek naar Ellie alsof hij zelfs nog nooit een baby had gezien. Zich er ineens van bewust dat Daisy naar hem keek, gaf hij Ellie een aai over haar bol en deed een stap naar achteren. 'Ik moest maar weer eens gaan.' Hij wierp een blik op de deur. 'Ze zullen op kantoor niet weten waar ik blijf. Bedankt voor de lunch.'

'Ja,' zei Daisy, die Ellies gewicht beter op haar heup schikte.

Hij liep naar de deur. 'Het ziet er goed uit,' zei hij, zich omdraaiend om haar aan te kijken. 'Goed gedaan.' Hij forceerde een glimlach, maar zag er vreemd ongelukkig uit. Hij heeft dezelfde duimnagels als Daniel, bedacht Daisy. 'Luister eens. Volgende week,' zei hij kortaf. 'Ik vind dat je naar Londen moet komen. Ik moet met je over de opening praten en dat kan alleen daar waar ik al mijn papieren en spullen bij de hand heb, en ik dacht dat we dan meteen ook naar die handel in historische bouwmaterialen konden gaan. Die nieuwe waar je het over had. Voor de buitenboel.'

Hij hield zijn hoofd scheef. 'Ik bedoel, heb je tijd om naar Londen te komen? Ik trakteer op de lunch. Of op een dineetje. In mijn club. Kun je die ook eens zien.'

'Die ken ik al,' zei Daisy. 'Ben ik een keer geweest.' Ze grinnikte. Een oude Daisy-grinnik. 'Maar oké. Klinkt goed. Zeg maar wanneer.'

Pete Sheraton droeg een overhemd dat in de jaren tachtig door veilingmeesters werd gedragen: met opzichtige strepen, een wit boord en gesteven witte manchetten. Het deed aan geld denken, aan deals in rokerige vertrekken, het soort hemd dat maakte dat Hal zich afvroeg of Pete minder tevreden was met zijn positie als bankmanager in de provincie (personeel: drie kassiers, een stagiaire en mevrouw Mills die dinsdags en vrijdags kwam schoonmaken) dan hij wilde toegeven.

De manchetten die Hal die middag zijn kantoor binnenloodsten waren doorboord met twee kleine, nauwelijks zichtbare naakte vrouwen. 'Ideetje van mijn vrouw,' zei hij met een blik op zijn manchetknopen toen Hal tegenover hem plaatsnam. 'Ze zegt dat die ervoor zorgen dat ik niet al te... bankmanagerachtig word.'

Hal glimlachte en probeerde te slikken.

Pete en hij kenden elkaar al jaren, sinds Veronica Sheraton Hal opdracht had gegeven een portret van hen beiden in te lijsten voor Petes veertigste verjaardag. Het was een afschuwelijk geval, waarop Veronica nogal geflatteerd was afgebeeld in een baljurk met pofmouwtjes, met Pete, een paar centimeter groter dan hij was, met een gezicht als een aangebrande toffee achter haar. Bij de onthulling hadden hun blikken elkaar ontmoet, en werd er een van die merkwaardige, onnaspeurlijke mannelijke bondgenootschappen gesmeed.

'Je komt niet voor een squashafspraak, neem ik aan?'

Hal haalde diep adem. 'Jammer genoeg niet, Pete. Ik kom met je praten over de opheffing van mijn bedrijf.'

Petes gezicht betrok. 'Jezus. Jezus, kerel, wat spijt me dat. Wat een pech.'

Hal wenste dat Pete wat objectiever naar de zaak kon kijken. Ineens leek een ouderwetse, stijve, onvriendelijke bankmanager een gemakkelijkere optie.

'Weet je het absoluut zeker? Ik bedoel, heb je met je boekhouder en zo meer gesproken?'

Hal slikte. 'Niet om ze het doodvonnis mee te delen, nee, maar laten we zeggen dat het niet als verrassing komt voor wie mijn saldo heeft gezien.'

'Nou, ik wist dat je niet direct in een rooskleurige positie verkeert...

maar toch…' Pete stak zijn hand in zijn la. 'Wil je iets drinken?'

'Nee. Ik houd mijn hoofd liever koel. Ik moet vanmiddag nog een hoop telefoontjes plegen.'

'Nou, luister dan, maak je nergens zorgen over. Laat het me weten als ik iets kan doen. Ik bedoel, als je een lening wilt sluiten of zo, ik weet zeker dat ik een voordelig rentetarief voor je kan regelen.'

'Ik denk dat we dat stadium al voorbij zijn.'

'Toch jammer, als je aan dat geld denkt…'

Hal fronste zijn voorhoofd.

Even was het stil.

'Nou, jij weet het zelf het best.' Pete stond op en liep om zijn bureau heen. 'Maar luister eens, Hal, neem vandaag nog geen beslissing. Vooral als je nog niet met je accountant hebt gepraat. Denk er nog eens over na, en kom morgen terug. Je weet maar nooit…'

'Het wordt er niet beter op, Pete.'

'Hoe dan ook, denk er in elk geval over na. Alles goed met Camille en jou? Mooi zo… en de kleine Katie? Dat is belangrijk, toch?' Pete sloeg zijn arm om Hals schouders, en draaide zich om naar zijn bureau. 'O, dat zou ik bijna vergeten. Luister eens, dit is misschien niet het juiste moment, maar zou je dit aan je vrouw willen geven? Het ligt al een eeuwigheid in mijn la – ik wilde het bij ons volgende spelletje squash aan je geven. Ik weet dat het niet volgens de regels is, maar omdat jij het bent…'

Hal pakte de stijve envelop beet. 'Wat is het?'

'Het braille-exemplaar van haar nieuwe chequeboekje.'

'Ze heeft er al een.'

'Niet voor haar nieuwe rekening.'

'Welke nieuwe rekening?'

Pete keek hem aan. 'Die bij… Nu, ik dacht dat het een verzekeringspolis of iets dergelijks was die je had geïnd. Daarom was ik nogal verbaasd toen je zei dat je de zaak…'

Hal bleef midden in het vertrek staan en schudde zijn hoofd. 'Heeft ze geld gekregen?'

'Ik dacht dat je dat wist.'

Hal had een droge mond en het hoge belletje dat in zijn hoofd klonk leek een echo van het jaar daarvoor. 'Hoeveel?'

Pete zag er bezorgd uit. 'Luister, Hal, ik heb kennelijk al te veel gezegd. Ik bedoel, ik dacht dat met Camilles ogen en zo… Nou, jij handelt toch meestal haar zaken af.'

Hal staarde naar de envelop. Hij had het gevoel dat iemand langzaam de lucht uit zijn longen had laten lopen. 'Een aparte rekening? Hoeveel?'

'Dat kan ik je niet vertellen.'

'Maar je hebt het tegen mij, Pete.'

'En het is mijn baan, Hal. Luister, ga naar huis en praat met je vrouw. Ik weet zeker dat er een voor de handliggende verklaring voor is.' Hij dirigeerde Hal naar de deur.

Hal strompelde de kamer door. 'Pete?'

Pete keek schichtig door de open deur heen naar het kantoor, en daarna naar zijn vriend. Hij pakte een stuk papier, krabbelde er een getal op en gaf het met een snelle beweging aan Hal. 'Dat is het ongeveer. Ga nu naar huis, Hal. Meer kan ik niet zeggen.'

16

HET WAS NIET ZO moeilijk te achterhalen waar het geld vandaan kwam. Iedereen had zich afgevraagd hoe Lottie de opbrengst van Arcadia zou verdelen. Wat hem dwarszat, hem een knoop in zijn maag bezorgde en hem van zijn eetlust beroofde, was dat ze het had verzwegen, verborgen gehouden en had toegekeken hoe zijn bedrijf naar de knoppen ging. En dat ze hem zelfs nog had aangemoedigd, maar hem al die tijd de middelen had onthouden om de zaak te steunen, het enige waarin ze zei te geloven, het enige waar hij echt goed in was, zoals ze beiden wisten. Als hij de tijd kreeg. En een beetje geluk had. Dat ze weer tegen hem had gelogen, maakte hem misselijk. Het was nog erger dan de ontdekking van haar ontrouw, want dit keer had hij haar echt opnieuw vertrouwd, had hij zich gedwongen zijn angst en wantrouwen te overwinnen. Dit keer kon hij het niet aan haar neerslachtigheid en onzekerheid toeschrijven. Dit keer ging het om hoe ze over hem dacht.

Als ze had gewild dat hij het wist had ze het hem wel verteld. Dat was het onweerlegbare feit waarop Hal keer op keer tijdens hun urenlange, koortsachtige gesprekken terugkwam, en dat was de reden dat hij haar er niet op had aangesproken en geen verklaring van haar had geëist. Als ze had gewild dat hij het wist had ze wel iets gezegd. God, wat een dwaas was hij geweest.

De afgelopen dagen had ze zich gereserveerd opgesteld, met een nieuwe bedachtzaamheid op haar gezicht. Omdat ze de uitdrukking op het gezicht van een ander niet kon zien, was ze nooit op het idee gekomen die van haar te verbergen. Hij had haar geobserveerd en was nauwelijks in staat geweest zijn frustratie en woede te verbergen.

'Gaat het een beetje?' vroeg ze steeds, met de bedoeling te informeren of hij het einde van zijn bedrijf aankon. Had hij een knuffel nodig? Een kus? De dingen die het leven draaglijk moesten maken. Hij keek naar haar onzekere uitdrukking, naar het zweempje schuldgevoel en vroeg zich af hoe ze in staat was met hem te praten.

'Prima,' antwoordde hij steevast. Dan hielp ze met nog een bezorgde blik in zijn richting Katie naar school of ging ze verder met het klaarmaken van het avondeten.

Het ergst was nog dat het duidelijk was wat dit allemaal te betekenen had. Want het geld, en haar beslissing het voor hem verborgen te houden, kon maar een ding betekenen. Hij wist dat ze geen gemakkelijk jaar achter de rug hadden, en dat de verhouding tussen hen nog steeds stijf, gekunsteld aandeed. Hij wist dat hij haar had afgewezen bij gelegenheden dat het niet strikt nodig was, dat een deel van hem haar nog steeds strafte. Maar hij dacht dat ze toch wel een hint had mogen geven dat het tot deze...

Maar wat voor hint had hij dan verwacht? Dit was een vrouw die hem ontrouw was geweest toen hij er slecht voorstond, toen zijn zaak op de fles dreigde te gaan, toen hij deed wat hij kon om het hoofd boven water te houden. Haar bekentenis kwam zo onverwacht, die ochtend dat ze het hem vertelde, dat hij zich bij de scherpe, schokkende pijn in zijn borst afvroeg of hij doodging. Ze had toen ook al geen uitleg gegeven.

En toch hield hij nog steeds van haar. De afgelopen weken had hij een toenemende opluchting ervaren, een gevoel dat zich tussen hen iets dierbaars had hersteld. Hij had haar misschien nog niet vergeven, maar de mogelijkheid voor vergeving gezien, en dat, volgens de clichés van die verdomde therapeute, een huwelijk ook sterker kon worden.

Vooropgesteld dat je eerlijk was.

Ze had toen geknikt. Zijn hand gepakt en er een kneepje in gegeven. Dat was hun laatste therapiesessie geweest.

Hal schoof verder naar de rand van het bed, zich vaag bewust van de plastic brailleplaat die als gloeiend, radioactief materiaal in zijn jaszak zat en van het ochtendlicht dat langzaam in hun kamer doordrong en weer een slapeloze nacht uitluidde en een nieuwe dag van martelende besluiteloosheid en dreiging aankondigde.

Camilles hand gleed in haar slaap van zijn zij en viel slap naast haar neer.

Vanaf nu, zei de omroeper, ging de trein alleen naar Liverpool Street en hij herhaalde het voor de goede gang van zaken. Daisy boog zich naar het raampje en zag hoe het vlakke moerasland van het Lee-dal geleidelijk aan overging in de groezelige, onaantrekkelijke voorsteden van Oost-Londen. Na twee maanden in het wereldje dat uit Arcadia en Merham bestond voelde ze zich vreemd provinciaals, bijna bang om terug te keren. Londen leek onverbrekelijk met Daniel verbonden, en dus met verdriet. In Merham was ze veilig, vrij van haar voorgeschiedenis en herinneringen. Pas toen de trein de stad naderde besefte ze dat het huis haar meer gemoedsrust had geschonken dan ze voor mogelijk had gehouden.

Lottie zou hebben gezegd dat het stom van haar was. 'Leuk, zo'n dagje uit,' zei ze terwijl ze gezoete havermout in Ellies open mond lepelde. 'Zal je goeddoen hier weg te zijn. Misschien heb je zelfs tijd je oude vriendinnen op te zoeken.' Daisy kon er geen bedenken. Ze had zichzelf altijd meer als een mannenmeisje gezien. Misschien had ze meer moeite moeten doen, want ze had eigenlijk alleen haar zus (heb je de CSA al gebeld?), Camille (ik voel bijna geen zwangerschapstrepen, je ziet er prima uit) en nu dan Lottie, die sinds ze de sluier van haar verleden had opgelicht, wat meer ontspannen met haar omging en haar heftigheid en uitgesproken meningen steeds vaker met humor verzachtte.

'Ik hoop dat je iets moois aantrekt,' had ze gezegd toen Daisy naar boven ging om zich te verkleden. 'Je wilt er toch niet uitzien als een voddenbaal? Hij neemt je misschien wel mee naar iets chics.'

'Het is geen afspraakje,' zei Daisy.

'Het lijkt er anders sprekend op,' gaf Lottie terug. 'Ik zou mijn best maar doen als ik jou was. Trouwens, wat mankeert er aan hem? Hij is niet getrouwd en hij ziet er niet slecht uit. En hij heeft in elk geval een hoop geld. Vooruit, doe dat topje aan waar je je ondergoed doorheen ziet.'

'Ik heb net een serieuze relatie achter de rug. Het laatste waarop ik zit te wachten is weer een man.' Ze bleef op de trap stilstaan om haar blos te verbergen.

'Hoezo?'

'Nou, dat weet iedereen toch. Je moet niet van de ene relatie in de andere rollen.'

'Waarom niet?'

'Omdat... nou, je weet wel, ik ben er nog niet aan toe.'

'Hoe weet je dat?'

'Ik weet niet... dat is een emotionele reactie. Je hoort een poosje te wachten. Een jaar of zo. Dan heb je minder emotionele bagage.'

'Emotionele bagage?'

'Je moet er klaar voor zijn als je een nieuw iemand ontmoet. Als je vorige relatie is afgerond.'

'Afgerond?' Lottie liet dat ongewone woord door haar mond rollen. 'Je wat afgerond? Wie zegt dat?'

'Dat weet ik niet. Iedereen. Tijdschriften. De televisie. Therapeuten.'

'Daar luister je toch zeker niet naar? Heb je zelf geen hersens?'

'Jawel, maar ik denk dat het beter is als ik een tijdje alleen ben. Ik ben er nog niet aan toe iemand in mijn leven toe te laten.'

Lottie hief haar handen ten hemel. 'Jullie jonge meisjes zijn zo kieskeurig. Het moet het juiste tijdstip zijn. Het moet dit zijn, dat zijn. Geen wonder dat zoveel van jullie alleen eindigen.'

'Nou, dat gaat voor mij allemaal niet op.'

'O, nee?'

Daisy keek Lottie recht aan. 'Vanwege Ellie. En Daniel... Ik bedoel, omwille van haar moet ik hem de tijd geven terug te komen. Zodat ze een kans krijgt met haar vader op te groeien.'

'O, ja? En hoe lang krijgt hij de tijd?'

Daisy haalde haar schouders op.

'Hoeveel goede mannen ga je in die tussentijd afwijzen?'

'Kom nou, mevrouw Bern... Lottie, het is pas een paar maanden. En ze lopen de deur niet plat.'

'Je moet verder,' zei Lottie op heftige toon. 'Het is zinloos aan het verleden vast te houden, met of zonder baby. Je moet je eigen leven leiden.'

'Hij is Ellies vader.'

'Hij is er niet.' Lottie snoof. 'Als hij er niet is, verspeelt hij zijn recht om wat dan ook te zijn.'

Daisy realiseerde zich dat Lottie nooit had verteld wie de vader van Camille was. 'Jij bent harder dan ik.'

'Niet hard,' zei Lottie en ze draaide zich om om naar de keuken te gaan. 'Alleen realistisch.'

Daisy wendde haar blik van het raam af, leunde achterover en wreef met haar in een sandaal gestoken voet langs de achterkant van haar been. Ze wilde geen andere man. Ze voelde zich nog steeds gekwetst. De wonden waren nog open, haar zenuwen lagen nog bloot. Het idee dat iemand haar lichaam, met de duidelijke sporen van een zwangerschap en een bevalling, naakt zou zien, vervulde haar met afgrijzen. Het vooruitzicht nogmaals te worden verlaten was te afschuwelijk om aan te denken. En dan Daniel. Omwille van Ellie moest ze de deur voor hem openhouden.

Als hij die kans tenminste ooit zou benutten.

'Camille?'

'O, hallo mams.'

'Ik knijp er onder lunchtijd even tussenuit om naar de supermarkt te gaan. Met de kleine Ellie. Heb je nog iets nodig?'

'Nee. We zijn nog voorzien. Is Hal daar ook?'

'Ja, hij is buiten. Zit net aan de thee. Wil je hem even hebben?'

'Nee. Nee... Mam, denk je dat het goed met hem gaat?'

'Goed? Hoezo? Wat zou er met hem moeten zijn?'

'Niets. Niets denk ik. Hij doet... hij doet alleen de laatste tijd een beetje raar.'

'Hoe bedoel je, raar?'

Camille aarzelde. Toen zei ze: 'Hij is zo afstandelijk. Alsof hij... alsof hij zich in zichzelf terugtrekt. Hij wil niet met me praten.'

'Hij heeft net zijn bedrijf opgedoekt. Hij zal zich wel ellendig voelen.'

'Dat weet ik, dat weet ik, maar...'

'Maar?'

'Nou, we wisten allang dat het slecht ging. We wisten dat hij ermee moest kappen. En het ging echt goed tussen ons. Beter dan ooit.'

Haar moeder zweeg even. 'Nou, tegen mij doet hij heel gewoon. Er is toch niets... Is er iets wat je me niet hebt verteld?'

'Hoe bedoel je?'

'Over wat er is gebeurd. Tussen jullie. Er heeft toch geen... herhaling plaatsgevonden?'

'Nee, mams, natuurlijk niet. Ik zou nooit iets doen... Het gaat goed. Die toestand hoort tot het verleden. Ik was alleen ongerust omdat Hal... niet zichzelf was. Luister eens, vergeet het maar. Vergeet dat ik er iets over heb gezegd.'

'Heb je het er met hem over gehad?'

'Vergeet het maar, mams. Je hebt gelijk, hij is waarschijnlijk overstuur vanwege de zaak. Ik zal hem de ruimte geven. Luister, ga nu maar, ik moet Lynda Potters algenmasker verwijderen.'

Lottie wierp een blik op haar tas en wist ineens dat ze het juiste had gedaan. Ze zou Camille nog niet over het geld vertellen, ze zou wachten tot ze het echt nodig had, tot ze haar weer in vertrouwen nam. Het klonk alsof dat tijdstip minder ver weg was dan Lottie had gehoopt.

'Weet je wat hij nodig heeft?'

'Nou?'

'De zaak afsluiten. Dan zal hij zich beter voelen.'

Er lagen achttien lege pakjes kauwgum op de bodem van Jones' auto. Het was moeilijk ze te tellen zonder te opvallende bewegingen. Een aantal lag half verborgen onder andere troep zoals wegenkaarten, neergekrabbelde routebeschrijvingen en oude benzinebonnen. Daisy had echter tijd genoeg om ze allemaal te lokaliseren, gezien het feit dat Jones de eerste zeventien minuten van hun tocht die ze door het stadsverkeer kropen, bijna onafgebroken en slechtgehumeurd in zijn mobiele telefoon had zitten schreeuwen.

'Nou, zeg dat dan tegen hem. Hij kan verdomme sturen wie hij wil. Al het keukenpersoneel heeft een antivervuilingscursus gevolgd. We hebben lijsten met bezorgingtemperaturen, we hebben lijsten met opslagtemperaturen, bezorgingkwaliteit, alles wat met dat verrekte feest te maken heeft. Als hij die verrekte voedingsnormen wil sturen, zeg dan maar dat ik verdomme achttien apart ingevroren porties in die vriezers heb liggen, een voor elk gerecht dat we hebben geserveerd. Die kunnen we verdomme opsturen voor onderzoek...' Hij gebaarde naar Daisy, wees naar het handschoenenvakje en gaf een teken dat ze het open moest maken. 'Ja. Er is geen paragraaf van die cursus voedselhygiëne die mijn personeel niet van buiten kent. Niemand uitgezonderd. Luister, hij zei dat hij de eend heeft gehad. De eend, ja?'

Toen ze het vakje opendeed viel er een aantal bandjes uit en een portefeuille, een zak pepermuntjes en een stel niet thuis te brengen elektrische draden. Daisy stak haar hand tussen de resterende rotzooi, graaide erin rond en viste er dingen uit die ze Jones ter inspectie voorhield.

'Nee. Nee, dat heeft hij niet. Twee personeelsleden zeggen dat hij oesters heeft gehad.
Ogenblik.' Hij brak af en wees weer naar het handschoenenvakje. 'Hoofdpijntabletten,' mimede hij. 'Bent u er nog? Ja. Ja, die heeft hij gehad. Nee, u luistert niet. Luister nou. Hij heeft de oesters genomen, en als u naar zijn rekening kijkt, heeft hij ten minste drie borrels

gehad. Ja, dat klopt. Ik heb de kassabonnen.' Hij griste het doosje uit Daisy's hand, duwde de tabletten door de doordrukstrips en propte ze rechtstreeks in zijn mond. 'Voedselvergiftiging, mijn reet. Hij wist gewoon niet dat hij er niet bij moest drinken. Stomme idioot.'

Daisy keek uit het raampje naar het zinderende verkeer en probeerde de ergernis te bedwingen die was komen opzetten toen Jones haar achteloos met een handzwaai groette en die was gegroeid bij elk van de drie telefoongesprekken die hij had gevoerd sinds ze in de auto zat. 'Sorry, ik ben zo bij je,' had hij gezegd, maar dat was niet gebeurd.

'Dat kan me geen ruk schelen,' schreeuwde hij en Daisy deed haar ogen dicht. Jones was een grote kerel, en op de een of andere manier werd het effect van zijn vloeken in de besloten ruimte van de auto onaangenaam versterkt. 'Zeg maar dat hij zijn kl...' Op dat punt wendde hij zich naar Daisy en zag haar gekwelde gezicht. 'Zeg maar dat hij zijn advocaten en de inspectie en wie ook stuurt. Dan krijgt hij een proces aan zijn broek wegens schade aan mijn zaak. Ja. Dat klopt. Als ze staatjes willen zien, weten ze waar ze moeten zijn.' Hij drukte op een knop op het dashboard en rukte het oordopje uit zijn oor.

'Kl...' Hij perste zijn lippen op elkaar. 'Kl... rotvent. Verdomde vertegenwoordiger die op schadevergoeding aanstuurt. Dat is alles. Hij eet die verrekte oesters, drinkt een hoop sterkedrank, en vraagt zich dan af waarom hij de dag daarop pijn in zijn buik heeft. Dus moet het mijn schuld zijn. Wil de inspectie op me afsturen en de zaak laten sluiten tot sint-juttemis. God, daar word ik razend van.'

'Kennelijk,' zei Daisy.

Hij leek haar niet eens te zien. Hij ging door met schreeuwen en was geanimeerder dan ze hem ooit had meegemaakt, maar de aandacht was niet op haar gericht. Daar zat ze dan, en ze zag er waarschijnlijk beter uit dan ooit sinds de geboorte van de baby, in haar nieuwe T-shirt en nieuwe rok, met een huid die glansde door Camilles zoutmassage, en benen die glad en onthaard waren door Camilles martelende wasbehandeling, en als ze er niet precies als de oude Daisy uitzag, dan toch wel als de behoorlijk verjongde Daisy. En wat zag hij nu helemaal? Als hij naar haar lange, bruine benen keek? Dat ze de weg zocht naar de zaak in historische bouwmaterialen.

'Zijn vriendin heeft hem opgestookt,' zei Jones, die richting aangaf naar rechts en zich over het stuur heen boog. 'Die hebben we ook al een paar keer in de zaak gehad en toen heeft ze het ook geprobeerd. Haar enkel verzwikt in de toiletten, geloof ik, de laatste keer. Als ze lid was zou ik haar royeren. Maar ik was er die avond niet.'

'O.'

'Het komt door de Amerikanen, met hun verrekte rechtszakencultuur. Iedereen wil iets voor niks. Alles is de schuld van een ander. God allemachtig!' Hij sloeg met zijn vuist op het stuur, zodat Daisy opsprong van schrik.

'Als ik dat kleine kreng nog een keer zie, zal ik hem voedselvergiftiging geven, reken maar. Hoe laat is het?'

'Sorry?'

'Eldridge Street, Minerva Street... Het moet hier ergens zijn. Hoe laat is het?'

Daisy keek op haar horloge. 'Twintig over elf.'

'Gebruikte materialen. Dat is het. Verdomde kleine... Waar moet ik parkeren?'

Daisy's goede stemming van het uur daarvoor was sneller verdwenen dan Jones' hoofdpijnpillen. Uiteindelijk verloor ze haar geduld en stampte de Saab uit en het terrein met de historische bouwmaterialen op. De koelte van de airconditioned auto maakte plaats voor de verstikkende hitte van een stadse zomer.

Daisy was niet gewend dat ze werd genegeerd. Daniel was altijd zo attent te zeggen dat ze er leuk uitzag, had suggesties voor wat ze aan zou trekken, streelde haar haar en hield haar hand vast. Hij toonde bezorgdheid als ze uit waren, controleerde of ze het warm genoeg had, of ze voldoende te eten en te drinken had en zich gelukkig voelde. Maar ja, dit was toch geen afspraakje? En toen het erop aankwam, was Daniel nergens te bekennen geweest.

Mannen. Daisy slaakte stilzwijgend een verwensing die niet voor die van Jones onderdeed, en nam het zichzelf vervolgens kwalijk dat ze zo'n verbitterde mannenhaatster dreigde te worden, aan wie ze juist altijd zo'n hekel had gehad.

Het terrein was gigantisch en zag er rommelig uit, met reusachtige houten delen die lagen opgetast op buitenmodel schappen, met platen steen op onheilspellende stapels en grafbeelden die met nietsziende blik langs haar heen staarden. Achter het golfplaatijzer van de ingang zinderde het Londense verkeer en braakte purperen rookwolken en boos getoeter uit in de bedompte lucht. Normaal gesproken zou ze bij een bezoek aan een nieuwe bouwmaterialenhandel hetzelfde gevoel van verwachting en plezier hebben als een aankomend filmsterretje op de eerste rij bij een modeshow. Daisy's opgewekte stemming was echter getemperd door Jones' giftige humeur. Ze had zich nooit van de stemmingen van een man weten te distantiëren. Ze probeerde Daniel altijd op te vrolijken als hij een boze bui had. Als dat mislukte, nam ze dat zichzelf kwalijk en werd ze uiteindelijk door zijn stemming aangestoken. Hij werd echter nooit door die van haar beïnvloed.

'Kon verdomme geen meter vinden. Hij staat bij een dubbele gele streep geparkeerd.'

Jones beende zijn zakkend bekloppend door het toegangshek op haar af, wolken onvrede uitstralend. Ik praat niet met hem, dacht Daisy kwaad, tot zijn bui over is en hij weer vriendelijk tegen me is. Ze draaide zich om en zette met haar armen over elkaar en gebogen hoofd koers naar de afdeling ramen en spiegels. Een paar meter verderop hoorde ze het gerinkel van zijn mobiel over het terrein schallen, en zijn blaffende antwoord. De enige andere zichtbare bezoeker, een man van middelbare leeftijd met een licht brilletje en een tweed jasje, draaide zich om om de bron van het lawaai op te sporen en zij keek op haar beurt ook geërgerd, alsof ze niets met de dader van doen had.

Ze bleef doorlopen tot ze bij de overdekte afdeling was, zo ver mogelijk van zijn stem vandaan. Ze had nauwelijks oog voor het Victoriaanse sanitair en de gegraveerde spiegels om haar heen, woest dat ze zich Jones' gebrek aan aandacht had aangetrokken. Met wat ze herkende als het diepgewortelde superioriteitsgevoel van de zuiderling, schreef ze hem al stiekem af als ongemanierde nitwit, zoals haar zuster zou doen. Het deed er niet toe hoeveel geld je had als je je in gezelschap niet behoorlijk wist te gedragen. 'Kijk naar Aristoteles Onassis,' zei Julia dan. 'Die boerde en liet winden als een bootwerker.' Misschien gedroegen alle rijke mannen zich lomp, redeneerde Daisy, zijn ze niet gewend hun gedrag aan dat van anderen aan te passen. Het was moeilijk te zeggen: Jones was de enige echte rijke kerel die ze kende.

Ze stond stil bij een gebrandschilderd raampje, waarop een lachende cherubijn was afgebeeld. Ze was dol op gebrandschilderd glas. Het was moeilijk te vinden, maar bijna altijd de moeite waard. Even vergat ze haar boze stemming en vroeg zich af waar ze het zou plaatsen. Inwendig ging ze een lijst van deuren, kleedkamerramen en glazen windschermen na. Het duurde even voordat ze doorkreeg dat ze het niet voor Arcadia wilde. Ze wilde het zelf hebben. Ze had al maandenlang maar heel weinig voor zichzelf gekocht, behalve toiletspullen en eten. Ooit had Daisy winkelen even noodzakelijk geacht voor haar welzijn als voedsel of lucht.

Ze stak haar hand uit om het glas te betasten en kneep haar ogen tot spleetjes om het in het gedempte licht van de loods goed te kunnen zien. Alle deeltjes waren nog heel, en er ontbrak geen lood, wat voor een stuk van dit formaat ongewoon was. Ze knielde op de grond en zocht naar het prijskaartje. Toen ze het vond, kwam ze overeind en liet het raam zachtjes tegen de standaard terugzakken.

'Sorry,' zei een stem achter haar.

Daisy draaide zich om. Jones stond bij de toegang naar het overdekte gedeelte, zijn telefoon nog steeds in de hand. 'Het was me de ochtend wel.'

'Dat heb ik gemerkt,' zei Daisy.

'Wat is dat?'

'Wat?'

'Waar je naar stond te kijken.'

'O, een gebrandschilderd raampje. Niet geschikt voor Arcadia.'

Hij keek naar omlaag. 'Hoe laat is het?'zei hij ten slotte.

Met een zucht keek Daisy op haar horloge. 'Vijf over twaalf. Waarom?'

'Nergens om. Ik wil niet te laat zijn voor de lunch. Heb een tafel gereserveerd.'

'Het is toch je club.'

'Ja...' Hij keek een paar minuten naar de vloer en daarna om zich heen om zijn ogen aan de schaduw te laten wennen. 'In elk geval, het spijt me. Van de reis en alles. Jij had dat allemaal niet hoeven aanhoren.'

'Nee,' zei Daisy. Ze kwam overeind en liep naar buiten, naar het licht.

Er ontstond vertraging, aangezien Jones kennelijk niet begreep dat ze niet op hem wachtte. 'Is er iets?' Hij liep haar achterna en pakte haar bij de elleboog.

Daisy bleef staan. 'Wat bedoel je?'

'O, doe niet zo. Alsjeblieft niet dat vrouwengedoe. Ik heb geen tijd om eindeloos te gissen wat er kan zijn.'

Daisy werd rood van kwaadheid, wat nog verergerde toen ze bedacht dat wat ze voelde belachelijk zou klinken. 'Laat maar zitten.' Ze liep door en merkte dat ze een brok in haar keel kreeg.

'Laat wat maar zitten?'

Dat wist ze ook niet precies.

'O, kom op, Daisy...'

Ze keek hem woedend aan. 'Luister eens, Jones, ik had hier vandaag niet naartoe hoeven komen. Ik had lekker in het zonnetje thuis kunnen blijven om te werken en met mijn dochter te spelen, dan had ik het leuk gehad. Jij zegt trouwens steeds dat ik geen tijd te verliezen heb. Maar ik dacht dat we leuke spullen gingen inslaan en gezellig lunchen. Ik dacht dat het voor ons allebei... zinvol zou zijn. Ik had niet verwacht dat ik mijn dag op een bloedhete rommelmarkt zou doorbrengen met het luisteren naar het geblaf van een stomme zak met Tourette.'

Eerlijk gezegd had het in haar hoofd nou ook weer niet zó grof geklonken.

Even bleef het stil.

Daisy overwoog het tijdelijk verdrongen feit dat hij haar baas was.

'Zo. Daisy...' Hij ging vierkant voor haar staan. 'Je probeert nog steeds mijn gevoelens te sparen, nietwaar?' Ze keek hem aan.

'Wapenstilstand? Als ik mijn telefoon afzet?'

Ze was geen rancuneus type. Dat wil zeggen, meestal niet. 'Je hebt er toch niet nog een in je zak zitten?'

'Wat dacht je?' Hij stak zijn hand in zijn binnenzak en haalde er een tweede telefoon uit. Die hij afzette.

'Verrekte Welshmen,' zei ze, hem strak aankijkend.

'Verrekte wijven,' zei hij en bood haar zijn arm.

Vanaf dat moment verbeterde Jones' humeur aanmerkelijk en trok zij ook weer bij. Hij raakte steeds meer ontspannen, gaf zijn volle aandacht aan haar suggesties, verzette zich zelfs niet tegen haar meer frivole keuzen en bood prettig vaak zijn creditcard aan.

'Weet je zeker dat je zoveel wilt uitgeven?' zei ze toen hij instemde met de aankoop van een te hoog geprijsd apothekerskabinet voor een van de badkamers. 'Dit is niet direct een goedkope tent.'

'Laten we zeggen dat ik deze dag leuker vind dan ik had verwacht,' zei hij. Hij vroeg niet meer hoe laat het was.

Kort voor ze weggingen, misschien aangestoken door Jones' zorgeloosheid met zijn creditcard, nam Daisy de beslissing het gebrandschilderde raam te kopen. Het was te duur. Ze had niet eens een huis om het in te plaatsen. Maar ze wilde het hebben, en wist dat het haar maandenlang zou achtervolgen als ze het niet kocht. Op de spijtige manier waarop vriendinnen konden treuren om een vrijer die ze waren misgelopen, dacht zij nog steeds terug aan een Venetiaanse kandelaar die ze was misgelopen op een veiling.

Ze liep naar Jones toe, die bezig was met afrekenen en met het regelen van het vervoer. 'Ik ben zo terug,' zei ze en ze wees naar de overdekte afdeling. 'Ik wil iets voor mezelf hebben.'

Ze moest bijna huilen toen ze hoorde dat het verkocht was. Ze had het direct moeten kopen toen ze het zag, verweet ze zichzelf. Als je iets zag dat je mooi vond, moest je meteen toeslaan. Als je niet snel genoeg kon beslissen, verdiende je het niet. Ze staarde naar de cherubijn en werd des te begeriger nu ze wist dat ze hem niet meer kon krijgen.

Ze had eens een bankje gered. Ze had het voor elkaar gekregen de handelaar te achterhalen die het onder haar neus had weggekaapt terwijl zij in de antiekwinkel verder aan het rondneuzen was, en aangeboden het van hem te kopen. Hij had haar bijna het dubbele van de oorspronkelijke prijs gevraagd, en hoewel haar dat toen niet kon schelen omdat ze het per se wilde hebben, merkte ze dat de prijs haar plezier mettertijd een beetje had bedorven. Als ze ernaar keek, zag ze niet meer een stuk antiek dat ze met moeite had veroverd, maar een kunstmatig opgedreven geldbedrag dat ze noodgedwongen had betaald.

'Alles oké?' vroeg Jones die bij de onuitgepakte deuren stond. 'Gevonden je wat je zocht?'

'Nee,' zei Daisy, achteloos tegen een deur met matglazen panelen leunend. Ze was vastbesloten er niet over te door zeuren. Ze kon de zaken op een rij houden. 'Mijn kans voorbij laten gaan,' zei ze. Toen slaakte ze een gil en viel opzij toen het glas met een enorme knal brak en op haar terechtkwam.

Ze brachten twee uur en veertig minuten bij de eerstehulp door, waar ze twaalf hechtingen, een mitella en een paar koppen zoete thee uit de automaat kreeg. 'Ik denk niet dat we de lunch halen,' zei Jones, toen hij haar in de auto hielp, 'maar ik denk dat een stevige borrel meer in aanmerking komt.' Hij duwde haar een pakje pijnstillers in haar goede hand. 'Ja, je kunt erbij drinken. Dat heb ik als eerste gecontroleerd.'

Daisy zat zwijgend op de passagiersplaats van Jones' auto, haar nieuwe outfit onder de bloedspatten. Ze voelde zich hopeloos verward en veel erger geschrokken dan ze wilde toegeven. Jones had het hele gebeuren verrassend goed opgevat. Hij had geduldig bij haar in de diverse wachtkamers gezeten, terwijl de respectieve zusters en vervolgens dokters haar wonden schoonmaakten en haar arm oplapten tot iets dat gelijkenis vertoonde met een lappenpop. Hij was twee keer weggegaan om te bellen, waarvan een van de gesprekken, zo zei hij in de auto tegen haar, met Lottie was, om te zeggen dat Daisy later dan verwacht thuis zou komen.

'Is ze kwaad?' vroeg Daisy, met afschuw naar de bruinwordende bloedvlekken op zijn lichtgekleurde leren bekleding kijkend.

'Helemaal niet. Met de baby is alles in orde. Ze zegt dat ze haar mee naar huis neemt omdat ze haar man heeft beloofd dat ze thuis komt eten. En jij zal niet kunnen rijden.'

'Dat zal mevrouw Bernard wel fijn vinden.'

'Luister eens, het is een ongeluk. Die dingen gebeuren. Maak je geen zorgen.'

Zo was hij de hele middag geweest, zacht, geruststellend, alsof hij geen zorgen en alle tijd van de wereld had. Het was vreemd intiem dat ze op hem moest leunen en hij haar arm verbond en naast haar op de plastic stoelen in de ziekenhuisgang zat. Hij praatte met zachtere stem, alsof ze behalve gewond ook ziek was. Nu en dan vroeg ze zich zelfs af of het dezelfde man was die haar die ochtend van Liverpool Street had opgehaald.

'Heb ik je dag verpest?'

Daar moest hij om lachen en hij schudde zijn hoofd, zijn blik op de weg gericht.

Daisy probeerde het kloppen van haar arm te negeren en zei niets meer.

Zijn stemming verhardde zich toen ze bij de Red Rooms kwamen, deels omdat er niemand aan de receptiebalie was toen ze binnenkwamen, een overtreding waar ontslag op stond, zei hij later, toen ze vroeg waarom dat zo'n probleem was. 'Iedereen die hier binnenkomt dient als een oude vriend te worden begroet. Ik betaal ze om de namen en de gezichten te onthouden. Ik betaal ze niet om eindeloos te lunchen.'

Hij hield haar bij haar goede arm vast toen ze de vele houten trappen besteeg, langs bars waar mensen onder snorrende ventilatoren zaten en heimelijk hun nek uitstaken om de nieuwaangekomenen te bespieden, die wellicht voornamer dan zijzelf waren. Ze zwaaiden naar Jones en riepen hem een overdreven hartelijke begroeting toe. Ooit had ze het wel grappig gevonden zo te worden aangegaapt. Maar toen hij zei dat hij een tafel had gereserveerd op een terras bij zijn kantoor was ze opgelucht, angstig bij de gedachte dat haar bebloede kleren en haar mitella aan de scherpe, agressieve blik van het Londense barpubliek zouden worden blootgesteld.

Want ineens voelde het overweldigend terug te zijn. Ze werd geïntimideerd door het gedender van het verkeer in Soho, het galmende lawaai van de wegwerkzaamheden en de schreeuwende mensen. Ze voelde zich ingesloten door de hoge gebouwen, was vergeten hoe je door een menigte liep en merkte dat ze aarzelde en de verkeerde kant op liep. Ineens verlangde ze hevig naar haar kind, en besefte met een onbehaaglijk gevoel hoeveel kilometers er tussen hen in lagen. Erger nog, ze bleef mannen zien die op Daniel leken en haar maag kromp samen in een onaangename reflex.

Jones vroeg vijf minuutjes 'om iets te regelen'. Het meisje dat haar drankje serveerde, een Indiaans aandoende schoonheid met een donkere huid en lang zwart haar, dat op kunstige wijze in een wrong was gekapt, had haar taxerend bekeken.

'Door een deur gevallen,' lichtte Daisy moeizaam glimlachend toe.

'O,' zei het meisje ongeïnteresseerd en slenterde weg, Daisy met het gevoel achterlatend dat het stom was geweest om iets te zeggen.

'Jones, het spijt me heel erg, maar ik ga liever naar huis,' zei ze toen hij eindelijk weer op het terras verscheen. 'Kun je me een lift naar Liverpool Street geven?'

Hij fronste zijn wenkbrauwen en ging langzaam tegenover haar zitten. 'Voel je je niet lekker?'

'Gewoon een beetje trillerig. Ik denk dat ik beter in het...' Ze brak haar zin af en besefte dat ze het hotel bedoelde.

'Eet eerst iets. Je hebt de hele dag nog niet gegeten. Dat is waarschijnlijk de reden dat je je trillerig voelt.' Het was een bevel.

Ze glimlachte flauwtjes en hield haar hand voor haar ogen tegen het licht. 'Vooruit dan maar.'

Ze bestelde biefstuk en zat er onbehaaglijk bij toen hij haar bord pakte en het vlees in kleine stukjes sneed die ze met een hand kon opprikken. 'Ik voel me zo idioot,' zei ze regelmatig.

'Eet nou maar,' zei hij. 'Dan voel je je beter.' Hij at niets, mompelde verlegen iets in de trant van een paar kilo willen afvallen. 'Ik ben al mijn hele leven gastheer, zie je,' zei hij met een blik op zijn buik. 'Het gaat er niet meer zo gemakkelijk af als vroeger.'

'Dat is de leeftijd,' zei Daisy die bezig was aan haar tweede witte wijn met spuitwater.

'Je voelt je dus al beter,' zei hij.

Ze spraken over de muurschildering en de gezichten die Hal met zoveel moeite tevoorschijn had getoverd. Lottie was nog steeds niet gelukkig met de restauratie, vertelde ze hem. Maar toen ze begreep dat ze haar zin niet zou krijgen, was ze op tamelijke botte wijze een paar van de figuren gaan identificeren. Een van hen, Stephen Meeker, woonde een paar kilometer verderop in een huisje op het kiezelstrand. Ze waren niet bevriend, had ze gezegd, maar hij was erg aardig voor haar geweest toen Camille was geboren. De dag daarvoor had ze Daisy aangewezen wie Adeline was, en Daisy was voor de afbeelding gaan staan, zich verbazend over die vrouw die naar iets staarde wat op een pop leek. Ze voelde de jaren wegvallen naar de tijd dat hun gedrag aanstootgevend werd gevonden, terwijl het nu de norm was. Ze had Frances ook aangewezen. Maar Frances' gezicht was gedeeltelijk weggepoetst. Daisy vroeg zich af of ze ergens een foto van haar zouden moeten gaan zoeken, in een kunstarchief misschien, om haar weer bij haar geschilderde vrienden te kunnen voegen. 'Het is niet eerlijk dat juist zij er nu niet bij zou zijn,' zei ze.

'Misschien wilde ze er niet bij zijn,' zei hij.

Ze vertelde hem niets over de avond daarvoor, toen ze uit een raam keek en Lottie doodstil voor de muurschildering had zien staan, verloren in iets onzichtbaars. Hoe ze langzaam haar hand had uitgestoken alsof ze iets wilde aanraken en zich toen abrupt, alsof ze zichzelf tot de orde riep, had omgedraaid en stijfjes was weggelopen.

Hij vertelde haar over zijn plannen voor de opening van het hotel en liet haar diverse mappen met details en foto's van eerdere openingen zien. Op bijna alle foto's werd hij vergezeld door een lange, betoverend mooie vrouw, zag ze. 'Ik wil deze een beetje anders doen, iets dat bij het huis past. Maar ik kan niets bedenken,' zei hij.

'Wordt het een feestje voor beroemdheden?' vroeg Daisy en ze had, vreemd genoeg, het gevoel dat er indringers op haar territorium zouden komen.

'Een paar bekende gezichten,' zei hij, 'maar ik wil niet zo'n dorpsfeestje zoals bij jullie. Het punt is dat het hotel heel bijzonder moet worden, een beetje boven de rest uit moet steken bij wijze van spreken,' besloot hij onhandig.

'Ik vraag me af of er nog mensen van in leven zijn,' zei Daisy met een blik op de folder.

'Welke mensen?'

'De mensen op Frances' muurschildering. We weten dat Frances en Adeline niet meer leven. Maar als het in de jaren vijftig is geschilderd, is er een goede kans dat een aantal van hen nog in leven is.'

'En dus?'

'We gaan ze zoeken en brengen ze bij elkaar. In jouw hotel. Bij de opening. Denk je niet dat het een fantastische publiciteitsstunt is? Ik bedoel, die mensen waren de *enfants terribles* van hun tijd, zoals Lottie zegt, dat zou een geweldige pers opleveren. Jij hebt de muurschildering daar... ik denk dat het een geweldig idee is.'

'Als ze nog leven.'

'Anders kan ik ze moeilijk uitnodigen. Maar het kan de plaatselijke bevolking ook een beetje vermurwen, een verwijzing naar hun geschiedenis.'

'Ik denk dat het mogelijk is. Ik zet Carol erop.'

Daisy keek op van haar glas. 'Carol wie?'

'Mijn partyplanner. Heeft een pr-bedrijf en organiseert al mijn feesten.' Hij keek Daisy met gefronst voorhoofd aan. 'Wat is het probleem?'

Daisy pakte haar glas op en nam een ferme slok. 'Ik vind... ik vind dat ik het moet regelen.'

'Jij?'

'Nou, het was mijn idee. En ik... wij hebben de muurschildering ontdekt. Ik ben eraan gehecht.'

'Waar haal je de tijd vandaan?'

'Het is een kwestie van een paar telefoontjes. Luister eens, Jones,' en bijna onbewust stak ze haar hand uit, 'ik denk dat deze muurschildering echt heel bijzonder is. Misschien is hij wel echt belangrijk. Vind je niet dat we het nog even geheim moeten houden, in elk geval voorlopig? Het heeft meer effect als het niet stukje bij beetje uitlekt. Je weet hoe die pr-mensen zijn, die kunnen hun mond niet houden. Ik ben ervan overtuigd dat jouw Carol heel goed is, maar als we de muurschildering onder ons houden tot de restauratie klaar is, dan is het effect veel groter als hij wordt onthuld.'

Ze dacht dat hij zwarte ogen had, maar nu zag ze dat ze heel donkerblauw waren.

'Als je denkt dat het niet te veel extra werk is,' zei hij, 'mij best. Zeg maar dat ze kunnen logeren, dat ik voor het vervoer betaal, de hele bups. Maar wees niet te optimistisch. Sommigen zijn misschien te zwak, of ziek of dement.'

'Ze zijn niet zo veel ouder dan Lottie.'

'Da's waar.'

Ze glimlachten naar elkaar. Een spontaan, samenzweerderig lachje. En gaandeweg voelde Daisy zich beter, maar ze hield zich koest omdat ze wist dat het niet hoorde dat ze zich nu al beter voelde.

Hij zou haar terugbrengen naar Merham. Geen tegenspraak, zei hij. Het zou hem maar een uur of twee kosten, nu het spitsuur voorbij was, en bovendien wilde hij de muurschildering zien.

'Maar dan is het donker,' zei Daisy, die zoveel had gedronken dat haar arm niet meer zeer deed. 'Er zal weinig te zien zijn.'

'Dan draaien we alle lichten aan,' zei hij en hij verdween in zijn kantoor. 'Geef me twee minuutjes.'

Daisy bleef met haar vest om haar schouders op het verlichte terras zitten luisteren naar het verre geluid van pretmakerij en het verkeer beneden haar. Ze voelde zich niet meer zo misplaatst. Ze voelde zich op haar gemak bij Jones, alsof ze niet meer voortdurend iets hoefde te bewijzen en benadrukken dat hij haar beste kanten over het hoofd zag. Het was ook anders nu ze hem hier, in zijn eigen omgeving zag, tussen een menigte respectvolle, enthousiaste gezichten. Vreselijk dat macht iemand zo veel aantrekkelijker maakte, merkte ze op, en ze verzette zich tegen een heimelijk gevoel van opwinding bij het idee dat ze weer alleen met hun beiden in het huis zouden zijn.

Ze haalde haar mobiel uit haar tas om naar Ellie te informeren, en vloekte zacht toen ze ontdekte dat de batterij leeg was. Ze had hem in Merham nauwelijks gebruikt, en waarschijnlijk was hij al weken leeg.

'Bent u klaar?' De serveerster begon de lege glazen van tafel te ruimen.

'Ja, dank u.' Misschien kwam het door de alcohol, of door Jones' attenties, maar Daisy voelde zich nu minder geïntimideerd.

'Jones zei dat ik moest zeggen dat hij over vijf minuutjes terug is. Hij is aan de telefoon geroepen.' Daisy knikte begrijpend, en ze vroeg zich af of ze zijn telefoon kon lenen om Lottie te bellen, als hij klaar was.

'Heeft het gesmaakt?'

'Heerlijk.' Daisy pikte een laatste stukje chocoladetaart van haar dessertbordje.

'Jones ziet er een stuk beter uit. God, wat had hij vanochtend een rothumeur.' Het meisje stapelde de borden op elkaar met de snelle, routineuze gebaren van iemand voor wie dit een tweede natuur is. Ze propte de gebruikte servetten in de glazen en liet die er bovenop balanceren. 'Het is maar goed dat hij vandaag wat afleiding heeft gehad.'

'Hoezo? Waarom?'

'Zijn vrouw. Zijn ex-vrouw, sorry. Die is vandaag hertrouwd, vanmiddag, geloof ik. Hij wist zich geen raad met zichzelf.'

De chocoladetaart bleef aan Daisy's gehemelte plakken.

'O, sorry. Hebt u soms iets met hem?'

Daisy slikte en glimlachte naar het bezorgde gezicht van het meisje. 'Nee, hoor. Ik richt alleen zijn nieuwe hotel in.'

'Dat aan de kust? Geweldig. Ik popel om het te zien. Maar goed ook trouwens.' Het meisje bukte zich diep, met een blik op de deur. 'We zijn allemaal stapelgek op hem, de schat, maar het is een echte rokkenjager. Ik denk dat hij met ten minste de helft van de meisjes in het hotel heeft geslapen.'

Jones gaf zijn poging tot converseren ergens voorbij Colchester op. Hij vroeg of ze moe was, en toen ze dat bevestigde, zei hij dat ze wat hem betrof gerust een dutje kon doen. Daisy keerde haar hoofd de andere kant op en staarde naar de door natriumlampen verlichte wegen die voorbij snelden. Ze vroeg zich af hoe ze zo veel tegenstrijdige gevoelens een plaats in haar uitgeputte gemoed kon geven.

Ze vond hem aardig. Dat had ze waarschijnlijk geweten vanaf het moment dat hij haar had opgehaald en haar kwaad had gemaakt door geen aandacht aan haar te schenken. Ze begon het zichzelf toe te geven op het moment dat hij zo ongewoon teder en behulpzaam was toen ze zich in haar arm had gesneden. Hij was bleek weggetrokken toen hij zag hoe erg ze bloedde, en de manier waarop hij het winkelpersoneel instructies toesnauwde en haar in vliegende vaart naar het ziekenhuis bracht, bezorgde haar een gevoel van veiligheid dat ze sinds Daniels vertrek niet meer had gekend. Een flink deel van Daisy wilde nog steeds beschermd worden. De opmerking van de serveerster over het hertrouwen had haar echter met de kracht van een voorhamer getroffen. Ze was jaloers. Jaloers op de ex-vrouw omdat ze met hem getrouwd was geweest, jaloers op iedereen die hem nog steeds op de kast kreeg. En tot overmaat van ramp had ze ook nog die andere meisjes genoemd.

Daisy schoof omlaag op haar stoel, boos en wanhopig tegelijk. Het was onmogelijk. Hij was onmogelijk. Het had geen zin te worden geobsedeerd door iemand die, zoals de serveerster het zo treffend uitdrukte, een rokkenjager was. Daisy bekeek hem vanuit haar ooghoeken. Ze kende het type, Julia noemde ze 'rampenmannen', op een vreemde manier boeiend, maar je moet niet iets met ze beginnen. Gewoon doorrijden en God op je blote knieën danken dat je niet halverwege bent blijven steken. Zelfs al zou ze iets met hem willen beginnen, wat duidelijk niet het geval was, dan was Jones niet geschikt, zelfs niet als afleidingsmanoeuvre. Zijn levensstijl, zijn voorgeschiedenis… alles wees op permanente ontrouw en bindingsangst.

Daisy huiverde, alsof ze bang was dat hij haar gedachten kon horen. Ze ging er bij dit alles van uit dat hij haar ook aardig vond, wat ze, eerlijk gezegd, betwijfelde. Hij hield van haar gezelschap, ja, maar er gaapte een genetische kloof tussen haar en die serveerster, de slanke, egaal gebruinde meisjes die zijn wereld bevolkten.

'Heb je het warm genoeg? Mijn jasje ligt achterin, als je wilt.'

'Ik voel me prima,' zei Daisy kortaf. Ondanks het late uur en het hernieuwde kloppen van haar arm wilde ze dat ze de trein had genomen. Ik kan dit niet doen, dacht ze op haar lippen bijtend. Ik kan mezelf niet toestaan iets te voelen. Dat is te pijnlijk en te ingewikkeld. Haar wonden waren aan het genezen, tot ze met Jones op stap was gegaan. Nu lagen ze weer open.

'Pepermuntje?' vroeg Jones. Ze schudde haar hoofd, en uiteindelijk liet hij haar met rust.

Ze waren om kwart voor tien terug op Arcadia. De auto knerpte luid over het grind en veroorzaakte een nog luidere stilte toen hij stopte. De lucht was helder en Daisy ademde de zuivere, zilte lucht in en hoorde het ruisen en klotsen van de zee in de verte.

Ze voelde meer dan ze zag dat Jones naar haar keek. Hij stapte uit, klaarblijkelijk vastbesloten niets te zeggen.

Daisy greep met haar goede hand over zich heen naar haar portier, en probeerde het te openen. Haar fysieke onvermogen bracht haar gevaarlijk dicht bij tranen. Ze was niet van plan weer te gaan huilen waar hij bij was. Dat zou echt een bekroning zijn van haar dag.

Mevrouw Bernard had een paar lampen aan gelaten, om het huis wat minder ongezellig te maken. Ze wierpen een grote gele lichtplas over het grind. Daisy keek naar de ramen en het drong tot haar door dat ze weer een nacht in haar eentje zou moeten doorbrengen.

'Gaat het een beetje?' zei Jones naast haar. Zijn eerdere opgewektheid was vervangen door iets beschouwelijks. Hij keek, dacht ze, alsof hij op het punt stond iets ernstigs te zeggen.

'Prima,' zei Daisy. Ze zwaaide haar benen uit de auto terwijl ze haar arm beschermend tegen haar borst hield. 'Ik red me wel.'

'Wanneer brengt mevrouw Bernard de baby terug?'

'Morgenochtend.'

'Zal ik haar gaan halen? Dat is zo gebeurd.'

'Nee. Ga jij maar terug. Ze zullen je in Londen wel nodig hebben.'

Hij keek haar strak aan, en ze bloosde vanwege haar toon, dankbaar dat hij op de schemerige oprit de kleur op haar gezicht niet zag.

'In elk geval bedankt,' zei ze met een gedwongen glimlach. 'En sorry, voor alles.'

'Het was me een genoegen. Echt waar.'

Hij stond voor haar, een te grote gestalte om zomaar langs te lopen. Ze staarde naar haar schoenen en wilde alleen maar dat hij wegging. Maar hij scheen geen haast te hebben.

'Ik heb je van streek gemaakt,' zei hij.

'Nee,' zei Daisy te snel. 'Helemaal niet.'

'Zeker weten?'

'Ik ben gewoon moe. Mijn arm doet zeer.'

'Red je het in je eentje?'

Ze keek naar hem op. 'Ja, hoor.'

Ze stonden een halve meter van elkaar af. Weinig op zijn gemak gooide Jones zijn autosleutels van zijn ene hand in de andere. Waarom ga je niet weg? wilde Daisy schreeuwen.

'O, ja,' zei hij. 'Je hebt iets in de achterbak laten liggen.'

'Wat dan?'

'Hier.' Hij liep om de auto heen en maakte met een piepje van zijn afstandsbediening de koffer open.

Daisy liep achter hem aan met haar vest om haar schouders. De mitella schuurde langs haar nek en met haar goede hand greep ze naar de knoop om die te verschuiven. Toen ze klaar was, stond Jones nog steeds in de kofferbak te kijken. Ze volgde zijn blik naar omlaag. Daar, op een grote grijze deken, lag het gebrandschilderde raam. De voorstelling was net zichtbaar in de schaduw van de achterklep.

Daisy bleef doodstil staan.

'Ik zag je ernaar kijken.' Jones zag er verlegen uit. Hij schuifelde met zijn voeten. 'En dus heb ik het voor je gekocht. Ik vond... ik vond dat het een beetje op je kleine meid leek.'

Daisy hoorde de wind in de Schotse dennen en het gefluister van het gras op de duinen. De geluiden werden bijna verdrongen door de belletjes die in haar oren rinkelden.

'Om je te bedanken,' zei hij hees, nog steeds in de kofferbak starend. 'Voor wat je hebt gedaan. Het huis en alles.'

Toen hief hij zijn hoofd op en keek haar aan. En Daisy, met haar tas in haar goede hand, hoorde niets meer. Ze zag twee donkere, droefgeestige ogen en een gezicht waarvan de grofheid werd verzacht door de lieve uitdrukking. 'Ik vind het prachtig,' zei ze zacht. Met haar blik nog op de zijne gericht, deed ze een stap in zijn richting en hief onwillekeurig haar verbonden arm naar hem op terwijl haar adem stokte in haar keel. Ze hield in toen de voordeur met een zwaai openging, waardoor een zee van licht over de oprit en over hen heen viel.

Daisy keerde zich om naar de deur en knipperde met haar ogen tot ze zich op het silhouet instelden dat in de deuropening stond en dat niet dat van Lottie Bernard scheen te zijn. Ze deed haar ogen dicht en opende ze weer.

'Hallo, Daise,' zei Daniel

17

'ZE HEEFT HET DIT keer echt voor mekaar.'

Lottie was een toren van blokken voor Ellie aan het bouwen en staarde naar de twee figuren op het terras. Ze draaide zich om naar Aidan en kwam overeind. 'Wie?' Ze was vergeten hoe veel tijd je bezig was met op de grond zitten en weer overeind komen, als je kleine kinderen had. Ze herinnerde zich uit de tijd met Camille niet dat alles zo veel pijn deed. Zelfs niet met Katie. 'Uw mevrouw van verderop, mevrouw Beenwarmer of hoe ze heet. Hebt u dit gezien?' Hij liep naar het kleed toe, overhandigde haar een exemplaar van de plaatselijke krant en wees op een artikel. 'Wil dat ieder weldenkend mens bij het hotel gaat posten. Om te voorkomen dat ouwe Jonesy alcohol zal schenken.'

'Wat?' Lottie bestudeerde de krantenpagina en duwde intussen verstrooid gekleurde stenen naar Ellie toe. 'Idioot mens,' zei ze. 'Alsof een stel demente bejaarden met spandoeken enige invloed zullen hebben. Ze moet haar hoofd laten nakijken.'

Aidan pakte een beker thee van het aanrecht. Zijn met gips bedekte vingers hadden blijkbaar geen last van de hete mok. 'Zal evengoed geen goeie reclame zijn. Niet het imago dat hij voor zijn project wil – dat hij zich een weg moet banen tussen een rij blauwgespoelde rebellen door.'

'Het is belachelijk,' zei Lottie kortaf en gaf hem de krant terug. 'Alsof het de mensen hier een fluit kan schelen of er een paar gin-tonics worden gedronken.'

Hij deed een stap naar achteren toen hij Daisy met een onbekende man in het oog kreeg. 'Zo, zo,' begon hij. 'Onze Daisy heeft in de nachtdienst een nieuwe kerel opgeduikeld, of zie ik het verkeerd?'

'Heb je niks beters te doen?' zei Lottie op vinnige toon.

'Dat ligt eraan,' zei hij en hij wachtte net lang genoeg tot hij Lottie op de kast had en slenterde weg.

Hij was de vader van de baby. Geen twijfel mogelijk, ze wist het zodra hij de avond daarvoor aan de deur verscheen, zijn donkere haar en diepliggende bruine ogen waren het evenbeeld van die van Ellie.

'Ja?' had ze gezegd, terwijl ze heel goed wist wat hij zou zeggen.

'Is Daisy Parsons thuis?' Hij had een weekendtas bij zich. Tamelijk aanmatigend onder de omstandigheden, had Lottie gedacht. 'Ik ben Daniel.'

Met opzet hield ze haar gezicht in de plooi.

'Daniel Wiener. Daisy's... Ellies vader. Ik hoorde dat ze hier was.'

'Ze is er niet,' zei Lottie. Ze nam zijn gespannen blik en modieuze kleren in zich op.

'Mag ik binnenkomen? Ik ben met de trein uit Londen gekomen. Ik geloof niet dat er ergens een pub is waar ik kan wachten.'

Zwijgend had ze hem binnengelaten.

Het ging haar natuurlijk niets aan. Zij kon het meisje niet vertellen wat ze moest doen. Maar als het aan haar had gelegen had ze gezegd dat hij zijn biezen kon pakken. Lottie balde haar vuisten en besefte dat ze, zonder dat zij er het recht toe had, in Daisy's plaats boos op deze man was. Haar en de baby aan hun lot overlaten en dan denken dat hij kon komen aankakken alsof er niets was gebeurd. Daisy maakte het goed, dat zag iedereen. Ze keek naar de baby, die peinzend op een houten blok zat te knauwen en daarna naar het terras, waar de twee figuren nog steeds stijfjes een paar meter van elkaar af stonden, zij schijnbaar verdiept in iets aan de horizon, en hij in iets bij zijn schoenen.

Ik zou je een leven met je vader moeten toewensen, Ellie, zei ze stilzwijgend. Uitgerekend ik.

Daisy ging op de bank onder de muurschildering zitten, tussen potten met verschillende verfkwasten, terwijl Daniel met zijn rug naar de zee ging staan en naar het huis keek. Ze gluurde stiekem naar hem om hem helemaal in zich op te nemen en voelde zich weinig op haar gemak, want ze wilde niet dat hij het zou merken.

'Je hebt het fantastisch gedaan,' zei hij. 'Ik zou het niet herkend hebben.'

'We hebben hard gewerkt,'zei ze. 'Ik, het team, Lottie, Jones...'

'Aardig van hem om je een lift vanuit Londen te geven.'

'Ja. Ja, zeker.' Daisy nam een slokje thee.

'Wat is er met je gebeurd? Met je arm?' zei hij. 'Ik wilde het je gisteravond al vragen, maar...'

'Ik heb me gesneden.'

Hij verbleekte.

Ze raadde direct zijn gedachten. 'Nee, nee. Niet op die manier. Ik ben door een glazen deur gevallen.' Ze kreeg een kleur van ergernis dat hij nog steeds dacht dat hij van zo'n vitaal belang voor haar bestaan was.

'Doet het pijn?'

'Een beetje, maar ik heb pijnstillers gekregen.'

'Mooi. Dat is prima. Niet je arm bedoel ik. De pijnstillers.'

Het was niet zo houterig begonnen. Toen ze hem de avond daarvoor zag, dacht ze heel even dat ze zou flauwvallen. Toen Jones discreet het gebrandschilderde raam had uitgeladen en snel was vertrokken, was ze naar binnen gegaan en, zich vastgrijpend aan de trapleuning, in een onbedaarlijke huilbui uitgebarsten. Hij had, zich verontschuldigend, zijn armen om haar heen geslagen, en zijn tranen met de hare vermengd, waarop ze nog harder had gehuild, geschokt dat zijn lichaam tegen het hare zo vertrouwd en tegelijkertijd zo vreemd aanvoelde.

Zijn komst was zo onverwacht dat ze geen tijd had gehad te beseffen wat ze voelde. Door de avond met Jones was alles weer opgerakeld, en dan ineens werd ze geconfronteerd met Daniel, wiens afwezigheid bijna elke minuut van de afgelopen maanden had gekleurd, en wiens aanwezigheid nu zoveel tegenstrijdige gevoelens opriep dat ze hem alleen maar kon aankijken en huilen.

'Het spijt me zo, Daise,' had hij gezegd, zijn handen in de hare klemmend. 'Het spijt me zo vreselijk.'

Een hele tijd daarna kwam ze weer tot zichzelf en schonk met een hand twee grote glazen wijn in. Ze stak een sigaret op en zag zijn verbaasde blik en de poging die hij deed die te verbergen. Toen ging ze naar hem zitten kijken, niet wetend wat ze tegen hem moest zeggen, wat ze zou durven vragen.

Hij zag er op het eerste gezicht nog precies hetzelfde uit: zijn haar was op dezelfde manier geknipt, hij droeg dezelfde broek en sportschoenen die hij aan had toen hij wegging. Hij had nog dezelfde maniertjes, hij wreef met zijn hand over zijn hoofd alsof hij wilde weten of het er nog op zat. Toen ze echter wat beter keek, leek hij veranderd, ouder misschien. In elk geval had hij meer rimpels. Ze vroeg zich af of zij was veranderd.

'Ben je weer beter?' had ze gevraagd. Dat leek wel een veilige vraag.

'Ik ben niet meer... niet meer zo in de war, als je dat bedoelt,' zei hij.

Daisy nam een flinke slok wijn. Die smaakte wrang, ze had al te veel gedronken. 'Waar logeer je?'

'Bij mijn broer Paul.'

Ze knikte.

Hij keek haar onafgebroken aan. Hij leek bezorgd en knipperde met zijn ogen. Het schemerlicht onthulde diepe kringen. 'Ik wist niet dat je hier woonde,' zei hij. 'Mam dacht dat je bij iemand in de stad logeerde.'

'Bij wie dan wel?' zei ze vinnig – de boosheid lag te dicht onder de oppervlakte. 'Ik moest uit de flat weg.'

'Ik ben er geweest,' zei hij. 'Er woont iemand anders.'

'Ja, nou, ik kon de huur niet betalen.'

'Er stond geld op de rekening, Daise.'

'Niet in de tijd dat je weg was. Niet genoeg voor ons onderhoud. Niet als je de huurverhoging waar meneer Springfield mij mee opzadelde, moest betalen.'

Daniel boog zijn hoofd. 'Je ziet er goed uit,' zei hij hoopvol.

Ze strekte haar benen en wreef over een bruinachtige bloedspat op haar linkerknie. 'Beter dan toen jij vertrok, neem ik aan. Maar toen had ik net een heel mensje uit mijn lijf geperst.'

Er viel een lange, gecompliceerde stilte.

Ze keek naar het dikke haar op zijn hoofd en dacht aan de keren dat ze huilend wakker was geworden omdat hij niet meer naast haar lag, en dat ze er in bed aan lag te denken hoe zijn haar aanvoelde als ze er met haar vingers in woelde. Ze voelde geen neiging dat nu te doen. Ze voelde alleen deze ijskoude woede. En daaronder, ermee vermengd, de angst dat hij weer weg zou gaan.

'Het spijt me zo, Daise,' zei hij. 'Ik... ik weet niet wat me bezielde.' Hij schoof naar voren op zijn stoel alsof hij een toespraak voorbereidde. 'Ik ben aan de antidepressiva,' zei hij. 'Die helpen een beetje, in zoverre dat ik alles niet meer zo hopeloos inzie. Maar ik wil ze niet te lang gebruiken. Ik wil er niet afhankelijk van worden.' Hij nam een slok wijn. 'Ik ben ook bij een psychiater geweest. Een paar keer. Ze was een beetje een geitenwollensokkentype.' Hij keek haar aan om de reactie op een oude, gemeenschappelijke grap te peilen.

'En wat vond zij ervan? Van jou bedoel ik.'

'Zo ging het niet. Ze stelde een hele hoop vragen en verwachtte dat ik de antwoorden erop zou vinden.'

'Klinkt als een goed soort broodwinning. En heb je ze gevonden?'

'Een paar, denk ik.' Hij weidde er niet verder over uit.

Daisy was te uitgeput om er dieper op in te gaan.

'O. Blijf je logeren?'

'Als het mag.'

Ze nam nog een lange trek aan haar sigaret en drukte hem uit. 'Ik weet niet wat ik tegen je moet zeggen, Dan,' zei ze. 'Ik ben te moe en het is te onverwacht, ik kan niet helder denken... We praten morgen wel verder.'

Hij knikte, nog steeds naar haar kijkend.

'Je kunt in de Woolf-suite slapen. Er ligt een dekbed, nog ingepakt. Neem dat maar.'

De mogelijkheid dat hij elders zou gaan slapen was bij geen van beiden opgekomen.

'Waar is ze?' zei hij toen ze de kamer uit wilde gaan.

Ach, dus je bent eindelijk geïnteresseerd, dacht ze. 'Ze komt morgenochtend terug,' zei ze.

Ze had niet geslapen. Hoe zou ze ook kunnen, terwijl ze wist dat hij aan de andere kant van de muur waarschijnlijk ook wakker lag? Het ene moment schold ze zichzelf de huid vol dat hem zo had ontvangen, dat ze heel doeltreffend had gesaboteerd wat een glorieuze hereniging had kunnen zijn. Ze had vanavond niets moeten zeggen, maar hem naar haar toe moeten trekken en omhelzen, en welkom thuis heten. Het andere moment vroeg ze zich af waarom ze hem eigenlijk liet overnachten. De boosheid voelde als een koud, hard ding in haar binnenste en wierp nu en dan bittere vragen op: waar was hij geweest? Waarom had hij niet gebeld? Waarom had het bijna een uur geduurd voordat hij vroeg waar zijn dochter was?

Ze stond om zes uur met opgezette ogen en hoofdpijn op en gooide koud water over haar gezicht. Ze wilde dat Ellie er was, dan had ze een doel, een serie praktische dingen te doen. In plaats daarvan dwaalde ze stilletjes door het huis, zich bewust van de vertrouwdheid en het gevoel van veiligheid dat het haar had gegeven. Tot nu toe. Nu kon ze er niet meer aan denken zonder Daniel erbij. Het gebied dat vrij van hem was geweest droeg nu ook een stempel van hem. Het duurde een paar minuten voordat ze begreep dat ze daardoor uit haar evenwicht was omdat ze verwachtte dat hij weer zou vertrekken.

Hij werd wakker toen Lottie arriveerde. Ze bracht Ellie binnen, die duidelijk niet uit haar doen was door haar onorthodoxe avond, en vroeg of alles met Daisy in orde was.

'Prima,' zei Daisy en ze begroef haar gezicht in Ellies hals. Ze rook anders, naar iemand anders' huis. 'Dank je wel voor het oppassen.'

'Ze is heel zoet geweest.' Lottie keek haar even aan en trok haar ene wenkbrauw op bij het zien van Daisy's arm. 'Ik ga thee zetten,' zei ze en ging naar de keuken.

Een paar minuten daarna kwam Daniel de trap af. Zijn rode ogen en grauwe gelaatskleur getuigden van een beroerde nachtrust. Toen hij Daisy en Ellie in de hal zag bleef hij staan, met zijn voet nog op de vorige trede.

Daisy's hart sloeg een slag over toen ze hem zag. Ze had zich al een paar keer afgevraagd of ze de afgelopen nacht een geestverschijning had gezien.

'Ze… ze is zo groot,' fluisterde hij. Daisy hield het sarcastische antwoord binnen dat op haar lippen lag.

Langzaam liep hij de trap af naar hen toe. Hij hield zijn ogen op zijn dochter gericht. 'Dag schatje,' zei hij met gebroken stem.

Met het feilloze instinct van een kind dat het juiste moment weet te kiezen, keek Ellie hem heel even aan. Toen begon ze kraaiend tegen Daisy's neus te slaan.

'Mag ik haar vasthouden?'

Daisy, die Ellies hardste meppen probeerde af te weren, zag de tranen in Daniels ogen en het verlangen op zijn gezicht en ze vroeg zich af waarom ze haar dochtertje juist op dit ogenblik, waar ze maandenlang aan had gedacht en bijna fysiek naar verlangd, instinctief bij zich wilde houden. En haar niet afstaan.

'Hier,' zei ze en ze stak hem Ellie toe.

'Hallo, Ellie. Wat ben je mooi!' Hij trok haar langzaam tegen zich aan, als iemand die geen kinderen gewend is. Ze bedwong de neiging tegen hem te zeggen dat hij Ellie niet op de goede manier vasthield en negeerde Ellies uitgestoken armen. 'Ik heb je zo gemist,' mompelde Daniel. 'O, liefje, pappie heeft je zo gemist.' Overspoeld door tegenstrijdige gevoelens die ze Daniel niet wilde tonen, liep Daisy abrupt naar de keuken.

'Thee?' zei Lottie zonder op te kijken.

'Graag.'

'En… hij?'

Daisy keek naar Lotties kaarsrechte rug en zag hoe ze met vaardige hand bij het aanrecht bezig was en theepotten en theezakjes ordende.

'Daniel. Ja. Met melk, geen suiker.'

Met melk, geen suiker, dacht ze terwijl ze zich aan het aanrecht vasthield om haar handen niet te laten trillen. Ik ken zijn voorkeuren beter dan de mijne.

'Zal ik hem zijn thee brengen? Als hij klaar is met de baby?'

Lotties stem had een scherpe ondertoon. Daisy kende haar inmiddels goed genoeg om die te herkennen. Maar ze had er geen moeite meer mee. 'Nee, laat maar. Ik neem de mijne mee naar het terras.'

Hij kwam elf minuten daarna opdagen. Daisy kon niet laten de tijd te controleren, te registreren hoe lang hij met zijn kind bezig bleef voordat hij door het regelmatige gekrijs van frustratie of een huilbui zo van streek raakte dat hij haar weer uit handen gaf. Hij had het langer volgehouden dan ze had verwacht.

'Je vriendin legt haar in bed. Zegt dat ze een dutje moet doen.' Hij nam zijn thee mee naar buiten en ging tegenover haar naar de zee staan kijken.

'Lottie past op haar als ik aan het werk ben.'

'Dat is een prettige regeling.'

'Nee, Daniel, dat is een noodzakelijke regeling. De baas vond het niet goed dat ik ambtenaren van ruimtelijke ordening en dergelijke te woord stond met een baby op mijn heup.'

Hij was er altijd, die opborrelende woede, wachtend op een aanleiding om uit te barsten en hem ervan langs te geven. Daisy wreef over haar voorhoofd. Ze raakte altijd geïrriteerd en verward als ze uitgeput was.

Daniel dronk zwijgend van zijn thee. De geur van de jasmijn, die in volle bloei stond, was bijna overweldigend en werd door een briesje over het terras naar hen toe gevoerd. 'Ik verwachtte niet dat ik met open armen zou worden verwelkomd,' zei hij. 'Ik weet wat ik heb gedaan.'

Je hebt geen idee wat je hebt gedaan, wilde ze hem toeschreeuwen. Wat ze zei was: 'Ik wil dit liever niet in werktijd bespreken. Als je nog een nacht kunt blijven, praten we er vanavond wel over.'

'Ik loop heus niet weg,' zei hij met een verontschuldigende glimlach. Maar die woorden stelden haar niet gerust.

De dag ging voorbij en Daisy was dankbaar voor de afleiding die haar werk haar bezorgde, in de vorm van deurknoppen die verkeerd waren bevestigd en ramen die niet goed sloten, en die irritante alledaagsheid bracht haar weer in haar normale evenwicht terug. Daniel ging de stad in om een krant te kopen, maar Daisy vermoedde dat het voornamelijk was omdat hij moeite had met haar houding. Aidan en Trevor sloegen haar met belangstellende blikken gade: onder hun ogen speelde zich een huiselijk drama van episch formaat af, dat hun aandacht zelfs van de openingswedstrijden van een voetbaltoernooi op de radio afleidde.

Lottie keek slechts toe en zei niets.

Ze had die ochtend aangeboden de dagelijkse zorg voor Ellie aan Daniel over te dragen 'zo lang hij er is'. Ze had aangeboden hem te laten zien hoe hij bepaalde dingen moest doen, zoals haar eten klaarmaken, haar in haar kinderstoel vastbinden, en haar dekentje onder haar kin instoppen als ze ging slapen. 'Ze wil niet dat er onnodige drukte van haar wordt gemaakt, dan raakt ze maar van streek,' zei ze. Iets in de uitdrukking op Lotties gezicht zei Daisy dat het niet zo'n goed idee was haar dat te laten doen, als ze tenminste serieus wilde dat Daniel weer thuis kwam.

Op lunchtijd kwam Camille en vroeg na een kort babbeltje met haar moeder discreet of het goed ging met Daisy. 'Kom vanavond langs als je een hoofdmassage of iets dergelijks wilt. Mam past wel op Ellie. Dat helpt geweldig goed tegen stress.' Als iemand anders met dat voorstel was gekomen, had Daisy gezegd dat ze kon oprotten. Ze was opgegroeid met het natuurlijke gevoel voor anonimiteit van de Londenaar en ze haatte het goudvissenkomaspect van het dorpsleven en de manier waarop Daniels terugkeer kennelijk iedereen het recht op een mening verschafte. Camille leek echter niet geïnteresseerd in roddelpraat. Misschien hoorde ze tijdens haar werk zoveel sensationele verhalen dat ze immuun was voor de aanlokkelijke mogelijkheden. Camille wilde alleen dat zij zich goed voelde, dacht Daisy met verbazing. Of misschien zat ze om gezelschap verlegen. 'Niet vergeten, gewoon langskomen,' zei Camille toen ze met Rollo vertrok. 'Eerlijk gezegd kan ik wel iemand gebruiken om mee te praten als Katie uit is met haar vriendinnen. Hal geeft tegenwoordig de voorkeur aan zijn geschilderde dames.' Het klonk als een grapje, maar haar gezicht stond treurig.

Hal was de enige die blijkbaar geen belangstelling had voor Daisy's romantische aangelegenheden. Waarschijnlijk omdat hij helemaal opging in de muurschildering, die voor drie kwart was blootgelegd. Hij deed afwezig en kortaf. Hij nam geen lunchpauze meer en nam zonder plichtplegingen zijn brood van zijn vrouw aan. De helft van de tijd vergat hij het op te eten.

Jones liet zich niet zien.

Zij belde hem niet. Ze zou niet weten wat ze moest zeggen.

Daniel bleef. Die tweede avond praatten ze niet. Ze hadden de hele dag nauwelijks aan iets anders gedacht, met het gevolg dat ze, tegen de tijd dat ze het rijk alleen hadden, te uitgeput waren doordat de argumenten al talloze keren door hun hoofd waren gegaan. Ze aten, luisterden naar de radio en gingen ieder naar hun eigen bed.

De derde avond had Ellie aan een stuk door gehuild, vanwege gerommel in haar buikje of een doorbrekende tand. Daisy had met haar over de bovenste verdieping van het huis heen en weer gelopen. In tegenstelling tot in de flat op Primrose Hill riep Ellies gekrijs, dat altijd een onzichtbaar koord in haar aantrok tot het op knappen stond, hier niet die oude angst in haar op dat ze iemand zou storen – haar boven- en benedenburen, de mensen op straat en Daniel. Ze was gewend geraakt aan de ruimte en het isolement. 'In Arcadia,' zei ze liefkozend tegen haar dochtertje, 'hoort niemand je huilen.'

Ze liep door de gangen en Ellies gesnik werd bij elke nieuwe kamer minder. Ze probeerde niet aan Daniels reactie te denken. Dit was per slot van rekening wat hem destijds had weggejaagd: het lawaai, de rommel en de onvoorspelbaarheid van het geheel. Ze verwachtte half en half dat hij vertrokken zou zijn toen ze op haar tenen de trap weer af kwam.

Maar Daniel zat de krant te lezen. 'Slaapt ze?' vroeg hij en hij ontspande zich toen Daisy knikte. 'Ik wilde... ik wilde me er niet mee bemoeien.'

'Ze raakt soms nogal opgefokt,' zei ze. Ze pakte haar glas wijn en zakte tegenover hem neer. 'Ze moet even stoom afblazen voordat ze weer in slaap kan vallen.'

'Ik heb haar zo gemist. Ik lig mijlen bij jou achter, ik weet totaal niet wat ze wil.'

'Het is anders geen kernfysica,' zei Daisy.

'Het lijkt er wel op,' zei hij. 'Maar ik zal het leren, Daise.'

Kort daarop was ze naar bed gegaan. Toen ze de kamer uitliep, moest ze de onverwachte neiging bedwingen hem op zijn wang te kussen.

'Julia?'

'Hallo schat. Hoe gaat-ie? Hoe is het met mijn kleine scheetje?'

'Daniel is terug.'

Het was even stil.

'Julia?'

'Juist, ja. Wanneer heeft dit kleine wonder plaatsgevonden?'

'Twee dagen geleden. Hij stond ineens op de stoep.'

'En jij hebt hem binnengelaten?'

'Ik kon moeilijk zeggen dat hij de trein naar huis terug moest nemen. Het was bijna tien uur 's avonds.'

Haar zusters gegrom maakte Daisy duidelijk wat zij zou hebben gedaan.

'Ik hoop dat je niet...'

'Er zijn hier acht suites, Julia.'

'Nou, dat is tenminste iets. Wacht even.' Daisy hoorde dat ze haar hand over de hoorn legde, gevolgd door een gedempt: 'Don? Kun je de aardappelen even laag zetten, schat? Ik ben aan de telefoon.'

'Luister, ik zal je niet ophouden. Ik wilde het je alleen even laten weten.'

'Is het voorgoed?'

'Wat? Daniel? Dat weet ik niet. Dat heeft hij niet gezegd.'

'Natuurlijk niet. Wat dwaas van je om te verwachten dat hij je zal vertellen wat hij van plan is.'

'Zo zit het niet, Juul. Daar hebben we het nog niet over gehad. We hebben nog niet echt gepraat.'

'Dat zal hem wel goed uitkomen.'

'Dat ligt niet per se aan hem.'

'Wanneer houd je eens op hem te verdedigen, Daisy?'

'Ik verdedig hem niet. Echt niet. Ik wil gewoon even aanzien hoe het is om met ons drieën bij elkaar te zijn. Of het nog wel werkt. En daarna gaan we serieus praten.'

'Heeft hij je geld aangeboden?'

'Hoezo?'

'Nou, voor kost en inwoning. Want hij heeft geen huis meer, is het wel?'

'Hij is niet...'

'Hij woont in een luxe hotel. In een suite. Gratis voor niks.'

'O, Julia, geef hem een kans.'

'Nee, Daisy. Ik ben niet bereid hem wat voor kans dan ook te geven. Waarom zou ik hem een kans geven na wat hij jullie heeft aangedaan? Jou en zijn eigen kind? Wat mij betreft heeft hij het verbruid.'

Daisy snoof onwillekeurig.

'Zorg dat hij niet zomaar binnenwandelt en de boel weer overneemt, Daisy. Je hebt je zonder hem prima gered, weet je nog? Dat moet je goed in je oren knopen. Jij hebt het gemaakt.'

Is dat zo? dacht Daisy naderhand. Ze was hulpeloos geweest, zeker. Ze had gezorgd dat Ellie zich aan haar ritme aanpaste, niet andersom. Ze had een deel van zichzelf hervonden, iets beters, bedacht ze nu en dan, dan de oude Daisy. Door de renovatie van Arcadia had ze iets belangrijks bereikt dat ze niet had verwacht. Maar ze was eenzaam. Ze was niet het soort meisje voor wie alleen wonen een normale zaak is.

'Je bent veranderd,' zei Daniel. Hij zei het nogal onverwacht toen hij haar aan het werk zag.

Daisy wierp een blik naar buiten, waar Lottie op een plastic windmolentje blies, waardoor Ellie gilde van de pret. 'Ik ben moeder geworden,' zei ze.

De vierde dag arriveerde Carol, de pr-vrouw. Ze slaakte bewonderende kreten over de schoonheid van het huis, nam polaroid foto's van alle kamers, dreef Daisy tot wanhoop en Lotties wenkbrauwen tot het hoogtepunt. 'Jones heeft over je plan verteld. Geweldig idee. Erg goed,' zei ze met een samenzweerderige blik. 'Dat levert een fantastisch artikel voor een van de glossy's op. Ik heb *Interiors* in gedachten. Of misschien *Homes and Gardens*.' Daisy's ergernis dat Jones vertrouwen in dit mens had werd verzacht door de gedachte dat haar talenten misschien in de pers zouden worden gewaardeerd.

'Tot die tijd is het mondje dicht.' Met een dramatisch gebaar trok ze haar vinger over haar lippen. 'Een nieuwtje is nu eenmaal je van het.' Ze zei dat ze een uitzondering zou maken door een themafeest te organiseren: een dagje aan de kust anno jaren vijftig. Ze konden heerlijk ordi doen met ezeltjes en ijsjes en stomme ansichtkaarten en zo. Ze scheen Daisy niet te horen toen die uitlegde dat het huis niet uit de jaren vijftig was.

'Komt Jones nog? Voor de opening?' vroeg Daisy toen ze zag dat

Carol weer in haar lage auto stapte, en ze verbaasde zich inwendig dat een vrouw van in de vijftig nog een voorkeur voor een Japanse two-seater kon hebben.

'Hij zou proberen vanmiddag te komen om ons te spreken,' zei Carol terwijl ze haar mobiel intoetste om te zien of er berichten waren, 'maar je weet hoe hij is, de schat.' Ze sloeg haar ogen ten hemel, iets dat Daisy was gaan herkennen als een vertrouwd gebaar onder Jones' vrouwelijke medewerkers. 'Zo enig om kennis met je te maken, Daisy. En ik vind het zo spannend dat we samen gaan werken. Het zal zo'n fantastisch feest worden!'

'Ja,' zei Daisy. 'Tot gauw.'

Er kwamen andere mensen aanzetten. Er was een ernstige jonge fotograaf die zei dat hij al Jones' brochures deed, en die de werklui tot wanhoop dreef door ze uit de kamers te verjagen en hun elektrische kabels voor zijn booglampen te gebruiken. Dan de chef-kok uit Jones' Londense club, die de keukens kwam inspecteren en drie pakjes uitgebakken spekjes at als lunch. Er kwam onverwacht iemand van ruimtelijke ordening, die weer vertrok zonder merkbaar iets te hebben gecontroleerd. En meneer Bernard, die die avond verscheen om Hal uit te nodigen voor een borrel. Hij had op de voordeur geklopt en was blijven staan wachten, ook al was de deur open en liep iedereen zonder meer in en uit.

'Lottie is er niet, meneer Bernard,' zei Daisy toen ze hem zag staan. 'Ze is met Ellie naar de stad. Wilt u niet binnenkomen?'

'Dat weet ik, lieve kind en ik wilde je niet storen,' ze hij. 'Ik vroeg me alleen af of mijn schoonzoon hier ergens was.'

'Hij is achter,' zei ze. 'Kom verder.'

'Als ik niemand stoor. Dat is heel vriendelijk.'

Zelfs toen hij door het huis liep leek hij slecht op zijn gemak en hij keek strak voor zich uit, alsof hij niet nieuwsgierig wilde lijken. 'Het gaat goed, hè?' was al wat hij zei en hij knikte tevreden toen Daisy dat bevestigend beantwoordde. 'Het lijkt me dat je het prima doet. Niet dat ik er verstand van heb.'

'Dank u,' zei Daisy. 'Ik ben blij dat er een paar mensen zijn die het mooi vinden.'

'Trek je maar niets aan van Sylvia Rowan,' zei hij op vertrouwelijke toon toen ze hem naar het terras bracht. 'Die familie heeft altijd iets tegen Lottie gehad. Al dat ongenoegen heeft waarschijnlijk alleen met haar te maken. Grieven kunnen hier heel lang blijven hangen.'

Hij gaf haar een klopje op haar arm en liep naar Hal toe, die zijn penselen aan het uitspoelen was. Daisy keek hem na en dacht terug aan wat Lottie had verteld over Camilles geboorte. Joe, die een beetje krom liep en zelfs in hoogzomer een boord en stropdas droeg, zag er niet direct als een ridder in een blinkend harnas uit. Een paar minuten daarna, toen Daisy een stel oude foto's in de hal ophing, verscheen hij weer in de deuropening.

'Hij heeft het vanavond te druk. Een ander keertje dan misschien,' zei hij. 'Ik moet het schema niet ophouden.' Hij zag eruit alsof hij al jarenlang aan teleurstellingen gewend was en dat meestal accepteerde.

'Hij hoeft niet over te werken, als u iets van plan was,' zei Daisy.

'Nee. Om je de waarheid te zeggen, Lottie wil dat ik met hem praat.'

Daisy wachtte af.

'O, niets bijzonders hoor, niets bijzonders,' zei hij. Hij stak een hand omhoog en liep naar zijn auto. 'Het gaat alleen over de opheffing van zijn bedrijf. Ik geloof dat hij het erg zwaar opneemt. Ik wilde even weten of alles goed met hem is. Goed, ik moest maar weer eens gaan. Tot ziens, Daisy.'

Ze zwaaide hem na.

Uiteindelijk ging ze naar Camille toe. Ze zei tegen Daniel dat ze een afspraak had, wat gedeeltelijk waar was, en dat hij moest oppassen, hetgeen Lottie deed verbleken. Ze legde de korte afstand naar Camilles huis te voet af. Terwijl ze door de zonnige straten van Merham liep, waar ze zich een weg moest banen tussen uitgeputte ouders en kleine kinderen op wankele fietsjes door, realiseerde ze zich dat ze, op haar tripje naar Londen na, de afgelopen weken het huis en het bijbehorende terrein nauwelijks had verlaten. Daniel had minder verschrikt gekeken dan ze had verwacht, hij zag er zelfs vergenoegd uit, alsof oppassen een voorrecht was, dat net als een eremedaille voor goed gedrag werd toegekend. Ze zou hem tot negen uur geven voordat ze ging bellen, want ze verwachtte dat hij haar tegen die tijd zou smeken om naar huis te komen.

Camille en Hal bewoonden een groot halfvrijstaand huis, met royale ramen en een veranda in de stijl van de jaren dertig. Daarachter kon ze net de vorm van de verheugd blaffende Rollo zien. Ze hoorde en zag vervolgens Camille verrassend snel door de hal komen aanlopen.

'Ik ben het, Daisy,' riep ze, om Camille de noodzaak te besparen het te moeten vragen.

'Prachtig op tijd,' zei Camille. 'Ik heb net een fles wijn opengemaakt. Kom je voor het volledige hoofd?'

'Wat zeg je?'

'De massage.' Ze deed de deur voorzichtig achter Daisy dicht en liep de hal weer in terwijl ze met haar linkerhand langs de muur streek.

'O. Als je wilt,' zei Daisy, die eigenlijk kwam om haar gezelschap te houden.

Het huis was beter ingericht dan ze had verwacht. Aan de andere kant wist ze niet wat ze eigenlijk had verwacht, maar in elk geval niet dat lichte, ruime. Misschien geen schilderijen aan de wand. En zeker niet de honderden foto's die overal stonden, de meeste in antieke zilveren lijstjes: Camille en Hal op een waterfiets, op trektocht ergens in de bergen, Katie op een pony, en zij met hun drieën, mooi aangekleed voor een of andere gelegenheid. Op de schoorsteen stond een grote foto van Hal en Camille op hun trouwdag. De manier waarop hij naar haar keek, die mengeling van trots en tederheid op Hals jonge gezicht, bezorgde Daisy even een gevoel van weemoed.

'Mooie foto's,' zei ze.

'De kleine aquarel ben ik. Je zult het niet geloven, maar die heeft mam gemaakt toen ik een baby was. Jammer dat ze niet meer schildert. Ik denk dat het haar goed zou doen als ze een hobby had.'

'Hij is mooi. En de foto's ook.'

'Kijk je naar onze trouwfoto?' Camille scheen het te weten door de richting waaruit Daisy's stem kwam. Soepel liep ze naar de schoorsteen en pakte hem op. 'Dat is mijn lievelingsfoto,' zei ze liefkozend. 'Het was echt een prachtige dag.'

Daisy kon het niet helpen. 'Hoe weet je dat?' zei ze. 'Wat er op de foto staat bedoel ik.'

Camille zette hem weer op de schoorsteenmantel en zorgde dat de lijst ver genoeg van de rand stond. 'Voornamelijk door Katie. Ze is dol op foto's. Vertelt me wat erop te zien is. Ik kan je waarschijnlijk alles over de meeste fotoalbums vertellen.' Ze zweeg even, met een glimlachje om haar lippen. 'Maak je geen zorgen, dat was ik niet van plan. Kom door naar de keuken. Daar staat mijn oude behandelstoel. Katie zit er graag in.'

Ze kende Camille nauwelijks, niet echt zoals je de achtergrond van je vrienden kent, en hun voorkeuren en antipathieën, als een soort gedeeld emotioneel steno. Camille was te gereserveerd naar Daisy's smaak. Ze voelde zich meer thuis bij mensen die zich voor haar openstelden, die hun gevoelens lieten blijken, net als Daniel. Maar ze had iets wat Daisy op haar gemak stelde. Ze voelde zich niet jaloers, wat ze vaak was op andere aantrekkelijke vrouwen. En dat kwam niet omdat Camille niet kon zien. Ze had iets accepterends over zich, iets rustigs. Iets van wezenlijke goedheid, die niet weeïg aandeed en Daisy ook geen schuldgevoel bezorgde ook al bezat zij die zelf niet.

Of misschien kwam het door de massage, door de wisselende druk met duimen en vingers op haar hoofd en hals, dat haar gedachten tegelijk met haar fysieke spanning loskwamen. Hier hoefde ze niet aan Daniel te denken. Hier hoefde ze helemaal nergens aan te denken. 'Je bent hier erg goed in,' zei Daisy dromerig. 'Ik zou zo in slaap vallen.'

'Dan ben je niet de eerste.' Camille nam een slokje wijn. 'Ik ben alleen opgehouden met mannen te behandelen. Soms had dat een ongewenst effect.'

'O. Aha. En je wilt als masseuse natuurlijk geen slechte reputatie krijgen.'

'Ze denken dat je het niet merkt omdat je niet kunt zien. Maar je merkt het wel, weet je. Alleen al aan de ademhaling.' Ze bracht haar hand naar haar borst en deed de versnelde ademhaling van de begeerte na.

'Echt waar? Mijn god. En wat deed je dan?'

'Rollo onder de tafel vandaan roepen. Een grote, stinkende oude hond werkte meestal wel.'

Ze lachten eensgezind.

'Je vader was vanavond op het huis.'

'Pap? Waarvoor?'

'Hij kwam Hal vragen een borrel met hem te gaan drinken.' Camilles hield op met masseren. Ik geloof dat Hal door wilde werken aan de muurschildering. Hij is...hij is heel erg consciëntieus.'

'Nodigde papa Hal uit om met hem een borrel te gaan drinken?'

'Dat zei hij. O jee, had ik dat niet moeten zeggen?'

'Nee, maak je geen zorgen.' Er klonk iets metaligs in Camilles stem. 'Dat is pap niet. Het is mam, die er zich weer mee bemoeit.'

De plezierige sfeer van de voorafgaande minuten was verdwenen.

'Misschien was het echt alleen een borrel,' waagde Daisy.

'Nee, Daisy, bij mam is het nooit alleen een borrel. Mam wil weten wat er met Hal aan de hand is, waarom hij dat van de zaak zo slecht opneemt.'

'O.'

'Eerst vond ze dat hij hem moest opdoeken, en nu vindt ze weer dat hij het niet goed genoeg aanpakt.'

'Volgens mij bedoelt ze het goed,' zei Daisy zwakjes.

'Ik weet dat ze het goed bedoelt. Maar ze moet Hal en mij onze eigen boontjes laten doppen.' Ze zuchtte, met een uitdrukking van ergernis op haar gezicht.

'Enig kind?'

'Ja. Maar daar is niets aan te doen. Ik geloof dat papa er graag meer had gehad, maar mama heeft een erg moeilijke bevalling gehad met mij en dat was de reden dat ze geen kinderen meer wilde. Geen verdoving in die tijd.'

'Oei,' zei Daisy. Ze moest aan haar eigen ruggenprik denken. 'Sorry dat ik de verkeerde dingen heb gezegd. Ik had niets moeten zeggen.'

'O, maakt niet uit, Daisy. Het is niet de eerste keer. Het zal ook niet de laatste keer zijn. Het komt doordat ik zo dicht bij mijn ouders woon, denk ik. Misschien hadden Hal en ik moeten verhuizen toen we trouwden, maar dat hebben we niet gedaan, en toen met Katie en zo... Ik had hun hulp nodig.'

'Ik ken dat gevoel. Ik zou niet weten wat ik zonder je moeder had moeten doen.'

Camilles handen bewogen weer, met een zacht, repeterend ritme. 'Je bent behoorlijk gespannen, hè,' zei ze. 'Geen wonder nu de opening van het hotel voor de deur staat. Ik begrijp niet hoe je het voor elkaar hebt gekregen.'

'Ik heb het nog niet voor elkaar.'

'Is het gemakkelijker nu Ellies vader er is?'

Het werd heel subtiel gebracht. Daisy speelde met het idee dat Lottie Camille had gestuurd om haar ook uit te horen over haar relatie. 'Niet echt, eerlijk gezegd. Lottie zal je wel hebben verteld dat hij bij ons is weggegaan toen Ellie een paar maanden was. Ik ben er nog niet aan gewend dat hij terug is.'

'Dus jullie zijn weer bij elkaar?'

'Ik weet het niet. Hij is hier.'

'Dat klinkt weinig overtuigd.'

'Ben ik ook niet. Ik weet niet wat ik ervan moet denken.'

Ze was dankbaar dat Camille niet probeerde een oplossing of handelwijze aan te dragen. Julia kon nooit een probleem aanhoren zonder zich verplicht te voelen het op te lossen, en voelde zich meestal lichtelijk beledigd als Daisy haar goede raad niet ter harte nam.

'Als Hal jou echt slecht had behandeld, als hij bijvoorbeeld zomaar was vertrokken, zou jij hem dan weer terugnemen? Met open armen ontvangen?'

Camilles handen hielden op met masseren en bleven met de handpalmen omlaag op Daisy's voorhoofd rusten. 'Hal heeft mij nooit slecht behandeld,' zei ze droog. 'Maar ik denk dat, als er een kind is, het erom gaat waar je het gelukkigst mee bent. Als iedereen er gelukkiger mee is als je bij elkaar bent, ook al is het moeilijk, dan is het waarschijnlijk de moeite waard om je ervoor in te zetten.'

Daisy voelde Camilles handen bewegen, alsof ze haar gewicht verplaatste.

'Ik weet het niet,' ging ze verder. 'Als je jong bent zeg je tegen jezelf dat je niet van plan bent alles maar te accepteren. Dat je, als je huwelijk niet hartstochtelijk genoeg is, of als hij niet aan je verwachtingen voldoet, op zult stappen en een ander zoeken. En dan word je ouder, en het idee dat je weer opnieuw zou moeten beginnen... dat hele vreselijke gedoe... Ik denk dat ik heel goed zou nadenken voordat ik ermee kapte. Met het gezin, bedoel ik. Misschien dat je eraan gewend raakt met een compromis te leven.' Het leek of ze tegen zichzelf sprak.

Ze zweeg even. Toen ze opnieuw het woord nam, hoorde Daisy een andere klank in haar stem. 'Ik bedoel: als je iemand niet gelukkig kunt maken, wat je ook doet, dan zul je volgens mij uiteindelijk je verlies moeten toegeven.'

Lottie zette haar tas in de hal neer en merkte geïrriteerd op dat Joe's jas nog steeds aan de kapstok hing. 'Ik dacht dat je iets was gaan drinken,' riep ze toen ze de radio in de woonkamer hoorde.

Joe kwam tevoorschijn en kuste zijn vrouw op de wang. 'Hij wilde niet.'

'Waarom niet? Hij kan toch niet almaar met die schildering bezig zijn.'

Joe nam Lotties mantel aan toen ze hem van haar schouders liet glijden. 'Ik kan hem niet dwingen om mee te gaan, schat. Je kunt een paard wel in het water trekken... en dat soort dingen.'

'Ja. Nou, ja. Er is iets met hem aan de hand. Hij doet al dagenlang zo vreemd. En die vriend van Daisy hangt daar de hele dag rond alsof de zaak van hem is.'

Joe hield de deur naar de woonkamer open voor zijn vrouw. Ze zag dat hij zijn arm om haar schouders wilde leggen. Ze had hem al maanden geleden gezegd dat ze dat niet prettig vond.

'Hij is de vader van het kind, schat.'

'Nou, het is rijkelijk laat om dat nu pas te beseffen.'

'Dat is Daisy's beslissing. Laten we daar nu maar niet verder over praten.'

Lottie keek hem met een scherpe blik aan. Haar man keek naar de grond en toen weer naar haar. 'Dat gedoe over het huis... dat bevalt me niet, Lottie. Het rakelt alles weer op. Je wordt er veel te opgewonden van.'

'Helemaal niet.'

'Je neemt het tegen Sylvia Rowan op terwijl je al god weet hoe lang alle mogelijke moeite doet die mensen te negeren.'

'Ik heb haar niet gevraagd om problemen te veroorzaken.'

'En dan dat gedoe met die muurschildering. Niet dat ik er iets tegen heb, schat, dat weet je best. Ik heb er nooit bezwaar tegen gemaakt dat je daarheen ging. Maar je bent de afgelopen weken jezelf niet. Ik wil niet dat je overstuur raakt.'

'Ik ben niet overstuur. Jij maakt me overstuur als je zo doorgaat. Ik voel me prima.'

'Nou, goed dan. Maar ik wil in elk geval even met je praten. Over daarna.'

Lottie ging zitten. 'Hoezo, daarna?' vroeg ze achterdochtig.

'Het hotel en alles. Na de opening. Want ik neem aan dat Daisy teruggaat naar Londen? Met of zonder partner. En dan hebben ze jou daar niet meer nodig.'

Lottie keek hem met een wezenloze blik aan. Ze had nog niet nagedacht over haar leven nadat Arcadia haar deuren zou hebben heropend. Ze voelde zich verkillen. Ze had er nog niet bij stilgestaan hoe ze verder moest zonder Arcadia.

'Lottie?'

'Wat is er?' Ze zag haar leven al voor zich: de dansavonden bij de Ronde Tafel, het praatje met de buren, de eindeloze avonden in dit huis...

'Ik heb een paar folders gehaald.'

'Wat zeg je?'
'Ik heb een paar folders gehaald. Ik dacht dat we misschien van de gelegenheid gebruik konden maken om eens iets heel anders te doen.'
'Zoals?'
'Ik dacht dat we misschien op een cruise of een...'
'Ik heb de pest aan cruises.'
'Je hebt er nooit een gemaakt. Luister eens, we zouden zelfs een reis om de wereld kunnen maken. Je weet wel, in allerlei plaatsen uitstappen. Van alles gaan bekijken. We zijn nooit erg ver weg geweest, en nu we geen verantwoordelijkheden meer hebben kunnen we...'
Hij zei nog net niet 'op tweede huwelijksreis', maar Lottie voelde dat het in de lucht hing, en ze werd vinnig. 'Nou, dat is weer typisch jou, Joe Bernard.'
'Hoezo?'
'Geen verantwoordelijkheden, welja. Wie zorgt er dan voor Katie als Camille aan het werk is? En wie helpt Camille?'
'Hal helpt Camille wel.'
Lottie snoof.
'Het gaat nu heel goed met ze, schat. Kijk eens hoe hij tegen haar deed tijdens die muurschildering. Een stel tortelduifjes. Dat heb je me zelf verteld.'
'Nu, dat bewijst wel hoe weinig je weet. Want het gaat helemaal niet goed met ze. Volgens mij staat hij op het punt bij haar weg te gaan. En dat is precies de reden dat ik wil dat je Hal vanavond mee uit neemt, om erachter te komen wat er in zijn maffe kop omgaat. Maar nee, jij hebt het te druk met aan een cruise en dergelijke onzin te denken.'
'Lottie...'
'Ik ga in bad, Joe. Ik wil het er niet meer over hebben.'
Ze stampte de trap op naar hun slaapkamer en vroeg zich verbaasd af hoe het kwam dat er zomaar tranen in haar ogen sprongen. Dat was al de tweede keer die week.

Door het lawaai van het stromende badwater hoorde ze Joe's voetstappen niet toen hij de trap opkwam. Ze sprong op van schrik toen hij onverwacht in de deuropening verscheen.
'Ik wou dat je me niet zo besloop,' jammerde ze met haar hand op haar borst, woedend dat hij haar zo overviel.
Joe bleef even stilstaan bij het zien van zijn vrouws betraande

gezicht. 'Ik ben het niet dikwijls met je oneens, Lottie, maar ik zal je een ding zeggen.'

Lottie staarde haar man aan en constateerde dat hij minder gebogen stond dan normaal en dat zijn stem iets autoritairder klonk.

'Ik ga op reis. Na de opening van het hotel. Ik ga passage boeken en een reis om de wereld maken. Ik ben de jongste niet meer en ik wil niet oud worden met het idee dat ik niets heb ondernomen, niets van de wereld heb gezien.' Hij zweeg even. 'Of je meegaat of niet. Natuurlijk wil ik het liefst dat je meegaat, maar voor deze ene keer ga ik eens doen wat ik wil.'

Hij ademde hoorbaar uit, alsof zijn toespraakje enorm veel inspanning had gekost.

'Meer heb ik er niet over te zeggen,' zei hij. Hij draaide zich om naar de deur en liet zijn vrouw zwijgend achter. 'Roep me maar als ik de karbonaadjes onder de grill moet leggen.'

De vijfde avond praatten Daniel en Daisy met elkaar. Ze gingen een strandwandeling maken met Ellie. Ze hadden haar in een katoenen dekentje gewikkeld een haar stevig ingepakt in haar buggy, ook al was het een windstille, zachte avond. Daisy kon de afgelopen tijd in huis moeilijk helder denken, had ze tegen hem gezegd. Ze zag het niet als een thuis en zelfs niet als een hotel, maar als een lijst met problemen die moesten worden opgelost: een losse raamklink, een plank die niet goed vastzat, een defect stopcontact, een dreigende deadline. Buiten, in de frisse lucht, merkte ze dat haar hoofd geleidelijk aan weer helder werd.

Zo zou ik het graag willen, dacht Daisy. Ze keek naar hen alsof ze een buitenstaander was: een knap stel met een mooi kind. Een gezinnetje, hecht, saamhorig, beschut. Ze aarzelde even en pakte toen zijn arm. Hij drukte die tegen zich aan, zodat haar hand warm bleef, aan twee kanten ingesloten.

Toen was Daniel begonnen te praten.

Hij had voor het eerst gemerkt dat er iets mis was toen een van zijn vroegere collega's hem barstend van trots een foto van zijn kind had laten zien en Daniel zich realiseerde dat hij niet alleen geen foto bij zich had, maar nog geen tiende voelde van wat zijn collega kennelijk voelde.

Het had hem veel moeite gekost, maar uiteindelijk moest hij toegeven dat hij zich ingekapseld voelde. Dat hij in de val zat, in een situatie die hij niet had gewild. Zijn mooie vriendin was verdwenen en die huilerige vetklomp – hij zei niet vetklomp maar Daisy wist wat hij bedoelde – en dat krijsende kind waren ervoor in de plaats gekomen. Er leek geen schoonheid, geen orde meer in zijn leven te zijn. En schoonheid en orde waren voor Daniel van vitaal belang. Hij was per slot van rekening iemand die een keer niet kon slapen omdat een schilderijrail een tikje scheef was gemonteerd. Daisy werd 's morgens om vier uur wakker en vond hem bezig de rail voorzichtig van de wand te halen en met behulp van twee waterpassen en een stel touwtjes opnieuw te bevestigen. Maar baby's maalden niet om orde. Het kon hun niet schelen dat hun stank en gehuil en luiers Daniels veilige haven vervuilden. Het interesseerde hun niet dat hun moeder door hun eisen uit de grotere, sterkere armen werd weggerukt die haar even hard nodig hadden. Het maakte hun niet uit hoe laat ze wakker werden, of dat jij ten minste vier uur slaap nodig had om in staat te zijn de kost te verdienen. 'En bovendien, Daise, is het je niet toegestaan te klagen. Je moet het gewoon accepteren en iedereen geloven die zegt dat het "makkelijker wordt", ook al lijkt het alleen maar erger te worden, en je wordt verondersteld blindelings van die lelijke, schreeuwende mormels te houden, van wie je niet kunt geloven dat ze iets met jou van doen hebben. Als ik had gezegd... als ik had gezegd wat ik die eerste weken werkelijk dacht, hadden ze me waarschijnlijk gearresteerd.'

De luier was de laatste druppel. Op een ochtend was hij, enigszins verdwaasd door slaapgebrek, de kamer binnen gestommeld en had hij op een wegwerpluier getrapt die een zuigend geluid maakte. Hij was met zijn vuile voet op hun eens smetteloze tapijt gaan zitten en wist op dat moment dat hij het niet meer aankon.

'Waarom heb je niets gezegd? Waarom heb je het allemaal opgekropt?'

'Omdat jij er niet naar uitzag dat je het wel aankon. Je kon het zelf ook maar net behappen. Hoe had je het kunnen verdragen dat de vader van je baby erachter was gekomen dat die een grote vergissing was?'

'Dat had ik beter kunnen verdragen dan dat de vader van mijn kind ervandoor ging.'

Ze gingen op een zandduin zitten en zagen dat Ellie in de buggy in slaap was gevallen. Daniel boog zich voorover en stopte haar dekentje in tot onder haar kin. 'Nu weet ik dat wel. Ik begrijp een aantal dingen veel beter.'

Toen voelde ze dat hij weer bij haar terug begon te komen. De afschuwelijke waarheid van zijn woorden bracht een gevoel van liefde in haar teweeg. Omdat hij nu van Ellie hield. Dat bleek uit alles wat hij deed. 'Ik moet weten of we weer opnieuw kunnen beginnen,' zei hij en hij pakte haar hand. 'Ik wil weten of je me weer wilt toelaten. Of we dit achter ons kunnen laten. Ik heb je echt gemist, Daise. En ik heb haar gemist.'

Beneden hen rende een ruige zwarte hond, dol van opwinding, in kringetjes over het zand heen en weer. Hij sprong zich in bochten draaiend de lucht in om stukken wrakhout te vangen die zijn baasje opgooide en liet lange, ingewikkelde sporen in het zand na. Ze leunde tegen Daniel aan en hij legde zijn arm om haar heen. 'Je past er nog in,' zei hij in haar oor. 'Hier.'

Daisy kroop tegen hem aan en trachtte het hoofd koel te houden. Ze probeerde zich te concentreren op de gewaarwording dat ze weer dicht bij hem was, en niet te luisteren naar de complicaties.

'Laten we naar huis gaan, Daisy,' zei hij.

Jones zag het stelletje met de kinderwagen over het strandpad teruglopen. De man hield zijn arm beschermend om de schouders van zijn vriendin. Hun kind lag verborgen onder een deken te slapen en de stralen van de avondzon weerkaatsten op de wielen.

Hij ging zitten wachten tot ze uit het zicht verdwenen waren en keerde toen zijn wagen. Het was twee uur rijden naar Londen. Sommige mensen zouden zeggen dat het waanzin was om dat hele eind hierheen te komen zonder je benen te strekken. Maar hij was de afspraak met Carol misgelopen, zei hij bij zichzelf terwijl hij langs de oprit naar Arcadia, in de richting van het station reed, zijn blik strak op de weg gevestigd. Het had geen zin rond te blijven hangen. Dat was uiteindelijk de enige reden dat hij was gekomen.

'Het is vaak moeilijk als je net een kind hebt gekregen.'

'Ik neem aan dat het tijd zal kosten om weer aan elkaar te wennen.'

'Ja.'

Ze lagen naast elkaar, beiden klaarwakker, in het donker te staren.

'Misschien dat we wat gespannen zijn. Ik bedoel, het zijn vreemde dagen geweest.' Daniel stak zijn hand uit en zij liet haar hoofd op zijn borst rusten.

'Weet je wat, Dan? Ik denk dat we er niet te veel over moeten praten. Dan wordt het zo'n punt...'

'O. Goed.'

'Maar je hebt gelijk. Ik ben inderdaad nogal gespannen.'

Hij pakte haar hand, en zo lagen ze daar, met hun vingers in elkaar verstrengeld. Ze probeerde niet te veel aan het afgelopen halfuur te denken. Ze had behoefte aan een borrel, maar ze wist dat hij de geruststelling van haar aanwezigheid nodig had, dat elke poging die zij deed om weg te komen verkeerd zou worden uitgelegd.

'Weet je, Daise?'

'Ja?'

'Er is iets waarover ik met je moet praten. Nu we toch open en eerlijk bezig zijn.'

Om de een of andere reden flitste het beeld van Jones door haar hoofd, zo breekbaar en ondoorzichtig als matglas. 'Mij best,' zei ze en ze hoopte dat het niet zo wantrouwig klonk als ze zich voelde.

'Ik denk dat we alles openlijk met elkaar moeten bespreken voordat we het verleden achter ons kunnen laten.'

Ze zei niets. Ze hoorde zijn poging tot achteloosheid stranden en kreeg een onheilspellend voorgevoel, zoiets als het gefluit van een naderende trein.

'Het gaat over wat er is gebeurd toen we uit elkaar waren.'

'Er is niets gebeurd,' zei Daisy. Te snel.

Hij slikte hoorbaar. 'Dat zou jij het liefst willen geloven. Maar het is wel gebeurd.'

'Wie zegt dat?' Natuurlijk was het Lottie geweest. Ze wist dat Lottie niet wilde dat ze weer bij elkaar kwamen.

'Het was alleen maar een kus,' zei hij. 'Niets bijzonders. Het gebeurde toen ik totaal in de put zat, toen ik niet wist of ik nog terug zou komen.'

Daisy liet zijn hand los en duwde zich op haar elleboog overeind. 'Wat zei je daar?'

'Het was alleen maar een kus, Daise, maar ik vond dat ik eerlijk moest zijn.'

'Jij hebt iemand gekust?'

'Toen we uit elkaar waren.'

'Wacht eens even, je had toch een zenuwinzinking vanwege de nieuwe baby, dan hoor je toch niet in Noord-Londen rond te zwalken?'

'Zo is het niet gegaan, Daise...'

'Wat is zo niet gegaan? Je moeder vertelde me dat je je zowat onder een bus had gegooid van wanhoop, en je niet in staat voelde met mij te praten, en intussen was je overal in het land aan het tongzoenen. Wie was het, Dan?'

'Luister eens, overdrijf je niet een beetje? Het was maar een kus.'

'Nee, ik overdrijf helemaal niet.' Ze sloeg het dekbed om zich heen en stapte het bed uit, te bokkig om toe te geven dat de heftigheid van haar antwoord alles met haar eigen weggestopte schuldgevoel te maken had. 'Ik ga in de andere kamer slapen. Laat me met rust en ga niet door de gangen lopen banjeren,' siste ze. 'Anders maak je de baby nog wakker.'

18

HET HUISJE, DAT WAS bekleed met verbleekte witte filmnummerborden en omgeven door een tuintje vol roestende sculpturen, stond op zo'n dertig meter afstand van de naaste buren op het kiezelstrand. 'Dit bevalt me prima,' zei Stephen Meeker, terwijl ze door het raam naar de ononderbroken kustlijn keken. 'Dan hebben de mensen geen excuus om binnen te komen vallen. Ik heb er een hekel aan als mensen denken dat ze dat zomaar kunnen doen. Alsof je als gepensioneerde dankbaar moet zijn met elke onderbreking van je trieste oude dag.'

Ze zaten thee te drinken in de schaars verlichte woonkamer, waar schilderijen hingen die opvallend in kwaliteit verschilden van het meubilair en de stoffering om hen heen. Ze zagen dat de zee, die lag te glinsteren onder de augustushemel, en het strand verlaten waren. De gezinnen en de andere vakantiegangers verbleven liever aan het zandstrand bij Merham. Het was die week de tweede keer dat Daisy zijn trieste oude dag was komen onderbreken, maar ze was hartelijk verwelkomd, deels vanwege de serie tijdschriften die ze als geschenk had meegebracht, en deels omdat de periode waar ze over wilde praten een van de weinige was waarin hij werkelijk gelukkig was geweest. 'Met Julian kon je veel plezier hebben, weet je,' zei hij. 'Een echte boef, vooral als het op geld aankwam, maar hij had de gave mensen om zich heen te verzamelen, op dezelfde manier als hij kunst verzamelde. In dat opzicht was hij net zijn vrouw. Een stel eksters.'

Hij had altijd van Julian gehouden, zei hij met een vervoering die vreemd aandeed bij zo'n stijve oude man. In de jaren zestig, toen Julian en Adeline uit elkaar waren gegaan, waren zij samen gaan wonen in een klein huis in Bayswater. 'We zeiden nog steeds tegen de mensen dat we broers waren. Mij kon het niet schelen. Julian trok zich altijd meer van dat soort dingen aan dan ik.' Diverse schilderijen aan de wanden waren een cadeau van Julian. Er was er ten minste een van Frances bij. Zij had alsnog faam verworven toen ze door een feministische kunsthistoricus meer aandacht had gekregen.

Daisy was nogal verrast toen ze de signatuur op de andere doeken en tekeningen, maar zag met ontzetting dat er vlekken in de hoeken zaten en dat het papier was gaan omkrullen in de zilte lucht. 'Horen die niet... in een safe thuis?' vroeg ze tactvol.

'Dan ziet niemand ze,' zei hij. 'Nee, beste kind, ze blijven bij mij in mijn hutje tot ik de pijp uit ga. Lieve vrouw, Frances. Verschrikkelijk jammer, al dat gedoe.'

Hij raakte geanimeerd toen ze hem de polaroids van de bijna voltooide muurschildering liet zien, bewonderde met weemoed de schoonheid van de jongere versie van zichzelf, en noemde de namen van de mensen die hij zich herinnerde. Julian, zei hij verdrietig tegen haar, zal niet naar het feest kunnen komen. 'Het heeft geen zin contact met hem op te nemen. Hij woont in een verzorgingshuis in Hampstead Garden Suburb. Volslagen dement.' Minette woonde, de laatste keer dat hij over haar had gehoord, in een woongroep in Wiltshire en George was 'iets briljants' in de economie in Oxford. 'Is met een of andere burggravin getrouwd. Vreselijk bekakt. O, en dan Lotties aanbidder. Of was hij de verloofde van haar zuster... dat ben ik vergeten. "De ananasprins", noemde George hem. Als je even geduld hebt kom ik wel weer op zijn naam.' Daisy was geschokt geweest toen ze hoorde dat de exotische, langharige godin op de muurschildering Lottie was. 'Zij was destijds een echte schoonheid, op een onconventionele manier natuurlijk. Nogal heetgebakerd, maar sommige mannen vonden dat aantrekkelijk. Onder ons gezegd, het verbaasde niemand dat ze in de problemen raakte.' Hij zette zijn kopje op tafel en grinnikte. 'Julian zei altijd: "*Elle pet plus haut que sa cul...*" Weet je wat dat betekent?' Met een samenzweerderig lachje boog hij zich naar voren. 'Ze laat scheten boven haar reet.'

Daisy liep langzaam langs het strand naar Arcadia terug. Haar hoofd was warm en haar voeten werden net als de golven uit hun koers weggetrokken. De ochtend had een aangename afleiding gevormd van de steeds gespannener sfeer op Arcadia. Het hotel maakte zich op voor de finishing touch, de kamers waren in hun vroegere, sobere glorie hersteld, het nieuwe meubilair was geplaatst en herplaatst tot het aan de esthetische normen voldeed. Het gebouw zoemde bijna, alsof het zich op een nieuw leven voorbereidde, op een vaatstelsel van nieuwe bezoekers.

En dus zou je onder de mensen daar een opgewondener en voldanere stemming verwachten naarmate de werkzaamheden hun voltooiing naderden. Daisy voelde zich echter steeds ellendiger. Daniel had al twee dagen nauwelijks een woord tegen haar gezegd. Hal was klaar met de muurschildering en was zonder een woord verdwenen. Lottie was opvliegend en uit haar humeur, als een hond die een onweersbui voelt aankomen. En buitenshuis gonsde het van de ontevreden geruchten uit het dorp. Het plaatselijke nieuwsblad had een hoofdartikel op de voorpagina over wat ze de 'Red Rooms Hotelketen' noemden. Dit werd overgenomen door verschillende landelijke bladen, die het gebeuren beschreven als een karakteristieke, kranige strijd van dorpelingen tegen oprukkende veranderingen, en het artikel hadden verlucht met afbeeldingen van schaars geklede vrouwelijke leden van de Red Rooms-sociëteit. Daisy had diverse telefoontjes naar Jones' kantoor doorverwezen, maar eigenlijk wilde ze dat ze flink genoeg was om hem zelf te woord te staan.

Niet dat Jones' Londense clientèle de zaak veel goed deed. Een paar van zijn beste drinkmaatjes, onder wie twee acteurs, waren overgekomen om 'de zaak te ondersteunen'. Toen ze erachter kwamen dat het hotel nog geen accommodatie voor de nacht te bieden had en Jones' bar bovendien nog niet was bevoorraad, waren ze door een van de schilders naar het Rivièra verwezen, waar Sylvia Rowan hen er een paar uur daarna had uitgegooid, wegens wat ze later in de kranten beschreef als 'obsceen, schandalig gedrag' jegens een van haar serveersters. De serveerster, die niet erg geschokt leek, verkocht haar verhaal aan een van de schandaalbladen en zei prompt haar baan op, met de mededeling dat ze op die manier meer had verdiend dan ze bij de Rowans in een heel jaar verdiende. Hetzelfde blad had een foto van Jones afgedrukt bij de opening van een bar in het centrum van Londen. De vrouw die naast hem stond had haar hand om zijn arm geklemd, als de klauw van een roofvogel.

Daisy stond even stil om op adem te komen en keek uit over de lichtblauwe boog van de zee. Met een plotselinge steek van pijn was ze zich ervan bewust dat dit binnenkort niet meer haar uitzicht zou zijn. Dat ze met haar mooie kleine meisje terug moest naar een stad vol uitlaatgassen en stank, geraas en kabaal. Ik heb het niet gemist, dacht ze. In elk geval niet zo erg als ik had verwacht.

Londen was nog steeds verbonden met een ongeluksgevoel, een gevoel van naderend onheil, een huid die ze bijna had afgeschud. Maar in Merham wonen? Ze zag de tijd al aankomen dat de sociale controle beklemmend zou gaan werken en ze de belangstelling van buren en bewoners als opdringerig zou ervaren. Merham zat nog opgesloten in zijn verleden, en zij, Daisy, moest vooruitkijken, verdergaan.

Ineens dacht ze aan Lottie en keerde zich om naar het huis. Ze zou nadenken over weggaan als ze het feest had georganiseerd, besloot ze. Dat was een doeltreffende manier om niet te hoeven nadenken waar ze heen zou moeten.

Ze trof Daniel in de Sitwell-badkamer met een van de werklui. Hij hield een tegel tegen de wand omhoog, met een stuk donker papier erachter. De tegelzetter, Nev, een jongeman met Titiaan-achtige krullen, staarde met sombere blik naar een pot witte specie. Ze bleef in de deuropening staan. 'Wat doe je daar?' vroeg ze zo neutraal mogelijk.

Daniel keek op. 'O, hallo. Ze waren die tegels met witte specie aan het voegen. Ik heb gezegd dat het met zwart moet.'

'En waarom zou jij dat moeten zeggen?' Daisy bleef doodstil staan terwijl Nev tersluikse blikken van de een naar de ander wierp. Daniel rechtte zijn rug en legde de tegel voorzichtig achter zich neer.

'De oorspronkelijke plannen. Deze tegels zouden met zwart worden gevoegd. Wij vonden dat het beter stond, als je je dat nog herinnert.'

Daisy klemde haar kaken op elkaar. Ze was het nooit met zijn visie oneens geweest, had altijd toegegeven. 'Die plannen zijn allang veranderd, en ik denk dat het beter voor iedereen is als jij je niet bemoeit met zaken die je niet langer aangaan, vind je ook niet?'

'Ik wilde helpen, Daise,' zei hij met een blik op de andere man. 'Het is stom om hier dag in dag uit rond te hangen zonder iets te doen. Ik wilde gewoon een handje helpen.'

'Nou, dat laat je dan maar,' bitste Daisy.

'Ik dacht dat we partners waren.'

'Goh, zeg. Dat dacht ik ook.'

Daniel keek verschrikt. Dit was al Daisy's tweede opstandige reactie in de afgelopen dagen die andere zekerheden wegvaagde. 'Ik kan me niet blijven verontschuldigen. Als we hiermee doorgaan moeten we onze persoonlijke sfeer gescheiden houden van de zaak.'

'Zo eenvoudig ligt het niet.'

'O, kom nou, Daise...'

Ze haalde diep adem. 'De zaak waarvan jij partner was bestaat niet meer.'

Daniel fronste zijn wenkbrauwen. 'Hoezo?'

'Wiener en Parsons. Ik heb hem opgedoekt toen ik deze opdracht aannam. Hij bestaat niet meer. Ik ben de enige ondernemer, Daniel.'

Het bleef geruime tijd stil. Nev begon zenuwachtig te fluiten en aan de opgedroogde verf op zijn handen te frunniken. Buiten werden de steigers afgebroken en af en toe vielen er met een gedempte knal palen op de grond.

Daniel bewoog zijn hoofd heen en weer en keek haar met grimmig opeengeklemde lippen aan. Hij veegde zijn handen af aan zijn spijkerbroek. 'Weet je, Daise, dat heb je perfect duidelijk gemaakt.'

Camille zat voorin de gedeukte oude Ford en luisterde naar de zomerse geluiden van Merham die door het raampje heen drongen. Ze werden vermengd met Katies gebabbel op de achterbank, dat ze maar half verstond, en met de geuren van benzine en verhit asfalt die in wolken vanaf het wegdek opstegen. Rollo zat tussen haar knieën geklemd, zijn favoriete positie en Hal, naast haar, zat zo stil dat de oude leren bekleding niet eens kraakte. Zijn zwijgzaamheid ging haar door merg en been. Ze moest het hem vertellen van haar baan. Nog drie weken, had Kay gezegd, en minder dan een maandsalaris als laatste betaling. Er hadden zich geen kopers voor de zaak gemeld, en hoe jammer Kay het ook vond, ze was niet bereid de zaak open te houden.

Camille voelde het als een steen op haar maag liggen. Ze had overweg gekund met de gedachte dat het ploeteren werd: zij zou uiteindelijk wel werk vinden, en hij ook. Hun karige spaargeld plus het geld van de muurschildering zou hen wel door de moeilijkste periode heen helpen. Maar hij deed de laatste tijd zo moeilijk, was zo in zichzelf opgesloten. Elke onschuldige vraag werd met een heftige ontkenning beantwoord, of met een bijtende, sarcastische reactie, zodat ze zich op z'n best nutteloos en op z'n slechtst stom voelde.

Omdat ze niet begreep wat er gaande was. Ze wist wat zijn bedrijfje voor hem had betekend, dat het moeilijk voor hem was het te moeten loslaten. Maar ze had gedacht, gehoopt dat hij een beetje op haar zou steunen, dat ze zich er samen doorheen zouden kunnen slaan. In plaats daarvan maakte hij dat ze zich overbodig voelde, een gevoel waar ze zich haar hele leven aan had geërgerd, vanaf haar schooljaren toen ze op aandringen van Lottie bij korfbal aan de zijlijn de club zat aan te moedigen omdat ze overal bij betrokken moest zijn, tot de dag van vandaag, als ze winkelbedienden moest vragen of de kleren die Katie had uitgekozen wel bij haar leeftijd pasten of, zoals nu en dan gebeurde, voor een tien jaar ouder meisje bedoeld waren. En zo nog meer.

De auto stopte. Ze hoorde Katie naar het portier grabbelen, en er werd een koele, gehaaste kus in haar hals geplakt. 'Dag, mam.' Ze leunde naar achteren en betastte de plek, te traag om haar kwikzilverige dochter bij te kunnen houden, die al was uitgestapt en het tuinpad van haar schoolvriendin op rende.

'Dag, Katie, kom maar verder. Ze is op haar kamer.' Ze hoorde Michelle bij haar voordeur, en daarna Hals ongeduldige gerammel met de sleutels toen ze naar de auto kwam. 'Hallo, Camille. Even gedag zeggen. Jammer dat ik je vorige week bij school heb gemist, ik was naar een training.' Een tikje op haar schouder. Michelles stem klonk op schouderhoogte, ze moest op haar hurken bij de auto zitten. Ze rook vaag naar vanille.

'Op een leuke plek?'

'In het Lake District. Elke dag regen. Ik kon het niet geloven toen Dave zei dat het hier zo mooi was geweest.'

Camille glimlachte, zich ervan bewust dat Hal Michelle met geen woord had begroet. Ze hoorde een vraag in het zwijgen van Michelle en probeerde die te beantwoorden. 'We zijn op weg naar de winkels.'

'Ga je iets leuks kopen?'

'Een nieuwe jurk voor de opening van het hotel. Hal heeft daar gewerkt, samen met mam...'

'Ik popel om het te zien. De helft van de bevolking zal er trouwens nooit een voet zetten.' Michelle snoof. 'Daves moeder is er faliekant tegen. Ze zegt dat, als we Londenaren toelaten, we binnen de kortste keren met asielzoekers zitten opgescheept... Stomme ouwe taart.'

'Ze wennen er wel aan. Op den duur.'

'Je hebt gelijk. Ik zal jullie niet langer ophouden. Je bent een bofkont. Ik krijg Dave nooit zover dat hij met me meegaat naar de winkels...' Michelles stem stierf weg toen ze zich realiseerde waarom Hal waarschijnlijk meeging.

'O, maar Hal doet het met frisse tegenzin,' grapte Camille. 'Ik moet hem straks op een lunch trakteren. En me heel erg gedeisd houden.'

Ze namen afscheid en spraken af dat ze Katie om zes uur zouden komen ophalen. Ze beloofde later in de week koffie te komen drinken. Camille hoorde haar stem als van een heel verre afstand. Ze glimlachte toen ze Michelles voetstappen hoorde die zich over het pad verwijderden en toen Hal de motor startte, stak ze haar hand uit en hield de zijne tegen. 'Oké,' zei ze tegen de stilte in. 'Ik kan dit niet langer verdragen. Ben je van plan bij me weg te gaan?'

Ze had het niet willen vragen, niet eens geweten dat dat haar vraag zou zijn.

Ze voelde dat hij zijn gezicht naar haar toe wendde. Dit keer kraakte de zitting.

'Of ik bij jou wegga?'

'Ik kan gewoon niet langer op mijn tenen blijven lopen, Hal. Ik weet niet wat ik fout doe, ik weet niet wat er met je aan de hand is en ik kan niet langer in het stof kruipen. Ik kan niet mijn best blijven doen om te zorgen dat het in orde komt.'

'Jij je best doen om te zorgen dat het in orde komt?'

'Nou, kennelijk niet goed genoeg. In godsnaam, ik wil dat je er met me over praat. Wat het ook is. We hebben toch gezegd dat het verleden begraven is? Dat we eerlijk zouden zijn?'

'En jij zult dus volkomen eerlijk zijn?'

Camille trok haar hand terug.

'Natuurlijk.'

'Zelfs over die bankrekening?'

'Welke bankrekening?'

'Je nieuwe bankrekening.'

'Ik heb geen nieuwe bankrekening. Wat heeft dat er nu mee te maken?' Ze wachtte tot hij iets zei. 'O, in vredesnaam, Hal, ik weet niet waar je het over hebt. Jij krijgt de afschriften van al mijn transacties onder ogen, om maar eens iets te noemen. Jij bent overal van op de hoogte. Jij zou het als eerste weten als ik er een had geopend.'

Zijn stilzwijgen kreeg een andere dimensie. En toen: 'O, jezus.'

'Hoezo, jezus? Hal, wat is dit?'

'Lottie. Het is je moeder.'

'Wat is er met mijn moeder?'

'Zij heeft een rekening op jouw naam geopend. Ze heeft je tweehonderdduizend pond gegeven.'

Camille draaide zich zo plotseling om dat Rollo begon te janken. 'Wat zeg je me nou?'

'Van de verkoop van Arcadia. Ze heeft die rekening op jouw naam geopend en ik dacht... o, mijn god, Camille, ik dacht...' Hij begon te lachen. Ze voelde dat hij schudde van de lach en kleine ritmische trillingen door de auto zond. Het klonk bijna alsof hij in tranen was.

'Tweehonderdduizend pond? Maar waarom heeft ze me dat niet verteld?'

'Dat is nogal duidelijk, toch? Ze denkt dat we het niet zullen redden. Ze wilde zorgen dat je verzorgd achterbleef, zelfs als ik in de goot terecht zou komen. De waardeloze echtgenoot die zijn bedrijf niet eens aan de praat kan houden... Hoe zou hij dan voor haar kleine meid kunnen zorgen?'

Hij klonk zo bitter. Maar er zat een kern van waarheid in. Ze schudde haar hoofd, dat ze, diep voorovergebogen, tussen haar handen hield en bedacht wat hij moest hebben gedacht en hoe dicht ze bij een... 'Maar zij... het geld... O, god, Hal, het spijt me zo!'

Onder haar voeten jankte Rollo dat hij naar buiten wilde. Hal sloeg zijn arm om haar schouders, trok haar dicht tegen zich aan en legde zijn andere arm ook om haar heen. Ze voelde zijn adem in haar oor. 'Nee, liefste. Het spijt mij. Het spijt me vreselijk. Ik had er met je over moeten praten. Ik ben zo stom geweest...'

Zo bleven ze een poosje zitten, zich niet bewust van de nieuwsgierige blikken van voorbijgangers en de onderzoekende en wellicht gerustgestelde blikken van Katie en haar vriendin Jennifer vanuit het bovenraam, waar ze zich ten slotte verveeld van terugtrokken.

Camille trok zich ook langzaam en met tegenzin van Hal los. Ze voelde plakkerig zweet op de plekken waar hun lichamen tegen elkaar aan geklemd hadden gezeten.

'Heb je nog zin om naar de winkels te gaan?' Hal drukte haar hand, alsof hij haar moeilijk los kon laten.

Camille streek een haarlok uit haar gezicht en stopte die achter haar oor. 'Nee. Breng me maar naar Arcadia, Hal. Ik heb genoeg van dit hele gedoe.'

Daisy controleerde de muren en de vloer van de hoofdlounge, de bar, de slaapkamersuites en de keukens. Daarna ging ze alle gordijnen na, of ze goed waren opgehangen en de plooien gelijkmatig en zonder kreukels hingen, en de lampen, om te zien of ze allemaal werkten en alle peertjes op hun plaats zaten. Vervolgens maakte ze een lijst van alles wat nog niet klaar was, of verkeerd was gedaan, en de dingen die waren bezorgd en die moesten worden teruggestuurd. Ze werkte rustig en methodisch en genoot van de koelte van de ventilators – ze hadden niet voor airconditioning gekozen – en van het briesje dat door de openstaande ramen naar binnen stroomde. In orde en routine was innerlijke rust te vinden. Ze begreep Daniels dringende behoefte om alle dingen om hem heen in evenwicht en harmonie te willen hebben, beter.

Hij had een beker thee voor haar gemaakt en ze waren beleefd tegen elkaar, slaagden er zelfs in, zonder op hun eerdere woordenwisseling terug te komen, Ellies voorkeur voor wit boven bruin brood te bespreken en de beste manier om haar druiven te pellen. Hij nam zijn dochter mee naar het dorp, en had er uit zichzelf aan gedacht haar luiertas, haar water en wat biscuitjes mee te nemen en haar in te wrijven met zonnebrandcrème. Ellie kraaide tegen hem en knauwde daarna wild op een houten stok met belletjes, en hij babbelde met haar terwijl hij op zijn hurken ging zitten om haar handig in haar wandelwagen vast te snoeren.

Ze bouwen een relatie op, dacht Daisy terwijl ze hen vanuit de deuropening gadesloeg, en vroeg zich af waarom haar blijdschap zo dubbel voelde.

'Waar neemt hij haar mee naartoe?' Lottie had er kennelijk meer moeite mee haar pupil los te laten.

'Naar het dorp.'

'Hij moet niet met haar door het park gaan. Er zijn overal honden.'

'Daniel zal wel op haar letten.'

'Die mensen zijn zo stom om ze los te laten rondlopen. Met al die kleine kinderen. Ik snap niet waarom ze die beesten meenemen op vakantie.'

Ze was de afgelopen dagen niet zichzelf geweest. Ze was tegen Daisy uitgevallen toen die naar haar beeltenis op de muurschildering had gevraagd, omdat ze benieuwd was naar de symboliek van hun kleding en wat ze in hun handen hadden. Daisy vertelde haar niet wat Stephen Meeker had gezegd over verleiding en het Oude Testament. En dat de afbeelding heel passend was als je wist dat ze had geprobeerd de vader van het gezin dat haar destijds als evacué had opgenomen, te verleiden. Of dat er tussen zijn oude foto's er een van een jonge, hoogzwangere Lottie zat, die half naakt op een stenen vloer lag te slapen.

'Jij wilde toch een paar van die oude foto's om in te lijsten?' Lottie stak haar de doos die ze onder haar arm droeg, toe.

'Alleen als jij het ook wilt. Ik wil geen foto's die voor jou van emotionele betekenis zijn.'

Lottie haalde haar schouders op, alsof dat een niet-bestaande optie was. 'Ik zoek ze boven wel uit. Daar is het rustig.'

Ze stak de doos weer onder haar arm. Daisy hoorde haar voetstappen door de gang klinken en draaide zich om toen Aidan vanuit de foyer haar naam riep. 'Bezoek voor je,' zei hij met twee spijkers in zijn mondhoek en zijn handen diep in de zakken van zijn suède voorschoot. Toen ze langs hem liep, trok hij zijn ene wenkbrauw op en ze kreeg een schok bij het vooruitzicht dat het Jones zou kunnen zijn. Onwillekeurig bracht ze haar hand naar haar haar om het uit haar gezicht te strijken.

Maar het was Jones niet.

Sylvia Rowan stond op de stoep en haar kleurige jack en beenwarmers staken fel af tegen de lichte omgeving. Aan haar voeten zat, onaangenaam kwijlend, haar wezenloos kijkende hond.

'Ik heb tegen die mannen gezegd dat ze moeten stoppen,' zei ze, glimlachend als een hertogin die naar het volk wuift.

'Pardon?' zei Daisy.

'Je werklui. Ze moeten stoppen met het werk.'

'Ik dacht dat ik dat bep...' Daisy werd onderbroken door Sylvia Rowan die met een stuk papier zwaaide. Iets te dicht bij haar gezicht.

'Monumentenzorg. Je hotel staat op een voorlopige lijst en zal op een voorrangslijst worden geplaatst. Dat wil zeggen dat dit pand het komende halfjaar op de lijst van monumentenzorg staat en alle werkzaamheden moeten worden gestaakt.'

'Waarom?'

'Om ervoor te zorgen dat je het niet nog verder ruïneert dan je al hebt gedaan. Het is wettelijk verplicht.'

'Maar het werk is bijna klaar.'

'Je zult met terugwerkende kracht een bouwvergunning moeten aanvragen. En alles in de oude staat terugbrengen waar men niet tevreden over is. Wat muren bijvoorbeeld. Of een paar van die ramen.'

Met afgrijzen dacht Daisy aan de gasten die zich al in groten getale hadden aangemeld. Aan het vooruitzicht dat ze hun bagage zouden uitladen bij het geluid van sloopwerk. 'Ik heb geen monumentenstatus aangevraagd. En Jones ook niet. Het feit dat het geen monument was vormde een van de aantrekkelijkheden.'

'Iedereen kan een aanvraag indienen, beste kind. Jij hebt me zelf op het idee gebracht toen je opstond om te vertellen wat je met het gebouw aan het doen was. Het is immers in ons aller belang ons architecturale erfgoed te bewaren, nietwaar? Hier zijn de papieren en ik stel voor dat je je baas opbelt om te zeggen dat hij zijn opening waarschijnlijk zal moeten uitstellen.' Ze wierp een blik op Daisy's verbonden arm. 'Ik kan de veiligheidsinspectie ook meteen wel inschakelen.'

'Wraakzuchtige ouwe feeks,' zei Aidan. 'Het verbaast me dat ze je kind ook nog niet heeft verslonden.'

'O, verdomme,' zei Daisy terwijl ze de talloze clausules en subclausules op het papier naging. 'Luister, Aidan, doe me een lol.'

'Ja?'

'Bel Jones voor me. Zeg maar dat ik er niet ben. Maar vertel jij het hem.'

'Maak het nou, Daisy, dat is niet mijn taak.'

'Alsjeblieft!' Ze deed haar best vertederend te kijken.

Aidan trok een wenkbrauw op. 'Gekibbel tussen de geliefden, hè?'

Ze had zin om stevig te vloeken.

Ze had er sinds de dood van Adeline niet meer naar gekeken. Dat ze bijna tien minuten naar de doos had zitten staren verried een zekere schroom om het nu wel te doen. Alles weer oprakelen. Noemde Joe het niet zo? Herinneringen aan Arcadia, aan haar zomer daar, net als andere zomers, met een glinsterende, met pauwenveren omkranste zon. Het was gemakkelijker om niet te kijken, dacht Lottie zuchtend, met haar hand op het deksel. Gemakkelijker om geen oude gevoelens op te roepen die beter begraven konden blijven. Maar Daisy wilde openleggen, net zoals ze de muurschildering had blootgelegd. En in een zwak moment, toen ze werd afgeleid door Camille en Hal of door haar gedachten aan een cruise, hoe ze daar onderuit kon komen, had ze gezegd dat ze die verrekte dingen tevoorschijn zou halen. Daisy wilde zo veel mogelijk foto's en tekeningen inlijsten en ze op de wand tegenover de bar hangen, als een aanschouwelijke herinnering aan gasten die hier eens deel uitmaakten van een toevluchtsoord voor kunstenaars.

Toevluchtsoord voor kunstenaars, dacht Lottie wrang en ze opende de doos. Behalve Frances was er nauwelijks een kunstenaar te bekennen geweest. Nee, berispte ze zichzelf toen ze aan Ada Clayton terugdacht. Hun artisticiteit lag in het zichzelf opnieuw uitvinden. In het slim camoufleren en het zich voordoen als mensen die ze niet waren.

Het verwonderde haar dat een simpele daad als het deksel van een doos halen haar duizelig maakte alsof ze aan de rand van een afgrond stond. Belachelijke oude vrouw, zei ze tegen zichzelf. Het zijn maar foto's.

Maar haar hand trilde toen ze hem in de doos stak.

Bovenop lag, inmiddels wat bruin geworden, de foto van Adeline, verkleed als Radja van Radjastan. Haar ogen schitterden vanonder een tulband en haar jongensachtige figuur was in een zijden mannenjasje geperst. Frances zat naast haar, rustig, maar met een wetende blik in haar ogen, die misschien zelfs toen al iets van haar vreselijke lot verried. Lottie legde hem op de pas geschuurde houten vloer. Op de volgende stonden Adeline en Julian ergens om te lachen, en achter hen stonden Stephen en een man die ze niet herkende. Een houtskooltekening, waarschijnlijk van Frances, van een omgekeerde jol. Nog een, gekreukeld en vergeeld op de plaats waar hij was opgevouwen, van George die ergens op het gras lag te slapen. Ze werden keurig op een rij op de houten vloer uitgestald. Een tekening die zij zelf had gemaakt van het Franse huis. Ze was toen zo hoogzwanger dat ze de verfdoos op haar buik kon zetten.

Daarna kwam Lottie. Haar ogen keken naar een kant vanonder een gordijn van donkere, met lichte rozenknopjes versierde haren, alsof ze een eetbare lekkernij was.

Lottie staarde naar de jongere versie van zichzelf en voelde een golf van onontkoombare droefheid over zich heen spoelen. Ze staarde uit het raam en probeerde haar tranen te bedwingen, maar ze vermande zich en richtte haar aandacht weer op de doos. Ze deed hem met een snelle beweging dicht. Te laat om de lenige, sterke ledematen en het te lange kastanjebruine haar, dat glansde in het zonlicht, niet te zien.

Ze legde haar handen op het deksel en luisterde naar haar onregelmatige hartslag. Ze hield haar blik van de doos afgewend, alsof ze, alleen door ernaar kijken, het beeld weer zou oproepen dat ze niet had willen zien.

Ze had geen gedachten, alleen beelden in haarhoofd, beelden die even willekeurig waren als de foto's in de doos.

Zo bleef ze roerloos zitten.Toen, als iemand die uit een droom ontwaakt, zette ze de doos naast zich op de grond neer en staarde naar de foto's die op de houten vloer lagen. Ze zou de hele boel aan Daisy geven en haar ermee laten doen wat ze wilde. Na de komende week zou ze hier toch niet meer terugkomen.

Lottie was er zo aan gewend geraakt dat de werklui onverwacht en overal opdoken, dat ze niet opkeek toen de deur openging. Ze was op haar knieën gaan zitten om de foto's op te rapen en ze in de doos terug te stoppen.

'Mam?'

Lottie keek op en zag de vrolijke kop van Rollo.

'Dag, schat.' Ze snufte en veegde haar gezicht af. 'Laat me even overeind komen.' Ze boog zich stijfjes naar voren om zich aan de stoelleuning op te hijsen.

'Waar ben je in godsnaam mee bezig, mam?'

Lottie stond bijna weer op haar benen, maar zakte terug op haar hielen. Het gezicht van haar dochter stond strak en gespannen, alsof ze een innerlijke strijd voerde. 'Camille?'

'Het geld, mam. Waar ben je in vredesnaam mee bezig?' Camille deed een stap naar voren en trapte zo op een van de foto's. Lotties protest bleef in haar keel steken. Camilles hand trilde aan het uiteinde van de hondenriem. 'Ik heb nooit ruzie met je gemaakt, mam. Je weet dat ik altijd dankbaar ben geweest voor alles wat je hebt gedaan, met Katie en alles. Maar nu is het genoeg geweest, begrijp je? Het gedonder met dat geld. Het is genoeg geweest.'

'Ik was van plan het je te vertellen, schat.'

Camilles stem klonk ijzig. 'Maar dat heb je niet gedaan. Je denderde gewoon binnen om mijn leven te organiseren, zoals altijd.'

'Dat is niet...'

'Niet eerlijk? Niet waar? Wil jij het over de waarheid hebben? Je hebt me mijn leven lang duidelijk gemaakt dat ik alles zelf kan, alles wat een ziende ook kan, en intussen geloofde je dat zelf niet. Je hebt al die tijd vangnetten voor me gespannen.'

'Het heeft niets met je blindheid te maken.'

'Maak dat de kat maar wijs.'

'Iedere andere moeder zou hetzelfde doen.'

'Nee, mam. Nee.' Camille deed nog een stap naar voren en Rollo snuffelde verbaasd aan de foto's onder haar voeten. 'Iedere andere moeder zou voorzieningen treffen in haar testament. Die zou het met de familie bespreken. Die zou niet stiekem geld overhevelen omdat ze denkt dat zij de enige is die voor me kan zorgen.'

'O, en als ik alleen maar wilde zorgen dat je je kon redden als... als Hal weg zou gaan?'

Camilles frustratie barstte los. 'Hal is niet weg.'

'Voor het geval dat.'

'Het gaat goed tussen ons, mam. Het werkt. Ten minste, het werkte tot jij een spaak in het wiel stak. Hoe denk je dat hij zich voelde? Hij dacht dat ik van plan was weer bij hem weg te gaan, wist je dat? Hij dacht dat ik hem wilde verlaten, en toen is hij bijna zelf bij me weggegaan.' Ze ademde hoorbaar uit. 'Goeie god, als je maar de helft van de aandacht die je aan anderen besteedt, aan je eigen relatie zou besteden, zou onze familie een stuk gelukkiger zijn. Waarom richt je je voor de verandering niet eens op papa? In plaats van te doen alsof hij verdomme niet bestaat.'

Lottie verborg haar gezicht in haar handen. Toen ze weer sprak klonk haar stem gedempt. 'Het spijt me,' zei ze zacht. 'Ik wilde zeker weten dat je verzorgd zou zijn. Ik wil gewoon dat je onafhankelijk bent.'

'Voor het geval Hal bij me weg zou gaan. Precies. Omdat jij hem nog steeds niet vertrouwt en niet wil geloven dat hij bij me blijft. Maar íк was degene die een verhouding had en ík was het die ons huwelijk in gevaar bracht, weet je nog?'

'Waarom denk je dat ik Hal niet zou vertrouwen?'

'Omdat je ergens, diep vanbinnen, niet gelooft dat ik het waard ben dat iemand altijd bij me blijft, mam.'

'Nee.' Lottie keek abrupt omhoog.

'Je kunt niet geloven dat iemand een blinde als partner wil. Je verwacht dat Hal uiteindelijk genoeg van me zal krijgen.'

'Echt niet.'

'Hoe zit het dan wel, mam?'

'Camille, lieverd, alles wat ik wilde was een stukje onafhankelijkheid voor jou.'

'Als jij mij geld geeft, hoe kan ik dan ooit onafhankelijk worden?'

'Het geeft je vrijheid.'

'En als ik nou geen vrijheid wil? Wat is er mis met getrouwd-zijn, mam?'

Lottie keek haar dochter recht aan. 'Niets. Daar is niets mis mee. Als je maar...' ze zocht naar woorden. 'Zolang het maar uit liefde is.'

Daisy zat bij de telefoon, zich bewust van Daniels broedende aanwezigheid boven. Hij was niet komen eten, maar zat op zijn kamer naar de radio te luisteren en had beleefd tegen Daisy gezegd dat hij tijd voor zichzelf nodig had. Ze vermoedde dat hij afstand wilde, van de opgefokte sfeer in huis en van het kruitvat van emoties dat hun herstelde relatie vormde. Ze had er geen bezwaar tegen, zij wilde ook afstand.

Daisy had zich nooit beschouwd als iemand voor wie werk een escape kon verschaffen, maar dankbaar voor de afleiding ging ze zitten om zich door de lijst met namen die Stephen haar had gegeven, heen te werken. Twee dood, een dement, een paar anderen niet beschikbaar. Het zou bij lange na niet de reünie worden die ze had gepland.

George Bern had zich verontschuldigd, maar via zijn secretaresse laten weten dat zijn vrouw en hij dat weekend al bezet waren. De kunstenares Minette Charlerois, een gescheiden vrouw die Irene Darling heette, en Stephen hadden toegezegd te komen, en via Minette nog een aantal andere kunstenaars uit die tijd die niet op de muurschildering voorkwamen, maar het huis in de gloriedagen van de jaren vijftig kennelijk hadden bezocht. Ze had het niet aan Lottie verteld, want die had duidelijk laten weten dat ze toch al niet van feestjes hield, en dus was er maar een persoon op de muurschildering die nog niet was achterhaald.

Daisy stak een sigaret op en bezwoer zichzelf dat ze er na de opening mee zou kappen. Ze verslikte zich toen de telefoon sneller werd opgenomen dan ze had verwacht. '*Hola*?' zei ze, opgelucht toen ze een Engels accent hoorde. Ze vergewiste er zich van dat ze de juiste persoon te pakken had en hield haar inmiddels goed gerepeteerde praatje over het plan om de opening van het nieuwe hotel extra feestelijk te vieren.

De heer was heel beleefd. Hij wachtte tot ze was uitgesproken en zei toen dat hij zich erg gevleid voelde, maar dat hij niet dacht te kunnen komen. 'Het... het was maar een klein stukje van mijn leven.'

'Maar u bent toch met iemand uit Merham getrouwd?' zei Daisy, haar aantekeningen doornemend. 'Dat maakt dat u heel belangrijk bent... We hebben die muurschildering blootgelegd, ziet u en u staat er ook op.'

'Wat zegt u?'

'Een muurschildering. Gemaakt door Frances Delahaye. Kent u haar?'

Hij zweeg even. 'Ja, ja. Ik herinner me Frances nog wel.'

Daisy drukte haar oor dichter tegen de hoorn aan en gebaarde in de lucht. 'U moet hem weer komen bekijken. Hij is gerestaureerd en hij wordt een schitterend middelpunt van het feest, en het zou zo fijn zijn als alle afgebeelde mensen erbij konden zijn. Alstublieft. Ik zorg voor vervoer en alles. U kunt uw vrouw en kinderen meenemen. Die vinden het vast ook prachtig. Neem uw kleinkinderen ook mee! We betalen voor iedereen.' Dat regel ik naderhand wel met Jones, dacht ze knipogend. 'Kom, meneer Bancroft. Het is maar één dag van uw leven. Eén dag.'

Het bleef geruime tijd stil.

'Ik zal erover nadenken. Maar dan zou ik alleen komen, mevrouw Parsons. Celia, mijn vrouw, is enige tijd geleden overleden.' Hij zweeg en schraapte zijn keel. 'En we hebben nooit kinderen gehad.'

19

DE ZEVENDE DAG VOOR de opening van Arcadia House als hotel namen Camille en Hal de beslissing hun huis te koop te zetten. Het is een groot huis, zeiden ze tegen elkaar, te groot voor een gezin van drie personen, en ze zouden waarschijnlijk toch niet meer kinderen. ('Hoewel dat geen ramp zou zijn,' zei Hal, zijn vrouw tegen zich aan drukkend.) Ze gingen op zoek naar iets kleiners, dicht bij Katies school, maar wel met een werkplaats of een dubbele garage, zodat Hal, ook als hij een nieuwe baan had, door kon gaan met zijn restauratiewerkzaamheden en opnieuw voor zichzelf zou kunnen beginnen als de economie weer aantrok. Ze maakten een afspraak met een makelaar, stilzwijgend het kantoor vermijdend waar Michael Bryant werkte. Ze zeiden tegen Katie dat ze alle nieuwe meubels voor haar kamer zelf mocht uitzoeken en ja, dat er natuurlijk ook plaats zou zijn voor Rollo. Ze gaven de bank opdracht de rekening te sluiten die door Lottie was geopend en het geld naar haar terug te boeken.

Lottie belde twee keer op. Beide keren liet Camille het antwoordapparaat de boodschap aannemen.

De zesde dag voor de opening van Arcadia kwamen de mensen van monumentenzorg kijken in verband met de voorrangsplaatsing. Jones, die was gewaarschuwd, arriveerde met zijn advocaat en met een aanvraag voor een certificaat voor vrijwaring van de monumentenlijst, die, zo zei hij, in de aankoopfase naar de staatssecretaris was gestuurd. Hij had uit betrouwbare bron vernomen dat de vrijwaring verleend zou worden, hetgeen zou voorkomen dat ze financieel schade zouden lijden door de voorrangsplaatsing op de monumentenlijst. Desondanks, zei de advocaat, waren ze blij dat monumentenzorg het reeds gedane werk kwam bekijken, om een mogelijk tijdsschema voor reparaties vast te kunnen stellen en uitgebreid met Daisy te praten, die over alle relevante informatie en documentatie met betrekking tot de restauratie en de oorspronkelijke toestand van het gebouw beschikte.

Daisy had hier nauwelijks naar geluisterd, laat staan dat ze het had begrepen. Het enige dat ze deed was staren naar Jones. Hij had maar twee keer het woord tot haar gericht, de eerste keer om haar te begroeten en de tweede keer om afscheid te nemen. Bij geen van beide gelegenheden had hij haar aangekeken.

De vijfde dag voor de opening liep Camille naar het huis van haar ouders, op een tijdstip dat ze wist dat haar moeder niet thuis was. Ze trof haar vader aan, die vakantiefolders door zat te bladeren. Ze werd zenuwachtig, bang dat haar moeder die vreselijke opmerking over hun huwelijk aan hem had doorverteld, maar haar vader was ongewoon vrolijk. Hij dacht erover naar Kota Kinabalu te gaan, zei hij, en hij las de beschrijving van de streek uit de reisgids voor. Nee, hij had geen idee waar het lag, behalve dat het in het Verre Oosten was. Hij vond het gewoon leuk klinken en hij vond de gedachte dat hij bij thuiskomst zou kunnen zeggen: 'ik ben net terug uit Kota Kinabalu', ook leuk. 'Dat zou indruk maken op de golfclub, denk je niet?' zei hij. 'Een stuk opwindender dan Romney Marsh.' Camille had verbaasd gevraagd of haar moeder van plan was mee te gaan. 'Ik ben haar nog aan het bewerken, schat,' zei hij. 'Je weet hoe je moeder is.'

In een opwelling had ze hem zo hard geknuffeld dat hij haar over haar hoofd had geaaid en had gevraagd waar hij dat aan te danken had. 'Nergens aan,' zei ze. 'Ik hou gewoon van je, pap.'

'Hoe eerder dat hotel opent hoe beter,' antwoordde hij. 'Ik krijg de indruk dat iedereen tegenwoordig bij het minste of geringste over zijn toeren raakt.'

De vierde dag voor de opening verscheen Stephen Meeker op Arcadia's brede witte bordes. Hij wuifde zich koelte toe met zijn strohoed en kondigde aan dat hij de vrijheid had genomen met een vriend van hem uit Cork Street te spreken, die buitengewoon was geïnteresseerd in hun muurschildering. Hij vroeg zich af of die op de opening mocht komen en of hij misschien nog een andere vriend kon meebrengen. Iemand die werkzaam was bij de *Daily Telegraph* en gespecialiseerd in kunstreportages. Daisy had ja gezegd en hem uitgenodigd de muurschildering de dag voor de opening te komen bezichtigen. Stephen had er lange tijd naar staan kijken, naar de jongere uitgave van hemzelf en Julian. Hij merkte op dat hij er heel anders uitzag dan wat hij zich ervan herinnerde. Toen hij wegging legde hij een benige hand op Daisy's arm en drukte haar op het hart nooit dingen te doen omdat je je verplicht voelde. 'Doe wat je werkelijk wilt,' zei hij. 'Dan zul je nooit spijt hebben. Want tegen de tijd dat je mijn leeftijd hebt, mijn god, dan wegen ze als een loden last.'

Drie dagen voor de opening arriveerde Carol samen met Jones om de lijst van bekende namen door te nemen en de keukens, het parkeerterrein en de faciliteiten voor de muzikanten te inspecteren. Ze slaakte voortdurend bewonderende kreten, zodat Daisy zich haastte haar instructies uit te voeren. Jones had tegen haar gezegd dat hij tevreden was, maar op zo'n manier dat ze niet zeker wist of hij het meende. Hij stelde het nieuwe bar- en keukenpersoneel in een rij op, hield een korte, weinig overtuigende speech en onderwierp drie schoonmakers aan een verhoor. Hij vertrok alweer snel, waarop Carol zei dat hij een waardeloze zak was, de hemel sta hem bij. Julia belde op om te zeggen dat Don en zij naar het feest kwamen, en of Daisy wilde dat ze iets voor haar meenam om aan te trekken? Ze dacht dat er in dat dorp weinig keus zou zijn. Ze bedoelde eigenlijk in heel Essex, begreep Daisy uit haar toon. Ze had geantwoord dat ze zich wel zou redden, maar toch bedankt.

'Komt hij terug voor de opening?' vroeg Julia voordat ze ophing.

'Hij is niet eens weggegaan,' zei Daisy geïrriteerd.

'Nog niet,' zei Julia.

Twee dagen voor de opening stond er een verhaal over de muurschildering in het plaatselijke nieuwsblad, met een foto die volgens Daisy stiekem door een van de werklui moest zijn genomen. Lottie, die de hele week al gespannen en bits was, gaf Sylvia Rowan de schuld, maar het was gelukt Lottie ervan te overtuigen dat het geen zin had erheen te gaan en die vrouw aan te pakken. 'Wat maakt het uit?' zei Daisy en ze zette haar met een kop thee op het terras, in een poging zich kalmer voor te doen dan ze zich voelde. 'Het is het plaatselijke vod maar.'

'Daar gaat het niet om,' zei Lottie boos. 'Ik wil gewoon niet dat het overal wordt rondgebazuind. Ik wil niet dat iedereen die schildering ziet, want de mensen weten dat ik het ben.' Daisy besloot niets te zeggen over de man van de *Daily Telegraph*.

In Merham zelf maakten de Bond van Geheelonthouders, de Bond van Pensionhoudsters en de overgebleven leden van de zevendedagadventisten, opgehitst door diverse verslaggevers en cameramensen van het regionale journaal, zich volgens plaatselijke bronnen op om te gaan posten tijdens de opening van het hotel. Daisy had pogingen gedaan Jones' kantoor te bellen om hem te waarschuwen, maar zijn secretaresse gaf haar door aan Carol. 'O, maak je geen zorgen,' zei ze beslist. 'We nodigen ze uit voor een drankje en een foto, de stakkerds. Dat werkt altijd, ze ontwapenen met een beetje charme. En als dat niet helpt, schuiven we ze gewoon onder het tapijt.'

Toen Daisy later op de middag met Ellie naar het dorp wandelde, staakte een groepje oudere vrouwen hun conversatie en keek haar na toen ze voorbijliep, alsof ze iets smerigs onder haar schoenen had. Toen ze de kiosk binnenging kwam de eigenaar naar haar toe en schudde haar de hand. 'Goed van jou,' zei hij, met een blik om zich heen alsof ze konden worden afgeluisterd. 'Zaken zijn zaken. Dat is wat deze lieden niet begrijpen. Zodra je eenmaal open bent en draait, zijn ze het vergeten. Ze zijn al zo lang bezig zich overal tegen te verzetten dat ze niets anders meer weten te bedenken.'

De dag voor de opening, toen de werklieden en het keukenpersoneel waren vertrokken, Jones met Carol in haar belachelijke sportwagen was weggereden en Daisy Ellie mee naar boven had genomen om haar in bad te doen, was Lottie nog een poos gebleven. Toen het stil was in huis was ze alle kamers doorgelopen. Een sentimenteler iemand zou gezegd hebben dat ze afscheid aan het nemen was. Lottie maakte zichzelf wijs dat ze alleen wilde inspecteren of alles in orde was. Daisy had per slot van rekening haar handen vol aan de baby, aan de opening en aan die waardeloze vent van haar, en aan Jones had je momenteel ook niet veel, dus moest er iemand zijn die een oogje in het zeil hield. Ze zei het twee keer, alsof het dan overtuigender klonk.

Ze liep elk vertrek in en probeerde zich voor te stellen hoe het er vroeger had uitgezien. De ingelijste foto's aan de muren fungeerden als geheugensteuntje. De gezichten, bevroren in de tijd, keken terug met de glazige glimlach van een vreemdeling, nauwelijks meer echte mensen, zei ze bij zichzelf. Gewoon een behangetje, om de speeltuin van de een of andere rijkaard een authentiek tintje te verlenen.

Ze bewaarde de salon voor het laatst. Haar voetstappen klonken hol op de opnieuw gelegde vloer. Ze ging op dezelfde plek zitten waar ze bijna een halve eeuw daarvoor Adeline voor het eerst had gezien. Ze zat op de bank in die uitgebalanceerde, katachtige houding van haar. Het huis, kaal, wit en grandioos, voelde niet meer aan als Arcadia, en de kamers waren niet langer stilzwijgende getuigen van haar geheimen. De wasbeits en versgeplukte bloemen verdrongen de oude geur van zout en onbegrensde mogelijkheden. De glimmende keukens, de smetteloze stoffering en de lichte, volmaakte muren misten hun doel, versmoorden de geest van het huis.

Maar wie ben ik dat ik erover mag oordelen? dacht Lottie terwijl ze om zich heen keek. Er was altijd te veel verdriet geweest. Te veel geheimzinnigs. De toekomst behoorde aan de mensen van nu. Ze staarde het vertrek rond en haar blik bleef rusten op de foto van Celia in haar vlammend rode rok, die nu smaakvol bij de stoffering paste. Ze dacht terug aan de wetende ogen die de hare schalks vanaf de stoel tegenover haar aankeken, en de smalle voeten die altijd op het punt van wegsnellen leken te zijn. Mijn geschiedenis, net als de foto's, bedacht Lottie. Gewoon een aardig behangetje.

Een paar minuten daarna kwam Daisy met Ellie in een badhanddoek gewikkeld uit de badkamer. Ze ging op weg naar de keuken om Ellies melk warm te maken. Halverwege de trap bleef ze staan en wierp een blik in de salon, keerde zich toen langzaam om en liep weer naar boven, Ellies protest sussend.

Ze had gezien hoe Lottie daar beneden in de ruimte zat te staren, in diep gepeins verzonken. Ze leek gekrompen, kwetsbaar, en heel erg eenzaam.

De avond voor de opening dekte Jones de wankele stapel papier op zijn bureau af, sloot de deur van zijn kantoor om het schorre gelach dat uit de bars van de Red Rooms opklonk, buiten te houden. Hij dronk een restje koffie, viste het telefoonnummer van zijn ex-vrouw op en belde haar op haar werk. Alex' stem klonk verbaasd. Misschien had ze, net als hij, aangenomen dat het intieme karakter van hun vriendschap zou veranderen als ze eenmaal was getrouwd.

Hij liet haar over haar huwelijksreis vertellen, waarbij ze het verslag tactvol beperkte tot de schoonheid van het eiland, haar bruine teint en de onvoorstelbare kleur van de zee. Ze gaf hem haar nieuwe nummer, in de wetenschap dat hij haar nooit thuis zou bellen. Toen vroeg ze of het goed met hem ging.

'Ja. Prima... Nee, nee, eigenlijk niet.'

'Kan ik je ergens mee helpen?'

'Het is... nogal ingewikkeld.'

Ze wachtte af.

'Ik weet niet of jij de aangewezen persoon bent met wie ik dit kan bespreken...'

Er klonk iets behoedzaams door in haar : 'O?'

'Nou ja, je kent me toch, Alex. Ik heb mezelf nooit goed kunnen uitdrukken.'

'Dat is een ding dat zeker is.'

'O... nou... vergeet het maar.'

'Kom op, Jones. Nu je eenmaal bent begonnen...'

Hij zuchtte. 'Ik denk... ik denk dat ik op iemand gesteld ben geraakt. Die eerst alleenstaand was maar nu niet meer.'

Het bleef stil aan de andere kant van de telefoon.

'Ik heb er nooit iets over gezegd. Toen ik het had moeten doen. En ik weet niet meer wat ik moet doen.'

'Ze was alleenstaand?'

'Ja. En nee. Ik realiseer me wat ik voor haar voel, maar ik kan nu niets doen. Het is te laat.'

'Te laat?'

'Nou, ik weet het niet. Denk jij dat het te laat is? Denk je dat het eerlijk is om nog iets te zeggen? Onder de gegeven omstandigheden?'

Nogmaals een langdurige stilte.

'Alex?'

'Jones, ik weet niet wat ik moet zeggen.'

'Het spijt me. Ik had je niet moeten bellen.'

'Nee, nee. Het is goed om over die dingen te praten. Maar... ik ben nu getrouwd.'

'Dat weet ik.'

'En ik denk niet dat het feit dat je gevoelens voor me koestert... nou ja, gepast is. Je weet hoe Nigel denkt over...'

'Wat??'

'Ik voel me gevleid. Eerlijk waar. Maar...'

'Nee, nee, Alex. Ik heb het niet over jou. O, jezus, wat heb ik gezegd?'

Dit keer was de stilte pijnlijk.

'Al. Het spijt me. Ik druk me slecht uit. Zoals gewoonlijk.'

Haar lach kwam snel en opzettelijk luchtig. 'Maak je geen zorgen, Jones. Ik ben opgelucht. Ik had het bij het verkeerde eind.' Ze sprak als een lerares van de basisschool, ferm en opgewekt. 'Zo, en wie is je nieuwste vlam?'

'Nou, dat is hem nu juist. Ze is heel anders dan de anderen.'

'In welk opzicht? Blond voor de verandering? Uit een exotisch land? Boven de twintig?'

'Nee. Iemand met wie ik samenwerk. Ze is binnenhuisarchitect.'

'Dat is weer eens iets anders dan een serveerster.'

'En ik geloof dat ze me mag.'

'Je gelooft het? Heb je nog niet met haar geslapen?'

'Het enige is dat de vader van haar kind weer op het toneel is verschenen.'

Een korte stilte.

'Haar kind?'

'Ja, ze heeft een baby.'

'Ze heeft een baby? Jij bent verliefd op iemand met een baby?'

'Ik heb niet gezegd dat ik verliefd ben. En je hoeft niet zo sarcastisch te doen.'

'Na alles wat je tegen mij hebt gezegd over kinderen? Wat had je dan verwacht, Jones?'

Hij leunde achterover in zijn stoel.

'Ik kan mijn oren niet geloven.' De stem aan het andere einde van de lijn klonk scherp en geïrriteerd.

'Alex. Het spijt me. Ik wilde je niet overstuur maken.'

'Je maakt me niet overstuur. Ik ben nu getrouwd. Ik laat me absoluut niet meer door jou overstuur maken. Op geen enkele manier.'

'Ik wilde alleen goede raad, en jij bent de enige die ik ken...'

'Nee, Jones, je wilde alleen maar door iemand gerustgesteld worden vanwege het feit dat je voor het eerst verliefd bent, en wel op de verkeerde. Nou, ik ben die iemand niet meer. Het is niet eerlijk om het mij te vragen. Goed? Nu moet ik weg. Ik heb een vergadering.'

Op de dag van de opening werd Daisy wakker op een uur dat ze normaal gesproken nog sliep. Ze bleef in bed liggen en keek hoe de dageraad door de handgenaaide linnen gordijnen naar binnen sijpelde. Om zeven uur stond ze op, ging naar de badkamer en huilde ongeveer tien minuten aan een stuk, waarbij ze ervoor zorgde de baby niet wakker te maken door haar gesnik in een handdoek van Egyptische katoen te smoren. Daarna gooide ze koud water over haar gezicht, trok haar ochtendjas aan, pakte de babyfoon en liep door naar Daniels kamer.

Het was stil en donker in de kamer. Hij sliep, een muf ruikende bult onder het dekbed. 'Dan?' fluisterde ze. 'Daniel?'

Met een schok werd hij wakker en draaide zich met halfgesloten ogen naar haar toe. Hij kwam deels overeind en sloeg, misschien oudergewoonte, het dekbed terug om haar in bed te noden. Het werktuiglijke van dat gebaar verstikte Daisy's keel. 'We moeten praten,' zei ze.

Hij wreef in zijn ogen. 'Nu?'

'Er is geen andere gelegenheid. Ik moet vandaag gaan pakken. We moeten pakken.'

Hij staarde even naar het midden van het vertrek. 'Mag ik eerst een kop koffie maken?' zei hij met een dikke stem van de slaap.

Ze knikte en keek bijna verlegen opzij toen hij uit bed kwam en een boxershort aantrok. Zijn geur en aanblik waren even vertrouwd en vreemd als een deel van haar eigen lichaam als ze dat vanuit een andere invalshoek zou bekijken.

Hij maakte ook een kop koffie voor haar en gaf haar die aan toen ze op de bank ging zitten. Zijn haar stond alle kanten op, als bij een kleine jongen. Daisy keek naar hem en ze voelde haar maag samentrekken. De woorden die ze wilde uitspreken smaakten als gal in haar mond.

Eindelijk ging hij zitten.

Hij keek haar aan.

'Het werkt niet, Dan,' zei ze.

Op een bepaald moment herinnerde ze zich dat hij zijn armen om haar heen sloeg en hoe bizar ze het vond dat hij haar troostte terwijl zij tegen hem zei dat ze niet meer van hem hield. Hij had haar een kus op haar hoofd gegeven, en zijn geur en de manier waarop hij aanvoelde werkten nog steeds op een vreemde manier vertroostend.

'Het spijt me,' zei ze tegen zijn borst aangedrukt.

'Het komt doordat ik dat meisje heb gekust, hè?'

'Nee.'

'Wel waar. Ik wist wel dat ik het je niet had moeten vertellen. Ik had het moeten verzwijgen. Ik deed mijn best om eerlijk te zijn.'

'Het gaat niet om dat meisje. Echt niet.'

'Ik houd nog steeds van je, Daise.'

Daisy keek op. 'Dat weet ik. Ik ook van jou. Maar ik ben niet meer verliefd op je.'

'Het is te vroeg om een beslissing te nemen.'

'Nee, Dan. Ik heb die beslissing al voordat je kwam genomen. Ik heb geprobeerd mezelf wijs te maken dat het er allemaal nog is, dat het de moeite waard is om er moeite voor te doen, vanwege Ellie. Maar dat is het niet. Het is er gewoon niet meer.'

Hij liet haar handen los en trok zich terug toen hij een ongewone hardheid in haar stem hoorde, iets onherroepelijks. 'We zijn zo lang bij elkaar geweest. We hebben een kind. Dat kun je toch niet zomaar weggooien.' Zijn stem klonk bijna smekend.

Daisy schudde haar hoofd. 'Ik gooi niet alles weg. Maar we kunnen niet meer terug. Ik ben veranderd. Ik ben iemand anders geworden...'

'Maar ik houd van die ander.'

'Ik wil het niet meer, Daniel.' Daisy's stem klonk nu beslister. 'Ik wil niet meer terug naar hoe we waren, hoe ik was. Ik heb dingen gedaan waarvan ik nooit had vermoed dat ik ze kon. Ik ben sterker geworden. Ik heb iemand nodig...'

'Die sterker is?'

'Iemand op wie ik kan vertrouwen. Iemand die niet wegloopt als het moeilijk wordt. Dat wil zeggen: áls ik nog iemand nodig heb.'

Daniel begroef zijn hoofd in zijn handen. 'Daisy, ik heb gezegd dat het me spijt. Ik heb een fout gemaakt. Eén fout. En ik doe mijn uiterste best die te herstellen.'

'Dat weet ik. Maar ik kan niet helpen dat ik het zo voel. En ik zou je voortdurend in de gaten houden, je wantrouwen, piekeren of je weer van plan was weg te gaan.'

'Dat is niet eerlijk.'

'Maar zo is het nu eenmaal. Luister... als Ellie niet was gekomen was het toch wel gebeurd. We zouden waarschijnlijk toch veranderd zijn. Ik weet het niet. Ik denk dat het tijd is om afscheid te nemen.'

Het bleef geruime tijd stil. Buiten kondigde het geluid van dichtslaande autoportieren en driftige voetstappen het begin van de nieuwe werkdag aan. Door de babyfoon klonk zacht gekreun, het akoestische signaal dat Ellie wakker werd.

'Ik laat haar niet nog een keer in de steek.' Daniel keek haar aan en in zijn stem klonk een lichte uitdaging.

'Dat hoeft ook niet.'

'Ik wil bij haar kunnen zijn. Ik wil haar vader zijn.'

Het vooruitzicht dat ze haar geliefde kind de rest van haar leven tijdens het weekend zou moeten afstaan vervulde Daisy met afgrijzen, het idee alleen al bracht haar tot tranen. Het was het enige dat hem bijna had gered.

'Dat weet ik, Dan. Daar vinden we wel wat op.'

Het was die ochtend heet, de lucht was bijna dreigend roerloos en dempte de geluiden van het keukenpersoneel dat met het voorbereidende werk begon, en die van de schoonmakers die op de parterre gelegen kamers stofzuigden en in de was zetten. Daisy rende heen en weer onder de snorrende ventilators, verschikte iets aan het meubilair en controleerde of de kranen en handgrepen goed gepoetst waren. Haar doorweekte blouse en shorts voorspelden een hitte die in de loop van de dag nog zou toenemen. Ze ging door met de laatste kleine controles en probeerde zich op het werk te concentreren, en niet verder te denken.

Bestelwagens kwamen aanrijden, laadden hun vracht uit op de oprijlaan en verdwenen weer met veel geknars van versnellingen en een sproeiregen van grind. Boeketten, voedsel en drank werden onder de brandende zon binnengereden, terwijl Carol, wier feestjurk klaar hing in de Bell-suite, de werkzaamheden leidde. Een dictator in haute couture, die met haar hese stem vleide, bevelen gaf en lof toezwaaide – over het hele terrein en in gelijke mate.

Lottie kwam om negen uur om Ellie op te halen. Ze kwam niet naar het feest ('Hoef al die mensen niet') en had aangeboden de baby met haar mee naar huis te nemen. 'Maar Camille komt wel, met Hal en Katie. En meneer Bernard,' zei Daisy. 'Ellie zal het hier best naar haar zin hebben. Kom nou. Je hebt hier zoveel gedaan.'

Lottie had zwijgend haar hoofd geschud. Ze zag bleek en haar normale sarcasme bleef achterwege door een innerlijke spanning. 'Veel succes, Daisy,' zei ze en ze keek Daisy aan met een zeldzaam intense blik, alsof die meer inhield dan een paar uur scheiding.

'Er staat altijd een drankje voor je klaar... Je kunt altijd nog op je besluit terugkomen,' had Daisy haar nog nageroepen. De gestalte die resoluut de wandelwagen over de oprijlaan voortduwde keek niet om.

Ze keek haar na tot ze uit het gezicht was verdwenen, met haar hand boven haar ogen tegen de zon. Ze probeerde zichzelf ervan te overtuigen dat het, gezien Lotties bepaald ondoorgrondelijke reactie op de muurschildering en haar wrange commentaren op alle andere dingen, misschien maar goed was dat ze niet kwam.

Daniel liep naar boven, weg van het onafgebroken lawaai en de activiteit, die samen leken te spannen om hem nog meer het gevoel van reserveonderdeel te geven. Hij was op weg naar de kamer waar hij zijn spullen had liggen. Hij besloot niet te blijven voor het feest. Zelfs als hij de kans had gehad vandaag tijd met Daisy door te brengen was het te ingewikkeld, te vernederend zijn aanwezigheid te verklaren aan de mensen die hij aanvankelijk als werkcontact had beschouwd. Hij wilde alleen zijn, om te rouwen, te overdenken wat er was gebeurd en wat hij hierna zou gaan doen. En zodra hij thuiskwam heel erg dronken worden.

Hij liep door de gang, draaide het nummer van zijn broer op zijn mobiel en liet een bericht op zijn voicemail achter dat hij die avond zou komen. Hij bleef in de deuropening staan. Aidan stond in het midden van de kamer op een ladder met zijn handen aan een ventilator boven zijn hoofd.

'Hallo,' zei hij terwijl hij met zijn ene hand een schroevendraaier uit zijn riem pakte.

Daniel gaf hem een knikje. Hij was gewend aan het gebrek aan privacy op een werkplek, maar op dat moment vond hij Aidans aanwezigheid moeilijk te verdragen. Hij pakte zijn weekendtas op en raapte zijn kleren bij elkaar, vouwde ze op en stopte ze in de tas.

'Zou je die knop even voor me om kunnen indrukken? Nog niet, pas als ik het zeg.' Aidan hing gevaarlijk uit zijn evenwicht terwijl hij een fitting weer op zijn plaats bracht. 'Nu.'

Daniel liep tandenknarsend de kamer door en drukte op de knop, waarop de ventilator zacht snorrend op gang kwam en het vertrek met een duidelijk hoorbaar zacht gezoem verkoelde.

'Die vrouw van je zei dat hij lawaai maakte. Volgens mij is hij oké.'

'Ze is mijn vrouw niet.' Hij had maar weinig meegebracht. De tijd die het kostte om het in te pakken deed bijna pathetisch aan.

'Hebben jullie ruzie gehad?'

'Nee,' zei Daniel, kalmer dan hij zich voelde. 'We zijn uit elkaar. Ik ga weg.'

Aidan wreef zijn handen langs elkaar en kwam van de ladder af. 'Goh, dat spijt me, je bent toch de vader van de baby?'

Daniel haalde zijn schouders op.

'En jullie waren toch net weer bij mekaar?'

Daniel had er al spijt van dat hij iets had gezegd. Hij bukte zich en speurde de ruimte onder het bed af op verdwaalde sokken.

'Evengoed,' kwam Aidans stem van boven, 'kan ik niet zeggen dat ik het je kwalijk neem.'

'Sorry?' Het was moeilijk hem te verstaan vanonder de beddensprei.

'Nou, geen enkele man vindt het toch een prettig idee dat er een andere man blijft overnachten? Ook al is het de baas, weet je wat ik bedoel? Nee, ik vind dat je de juiste beslissing hebt genomen.'

Daniel verroerde geen vin, hij bleef met zijn oor op de grond gedrukt liggen. Hij knipperde een paar keer met zijn ogen en kwam toen overeind. 'Sorry,' zei hij met een ijzig beleefde stem. 'Kun je dat even herhalen?'

Aidan ging een trede lager op de ladder staan, keek naar Daniels gezicht en wendde zijn blik af. 'De baas. Heeft met Daisy hier overnacht. Ik bedoel, ik dacht dat je... dat de... O, verdomme. Laat maar zitten.'

'Jones? Heeft Jones hier met Daisy overnacht?'

'Ik heb het waarschijnlijk verkeerd begrepen.'

Daniel keek naar de gegeneerde uitdrukking op Aidans gezicht en glimlachte, een strakke, begrijpende glimlach. 'Vast wel,' zei hij en hij hees zijn tas op en drong zich langs hem heen. 'Neem me niet kwalijk.'

Hoe chic de gelegenheid ook was, Camille had altijd maar een paar minuten nodig om zich aan te kleden. Ze tastte haar garderobe af, en wist direct welke stof bij welk kledingstuk hoorde, trok het gekozen stuk eruit en was met een snelle kam door haar haar en een veeg lippenstift klaar. Het was bijna onfatsoenlijk, zou Kay zeggen, dat een schoonheidsspecialiste zo weinig tijd voor zichzelf uittrok. Dat bezorgde hen een slechte naam.

Vandaag waren ze echter al veertig minuten binnen en zo laat dat Hal in hun slaapkamer liep te ijsberen. 'Kan ik iets doen?' riep hij op gezette tijden.

'Nee,' bitste Camille.

Met een zucht die even luid en gemeend was als die van Rollo begon hij weer op en neer te lopen.

Het was deels de schuld van Katie, die per se wilde helpen met het uitzoeken van haar moeders kleren, en die tot Camilles nauw bedwongen ergernis zo veel kleren op hun tweepersoonsbed had opgestapeld dat het voor Camille moeilijk was een keus te maken, aangezien haar kasten strikt waren geordend. Deels kwam het door haar haar, dat om de een of andere reden om de haargrens heen rechtop stond. Maar vooral kwam het doordat ze wist dat haar moeder waarschijnlijk ook zou komen, en ze niet wist of ze haar wilde zien.

'Zal ik je schoenen klaarzetten, mammie?' zei Katie, en Camille hoorde hoe de inhoud van haar schoenendozen, die allemaal zorgvuldig in braille waren gelabeld, op een hoop door elkaar werd gegooid.

'Nee, schat. Pas als ik heb besloten wat ik aan zal trekken.'

'Kom, lieverd, laat me je helpen.'

'Nee, pappie, mammie wilde dat ik haar zou helpen.'

'Verdomme, ik wil jullie geen van beiden!' riep Camille. 'Ik wil niet eens naar dat stomme feest.'

Hal was bij haar gaan zitten en had haar tegen zich aan getrokken. En het feit dat haar man na dat alles niet alleen in staat was haar te begrijpen maar ook haar te vergeven, maakte dat Camille zich ietsje beter voelde.

Even na tweeën waren ze vertrokken. Camille was bang dat Katie haar had uitgedost als een bruidstaart, maar ze vertrouwde erop dat Hal haar niet al te opgesmukt zou laten uitgaan. Ze besloten te voet naar Arcadia te gaan. Hal voorspelde dat de oprijlaan stampvol zou staan met de auto's van de gasten en dat ze van een mooie dag als deze moesten profiteren. Camille betwijfelde dat. Katies hand lag zwetend in de hare en Camille liet haar andere hand op Rollo's tuig glijden om haar te helpen bij het omzeilen van mensenmassa's.

'Ik had Katie moeten insmeren met zonnebrandcrème,' zei ze hardop.

'Dat is al gebeurd,' zei Hal.

'Ik weet niet of ik de achterdeur heb afgesloten,' zei ze even later.

'Dat heeft Katie gedaan.'

Halverwege het park bleef Camille staan. 'Hal, ik ben geloof ik niet in de stemming voor dat feest. Er komen massa's mensen die prietpraat uitslaan en ik denk dat ik hoofdpijn zal krijgen van de hitte. En die arme Rollo wordt gewoon gekookt.'

Hal pakte zijn vrouw bij haar schouders. Hij sprak zacht zodat Katie het niet zou horen. 'Ze komt waarschijnlijk niet eens,' zei hij. 'Je vader zei dat ze er geen zin in had. Je weet toch hoe ze is. Kom op. Trouwens, Daisy vertrekt waarschijnlijk meteen daarna, en je wilt haar toch wel gedag zeggen?'

'Wat ze over pap heeft gezegd, Hal...' Camilles stem trilde van emotie. 'Ik weet dat het niet direct een ideaal huwelijk was, maar hoe kon ze zeggen dat ze nooit van hem heeft gehouden? Hoe heeft ze hem dat kunnen aandoen?'

Hal pakte haar hand en gaf er een kneepje in, een gebaar dat troostend en relativerend werkte. Ze liepen verder, met Katie voor hen uit dansend, naar het huis.

Daisy stond buiten bij de keuken temidden van een groep oudere mannen en vrouwen te glimlachen toen de vierde fotograaf hen fluitend tot een nieuwe opstelling opriep en vroeg op fluistertoon aan de zwakst uitzienden of ze het nog volhielden, of ze iets wilden drinken of een stoeltje wilden. In het wit geklede souschefs renden om hen heen met kletterende potten en pannen en serveerden smakelijke hapjes op enorme borden. Julia kreeg haar in het oog vanaf de andere kant van de menigte en wuifde, en Daisy glimlachte terug, zij het met moeite. Het liep prima, echt heel prima. De vrouw van *Interiors* had het huis al over vier pagina's verspreid, met Daisy in de glansrol van de binnenhuisarchitect van het geheel. Diverse mensen hadden haar telefoonnummer gevraagd en ze wilde dat ze eraan had gedacht visitekaartjes te laten maken. Ze had het zo druk gehad dat ze nauwelijks tijd had gehad om aan Daniel te denken, behalve dat ze een vluchtig gevoel van dankbaarheid had dat hij had besloten niet te blijven. Nu en dan ontwaarde ze Jones in de overvolle kamers, constant in gesprek, steeds omringd door mensen. De gastheer, in een serie vertrekken die hij nauwelijks kende.

Maar Daisy voelde zich ellendig. Dit was altijd het moeilijkste deel van een opdracht. Het visioen waarnaar je had gestreefd, waarvoor je je nachtrust had opgeofferd en had gezwoegd met het stof in je haren en de verf onder je nagels. Eindelijk was het verwezenlijkt, gekleurd door pijn en bekleed met uitputting. En dan, als het volmaakt was, liet je het los. Behalve dat het dit keer moeilijker was het los te laten. Dit keer was het Daisy's thuis geweest, haar toevlucht tijdens de eerste levensmaanden van haar dochter. Er waren mensen bij haar gaan horen, die ze ondanks oprechte beloften, waarschijnlijk nooit meer zou zien.

En waar zou ze heengaan? Naar Weybridge.

Aan de overkant van het terras straalde Julia's glimlach haar tegemoet vanonder haar volmaakt in vorm gespoten kapsel. Trots, goedbedoelend, en niets begrijpend van de nieuwe Daisy die zij nu was. Ik dacht dat ik het had gemaakt, had ze in een heldere moment gedacht. Maar in feite heb ik niets. Toen ze in Merham kwam had ze een thuis, een baan, haar dochter. Nu moest ze het verlies van dat alles onder ogen zien, hoewel slechts een deel van het laatste.

'Kom op, meid.' Carol verscheen bij haar elleboog met een overjarige fles champagne in haar hand, bijschenkend, poserend voor de fotografen, uitroepen slakend hoe fantastisch alles was en de scanderende dorpelingen op de oprijlaan buiten uitlachend. Ze had ze een blad met drankjes gebracht en zorgde er wel voor dat de kranten dat hadden gezien. 'Waarom ga jij niet naar de toiletten? Knap jezelf een beetje op! Ik regel de boel hier wel.' Haar glimlach was vriendelijk en haar toon onverbiddelijk.

Daisy had geknikt en zich door de babbelende menigte een weg gebaand naar de toiletten. Ze kwam zo dicht langs Jones dat ze de pepermunt van zijn adem kon ruiken. Ze hield haar hoofd omlaag zodat ze bijna zeker wist dat hij haar niet had gezien.

Hij had het niet verwacht, maar Hal zei herhaaldelijk tegen Camille dat hij zich geweldig amuseerde. Een groot aantal mensen kwam hem feliciteren met de muurschildering, onder wie de oude Stephen Meeker, die hem uitnodigde hem later in de week te komen bezoeken om naar een stel art-decostoelen te komen kijken die moesten worden opgeknapt. Jones had hem toegezegd dat hij een bonus bij zijn cheque zou krijgen. 'De muurschildering heeft de hele zaak opgewaardeerd,' zei hij met een ernstige blik in zijn donkere ogen. 'We praten later wel over nog meer werk dat ik voor je heb.' Hij had kennisgemaakt met een aantal plaatselijke zakenlui die waren uitgenodigd door de uitgekookte Carol. De muurschildering leek hun weinig te interesseren, maar ze vonden dat het nieuwe hotel het helemaal was. Het zou de juiste mensen naar het plaatsje lokken. Hal, die aan het commentaar van Sylvia Rowan dacht, hield met moeite zijn lachen in. Hij zei tegen Camille dat ze er prachtig uitzag. Hij keek steeds naar haar als ze met mensen stond te praten. Haar haren straalden in de zon en haar gezicht stond ontspannen en blij. Sentimenteel en verdwaasd voelde hij zijn hart samentrekken van dankbaarheid dat ze het hadden gered. Katie dartelde met andere kinderen het huis in en uit als een stel vrolijke mussen die een heg in en uit vliegen.

'Bedankt,' zei hij tegen Daisy toen ze uit de toiletten kwam. 'Voor het werk. Voor alles.' Ze knikte ten antwoord alsof ze hem maar half zag en zocht met haar blik de ruimte af naar iets of iemand.

Het was een grote dag voor haar, zei hij bij zichzelf en hij draaide zich om. Zo'n dag waarop je niet over kleinigheden moest vallen. Als hij iets had geleerd was het wel dat je niet te veel achter dingen moest zoeken.

Hij nam twee glazen champagne van een kelner aan en ging weer naar buiten, in de zon. Zijn hart sprong op bij het horen van het jazzorkestje en hij voelde zich voor het eerst in maanden ontspannen en tevreden. Katie holde gillend langs hem heen met een rukje aan zijn broekspijp, en hij liep verder om te kijken waar zijn vrouw uithing.

Hij werd tegengehouden door een klopje op zijn schouder.

'Hal.'

Hij draaide zich om en zag zijn schoonmoeder roerloos achter een wandelwagentje staan. Ze droeg haar beste grijze zijden blouse, de enige concessie die ze deed als ze naar een feestje moest. Zij keek hem met grote, bijna argwanende ogen aan, alsof ze op het punt stond hem ergens van te beschuldigen. 'Lottie,' zei hij op neutrale toon en zijn zonnige stemming was op slag verdwenen.

'Ik blijf niet.'

Hij wachtte af.

'Ik kwam alleen zeggen dat het me spijt.'

Ze leek zichzelf niet te zijn. Alsof ze haar harnas had afgelegd. 'Ik had je niet zo hard moeten vallen. En ik had het je moeten vertellen van het geld.'

'Vergeet het maar,' zei hij. 'Het doet er niet toe.'

'Het doet er wel toe. Het was verkeerd. Ik bedoelde het goed, maar ik had ongelijk. Ik wilde jullie dat laten weten.' Haar stem klonk nerveus en gespannen. 'Camille en jou.'

Hal, die zich vooral door de recente gebeurtenissen weinig vergevingsgezind ten aanzien van zijn schoonmoeder voelde, wilde ineens dat ze iets stekeligs zou zeggen, een scherpe opmerking zou maken die de stilte zou verbreken. Maar ze zei niets en wachtte met haar blik op hem gevestigd op zijn reactie.

'Kom mee,' zei hij en hij liep met een uitgestoken arm op haar af. 'Laten we haar gaan zoeken.'

Enigszins terughoudend legde Lottie een hand op zijn arm. 'Ik heb zulke afschuwelijke dingen gezegd,' zei ze slikkend.

'Dat doet iedereen,' zei hij, 'als er dingen zijn die je dwars zitten.'

Ze keek hem aan en er leek een nieuwe verstandhouding tussen hen te ontstaan. Toen pakte ze zijn uitgestoken elleboog en liepen ze over het terras.

Hij was zo druk bezig dat hij niet eens had gezien dat ze er was. Carol keek hem met een sluwe, wetende blik vanonder haar messcherpe pony aan en liet haar professionele glimlach los over de mensenzee voor hen.

'Ik begrijp niet wat je weerhoudt,' mompelde ze.

Jones scheurde zijn blik van de andere kant van het terras los en knipperde met zijn ogen.

'Hoezo?'

'Jullie zien er allebei doodellendig uit. Het lijkt me een pientere meid, niets mis mee. Wat is het probleem?'

Jones zuchtte diep en staarde naar zijn lege glas. 'Ik wil geen gezin kapotmaken.'

'Is er een gezin?'

De barkeeper probeerde zijn aandacht te trekken om te peilen of ze champagneglazen konden gaan vullen voor hij zijn speech ging houden. Jones wiste zijn voorhoofd af en knikte. Hij richtte zich weer tot de vrouw naast hem. 'Ik doe het niet, Carol. Ik heb me er altijd hals over kop in gestort, en de anderen met de gebakken peren laten zitten. Maar dat ga ik dit keer niet doen.'

'Ben je je lef kwijt?'

'Ik heb een geweten gekregen.'

'Jones als ridder op het witte paard. Nu weet ik dat het met je is gebeurd.'

Jones pakte een glas van het blad voor hem en zette het lege neer. 'Ja, waarschijnlijk wel.' Hij gebaarde naar de band dat het geluid zachter moest. En mompelde, zo zacht dat Carol moeite moest doen om hem te verstaan: 'Zo voelt het in elk geval.'

Daniel zat op de trap bij de keuken, half verscholen achter de stapels kratten en zette zijn lege glas op de hoop andere glazen op het gras naast hem. Boven zijn hoofd was de zon in het westen aan zijn langzame, vredige neergang begonnen, maar achter hem overstemde het gekletter en gegons in de keuken het geluid van de muziek. Nu en dan klonk er luid gevloek en geschreeuw, wat getuigde van de koortsachtige activiteiten in de keuken. Hij wist dat ze het raar vonden dat hij daar al de hele middag in zijn eentje zat. Niet dat iemand het lef had het in zijn gezicht te zeggen. Het kon hem geen moer schelen.

Hij bleef gewoon zitten en ving af en toe een glimp van Jones op als hij langs het hek liep, handenschuddend en knikkend, met die stomme, valse glimlach op zijn gezicht gemetseld. Hij bleef zitten wachten tot de kelner met nog een drankje kwam en dacht terug.

Joe stond buiten met Camille en Katie. Hij droeg een breedgerande hoed op zijn hoofd. Hij had tegen Jones, Daisy, Camille en nog een stel mensen gezegd dat het inderdaad 'een heel gezellig feest was en dat hij dacht dat niemand het huis ooit in zo'n goede staat had gezien. Hij leek er veel enthousiaster over te zijn nu hij wist dat het effect op zijn familie tot een eind kwam.

'Zeg dat maar tegen Sylvia Rowan en haar kornuiten,' zei Camille, die nog steeds van streek was door het scanderen van leuzen aan de andere kant van de muur.

'Sommige mensen weten gewoon niet dat ze geen oude koeien uit de sloot moeten halen, nietwaar, schat?' zei Joe, en Camille, die een fijn gehoor had ontwikkeld voor de nuances in iemands stem, meende iets in de zijne te bespeuren. Dat werd bevestigd toen Hal terugkwam, zijn hand onder haar elleboog legde en zachtjes tegen haar zei dat haar moeder er was. 'Daar heb je me niets van gezegd,' zei ze beschuldigend tegen haar vader.

'Je moeder heeft me verteld wat ze met het geld heeft gedaan,' zei Joe. 'We zijn het erover eens dat het verkeerd was. Maar je moet begrijpen dat ze het goed bedoelde.'

'Maar dat is maar de helft van het verhaal, pap,' zei Camille. Ze realiseerde zich dat ze hem niet wilde vertellen wat de rest was.

'Alsjeblieft, Camille, schat. Ik heb Hal mijn excuses aangeboden en ik wil jou ook om vergeving vragen.' Camille hoorde de pijn in haar moeders stem en wenste als een kind dat ze net kon doen of ze niets had gehoord. 'Wil je dan tenminste tegen me praten?'

'Liefje?' Hals stem klonk vriendelijk, overredend. 'Lottie heeft er echt heel erg veel spijt van. Van alles.'

'Kom op, Camille,' zei haar vader op een toon die ze zich uit haar kindertijd herinnerde. 'Je moeder is zo grootmoedig haar excuus aan te bieden. Het minste wat je kunt doen is haar aanhoren.'

Camille vermoedde dat ze erin was geluisd. Haar hoofd gonsde van het scanderen en het gepraat en geroezemoes van de feestgangers. 'Breng me dan door die mensenmassa heen naar het huis. Dan zoeken we een rustig plekje. Eerst moet ik Rollo een bak water geven.'

Tegen haar gewoonte pakte haar moeder haar niet bij haar elleboog. In plaats daarvan voelde Camille haar koele, droge hand in de hare glijden, alsof ze gerustgesteld wilde worden. Ontroerd door dat gebaar gaf Camille er een kneepje in.

Rollo ging op pad in zijn tuig en probeerde tussen de mensenmenigte door de route met de minste obstakels te vinden. Camille voelde zijn onrust door het tuig heen en riep hem zachtjes om hem op zijn gemak te stellen. Hij hield niet van feesten, een beetje zoals Lottie. Ze kneep haar handen dicht in het besef dat ze hen allebei gerust moest stellen. 'Ga maar naar de keuken,' zei ze tegen haar moeder.

Ongeveer halverwege het terras, het was moeilijk te bepalen met al die mensen, werd Camille tegengehouden door een hand op haar arm. Een bloemengeurtje: Daisy.

'Ik heb het zo heet dat ik zowat smelt. Ik heb Ellie naar binnen moeten brengen bij het personeel van de bar.'

'Ik haal haar zo op,' zei Lottie een beetje verdedigend. 'Ik wil even met Camille praten.'

'Natuurlijk,' zei Daisy, die niet leek te luisteren. 'Mag ik je vijf minuten lenen, Lottie? Ik wil je aan iemand voorstellen.' Camille voelde dat ze een stukje doorliepen. Daisy liet haar stem tactvol dalen, zodat Camille haar oren moest spitsen om te horen wat ze zei. 'Hij zegt dat hij weduwnaar is en geen kinderen heeft, en ik denk dat hij zich een beetje eenzaam voelt. Ik ben bang dat hij zich niet erg amuseert.'

'Hoe kom je erbij dat ik dan met hem moet praten?' Camille wist dat haar moeder met haar alleen wilde zijn.

'Heeft iedereen een glas?' Een lage vrouwenstem. Iemand die Camille niet herkende. 'Jones zal zo dadelijk zijn speech houden.'

'Het is iemand die op de muurschildering staat,' zei Daisy. 'Ik weet het niet, Lottie. Misschien dat jullie elkaar kennen.'

Camille die net wilde protesteren dat Rollo nu echt moest drinken, voelde dat haar moeder abrupt stilstond en dat ze een zacht geluidje maakte. Haar hand begon te beven in die van Camille, eerst aarzelend, daarna onbeheerst, zodat Camille geschrokken Rollo's tuig losliet en haar moeders hand in haar beide handen nam. 'Mam?'

Er kwam geen antwoord.

Camille draaide zich in paniek om. Ze hield haar moeders sidderende hand nog steeds in de hare. 'Mam?... Mam?... Daisy? Wat is er aan de hand?'

Ze hoorde dat Daisy zich over haar heen boog. Was er iets met Lottie?

Nog steeds niets.

Camille hoorde het geluid van langzaam naderende voetstappen. Haar moeders hand beefde zo hevig.

'Mam?'

'Lottie?' De stem van een oudere man.

Toen was daar eindelijk haar moeders stem. Ze fluisterde verbijsterd: 'Guy?'

Katie had sinaasappelsap over haar jurk gemorst. Hal bukte zich om het met een papieren servetje af te vegen en zei zoals hij al honderd keer had gedaan dat het tijd werd dat ze eens wat minder wild deed, wat rustiger liep en erom dacht dat ze in gezelschap was, toen een merkwaardige verandering in de sfeer zijn aandacht naar de andere kant van het terras trok. Het kwam niet door het grijze wolkje dat in een eindeloze blauwe lucht voor de zon was geschoven en de gebeurtenissen tijdelijk in de schaduw hulde. Het kwam ook niet door het langzaam wegebben van het geroezemoes toen Jones opstond om aan zijn toespraak te beginnen. Een halve meter van de muurschildering, met een onzekere Camille aan haar arm, stond Lottie tegenover een oudere man. Ze staarden elkaar zwijgend aan, hun gezichten vol emotie. Van zijn stuk gebracht door het tafereel, keek Hal met verbazing naar de onbekende oudere man, naar Camille naast hem, die onbewust zijn statige houding imiteerde, en vervolgens naar de koppige trekken van zijn schoonvader die het schouwspel zwijgend, met een grauw gezicht vanuit de deur van de salon gadesloeg en onbeweeglijk bleef staan met twee glazen in zijn hand.

Toen zag hij het.

Voor het eerst van zijn leven dankte Hal God op zijn blote knieën dat zijn vrouw blind was. En begreep hij dat er, ondanks alle therapieën en relatieadviezen, ondanks alle geredde relaties en herstelde huwelijken soms een moment in het leven was dat een geheim voor je echtgenote bewaren het beste was dat je kon doen.

Ze keek de twee oude mensen na terwijl die onopvallend de stenen trap naar het strand afliepen. Ze raakten elkaar nauwelijks aan en liepen zo stijf rechtop alsof ze verwachtten door een klap te worden getroffen. Ze liepen voorzichtig en volmaakt met elkaar in de pas, als veteranen die elkaar na een lange oorlog terugzien. Maar toen ze zich omdraaide om Camille te vertellen wat ze had gezien, iets over de uitdrukking op hun gezichten, had Hal haar snel meegetrokken en

Carol had haar een glas in de hand geduwd. 'Hier blijven, schat,' beval ze. 'Jones gaat je ongetwijfeld in het zonnetje zetten, de lieverd.'

Toen was Daisy hen even vergeten. Ze richtte haar aandacht weer op hem, op zijn verweerde gezicht, zijn enorme gestalte, die haar altijd aan zo'n Russische beer deed denken, die tegen zijn wil werd gedwongen kunstjes op te voeren. Toen Daisy naar zijn autoritaire stem luisterde die door de vroege avond schalde, waarvan de barsheid door het zangerige accent werd verzacht, werd ze door de angst overvallen dat ze te laat had ontdekt wat ze wilde. Dat ze zich er niet meer tegen kon wapenen. Dat hoe onmogelijk, hoe gewaagd, hoe slecht getimed ook, ze liever wilde dat hij haar vergissing was dan die van een ander.

Ze zag hem naar het huis wijzen, hoorde beleefd gelach, zag de mensen om haar heen glimlachen, bereid tot instemming, klaar om hun bewondering te uiten. Ze staarde naar het huis, naar het gebouw, dat ze beter kende dan zichzelf, en naar het uitzicht erachter, de stralende hemelkoepel. Ze hoorde haar naam noemen en een beleefd applaus opklinken. Toen ontmoetten hun blikken elkaar eindelijk, en in dat onderdeel van een seconde toen het wolkje wegtrok van de zon en de ruimte weer baadde in het licht, trachtte ze alles wat ze had begrepen, alles wat ze wist aan hem over te brengen.

Toen het voorbij was en de mensen zich weer op hun drankje en onderbroken conversatie concentreerden, zag ze dat hij van de stenen muur afstapte en langzaam op haar toeliep, met zijn blik op de hare, als blijk van herkenning. En ontzet stil bleef staan, toen Daniel vanachter de ligusterhaag tevoorschijn sprong en Jones onverhoeds, onder het slaken van een ijselijke, hartverscheurende oorlogskreet, met zijn vuist keihard op zijn gezicht sloeg.

20

HET LAWAAI VAN DE radio klonk door naar beneden, dwars door de slaapkamerdeur en langs de trap waar Camille en Hal elkaar voor de derde keer in evenzoveel uren met onzekere gezichten aan stonden te kijken.

Hij zat daar al de hele avond sinds hij zwijgend, met stramme schouders thuis was gekomen, vergezeld door hun zwakke, gedempte vragen of het een beetje ging, en hardere, onuitgesproken vragen naar wat ze daarstraks hadden gezien. Hij zei dat hij geen thee wilde. Nee, dank je. En ook geen gezelschap. Hij ging boven naar de radio luisteren. Het speet hem als het ongastvrij klonk, maar het was niet anders. Ze konden gerust beneden blijven, als ze dat per se wilden. Doe of je thuis bent.

En dat was dan dat, al bijna drie uur lang. Ze praatten op fluistertoon, pareerden vragen van Katie, die uitgeput met Rollo voor de televisie lag en probeerden herhaaldelijk, zonder succes zijn vrouw te bereiken.

'Gaat ze bij hem weg, Hal? Denk je dat dat het is? Gaat ze bij papa weg?'

De opgewekte, zonnige uitdrukking op Camilles gezicht was verdwenen en het stond donker van ongerustheid. Vermengd met boosheid. Hal streek een paar haren van haar verhitte voorhoofd weg en keek langs de trap naar boven. 'Ik weet het niet, lieverd.'

Hij had haar het grootste deel van wat hij wist verteld, met haar handen in de zijne, als iemand die slecht nieuws brengt. Dat de man eruitzag als een oudere versie van de man op de muurschildering, en dat de manier waarop ze naar elkaar hadden gekeken elke twijfel uitsloot over wat dat te betekenen had. Hij had moeite gedaan te beschrijven hoe de oude man zijn hand uitstak om Lotties gezicht aan te raken, dat ze het contact niet had ontdoken, maar was blijven staan als iemand die wacht tot ze gezegend wordt. Camille had geluisterd en gehuild en hem keer op keer gevraagd haar de muurschildering te beschrijven en de symboliek te verklaren. Langzaam vormde ze zich een beeld van haar moeders manier van doen, die verre van onverklaarbaar was en die zij lang geleden misschien al begrepen konden hebben.

Hal verwenste zichzelf vanwege de rol die hij ongewild had gespeeld bij het onthullen van Lotties voorgeschiedenis, waardoor alles weer tot leven was gekomen. 'Ik had die schildering met rust moeten laten,' zei hij. 'Als ik die hele zaak niet had blootgelegd, was ze misschien niet weggegaan.'

Camille reageerde gelaten, alsof ze het met tegenzin toegaf. 'Ze is al jaren weg.'

Het was half tien en de schemering was overgegaan in een inktzwarte duisternis. Katie was op de bank in slaap was gevallen. Ze hadden iedereen gebeld die ze kenden, en zelfs overwogen de politie te waarschuwen maar er weer van afgezien. Toen ze voor de zeventiende keer Daisy's mobiel hadden geprobeerd te bellen, had Camille zich met een uitdrukking van bittere vastbeslotenheid in haar blinde ogen tot haar man gewend.

'Ga haar zoeken, Hal. Ze heeft hem al te veel aangedaan. Hij heeft er in elk geval recht op te weten waar hij aan toe is.'

Daisy wachtte een paar minuten op haar wisselgeld uit het apparaat en gaf het op toen ze de verveelde blikken van omstanders zag. Ze bracht de twee plastic koffiekopjes naar Jones.

Ze waren al bijna drie uur op de eerstehulppost. De snelle opvang door een verpleegkundige had de valse hoop gewekt dat ze ook snel zouden worden bekeken en verbonden en dan meteen weg konden. 'Nee,' zei de zuster. Ze werden naar de röntgenafdeling verwezen. Er moest eerst een foto worden gemaakt, ook van zijn hoofd en daarna moest Jones op de specialist wachten die zijn neus zou rechtzetten. 'Normaal gesproken zouden we jullie naar huis laten gaan, maar dit ziet er lelijk uit,' zei ze opgewekt terwijl ze zijn bloedende neus met verbandgaas met een zoutoplossing inpakte. 'We willen niet dat er restjes kraakbeen blijven rondzwerven, begrijpt u?'

'Sorry,' zei Daisy voor de vijftiende keer sinds hun aankomst toen ze naar een ander deel van het ziekenhuis schuifelden. Ze wist niets anders te bedenken.

Het was gemakkelijk toen het pas was gebeurd en ze hem overeind had geholpen, diep geschokt aanval van de razende, straalbezopen Daniel en wanhopige pogingen deed het bloed te stelpen dat over zijn overhemd stroomde. Toen kwam ze in actie. Ze pakte Ellies voorraad watten, schreeuwde dat ze de auto's en de protesterende menigte moesten verwijderen, zodat ze Jones naar het ziekenhuis kon brengen. Ze joeg Sylvia Rowan weg, die als een boze oude schikgodin was neergedaald en schreeuwde dat het – zie je wel? – door drank uitgelokte geweld al was begonnen. 'Het zal jullie niet lukken,' had de vrouw triomfantelijk uitgeroepen. 'Ik zal zorgen dat de overheid je vergunning intrekt. Ik heb getuigen.'

'O, val dood, ouwe taart,' had Daisy geschreeuwd terwijl ze hem in haar auto hees. Nogal versuft doordat hij waarschijnlijk met zijn hoofd hard tegen de grond was geknald, was hij Daisy bijna dociel gevolgd. Gedwee volgde hij haar instructies op: ga hier zitten, houd dit en dat vast en blijf wakker, blijf vooral wakker. Nu was hij vermoedelijk te wakker door de slechte koffie en de lucht van desinfecteermiddelen. Zijn donkere ogen, moe van de hoofdpijn, keken met een sombere blik boven het verband uit en zijn met bloed bespatte overhemd vormde een aandenken aan haar aandeel in de gebeurtenissen van die dag.

'Het spijt me verschrikkelijk,' zei ze en overhandigde hem zijn koffie. Hij zag er bijna nog slechter uit toen ze terugkwam.

'Hou op met je te verontschuldigen.' Hij klonk uitgeput.

'Het zal haar toch niet lukken, hè? Dat je vergunning wordt ingetrokken?'

'Sylvia Rowan? Daar zit ik absoluut niet mee.' Hij trok een grimas toen hij een slok koffie nam.

Wat wil je daarmee zeggen, wilde Daisy vragen. Maar zijn houding en het feit dat hij bijna niet kon praten maakten het moeilijk meer te weten te komen.

Terwijl ze op hun plastic stoelen onder het fluorescerende licht zaten, leek de tijd stil te staan en was vervolgens van geen enkele betekenis meer. Mannen met 'alcoholgerelateerde verwondingen', zoals ze op het formulier werden beschreven, vormden duidelijk geen prioriteit. Ze zaten bij de andere zaterdagavondgevallen, bij wie vluchtige interesse opflakkerde als er een nieuw rampgeval door de zoevende elektronische deuren heen strompelde. De verwondingen veroorzaakt door tuinieren en doe-het-zelven waren vervangen door de bebloede hoofden en knokkels van de zaterdagavond. Rond acht uur was een van de personeelsleden met Ellie aan komen zetten, met excuses en de mededeling dat ze Lottie nergens konden vinden en er niemand anders was die op haar kon passen. Daisy nam haar slaperige, kribbige dochtertje over en durfde Jones niet aan te kijken. Verstoord en overstuur had Ellie aan een stuk door gehuild en tegen haar slaap gevochten. Het kostte Daisy eindeloos heen en weer geloop door de eerstehulppoli en de orthopedische afdeling voordat ze eindelijk in haar wagentje in slaap viel.

'Ga naar huis, Daisy,' zei Jones, over de buil op zijn hoofd wrijvend.

'Nee,' zei ze gedecideerd. Dat kon ze niet. Het was per slot van rekening haar schuld.

Om kwart over elf, toen op het scherm stond te lezen dat Jones al een halfuur geleden had zullen worden behandeld, kondigde een harde donderslag een flink noodweer aan. Het lawaai schudde de gewonden wakker uit hun gedroom, de witte flits van de bliksem had gemompel tot gevolg en na een korte pauze, als een ingehouden adem, trok de nachthemel open en barstte het noodweer in vlagen los. Het geluid was door de glazen deuren heen te horen. De binnenkomende mensen brachten het water mee aan hun schoenen en maakten een troep van modder en vloerwas op het glanzende linoleum. Daisy, die bijna in slaap gevallen was, keek toe en voelde de verandering van atmosfeer. In haar oververmoeide toestand leek die het surrealistische karakter van een droom te hebben.

Het gevolg was dat twintig minuten daarna een verpleger Jones kwam vertellen dat zijn wachttijd waarschijnlijk zou worden verlengd omdat ze bericht hadden gekregen van een kettingbotsing op de Colchester Road. De specialist zou vermoedelijk een poos worden opgehouden.

'Dan kan ik dus naar huis?' zei Jones zo duidelijk als hij kon.

De verpleger, een jongeman met het uitgebluste uiterlijk van iemand die in korte tijd zijn idealisme en onschuld was kwijtgeraakt, keek naar Daisy en de baby. 'Als u het nog even kunt volhouden, is het beter dat u blijft wachten. Als uw neus vannacht kan worden rechtgezet loopt u minder kans dat hij voorgoed uit model is.'

'Hij was al uit model,' zei Jones. Maar hij zei dat hij zou blijven.

'Ga jij nou,' zei hij weer tegen Daisy toen de verpleger wegliep.

'Nee,' zei Daisy.

'O, in godsnaam, Daisy, het is onzinnig dat jij hier de hele nacht met de baby blijft zitten. Breng haar naar huis en als je je echt zorgen maakt zal ik je later nog bellen, oké?'

Jones had niet gevraagd waarom Daniel hem had geslagen. Maar hij begreep kennelijk dat het vanwege haar was. Zijn grandioze opening was door haar schuld in een farce geëindigd. Daisy had de lachwekkende, wraakzuchtige Sylvia Rowan opnieuw munitie verschaft. Al die inspanning, al die maanden werk tenietgedaan door een stompzinnig misverstand.

Daisy was te moe. Ze keek naar Jones' uitgeputte, peinzende gezicht, waarvan de schaduwen scherp werden aangezet door de onbarmhartige plafondverlichting en ze voelde haar branderige ogen prikken. Ze bukte zich, viste haar tas op, ging weer rechtop staan en trapte op de rem van het wagentje. 'Ik dacht dat hij al vertrokken was, begrijp je,' zei ze zonder nadenken.

'Hoezo?'

'Daniel. Hij zei dat hij zou vertrekken.'

'Waarheen?'

'Naar huis!' Ze hoorde dat haar stem de hoogte in schoot, met een klaaglijke trilling van frustratie en verdriet. En voordat hij zou zien dat ze haar kalmte verloor, voordat ze weer werd gereduceerd tot dat meisje dat ze nooit had willen zijn, draaide Daisy zich om en duwde haar kind uit de wachtruimte weg.

Hij woonde in Spanje. Hij was al een paar jaar met pensioen, nadat hij zich door de directie van wat eens zijn vaders fruitimportbedrijf was had laten uitkopen. Hij was precies op tijd opgestapt, de bedrijfstak werd steeds vaker overgenomen door een paar grote multinationals. Er was geen plaats meer voor familiebedrijven als het zijne. Hij miste het niet.

Hij woonde in een groot wit huis, waarschijnlijk te groot, maar hij kreeg hulp van een aardig meisje dat twee keer per week kwam schoonmaken en dat op zijn verzoek af en toe haar twee zoontjes meebracht om in zijn zwembad te komen zwemmen. Hij had niet het idee om naar Engeland terug te keren. Hij was te veel gewend aan de zon.

Zijn moeder, zei hij met zachte stem, was op tamelijk jonge leeftijd aan kanker gestorven. Zijn vader was er nooit echt overheen gekomen en was een paar jaar daarna door een brand in een frituurpan om het leven gekomen. Een stompzinnige, banale dood voor een man als hij, maar hij was niet het type dat voor zichzelf kon zorgen. Niet zoals Guy. Hij was het gewend. Soms vond hij het zelfs prettig.

Hij had geen vastomlijnde plannen, maar een hoop geld. Een handvol goede vrienden. Geen slechte plek om te wonen voor een man van zijn leeftijd.

Lottie luisterde naar al die details, maar hoorde er maar weinig van. Ze kon haar ogen niet van hem afhouden, en ze vertaalde de jongen die ze had gekend zo snel naar deze oudere man dat ze al moeite had zich zijn jongere uitgave voor de geest te halen. Ze registreerde de ongewone melancholie in zijn stem, en vermoedde, wist dat die een echo van de hare was.

Het kwam niet in haar op na te denken over haar uiterlijk, haar grijzende haar, haar dikkere taille of de transparante, perkamentachtige huid van haar handen. Dat was per slot van rekening nooit belangrijk geweest.

Hij wees naar het huis achter hen, waar de muziek net was opgehouden en alleen de geluiden van de schoonmaakploeg: het gesleep van stoelen over de vloer en het lawaai van de apparaten weergalmden over de baai.

'En dat is dus je dochter.'

Het was even stil voordat Lottie antwoordde: 'Ja, dat is Camille.'

'Goeie kerel, Joe,' zei hij.

Lottie beet op haar lip. 'Ja.'

'Sylvia schreef het. Ze vertelde dat je met hem was getrouwd.'

'En de rest ongetwijfeld. Waarschijnlijk dat hij een betere partij verdiende.'

Ze glimlachten.

Lottie wendde haar blik af. 'Dat is ook zo, weet je dat.'

Guys gezicht stond vragend. Ze aarzelde, verbouwereerd dat de manier waarop hij zijn wenkbrauw optrok haar nog zo vertrouwd was, dat de jongeman van toen nog in zijn gezicht te herkennen was. Ze vergat haar behoedzaamheid. 'Ik heb het hem al die jaren kwalijk genomen.'

'Joe?'

'Dat hij jou niet was.' Haar stem klonk een beetje hees.

'Dat weet ik. Celia kon het niet helpen maar ze…' Hij zweeg, misschien omdat hij loyaal wilde blijven.

Hij was wel grijs, maar ze kon – zij het met moeite – nog iets van zijn blonde haar tussen het grijs onderscheiden.

'Ze heeft je geschreven, weet je dat. Verschillende keren. Nadat je was vertrokken. Maar ze heeft die brieven nooit verstuurd. Ik denk dat ze het… moeilijker vond dan we ons realiseerden. Ik was geloof ik niet erg begrijpend.' Hij keerde zich naar haar toe. 'Ik heb ze nog steeds. Ik heb ze nooit opengemaakt. Ik kan ze je sturen als je wilt.'

Ze wist het niet. Ze wist niet of ze het nu aan zou kunnen Celia's stem te horen. Of ze dat ooit zou kunnen. 'Jij hebt nooit geschreven,' zei ze.

'Ik dacht dat je me niet wilde. Ik dacht dat je van gedachten was veranderd.'

'Hoe heb je dat ooit kunnen denken?' Ze was weer een jong meisje, ze voelde haar gezicht rood worden van emotie over de wanhopige oneerlijkheid van de liefde.

Hij sloeg zijn ogen neer. In de verte hingen donderwolken aan de horizon. 'Nou, ja, ik ben er pas later achtergekomen. Ik heb veel dingen pas later ontdekt.' Hij keek haar weer aan. 'Maar toen hoorde ik dat je met Joe was getrouwd.'

Er kwamen een paar mensen voorbij. Ze gloeiden in de ondergaande zon en met hun soepele rozige ledematen en voldane moeheid waren zij het overtuigende bewijs van dat unieke gebeuren: de combinatie van een hittegolf en een Engelse badplaats. Guy en Lottie zaten naast elkaar naar hen te kijken, naar hun lange schaduwen en zwijgend te luisteren naar het aanspoelen en weglopen van de golven op het kiezelstrand. In de verte, aan de horizon, glinsterde een lichtje.

'Wat een puinzooi, Guy. Wat een puinzooi hebben we van al die jaren gemaakt.'

Hij stak zijn hand uit en omsloot haar hand met de zijne. Dat gevoel maakte haar ademloos. Toen zei hij, zonder aarzeling: 'Het is nooit te laat, Lottie.'

Ze bleven zitten en staarden over de zee tot de zon onderging. Ze voelden de avondlucht killer worden. Ze voelden beiden dat er te veel vragen waren en te weinig bevredigende antwoorden. Ze waren oud genoeg om te weten dat je sommige dingen niet uit hoeft te spellen. Uiteindelijk draaide Lottie zich naar hem toe, naar het gezicht dat ze had bemind, en de lijnen vertelden haar alles wat ze wilde weten over liefde en verlies.

'Is het waar,' fluisterde ze, 'dat jullie nooit kinderen hebben gehad?'

Naderhand kwam ten minste een van de vakantiegangers die langzaam over het strandpad naar huis terugliepen, thuis met de opmerking dat je niet vaak een oudere vrouw met haar hoofd in haar handen zag huilen, met de wanhoop van een jong meisje met een gebroken hart.

Daisy reed kilometers lang onder een donkere lucht, bijgelicht door de natriumlantaarns van tweebaanswegen en het grote licht van de kleine auto op kronkelende landweggetjes, terwijl ze nu en dan onbewust in de achteruitkijkspiegel naar de slapende baby achter haar keek. Ze reed langzaam en voorzichtig vanwege de regen, maar dacht niet aan waar ze heen ging. Een keer stopte ze om te tanken en een kop bittere, wrange koffie te drinken waar ze haar tong brandde en die haar eerder nerveus dan rustig maakte.

Ze wilde niet naar Arcadia terug. Het leek nu al iemand anders huis, en het zou de eerste gasten al herbergen, en galmen van het lawaai en het gepraat en de voetstappen en van andere mensen. Ze wilde daar niet heen met haar slapende kind om over Jones en Daniel en haar aandeel in de hele ellendige toestand te moeten vertellen.

Ze huilde ook een beetje, voornamelijk van uitputting, ze had de afgelopen zesendertig uur nauwelijks geslapen, maar ook door het gevoel van anticlimax op het eind van het feest en het einde van haar tijd daar, en de uitgestelde schok die elke vorm van geweld oproept. En omdat ze de man die het belangrijkst voor haar was opnieuw verloren had. Zijn ongelukkige, bebloede gezicht en de onbedoelde, absurde sabotage van zijn grote dag vormden een samenzwering tegen elke kans die ze had gehad haar gevoelens te uiten.

Daisy bracht de auto zachtjes tot stilstand op een begrinte parkeerhaven en luisterde naar het geluid van de regen op het dak en het gepiep van de ruitenwissers over de voorruit. Beneden haar, in de kobaltblauwe duisternis, zag ze de ronding van de kustlijn, en ver weg op zee, het eerste gloren van de dageraad.

Ze legde haar handen op het stuur en liet haar hoofd erop neerzinken, alsof het door een zwaar gewicht werd neergedrukt. Ze hadden daar urenlang gezeten en nauwelijks een woord gewisseld. Ze zat dicht genoeg bij hem om te voelen dat hij ging verzitten, dat hun handen elkaar raakten en dat haar hoofd onwillekeurig op zijn schouder rustte toen ze bijna in slaap was gevallen. En nog steeds hadden ze niet gepraat. Het enige wat ze hadden besproken was de koffie uit de automaat en verder had hij alleen gezegd dat ze naar huis moest gaan.

Hij was zo dichtbij, dacht ze. Zo dichtbij dat ze hem kon aanraken, hem kon horen ademen. En nu zal ik hem nooit meer zo nabij zijn.

Daisy bleef doodstil zitten. Ze hief haar hoofd op en dacht terug aan iets wat Camille had gezegd.

Nabij genoeg om hem te horen ademen. Om een hartslag te herkennen die sneller ging door verlangen, begeerte.

Daisy zuchtte luid. Ineens geactiveerd draaide ze het contactsleuteltje om, keek achterom en keerde de auto, waarbij de natte wielen het grind deden opspatten.

Er stonden drie ambulances bij de eerstehulppost, lukraak geparkeerd, omringd door mensen in lichtgevende jassen die hun last behoedzaam in rolstoelen en op brancards plaatsten, en ze met gebogen hoofd beraadslagend naar binnen reden. Er was een sirene aan blijven staan en het lawaai was oorverdovend, nauwelijks gedempt door de nog steeds onstuimige regen of door het geluid van haar motor. Ze reed eromheen en probeerde een parkeerplaats te vinden. Intussen ging haar blik naar de spiegel om te zien of haar slapende kind zich niet bewoog. Ellie sliep gewoon door, zich niet bewust van het lawaai, uitgeput als ze was door de gebeurtenissen van de dag.

En toen, terwijl ze in het blauwe licht zat, niet in staat helder te denken en niet wetend waarom ze hierheen was gereden, keek ze door haar vlekkerige voorruit en zag ze hem, een lange, enigszins gebogen figuur die resoluut door de regen naar de taxistandplaats liep. Daisy wachtte een onderdeel van een seconde om het zeker te weten. Toen gooide ze haar autoportier open en de regen en het oorverdovende lawaai van de sirene negerend, rende ze over het voorplein, half glijdend en struikelend, tot ze buiten adem voor hem tot stilstand kwam. 'Stop!'

Jones stond stil. Hij kneep zijn ogen halfdicht en probeerde erachter te komen of zij het werkelijk was. Hij bracht zijn ene hand onbewust naar het enorme witte verband op zijn gezicht.

'Je bent niet langer mijn baas, Jones,' schreeuwde ze boven de sirene uit, rillend in haar verkreukelde feestjurk, 'en dus kun je niet meer zeggen wat ik moet doen. Je kunt niet meer zeggen dat ik naar huis moet gaan.' Het klonk bozer dan ze had bedoeld.

Hij zag er verslagen uit, zijn gezicht asgrauw. 'Het spijt me,' zei hij met verstikte, gewonde stem. 'Ik had… Zo had ik het niet… Zo had ik niet gezien willen worden. Op mijn rug, met een vuist in mijn gezicht.'

'Sst. Stil nou maar. Daar wil ik het niet over hebben. Ik heb de hele nacht rondgereden en ik wil je iets zeggen, en als ik het nu niet doe krijg ik het niet meer uit mijn strot.' Ze ijlde zowat van moeheid en de roffelende regen liep als koude tranen over haar gezicht. 'Ik weet dat je me graag mag,' schreeuwde ze tegen hem. 'Ik weet niet of je het zelf al weet, maar het is zo. Want behalve dat we steeds gewond schijnen te moeten raken en een hoop ruzie hebben, en dat je misschien je vergunning kwijt bent, wat me echt heel erg spijt, passen we bij elkaar. We vormen een goed team.' Hij wilde weer iets zeggen, maar ze legde hem met een handgebaar het zwijgen op. Haar hart bonsde in haar keel. Het kon haar niet meer schelen hoe ze eruitzag. Ze wreef haar kletsnatte ogen uit en probeerde haar gedachten helder te krijgen. 'Luister. Ik weet dat ik een hoop bagage heb. Ik weet dat iemand als ik waarschijnlijk niet op je agenda staat, met een baby en zo, maar jij hebt ook een ton bagage. Je hebt een ex-vrouw over wie je kennelijk nog niet heen bent, en een wagonlading vrouwen met wie je hebt geslapen en die nog voor je werken, wat eerlijk gezegd wel wat veel van het goede is. En je bent een beetje een vrouwenhater, wat me ook niet erg bevalt.'

Hij fronste zijn wenkbrauwen in een poging te begrijpen wat ze zei en hield zijn hand boven zijn ogen, zodat hij haar door de regen heen kon zien.

'Jones, ik ben bekaf. Ik kan het niet zeggen zoals ik zou willen zeggen. Maar ik heb er goed over nagedacht. Ja, zwanen vormen een paar voor het leven. Maar dat is per slot van rekening maar één diersoort. Ja toch? Weten zij trouwens veel, ze zien er toch allemaal hetzelfde uit?' De sirene van de ambulance zweeg. Of misschien was hij vertrokken. Ineens stonden ze daar met hun tweetjes midden op de parkeerplaats, in het koude licht van de dageraad, met alleen het geluid van de regen om hen heen. Ze liep op hem toe, zag zijn ogen die recht in de hare keken, met misschien, heel misschien iets van begrip op zijn van pijn vertrokken gezicht.

'Ik kan zo niet door blijven gaan, Jones,' zei ze en haar stem brak. 'Ik heb een kind in de auto en ik ben te moe om te praten, en ik kan niet uitleggen wat ik precies voel.' Voordat ze van gedachten kon veranderen stak ze haar handen naar hem op, nam zijn gezicht voorzichtig tussen haar natte handen en drukte haar mond op de zijne.

Hij boog zijn hoofd naar haar toe en met een schok van dankbaarheid voelde ze zijn lippen op de hare. Met een soort opluchting trok hij haar tegen zich aan. Ze ontspande zich, voelde dat het goed was. Dat ze het juiste had gedaan. Ze rook de ziekenhuislucht die aan zijn huid hing, en dat maakte dat ze hem wilde beschermen en beschutten, hem in zich opnemen. Toen duwde hij haar abrupt weg en hield haar op armlengte van zich af.

'Wat doe je?' zei Daisy. Ik kan er niet meer tegen, dacht ze. Niet nog eens, niet na alles wat er is gebeurd.

Jones slaakte een zucht en keek naar de lucht. Toen stak hij zijn handen uit en sloot ze om haar hand. Ze waren zachter dan ze had verwacht. 'Sorry,' gromde hij met een verontschuldigende glimlach. 'Sorry, sorry, sorry, Daisy. Maar ik kan niet tegelijkertijd ademhalen en kussen.'

Het grote huis lag er nog steeds even stil en rustig bij als op de dag dat Daisy er was aangekomen, het personeel lag te slapen in de appartementen boven de garages en de auto's stonden roerloos op het grind. Door de ramen lagen de keukens te blinken, hun doodstille, glanzende oppervlakken niet verstoord door gekletter van gereedschap en dienbladen. Op hun voetstappen over het grind na hoorde je alleen het gezang van de vogels, het gemurmel van de wind door de dennen en ergens beneden het gekabbel van het laagtij.

Jones gaf Daisy de sleutels van de achterdeur. In het ochtendlicht stond ze er verdwaasd en versuft van slaapgebrek mee te hannesen tot ze de goede had gevonden. Hij maakte een gebaar, met een waakzame blik op de slapende baby in zijn armen. Daisy worstelde met het slot en eindelijk liet het slapende huis hen binnen.

'Jouw kamer,' fluisterde hij en ze liepen zachtjes de gang door en de trap op, tegen elkaar aan botsend als twee dronkelappen die thuiskomen na een nacht stappen.

Daisy's bezittingen waren in een keurige verzameling tassen en dozen gepakt. Alleen het kinderbedje en wat kleren van de vorige dag vormden het zichtbare bewijs dat dit meer was geweest dan een hotelkamer. Vierentwintig uur daarvoor joeg de aanblik van de bagage Daisy nog de stuipen op het lijf. Nu voelde ze een vonk van opwinding, de belofte van een nieuw leven en nieuwe mogelijkheden die zich voorzichtig aankondigden.

Ze deed de deur zachtjes achter zich dicht en keek naar de man voor haar. Jones liep langzaam de kamer door, mompelend tegen Ellie die hij dicht tegen zijn borst aan hield. Hij legde haar voorzichtig in haar bedje en zorgde dat hij haar niet stoorde toen hij zijn handen onder haar zachte lijfje vandaan trok. Daisy legde een dekentje over haar kind. Het bewoog zich nauwelijks.

'Heeft ze verder niets nodig?' fluisterde hij.

Daisy schudde haar hoofd. Ze bleven even naar het slapende kind staan kijken. Toen pakte ze zijn hand en trok hem naar het bed, dat sinds de ochtend daarvoor nog niet was opgemaakt.

Jones ging zitten en trok zijn jasje uit, waardoor zijn door de regen rimpelige, met bloed bespatte overhemd zichtbaar werd, en deed zijn schoenen uit. Daisy, naast hem, trok met een hand haar verkreukelde feestjurk over haar hoofd, en het kon haar niet meer schelen of hij haar dikke buik of zwangerschapsstrepen zag, zelfs niet in het weinig flatterende ochtendlicht. Ze trok haar oude T-shirt aan en klom in bed. Het dekbed ritselde tegen haar blote benen.

Het raam stond open en liet de warme geur van de zilte zomermorgen binnen. De gordijnen waaiden traag heen en weer in de wind. Jones liet zich op het bed zakken, met zijn gezicht naar haar toe, met ogen die zwart waren van slaapgebrek. Zijn ongeschoren kaak zag grauw, maar de spanning leek van zijn voorhoofd weggetrokken. Hij staarde haar aan zonder met zijn ogen te knipperen. Zijn blik werd zachter toen hij Daisy's naakte huid aanraakte.

'Je ziet er mooi uit,' zei hij vanonder zijn verband.

'Jij niet.'

Ze glimlachten naar elkaar, langzaam, met een slaperige lach.

Hij bracht zijn vinger naar haar lippen. Ze hield haar ogen op hem gericht en tilde haar verbonden hand op om zijn gezicht aan te raken. Ze stond zich de luxe toe waarnaar ze zo lang had gesnakt. Heel voorzichtig legde ze haar vingertop op zijn verbonden neus. 'Doet het pijn?' mompelde ze.

'Nee,' zei Jones. 'Helemaal niet.'

Met een diepe zucht van voldoening trok hij haar naar zich toe en drukte zich tegen haar aan, en begroef zijn hoofd in dat koele, zoete plekje waar haar hals in haar schouder overging. Ze voelde zijn zachte haar, zijn stoppelige kin en zijn lippen tegen de hare en rook een restje ontsmettingsmiddel op zijn huid. Heel even voelde ze een vonk begeerte, die vrijwel direct werd vervangen door iets plezierigers, een ontspannen verwachting, een diep, verblijdend gevoel van veiligheid. Ze drukte zich behaaglijk tegen hem aan, voelde het gewicht van zijn arm, zijn been, met de hare verstrengeld, al zwaar van de naderende slaap. En toen, tegen zijn rustige hartenklop aangedrukt, viel Daisy eindelijk in slaap.

Het noodweer trok over Merham weg. Het liet de trottoirs zilverkleurig van het water achter, oplichtend als vloeibaar perzikroze en fosforescerend blauw in het vroege licht. Het water spatte onder zijn voeten vandaan toen Hal met zijn gezelschap naar het hek liep.

Rollo was de eerste die hen zag aankomen. Hal zag door het raam dat hij onder de salontafel vandaan sprong en naar de voordeur draafde. Camille schrok op uit een lichte slaap, krabbelde op van de bank om hem te volgen, struikelde toen ze naar haar stok greep en zich probeerde te herinneren waar ze was. Rollo was echter niet de meest alerte van hen allen. Tegen de tijd dat Hal bij het hek aankwam, was zijn schoonvader al halverwege de trap. Hij liep de open voordeur uit en het pad over, met de veerkrachtige tred van iemand die de helft jonger was, straal langs de opzij springende Hal heen om zijn uitgeputte vrouw op te vangen. Even bleef het stil. Hal bleef in het portiek staan met het gezang van de vogels in zijn oren en sloeg zijn armen om Camille heen, dankbaar dat ze er was, na de lange, lange nacht. Hij beantwoordde haar gefluisterde vragen met een knikje, zo dichtbij dat ze zijn hoofd tegen het hare voelde.

Toen deed Camille een stap terug en gaf hem een kneepje in zijn hand. 'We zijn weg, pap,' riep ze. 'tenzij je wilt dat we blijven.'

'Maakt me niet uit, lieverd.' Joe's stem klonk strak, beheerst.

Camille maakte aanstalten om te vertrekken, maar Hal hield haar tegen. Ze stonden in de deur te wachten, te luisteren. Joe, een meter verderop, stond voor zijn vrouw opgesteld als een oude beroepsbokser. Hal zag dat zijn handen, die hij op zijn rug hield, trilden. 'Je hebt een kop thee nodig,' zei hij.

'Nee,' zei Lottie en ze streek haar haar uit haar gezicht. 'Nee, ik heb al thee gehad in het café. Met Hal.' Ze wierp een blik achter hem, en zag de twee koffers in de hal staan.'Wat is dat?' vroeg ze.

Joe deed even zijn ogen dicht. Ademde uit. Alsof het moeite kostte. 'Je hebt nog nooit op die manier naar me gekeken. In al die veertig jaar van ons huwelijk niet.'

Lottie posteerde zich recht tegenover hem. 'Maar ik kijk nu naar je.'

Ze staarden elkaar een poos aan. Toen deed Lottie twee stappen naar voren en greep zijn hand. 'Ik denk erover weer te gaan schilderen. Ik denk dat ik daar plezier in zal hebben.'

Joe fronste zijn wenkbrauwen en keek naar haar alsof ze niet goed bij haar hoofd was.

Lottie keek naar hun handen. 'Die idiote cruise van je. Ik hoef toch niet te leren bridgen, hè? Ik haat bridge. Maar ik wil wel weer gaan schilderen...'

Joe keek haar aan en sperde zijn ogen iets verder open. Toen: 'Je weet dat ik je nooit...' Zijn stem brak en hij keerde zich even van iedereen af, met zijn hoofd op zijn schouders. Lottie boog haar hoofd, en Hal, die zich ineens een indringer voelde, wendde zijn blik af en sloot zijn hand steviger om die van Camille.

Joe scheen zich te herstellen. Hij keek aarzelend naar zijn vrouw, liep op haar toe en legde zijn arm om haar schouders. Ze boog zich naar hem toe, een klein gebaar, maar toch, en samen liepen ze naar hun huis.

Het werd tijd dat ze hem gelukkig maakte, had ze tegen Hal gezegd toen hij haar bij het aanbreken van de dag in haar eentje beneden bij de strandhuisjes aantrof. Het was voldoende geweest te weten dat Guy van haar hield, dat ze samen hadden kunnen zijn.

'Ik begrijp het niet,' zei Hal. 'Hij was je grote liefde. Dat zag ik zelfs.'

'Ja, hij was mijn grote liefde. Maar ik kan hem nu laten gaan,' had ze eenvoudigweg gezegd. En hoewel hij normaal gesproken alles voor zijn blinde vrouw kon beschrijven, had Hal er moeite mee de uitdrukking van verlichting op Lotties gezicht over te brengen, de manier waarop haar gezicht, waarin jarenlange frustratie en verdriet stonden geëtst, was opgeklaard.

'Daar met hem te zitten praten, me te realiseren dat ik al die jaren had verspild. Hunkerend naar iemand die er niet was, terwijl ik van Joe had moeten houden. Hij is een goed mens, zie je.' Twee krabbenvissers waren hun boot aan het lossen en hesen met een geoefende blik hun vangst over de railing. Langs het water lieten de eerste wandelaars met honden kronkelende sporen in het zand na, een tijdelijk verhaal.

'Hij heeft het geweten. Hij heeft het altijd geweten. Maar hij heeft het me nooit kwalijk genomen.'

Toen keek ze haar schoonzoon aan en stond op, haar grijze haren wegstrijkend, met een meisjesachtige, onzekere glimlach. 'Ik denk dat het tijd wordt dat Joe echt een vrouw krijgt.'

EPILOOG

Daarna moest ik een tijdje in het ziekenhuis blijven. Ik weet niet meer hoeveel weken. Ze noemden het natuurlijk geen ziekenhuis, toen ze me probeerden over te halen erheen te gaan. Ze zeiden dat het een bezoek aan Engeland was, een kans om een poos bij mammie te zijn.

Ik zou opknappen van een logeerpartijtje, zie je. Een heleboel meisjes hadden hetzelfde probleem als ik, zelfs al praatte niemand erover. Daar sprak je nu eenmaal niet over, ook destijds niet. Ze wisten dat ik het niet prettig vond in de tropen, dat ik er zonder Guy nooit was heengegaan.

Ik wilde die baby graag, zie je. Ik wilde hem zo graag. Ik droomde dat ik hem in me droeg, en soms, als ik mijn hand op mijn blote buik legde, voelde ik hem bewegen. Ik praatte stilletjes met hem, ik wilde dat hij bleef leven. Maar dat vertelde ik tegen niemand. Ik wist wat ze zouden zeggen.

Omdat Guy en ik er nooit over spraken. Dat was goed van hem, zei mammie. Hoe minder aandacht je aan iets schonk hoe beter. Dan had je minder gedoe. Maar ja, mammie stak altijd haar hoofd in het zand. Zij praatte er ook nooit over. Ze leek er geen raad mee te weten.

Toen ik uit het ziekenhuis kwam, deed iedereen alsof er niets aan de hand was. Ze gingen gewoon door met hun zaken en lieten mij aan mijn dromen over. Ik vertelde ze niets. Ik zag aan hun gezicht dat ze nog niet de helft geloofden van wat ik zei. Waarom zouden ze ook?

Maar je kunt niet aan je verleden ontkomen. En evenmin aan je lot. Tussen Guy en mij is het nooit meer hetzelfde geweest. Het was alsof hij ermee bleef rondlopen, alsof er iets in hem aan het rotten was, en hij nooit naar me kon kijken zonder dat de stank van het bederf zijn reactie kleurde. Hij was er even vol van als ik leeg was.

Achttien appels heb ik geschild, op de dag dat ik het je heb verteld. Achttien appels.

En er kwam steeds hetzelfde uit.